I0681433

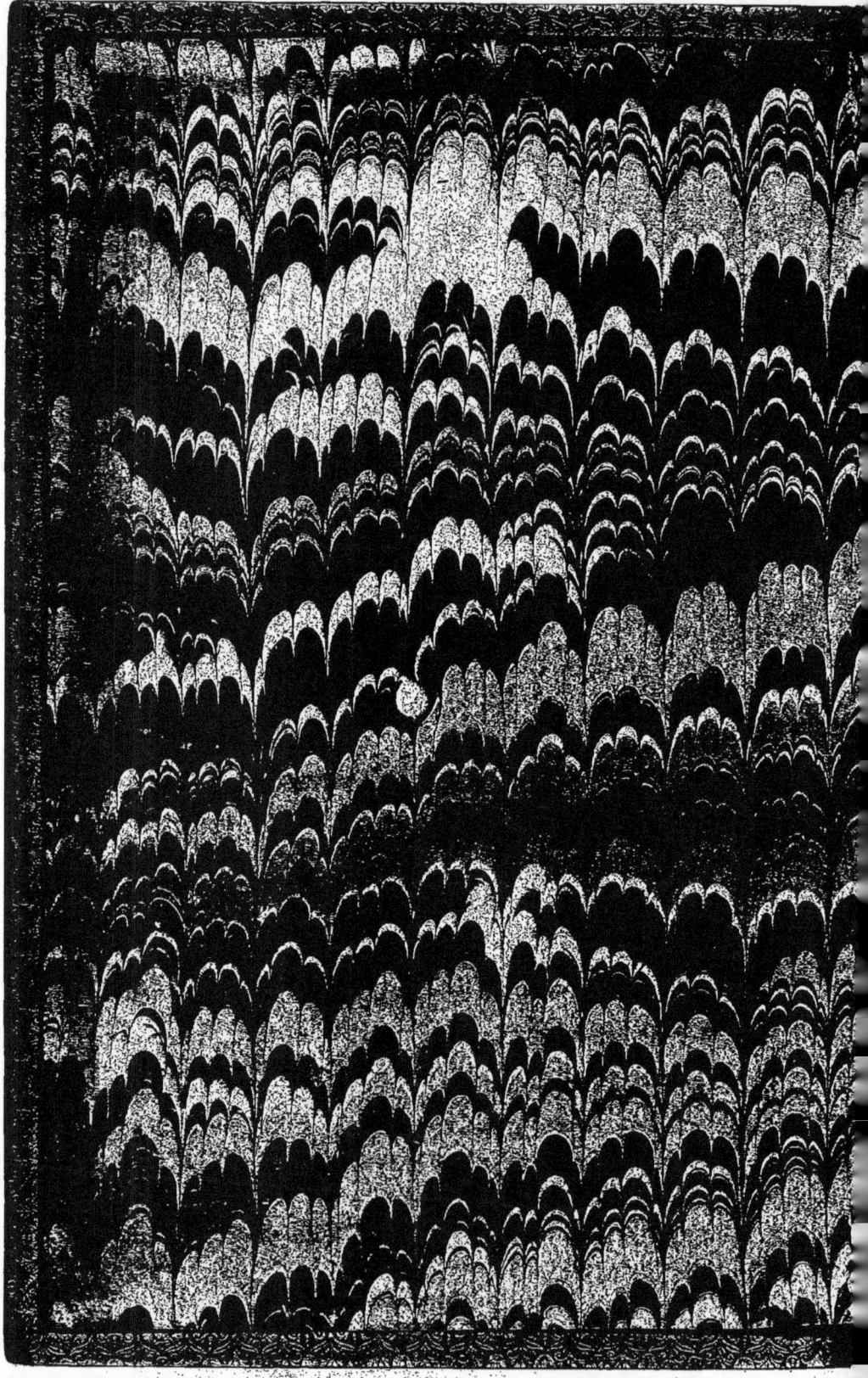

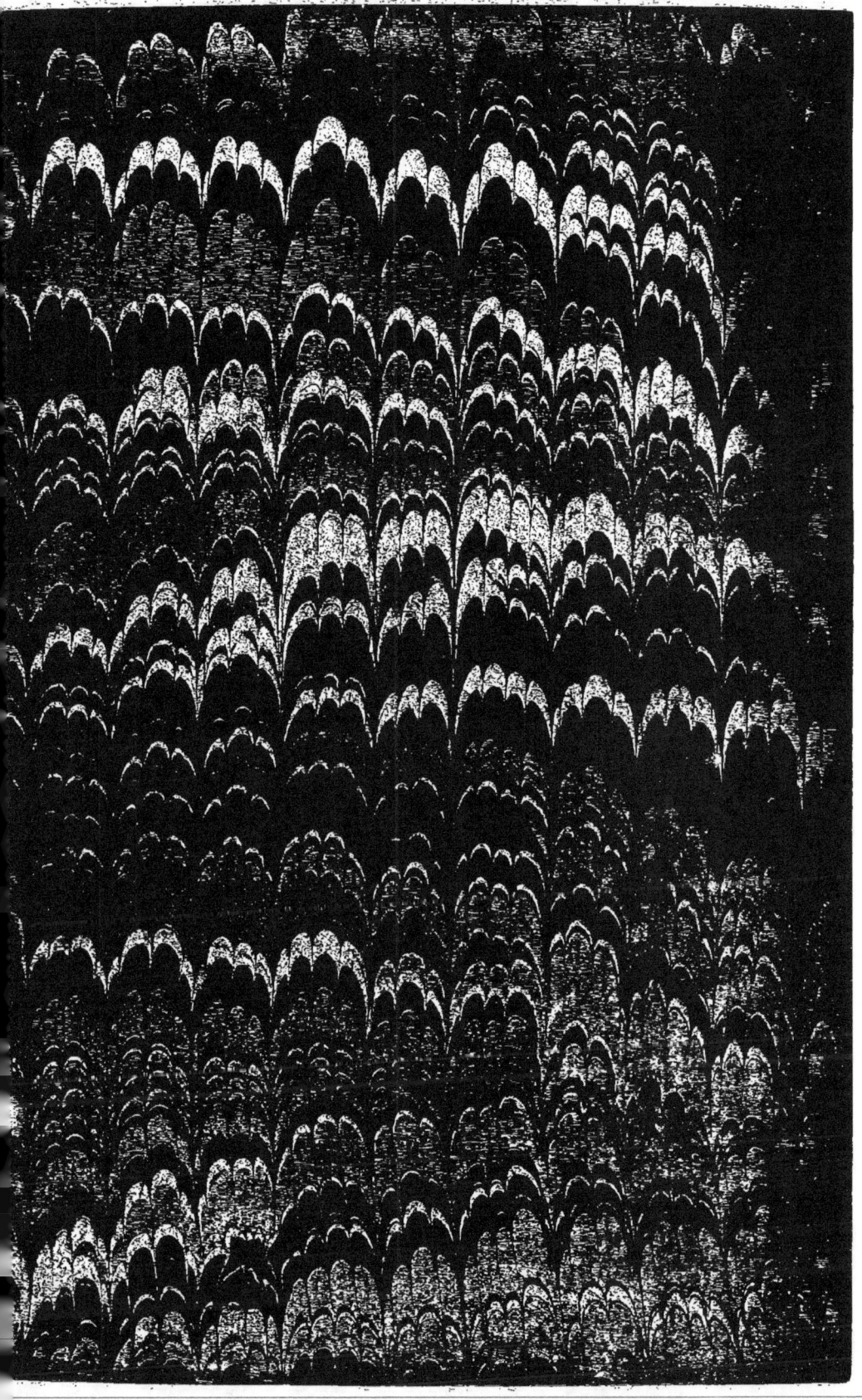

SERMONS

DU PERE

BOURDALOUË,

de la Compagnie de JESUS.

POUR LE CARESME.

TOME TROISIÉME.

A PARIS,

Chez RIGAUD, Directeur de l'Imprimerie
Royale, ruë de la Harpe.

M. DCCVII.

AVEC PRIVILEGE DU ROY.

SERMONS

CONTENUS DANS CE VOLUME.

SERMON

SERMON
POUR LE DIMANCHE
de la cinquiéme Semaine.

Sur la Parole de Dieu.

Qui ex Deo est, verba Dei audit.

Celuy qui est de Dieu, entend la parole de Dieu.
En saint Jean chap. 8.

IRE,

IL n'est rien de plus efficace & de plus fort
que la parole de Dieu. Je ne dis pas seulement
cette parole conçeüë dans Dieu mesme, & par
laquelle Dieu se parle à luy-mesme, qui est le
Verbe incréé : mais celle que Dieu produit au
dehors, & qu'il fait entendre à ses créatures,
soit qu'il la leur addresse immediatement, ou
qu'il se serve pour cela du ministere des hom-

Tome III. A

mes, qui en font les organes & les interpretes.
C'eſt cette parole que Salomon dans le livre de
la ſageſſe a appellée toute-puiſſante : *Omnipo-*
tens ſermo tuus. Et en effet, à voir ce qu'elle a
operé, ſoit dans l'ordre de la nature ou dans
celuy de la grace, rien ne luy convient mieux
que ce caractere de toute-puiſſance. Car c'eſt
elle, dit l'Ecriture, qui par un pouvoir ſouverain a tiré tous les eſtres du néant, qui a affer-
mi les cieux, qui a donné à la terre ſa conſiſtan-
ce & ſa fecondité. C'eſt elle, ſelon l'expreſſion
de ſaint Paul, qui appelle les choſes qui ne ſont
pas, & qui n'ont jamais eſté, comme ſi elles eſtoient ; qui en reſſuſcitant les morts, fera ſentir
un jour ſa vertu à celles qui ne ſont plus ; &
qui ſans aucune reſiſtance, leur fait prendre,
tandis qu'elles ſont, tous les mouvemens qu'il
plaiſt à Dieu leur créateur, de leur imprimer.
En ſorte qu'il n'y en a pas une, adjouſte S. Auguſtin, qui par quelque prodige extraordinaire,
n'ait rendu hommage à cette adorable parole.

A peine fut-elle ſortie de la bouche de Jo-
ſué, que le ſoleil arreſta ſa courſe. Moyſe ne
l'eut pas pluſtoſt prononcée, que les eaux de-
vinrent immobiles. Le ciel s'ouvrit & ſe fer-
ma, à meſure qu'elle fut employée par Elie.
On vit la mer s'humilier, & les tempeſtes ſe
calmer, au moment que Jeſus-Chriſt parla.
Voilà ce que peut dans la nature la parole de
Dieu. Mais ce n'eſt rien encore, j'oſe le dire,

Sap. 18.

en comparaison des miracles éclatants qu'elle a
faits dans l'ordre de la grace. Car c'eſt cette meſme parole, qui a converti & ſanctifié le monde, qui a triomphé de l'idolaſtrie, qui a dom-
pté le vice & l'impieté, qui a briſé les cedres du
Liban, & abbatu l'orgueil des puiſſances de la
terre : *Vox Domini confringentis cedros.* C'eſt Pſalm. 28.
elle qui annoncée par douze peſcheurs, s'eſt
fait entendre par tout l'univers ; qui ſans nul
artifice & ſans nul ſecours de l'éloquence humaine, a perſuadé les Philoſophes, a confondu les
libertins, a convaincu les athées ; en un mot, qui
par la ſeule force de la verité, a engendré, pour
m'exprimer avec l'Apoſtre S. Jacques, des millions de fidelles à Jeſus-Chriſt : *Voluntariè enim* Jac. 1.
genuit nos verbo veritatis. D'où vient donc,
demande ſaint Chryſoſtome, que cette parole
toute feconde & toute divine qu'elle eſt, paroiſt
aujourd'huy ſi foible & ſi ſterile dans le chriſtianiſme ! D'où vient que le ſaint miniſtere de
la predication, qui dans le cours naturel de la
providence, devroit produire des fruicts ſi a-
bondants, par une malheureuſe fatalité, eſt devenu à noſtre confuſion un des emplois, ce
ſemble, les plus inutiles ! D'où vient meſmes
que la parole du Seigneur, bien loin d'eſtre ſalutaire pour nous, a tous les jours un effet tout
oppoſé ; & qu'au lieu d'eſtre le principe de noſtre converſion, elle devient par un jugement
de Dieu bien redoutable le ſujet de noſtre con-

damnation ! C'eſt ce que j'entreprends d'examiner dans ce diſcours. Je veux vous decouvrir la ſource, d'où procede un mal ſi pernicieux; & en vous la faiſant connoiſtre, vous
mettre en eſtat d'y apporter les remedes neceſſaires. Il s'agit, ô Eſprit ſaint, de juſtifier voſtre
parole. Repandez ſur moy vos lumieres, afin
qu'à la ſaveur de vos lumieres, je puiſſe péne-
trer dans les cœurs, & y graver profondément
les grandes veritez que cette matiere m'engage
à traiter. C'eſt la grace que je vous demande
par l'interceſſion de Marie. *Ave Maria.*

IL eſt conſtant, Chreſtiens, que jamais la parole de Dieu n'a eſté plus ſouvent annoncée
dans le chriſtianiſme qu'elle l'eſt de nos jours;
mais il eſt également vray, que ce bon grain
ſemé dans le champ de l'Egliſe, n'y fut jamais
plus ſtérile & que jamais les chreſtiens n'en ont
retiré moins de fruict. Il n'eſt point maintenant
de predicateurs de l'Evangile qui ne puiſſent
ſe plaindre à Dieu, & luy dire avec Iſaye : *Do-*
mine, quis credidit auditui noſtro ! Seigneur,
c'eſt voſtre parole que nous avons preſchée;
nous avons paru dans le monde comme vos
Ambaſſadeurs; on nous a reçeûs, & reçeûs meſmes avec honneur : mais s'eſt il trouvé quelqu'un qui nous ait donné créance ! Aprés nous
eſtre épuiſez pour repreſenter de voſtre part les
veritez éternelles, qu'elle en a eſté le ſuccés !

Iſa. 53

Nous avons pû quelquefois remüer les consciences, exciter dans les cœurs la crainte de
vos jugemens; mais du reste quel changement
avons nous veû dans les mœurs, & à quoy a-
vons-nous pû connoiftre l'effet de voftre fainte
parole!

Voilà, mes chers Auditeurs, ce qui faifoit
autrefois l'étonnement des Prophetes, & ce qui
fait encore le mien. Je demande d'où peut venir cette inutilité de la parole de Dieu, & à
qui elle doit eftre imputée! Eft-ce à la parole
mefme de Dieu! eft-ce aux predicateurs qui
la debitent! eft-ce aux chreftiens qui l'écoutent! car il faut par neceffité que ce foit à l'un
de ces trois principes. Or de vouloir en accufer
la parole de Dieu mefme, ce feroit une injuftice: car elle n'eft pas moins puiffante aujourd'-
huy, qu'elle l'a efté du temps des Apoftres. De
dire qu'elle s'eft alterée dans la fucceffion des
fiecles, ce feroit tomber dans l'erreur de nos
heretiques. L'Eglife, dit Caffiodore, a toûjours
confervé & confervera jufqu'à la confomma-
tion des temps la parole de Dieu auffi pure que
la foy. Nous prefchons le mefme Evangile que
faint Pierre prefchoit, lorfque dans un feul
difcours il convertit trois mille auditeurs; &
quand le Saint Efprit defcendit vifiblement fur
les fidelles qui entendoient la parole de Dieu,
comme il eft rapporté par faint Luc, ce n'eftoit pas une autre parole que celle dont nous

A iij

vous faifons part tous les jours & que vous é-
coutez dans nos temples. Quoy donc ! font-
ce les predicateurs qui caufent ce defordre ?
J'avoûë, Chreftiens, que tous ne la difpenfent
pas avec les mefmes difpofitions, ni la mefme
édification. J'avoûë qu'il s'en eft trouvé, comme dit l'Apoftre, qui l'ont retenuë captive; qu'il
s'en trouve encore qui la rendent mercenaire,
& qui par une efpece de fimonie en trafiquent,
pour acheter je ne fçais quel credit & une vaine reputation dans le monde. J'avoûë mefmes
que quelques-uns ont deshonoré le faint miniftere par le dereglement de leurs mœurs :
femblables à ces Pharifiens, qui enfeignoient,
mais qui ne pratiquoient pas : *Dicunt, & non
faciunt.*

    Mais aprés tout, ce n'eft ni au merite ni à la
fainteté des predicateurs que l'efficace de la parole de Dieu eft attachée : elle opére par fa propre vertu ; & elle a mefmes cet avantage fur les
facremens, qu'elle ne dépend point de l'intention de fes miniftres. S'ils la prophanent, ils fe
pervertiffent eux-mefmes : mais en fe perver-
tiffant, ils ne laiffent pas de fanctifier les autres ;
& l'on peut dire de cette divine parole ce que
faint Auguftin difoit du baptefme conferé par
les fchifmatiques : il eft nuifible à ceux qui le
donnent mal, & il eft profitable à ceux qui le
reçoivent bien ; *Nocet indignè tractantibus, fed
prodeft dignè fufcipientibus.* Si donc, mes Fre-

Aug.

res, la parole de Dieu fructifie fi peu parmi vous, c'eſt à vous-meſmes que vous devez vous en prendre; & pour en venir à mon deſſein, je trouve dans la pluſpart des chreſtiens trois obſtacles bien ordinaires à la predication de l'Evangile : ſçavoir, le dégouſt de la parole de Dieu, l'abus de la parole de Dieu, enfin une reſiſtance volontaire à la parole de Dieu; & ce ſont ces trois obſtacles que j'entreprends, ou de lever, ou du moins de combattre dans ce diſcours. Le dégouſt de la parole de Dieu, qui ſe rencontre particulierement dans les ames laſches; l'abus de la parole de Dieu, où tombent communément les ames vaines; la reſiſtance à la parole de Dieu, qui eſt le caractere des pecheurs. Or ſuivant l'ordre & le partage de ces obſtacles ainſi diſtinguez, j'avance trois propoſitions qui renferment un grand fonds d'inſtruction & de morale. Car je dis que le dégouſt de la parole de Dieu eſt une des plus terribles punitions que doive craindre un chreſtien; c'eſt la premiere partie. Je dis que l'abus de la parole de Dieu eſt un des deſordres les plus eſſentiels que puiſſe commettre un chreſtien; c'eſt la ſeconde. Je dis que la reſiſtance à la parole de Dieu eſt une des plus prochaines diſpoſitions à l'endurciſſement & à la reprobation d'un chreſtien; c'eſt la troiſiéme. Les premiers ne l'écoutent point, parce qu'ils s'en dégouſtent; les ſeconds l'écoutent, mais non point

A iiij

comme parole de Dieu, & en cela ils en abu-
fent. Les derniers l'écoutent & l'écoutent mefmes comme parole de Dieu; mais ne la veulent point pratiquer, & c'eft ainfi qu'ils y refif-
tent. De là par une regle toute contraire, je

Luc. 11.

veux conclure avec Jefus-Chrift : *Beati qui audiunt verbum Dei, & cuftodiunt illud ;* heureux ceux qui écoutent la parole de Dieu, &
qui la pratiquent. En trois mots : dégouft de la
parole de Dieu oppofé à la béatitude de ceux
qui l'écoutent ; *Beati qui audiunt.* Abus de la
parole de Dieu , oppofé au bonheur de ceux
qui l'écoutent comme parole de Dieu ; *Beati
qui audiunt verbum Dei.* Refiftance à la parole
de Dieu oppofée au mérite & à l'avantage de
ceux qui l'écoutent comme parole de Dieu, &
qui la pratiquent; *Beati qui audiunt verbum Dei,
& cuftodiunt illud.* C'eft tout le fujet de voftre attention. Commençons.

I. Partie.

JE vous l'ay dit, Chreftiens, & il eft vray ;
c'eft par la parole de Dieu qu'il a plu à la providence de fanctifier le monde. Voilà le moyen
que Dieu a choifi, & l'inftrument dont il s'eft
fervi pour la converfion des ames. Il pouvoit
y en employer d'autres : mais dans le cours ordinaire & mefmes naturel de fa fageffe, il s'eft
en quelque forte borné à celuy-la. En effet, dit
le grand Apoftre, la foy n'eft venuë, que de
ce qu'on a entendu ; & l'on n'a entendu que

parce que la parole de Jefus-Chrift a efté prefchée : *Fides ex auditu, auditus autem per ver-* Rom. 10.
bum Chrifti. Or ce qu'il difoit alors de la foy à
l'égard des infidelles, je puis le dire de la penitence à l'égard des pecheurs, & de la perfeverance à l'égard des juftes : on ne fe convertit &
l'on ne change de vie, que parce qu'on fe fent
touché des veritez éternelles; & ces veritez font
la parole de Dieu que l'on entend. Parole qui
publiée & legitimement annoncée par les miniftres de l'Evangile, frappe d'abord nos oreilles ;
mais penetre enfuite jufques dans nos cœurs,
& en remuë les plus fecrets refforts. Parole,
adjoufte excellemment faint Auguftin, qui fert
de difpofition & comme de vehicule à toutes
les infpirations & à toutes les graces interieu-
res, que Dieu veut repandre fur nous. Parole
qu'il nous fait diftribuer comme un de fes dons
les plus pretieux ; & qui par une efpece d'en-
chaifnement, attire encore tous les autres dons
à quoy la predeftination de l'homme eft attachée. N'eft-ce pas ainfi que Dieu en a toûjours
ufé ; & en confultant les oracles de l'Ecriture,
ou pluftoft l'experience de tous les fiecles, trou-
ve-t-on que les hommes foient jamais fortis
des tenebres du peché, & parvenus à la lumiere de la grace par une autre voye, que par celle de la parole qu'ils avoient entenduë ! D'où je
conclus qu'un des plus grands malheurs que
l'homme chreftien ait à craindre, difons mieux,

qu'une des punitions de Dieu les plus visibles
dont l'homme chreſtien doive ſe preſerver, eſt
de tomber dans le dégouſt de cette ſainte parole. Car quel malheur pour moy, que de concevoir du dégouſt pour ce qui doit me convertir, pour ce qui doit me ſauver, pour ce qui
doit m'affectionner à mes devoirs, pour ce qui
doit guérir mes foibleſſes, pour ce qui doit corriger mes erreurs, pour ce qui doit me ranimer
ſi je ſuis tiéde, pour ce qui doit m'éclairer ſi je
ſuis aveugle, pour ce qui doit me nourrir ſi je ſuis
vivant, pour ce qui doit me reſſuſciter ſi je ſuis
dans un eſtat de mort ; & ne ſont-ce pas là les
effets de la parole de Dieu !

Cecy, Chreſtiens, ſuffiroit pour eſtablir ma
premiere propoſition. Mais parce que vous attendez que je vous en donne une intelligence
plus parfaite, appliquez-vous à ce que je vais
vous dire. Je n'examine point icy les ſources
d'où peut proceder ce dégouſt ſi commun dans
le chriſtianiſme & ſi pernicieux. Si j'en voulois
rechercher le principe, je vous ferois aiſément
reconnoiſtre, qu'il vient dans les uns d'un orgueil ſecret, dans les autres d'un fond de libertinage, dans ceux-cy d'un attachement honteux
aux plaiſirs des ſens, dans ceux-là d'une inſa-
tiable cupidité des biens temporels. Car le
moyen, dit ſaint Chryſoſtome, de gouſter une
parole qui ne preſche que l'humilité, que l'auſ-
terité, que la pauvreté évangelique, tandis qu'on

est ambitieux, sensuel, interessé! Comment
gouster ce qui remet sans cesse devant les yeux
l'obligation indispensable de haïr & de fuir le
monde, tandis qu'on a l'esprit & le cœur préoccupez de l'amour du monde! Voilà, dis-je,
de quoy je vous ferois convenir, & par où vous
verriez que ce dégoust de la parole de Dieu, est
de la nature de ces choses, qui selon la doctrine des Peres, sont tout à la fois dans nous &
peché & peine du peché; c'est à dire, de ces choses pour lesquelles Dieu nous punit, & par lesquelles il nous punit. Reflexion qui confon-
droit au moins nostre infidelité, lorsque nous
pretendons sur ce poinct nous justifier aux dépends de Dieu, puisqu'il est évident que tous
les principes d'où naist le dégoust de sa parole, sont par rapport à nous autant de principes
volontaires, & par là mesme autant de sujets de
condamnation. Cependant sans entreprendre
de les approfondir, contentons-nous d'en voir
les malheureuses consequences. Car que fait ce
dégoust de la divine parole! il nous en éloigne,
& il nous rend incapables d'en profiter. Or l'un
& l'autre est également à craindre, parce que
l'un & l'autre est un des plus rigoureux chastimens que Dieu exerce sur un pecheur, quand
il le livre dés cette vie à la severité de sa justice.

Sçavez-vous, Chrestiens (cecy merite vostre
attention, & sous une figure sensible va vous
decouvrir un des plus importants secrets de la

predeſtination & de la reprobation des hommes) ſçavez-vous par où la colere de Dieu commença à éclater ſur les Iſraëlites , & par où ces
eſprits rebelles commencerent eux-meſmes à
s'appercevoir qu'ils avoient irrité contre eux le
Seigneur ! L'Ecriture nous l'apprend : ce fut
par le dégouſt qu'ils conçeûrent pour la manne. Je m'explique. Cette manne tomboit du
ciel , & c'eſtoit l'aliment dont Dieu les avoit
pourveûs dans le deſert , & qu'il prenoit ſoin
luy-meſme de leur diſtribuer chaque jour à
proportion de leurs beſoins. Nourriture , qui
les maintenoit tous dans une ſanté parfaite ,
en ſorte , dit le texte ſacré , qu'on ne voyoit
point dans leurs tribus de malade ; *Et non e-*
rat in tribubus eorum infirmus. Nourriture ,
qui toute ſimple qu'elle eſtoit , avoit néanmoins les qualitez les plus rares ; qui par une
merveille bien ſurprenante , s'accommodoit à
tous les gouſts , & qui ſans nul autre aſſaiſon-
nement leur tenoit lieu des mets les plus exquis. Mais qu'arrive-t-il ! A peine ont-ils ſecoüé
le joug du Dieu d'Iſraël , & par là obligé le
Dieu d'Iſraël à ſe retirer d'eux , qu'il leur prend
un dégouſt de cette viande. Quoy qu'elle ſoit
en ſubſtance toûjours la meſme , elle commence à n'avoir plus pour eux le meſme attrait ; ils
ne vont plus la recueillir qu'avec dédain , &
dans l'uſage qu'ils en font ils n'y trouvent
plus rien que d'inſipide. Eſtonnez de ce chan-

Pſalm. 104.

ment, que se difent-ils les uns aux autres! *Ani-* *Num.* 21.
ma noftra jam naufeat fuper cibo ifto leviffimo:
quel prodige! cette manne autrefois fi delicieu-
fe nous eft maintenant infupportable. Ils fou-
pirent aprés des viandes plus materielles & plus
groffieres; & l'Ecriture adjoufte, qu'au mefme
temps la colere de Dieu s'éleva contre eux : *Et* *Pfalm.* 77.
ira Dei afcendit fuper eos. Comme fi la dépra-
vation de leur gouft , felon la belle reflexion
d'Origene & de faint Jerofme, euft efté le premier effet de la vengeance du Seigneur. Or
tout cela, reprend l'Apoftre, n'eftoit que l'ombre de ce qui devoit s'accomplir en nous. Car
voicy, mes chers Auditeurs, ce qui fe paffe tous
les jours en je ne fçais combien de chreftiens
du fiecle; & plaife au ciel, qu'une funefte experience ne vous l'ait pas fait connoiftre. La parole de Dieu, dit faint Auguftin, eft la vraye manne, c'eft à dire, la nourriture fpirituelle que
Dieu nous a preparée, & qui doit eftre pour nos
ames, fuivant le deffein de la providence, tout
ce que la manne du defert eftoit pour les corps.
Et en effet, quand autrefois nous eftions dans
l'ordre & que nous marchions dans les voyes
de Dieu, cette parole nous foutenoit, cette parole nous confoloit, cette parole fe proportion-
noit à nos befoins, & à nos goufts : nous l'é-
coutions avec plaifir , nous la recevions avec
avidité , nous en fentions la vertu fecrette &
toute miraculeufe. Mais maintenant que par

noſtre infidelité nous avons engagé Dieu à ſe tourner contre nous, nous n'éprouvons plus rien de tout cela. Cette parole, toute divine qu'elle eſt, ne fait plus, ni ſur nos cœurs, ni ſur nos eſprits nulle impreſſion. Il ne nous en reſte qu'un triſte dégouſt, qui nous fait dire comme les juifs: *Nauſeat anima noſtra ſuper cibo iſto leviſſimo.* De là vient que nous la negligeons & que nous refuſons de l'entendre, que nous preferons à ce devoir les plus vains amuſemens, que tout nous ſert de pretexte pour nous en diſpenſer, que nous regardons ce ſaint temps du careſme comme un temps de fatigue. De là vient ſi quelquefois nous y aſſiſtons, ou forcez par une certaine bienſéance, ou entraiſnez par l'exemple, que nous n'en profitons plus, pourquoy ! parce que pour profiter d'une viande, il faut l'aimer & la gouſter ; & que ce qui eſt vray des alimens du corps, l'eſt encore plus des alimens ſpirituels. Auſſi Dieu s'eſt-il declaré luy-meſme, qu'il remplira de biens les ames affamées ; *Animam eſurientem ſatiavit bonis :* c'eſt à dire, qu'à meſure que nous entretiendrons dans nous un ſaint deſir de ſa parole, cette parole entrera dans nos ames avec la plenitude des graces qui la ſuivent immediatement : comme au contraire il menace ailleurs de renvoyer ces ames dedaigneuſes, qui ne ſçavent pas eſtimer un de ſes dons les plus pretieux, & de les priver de tous les avantages qui y ſont attachez.

Num. 21.

Pſalm. 106.

Efurientes implevit bonis , & divites dimifit Luc. 1.
inanes ; un autre texte porte, *faftidiofos dimifit inanes.*

Ainfi voyons-nous tant de mondains n'entendre la parole de Dieu qu'avec indifference, & n'en remporter qu'un vuide affreux de toutes les penfées du ciel, & de tout ce qui pourroit les exciter à chercher le Royaume de Dieu & fa juftice. Ainfi les voyons-nous fortir des predications les plus touchantes fans en eftre émûs, fouvent rebuttez des chofes mefmes dont les autres font penetrez, & par leur infenfibilité montrant bien qu'ils font de ces delicats que Dieu rejette ! *Faftidiofos dimifit inanes.* Mais, dites-vous, ce dégouft que nous condamnons & que nous vous reprochons, n'eft point précifement un dégouft de la parole de Dieu, mais de la parole de Dieu mal annoncée : car fi je trouvois, adjouftez-vous, des hommes folides & judicieux; des hommes, comme les Prophetes, animez de l'efprit de Dieu, & capables de me reprefenter avec force les obligations de mon eftat ; fi je trouvois des Predicateurs de l'Evangile, tels que les defiroit faint Paul, qui joigniffent le zéle à la fcience, & qui fçeuffent en éclairant l'efprit, remuer le cœur, je les écouterois, & je les écouterois avec plaifir. C'eft ainfi qu'un lafche auditeur voudroit encore fe juftifier aux dépends de la providence, & qu'il prononce luy-mefme fon jugement. Car s'il

eſtoit vray, Chreſtiens, qu'il n'y euſt plus de
ces hommes évangeliques, propres à émouvoir
& à inſtruire, quelle marque plus ſenſible pourriez-vous avoir de la colere de Dieu! Ne ſeroit-
ce pas l'accompliſſement de cette menace que
Dieu faiſoit à ſon peuple : je leur oſteray les
predicateurs de ma parole ; & ceux qui en por-
teront encore le nom, & qui en ſeront l'office,
ne ſeront plus que des hommes vains, ſemblables à un airain ſonnant & à une cimbale re-
tentiſſante. Voilà, diſoit le Seigneur, par où je
les puniray. Je ne ſuſciteray plus de Prophete qu'ils écoutent ; il n'y en aura plus qui ait
le don de les toucher & de les convertir ; ils
demeureront ſans maiſtre & ſans doĉteur qui

2. Paral. 15.   leur enſeigne ma loy : *Abſque ſacerdote, do-
Ĉtore, & abſque lege.* Ne commenceriez-vous
pas, dis-je, à reſſentir l'effet de cette maledi-
ĉtion ; & ſaiſis d'une frayeur ſalutaire, à quel
autre qu'à vous-meſmes pourriez-vous imputer cette triſte diſette! Mais malgré l'iniquité
du monde nous n'en ſommes pas là. Rendons
graces au Seigneur : il y a encore dans l'Egliſe des hommes éclairez & fervens, des ſucceſ-
ſeurs de Jean-Baptiſte, qui comme des lampes
ardentes & luiſantes decouvrent la verité & la
preſchent ſaintement, fortement, utilement.
Mais vous en voulez qui la preſchent poliment
& agréablement, rien davantage; je dis poliment ſelon vos idées, & agreablement par rapport

port à voſtre gouſt; & parce que ceux que vous
entendez, quelque zéle qu'ils puiſſent avoir
d'ailleurs, n'ont pas néanmoins le don de vous
plaire, c'eſt aſſez pour vous en éloigner. Or en
cela meſme conſiſte la miſere ſpirituelle de voſtre ame, & le chaſtiment de Dieu; je veux dire en ce qu'il n'y a plus d'hommes aſſez parfaits
pour ſatisfaire voſtre gouſt & pour répondre à
voſtre delicateſſe. Voilà par où Dieu commence à vous reprouver. Car la reprobation de
Dieu s'accomplit auſſi bien à voſtre égard,
quand il n'y a plus de predicateurs qui vous
plaiſent, que s'il n'y en avoit plus abſolument
pour vous inſtruire; & peut-eſtre vaudroit-il
mieux pour vous qu'il n'y en euſt plus abſolument, que de n'en plus trouver qui s'attirent
voſtre attention & voſtre eſtime. Eſtat deplorable, mais eſtat ordinaire des gens du monde,
& particulierement de ceux qui vivent à la
Cour; il n'y a plus pour eux de parole de Dieu,
parce qu'il n'y a plus de ſujets qui ayent ces
qualitez requiſes pour la leur rendre ſupportable. S'ils raiſonnoient bien, ils concluroient de
là, que Dieu donc eſt irrité contre eux; qu'il
y a donc en eux quelque principe de religion
ou corrompu ou alteré; que ce rafinement de
gouſt dont ils ſe piquent, eſt pour m'exprimer
de la ſorte, un des indices les plus certains de
la mauvaiſe conſtitution de leur foy; que de là,
s'ils n'y prennent garde, s'enſuit la ruine évi-

Tome III.   . B

dente de leur falut. Car enfin Dieu, tout fage
& tout bon qu'il eſt, ne fera pas pour eux d'autres loix de providence, que celles qu'il a eſta-
blies. Or il a fanctifié le monde par la predication de l'Evangile, & il n'eſt pas croyable qu'il
les convertiſſe par un autre moyen que celuy-la.

Je ſçais que le fonds de ſes graces n'eſt point
épuiſé, & qu'il pourroit, pour les ſauver, au
lieu de ſa parole, employer les prodiges & les
miracles : mais pour peu qu'ils ſe fiſſent juſtice,
ils reconnoiſtroient qu'exiger de Dieu ces miracles, aprés avoir rejetté ſa parole, c'eſt une preſomption criminelle. Ainſi, dis-je, raiſonne-
roient-ils. Mais le comble du malheur pour
eux, eſt de ne rien comprendre de tout cela;
& par un aveuglement dont ils ſe ſçavent encore bon gré, de s'en tenir à des veûës purement humaines, comme ſi le defaut de predicateurs, tels qu'ils les demandent, n'eſtoit qu'u-
ne preuve & de la fineſſe & de la juſteſſe de leur
eſprit ; comme ſi Dieu ne devoit pas confondre cette prétenduë fineſſe & cette fauſſe juſteſſe d'eſprit par elle-meſme, en permettant qu'elle ſerve d'obſtacle à un nombre infini de graces à quoy leur ſalut eſtoit attaché, & qui de-
pendoient de la docilité d'un eſprit humble.
Je ne dis point par quelle injuſtice, ou pluſtoſt
par quelle biſarrerie, ce qu'il y a de plus venerable & de plus ſaint dans la parole de Dieu, a

ceſſé d'eſtre du gouſt du ſiecle & ſur tout du gouſt de la Cour. Autrefois les myſteres de la religion, expliquez & developpez, eſtoient les grands ſujets de la chaire. Maintenant, parce que la foy des hommes eſt languiſſante, on ne trouve plus dans ces grands ſujets que de la ſecherſſe ; & ceux qui les doivent traiter, forcez en quelque ſorte de condeſcendre au gré de leurs auditeurs, ou évitent d'y entrer, ou ne font en y entrant que les effleurer. Si les Peres de l'Egliſe revenoient au monde, & qu'ils preſchaſſent dans cet Auditoire ces éloquens diſcours qu'ils faiſoient aux peuples, & que nous avons encore dans les mains, je ne ſçais s'ils ſeroient écoutez, & Dieu veuille qu'ils ne fuſſent pas abandonnez. Les éloges des Saints, les merveilles que Dieu a operées par ſes eſlûs, eſtoient des matieres touchantes pour les fidelles : c'eſt de là que les miniſtres de l'Evangile tiroient certains exemples éclatants & convaincants, qui animoient, qui encourageoient, qui ſervoient de modelles & de regles : comment aujourd'huy ces exemples ſeroient-ils reçeûs ! On ne veut plus qu'une morale delicate, qu'une morale étudiée, qui faſſe connoiſtre le cœur de l'homme, & qui ſerve de miroir où chacun, non pas ſe regarde ſoy-meſme, mais contemple les vices d'autruy : & qui ſçait ſi cette morale n'aura pas enfin le meſme ſort, & ſi elle ne perdra pas bientoſt cette poincte qui la ſoutient!

Aprés cela que restera-t-il à un predicateur pour
gagner les ames; disons mieux, que restera-t-il
par où la grace de Jesus-Christ, sans un miracle
du ciel, puisse trouver entrée dans les cœurs!

Ah! Chrestiens, où en sommes nous, & à
quelle extremité nostre foy est-elle réduite!
d'où peut venir un tel desordre, si ce n'est pas
de l'abandon de Dieu, & à quoy peut-il abou-
tir qu'à nostre perte éternelle! ne goustant plus
la parole de vie, que devons-nous attendre que
la mort! Voilà, mes chers Auditeurs, où nous
conduit l'esprit du siecle; vous le sçavez, à ne
chercher plus que l'agreable & à rejetter le se-
rieux & le solide, à n'aimer que ce qui plaist &
à mépriser ce qui instruit & ce qui corrige, à
faire perdre aux plus saintes veritez toute leur
vertu, & si je l'ose dire, à les anéantir: *Quoniam diminutæ sunt veritates à filiis hominum.*
Heureux donc, mon Dieu, ces chrestiens dociles & fidelles, qui goustent vostre parole, & qui
l'écoutent parce qu'ils la goustent: *Beatiqui audiunt.* Leurs cœurs, comme une terre bien culti-
vée, reçoivent ce bon grain, & ce bon grain y
prend racine & y fructifie au centuple. Sont-ils
dans les tenebres! c'est une lumiere qui les dirige. Sont-ils dans la langueur! c'est une grace qui
les ranime. Excitez en nous, Seigneur, un desir ardent & un goust salutaire de cette parole
de verité, de cette parole de sainteté, de cette
parole de salut: mais en nous la faisant aimer,

Psalm. 11.

faites, ô mon Dieu, que nous l'aimions comme
voſtre parole afin d'en éviter l'abus. C'eſt le ſujet de la ſeconde partie.

Saint Paul inſtruiſant les premiers fidelles **II. PARTIE.**
ſur l'Euchariſtie, qui de nos myſteres eſt le plus
auguſte, ſe ſervoit d'une expreſſion bien remarquable, pour leur donner à entendre l'abus qui
ſe faiſoit deſſors & qui ſe fait encore tous les
jours dans le chriſtianiſme de cet adorable Sacrement: *Qui enim manducat indignè, judicium* **1. Cor. 11.**
ſibi manducat; non dijudicans corpus Domini;
quiconque, leur diſoit-il, mes Freres, mange
indignement ce pain de vie, doit ſçavoir qu'il
mange ſa propre condamnation : & pourquoy !
parce qu'il ne fait pas le diſcernement qu'il doit
faire du corps du Seigneur. Prenez garde, s'il
vous plaiſt : l'Apoſtre réduiſoit l'abus de la
communion à ce ſeul poinct, de recevoir le
corps de Jeſus-Chriſt ſans diſtinguer que c'eſt le
corps de Jeſus-Chriſt ; d'uſer de cette viande
celeſte, qui eſt immolée ſur l'Autel, comme on
uſeroit d'une viande commune ; de ne la pas
prendre avec ce ſentiment reſpectueux que demande la chair d'un Dieu ; de la confondre a-
vec les alimens les plus vils, ne mettant nulle
difference entre manger & communier, entre
participer à la ſainte table & eſtre admis à une
table prophane. Abus, qui dans ces premiers
ſiecles de l'Egliſe, pouvoit venir de l'ignorance
B iij

des gentils, ou de l'ignorance mesme des juifs
nouvellement convertis à la foy : mais abus qui
par nostre infidelité & par la corruption de nos
mœurs, est devenu bien plus frequent & plus
criminel, parce qu'il n'est rien de plus ordinaire ni rien de plus deplorable, que de voir encore aujourd'huy des chrestiens qui communient
sans discerner la nourriture sacrée qui leur est
offerte ; c'est à dire, sans qu'il paroisse que c'est
une viande divine & la chair mesme du Redempteur qu'ils croyent recevoir : *Non diju-*
dicans corpus Domini.

Or j'applique cecy à mon sujet, & sans prétendre que la comparaison soit entiere, elle me
servira néanmoins & me tiendra lieu de preuve pour establir ma seconde proposition. Nous
commettons tous les jours mille abus dans l'u-
sage de la parole de Dieu; & malheur à nous si
les commettant, ou nous ne les connoissons
pas, ou nous ne les ressentons pas. Mais, Chrestiens, l'abus capital, celuy que nous devons
sans cesse nous reprocher & d'où suivent tous
les autres, c'est que dans la pratique nous ne
faisons pas le discernement necessaire de cette
adorable parole ; je veux dire, que nous ne
l'écoutons pas comme parole de Dieu ; mais
comme parole des hommes ; qu'au moment
qu'elle nous est annoncée, au lieu de nous élever audessus de nous-mesmes, pour la recevoir
avec cette preparation d'esprit qui nous la ren-

droit également venerable & profitable en nous
souvenant que c'est la parole du Seigneur,
nous nous en formons des idées toutes humaines ; que nous ne la deshonorons pas moins,
selon la remarque de saint Chrysostome, en
l'approuvant qu'en la méprisant, puisque dans
nos éloges & dans nos mépris, nous en jugeons comme si c'estoit l'homme & non pas
le Dieu tout-puissant qui nous parlast. Voilà
ce que l'experience m'a appris, ce qu'elle vous
apprend à vous-mesmes, & de quoy je voudrois vous faire sentir toute l'indignité.

En effet, convenez avec moy, mes chers Auditeurs, que cet abus est un des desordres les
plus essentiels où nous puissions tomber : desordre, reprend saint Augustin, par rapport à
Dieu, qui selon l'Ecriture, estant un Dieu jaloux, l'est singulierement de l'honneur de sa
parole : desordre par rapport à nous - mesmes,
qui par là détruisons & anéantissons toute la
vertu, que Dieu commé auteur de la grace
communique à cette sainte parole, pour nous
sanctifier. Deux poincts d'une extresme importance. Ecoutez-moy. Quand vous ne faites pas
un juste discernement du corps de Jesus-Christ,
saint Paul pretend & avec raison, que vous le
prophanez, *Reus erit corporis & sanguinis* 1. Cor. 11.
Domini ; & moy je soutiens par la mesme regle, que vous prophanez la parole de Dieu,
quand vous ne sçavez pas la discerner de la pa-

role de l'homme selon l'esprit de noftre religion. Ne comparons point icy ces deux defordres, pour en mefurer l'excés & la grieveté.
Vous avez horreur d'une communion facrilege; & loin d'affoiblir & de diminuer en vous
ce fentiment, je voudrois, s'il m'eftoit poffible,
l'augmenter encore & le confirmer. Mais ma
douleur eft, qu'avec cette horreur d'une communion indigne, vous n'ayiez nul remords de
l'outrage que vous faites à Dieu, en écoutant, fi je puis m'exprimer de la forte, fa parole indignement; & je voudrois que l'horreur de l'un, par une confequence naturelle,
fervift à exciter en vous l'horreur de l'autre.
Tremblez, vous dirois-je, quand vous man-
gez le pain des Anges, avec auffi peu de foy
que vous mangeriez un pain terreftré & materiel; en ufer ainfi, c'eft un crime que vous ne
detefterez jamais affez. Mais tremblez encore,
adjoufterois-je, quand vous entendez la parole
que l'on vous prefche, avec auffi peu de religion, que fi c'eftoit un difcours academique:
quand, dis-je, vous l'entendez fans mettre entre elle & celle des hommes la difference que
Dieu y met & qu'il veut que vous y mettiez; &
comprenez bien qu'il y a dans l'abus de la predication une efpece de facrilege que nous pouvons
comparer à l'abus de la communion. Voicy comment S. Auguftin luy-mefme s'en eft expliqué:

Aug.   *Non minus eft verbum Dei, quàm corpus Chri-*

fti. Non, mes Freres, difoit-il, la parole de Dieu que nous entendons, n'eſt rien à noſtre égard de moins pretieux, ni de moins ſacré, que le corps meſme de Jeſus-Chriſt. Voilà le principe qu'il ſuppoſoit comme inconteſtable : d'où il tiroit cette concluſion, qui toute ſenſée qu'elle eſt, avoit toutefois beſoin d'eſtre appuyée de ſon authorité : *Non minus ergò reus erit, qui* Aug. *verbum Dei perperàm audierit, quàm qui corpus Chriſti in terram cadere ſua negligentia præſumpſerit.* Celuy-là donc, adjouſtoit-il, n'eſt pas en quelque-ſorte moins criminel, ni moins ſujet à l'anatheſme de S. Paul, qui abuſe de cette ſainte parole & qui la prophane, que s'il prophanoit le corps du Sauveur en le laiſſant tomber par terre, & le foulant aux pieds. Avoüons-le néanmoins, mes chers Auditeurs, c'eſt ce qui vous arrive tous les jours, & à quoy vous n'avez peut-eſtre jamais penſé, pour en faire devant Dieu le ſujet de voſtre confuſion & de voſtre douleur. Car ſi l'on venoit entendre la parole de Dieu comme parole de Dieu, y viendroit-on par un eſprit de curioſité pour l'examiner, par un eſprit de malignité pour la cenſurer, par un eſprit d'intereſt pour faire ſa cour, par un eſprit de mondanité pour voir & pour ſe faire voir; le diray-je, & n'en ſerez point ſcandaliſez ! par un eſprit de ſenſualité pour contenter les deſirs de ſon cœur, & pour trouver l'objet de ſa paſſion !

Ah ! Chreſtiens, ne rougiroit-on pas de s'y
preſenter avec de telles diſpoſitions ! cette penſée ſeule, c'eſt la parole de mon Dieu que je
vais écouter, ne ſuffiroit-elle pas pour nous ſaiſir d'une ſalutaire frayeur ! occupé de cette penſée, n'y viendroit-on pas avec un eſprit humble, avec une ame recueillie, avec un cœur touché & penetré des plus vifs ſentimens de la religion ; en un mot, comme l'on iroit à un Sacrement & au plus redoutable des Sacremens,
qui eſt celuy de nos Autels ! Car voilà toûjours
la veritable & juſte idée que nous devons avoir
de la parole de Dieu ; *Non minus eſt verbum*
Dei, quam corpus Chriſti. Quand donc vous
venez l'entendre avec des veûës toutes contraires, il eſt évident que vous ne la regardez
plus comme parole de Dieu, mais comme parole de l'homme. Et tel eſt l'abus que je combats, & qu'on ne peut aſſez déplorer. Car, dit
ſaint Chryſoſtome, Dieu parlant en Dieu veut
eſtre écouté en Dieu, & quand il parle par la
bouche des Predicateurs qui ſont ſes organes, il
veut que ſes organes ſoient écoutez comme luy-
meſme : *Qui vos audit, me audit : & qui vos*
ſpernit, me ſpernit. Mais vous, ſans remonter
ſi haut, vous voulez les écouter comme hommes, les controller comme hommes, les railler
meſmes ſouvent & les decrediter comme hommes ; & ce que vous ne feriez pas au moindre
ſujet qui vous annonceroit les ordres du Prin-

Luc. 10.

ce, & vous parleroit en son nom, vous le faites impunément & sans scrupule au ministre de vostre Dieu. Aprés cela, étonnez-vous que j'en appelle à vous-mesmes, & que je vous accuse devant le tribunal de vostre conscience d'avoir esté cent fois, & d'estre encore tous les jours les prophanateurs du saint dépost que Dieu nous a confié & qu'il nous a confié pour vous, qui est le ministere de sa parole.

De là par une consequence immanquable, l'inutilité de ce divin ministere. Car la parole de Dieu receûë comme parole de l'homme, ne peut produire dans les cœurs que des effets proportionnez à la vertu de la parole de l'homme; & il est de la foy, que la parole de l'homme, quelque touchante, quelque convainquante, quelque forte & quelque puissante qu'elle soit d'ailleurs, n'est d'elle-mesme pour le salut qu'un vain instrument. C'est ce que le grand Apostre faisoit entendre aux Thessaloniciens : *Ideò & nos* 1.Thess.2. *gratias agimus Deo sine intermissione : quoniam cùm accepissetis à nobis verbum auditus Dei, accepistis illud, non ut verbum hominum, sed (sicut est verè) verbum Dei qui operatur in vobis.* Vostre bonheur, mes Freres, leur disoit-il, & le sujet de ma consolation, c'est qu'ayant entendu la parole de Dieu que nous vous preschons, vous l'avez receûë, non comme parole des hommes, mais comme parole de celuy qui agit efficacement en vous. Voilà la source de

toutes les benedictions que Dieu a repanduës
fur voftre Eglife, & ce qui fait que voftre foy
eft devenuë celebre jufqu'à fervir de modelle à
toutes les Eglifes d'Afie. Prenez garde, dit
Theophylacte : c'eftoit la parole de faint Paul
qui opéroit dans ces nouveaux fidelles, mais
qui opéroit comme parole de Dieu. Au contraire voulez-vous voir la parole de Dieu, quoy
qu'annoncée par faint Paul, opérer comme parole de l'homme ! En voicy un exemple bien
remarquable. Saint Paul entre dans une ville de
Lycaonie pour y publier la loy de Dieu; on l'é-
coute, on eft charmé de fes difcours, on le fuit
en foule, on va jufqu'à luy offrir de l'encens,
jufqu'à vouloir luy facrifier comme à une divinité, jufqu'à le prendre pour Mercure & pour
le Dieu de la parole : *Et vocabant Barnabam
Jovem, Paulum verò Mercurium, quoniam ipfe erat dux verbi.* N'eftoit-ce pas, ce femble,
une difpofition bien avantageufe pour l'Evangile! Ah ! Chreftiens, difons pluftoft que c'eftoit
un obftacle au progrés de l'Evangile. Ils écou-
toient faint Paul comme homme ; autrement
ils n'auroient pas penfé à en faire un Dieu : fa
parole agiffoit donc en eux comme la parole
d'un homme. Et en effet ces applaudiffemens,
ces éloges font les fruicts ordinaires de la parole des hommes, quand ils ont le don de s'énon-
cer avec éloquence ou avec agrément. Mais
n'attendez rien de plus. O profondeur des con-

Act. 4.

feils de Dieu! de ce grand nombre d'admira-
teurs, faint Paul ne convertit pas un infidelle;
& de tous ces auditeurs charmez, il n'y en eut
pas un qui renonçaft à fes erreurs pour embraffer la foy. Voilà ce qu'éprouvent maintenant
encore tant de mondains; ce font des corru-
pteurs, ou s'il m'eft permis d'ufer de la figure
du Saint Efprit, ce font des adulteres de la parole de Dieu. Peu en peine de fa fecondité, ils
n'en cherchent que le plaifir, *Adulterantes ver-* 2. Cor. 2.
bum Dei. Que fera le predicateur le plus zelé!
Leur reprefentera-t-il l'horreur du peché, la feverité des jugemens de Dieu, les confequences
de la mort! ils s'arrefteront à la juftefle de fon
deffein, à la force de fon expreffion, à l'arran-
gement de fes preuves, à la beauté de fes remar-
ques. Leur mettra-t-il devant les yeux l'importance du falut éternel & la vanité des biens de
la vie! ils conviendront qu'on ne peut rien dire de plus grand; que tout y eft noble, fenfé,
fuivi; mais dans la pratique nulle conclufion.
Ils admireront, mais ils ne fe convertiront pas;
deshonorant, dit faint Auguftin, la parole de
Dieu par les loüanges mefmes qu'ils luy donnent, ou pluftoft qu'ils luy oftent pour les
donner à celuy qui n'en eft que le difpenfa-
teur.

C'eft ce que faifoient les juifs, lorfque le Prophete Ezechiel leur annonçoit les calamitez
dont Dieu, pour le jufte chaftiment de leurs

crimes, devoit bientoſt les affliger. Car l'Ecriture nous apprend qu'ils eſtoient enchantez des
diſcours de ce Prophete, ſans eſtre émeûs de ſes
menaces ; & Dieu luy-meſme luy en mar-
quoit la raiſon. *Filii populi tui loquuntur de te
juxta muros & in oſtiis domorum.* Hé bien,
Prophete, luy diſoit le Seigneur, ſçais-tu l'effet
des veritez étonnantes que tu preſches à mon
peuple ! c'eſt qu'ils parlent de toy par toute la
ville & dans toutes les compagnies. Au lieu de
glorifier ma parole, ils te préconiſent toy-meſ-
me. *Et dicunt unus ad alterum : Venite, &
audiamus quis ſit ſermo egrediens à Domino.* Quand tu dois les inſtruire, ils s'invitent
les uns les autres : allons, & voyons comment
le Prophete aujourd'huy réüſſira. *Et veniunt
ad te, quaſi ſi ingrediatur populus ;* & en effet, ils viennent t'entendre comme ils iroient
à un ſpectacle. *Et es eis quaſi carmen muſi-
cum quod ſuavi dulcique ſono canitur ;* ils t'é-
coutent comme une agreable muſique, qui
leur flatteroit l'oreille. Mais prends garde, ad-
jouſtoit le Dieu d'Iſraël, qu'ils ſe contentent
d'écouter ce que tu leur enſeignes, & du reſte
qu'ils ſe ſont mis dans une malheureuſe poſſeſſion de n'en rien pratiquer ; *Et audiunt verba tua, & non faciunt ea.* Pourquoy ! parce que c'eſt ta parole qu'ils entendent, & non
pas la mienne : *Et audiunt verba tua.* Or ta parole peut bien avoir la grace de leur plaire,

Ezech. 33.

Ibidem.

Ibidem.

Ibidem.

mais elle n'aura jamais la force de les convertir.

Aussi, reprend S. Jerosme, y va-t-il de l'honneur de Dieu, que la conversion des ames, qui est le grand ouvrage de sa grace, ne soit pas attribuée à la parole des hommes, ni mesmes à la sienne confonduë avec celle des hommes. Vous voulez entendre ce predicateur, parce qu'il vous plaist; & Dieu ne veut pas que ce soit par ce qui vous plaist dans ce predicateur que vous soyez converti, mais par la simplicité de la foy. N'esperez pas qu'il change cet ordre, & qu'il fasse pour vous une loy particuliere. Mais sçavez-vous comment il vous punira! il se vangera de vous par vous-mesmes: il vous laissera en partage la parole des hommes, puisque c'est celle que vous cherchez; & pour sa parole il la révelera aux vrays fidelles qui la reçoivent avec une humble docilité: ou pour mieux dire, de cette mesme parole, il vous laissera tout ce qu'elle peut avoir de specieux & d'inutile à quoy vous vous attachez; mais tout ce qu'elle a de solide & d'avantageux pour le salut, il le reservera à ces ames choisies, qui ne cherchent dans sa parole que sa parole mesme. Etrange & pernicieux abus! On écoute les predicateurs pour juger de leurs talens, pour faire comparaison de leurs merites, pour rabbaisser celuy-cy, pour donner la preference à celuy-là: & souvent on verra dans une ville, dans une Cour, touchant les ministres de la parole évangelique, le mefme partage d'efprits qu'on vit autrefois à Corinthe touchant les miniftres du baptefme ; quand l'un difoit, pour moy je fuis à Apollo ; & l'autre, pour moy je fuis à Céphas. Ah, mes Freres, reprenoit faint Paul, pourquoy ces conteftations & ces partialitez ! Jefus-Chrift eft-il donc divifé ! *Divifus eft Chriftus!* Eft-ce Apollo qui a efté crucifié pour vous, & avez-vous efté baptifez au nom de Céphas! N'eft-ce pas le mefme Dieu qui vous a fanctifié par eux! A quoy j'adjoufte, Chreftiens, n'eft-ce pas le mefme Dieu qui vous parle, & qui vous exhorte par noftre bouche ; *Deo exhortante per nos!* Qui fommes-nous, difoit ailleurs faint Pierre, en prefchant aux juifs, pour meriter que vous vous occupiez de nous, & que vous faffiez diftinction de nos perfonnes! Pourquoy nous regardez-vous, tandis que nous faifons l'office de fimples ambaffadeurs! *Viri fratres, quid miramini in hoc, aut nos quid intuemini!* Sans cette qualité d'ambaffadeur de Jefus-Chrift, moy qui parois aujourd'huy dans cette chaire aprés y avoir déja tant de fois paru, oferois-je foutenir la prefence du plus grand des Rois, & la foutenir de fi prés, tandis que les nations entieres tremblent devant luy, & qu'il repand fi loin la terreur! Oferois-je élever la voix au milieu de la plus floriffante Cour du monde; fi tout indigne que je fuis, je n'eftois prévenu, & vous ne l'eftiez comme moy de cette penfée;

que

I. Cor. 1.

I. Cor. 5.

Act. 3.

que Dieu m'a confié fa parole, & que c'eft en
fon nom que je vous l'annonce : *Viri fra-* Act. 3.
tres, quid miramini in hoc, aut nos quid intue-
mini ?

Cependant , quoyqu'il foit vray que tout
predicateur de l'Evangile, en confequence de fa
miffion, eft l'ambaffadeur & l'organe de Dieu,
n'en peut-on pas faire le choix, & s'attacher à
l'un pluftoft qu'à l'autre ! Oüy , Chreftiens , ce
choix peut eftre bon & utile ; mais il doit eftre
reglé felon la prudence du falut. Ainfi le difciple Ananie fut-il choifi preferablement à tout
autre, pour eftre le docteur & le maiftre de celuy mefme qui devoit l'eftre de toutes les nations. Ainfi Dieu mefme infpira-t-il à S. Auguftin encore pecheur de fe faire inftruire par faint
Ambroife , & de l'écouter. Ainfi , mon cher
Auditeur , Dieu peut-eftre a-t-il refolu d'o-
pérer voftre converfion par le miniftere de tel
predicateur, & luy a-t-il donné grace pour
cela : car c'eft ce qui arrive tous les jours , &
rien n'eft plus ordinaire dans la conduite de
la providence. Mais voulez-vous que voftre
choix ne faffe rien perdre , ni à la parole de
Dieu de l'honneur qui luy eft dû , ni à vous-
mefme du profit que vous en pouvez retirer !
voicy deux avis importants que je vous donne,
& que vous devez fuivre. Prémiérement, entre les miniftres de l'Evangile, ne preferez pas
tellement l'un , que vous méprifiez les autres.

Tome III. . C

Car eſtant tous envoyez de Dieu, vous les devez tous honorer ; & tel ſur qui tomberoient
vos mépris, eſt celuy peut-eſtre dont Dieu ſe
ſervira pour convertir tout un peuple : or il eſt
de la providence qu'il y ait des predicateurs
pour ce peuple, auſſi bien que pour vous. Secondement, n'ayez égard dans le choix que
vous faites, qu'à voſtre avancement ſpirituel &
à voſtre perfection : c'eſt à dire, ne vous attachez à un predicateur, que parce qu'il vous eſt
plus utile pour le ſalut : car il faut vouloir les
choſes pour la fin qui leur eſt propre ; or la parole de Dieu n'a point d'autre fin que noſtre
ſanctification. Quand pour la ſanté du corps
j'ay à choiſir un medecin, je n'examine point
s'il eſt orateur ou philoſophe, s'il s'exprime a-
vec politeſſe, & s'il ſçait donner à ſes penſées un
tour ingenieux & delicat : mais je veux qu'il
ait de l'experience & qu'il ſoit verſé dans ſon
art ; je veux qu'il connoiſſe mon tempérament,
& qu'il ſoit en eſtat de me guérir ; cela me ſuffit. Si donc je trouve un miniſtre de la divine parole qui m'édifie, qui faſſe impreſſion ſur
moy, qui ait le don de remüer mon cœur, qui
me porte plus efficacement, plus fortement à
Dieu, c'eſt là que je dois m'en tenir. Voilà
l'homme que Dieu m'a deputé pour me faire
connoiſtre ſes volontez ; voilà pour moy ſon
Ambaſſadeur. Qu'il n'ait du reſte nul avantage
de la nature : il me touche, il me convertit ;

c'eſt aſſez. En l'écoutant, j'écoute Dieu meſme; & mon bonheur en écoutant Dieu dans ſon miniſtre, eſt d'attirer ſur moy les graces les plus puiſſantes, & de me preſerver de cet endurciſſement fatal & de cette reprobation où conduit une opiniaſtre reſiſtance à la parole de Dieu, comme nous l'allons voir dans la troiſiéme partie.

I L y a des choſes dont l'uſage nous eſt tellement profitable, qu'elles peuvent ſans conſequence & ſans danger devenir inutiles. Mais il y en a d'autres, qui du moment qu'elles nous deviennent inutiles, par une malheureuſe fatalité, nous deviennent préjudiciables. Les alimens & les remedes ſont de cette nature. Si je ne profite pas des alimens, ils ſe tournent pour moy en poiſon; & la medecine me tuë, dés qu'elle n'opére pas pour me guérir. Or il en eſt de meſmes, Chreſtiens, de la parole de Dieu : elle eſt dans l'ordre de la grace, le principe de la vie; mais quand elle ne donne pas la vie, elle cauſe neceſſairement la mort. Ne vous étonnez pas, dit ſaint Bernard, que le Saint eſprit nous la propoſe tout à la fois dans l'Ecriture, & comme une viande, & comme une épée : *Non te moveat, quod idem verbum Dei & cibum dixerit & gladium.* Car il eſt vray que c'eſt une viande pour ceux qui ſe la rendent ſalutaire; mais il n'eſt pas moins vray que c'eſt une épée dont les coups ſont mortels, pour ceux qui ne

III. Partie.

Bern.

C ij

s'en nourriſſent pas. Et en cela meſme, adjouſte ce ſaint Docteur, Dieu verifie parfaitement
ce qu'il avoit dit par ſon Prophete, que ſa parole ne ſeroit jamais oiſive, & que de quelque
maniere qu'on la reçeuſt dans le monde, elle auroit toûjours ſon effet : *Sic erit verbum meum
quod egreditur ex ore meo : non revertetur ad me
vacuum, ſed faciet omnia quæcumque volui.* Cette

Iſai. 55.

parole, diſoit le Seigneur, qui ſort de ma bouche, & dont les predicateurs ne ſont que les organes, ne reviendra point à moy vuide & ſans
fruict ; & malgré l'iniquité des hommes, elle
ſera toûjours ce que je veux. Mais en quel ſens
pouvons-nous entendre que la parole de Dieu
ſoit toûjours ſuivie de l'execution des ordres
& des volontez de Dieu meſme ! noſtre indoci-
lité n'en arreſte-elle pas tous les jours la vertu !
Non, répond l'Ange de l'école ſaint Thomas :
car Dieu, dit-il, en nous faiſant annoncer ſa
parole, a deux volontez differentes, dont l'une
eſt tellement ſubſtituée à l'autre, que ſi la premiere vient à manquer, il faut par une indiſpenſable
neceſſité que la ſeconde ait ſon accompliſſement. Je m'explique. Dieu veut que ſa parole
opére en nous des effets de grace & de ſalut,
& c'eſt ſa premiere volonté ; mais ſuppoſé qu'elle ne les opére pas ces effets de ſalut & de grace, il veut qu'elle en produiſe d'autres, qui ſont
des effets de juſtice & de colere ; voilà la ſeconde. Je puis bien empeſcher que l'une ou l'autre

de ces deux volontez ne s'exécute ; mais il ne dépend pas de moy d'arrester toutes les deux ensemble, & de faire que ni l'une ni l'autre ne s'accomplisse. C'est à dire, il est bien en mon pouvoir, que la parole de Dieu ne soit pas pour moy une parole de vie, parce que je puis l'écouter avec un esprit rebelle. Il dépend bien de moy qu'elle ne soit pas à mon égard une parole de mort, parce que je puis l'écouter avec un cœur docile. Mais je ne sçaurois éviter qu'elle n'ait l'une ou l'autre de ces deux qualitez ; je veux dire, qu'elle n'ait par rapport à moy ou ces effets de justice ou ces effets de misericorde ; & c'est ainsi que Dieu dit toûjours avec verité : *Non revertetur ad me vacuum, sed faciet quæ-* Isai. 55. *cumque volui.* Mais encore quels sont ces effets de justice attachez pour nous à la parole de Dieu, quand nous luy resistons ? Les voicy, Chrestiens, expressément marquez dans l'Ecriture : l'endurcissement du pecheur, & sa condamnation devant le tribunal de Dieu. Effets directement opposez aux desseins de Dieu en nous faisant part de cette sainte parole. Car dans les veûës de Dieu, poursuit le Docteur Angelique, elle devoit amollir & fléchir nos cœurs ; mais par la resistance que nous y apportons, elle les endurcit. Dans les veûës de Dieu elle devoit nous justifier ; mais à mesure que cette resistance croist, elle nous accuse & nous condamne, pour achever un jour de nous

confondre devant le souverain juge. Encore un
moment d'attention.

Dieu sans interesser aucun de ses divins attributs, sur tout sa sainteté, endurcit quelquefois
les cœurs des hommes. C'est luy mesme qui s'en
declare: *Indurabo cor ejus;* j'endurciray le cœur

Exod. s.

de Pharaon. De sçavoir comment il peut contribuer à cet endurcissement, luy qui est la charité
mesme, & comment en effet il y contribuë, c'est
un mystere que nous devons réverer & que je
n'entreprends point icy d'examiner. Je m'en
tiens à la foy; & la mesme foy qui m'enseigne
que Dieu fait misericorde à qui il luy plaist,
m'apprend encore qu'il endurcit qui il luy plaist:

Rom. 9.

*Ergò cujus vult miseretur, & quem vult indu-
rat.* Or je prétends que rien ne conduit plus
efficacement le mondain à ce funeste estat, que
la parole de Dieu meprisée & rejettée; & j'en
tire la preuve de l'exemple mesme de Pharaon.
Comprenez-le, Chrestiens; & vous consultant ensuite vous-mesmes, reconnoissez que ce
qui se passa d'une maniere visible dans la personne de ce Prince reprouvé de Dieu, se renouvelle tous les jours interieurement, dans
ces pecheurs que saint Paul appelle des vais-
seaux de colere & de damnation. Dieu remplit
Moyse de son esprit; il luy met dans la bouche
sa parole, & luy dit: allez, c'est moy qui vous
envoye. Vous parlerez à Pharaon, & vous luy
signifierez mes ordres. Je sçais qu'il n'y defere-

ra pas, mais au mesme temps j'endurciray son cœur : *Tu loquêris ad Pharaonem omnia quæ* *Exod. 3.* *mando tibi, & non audiet te, sed ego indurabo cor ejus.* L'effet répond à la menace : le saint Legislateur parle, il s'acquitte de la commission qu'il a reçeuë; mais autant de fois qu'il parle au nom de son Dieu, le texte sacré adjouste que le cœur de Pharaon s'endurcissoit : *Et indura-* *Exod. 7.* *tum est cor Pharaonis.* C'est le Dieu d'Israël, disoit Moyse, qui vous ordonne de mettre son peuple en liberté, & de le tirer de la servitude où vous le retenez si injustement & si long-temps: mais qui estes-vous, répondoit Pharaon, & qui est le Dieu dont vous vous autorisez! où sont les preuves & les signes de vostre mission! Vous en allez estre témoin, repliquoit l'envoyé de Dieu; & frappant de cette baguette mysterieuse qu'il tenoit dans ses mains, il couvroit l'Egypte de tenebres, & la remplissoit de ces autres fleaux dont l'Ecriture nous fait une si affreuse peinture. N'estoit-il pas surprenant que Pharaon, malgré tant de prodiges, s'obstinast dans sa desobéissance! Non, Chrestiens, il n'en falloit point estre surpris, puisque c'estoit par là mesme que Dieu vengeoit l'outrage fait à sa parole, & qu'une resistance aussi outrée que celle de Pharaon ne devoit pas estre suivie d'un moindre chastiment. Ah! Seigneur, ne nous punissez jamais de la sorte; & plustost que de nous livrer à un endurcissement si fatal,

C iiij

employez contre nous toutes vos autres vengeances. Envoyez-nous comme à Pharaon des
adverſitez, des calamitez, des humiliations ;
pour peu que nous ſoyons chreſtiens, nous
nous y ſoumettrons ſans peine : mais, mon
Dieu, préſervez-nous de cette dureté de cœur
qui nous rendroit inſenſibles à tous les traits de
voſtre grace & à tous les intereſts de noſtre ſalut : *Aufer à nobis cor lapideum.* Voilà néanmoins, mes chers Auditeurs, ce qui arrive. A
force de reſiſter à Dieu & à ſa parole, ce cœur
de pierre ſe forme peu à peu dans nous. Ne me
demandez point, dit ſaint Bernard, quel eſt ce
cœur dur; c'eſt le voſtre, répond ce Pere, ſi vous
ne tremblez pas : *Si non expaviſti, tuum eſt.* Car
il n'y a qu'un cœur endurci, qui puiſſe n'avoir
pas horreur de ſoy-meſme, parce qu'il ne ſe
ſent plus luy-meſme : *Solum enim eſt cor du-*
rum, quod ſemetipſum non exhorruit, quia nec
ſentit. Auſſi, qu'un predicateur taſche à l'inti-
mider, à l'engager, à l'exciter ; rien ne l'émeut,
ni promeſſes, ni menaces, ni recompenſes, ni
chaſtimens.

De là cette meſme parole, qui devoit ſervir
à juſtifier le pecheur, ne ſert plus qu'à le condamner. Car plus le talent qu'on luy avoit mis
dans les mains eſtoit pretieux, plus eſt-il criminel de n'en avoir fait nul uſage : plus la parole de Dieu par elle-meſme avoit d'efficace
pour le toucher & le convertir, plus eſt-il cou-

Bern.

Idem.

pable d'en avoir anéanti toute la vertu. C'eſt
pourquoy le Fils de Dieu fulminoit de ſi terribles anatheſmes contre les habitants de Betſaïde
& de Coroſaïm : & certes, reprend Origene, il
falloit bien que cette terre fuſt maudite, puis
qu'une ſemence auſſi feconde que la parole de
Dieu n'avoit pû rien y produire. C'eſt pour cela que le meſme Sauveur du monde ordonnoit
à ſes Apoſtres de ſortir des villes & des bourgades où ils ne ſeroient point écoutez, & de ſe-
coüer en ſe retirant la pouſſiere de leurs ſou-
liers, pour marquer à ces peuples infidelles que
Dieu les rejettoit. Enfin, c'eſt en ce meſme ſens
que S. Auguſtin explique cet important avis que
nous donne Jeſus-Chriſt dans l'Evangile : *Eſto* *Matth. 5.*
conſentiens adverſario tuo citò, dum es in via cum
eo; marchez toûjours d'intelligence & accordez-
vous avec voſtre ennemi. Cet ennemi, dit ce
ſaint Docteur, c'eſt la parole de Dieu, que nous
fuſcitons contre nous en luy reſiſtant. Elle ſe
declare contre nos vices, contre nos habitudes,
contre nos paſſions : *Adverſarium tuum feciſti* *Aug.*
ſermonem Dei. Mais ſuivant le conſeil du Fils
de Dieu, travaillons à nous la rendre favorable.
Conformons nos mœurs à ſes maximes ; profitons de ſes enſeignemens, écoutons-les, ai-
mons-les, pratiquons-les : pourquoy ! *Ne for-* *Matth. 5.*
tè tradat te adverſarius judici, & judex tradat
te miniſtro : de peur que ce formidable adver-
ſaire ne vous livre entre les mains de voſtre ju-

ge, & ne s'éleve contre vous pour vous accu-
ser.

Oüy, Chrestiens, elle s'élevera contre vous,
elle vous accusera, elle vous reprouvera, elle
demandera justice à Dieu de tous les mépris &
de tous les abus que vous en aurez faits : &
Dieu qui fut toûjours fidelle à sa parole, & qui
ne luy a jamais manqué, la luy rendra toute entiere. Deux sortes de personnes interviendront
à ce jugement, & se joindront à elle pour la se-
conder, auditeurs & predicateurs. Auditeurs,
qui l'auront honorée, & qu'elle aura sanctifiez.
Predicateurs, qui l'auront annoncée, & que
Dieu avoit remplis pour vous de son esprit. Les
premiers, representez par les Ninivites; & les seconds, par les Apostres. Car vous sçavez avec
quelle promptitude les Ninivites obéirent à Jo-
nas qui leur preschoit la penitence; & ce sera
Matth. 12. vostre condamnation : *Viri Ninivitæ surgent in
judicio cum generatione ista, & condemnabunt
eam : quia pœnitentiam egerunt in prædicatio-
ne Jonæ.* Et vous n'ignorez pas que le Sauveur du monde a promis à ses Apostres, & dans
la personne de ses Apostres aux ministres fidelles de sa parole, de les faire asseoir auprés de
Matth. 19. luy pour juger toutes les nations : *Sedebitis
& vos super sedes duodecim, judicantes duode-
cim tribus Israël.*

Ah ! Seigneur, seray-je donc employé à ce
triste ministere ! Aprés avoir esté le predicateur

de cet auditoire chreſtien, en ſeray-je l'accuſateur, en ſeray-je le juge ! Prononceray-je la
ſentence de reprobation contre ceux que je
voudrois ſauver au prix meſme de ma vie ! Il
eſt vray, mon Dieu, ce ſeroit un honneur pour
moy d'avoir place auprés de vous ſur le tribunal de voſtre juſtice. Mais cet honneur, je ne
l'aurois qu'aux dépends de tant d'ames qui vous
ont couſté tout voſtre ſang. Peut-eſtre meſmes en les condamnant, me condamnerois-je
moy-meſme, puiſque je ſuis encore plus obligé qu'eux à pratiquer les ſaintes veritez que je
leur preſche. J'auray donc pluſtoſt recours dés
maintenant & pour eux & pour moy, au tribunal de voſtre miſericorde. Je vous ſupplieray
de repandre ſur nous l'abondance de vos graces, afin que par la vertu de voſtre grace, voſtre
parole nous ſoit une parole de ſanctification,
& une parole de la vie éternelle, où nous con-
duiſe &c.

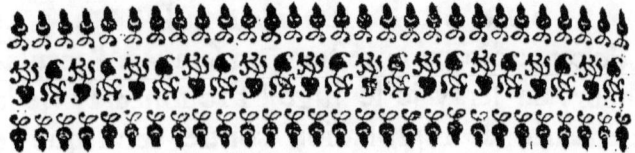

SERMON
POUR LE LUNDY
de la cinquiéme Semaine.

Sur l'amour de Dieu.

Hoc autem dixit de spiritu quem accepturi erant credentes in eum.

Or il dit cela de l'esprit qu'ils devoient recevoir par la foy. En saint Jean, chap. 7.

CE n'estoit pas seulement sur les Apostres que devoit descendre ce divin esprit, mais sur les fidelles; & comme la mesme foy devoit nous unir tous dans le sein de la mesme Eglise, le mesme esprit devoit tous nous animer & nous combler des dons de sa grace. Esprit de verité, envoyé de Dieu, selon le temoignage du Sauveur du monde, pour nous enseigner toutes choses : mais de toutes les choses qu'il nous a enseignées, il nous suffira d'en bien apprendre une seule à quoy les autres se rapportent, & que saint Paul a voulu nous marquer dans ces belles paroles : *Charitas Dei diffusa est in cordibus*

Rom. 5.

noſtris per Spiritum ſanĉtum : la charité de Dieu a eſté répanduë dans nos cœurs par le Saint Eſprit. Car cet eſprit de lumiere eſt ſur tout encore un eſprit d'amour, & quand une fois nous ſçaurons aimer Dieu, nous poſſederons dans l'amour de Dieu toute la ſcience du ſalut, & dés cette vie meſme nous commencerons ce qui doit faire toute noſtre occupation & tout noſtre bonheur dans l'éternité. Mais n'eſt-il pas étrange, Chreſtiens, qu'uniquement créez pour aimer Dieu, nous ayions peut-eſtre juſques à preſent ignoré en quoy conſiſte l'amour de Dieu; & que ſoumis à la loy, nous ne connoiſſions pas le premier & le grand précepte de la loy ! Il eſt donc important de vous en donner une connoiſſance exaĉte, & c'eſt ce que j'entreprends dans ce diſcours. Il s'agit, mes chers Auditeurs, du plus eſſentiel de nos devoirs ; & ce que le ſage a dit de la crainte de Dieu, que c'eſtoit proprement l'homme & tout l'homme, je puis bien encore le dire à plus forte raiſon de l'amour de Dieu : *Hoc eſt enim omnis homo.* Vous, ô Eſprit de charité, ſecondez mon zéle, & me mettez aujourd'huy dans la bouche des paroles de feu ; de ce feu celeſte, dont vous eſtes la ſource intariſſable ; de ce feu ſacré, qui fait les bienheureux dans le ſejour de la gloire & les ſaints ſur la terre. C'eſt la grace que je vous demande par l'interceſſion de Marie, en luy diſant, *Ave Maria.*

Ecclef. 12.

ADoucir les préceptes de la loy de Dieu, en
leur donnant des interpretations favorables à la
nature corrompuë, c'est une maxime, Chrestiens, trés pernicieuse dans ses consequences :
mais outrer ces mesmes préceptes, & les entendre dans un sens trop rigide, & audelà des termes de la verité, c'est un excés que nous devons
également éviter. Dire, cecy n'est pas peché,
quand il l'est en effet, c'est une erreur dange-
reuse pour le salut : mais dire, cecy est peché,
quand il ne l'est pas, c'est une autre erreur peut-
estre encore plus préjudiciable. Ce n'est pas
d'aujourd'huy qu'on s'est élevé contre ceux
qui par des principes trop larges ont voulu sauver tout le monde : mais aussi n'est-ce pas d'aujourd'huy, qu'on a condamné ceux qui par l'in-
discrette severité de leurs maximes, ont exposé
tout le monde à tomber dans le desespoir. Il y
a plus de quatorze siecles que Tertullien reprochoit aux Catholiques le relaschement de leur
morale ; mais il y a aussi plus de quatorze siecles
qu'on a reproché à Tertullien sa rigueur extré-
me & sans mesure, qui le conduisit enfin à l'hé-
resie. Il faut tenir le milieu, & lorsqu'il s'agit de
la reprobation d'une ame ou de sa justification,
on ne doit estre ni trop commode ni trop severe; mais il faut estre sage, & sage selon les regles
de la foy.

Or je vous dis cecy, Chrestiens, parce qu'ayant

à traiter dans ce difcours une des veritez fonda-
mentales de la religion, il feroit à craindre que
vous ne fuffiez prevenus, ou que j'exaggere vos
obligations, ou que je les diminuë. Double extremité dont j'ay à me défendre ; & pour cela je
n'avanceray rien qui ne foit univerfellement reçeû, rien qui ne foit évident & inconteftable,
rien mefmes qui ne foit de la foy. Je ne m'atta-
cheray point à l'opinion de celuy-cy, pluftoft
qu'à la penfée de celuy-la : mais je fuivray celle
de tous les Docteurs. Je ne prendray point le plus
probable en laiffant le moins probable. Je ne me
contenteray point de vous dire ce qui eft vray,
mais je vous diray ce que l'Evangile vous oblige
à croire. Cela fuppofé, j'entre dans mon deffein,
& je le propofe en trois mots. Je pretends que
l'amour de Dieu qui nous eft commandé, doit
avoir trois caracteres : l'un par rapport à Dieu,
l'autre par rapport à la loy de Dieu, & le troifiéme par rapport au chriftianifme où nous fommes engagez par la vocation de Dieu. Par rapport à Dieu, l'amour de Dieu doit eftre un a-
mour de preference. Par rapport à la loy de
Dieu, l'amour de Dieu doit eftre un amour de
plenitude ; & par rapport au chriftianifme, l'a-
mour de Dieu doit eftre un amour de perfection. Amour de preference : en voilà, pour
ainfi dire, le fonds, & ce fera la premiere partie.
Amour de plenitude : en voilà l'étenduë, & ce
fera la feconde partie. Enfin, amour de perfe-

ction : en voilà le degré, & ce fera la derniere partie. Je vais m'expliquer, & je vous prie de me fuivre avec attention.

I. PARTIE.

Luc. 10.

CE n'eſt pas ſans raiſon que Jeſus-Chriſt expliquant luy-meſme le précepte de l'amour de Dieu, en réduit toute la ſubſtance à cés deux paroles, *Diliges ex toto corde tuo, & ex omni mente tua*, vous aimerez voſtre Dieu de tout voſtre cœur & de tout voſtre eſprit ; puiſque ſelon la belle remarque de ſaint Auguſtin, l'un ſert à determiner l'obligation de l'autre, & que le culte de l'eſprit doit eſtre icy la juſte meſure de celuy du cœur. En effet, à quoy m'engage préciſement cette ſainte & adorable loy, *Diliges !* taſchez à en bien comprendre toute la force. Elle m'engage, répond le Docteur Angelique ſaint Thomas, à avoir pour Dieu un amour de diſtinction, un amour de ſingularité, un amour qui ne puiſſe convenir qu'à Dieu; c'eſt à dire, en vertu duquel je prefere Dieu à toute créature. Et voilà le tribut eſſentiel par où Dieu veut que je rende hommage à la ſouveraineté de ſon eſtre : *Diliges Dominum.* Il ne me commande pas abſolument de l'aimer d'un amour tendre & ſenſible; cette ſenſibilité n'eſt pas toûjours en mon pouvoir : beaucoup moins, d'un amour contraint & forcé; il ne luy ſeroit pas honorable d'eſtre aimé de la ſorte : ni meſmes d'un amour fervent juſqu'à certain degré;

ce

ce degré de ferveur ne m'eft point connu, & Dieu par condefcendance à ma foiblefle, n'a pas voulu me le prefcrire. Mais il exige de moy, fous peine d'une éternelle reprobation, que je l'aime comme Dieu, par preference à tout ce qui n'eft pas Dieu. Obfervez, Chreftiens, ce terme de preference. Je ne dis pas d'une preference vague & de pure fpeculation, qui me faffe feulement reconnoiftre que Dieu eft au deffus de tous les eftres créez : car il n'eft pas neceffaire pour cela d'avoir cette charité furnaturelle dont je parle, puifque les démons mefmes qui haïffent Dieu, ont néanmoins pour luy malgré leur haine ce fentiment d'eftime. Mais je dis d'une preference d'action & de pratique : en forte que je fois difpofé, mais fincerement, à perdre tout le refte, pluftoft que de confentir à perdre un moment la grace de Dieu. Difpofition tellement neceffaire, que de toutes les chofes que je puis defirer ou poffeder, s'il y en a une feule que je poffede ou que je defire au hazard d'encourir la difgrace de Dieu; c'eft à dire, fi cet acte d'amour que je forme dans mon cœur, quand je protefte à Dieu que je l'aime, n'a pas affez de vertu pour m'engager à rompre tous les liens & toutes les attaches qui peuvent me feparer de Dieu; dés-là je dois prononcer anathefme contre moy-mefme, dés-là je dois me condamner moy-mefme comme prévaricateur de la charité de Dieu, dés-là je dois con-

Tome III. .D

clure que je n'accomplis pas le commandement
de l'amour de Dieu, que je ne suis donc plus
en estat de grace avec Dieu, ni par consequent
dans la voye du salut : pourquoy ! parce que je
n'aime pas Dieu avec cette condition essentielle, de l'aimer par preference à tout.

En quoy, dit S. Chrysostome, non seulement
Dieu ne nous demande rien de trop ; mais à le
bien prendre, il ne dépend pas mesmes de luy de
nous demander moins. Car remarquez, mes Freres, dit ce S. Docteur, que Dieu veut que nous
le servions, que nous l'honorions, que nous l'aimions à proportion de ce qu'il est, & d'une maniere qui le distingue de ce qu'il n'est pas : est-
il rien de plus raisonnable ! Un Roy veut estre
servi en Roy ; pourquoy Dieu ne sera-t-il pas
aimé en Dieu ! Or il ne peut estre aimé en Dieu,
s'il n'est aimé preferablement à toutes les créatures : car il n'est Dieu que parce qu'il est audessus de toutes les créatures ; & si dans une
supposition chimerique, une créature avoit de
quoy estre aimée autant que Dieu, elle cesse-
roit d'estre ce qu'elle est, & deviendroit Dieu elle-mesme. Comme il est donc vray que si j'ai-
mois une créature de cet amour de preference,
qui est proprement le souverain amour, je ne
l'aimerois plus en créature, mais en Dieu ; aussi est-il évident que si j'aime Dieu d'un autre
amour que celuy-la, je ne l'aime plus en Dieu.
Or n'aimer pas Dieu en Dieu, c'est luy faire

outrage ; & bien loin d'obſerver ſa loy, c'eſt commettre un crime, qui dans le ſentiment des Theologiens & dans l'intention des pecheurs va juſqu'à la deſtruction de la divinité.

Voilà, mes chers Auditeurs, ce que Dieu luy-meſme nous a revelé en cent endroits de l'Ecriture ; & voilà à quoy ſe termine le devoir capital de l'homme : *Diliges Dominum Deum tuum ex toto corde tuo.* Mais developpons cette verité ; & pour en avoir une intelligence plus exacte, conſultons ſaint Paul, écoutons ſaint Auguſtin ; & par ce qu'en ont dit cet Apoſtre des nations & ce Docteur de l'Egliſe, voyons ſi nous pouvons nous rendre aujourd'huy temoignage que nous aimons Dieu. Il falloit une ame bien eſtablie dans la foy pour faire à toutes les créatures un défi auſſi general & auſſi plein de confiance, que celuy de ſaint Paul, quand il diſoit : *Quis nos ſeparabit à charitate* Rom. 8. *Chriſti,* qui nous ſeparera de l'amour de Jeſus-Chriſt ! Sera-ce l'affliction, le danger, la perſecution, la faim, la nudité, le fer, la violence ! Sera-ce l'injuſtice & la plus barbare cruauté ! Non, répondoit ce vaiſſeau d'élection : car je ſuis aſſeûré, que ni la mort, ni la vie, ni la grandeur, ni l'abbaiſſement, ni la pauvreté, ni les richeſſes, ni les principautez, ni les puiſſances, ni toute autre créature ne pourra jamais nous détacher de l'amour qui nous lie à noſtre Dieu. Ainſi parloit cet homme Apoſtolique. Qu'en

penſez-vous , Chreſtiens ! ne vous ſemble-t-il
pas que c'eſtoit un excés de zéle qui le tranſ-
portoit ! & pour l'intereſt meſme de ſa gloire,
ne croyez-vous pas qu'il renfermoit dans ces
paroles toute la perfection de la charité divine!
Vous vous trompez. Il n'a exprimé que l'obligation commune d'aimer Dieu. En faiſant ce
défi & en y répondant, il ne parloit pas en A-
poſtre, mais en ſimple fidelle. Il diſoit beaucoup , mais il ne diſoit rien à quoy tous les
hommes ne ſoient tenus dans la rigueur; &
quiconque n'en peut pas dire autant que luy,
n'a point de part à l'héritage du Royaume de
Epheſ. 5.　Dieu & de Jeſus-Chriſt : *Non habet heredita-*
tem in regno Dei & Chriſti. Appliquez-vous à
ma penſée. Car c'eſt juſtement comme ſi chacun de nous ſe diſoit à luy-meſme; & pluſt à
Dieu, qu'à l'exemple de ce grand Saint nous
vouluſſions nous le dire ſouvent ! Hé bien, de
toutes les choſes que j'enviſage dans l'univers
& qui pourroient eſtre les objets de mon ambition & de ma cupidité, en eſt-il quelqu'une
capable de m'esbranler, s'il s'agiſſoit de donner à Dieu une preuve de mon amour & de la
Rom. 8.　fidelité que je luy dois! *Quis nos ſeparabit à*
charitate Chriſti! Venons au détail auſſi bien
que ſaint Paul. Si j'eſtois réduit à ſoutenir une
violente perſecution, & qu'il fuſt en mon pouvoir de m'en delivrer par une vengeance, per-
miſe ſelon le monde, mais condamnée de Dieu,

le voudrois-je à cette condition ! *An perfecutio !*
Si par un renverfement de fortune je me voyois
dans l'extremité de la mifere, & qu'il ne tinft
qu'à moy, pour en fortir, de franchir un pas
hors des bornes de la juftice & de la confcience, oferois-je le hazarder ! *An anguftia !* Si pour
acquerir ou pour conferver la faveur du plus
grand Prince de la terre, il ne dépendoit que
d'avoir pour luy une complaifance criminelle,
l'aurois-je en effet au préjudice de mon devoir !
An principatus ! Si violant pour une fois la loy
chreftienne, il m'eftoit aifé par là de m'élever à
un rang d'honneur où je ne puis autrement
prétendre, le defir de m'avancer l'emporteroit-
il ! *An altitudo !* Si la voye de l'iniquité eftoit
la feule par où je puffe me fauver dans une occafion où il iroit de ma vie, fuccomberois-je à
la crainte de la mort ! *An periculum !* Ah ! mes
Freres, fçachez, que fi l'amour que vous croyez
avoir pour voftre Dieu, n'eft pas d'une qualité
à prévaloir audeffus de tout cela, quelque ardent & quelque affectueux d'ailleurs qu'il puiffe paroiftre, ce n'eft point l'amour que Dieu
vous demande ; & fouvenez-vous que vous eftes dans l'erreur, fi comptant fur un tel amour,
vous penfez en eftre quitte devant luy. Non feulement vous n'aimez point Dieu avec ce fur-
croift de charité qu'ont eû les ames parfaites ;
mais vous ne l'aimez pas mefmes felon la mefure précife de la loy : pourquoy ! parce que cet

amour prétendu ne donne point à Dieu dans
voftre cœur la place qu'il y doit occuper; c'eft
à dire, ne l'y met pas audeffus de mille chofes,
qui néanmoins y doivent eftre dans un ordre
bien inferieur. Car fuppofé mefmes cet amour
dont vous vous flattez, vous faites encore plus
d'eftat de voftre vie, de vos biens, de voftre credit, de voftre repos, que de l'héritage de Dieu,
ou pour mieux dire, que de Dieu mefme : d'où
il s'enfuit que cet amour n'eft point l'amour de
preference, que Dieu attend de vous & que la
loy vous ordonne : *Diliges ex toto corde tuo,
& ex omni mente tua.*

C'eft ainfi que faint Paul l'a compris, & quelque fubtile que foit la raifon humaine, elle n'op-
pofera jamais rien à l'évidence de ce principe.
Mais aprés l'Apoftre écoutons S. Auguftin : c'eft
dans le commentaire du Pfeaume trentiéme que
ce faint Docteur s'addreffant aux fidelles, & les
inftruifant fur le mefme fujet que je traite, leur
fait cette propofition. Que voftre cœur me réponde, dit-il, mes Freres : *Refpondeat cor veftrum, Fratres.* Car pour aujourd'huy, c'eft voftre cœur que j'interroge, n'ofant pas m'en tenir au temoignage de voftre bouche, & fça-
chant bien que fur ce qui regarde l'amour de
Dieu, il n'y a que le cœur qui ait droit de parler. Que ce foit donc voftre cœur qui parle,
Refpondeat cor veftrum. Si Dieu vous faifoit à
ce moment l'offre la plus avantageufe en appa-

rence, & la plus capable de remplir toute l'étenduë de vos defirs : s'il vous promettoit de vous laiffer pour jamais fur la terre dans l'affluence des biens, comblez d'honneurs, & en eftat de goufter tous les plaifirs du monde; & qu'il vous dift : je vous fais maiftres de tout cela ; vous ferez riches, puiffants, à voftre aife, en forte que rien ne pourra vous troubler, ni vous affliger ; & ce que vous eftimez encore plus, vous ferez exempts de la mort, & cette felicité humaine durera éternellement : mais auffi vous ne me verrez jamais, & jamais vous n'entrerez dans ce Royaume de gloire que j'ay preparé à mes eflûs : je vous demande, reprend faint Auguftin, fi Dieu vous parloit de la forte, feriez-vous contents d'une pareille deftinée, & voudriez-vous vous en tenir à cette offre ! *Ergò fi diceret Deus,* *faciem meam non videbitis, an gauderetis iftis* *bonis ?* Si vous vous en rejoüifliez, Chreftiens, ce feroit une marque infaillible, que vous n'avez pas encore commencé à aimer Dieu : *Si* *gauderes, nondùm cœpifti effe amator Chrifti.* C'eft la confequence que tire ce Pere. Et d'où la tire-t-il ! de ce principe fondamental, que l'amour de Dieu doit eftre un amour de preference, & que vous ne pouvez l'avoir cet amour de preference, en confentant à eftre privé de Dieu pour joüir des biens temporels.

Faifons une fuppofition plus naturelle encore & plus prefente. Imaginez-vous la chofe du

Aug.

Idem.

D iiij

monde pour laquelle vous avez plus de paſſion,
c'eſt voſtre honneur. On vous l'a oſté, ou par une
atroce calomnie, ou par un affront qui va juſqu'à
l'outrage. Suppoſons la playe auſſi ſanglante
qu'il vous plaira : vous voilà perdu d'eſtime &
de credit dans le monde, & vous eſtes d'une condition où cette tache doit eſtre moins ſupportable que la mort meſme. Cependant il ne vous
reſte qu'une ſeule voye pour l'effacer, & cette
voye eſt criminelle. On vous la propoſe, & ſi
vous ne la prenez pas, vous tombez dans le mépris. Sur cela je vous demande, mon cher Auditeur : aimez-vous aſſez Dieu, pour croire que
vous vouluſſiez alors luy faire un ſacrifice de
voſtre reſſentiment ! Ne me repondez point que
Dieu dans cette conjoncture vous donneroit
des ſecours particuliers : il ne s'agit point des ſecours que Dieu vous donneroit ; mais de la fidelité avec laquelle vous uſez de ceux qu'il vous
donne. Il n'eſt pas queſtion de l'acte d'amour
que vous formeriez ; mais de celuy que vous
produiſez maintenant, & je veux ſçavoir, s'il
eſt tel de ſa nature, qu'il puſt reprimer tous les
moüvemens de vengeance qu'exciteroit dans
voſtre cœur l'injure que vous auriez receuë.
Car ſi cela eſt, vous avez ſujet d'eſperer &
d'eſtre content de vous : mais ſi cela n'eſt pas,
vous devez trembler, parce que vous n'eſtes pas
dans l'ordre de cette charité vivifiante, qui opére le ſalut, & dont l'indiſpenſable loy vous

oblige à aimer Dieu plus que voftre honneur.

Mais il eft bien difficile qu'un homme du
monde puiffe eftre difpofé de la forte. Difficile
ou non, répond faint Bernard, voilà la balance où il faut eftre pefé; voilà la regle que Dieu
prendra pour vous juger. Amour de preference, c'eft ce qui condamnera tant d'ames mondaines, qui pour s'eftre attachées à de fragiles &
de viles créatures, les ont aimées, adorées, fer-
vies, jufqu'à oublier l'effentielle obligation que
leur impofoit la charité duë au créateur. Ne
parlons point mefmes de certaines paffions hon-
teufes. Amour de preference, c'eft ce qui condamnera tant de peres & de meres, qui pour a-
voir idolaftré leurs enfants, meriteront que
Dieu leur faffe le reproche qu'il faifoit au grand
Preftre Héli : *Magis honorafti filios tuos quàm* 1. *Reg.* 2.
me ; parce que vous avez fait plus d'eftat de vos
enfants que de moy, je vous reprouveray. A-
mour de preference, c'eft ce qui condamnera
tant de femmes chreftiennes, qui pour avoir
pouffé au delà des bornes le devoir de leur eftat,
auront preferé à Dieu celuy qu'elles ne devoient aimer que pour Dieu. Amour de preference, c'eft ce qui condamnera tant d'amis, qui
s'eftant fait de l'amitié une religion, & par un
devoüement fans mefure eftant entré dans toutes les intrigues & toutes les entreprifes de leurs
amis, fe feront rendus aux dépends de Dieu les

sauteurs de leurs injustices & de leurs violen-ces, Amour de preference, premier devoir de l'homme par rapport à Dieu. Amour de pleni-tude, second devoir de l'homme par rapport à la loy de Dieu, & le sujet de la seconde par-tie.

II. Partie. C'Est le propre de Dieu, de renfermer dans l'unité de son estre, la multiplicité de tous les estres; & c'est le propre de la charité divine de réduire à l'unité d'un seul précepte, tous les préceptes, qui quoyque differens & quoyqu'in-finis en nombre, sont compris dans la loy de Dieu. *Dilige, & fac quodvis :* aimez, & faites ce que vous voudrez, disoit saint Augustin. Il semble par cette maniere de parler, que l'amour de Dieu soit une abolition generale de tous les autres devoirs de l'homme : mais il s'en faut bien que ce saint Docteur ne l'ait conceû de la sor-te, puisqu'au contraire il a prétendu nous fai-re entendre par là, que tous les autres devoirs de l'homme estant réunis, comme ils le sont, dans l'amour de Dieu, on peut seûrement don-ner à l'homme une pleine liberté de faire ce qu'il voudra, pourveû qu'il aime Dieu, parce qu'en aimant Dieu il veut necessairement tout ce qu'il doit vouloir, & ne peut rien vouloir de ce qu'il ne doit pas. Voilà, mes chers Audi-teurs, le mystere de cette grande parole de l'A-postre, *Plenitudo ergò legis est dilectio,* la cha-

Aug.

Rom. 13.

rité eſt la plenitude de la loy. Parole dont il eſt
ſi important pour vous d'avoir une parfaite intelligence ! Car il s'enſuit de là que pour produire cet acte d'amour, qui eſt le ſujet du premier commandement, ou du commandement
par excellence, *Diliges Dominum*; il faut eſ- Deuter. 6.
tre preparé, & pour mieux dire, determiné
par une volonté abſoluë, ſincere, efficace, à
obſerver ſans reſerve & ſans exception, tous les
autres commandemens ; & ſe perſuader qu'il
eſt autant impoſſible d'aimer Dieu & de n'eſtre
pas dans cette preparation d'eſprit, que de l'aimer tout-enſemble & de ne le pas aimer. Je
dis tous les commandemens ſans exception :
car prenez garde, Chreſtiens, à ce que vous
n'avez peut-eſtre jamais bien compris : il n'en
eſt pas de la charité, comme des vertus morales & naturelles ; en ſorte que vous puiſſiez dire quand vous accompliſſez un précepte, j'ay
une charité commencée; ſi j'en accomplis pluſieurs, cette charité croiſt dans moy, & elle ſera entiere lorſque je les accompliray tous. Non,
il n'en va pas ainſi. L'eſſence de la charité ne
ſouffre point de partage; elle eſt attachée à l'ob-
ſervation de toute la loy : & de meſmes, dit
l'Ange de l'école ſaint Thomas, que ſi je dou-
tois d'un ſeul article de la religion que je profeſſe, quelque ſoûmiſſion d'eſprit que je puſſe
avoir ſur tout le reſte, il ſeroit vray néanmoins
que je n'aurois pas le moindre degré de foy,

parce que la fubftance de la foy eft indivifible;
auffi eft-il certain, que quand j'aurois pour tous
les autres commandemens cette foumiffion de
volonté que la loy demande, fi elle me manque
à l'égard d'un feul, dés-là je n'ay pas le moindre degré d'amour de Dieu. Il y a une grande
charité, pourfuit faint Thomas; & par comparaifon à celle-la, on peut dire qu'il y a une
moindre charité : mais la charité que je conçois la moindre, fi c'eft une vraye charité, s'ef-
tend auffi bien que la plus grande à toutes les
obligations prefentes, futures, poffibles; &
quand faint Paul aimoit Dieu de cet amour
fervent & extatique, qu'il fçavoit fi bien exprimer, il ne s'engageoit, quant au fonds, à rien
davantage, que le dernier des juftes qui aime
Dieu le plus foiblement, pourveu qu'il l'aime
veritablement. C'eft pour cela que l'Apoftre appelle cet amour la plenitude de la loy, *Pleni-*
tudo legis : parce que tous les commandemens de la loy de Dieu, entrent, pour ainfi
dire, dans la charité comme autant de parties qui la compofent; & qu'ils fe confondent
dans elle comme autant de lignes, qui hors
de leur centre font feparées, mais dans leur centre trouvent leur union fans préjudice de leur
diftinction.

En effet, entre tous les préceptes particuliers
confiderez hors de ce centre de l'amour divin,
il n'y a ni connexion, ni dependance naturel-

Rom. 13.

le. On peut obferver l'un, fans accomplir l'autre : celuy qui défend le larcin, ne défend, ni
le parjure, ni l'adultere ; celuy qui commande
l'aumofne, ne commande, ni la priére, ni la
penitence : mais par rapport à l'amour de Dieu,
tout cela eft infeparable ; pourquoy ! parce que
cet amour en vertu de ce qu'il contient & de ce
que nous appellons fa plenitude, eft une défen-
fe generale de tout ce qui répugne à l'ordre,
& un commandement univerfel de tout ce qui
eft conforme à la raifon. En forte que dans le
langage de la Theologie, dire interieurement
à Dieu que je l'aime, c'eft faire un vœu d'obéir
à toutes fes volontez, comme fi je fpécifiois
chaque chofe en détail, & que developpant mon
cœur, je m'expliquaffe par ce feul acte fur tout
ce que Dieu fçait que je luy dois & que je veux
luy rendre. Sur quoy faint Auguftin fait une
reflexion bien judicieufe, dont voicy le précis. Il examine ces paroles du Sauveur du monde, *Si præcepta mea fervaveritis, manebitis in* Joan. 15.
dilectione mea, fi vous gardez mes commandemens, vous ferez dans l'exercice & comme
dans la poffeffion de mon amour; & il les com-
pare à cet autre paffage du mefme Evangile,
Si diligitis me, mandata mea fervate, fi vous Joan. 14.
m'aimez, gardez mes commandemens. Là-def-
fus il raifonne, & voicy comment. D'une part
Jefus-Chrift nous affeûre que fi nous l'aimons,
nous obéirons à fa loy ; & de l'autre il nous de-

clare, que si nous obéissons à sa loy, nous l'ai-
merons. Quoy donc ! est-ce par la charité que
la loy s'accomplit ; ou par l'accomplissement
de la loy, que la charité se pratique ! Aimons-
nous Dieu , parce que nous faisons ce qu'il
nous commande; ou faisons nous ce qu'il nous
commande , parce que nous l'aimons ! Ah,
mes Freres , répond cet incomparable Docteur , ne doutons point que l'un & l'autre ensemble ne se verifie selon l'oracle & la pensée du Fils de Dieu. Car quiconque aime Dieu
de bonne foy, a déja accompli tous les préceptes dans la disposition de son cœur ; & quand
il vient à les accomplir dans l'execution, il ratifie seulement & il confirme par ses œuvres ce
qu'il a déja fait par ses sentimens & dans le secret de l'ame. D'où il s'ensuit qu'il y a de la contradiction à former l'acte d'amour de Dieu, &
à n'avoir pas une volonté absoluë d'observer
tous les commandemens de Dieu : *Plenitudo*
legis, dilectio. Supposons donc un homme tel

Rom. 12.

que l'imperfection de nostre siecle ne nous en
fait aujourd'huy que trop voir ; je veux dire,
un homme d'une fidelité bornée , & qui dans
l'obéissance qu'il rend à Dieu, usant de reserve,
accomplisse, si vous voulez, hors un seul poinct,
toute la loy : il n'est ni blasphemateur, ni impie,
ni fourbe, ni usurpateur, ni emporté , ni vin-
dicatif ; il est religieux envers Dieu, équitable
envers le prochain : mais il est foible sur une

pàffion qui le domine, & qui pour eftre l'unique dont il foit efclave, n'en eft pas moins le
fcandale de fa vie. Ou bien pour le confiderer
fous une autre idée, il eft chafte, reglé dans fes
plaifirs, ennemi du libertinage, il a mefmes du
zéle pour la difcipline & pour la pureté des
mœurs : mais avec cette pureté de mœurs & de
zéle, il ne peut oublier une injure ; avec cette
regularité, il n'eft pas maiftre de fa langue, &
par fes medifances il dechire impunément le
prochain. Je dis que cet homme n'a pas plus
de charité, j'entends de cette charité divine
& furnaturelle dont dépend le falut, qu'un publicain & qu'un payen ; & Dieu dont le difcernement, quoyque fevere, eft infaillible, ne le
reprouve pas moins que s'il violoit toute la loy :
pourquoy ! parce qu'en omettant un poinct de
la loy, il n'a plus ce qui eft effentiel à la charité, fçavoir une volonté efficace de remplir toute l'étenduë de la loy.

Et voilà le fens de cette parole de faint Jacques, qui paroiffoit autrefois fi obfcure aux Peres de l'Eglife, & fur laquelle faint Auguftin
mefme crut avoir befoin de confulter S. Jerofme : *Qui peccat in uno, factus eft omnium* Jac. 2.
reus ; quiconque péche contre un feul précé-
pte, eft auffi coupable que s'il pechoit contre
tous. Quoy, demande S. Auguftin, eft-ce que
la tranfgreffion d'un feul précepte eft cenfée
auffi criminelle que la tranfgreffion de tous les

préceptes ! eſt-ce qu'il n'y a pas plus de deſordre à les violer tous, qu'à n'en violer qu'un
ſeul ! eſt-ce que l'un & l'autre eſt égal à Dieu,
& que Dieu ne s'en tient ni plus ni moins
offenſé ! En ce ſens, répondoit ſaint Jeroſme,
la propoſition ſeroit une erreur, & une erreur
pernicieuſe dans ſes conſequences. Mais dans
le ſens de l'Apoſtre elle contient un dogme inconteſtable de noſtre foy, que quiconque viole dans un ſeul poinct la loy de Dieu, eſt auſſi
bien privé de la grace, perd auſſi immanquablement la charité, n'a non plus de part à l'héritage de la gloire, enfin n'eſt pas moins un ſujet de reprobation, que s'il ſe trouvoit l'avoir
violée dans toutes ſes parties. Et ſur cela, mon
Dieu, reprenoit ſaint Bernard, meditant cette
verité, je n'ay nulle raiſon de me plaindre,
comme ſi la loy de voſtre amour eſtoit un joug
trop peſant. Car eſt-il rien au contraire de plus
équitable que cette loy; & ſi je la condamnois,
ne me condamnerois-je pas moy-meſme, puiſque n'eſtant qu'un homme mortel, je pretends
néanmoins avoir droit d'exiger de mes amis la
meſme fidelité ! Qu'un d'eux m'ait manqué
dans une affaire importante, qu'il ait pris parti
contre moy, qu'il m'ait déshonoré, qu'il m'ait
fait outrage, quoyqu'en toute autre choſe il
ſoit ſans reproche à mon égard, je ne le regarde plus alors comme un ami, & je conclus
qu'il ne me rend pas meſmes le devoir de cette

cette charité commune que les hommes se doivent les uns aux autres. Mais il ne m'a offensé
qu'en ce seul poinct : il n'importe ; cela me suffit pour comprendre qu'il ne m'aime pas, parce que s'il m'aimoit sincerement & solidement,
il seroit dans la disposition de me menager en
tout, & de ne me blesser en rien. C'est ainsi, ô
mon Dieu, que je le conçois ; & si j'en juge de
la sorte dans ma propre cause, pourquoy en ju-
geray-je autrement lorsqu'il s'agit des interests
de mon créateur & de mon souverain ! Pourquoy, quand il m'arrive de franchir un pas contre vos ordres & au préjudice de vostre honneur, quelque irreprehensible que je sois d'ailleurs, me paroistra-t-il étrange que vous m'effaciez du livre de vie, comme prevaricateur de
la loy d'amour que vous m'avez imposée ! De
conclure de là, Chrestiens, qu'il n'y a donc plus
de mesures à garder quand on est une fois pecheur ; & que puisque la charité ne se partage
point, il vaut donc autant la perdre pour beaucoup que de la perdre pour peu, estre tout à
fait libertin que de ne l'estre qu'à demi, suivre
en aveugle toutes ses passions que de n'en satisfaire qu'une, se porter à toutes les extremitez
que de se moderer dans le crime, c'est raisonner en impie & en mercenaire : en impie, qui
par cette maxime de tout ou rien, pretend s'authoriser dans les excés & dans son libertinage :
en mercenaire, qui n'ayant en veûe que son

Tome III.   E

interest propre dans le déreglement de ses
mœurs , se soucie peu du plus ou du moins
qu'en souffre l'interest de Dieu.

Mais vous vous trompez, mon Frere , dit
S. Augustin : car quelque indivisible que soit la
charité & l'amour de Dieu, il est toûjours vray,
que plus vous violez de commandemens, plus
vous vous rendez Dieu ennemi, plus le retour
à sa grace vous devient difficile, plus vous gros-
sissez ce trésor de colere dont parle saint Paul,
plus vous devez attendre de chastiments dans
l'éternité malheureuse : s'il vous reste quelque
principe de religion, en voilà plus qu'il ne faut
pour vous obliger à ne vous pas emporter dans
le peché mesme. Mais du reste convenons aussi, mes chers Auditeurs, qu'il y a bien de l'illusion dans la conduite des hommes à l'égard
de ce grand précepte : *Diliges Dominum Deum*
tuum ; vous aimerez le Seigneur vostre Dieu.
Rien n'est plus aisé que de dire, j'aime Dieu;
mais rien dans la pratique n'est plus rare que
cet amour : pourquoy ! c'est que nous nous flattons, & que nous ne distinguons pas le vray &
le faux amour de Dieu. Non seulement nous
trompons les autres par nostre hypocrisie ; mais
nous nous trompons nous-mesmes par un a-
veuglement volontaire. Qu'il s'éleve dans nostre ame le plus leger sentiment d'amour pour
Dieu, nous voilà persuadez que tout est fait, &
nous croyons avoir la plenitude de ce divin a-

Luc. 10.

mour. Ce qui n'eſt ſouvent qu'affection naturelle, nous le prenons pour un mouvement de
la grace ; ce qui n'eſt qu'un mouvement de la
grace, nous le regardons comme un effet de
noſtre fidelité ; nous confondons l'inſpiration
qui nous porte à aimer, avec l'amour meſme ;
& ce que Dieu opére dans nous indépendamment de nous, nous nous l'attribüons, comme
ſi c'eſtoit tout ce que Dieu veut que nous faſ-
ſions pour luy. Mais abus, Chreſtiens ; & malheur à nous, ſi nous tombons, ou ſi nous demeurons en de ſi groſſieres erreurs. Aimer
Dieu, c'eſt s'interdire tout ce que défend la loy
de Dieu, & pratiquer tout ce qu'elle ordonne ; c'eſt ſe renoncer ſoy-meſme, c'eſt faire une
guerre continuelle à ſes paſſions ; c'eſt humilier
ſon eſprit , crucifier ſa chair, & la crucifier,
comme dit ſaint Paul, avec ſes vices & ſes con-
cupiſcences ; c'eſt reſiſter aux illuſions du monde, au torrent de la coutume , à l'attrait du
mauvais exemple ; en un mot, c'eſt vouloir
plaire en tout à Dieu, & ne luy vouloir déplaire
en rien. En l'aimant ainſi d'un amour de preference, d'un amour de plenitude, il nous reſte
encore à l'aimer d'un amour de perfection par
rapport au chriſtianiſme, comme je vais l'expliquer dans la troiſiéme partie.

QUoyque Dieu ſoit toûjours le meſme, & III. Partie.
que par rapport à luy ſes perfections qui ne

E ij

changent point, le rendent toûjours également
aimable, il eſt toutefois vray, comme l'a remarqué ſaint Bernard, que ſelon les divers eſtats
où l'homme peut eſtre conſideré, l'amour qu'il
doit à Dieu ne laiſſe pas d'avoir ſes degrez differens ; & qu'à proportion des dons qu'il a reçeûs, les meſures de hauteur, de profondeur
& de largeur que ſaint Paul donne à la charité, doivent eſtre plus ou moins étenduës. Or
de ce principe que la raiſon meſme authoriſe,
je tire deux conſequences : la premiere, que
dans le chriſtianiſme, le précepte de l'amour de
Dieu impoſe à l'homme des obligations beaucoup plus grandes que dans l'ancienne loy : la
ſeconde, que l'acte d'amour de Dieu doit donc
eſtre dans nous beaucoup plus héroïque, qu'il
ne devoit l'eſtre dans un juif ou dans un gentil, avant que la loy de grace euſt eſté publiée.
Parlons ſans exaggeration : voicy la preuve de
l'un & de l'autre. Du moment que je ſuis chreſtien, il faut que j'aime Dieu en chreſtien. Or
aimer Dieu en chreſtien, c'eſt bien plus que de
l'aimer ſimplement en homme; pourquoy ! parce que c'eſt ſe charger en l'aimant, outre la loy é-
ternelle & divine qui nous eſt commune à tous,
de la loy particuliere dont Jeſus-Chriſt eſt l'autheur. Par conſequent, c'eſt adjouſter à la charité un nouvel engagement, qu'elle n'avoit pas
dans ſon origine, & qui dans la ſuite des ſiecles
eſt devenu le comble de ſa perfection. Je vous

declare, mes Freres, difoit S. Paul, que quiconque fe fait circoncire, prend fur luy tout le fardeau de la loy de Moyfe : *Teſtificor autem omni homini circumcidenti fe, quoniam debitor eſt univerſæ legis faciendæ.* Et je vous dis, Chreſtiens, conformément à ces paroles de l'Apoſtre, qu'au meſme temps que vous avez eſté engagez à Jeſus-Chriſt par le baptefme, vous vous eſtes impoſé un nouveau joug encore plus faint que celuy de la loy de Moyfe ; un joug que vous devez porter jufqu'à la mort, un joug au quel voſtre falut eſt indifpenfablement attaché , un joug fans lequel Dieu ne veut plus, ni ne peut plus eſtre aimé de vous. Ah, mes chers Auditeurs, quel fonds de reflexions ! Croire que la loy de Jeſus-Chriſt eſt une loy de douceur , une loy de grace, une loy de liberté, une loy d'amour , c'eſt croire ce que le Saint Efprit meſme nous a revelé, & ce que toutes les Ecritures nous prefchent : mais fe perfuader que cette loy foit douce, parce qu'elle nous prefcrit des devoirs moins rigoureux & moins contraires aux fens & à la nature ; fe perfuader que fa liberté confiſte dans le relafchement , & que pour eſtre une loy de grace & d'amour, elle en foit moins une loy d'abnegation & de travail, non feulement c'eſt la méconnoiſtre , mais la détruire. Non non, mes Freres, difoit Tertullien, expliquant fur cela fa penſée, la liberté que Jeſus-Chriſt nous a apportée du ciel, ne favo-

Galat. 5.

E iij

rife en aucune forte la licence des mœurs. Si cet homme-Dieu a fait ceffer les facrifices & les céremonies de la loy écrite, il nous a en échange donné des regles de vie bien plus capables de nous fanctifier; & ce qui eftoit condamné dans l'ancien teftament par le précepte de la divine charité, eft doublement criminel, depuis que le Dieu de la charité eft venu luy-mefme nous enfeigner fa doctrine, & nous propofer fes exemples : *Libertas in Chrifto*, ces paroles font admirables, *libertas in Chrifto non fecit innocentiæ injuriam. Operum juga réjecta funt, non difciplinarum; & quæ in veteri teftamento erant interdicta, etiam æmulatorio præcepto apud nos prohibentur.*

Rien de plus vray, Chreftiens. Car comment ce Sauveur adorable s'en eft-il déclaré dans l'Evangile ! Combien de fois nous a-t-il fait entendre, que pour embraffer fa religion, il falloit renoncer au monde & fe renoncer foy-mefme beaucoup plus parfaitement que Moyfe ne le demandoit ! En combien de fens beaucoup plus étroits & plus feveres, n'a-t-il pas interpreté les principaux articles de la loy de Dieu ! Combien de difpenfes, mefmes legitimes, n'a-t-il pas abolies ! S'il nous a delivré des obfervances légales, à combien d'autres ne nous a-t-il pas affujettis ! Le feul précepte de l'amour des ennemis, n'eft-il pas d'une perfection plus éminente, que tout ce qu'enfeignoient & pra-

Tertull.

tiquoient les Pharifiens ! Jufques à quel poinct n'a-t-il pas élevé, pour ainfi dire, certaines obligations du droit naturel ! Sur combien de fujets n'a-t-il pas ufé de fon fouverain pouvoir, pour nous faire de nouvelles défenfes ! on a dit à vos peres que telle & telle chofe leur eftoient permifes, ainfi parloit-il aux juifs, & moy je vous dis, que ces chofes alors prétenduës permifes ne le feront plus pour vous.

Je fçais ce qu'ont avancé quelques interpretes, que le Fils de Dieu parloit de la forte, non pas pour enchérir fur la loy, ni pour y rien adjoufter, mais feulement pour corriger les fauffes explications des Scribes & des Docteurs de la Synagogue. Mais je fçais auffi que ce fentiment a efté combattu par la plufpart des Peres. Car comme remarque faint Jerofme, fi le Sauveur du monde ne prétendoit autre chofe que de refuter les Pharifiens, fans eftablir de nouveaux préceptes, pourquoy auroit-il dit: & moy je vous ordonne de faire du bien à ceux mefmes qui vous maltraitent, de prier pour ceux mefmes qui vous perfecutent, d'aimer ceux-mefmes qui vous calomnient ! où trouvoit-on ce commandement ! dans quels livres de la loy eftoit-il inferé ! n'y voit-on pas tout le contraire; & le droit de haïr ceux qui nous haïffent, n'y paroift-il pas authorifé ! Il eft donc vray que Jefus-Chrift vouloit enchérir fur Moyfe, quand il difoit, *Ego autem dico vobis ;*

Joan. 15.

que son deffein estoit de nous prescrire des loix
qui luy fussent propres , *Hoc est præceptum
meum ;* que ce que nous appellons Decalogue,
est quelque chose pour nous de plus parfait qu'il
n'estoit pour les juifs ; & par une consequence
necessaire , que pour aimer Dieu dans le christianisme, il en doit plus couster, qu'il n'en cous-
toit avant la predication de l'Evangile.

Voilà, mes chers Auditeurs, ce que Tertullien dans son style ordinaire appelloit le poids
du baptesme, *Pondus baptismi* : & voilà ce qui
luy donna lieu d'appuyer un sentiment , qui
pour n'avoir pas esté entierement conforme à
l'esprit de l'Eglise, ne laisse pas de nous fournir
la matiere d'une excellente reflexion : faites-la,
s'il vous plaist, avec moy. Il parloit des Cate-
chumenes, qui touchez de la grace, & pressez
d'un impatient desir de se voir incorporez dans
l'Eglise de Jesus-Christ, demandoient avec ins-
tance qu'on les admist au baptesme ; ce que
l'on jugeoit quelquefois à propos de differer
pour avoir des preuves plus certaines de leur
foy. Ce retardement leur causoit une douleur
extresme ; & Tertullien au contraire surpris de
leur douleur & de l'empressement qu'ils temoi-
gnoient, leur remonstroit, que s'ils avoient bien
compris ce que c'estoit que le baptesme , ils
l'auroient plustost craint qu'ils ne l'auroient souhaité : *Si pondus intelligerent baptismi , ejus
confecrationem magis timerent quàm dilationem.*

Tertull.

J'ay dit, Chreſtiens, que ce ſentiment n'eſtoit pas conforme à l'eſprit de l'Egliſe, parce
qu'il favoriſoit un deſordre déja trop commun,
de remettre juſqu'au moment de la mort à recevoir le bapteſme, afin de vivre dans une plus
grande liberté & avec plus de licence. Deſordre
que l'Egliſe ne toléra jamais : pourquoy ? parce
qu'elle eſtimoit que le bapteſme eſtant le premier lien qui nous unit à Jeſus-Chriſt, & le
premier Sacrement qui nous fait membres de
ſon corps myſtique, c'eſtoit un crime de ſe priver d'un tel avantage par la ſeule crainte des o-
bligations qui y ſont attachées. En cela donc
Tertullien, auſſi bien qu'en d'autres ſujets, s'é-
garoit, aveuglé par ſon propre ſens : mais en
ce qu'il ſoutenoit que le bapteſme eſtoit un engagement penible & onereux, ne parloit-il pas
juſte ? Jeſus-Chriſt luy-meſme ne nous l'a-t-il
pas fait entendre & ne nous propoſe-t-il pas ſa
loy comme un joug ! *Tollite jugum meum ſuper* Matth. 11.
vos. Mais il y en a, dites-vous, dans le chriſtianiſme qui ne ſentent pas la peſanteur de ce
joug. Ah, mon Frere, répond ſaint Auguſtin,
cela peut bien eſtre, & cela eſt en effet ; mais
prenez garde à ne pas confondre les choſes. Car
vous ne reſſentez pas le joug du bapteſme, ou
parce que Dieu vous donne des forces pour le
porter, ou parce que vous vous en dechargez
par une laſche infidelité. Si c'eſt l'onction de la
grace qui vous empeſche de le ſentir, j'en bénis

Dieu, & j'envie voftre eftat, bien loin de vouloir vous le rendre fufpect : mais fi vous ne fentez pas ce joug, parce que vous ne le portez
pas, ou que vous ne le portez qu'à demi; fi vous
ne le fentez pas, parce que vous fçavez l'accom-
moder à vos inclinations, & que vous croyez
pouvoir l'accorder avec les douceurs de la vie;
fi vous ne le fentez pas, parce que vous le ré-
duifez à une aufterité fuperficielle & apparente, & que vous n'en prenez que ce qui vous
plaift, tremblez & confondez-vous. Car ce
joug que vous penfez avoir fecoüé, vous acca-
blera un jour; & ces devoirs que vous aurez
negligez, feront au jugement de Dieu la matiere de voftre condamnation.

De là concluons que l'amour de Dieu doit
donc eftre beaucoup plus genereux & plus fort
dans un chreftien, puifqu'il doit avoir une vertu proportionnée à ces faintes & rigoureufes
obligations que le baptefme nous impofe. Difons obligations, Chreftiens, & non pas purement ni proprement vœux : car un vœu, dit
faint Thomas, c'eft dans fa propre fignification
une chofe dont j'ay le choix libre, que Dieu ne
me commande pas & que je me commande à
moy-mefme, fans laquelle je pourrois me fauver & parvenir à ma fin. Or il n'en eft pas ainfi
des obligations du baptefme. Comme le baptefme depuis Jefus-Chrift eft l'unique voye
du falut, les obligations qui en dépendent font

d'une abfoluë neceffité pour nous ; & quand
je m'y foumets, quelque obéiffance que je rende à Dieu, je ne luy fais point ce facrifice pleinement volontaire que le vœu exprime. C'eft
ainfi que raifonnent les Theologiens, non pas
pour ofter à une ame fidelle la confolation de
fe croire engagée à Dieu par des vœux, pourveû qu'elle convienne que ces vœux du baptefme font tellement des vœux, que Dieu ne luy
en a point laiffé la difpofition ; pourveû qu'elle
reconnoiffe qu'outre ces vœux de neceffité, il y
en a d'autres de confeil, dont Dieu fe tient fpecialement honoré, & qui élevent l'homme à
une perfection encore plus éminente ; tels que
font les vœux de la religion & du facerdoce :
enfin, pourveû que fans y penfer, elle ne favo-
rife pas l'erreur des derniers hérefiarques, qui
pour colorer dans le monde leur Apoftafie,
commencerent fous ombre de reforme à exal-
ter les vœux du baptefme, pour décrier celuy
de la continence qu'ils avoient honteufement
abandonnée. Du refte, que ce foient obligations
ou vœux du baptefme, toûjours eft-il vray qu'ils
nous rendent beaucoup plus difficile la pratique de ce premier commandement, *Diliges ;*
puifqu'il eft impoffible dans la loy de grace de
former l'acte d'amour de Dieu, fans vouloir accomplir de bonne foy tout ce qui eft contenu
dans la profeffion du chriftianifme.

Je vais mefmes plus avant, & je finis par une

penſée de Guillaume de Paris, digne du zéle de
ce grand Eveſque ; mais dont je craindrois de
vous faire part, ſi je n'eſtois également ſeûr, & de
voſtre intelligence, & de voſtre pieté. Ecoutez-
la. C'eſt qu'afin que l'acte d'amour de Dieu ait ce
caractére de perfection que Dieu exige pour le
ſalut, il ne ſuffit pas qu'il s'étende abſolument
à tous les préceptes, ſoit naturels, ſoit poſitifs
de la loy chreſtienne ; mais il doit encore ſous
condition embraſſer tous les conſeils : ſous condition, dis-je, remarquez bien s'il vous plaiſt,
ce terme ; en ſorte que s'il eſtoit neceſſaire pour
marquer à Dieu mon amour, de pratiquer ce
qu'il y a dans les conſeils évangeliques de plus
mortifiant, de plus humiliant, de plus oppoſé
à la nature & à l'amour propre, en vertu de ce
ſeul acte, j'aime Dieu, je fuſſe diſpoſé à tout entreprendre & à tout ſouffrir. Ne penſez pas que
cette diſpoſition, quoyque conditionnelle, ſoit
chimerique. Il n'eſt rien de plus réel : pourquoy ! parce que comme il n'y a pas un conſeil
Evangelique qui ne puiſſe devenir, & qui dans
mille rencontres ne devienne un commandement pour moy, il faut que l'amour de Dieu
me mette au moins habituellement dans la diſpoſition où je devrois eſtre, & m'inſpire la force que je devrois avoir ſi je me trouvois dans
ces conjonctures. Ainſi, je ne ſuis point obligé
parce que j'aime Dieu à quitter le monde, ni à
prendre le parti de la retraite ; mais je ſuis obli-

gé d'eſtre préparé à l'un & à l'autre, parce que ma foibleſſe pourroit eſtre telle, que le monde feroit évidemment un écüeil à mon innocence, & qu'il n'y auroit que la retraite qui puſt me garentir. Renoncer à mes biens, ce n'eſt dans la doctrine de Jeſus-Chriſt qu'un ſimple conſeil ; mais eſtre preſt à y renoncer, c'eſt un précepte rigoureux, parce que l'experience pourroit me convaincre que je ne puis les retenir fans m'y attacher, ni m'y attacher fans me perdre. Dieu ne me commande pas d'endurer le martyre ; mais il me commande d'eſtre reſolu à l'endurer, parce qu'il pourroit y avoir telle occaſion où le martyre feroit une épreuve indiſpenſable de ma foy : d'où vient que Tertullien parlant de la foy des chreſtiens, diſoit excellemment qu'elle nous rend reſponſables & redevables à Dieu de nous-meſmes, juſqu'à nous obliger à ſouffrir pour luy le martyre, quand il y va de ſa gloire : *Fidem martyrii debitricem.* Tertull.

Or la charité ne vous charge pas moins de cette dette. Dites-moy donc, Chreſtiens, quand les Martyrs dans les perſecutions ſe laiſſoient immoler comme des victimes, quand ils ſe laiſſoient bruſler par le feu, quand on les étendoit ſur les roües & ſur les chevalets, & que pour l'amour de Dieu ils ſoutenoient avec un courage invincible toute la rigueur des tourmens, faiſoient-ils une œuvre de ſurérogation, & pou-

voient-ils s'en difpenfer ! non : mais cela eftoit
neceffaire felon la loy de la charité, & s'ils n'a-
voient eû cette refolution & ce courage, ils auroient efté reprouvez de Dieu. L'Evangile nous
en affeûre ; & voilà pourquoy l'on excommu-
nioit ceux qui ne refiftoient pas jufqu'à l'effufion de leur fang. Bien loin d'avoir égard à leur
foibleffe, on les declaroit apoftats, & on les re-
tranchoit comme des membres indignes de Jefus - Chrift. Les Martyrs qui triomphoient de
la cruauté des bourreaux, eftoient feulement
loüez pour avoir fait leur devoir & non pas plus
que leur devoir. Si la crainte les euft fait fuc-
comber, au lieu des benedictions que leur donnoit l'Eglife, elle n'auroit eû pour eux que des
foudres & des anathefmes. Mais quoy ! le commandement d'aimer Dieu alloit-il donc jufques-là ! oüy, mes chers Auditeurs ; & fi nous
nous en étonnons, c'eft que nous n'avons pas
encore commencé à connoiftre Dieu, ni à mefurer la perfection de fon amour par la feverité des loix du monde. Car telle eft la fidelité
dont on fe pique dans le monde à l'égard de
fon Prince & de fa patrie. On fe fait un devoir
parmi les hommes d'eftre preft à mourir pour
des hommes ; & non feulement on s'en fait un
devoir, mais on érige ce devoir en poinct d'honneur. Nous voyons tous les jours des fages du
monde facrifier pour cela leur repos, leur fanté, leur vie ; & parce que fouvent ils ne s'y pro-

pofent que des veûës humaines, ce font des
Martyrs du monde : pourquoy donc trouver
étrange, que Dieu du moins en demande autant
de ceux qui l'aiment, & que la charité ait fes
Martyrs comme le monde a les fiens !

Cependant, mes chers Auditeurs, s'il s'agiffoit
de donner à Dieu ce temoignage de noftre a-
mour, y ferions-nous difpofez ! S'il falloit au moment que je parle, ou le renoncer, ou mourir,
trouveroit-il encore dans nous des Martyrs ! Dif-
penfez-moy, Chreftiens, de répondre à cette
queftion, qui m'expoferoit peut-eftre, ou à trop
préfumer de voftre conftance, ou à trop me
défier de voftre lafcheté. Ce que je fçais & ce
que toute la Theologie m'apprend, c'eft, mes
Freres, que fi nous avons cet amour qui eft le
grand commandement de la loy, fans autre
preparation d'efprit & de cœur, nous fommes
en eftat d'eftre les Martyrs de noftre Dieu ; &
que s'il nous manque auffi quelque chofe pour
eftre les Martyrs de noftre Dieu, quoyque
nous fentions d'ailleurs pour luy, nous n'a-
vons pas encore cet amour qui nous eft fi expreffément ordonné dans la loy. Quelques-uns
prétendent qu'il eft dangereux de faire ces fuppofitions ; & moy je foutiens que ces fuppofitions ainfi faites, font d'une utilité infinie :
pourquoy ! premiérement, pour nous donner
une haute idée de l'excellence & de la grandeur du Dieu que nous fervons ; en fecond

lieu, pour nous infpirer, quand il eft queftion
de luy obéir, des fentimens nobles & genereux;
enfin pour nous humilier & pour nous confondre, quand nous manquons à certains devoirs
aifez & communs, puifque la charité nous impofe de fi grandes obligations.

Mais ces fuppofitions vivement conçeûës
peuvent porter au defefpoir. Oüy, Chreftiens,
elles y peuvent porter, mais qui! ceux qui comptent fur leurs propres forces, & non point ceux
qui s'appuyent fur les forces de la grace; puifqu'au contraire rien n'eft plus capable d'animer
noftre efperance, que la grandeur & la difficulté de ce commandement. Car il me fuffit de
fçavoir que Dieu m'oblige à cela, & que cela
furpaffe infiniment tout ce que je puis de moy-
mefme, pour eftre affeûré que Dieu, qui eft fidelle, me donnera infailliblement des fecours
proportionnez à ce qu'il me commande. Et
voilà ce qui foutient l'efperance chreftiénne;
au lieu que de moindres préceptes, par leur facilité apparente, font fouvent naiftre la préfomption. Ah! mes Freres, c'eft maintenant que je
conçois d'où vient l'efficace, ou pour mieux
dire, la toute - puiffance de la charité divîne.
Quand on me difoit autrefois qu'il ne falloit
qu'un acte d'amour de Dieu pour effacer tous
les pechez; quand on m'alléguoit l'exemple de
Magdelaine, qui par ce feul acte interieur avoit
expié tous les defordres de fa vie; quand on me
                                              citoit

citoit les Peres de l'Eglife, qui conviennent que cet acte, s'il eft fincere, a autant de vertu pour juftifier un pecheur, que le baptefme & que le Martyre : quoyque je cruffe ces veritez, parce que la foy les authorife, à peine les pouvois-je goufter parce que je n'en pénetrois pas le fecret. Mais à prefent, ô mon Dieu, je n'en fuis plus furpris : car il eft bien jufte, que puifque noftre amour pour vous eft une difpofition au Martyre, il ait autant de pouvoir que le Martyre ; & que puifqu'il embraffe toutes les promeffes & toutes les obligations du baptefme, il foit auffi fanctifiant & auffi purifiant que le baptefme. Mais fi cela eft vray, Chreftiens, & fi tout ce que j'ay dit eft neceffaire pour produire un acte d'amour de Dieu, quel eft celuy qui aime Dieu! C'eft un myftere de predeftination qu'il ne nous appartient pas d'examiner. Dieu a fes predeftinez, & il les connoift. Ne nous mettons point en peine s'ils font en grand nombre, ou en petit nombre ; mais tafchons à faire ce qui dépend de nous pour avoir place parmi cette troupe fainte. L'Apoftre fe profternoit tous les jours devant le Pere des mifericordes, pour luy demander la fcience furéminente de fon amour : faifons la mefme priére, & demandons luy cette fcience qui eft la premiere de toutes les fciences. Difons-luy avec faint Auguftin : *Serò te amavi ;*　Aug. Ah Seigneur, c'eft trop tard que je vous ay aimé : je le dis à ma confufion, & je reconnois

Tome III.　　　　　　　　　. F

avec douleur que dans tout le cours de ma vie je n'ay peut-eftre jamais fait un feul acte de voftre amour. Et comment l'aurois-je fait, ô mon Dieu, puifque je ne fçavois pas mefmes en quoy il confifte & ce qu'il renferme. Mais maintenant que j'en fuis inftruit, je veux enfin vous aimer de toute l'étenduë de mon cœur & de toutes les forces de mon ame. Je veux, dis-je, vous aimer comme vous meritez de l'eftre, & comme vous voulez l'eftre; d'un amour de preference, d'un amour de plenitude, d'un amour de perfection. Faites cela, mon cher Auditeur, & vous vivrez : *Hoc fac, & vives.* Aprés avoir aimé Dieu dans le temps, vous l'aimerez & vous le poffederez dans l'éternité bienheureufe que je vous fouhaite &c.

Luc. 10.

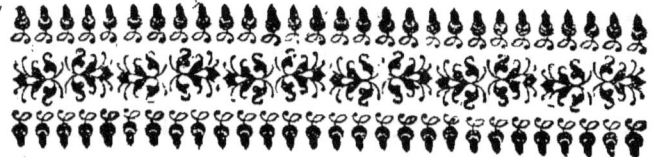

SERMON
POUR LE MECREDY
de la cinquiéme Semaine.

Sur l'estat du Peché & l'estat de la Grace.

Si mihi non vultis credere, operibus credite, ut cognoscatis & credatis quia Pater in me est & ego in Patre.

Si vous ne voulez pas me croire, croyez à mes œuvres, afin que vous connoissiez & que vous croyiez que mon Pere est en moy, & que je suis dans mon Pere. En saint Jean, chap. 10.

Madame,   La Reine.

Quelque idée que nous ayions de la sain-teté de Jesus-Christ, il falloit, pour estre Saint, que Dieu fust en luy & qu'il fust dans Dieu; & il n'a mesmes esté le Saint des Saints, que par-ce que Dieu estoit en luy & qu'il estoit en Dieu

F ij

d'une façon plus particuliere & par une union beaucoup plus intime. Si Dieu par une suppoſition chimerique, euſt ceſſé d'eſtre avec luy & dans luy, ou que luy meſme il euſt ceſſé d'eſtre avec Dieu & dans Dieu, dés-là il euſt ceſſé d'eſtre ce qu'il eſtoit; & ce que nous appellons Jeſus-Chriſt, ou pluſtoſt ce qui ſeroit reſté de Jeſus-Chriſt, c'eſt à dire, ſon humanité ainſi delaiſſée & abandonnée à elle-meſme, euſt eſté dans une impuiſſance abſoluë d'agir pour Dieu & de rien faire d'agreable à Dieu. Mais parceque ce Sauveur des hommes & ce Fils unique de Dieu eſtoit dans ſon Père, & qu'il agiſſoit toûjours avec ſon Pere & au nom de ſon Pere, il pouvoit bien dire, comme il le dit aux juifs dans noſtre Evangile, que toutes ſes œuvres rendoient temoignage en ſa faveur & qu'elles eſtoient devant Dieu d'un prix infini. *Opera quæ ego facio in nomine patris mei, hæc teſtimonium perhibent de me.* Appliquons-nous cette verité, Chreſtiens : car ce qui eſtoit vray de Jeſus-Chriſt noſtre chef & noſtre modelle, l'eſt autant par proportion de nous-meſmes; & ſi nous voulons bien connoiſtre la valeur de nos actions & le fruict que nous en pouvons eſperer, jugeons-en par le principe d'où elles partent, & voyons ſi c'eſt dans l'eſtat du peché qu'elles ſont faites ou dans l'eſtat de la grace. Eſtat du peché, eſtat de la grace, deux eſtats l'un à l'autre directement oppoſez. Deux eſtats

Joan. 10.

qui partagent le chriſtianiſme, & preſque toutes les ſocietez du monde ; avec cette triſte iné-
galité, que le nombre des pecheurs ennemis de
Dieu par le peché eſt infiniment au deſſus de
celuy des juſtes unis à Dieu par la grace. Deux
eſtats dont j'entreprends de vous faire voir aujourd'huy l'eſſentielle difference, non point en
general, mais par rapport à noſtre intereſt propre. Heureux, ſi je puis ainſi vous donner de
l'un toute l'horreur qu'il merite, & de l'autre
toute l'eſtime qui luy eſt duë. Je vais mieux encore vous expliquer mon deſſein, aprés que nous
aurons ſalué Marie, en luy diſant : *Ave Maria.*

DE tous les intereſts de l'homme le plus important, c'eſt le ſalut : par conſequent de tous
les ſoins de l'homme dans la vie, celuy qui le
doit occuper préferablement à tout autre &
meſmes uniquement, c'eſt le ſoin du ſalut. C'eſt,
dis-je, le ſoin de s'enrichir pour cette demeure celeſte où nous ſommes tous appellez, & qui
doit eſtre le terme de noſtre courſe ; de travailler pour cela, d'agir pour cela, de rapporter là
toutes nos penſées, tous nos deſirs, toutes nos
œuvres ; enfin de groſſir chaque jour ce tréſor
de gloire qui nous eſt promis, en groſſiſſant chaque jour le tréſor de nos merites. Voilà, mes
chers Auditeurs, le ſouverain poinct de la ſageſſe chreſtienne ; & ſi nous nous aimons ſoli-

F iij

dement nous-mefmes, voilà le precieux avantage dont nous devons eftre jaloux, & le bien
durable & permanent que nous devons rechercher. Riches pour le ciel, il nous importe peu
de l'eftre pour la terre, puifque les richeffes de
la terre font periffables ; & riches pour la terre,
fi vous ne l'eftes pas pour le ciel, au milieu de
cette opulence faftueufe que vous étalez avec
tant de pompe aux yeux des hommes, vous eftes pauvres devant Dieu, & dans une mifere
d'autant plus deplorable que vous en devez ref-
fentir éternellement les effets. S'il y a donc un
eftat où rien ne nous profite pour l'éternité bienheureufe, & un eftat au contraire où rien ne
foit perdu de tout le bien que nous pratiquons,
c'eft par là qu'il faut juger de l'un & de l'autre : & c'eft auffi la grande regle que je prends
pour vous faire connoiftre le malheur d'une
ame dans l'eftat du peché, & l'ineftimable prérogative du jufte dans l'eftat de la grace fanctifiante. En effet, dans l'eftat du peché, l'homme
n'eft plus en Dieu, ni avec Dieu, parce que le
peché l'en fepare ; & dans l'eftat de la grace le
jufte eft avec Dieu & en Dieu, parce que le propre de la grace fanctifiante eft de l'y tenir étroitement uni. Or puifque le pecheur eft feparé
de Dieu, il n'agit plus avec Dieu, & par là mefme rien de tout ce qu'il fait ne peut plaire à
Dieu. Puifque le jufte eft uni à Dieu, c'eft avec
Dieu qu'il agit, & par une fuite infaillible tout

ce qu'il fait eſt agréé de Dieu. De là je forme
deux propoſitions qui vont partager ce diſcours.
Eſtat du peché, eſtat ſouverainement malheureux, pourquoy! parce qu'alors quoyque faſſe
le pecheur, ſon peché en détruit devant Dieu
tout le merite : c'eſt la premiere partie. Eſtat de
la grace, eſtat ſouverainement heureux, pourquoy! parce qu'alors pour peu que faſſe le juſte, la grace qui le ſanctifie, en reléve devant
Dieu le merite : c'eſt la ſeconde partie. Deux
penſées que j'ay à développer, & Theologie ſublime que je taſcheray de rendre également ſenſible & inſtructive.

Pour éclaircir la premiere propoſition que j'ay I. Partie.
avancée, & qui toute fondée qu'elle eſt ſur les
principes de la foy les plus ſolides, ne laiſſe pas
d'avoir beſoin d'explication, il faut d'abord en
determiner le ſens & vous le faire bien comprendre. Quand donc je dis que le peché anéantit la
valeur & le merite de toutes nos bonnes actions,
prenez garde , je ne dis pas que nos actions
bonnes d'elles-meſmes, en conſequence du peché, ou dans l'eſtat du peché, deviennent mauvaiſes & criminelles : ce ſeroit une erreur groſ-
ſiere, autrefois ſoutenuë par Wiclef, mais condamnée ſolemnellement dans le Concile de
Conſtance. Non, Chreſtiens, quelque deſordre
que cauſe à l'ame le peché, la malignité ne va
pas juſques-là. Fuſſions-nous chargez devant

F iiij

Dieu de tous les crimes, nous pouvons encore
dans cet eſtat faire des actions vertueuſes, honorer Dieu, ſecourir les pauvres, obéir à nos
ſuperieurs, pratiquer mille autres devoirs de pieté & de juſtice. Non ſeulement nous le pouvons, mais nous le devons, parce que l'eſtat du
peché ne nous en diſpenſe pas : & quoyqu'alors
Dieu nous conſidere comme ſes ennemis, il
nous commande néanmoins tout cela; & malgré cette qualité d'ennemis, il nous en recompenſe quelquefois, ſelon la doctrine de S. Auguſtin, par des proſperitez & des graces tem-
porelles, comme il recompenſa, dit ce Pere, les
vertus des Romains par l'Empire & la Monar-
chie du monde qu'il leur donna. Or Dieu qui
eſt juſte & ſaint, n'auroit garde de nous commander ce qui ne pourroit eſtre en nous que
vicieux & corrompu : beaucoup moins nous en
récompenſeroit-il, & béniroit-il une telle obéiſſance. D'où je conclus, que dans l'eſtat meſme
du peché nous pouvons donc faire des actions
honneſtes & loüables. Maximes de religion
dont il ne nous eſt pas permis de douter.

Bien plus. Quand je dis que nos bonnes œuvres dans l'eſtat du peché, n'ont aucun merite
devant Dieu, ma penſée n'eſt pas que l'eſtat du
peché les rende abſolument inutiles pour le ſalut. A Dieu ne plaiſe que je ſois dans ce ſentiment. Je ſçais trop quel eſt ſur ce poinct la doctrine du Concile de Trente, & ce que toute la

Theologie nous enseigne. Jeuner, prier, faire
des aumofnes, mortifier fa chair, lorfqu'on eft
feparé de Dieu par le peché, non feulement ce
font des actions vertueufes, mais des actions furnaturelles & d'un ordre divin, qui difpofent le
pecheur à fa converfion & qui luy fervent de
moyens pour retourner à Dieu. *Quis fcit fi con-* Jona. 3.
vertatur & ignofcat! Qui fçait, difoit le Prophete, fi Dieu ne fera point touché de tout ce
que vous faites, & fi tout ce que vous faites ne
l'obligera point à ufer envers vous de mifericorde! Toutes ces œuvres ont donc en effet quelque vertu, pour nous reconcilier avec Dieu : &
fi Dieu, remarque Theophylacte, n'exauce pas
les pecheurs jufqu'à faire en leur faveur des miracles, conformément à ces paroles de l'aveu-
gle-né, *Scimus quia peccatores Deus non au-* Theophyl.
dit; il faut toutefois convenir, adjoufte ce fçavant interprete, que les pecheurs à force de priéres & de vœux obtiennent tous les jours des fecours de graces, qui les convertiffent enfin, &
qui opérent dans eux ces changemens de mœurs
& de vie que nous admirons. Autrement le Publicain de l'Evangile auroit inutilement prié,
quand il difoit: Seigneur, ayez pitié de moy qui
fuis un pecheur : *Si peccatores Deus non au-* Idem.
dit, fruftra Publicanus diceret, Deus propitius
efto mihi peccatori. Il eft donc encore vray que
dans l'eftat du peché & dans la difgrace de Dieu,
on peut faire des œuvres qui comme des difpo-

sitions contribüent à nous rapprocher de luy &
à nous sauver.

Mais cette verité ainsi supposée, voicy ce que
j'ay ensuite à vous declarer. C'est qu'encore que
l'estat du peché n'excluë point toute action vertueuse, ni mesmes toute action surnaturelle, il
est pourtant de la foy, que les actions, quoyque
vertueuses & mesmes surnaturelles, faites dans
l'estat du peché, ne meritent rien pour le ciel;
que Dieu dans l'ordre de la gloire ne leur a promis nulle récompense, qu'il ne nous en tiendra
jamais compte dans l'éternité, & que du moment qu'elles ne font pas marquées du sçeau de
la grace sanctifiante, elles ne nous donnent nul
droit à l'héritage des enfants de Dieu & à cette couronne de justice, que Dieu, comme souverain remunerateur, reserve à ses essûs. Ce qu'il
y a de plus deplorable, c'est qu'elles ne recouvrent jamais ce merite qu'elles ont une fois perdu; & lors mesmes que nous rentrons dans la
voye du salut, elles demeurent toûjours stéri-
les & infructueuses : jusques-là, que quand nous
serions du nombre des predestinez, ce ne sera
point pour ces actions , toutes saintes qu'elles
ont esté, que Dieu nous béatifiera; mais qu'elles seront toûjours oubliées, toûjours reprouvées, parce qu'elles n'ont point eû ce germe de
vie qui devoit les animer, & les rendre agréables & meritoires. Voilà, chrestienne compagnie, le poinct important que j'ay à développer;

& j'avoüe d'abord que je ne puis affez admirer
icy la profondeur & la severité des jugemens
de Dieu. Car enfin, s'il eftoit permis d'en juger
felon les premieres veüës de la raifon humaine, je
ne m'étonne pas que les actions les plus éclatantes & les plus glorieufes felon le monde, foient
fouvent les plus indignes des récompenfes de
Dieu ; pourquoy ! parce qu'elles font fouvent
les plus vicieufes dans leur fonds. Combien de
grands feront damnez pour les mefmes chofes,
qui leur ont attiré l'admiration & les applaudiffemens des peuples ! On les loüoit de leurs entreprifes ; & leurs entreprifes, dit faint Auguftin, eftoient fouvent des injuftices énormes. Ils
fe rendoient celebres par leurs conqueftes ; &
leurs conqueftes, adjoufte ce Pere, en parlant
des Heros du paganifme, n'eftoient communément que des brigandages publics. Je ne fuis
point furpris que certaines vertus qui font en effet des vertus, & qui comme telles fervent d'or-
nement & de lien à la focieté civile, l'honnef-
té, la probité, la fidelité, l'équité dans le commerce, l'integrité dans les jugemens, la regularité dans les mariages, la modeftie dans les fuccés, la force & la conftance dans les malheurs,
ne foient ordinairement comptées pour rien devant Dieu ; parce que ce font des vertus purement humaines, qui de la maniere qu'elles fe
pratiquent dans le monde, n'ont point la foy
pour principe. Je conçois mefmes, ce qui arri-

ve tous les jours, comment des actions chreſ-
tiennes au moins en apparence, ſont cependant
rejettées de Dieu, parce qu'elles ſe trouvent corrompuës dans l'intention & dans le motif: de-
votions que la vanité ſoutient, ſerveurs de zéle que l'intereſt allume, exercices de penitence
& bonnes œuvres dont l'hypocriſie ſe pare : voilà ce que je comprends. Mais que des actions
vrayement religieuſes & ſaintes dans toutes leurs
circonſtances, & à quoy il ne manque rien, hors
qu'elles n'ont pas eſté faites dans l'eſtat de la
grace, ſoient éternellement & abſolument per-
duës, ah ! mes chers Auditeurs, c'eſt là ce qui me
fait trembler; & ſi nous ſçavons peſer les choſes
dans la balance du ſanctuaire, c'eſt par où nous
devons connoiſtre, combien le peché eſt un mal
à craindre, & quelles en ſont les funeſtes conſequences.

Or l'arreſt, Chreſtiens, en eſt porté dans l'E-
criture, & ſaint Paul luy-meſme l'a prononcé. Non, mes Freres, diſoit-il, écrivant aux Corinthiens, quoyque je faſſe, & quoyque mon
zéle m'inſpire, ſi je ne ſuis en grace avec Dieu &
ſi je n'ay la charité de Dieu, c'eſt envain que je
travaille. Quand je parlerois le langage des Anges, quand j'aurois diſtribué tous mes biens aux
pauvres, quand j'aurois livré mon corps au feu
& que j'aurois ſouffert tous les tourmens, quand
je ferois des miracles & que j'aurois aſſez de foy
pour tranſporter les montagnes; ſans la grace

& la char qui l'accompagne, je ne fuis rien,
& tout ce que je fais ne me fert à rien. Ainfi parloit cet homme Apoftolique. D'où faint Chryfoftome concluoit, ce que nous devons conclure nous-mefmes avec luy, que Dieu donc a bien
en horreur le peché, puis qu'un feul peché fuffit pour faire difparoiftre à fes yeux, & pour a-
néantir dans fon eftime, ce qu'il y a d'ailleurs
de plus héroïque & de plus grand. Car Dieu
dont la nature n'eft que bonté, & que toutes fes
inclinations portent à nous faire du bien ; Dieu
qui felon la doctrine des Theologiens, fe plaift
à récompenfer au delà du merite, & qui ne punit jamais le peché autant que le peché eft puniffable, ne reprouveroit pas des actions faintes
en elles-mefmes, telles que font les bonnes œuvres du pecheur, fi elles avoient la moindre proportion avec cette gloire qui doit eftre le prix
de nos merites. Il faut donc qu'elles en foient
bien indignes, puifque Dieu pofitivement les
exclut ; & qu'il y ait de puiffantes raifons qui
l'obligent à exercer une fi rigoureufe juftice.

Or quelles font ces raifons ! c'eft ce que je vous
prie d'écouter. Premiere raifon, tirée de l'eftat ou
de la difpofition habituelle du pecheur. Qu'eft-
ce que l'eftat du peché ! Apprenez, Chreftiens,
ce que vous eftes, quand Dieu ceffe d'eftre avec
vous, & que vous ceffez par le peché d'eftre avec
luy. L'eftat du peché, répond le Docteur Angelique faint Thomas, eft proprement un eftat de

mort. De là vient que le peché eſt appellé mortel, parce qu'il éteint en nous, & qu'il fait mourir, pour ainſi dire, la grace & la charité qui
font les principes de la vie. *Spiritus eſt qui vi-*
vificat, diſoit le Sauveur du monde : c'eſt l'eſprit de Dieu qui vivifie, & qui nous communique à tous, en qualité de juſtes & d'enfants
de Dieu, une vie ſurnaturelle. Que fait le peché ! il étouffe cet eſprit, ou pour parler plus exactement, il l'éloigne de nous ; & par cette ſe-
paration, il réduit noſtre ame dans une eſpece
de mort plus terrible mille fois que cette mort
naturelle qui nous cauſe d'ailleurs tant d'effroy.
Myſtere que l'Apoſtre ſaint Jacques exprimoit
ſi bien, quand il diſoit, que le peché au moment
qu'il s'accomplit, engendre la mort : *Peccatum*
verò cum conſummatum fuerit, generat mortem.

Or voilà, mes chers Auditeurs, ce qui détruit
d'abord tout le merite des bonnes œuvres du
pecheur. Car comment dans un eſtat de mort,
pourroit-il faire des actions de vie ; & ne pouvant pas faire des actions de vie, comment pourroit-il meriter la plus excellente & la plus parfaite de toutes les vies, qui eſt la vie de la gloire ! Comprenez, s'il vous plaiſt, la force de cette
raiſon. Tout ce qui eſt fait dans Dieu, dit ſaint
Auguſtin, porte le caractere de la vie de Dieu.
Car c'eſt ainſi qu'il interprete ces paroles de l'E-
vangile, *Quod factum eſt in ipſo, vita erat :* c'eſt
à dire, que toutes nos bonnes actions, tandis

Joan. 6.

Jac. 1.

Joan. 1.

que Dieu demeure en nous & que nous demeurons en luy par la grace, font autant d'actions vivantes, qui fe rapportent à cette vie bienheureufe & immortelle que nous attendons.
Mais dans l'eftat du peché, nous fommes, pour
parler de la forte, hors de Dieu; & comme Dieu
eft la vie de noftre ame, elle ne peut, feparée de
Dieu, opérer que des actions de mort. Quelque refolution qu'elle prenne, quelque effort
qu'elle faffe, quelque devoir qu'elle pratique,
elle ne vit plus, & par confequent il n'y a plus
rien en elle qui foit vivant & animé. Et parce
qu'il eft impoffible que des actions mortes puif-
fent jamais conduire à la vie, la récompenfe é-
ternelle que Dieu nous prepare eftant felon le
temoignage de Jefus-Chrift la fouveraine &
premiere vie, *Hæc eft autem vita æterna, ut* Joan. 17.
cognofcant te : il s'enfuit qu'entre cette récompenfe & les plus faintes actions du pecheur, il ne
peut y avoir de porportion. C'eft donc dans cet
eftat, que l'on peut bien nous dire fans figure, ce
que l'Ange de l'Apocalypfe difoit à un des premiers Evefques de l'Eglife: *Scio opera tua, quia* Apoc. 3.
nomen habes quod vivas, & mortuus es. Je fçais
quelles font vos œuvres ; mais je fçais au méf-
me temps de quel œil Dieu les regarde, & qu'elles ne peuvent eftre devant luy de nulle valeur.
Vous fatisfaites à vos devoirs, vous accomplif-
fez voftre miniftere, vous avez de la religion, &
vous en donnez mefmes des marques publi-

ques; mais avec cela vous n'estes rien moins que
ce que vous paroissez. Car on vous croit vivant,
& vous estes mort. Vos actions dans la substance sont les mesmes que celles des justes : vous
priez comme eux , vous offrez à Dieu le sacrifice comme eux, vous exercez la misericorde aussi bien qu'eux, & peut-estre plus abon-
damment qu'eux ; mais ce peché secret, dont
vostre conscience est infectée, gaste tout, corrompt tout, en sorte que vous n'amassez pas,
& que vous ne recüeillez pas avec eux : pourquoy ! parce qu'estant mort, vous n'estes plus
comme eux en estat de travailler pour cette vie
future, qui doit estre leur partage ; *Quia nomen
habes quod vivas, & mortuus es.*

Approfondissons encore cette pensée. Quelle
est, selon les Peres de l'Eglise & les Theologiens,
l'essence du peché, & en quoy consiste sa malice !
Les uns prétendent que le peché est quelquechose
se de positif & de réel ; & les autres, que ce n'est
qu'un pur néant & une privation totale de la
grace. S. Augustin s'est declaré, ce semble, pour
la premiere de ces deux opinions, & saint Bernard pour la seconde. Mais quoyqu'il en soit,
ils sont convenus, que si le peché n'estoit pas
un néant, au moins avoit-il la vertu d'anéantir
l'homme en quelque maniere, & de le réduire
par une espece de destruction, à n'estre plus rien
dans l'ordre de la grace. C'est ce que David
confessa luy-mesme, quand il commença à ouvrir

vrir les yeux & à decouvrir le defordre de fa
conduite. Il eſt vray, Seigneur, dit-il à Dieu,
que le peché a fait dans moy un prodigieux
changement. Au moment que la paſſion qui m'a
porté à le commettre, s'eſt emparée de mon eſprit, & s'eſt allumée dans mon cœur, je me ſuis
trouvé par la plus malheureuſe deſtinée, ou
pluſtoſt par un juſte abandon de voſtre grace, réduit au néant : *Quia inflammatum eſt cor meum,* Pſalm. 72.
& renes mei commutati ſunt. Et ego ad nihi-
lum redactus ſum , & neſcivi. Je ne le ſçavois
pas, ô mon Dieu : mais enfin vous me l'avez fait
connoiſtre ; & deformais je n'enviſageray plus
mon peché comme un ſimple mal, mais comme la ſource de tous les maux & l'anéantiſſe-
ment de tous les biens : *Ad nihilum redactus*
ſum. En effet, dit ſaint Auguſtin , n'eſtre plus à
Dieu, n'eſtre plus pour Dieu, n'eſtre plus, comme le pecheur, avec Dieu ni en Dieu, c'eſt meſmes un eſtat pire, que de ceſſer abſolument d'eſtre. D'où vient que l'Apoſtre, pour exprimer
la nature du peché, n'avoit point d'expreſſion
plus énergique & plus propre que celle-cy : ſi
je ne ſuis en grace auprés de mon Dieu, je ne
ſuis rien : *Si charitatem non habuero, nihil ſum.* 1. Cor. 13.
Or d'un rien, reprend Guillaume de Paris, on
ne doit rien attendre; & il y a de la contradiction,
que ce qui n'eſt rien, ſoit capable de meriter.
Car toute action préſuppoſe l'eſtre; & dans un
pecheur, tout l'eſtre de la grace eſt anéanti. C'eſt

Tome III.   . G

encore ce que nous marque le Prophete Royal
dans ces paroles du Pseaume soixante-quinzié-
me : *Dormierunt somnum suum, & nihil inve-*
nerunt omnes viri divitiarum in manibus suis. Les
pecheurs, dit-il, se sont endormis; voilà l'assou-
pissement des consciences criminelles : & dans
cet estat il leur est arrivé, ce qui arrive tous les
jours à un homme qui dort. Tout pauvre qu'il
est, il se figure quelquefois des richesses immen-
ses dont il devient possesseur, il augmente ses
revenus, il accumule trésors sur trésors : mais
tout cela n'est qu'en idée; car à son réveil, il se
trouve les mains vuides, & aussi pauvre que jamais : *Et nihil invenerunt omnes viri divitiarum*
in manibus suis. Il en est de mesmes du pecheur. Le pecheur en pratiquant de bonnes œuvres, croit s'enrichir devant Dieu, & cependant rien ne luy profite. Il est assidu au service divin, il est charitable envers les pauvres,
il est dur à luy-mesme; je le veux : mais dans
le sommeil du peché où il est enseveli; tout cela n'est qu'un songe ; & quand la mort vient,
qui est comme le réveil de l'ame, il n'apperçoit
rien dans ses mains : *Et nihil invenerunt in ma-*
nibus suis. Il ne doit pas s'en étonner, poursuit
S. Jerosme : car puisqu'en qualité de pecheur,
il est luy-mesme réduit au néant, la raison veut
qu'il ne trouve que le néant. Autrement le néant
trouveroit l'estre ; & si j'ose ainsi parler, le plus
abominable de tous les néants, qui est le peché;

trouveroit le plus faint de tous les estres, qui est Dieu.

Seconde raison fondée sur la nature du merite. Cecy me paroist encore plus touchant. D'où pensez-vous, mes chers Auditeurs, que procede le merite de nos bonnes œuvres, je dis ce merite surnaturel qui les rend dignes de la gloire & de l'héritage celeste ? Est-ce de la substance mesme de nos œuvres ? ce seroit une erreur insoutenable de le présumer. Non, mes Freres, dit saint Paul, ce n'est point sur ce fondement que nous devons establir nostre esperance. Quelque sainteté qu'il y ait dans nos actions, nos actions prises en elles-mesmes, n'ont rien qui les éleve à ce degré d'excellence. Si elles meritent le Royaume de Dieu, c'est par-ce qu'elles sont consacrées, & comme divinisées par Jesus-Christ, qui en est aussi bien que nous le principe, & qui par l'étroite liaison qu'il y a entre luy & nous, se les rend propres & leur donne une heureuse fecondité. Voilà, dit l'Ange de l'école, saint Thomas, d'où dépend tout le merite des justes. Or pour cela il faut que nous soyions unis à Jesus-Christ par la charité; & pour user de la comparaison de Jesus-Christ mesme, il faut que nous luy soyions attachez comme les branches de la vigne à leur sep. Car il est le sep de la vigne, & nous en sommes les branches : *Ego sum vitis, vos palmites.* Joan. 15. Et comme les branches de la vigne separées de

leur fep, ne portent aucun fruict, & font incapables d'en porter ; ainfi ne produirons-nous
jamais un feul fruict de grace & de falut, fi nous
ne fommes, felon le terme de l'Apoftre, entez

Rom. 5.

fur Jefus-Chrift : *In quo complantati facti fu-
mus.* Tandis que cette union fubfifte, toutes nos
actions tirent de luy une vertu particuliere ; de
mefmes que les branches de la vigne tirent du
fep à quoy elles tiennent, le fuc ou la féve qui
les nourrit. Mais oftez cette communication,
nous devenons comme des farmens inutiles :

Joan. 15.

*Sicut palmes non poteft ferre fructum à femet-
ipfo, ita & vos nifi in me manferitis.* Or tel
eft voftre eftat, Chreftiens, dans le peché. Il vous
détache de Jefus-Chrift. Dés-là veillez, priez,
humiliez-vous ; jamais par toutes vos veilles,
par toutes vos priéres, par vos plus profonds
abbaiffemens, vous n'acquererez le moindre
degré de gloire : pourquoy ! parce que vous eftes
alors, mon cher Auditeur, une branche coupée
& deffechée. Comparaifon que le Fils de Dieu
empruntoit de la vigne, & non des autres plan-
tes ni des autres arbres, pour nous donner à entendre, remarque faint Auguftin, que comme
il n'y a point de bois plus inutile, que celuy de
la vigne, quand il eft une fois hors de fon fep ;
auffi n'eft-il rien de plus infructueux que les bonnes œuvres du pecheur, lorfqu'il eft feparé de
Jefus-Chrift. Prophete, difoit Dieu, parlant à
Ezechiel, que veux-tu que je faffe de ce farment !

Fili hominis, quid fiet de ligno vitis ex omni- Ezech. 15.
bus lignis nemorum ? On met en œuvre tout
autre bois ; mais le bois de la vigne fans force,
fans folidité, à quoy eft-il propre qu'à jetter au
feu! C'eft ainfi, Prophete, adjouftoit le Seigneur,
que je regarde les habitants de Jerufalem. Ils fe
font retirez de moy, pour fe livrer à leurs paffions : or fçache que tandis qu'ils font dans cet
eftat, je n'accepte plus leurs facrifices, que je
méprife leurs jeufnes, que je les réprouve comme un bois ftérile & de nul ufage : *Propterea* Ibidem.
hæc dicit Dominus ; quomodò erit vitis inter li-
gna fylvarum, fic erunt habitatores Jerufalem.
Or c'eft à nous-mefmes, Chrestiens, auffi bien
qu'aux juifs, que Dieu faifoit cette menace ; &
c'eft cette mefme menace que noftre divin Maiftre a renouvellée dans la fuite des temps, & que
nous lifons au quinziéme chapitre de faint Jean :
Si quis in me non manferit, mittetur foras ficut Joan. 15.
palmes, & arefcet, & in ignem mittent, & ar-
det.

    Mais fi cela eft, que pouvons-nous dire de
la plufpart des hommes ! ce que difoit David,
en fe reprefentant avec douleur l'iniquité de fon
fiecle : *Omnes declinaverunt, fimul inutiles facti* Pfalm. 52.
funt. N'appliquons point ces paroles aux payens,
& aux idolaftres ; laiffons les héretiques & les
fchifmatiques ; ne parlons point des libertins &
des athées ; ne comprenons pas mefmes dans ce
nombre certains pecheurs infolens, qui connoif-

sant Dieu par la foy, sont profession de le renoncer par leurs œuvres : c'est à des sujets moins odieux & plus dignes de compassion, que je m'addresse. Combien peu de chrestiens engagez dans le commerce du monde, sont en estat d'agir utilement pour Dieu & pour eux-mesmes, si pour agir de la sorte il faut estre ami de Dieu! De ceux que nous appellons gens d'honneur, gens de probité, & qui comme tels vivent dans l'exercice de leur religion, combien peu au milieu des occasions & des dangers à quoy le monde les expose, conservent cette pureté de conscience si necessaire pour se maintenir dans la grace de Dieu! Desolation generale que deploroit le Prophete. *Omnes declinaverunt, simul inutiles facti sunt.* Ils se sont tous égarez; & en s'égarant, ils se sont tous rendus inutiles: inutiles pour Dieu, & inutiles pour eux-mesmes; pour Dieu, qui ne se tient plus honoré du bien mesme qu'ils font; pour eux-mesmes, parce que tout ce qu'ils font, quoyque ce soit, n'est point marqué dans le livre de vie: en sorte que faisant mesmes le bien, & le faisant avec ardeur & avec perseverance, ils ne font rien: *Non est qui faciat bonum, non est usque ad unum.* S'ils osoient s'en plaindre à Dieu & luy en demander la raison; s'ils osoient luy dire comme ces Israëlites: *Quare jejunavimus & non aspexisti! humiliavimus animas nostras, & nescisti!* Pourquoy, Seigneur, n'avez vous pas daigné jetter

Psalm. 52.

Ibidem.

Isai. 58.

les yeux fur nous, quand nous nous fommes proſternez devant vos autels ! pourquoy avons-nous jeufné fans que vous ayiez paru le ſçavoir & y prendre garde ! Dieu toûjours feûr de la droiture & de l'équité de ſa conduite, leur feroit la mefme réponſe qu'à cette nation infidelle : *In die jejunii veſtri invenitur voluntas veſtra ;* Ibidem. c'eſt que fous ces beaux dehors de penitence, vous cachez un cœur criminel, une haine dont rien ne peut adoucir l'amertume, une injuſtice dont mefmes vous ne faites nul fcrupule, un attachement opiniaſtre à quoy vous ne voulez pas renoncer. Voilà, diroit le Dieu d'Iſraël, voilà le ver qui corrompt le fruict de vos meilleures actions. Ne le cherchez point ailleurs, que dans vous-mefmes. C'eſt ce peché, qui vous depoüillant de ma grace, a ruiné le fonds de voſtre merite. *Seminaſtis multùm, & intuliſtis parùm :* Aggeæ. 1. vous avez beaucoup femé ; mais voſtre mifere eſt, qu'au temps de la moiſſon vous n'aurez rien à recüeillir : vous avez baſti, mais fur le fable ; & au lieu d'édifier de l'or, de l'argent, des pierres pretieufes, vous n'avez édifié que du bois & de la paille.

Contemplez-vous, mes Freres, dans ce tableau : telle eſt voſtre vie, & tel eſt voſtre malheur tout-enfemble. Cependant devez-vous conclure de là, que dans l'eſtat du peché il ne faut donc plus fe mettre en peine de bien faire ni de bien vivre ; qu'il faut quitter tout, aban-

G iiij

donner tout, puisque les œuvres les plus saintes
ne sont plus alors de nulle valeur ! Ah, Chrestiens, c'est un des pretextes du libertinage & un
des obstacles les plus ordinaires à la penitence
des pecheurs. On dit, je suis dans l'habitude du
peché & dans la disgrace de Dieu : pourquoy
donc prier ! pourquoy m'acquitter des devoirs
de la religion ! que m'en reviendra-t-il, &
quel avantage en pourray-je tirer ! Raisonnement impie, qui ne peut estre suggeré que par
l'esprit tentateur & suivi que d'un funeste desespoir. Non, mon cher Auditeur, ce n'est point
là le parti que vous avez à prendre. Si par un
criminel attachement à la créature vous estes
tombé dans la haine de vostre Dieu, il ne faut
point encore adjouster à ce deplorable estat une
illusion si pernicieuse. Vous estes pecheur ; &
c'est pour cela mesme que vous devez pratiquer
de bonnes œuvres, afin de disposer Dieu à vous
donner une grace de conversion, & de vous disposer vous-mesme à vous convertir. Car il est
de la foy, que vous ne disposerez jamais Dieu à
se reconcilier avec vous que par les œuvres de la
penitence chrestienne ; & que sans les œuvres
de la penitence chrestienne, vous ne vous disposerez jamais vous-mesme à rentrer en grace
avec luy. Outre les œuvres d'obligation que
vous ne pouvez obmettre dans l'estat mesme du
peché sans vous rendre coupable d'un nouveau
peché, n'est-il pas juste que vous taschiez enco-

re, par des œuvres de furérogation, à toucher
la mifericorde de Dieu & à fléchir fa juftice!
En ufe-t-on autrement dans le monde, fur tout
à la Cour! Quand par une faute dont on ne tar-
de gueres à fe repentir, & que l'on paye bien
cher, on s'eft attiré l'indignation du Prince,
quels efforts ne fait-on pas pour s'en rapprocher!
que ne met-on pas en ufage pour le prevenir!
amis, patrons, priéres, larmes, proteftations de
zéle, que n'employe-t-on pas! Or voilà, homme du monde, où le peché vous a réduit. Vous
eftes ce criminel d'eftat, degradé auprés de Dieu
de tout merite : on vous dit que voftre ferveur
& vos bonnes œuvres peuvent contribuer à
vous reftablir dans la poffeffion de cette grace
que vous avez perduë, & que c'eft la feule reffource qui vous refte : mais vous la negligez;
& parce que vous eftes pecheur, vous pretendez
encore avoir droit de demeurer fans action &
fans foin. Eft-ce raifonner en chreftien! eft-ce
mefmes raifonner en homme! Mais le bien que
vous ferez dans cet eftat, dites-vous, fera inutile : inutile dans un fens, j'en conviens; mais infiniment avantageux dans l'autre : inutile, parce qu'il ne vous rendra pas encore digne de la
gloire; mais infiniment avantageux, parce qu'il
vous difpofera à la pouvoir meriter : inutile,
parce que Dieu ne le recompenfera jamais; &
fouverainement neceffaire, parce qu'il engagera
Dieu à vous rappeller de voftre égarement & à

vous remettre dans la voye du salut. La conse-.
quence que vous devez donc tirer, c'est de rompre au pluftoft vos liens & de fortir prompte-
ment de voftre peché; pour commencer à joüir
du privilege de l'eftat de grace, qui fanctifie jufques à nos moindres actions, & les rend pretieufes devant Dieu, comme je vais vous le
monftrer dans la feconde partie.

II. Partie. Il y a dans Dieu, dit le Prophete Royal, une
efpece d'émulation entre fa mifericorde & fa juftice; en forte que l'une contrebalance toûjours
l'autre, que l'une fert de temperament à l'autre,
que l'une doit eftre mefurée par l'autre, & que
l'une & l'autre enfin, quoyque par des voyes entierement oppofées, concourent néanmoins de
concert au falut de l'homme. C'eft par un effet
de fa juftice que Dieu fe refferrant dans les bornes d'une étroite feverité, veut que les plus faintes œuvres du pecheur foient fans merite & fans
fruict; & c'eft auffi par un effet de fa mifericorde, qu'ouvrant fon fein & difpenfant fes dons
fans mefure, il veut que les moindres actions
du jufte foient recompenfées d'une éternité de
gloire. Ecoutez comment raifonne là-deffus le
Chancelier Gerfon. Car Dieu, dit-il, pour de-
dommager les hommes des pertes qu'ils devoient
faire dans l'eftat du peché, a voulu qu'ils puffent
acquerir dans l'eftat de la grace, par les moyens
les plus faciles, des richeffes infinies. *Thefauri-*

ζate vobis thefauros in cœlo ; faites-vous un tréfor **Matth. 6.**
pour le ciel : & de quoy, Seigneur, le compoſe-
rons-nous, ce tréfor ! de mille choſes que vous
avez entre les mains, & qui bien menagées ſuffi-
ſent pour vous enrichir devant Dieu; de certaines peines que vous endurez, de certaines mortifications que vous eſſuyez, de certains emplois
que vous exercez, de certains devoirs que vous
rendez, des actions meſmes les plus communes.
Ramaſſez tout juſques aux fragmens, afin que
rien ne périſſe : *Colligite fragmenta, ne pereant.* **Joan. 6.**
Tout cela vous paroiſt de peu de valeur; mais
ſi vous eſtes en grace avec Dieu, tout cela ſanctifié par la charité de Dieu ſera d'un grand prix.

Et que ſignifient ces fragmens, demandé ſaint Gregoire Pape ! Ah, mes Freres, ce
ſont mille petits merites, que noſtre laſcheté
jointe à la diſſipation de noſtre eſprit, nous fait
negliger; mais qui ſeroient pour l'autre vie une
abondante proviſion, ſi nous avions ſoin de les
recüeillir. Ne vous imaginez pas, adjouſte ce
Pere, qu'il n'y ait que les grandes choſes, qui
faſſent les grands Saints : erreur. Les hommes,
il eſt vray, de peu ne font jamais beaucoup, &
ſouvent meſmes de beaucoup ne font rien : mais
Dieu qui de rien a tout fait, & qui dans l'ordre
de la grace a une vertu encore plus puiſſante
que dans l'ordre de la nature, de nos plus petites actions ſçait tirer nos plus grands merites.
Avec peu, dit ſaint Bernard, on gagne tout au-

prés de luy ; & la charité que possedent les justes, a establi entre luy & eux, un commerce aussi divin, qu'il est rare & singulier. En quoy singulier & divin ! en ce que pour l'avantage de
l'homme, les choses y sont excessivement pri-
sées, & infiniment rabbaissées. Je m'explique. Ce
que l'homme fait pour Dieu, n'est rien, ou presque rien ; & ce que Dieu promet à l'homme, est
un bien qui comprend tout, & que l'Ecriture
par excellence appelle tout bien : *Ostendam tibi omne bonum.* Cependant en vertu du commerce que la charité establit entre Dieu & le
juste, ce rien de l'homme produit au juste un
souverain bonheur, & ce tout de Dieu luy est
donné, selon saint Paul, pour le plus foible effort qu'il luy en couste & pour un moment de
tribulation : *Momentaneum hoc & leve tribu-*
lationis nostræ, æternum gloriæ pondus opera-
tur in nobis. D'homme à homme, poursuit
S. Bernard, ce seroit usure, & une usure criminelle : mais si c'est une usure à l'égard de Dieu,
non seulement elle est permise, mais elle est loüable, mais elle est sainte, mais elle est digne de
Dieu mesme. Cent pour un, voilà le traité qu'il
fait avec nous : *Centuplum accipiet.* En sorte
qu'on peut bien appliquer aux justes ce que le
Prophete Royal, quoyque dans un sens tout different, disoit des Israëlites : *Pro nihilo habue-*
runt terram desiderabilem ; ils ont eû pour rien
cette terre bienheureuse, qui doit estre l'objet

Exod. 33.

2. Cor. 4.

Matth. 19.

Psalm. 105.

de nos defirs. Qu'eft-ce à dire, qu'ils l'ont eûë
pour rien ! oüy, pour rien, répond faint Jerofme, parce qu'en effet ils l'ont acquife & me-
ritée par des actions de nul éclat, par de legeres
obfervances, par quelques pratiques de pieté,
de charité, d'humilité. Ce n'eftoit rien aux yeux
des hommes; mais par là néanmoins ils font ar-
rivez à l'héritage des enfants de Dieu : *Pro ni-* *Pfalm. 105.*
hilo habuerunt terram defiderabilem.

Auffi le Fils de Dieu dans l'Evangile ne fait pas
feulement dépendre le falut, des actions héroï-
ques.Il ne nous dit pas feulement: vous parvien-
drez à ma gloire en quittant le monde, en vous
depoüillant de vos biens,en fouffrant le martyre.
Il ne l'attache pas mefmes uniquement aux préceptes de la loy, dont la pratique eft plus difficile, & qui font d'une perfection plus relevée,au
facrifice d'un reffentiment, à l'oubli d'une injure, à l'amour d'un ennemi. Mais que fait-il ! il
prend de toutes les actions chreftiennes la plus
aifée ; & pour un verre d'eau donné en fon
nom, il nous promet fon Royaume & nous le
promet avec ferment : *Amen dico vobis, non* *Matth. 10.*
perdet mercedem fuam. Et pour combien de
temps encore nous le promet-il ! pour toûjours :
In perpetuas æternitates. Remarquez cette ex- *Dan. 12.*
preffion duProphete:ce n'eft pas feulement pour
une éternité, mais en quelque forte pour autant
d'éternitez, que nous aurons pratiqué de devoirs, puifqu'il n'y en aura pas un qui n'ait fa

recompenſe & une recompenſe éternelle. Ah,
mes Freres, s'écrie ſaint Bernard, où eſt noſtre
zéle! où eſt noſtre foy, ſi ces motifs ne nous tou-
chent pas ; & à quoy ſommes-nous ſenſibles
s'ils ne ſont pas capables de nous exciter & de
nous piquer! Où eſt noſtre prudence, ſi nous ne
travaillons pas comme des hommes perſuadez
que ces œuvres, quoyque paſſageres, ne paſſent
point; & que pour eſtre faites dans le temps, elles n'en ſont pas moins les pretieuſes ſemences
de l'éternité! *Neſcitis quod non tranſeunt ope-*
ra noſtra, ſed velut quædam æternitatis ſemina
jaciuntur. Si le laboureur negligeoit ſon grain
ſous pretexte que c'eſt peu de choſe, & s'il le
diſſipoit au lieu de le mettre dans le ſein de la
terre, ne le traiteroit-on pas d'inſenſé! Il eſt
vray, luy diriez-vous ; c'eſt peu de choſe en apparence que ce grain : mais tout petit qu'il eſt
maintenant, il contient toute l'eſperance de l'a-
venir; & quand vous le laiſſez perdre, vous ne
renoncez à rien moins qu'à une ample recolte
que vous en pouviez attendre.

 Faiſons-nous la meſme leçon. Car voilà, mes
chers Auditeurs, l'idée veritable de la vie laſche
& pareſſeuſe de tant de juſtes. Voilà le deſordre à quoy tous les jours nous ſommes ſujets,
vous dans le monde, & moy, ſi je n'y prends
garde, dans la profeſſion Religieuſe. Dieu par
une protection toute ſpeciale nous preſervant
des chutes griéves, il ne tiendroit qu'à nous

Bern.

que toutes nos œuvres ne fuſſent autant de ga-
ges d'une glorieuſe immortalité, & qu'à proportion de la ferveur qui les animeroit, elles ne
rendiſſent les unes trente, les autres ſoixante,
& pluſieurs meſmes juſqu'à cent ſelon la parabole de l'Evangile. Dans le commerce du monde, combien d'occaſions avez-vous ſans ceſſe de
pratiquer la patience, la ſoumiſſion, l'abnéga-
tion chreſtienne ! vous le ſçavez, & vous ne le
dites que trop. Et moy-meſme dans ma profeſſion, combien de ſacrifices aurois-je à faire
de ma volonté, de ma liberté, de mon eſprit,
des aiſes & des commoditez de la vie ! je le reconnois à ma confuſion, & j'en fais publiquement l'aveu pour ma propre inſtruction. Qu'eſt-
ce que tout cela, ſinon ce grain Evangelique,
cette divine ſemence qui rendroit noſtre vie feconde ! Mais au lieu de tant de richeſſes que nous
pourrions amaſſer, nous languiſſons dans une
triſte diſette : tout nous échappe des mains, ou
rien preſque ne profite dans nos mains : ſoit laſcheté & tiédeur, ſoit diſſipation d'eſprit & diſ-
traction, ſoit embarras & ſoins ſuperflus, ſoit
habitude, ſoit vanité, il y a toûjours dans nos
actions un ver qui en altére la vertu & qui en
arreſte le fruict.

Cependant, ne ceſſons point d'admirer le
pouvoir de la grace ſanctifiante. Car dans cet eſtat, il n'eſt pas meſmes toûjours neceſſaire, dit
ſaint Thomas, que nos œuvres pour eſtre des

œuvres de salut, soient saintes par elles-mesmes:
c'est assez, quoy qu'elles soient indifferentes de
leur nature, que la charité les dirige & que la
grace les sanctifie. Ainsi l'Apostre nous l'a-t-il
appris, lorsqu'il disoit aux Corinthiens, non pas
précisement, soit que vous jeusniez, ou que vous
vacquiez à la priére; mais mesmes, soit que vous
beuviez ou que vous mangiez, Sive manducatis,
1. Cor. 10. *sive bibitis :* faites tout pour la gloire de Dieu,
Omnia in gloriam Dei facite ; & la gloire que
vous procurerez à Dieu, servira à la vostre, &
vous donnera un droit legitime à cette couronne de justice qu'il vous reserve. Il n'y a rien
que de naturel dans ces actions considerées seulement en elles-mesmes ; je le sçais : mais la
grace, ce germe sacré & ce levain de benediction,
qui se repandra dans toute la masse de vos actions, en rehaussera le prix, & les élevera à un
ordre superieur. Ah ! Chrestiens, quelle consolation pour une ame juste & fervente, si nous
goustions, selon la parole de saint Paul, les cho-
Colof. 3. ses du ciel ! *Quæ sursùm sunt sapite.* Quelle impression feroit sur nos cœurs une verité si touchante ! Vous me demandez sur quoy elle peut
estre fondée ! le voicy, & c'est par là que je finis. Car je la trouve establie sur trois belles qualitez, qui conviennent au juste & qui le distinguent devant Dieu : qualité d'ami de Dieu, qualité de ministre de Dieu, & qualité de membre
incorporé à Jesus-Christ qui est l'homme-Dieu.
Qualité

Qualité d'ami de Dieu. Oüy, mon cher Auditeur, cette bonne œuvre, quelle qu'elle soit d'ailleurs, eſt dans la perſonne du juſte une action d'ami. Faut-il s'étonner ſi Dieu la fait tant valoir, & s'il ouvre les tréſors de ſa gloire pour la recompenſer! D'un ami tout eſt bien reçeû, & les moindres ſervices de ſa part, ont un agrément & un merite particulier. Dieu aime le juſte; & ſans avoir les imperfections & les foibleſſes de l'amitié, parce que l'amitié n'eſt point en luy une paſſion comme elle l'eſt en nous, il en a toute l'ardeur & tout le zéle. Doù il s'enſuit que toutes les œuvres du juſte, meſmes les moins importantes, ſont agreables à Dieu. Or ce qui eſt digne de la complaiſance de Dieu, eſt digne de gloire auſſi-long-temps qu'il plaiſt à Dieu de l'agréer; & parce que cette action ſera éternellement agréée de Dieu, il faut qu'éternellement elle ait ſa recompenſe. Voyez comment Dieu s'en explique luy-meſme à l'ame fidelle, qu'il traite de Sœur & d'Epouſe bien-aimée : *Vulnerasti cor meum, Soror mea Sponſa ;* vous avez bleſſé mon cœur, luy dit-il : & par où ! *In uno oculorum tuorum, & in uno crine colli tui ;* par l'éclat d'un de vos yeux, & par un cheveu de voſtre teſte. Qu'entend-il par là, demandent les Peres, ou que nous fait-il entendre, ſi ce n'eſt, repond ſaint Bernard, que ſon cœur eſt auſſi bien touché de la fidelité du juſte dans les plus petites choſes que dans les grandes ! Car cet œil

Cant. 4.

Tome III.   . H

brillant de lumiere, nous marque ce qu'il y a
de plus éclatant dans la sainteté; & ce cheveu
de la teste au contraire nous represente ce qu'il
y a de moins remarquable. Mais Dieu envi-
sage tout à la fois l'un & l'autre dans son épouse, & se laisse tout à la fois gagner par l'un &
par l'autre : *Vulnerasti cor meum in uno oculo-*
rum tuorum, & in uno crine colli tui. Or il n'est
pas étonnant que ce qui gagne au juste le cœur
de Dieu, luy gagne le Royaume de Dieu.

     Qualité de ministre de Dieu : comment !
c'est que le juste agissant comme juste, agit pour
Dieu & au nom de Dieu. Or quand les Saints
agissoient au nom de Dieu, dit saint Chrysostome, que n'ont-ils pas fait avec les plus foibles
instrumens ! Moyse avec une baguette, remplit
l'Egypte de prodiges. Samson avec un reste d'os-
semens, défit des milliers d'hommes. Elie avec
un manteau, divisa les eaux du Jourdain. L'ombre de saint Pierre guérit les maladies les plus
mortelles. Qu'est-ce que cette baguette, ce
manteau, cet ossement, cette ombre ! Les actions
du juste ne sont-elles pas encore plus nobles; &
par consequent dans les mains du juste, ne sont-
elles pas encore plus efficaces auprés de Dieu !

     Enfin, qualité de membre incorporé à Je-
sus-Christ, qui est l'homme-Dieu. Car du moment que nous sommes en grace avec Dieu,
nous ne faisons plus qu'un corps avec Jesus-
Christ, nous n'agissons plus que comme les

membres, nous ne vivons plus que de son esprit, ou pluftoft, ce n'est plus nous qui vivons,
mais Jesus-Chrift qui vit en nous : *Vivo ego,* Galat. 2.
jam non ego, vivit verò in me Chriftus. Or si Jesus-Chrift vit en nous, c'est Jesus-Chrift qui
agit en nous; & s'il agit en moy, toutes mes œuvres font donc marquées de son sçeau & revef-
tuës de ses merites. Par confequent chaque action que je fais, est un fonds pour l'éternité, &
un fonds d'autant plus pretieux que c'est dans un
fens l'action de Jesus-Chrift mefme plus que la
mienne. Que ne difent pas les Theologiens,
quand ils parlent de l'humanité fainte de cet
adorable redempteur! un feul acte de sa volonté, une larme de ses yeux, une parole de sa bouche auroit merité la remiffion de tous les pechez du monde; pourquoy! parce que tout cela, quoy qu'humain, partoit d'une perfonne divine. Je sçais que quand ce divin mediateur a-
git en moy, il n'agit pas avec la mefme perfection : mais toûjours est-il vray que tout le bien
que je pratique, vient de luy; & puifqu'il vient
de luy, il n'est point au deffous de la fouveraine
béatitude. Ainfi je m'addreffe à Dieu avec une
fainte confiance, & j'ofe luy dire : vous me la
devez, Seigneur, cette fuprefme felicité, & voftre juftice auffi bien que voftre parole y est engagée. Car ce peu que je vous offre, n'est pas de
moy, mais du Sauveur que vous m'avez donné; & si ce que je vous demande est grand,

H ij

tout grand qu'il est, il n'excede point les merites
de vostre Fils.

Voilà, Chrestiens, ce que dit le juste; voilà
ce que vous pouvez dire à chaque moment de
la vie, parce qu'il n'y a point de moment dans
la vie que vous ne puissiez sanctifier par une œuvre chrestienne & meritoire. Si vous ne profitez pas de cet avantage, c'est que vous ne le connoissez pas, ou que vous estes moins touchez
des interests de vostre salut que des interests du
monde. Car que ne faites vous pas pour vous
élever & vous aggrandir dans le monde! vous
y pensez, vous y travaillez sans relasche, vous
en menagez toutes les occasions; vous n'attendez pas qu'elles se presentent, vous les cherchez,
vous les prevenez, parce que vous vous estes
laissé infatüer de la fortune du monde & de ses
faux biens. Mais pour ce veritable & solide
bien, qui doit estre le terme de vostre esperance; mais pour ce bien, le seul de tous les biens
capable de combler les desirs de vostre cœur;
mais pour ce bien incorruptible, & que le temps
ne finit point; mais pour ce bien qui est en Dieu
& qui n'est rien moins que Dieu, c'est sur quoy
vous vivez dans l'oubli le plus profond & dans
la plus mortelle indifference.

Ah! mon cher Auditeur, si je vous disois que
dans l'estat de la justice chrestienne & de la grace, tout réüssit & tout prospere selon le monde,
qu'on s'avance à la Cour, qu'on parvient aux

premiers rangs & aux premiers minifteres, qu'on a part à toutes les faveurs du Prince ; que c'eſt par là qu'on groſſit ſes revenus, par là qu'on eſtablit ſa famille, par là qu'on ſe fait un grand nom & qu'on éterniſe ſa memoire : quel feu & quelle ardeur j'allumerois tout à coup dans vos cœurs ! La penitence a-t-elle rien de ſi auſtere, & la religion rien de ſi parfait, qui vous étonnaſt ! C'eſt alors que vous commenceriez à eſtre chreſtiens, ſi toutefois avec de telles vêüës on pouvoit l'eſtre. Mais ſi j'adjouſtois que cette proſperité temporelle eſt attachée aux moindres exercices du chriſtianiſme ; que tout y peut ſervir, une penſée, un ſentiment, un deſir, une parole, un regard, un geſte, & qu'il ne tient qu'à une condition qui eſt l'innocence de l'ame, quels ſoins vous verrois-je prendre & quels efforts feriez-vous, ou pour vous maintenir, ou pour rentrer dans cette voye ſainte dont les iſſües vous paroiſtroient ſi heureuſes ! Or ce que je ne puis vous dire à l'égard du monde & de ſes faux biens, je vous le dis par rapport à Dieu & au bonheur que vous en devez attendre. Vos jours, ſi vous le voulez, feront des jours pleins, parce que la grace, ſi vous le voulez, en les ſanctifiant, les remplira ; *Dies pleni invenientur in* Pſalm. 72. *eis :* au lieu que ce ſont des jours vuides, parce que le peché ruine tout, & vous dépoüille de tout. D'autant plus malheureux, que vous ne ſentez pas voſtre malheur. On perd la grace ſans

H iij

peine, & l'on vit dans le peché fans remords;
on s'en fait une habitude, un plaifir, une gloire, fouvent mefmes un intereft & une loy. Mais,
mon Dieu, jufques à quand aimeront-ils la vanité & la bagatelle! *Ufquequò, Parvuli, diligi-*

Prover. 1.   *tis infantiam?* Et ce qui eft encore plus deplorable, jufques à quand chercheront-ils eux-mef-
mes ce qu'il y a pour eux de plus funefte & de
plus mortel! *Et ftulti ea quæ fibi funt noxia, cu-*

Ibidem.   *piunt?* Sur toute autre chofe ils font fi éclairez!
ce font de fages politiques, ce font d'habiles miniftres, ce font de grands capitaines; ils ont en
partage l'efprit, la politeffe, l'agrément, l'opulence, l'authorité, la grandeur : le monde leur
applaudit, il les adore; & à en juger felon la
prudence de la chair, ils ont en effet de quoy
s'attirer les applaudiffemens & les adorations du
monde. Mais, Seigneur, voftre divin efprit les
traite d'enfants, *Parvuli;* il va mefmes plus loin,
& il les traite d'infenfez, *Stulti:* parce qu'uniquement occupez du prefent qui les féduit &
qui paffe, ils ne font rien, ils n'amaffent rien
pour un avenir qui ne paffera jamais: *Ufquequò,*
Parvuli, diligitis infantiam, & ftulti ea quæ fibi
funt noxia, cupiunt? Diffipez, mon Dieu, le
charme qui les aveugle. Penetrez-les d'une crainte falutaire du peché. Infpirez leur une haute eftime de voftre grace. Il y a jufques au milieu de
la Cour de fidelles Ifraëlites, qui ne fléchiffent
point le genou devant Baal; il y a des ames

droites, pieufes, innocentes. Que ce difcours
ferve à reveiller toute leur ferveur; qu'il leur
donne une fainte avidité d'accumuler bonnes
œuvres fur bonnes œuvres, & merites fur merites. Ce font les feules richeffes que nous pouvons emporter avec nous, & que nous retrou-
verons dans l'éternité bienheureufe où nous
conduife &c.

SERMON
POUR LE JEUDY
de la cinquiéme Semaine.

Sur la converfion de Magdelaine.

Propter quod dico tibi, remittuntur ei peccata multa, quoniam dilexit multùm.

*C'eft pourquoy je vous declare, que beaucoup de
pechez luy font remis, parce qu'elle a beaucoup aimé.* En faint Luc, chap. 7.

C'Eft ce que le Sauveur du monde répondit au Pharifien, en parlant de cette femme pechereffe dont noftre Evangile nous reprefente aujourd'huy la converfion. Réponfe
dont je me fers, non pas pour faire l'éloge de
cette illuftre penitente, mais l'éloge du divin
amour qui la fanctifia. Le defordre de Magdelaine fut d'avoir beaucoup aimé; & par un changement vifible de la main du trés-haut, la fainteté de Magdelaine confifta à aimer beaucoup.
Son amour en avoit fait une efclave du mon-

de ; & par un effet merveilleux de la grace, son amour en fit une predeſtinée & une épouſe de Jeſus-Chriſt. Ce qui avoit eſté ſon crime, devint ſa juſtification ; & l'amour chaſte du créateur fut le remede ſalutaire qui la guérit dans un moment de l'amour impur & prophane des créatures. Miracle de l'amour de Dieu, dont je prétends faire le ſujet de ce diſcours. Miracle, que Dieu par une providence ſinguliere a voulu rendre public, afin que les pecheurs du ſiecle euſſent dans cet exemple, & un puiſſant motif de confiance, & un parfait modelle de penitence. Un puiſſant motif de confiance, pour ne pas tomber dans le deſeſpoir, quelque éloignez qu'ils puiſſent eſtre des voyes de Dieu : & un parfait modelle de penitence, pour ne pas donner dans une dangereuſe preſomption en comptant ſur la miſericorde de Dieu. Car c'eſt icy que je pourrois bien dire à une ame mondaine, troublée des remords de ſa conſcience, ce que ſaint Ambroiſe dit à l'Empereur Theodoſe: *Qui ſecutus es errantem, ſequere pœnitentem.* Ce ſaint Eveſque parloit de David; & moy, mon cher Auditeur, je parle de Magdelaine, & je vous dis : ſi vous avez eû le malheur de ſuivre cette pechereſſe dans les égaremens de ſa vie, raſſeûrez-vous, puiſque toute pechereſſe qu'elle eſtoit, elle n'a pas laiſſé de trouver grace devant Dieu. Mais d'ailleurs tremblez, ſi l'ayant-ſuivie dans ſes égaremens, vous n'avez

Ambroſ.

pas le courage de la suivre dans son retour.
Car que doit-on, & que peut-on esperer de
vous, si vous ne profitez pas d'un exemple si
touchant, aprés qu'il a converti tant d'ames en-
durcies, & s'il ne fait pas sur vous les plus fortes
impressions! Magdelaine est la seule qui paroisse
dans l'Evangile s'estre addressée à Jesus-Christ,
sans autre veüë que d'obtenir la remission de
ses pechez. Plusieurs, encore charnels, recou-
roient à luy pour des graces purement temporelles; pour estre guéris de leurs maladies, pour
estre delivrez du démon qui les tourmentoit:
mais Magdelaine, déja chrestienne & d'esprit
& de cœur, ne cherche, en cherchant ce Sauveur des hommes, que la guérison de son ame;
& convaincuë que son peché est son unique &
souverain mal, elle ne luy demande point d'autre miracle que celuy de sa conversion. Voyons
par où elle y parvint, & implorons auparavant
le secours du Ciel par l'intercession de la Mere
de Dieu. *Ave Maria.*

C'Est une question qui se presente d'abord,
& dont la difficulté fondée sur l'Evangile mesme, a besoin d'éclaircissement: sçavoir, si les
pechez de Magdelaine luy furent remis, parce qu'elle aima beaucoup; ou si elle aima beaucoup, parce que ses pechez luy avoient esté remis. A en juger par les paroles de mon texte,
la premiere de ces deux propositions est incon-

teftable, puifque le Sauveur du monde declare en termes exprés que parceque cette penitente a beaucoup aimé, beaucoup de pechez
luy font pardonnez : *Remittuntur ei peccata* Luc. 7.
multa, quoniam dilexit multùm. La feconde,
quoyque contraire en apparence, n'eft pas moins
certaine, puifque c'eft une confequence neceffaire du raifonnement que fait enfuite le Fils de
Dieu, & qu'il tire de la comparaifon de deux
debiteurs, dont l'un à qui l'on remet plus, fe
croit plus obligé d'aimer que l'autre à qui l'on
a moins remis. D'où Jefus-Chrift pretend conclure, que Magdelaine aimoit donc plus que le
Pharifien, parce qu'on luy avoit plus pardonné
de pechez : *Quis ergò eum plus diligit ? æfti-* Ibidem.
mo, quia is cui plus donavit. Il eft aifé, Chreftiens, de concilier ces deux propofitions ; &
pour les réduire à un poinct de morale où je me
renferme, mais qui fera d'une grande inftruction, difons avec faint Chryfoftome, que l'une
& l'autre eft également vraye : c'eft à dire, qu'il
eft également vray, & que Magdelaine obtint
la remiffion de fes pechez parce qu'elle avoit
beaucoup aimé, & qu'elle aima beaucoup parce qu'elle avoit obtenu la remiffion de fes pechez ; en forte que le pardon que Jefus-Chrift luy
accorda, fut tout enfemble & l'effet & le principe de fon amour. Pour mieux entendre ma
penfée, diftinguons un double amour de Dieu ;
l'un qui precede la converfion, l'autre qui la

ſuit; l'un que j'appelle amour penitent, & l'autre amour reconnoiſſant; l'un qui ſit rentrer
Magdelaine en grace avec Jeſus-Chriſt, & l'autre qui la fit pleinement correſpondre à la grace qu'elle avoit reçeûe de Jeſus-Chriſt. Appliquez vous. Magdelaine encore mondaine &
pechereſſe, laſſée de marcher dans la voye de
perdition, ſe ſentit touchée tout à coup de repentir, mais d'un repentir plein de confiance,
& c'eſt ainſi qu'elle plut au Fils de Dieu. Magdelaine convertie & ſenſible à l'inſigne faveur
qu'elle venoit d'obtenir dans le pardon de ſes
crimes, fut tout à coup penetrée de la plus parfaite reconnoiſſance, & ne penſa plus qu'à ſe de-
voüer, pour jamais au Fils de Dieu. Or voilà
par où je réſous la difficulté que j'ay d'abord
propoſée. Car je dis que ce fut l'amour penitent
de Magdelaine, qui la reconcilia avec Jeſus-
Chriſt; & j'adjouſte qu'une ſi prompte recon-
ciliation avec Jeſus-Chriſt excita dans ſon cœur
l'amour reconnoiſſant qui l'attacha pour toûjours à cet adorable & aimable maiſtre. En
deux mots, ſes pechez luy furent remis, parce
qu'elle aima beaucoup de cet amour qu'inſpire
la vraye penitence; ce ſera la premiere partie: &
elle aima beaucoup de cet amour qu'inſpire la reconnoiſſance, parce que ſes pechez luy avoient
eſté remis; ce ſera la ſeconde. L'une juſtifiera la miſericorde du Sauveur envers Magdelaine; l'autre
vous apprendra comment Magdelaine s'acquit-

ta de ce qu'elle devoit à la misericorde du Sauveur, & c'est tout mon dessein.

J'Entre dans ma premiere proposition par I. PARTIE, la pensée de saint Gregoire Pape, & surpris aussi bien que ce saint Docteur du pouvoir souverain de l'amour de Dieu, & du miracle que l'Evangile aujourd'huy luy attribuë, je demande: est-il donc vray, qu'il n'en cousta à Magdelaine que d'aimer, pour trouver grace devant Jesus-Christ ! Est-il vray que le seul acte d'amour qu'elle forma, fut aprés tant de desordres un remede suffisant pour la guérison de son ame ! Est-il vray qu'une pecheresse si chargée de crimes, sans autre effort que celuy-la & sans autre disposition, merita d'estre pleinement & parfaitement justifiée ! Oüy, Chrestiens, il est vray ; & non seulement vray, mais mesmes de la foy. Parce qu'elle aima beaucoup, beaucoup de pechez, c'est à dire dans le langage de l'Ecriture, tous ses pechez luy furent remis : *Remittun-* Luc. 7. *tur ei peccata multa, quoniam dilexit multùm.* Mais il ne s'ensuit pas du reste, que le Fils de Dieu, en luy pardonnant, ait esté prodigue de sa grace : il ne s'ensuit pas, qu'il l'ait donnée à vil prix, ni que sa bonté l'ait fait relascher de ses droits aux dépens de justice. Car je pretends, & voilà par où je veux consoler les pecheurs, en leur faisant connoistre le don de Dieu & en justifiant la misericorde du Sauveur : je pretends

que ce seul amour formé dans le cœur de Magdelaine, au moment qu'elle connut Jésus-
Christ, fut la satisfaction la plus entiere que Jesus-Christ puſt attendre d'un cœur contrit &
humilié. Je pretends, que ſans y rien adjouſter, cette satisfaction ſeule peſée dans la balance du ſanctuaire, eût une juſte proportion avec
le pardon que Jeſus-Chriſt luy accorda. Entrons, mes chers Auditeurs, dans les ſentimens
de cette illuſtre penitente. Developpons, s'il eſt
poſſible, ce qu'opéra dans elle l'eſprit divin au
moment de ſa converſion. Meſurons toute la
grandeur & toute l'étenduë de ce parfait amour
de Dieu qui la ſanctifia; & voyons ſi la facilité du Sauveur du monde à la recevoir & à luy
remettre ſes pechez, préjudicia en aucune ſorte aux regles les plus exactes & les plus ſeveres
de la penitence.

Pour cela, Chreſtiens, je diſtingue & je vous
prie de diſtinguer avec moy quatre choſes, que
l'Evangeliſte nous fait expreſſément remarquer
dans Magdelaine; ſon peché, la ſource de ſon
peché, la matiere de ſon peché, & le ſcandale
de ſon peché. Son peché, qui fut ſa vie dereglée
& diſſoluë; la ſource de ſon peché, qui fut la
foibleſſe & le malheureux penchant de ſon
cœur; la matiere de ſon peché, qui fut ſon luxe
& ſes ſenſualitez criminelles; enfin le ſcandale de ſon peché, qui fut le dangereux & funeſte
exemple qu'elle avoit donné à toute la ville de

Jerufalem : *Mulier in civitate peccatrix.* Or Luc. 7.
voilà par un effet bien furprenant, à quoy re-
media tout à coup l'amour qu'elle conceut pour
Jefus-Chrift : je veux dire, que ce faint amour
expia fon peché, que ce faint amour purifia la
fource de fon peché, que ce faint amour confacra à Dieu la matiere de fon peché, & qu'enfin
il repara le fcandale de fon peché. Il expia fon
peché, en reftabliffant dans le cœur de Magdelaine l'empire de Dieu, que le peché y avoit détruit. Il purifia la fource de fon peché, en tournant toute la fenfibilité & toute la tendreffe de
Magdelaine vers Jefus-Chrift, objet digne d'eftre fouverainement aimé. Il confacra à Dieu la
matiere de fon peché, en infpirant à Magdelaine la penfée de repandre fur les pieds de Jefus-
Chrift un parfum pretieux, & luy faifant trouver jufques dans fon luxe de quoy honorer fon
Dieu, & dans fa vanité mefme de quoy luy faire un facrifice. Et il repara le fcandale de fon
peché, en determinant Magdelaine à changer
de vie par une converfion éclatante. N'ay-je
donc pas raifon de dire que ce feul amour fut
une penitence complette ; & une penitence fi
efficace, que la mifericorde du Sauveur, fi j'ofe
parler de la forte, ne put mefmes y refifter ! Reprenons par ordre chaque article, & fuivez-
moy, je vous prie, avec attention.

Son peché fut le libertinage de fes mœurs.
Ne difons rien de plus, & tenons-nous-en à

l'Evangile qui eſt noſtre regle. Il nous marque
ſeulement en general que Magdelaine eſtoit pechereſſe : cela nous doit ſuffire ; & le reſpect dû
à cette penitente encore plus celebre par ſon
changement qu'elle ne ſe rendit fameuſe par ſon
deſordre, ne nous permet pas de nous expliquer
davantage : *Mulier in civitate peccatrix.*

Luc. 7.

Cette digreſ-
ſion regarde
le Sermon de
l'impureté.

Si dans un autre diſcours j'ay parlé plus en
détail de ce peché, c'eſt des paroles toutes pures de ſaint Paul que je me ſuis ſervi. J'ay cru
qu'eſtant conſacrées, je pouvois à l'exemple de
ce grand Apoſtre les employer dans un auditoire chreſtien ; & ceux qui m'ont entendu, ſçavent avec quelle reſerve, toutes conſacrées qu'elles ſont, bien loin d'en developper tout le ſens,
je n'ay fait que l'effleurer. Quand ſaint Paul a-
vec une entiere liberté reprochoit aux fidelles
certains vices énormes, ou quand il taſchoit à
leur en imprimer l'horreur par le dénombrement & la peinture qu'il leur en faiſoit, il ſe
contentoit de les prevenir, en leur diſant, pluſt
à Dieu, mes Freres, que vous vouluſſiez un peu
ſupporter mon imprudence ! & ſupportez-la je
vous prie : car vous ſçavez le deſir ardent que
j'aurois, de vous voir tous dignes d'eſtre preſen-
tez à Jeſus-Chriſt comme une vierge ſans tache : *Utinam ſuſtineretis modicum quid inſi-*
pientiæ meæ ſed & ſupportate me : æmulor
enim vos Dei æmulatione. Deſpondi enim vos
uni viro virginem caſtam exhibere Chriſto. J'ay

2. Cor. 11.

uſé

ufé de la mefme précaution; & quoyqu'indigne
de me comparer à cet homme Apoftolique,
Dieu m'eft témoin que le mefme zéle m'a porté à vous faire les mefmes reproches ou les mefmes remonftrances. Confondez-moy, Seigneur,
fi j'oublie jamais la fin pour laquelle vous m'a-
vez confié la grace de voftre Evangile. Or non
feulement les chreftiens de ces premiers temps
ne s'offençoient pas de ce que S. Paul leur reprefentoit avec tant de force & fans nul adoucif-
fement : mais perfuadez de l'importance & de la
neceffité de cette inftruction, ils la recevoient
avec une docilité parfaite ; ils en eftoient édi-
fiez, touchez, penetrez ou d'une fainte componction s'ils y avoient part, ou d'une crainte
falutaire, s'ils eftoient encore dans l'innocence.
J'avois droit de croire que je trouverois dans
vous les mefmes difpofitions, & qu'une morale
que faint Paul avoit crû bonne pour le fiecle de
l'Eglife naiffante, c'eft à dire, pour le fiecle de la
fainteté, pouvoit l'eftre encore à plus forte raifon pour un fiecle auffi corrompu & auffi perverti que le noftre. Je me fuis trompé : ce fiecle, tout corrompu qu'il eft, a eû fur cela plus
de delicateffe que celuy de l'Eglife naiffante.
Ce que j'ay dit, n'a pas plu au monde ; & Dieu
veuille que le monde en me condamnant, ait au
moins gardé les mefures de refpect, de religion,
de pieté, qui font dûes à mon miniftere: car pour
ma perfonne, je fçais que rien ne m'eft dû.

Tome III.   , I

Trop heureux, si me voyant condamné du monde, je pouvois esperer d'avoir confondu le vice & glorifié Dieu ! Trop heureux, si la censure du monde n'a rien fait perdre à ce que j'ay dit, de son efficace & de son utilité; & s'il y a eu des ames, qui comme les premiers chrestiens en ayent esté non seulement instruites, mais converties! Ce qui plaist au monde, n'est pas toûjours le meilleur ni le plus necessaire pour le monde. Ce qui luy déplaist, est souvent la medecine, qui toute amere qu'elle peut estre, le doit guérir. Se choquer de semblables veritez & s'en scandaliser, c'est une des marques les plus évidentes du besoin qu'on en a. S'en édifier & se les appliquer, c'est la preuve la plus certaine d'une ame solide, qui cherche le Royaume de Dieu. Mais c'est à vous, Seigneur, à faire le discernement, & de ceux qui en ont abusé, & de ceux qui en ont profité. Vous estes le scrutateur des cœurs; & vous sçavez que ce n'est point pour ma justification que je m'en explique icy, mais pour l'honneur de vostre parole. Qu'importe que je sois condamné! mais il importe, ô mon Dieu, que vostre parole soit respectée. Revenons à nostre sujet.

Le peché de Magdelaine fut le libertinage de ses mœurs; ou pour comprendre sous des termes moins odieux tous les desordres ausquels elle s'abandonna, quand Dieu par une juste punition l'abandonna à elle-mesme & à ses pro-

pres defirs, difons que fon peché fut & fon orgueil & fon amour propre; que ce fut, & une
idolaftrie fecrette de fa perfonne, & une ambition criminelle d'eftre non feulement aimée,
mais adorée. En effet, dit Zenon de Vérone,
elle ne fut libertine, que parce qu'elle fut vaine, & parce qu'elle s'aima avec excés. Mais l'a-
mour divin qui toucha fon cœur, fçut bien
venger Dieu de l'un & de l'autre. Car à cet a-
mour propre qui l'aveugloit, il fubftitua une
fainte haine d'elle-mefme; & au lieu de cet orgueil dont elle avoit fait fa paffion dominante,
il luy infpira la plus profonde humilité.

Elle aima, *Dilexit;* & par une confequence
neceffaire elle commença à fe haïr. Car comment auroit-elle pû aimer fon Dieu, & ne fe
haïr pas elle-mefme! Aimant ce Dieu de pureté
& de fainteté, & ne voyant dans elle que corruption & que defordre, comment auroit-elle
pû fe défendre de concevoir pour elle-mefme,
non feulement du mepris, mais de l'horreur;
& comment avec cette horreur d'elle-mefme,
n'auroit-elle pas deffors pratiqué ce qui fembloit
ne devoir eftre que pour les ames parfaites, mais
ce qu'elle jugea convenir bien mieux à une pechereffe qu'à toute autre, fçavoir, le renoncement à foy-mefme, le detachement de foy-mefme, la mort à foy-mefme! Comment, dis-je,
n'auroit-elle pas efté remplie de ces fentimens,
puifqu'éclairée des lumieres de la grace elle fe

regarda comme un monftre devant Dieu; comme une créature infidelle, qui n'avoit jamais connu Dieu, ou qui l'ayant connu ne luy avoit jamais rendu la gloire qui eft duë à Dieu; comme une créature rebelle, qui fi long-temps avoit fait une profeffion ouverte de violer toutes les loix de Dieu, qui par une vie licentieufe avoit infolemment outragé Dieu, qui dans fa perfonne avoit prophané tous les dons de Dieu, qui par l'abus le plus puniffable s'eftoit fervi contre Dieu mefme des avantages qu'elle avoit reçeûs de Dieu!

Elle aima, *Dilexit;* & du moment qu'elle aima, elle ceffa d'avoir ces foins exceffifs d'une beauté fragile, dont elle s'eftoit toûjours occupée. Voyez-la aux pieds de Jefus-Chrift, les cheveux épars, le vifage abbatu, les yeux baignez de larmes. Voilà ce que l'Evangile nous prefente comme un modelle de l'amour-propre anéanti. Penfe-t-elle encore dans cet eftat à ce qui la peut rendre plus agreable! Craint-elle à force de pleurer, de ternir & de défigurer fon vifage! A-t-elle fur cela dans la douleur que luy caufe fon peché, la moindre inquiétude! Non, non, mes Freres, dit faint Gregoire Pape, ce n'eft plus là ce qui la touche. Que ce vifage, difoit la bienheureufe Paule, detrompée du monde, & animée d'un vray defir de fatisfaire à Dieu: que ce vifage dont j'ay efté idolaftre, & que tant de fois contre la loy de Dieu je me fuis efforcée d'embellir par de damnables artifices, foit couvert d'un éternel opprobre : *Turpetur facies illa, quam toties contra Dei* Hieron. *præceptum ceruffa & purpuriffo depinxi.* Remarquez, Mefdames, ces paroles de faint Jerofme; & fi vous eftes chreftiennes, ne preferez pas au fentiment de ce grand homme qui eft le fentiment de tous les Peres, l'erreur d'une fauffe confcience qui vous féduit : *Facies illa quam toties contra Dei præceptum ceruffa & purpuriffo depinxi;* ce vifage que tant de fois j'ay voulu déguifer par des couleurs empruntées, à qui tant de fois j'ay donné un faux luftre malgré les défenfes & contre la volonté de mon Dieu. Ainfi en jugea Magdelaine convertie. Ah ! que cette grace periffable foit pour jamais effacée; que ces yeux deviennent comme deux fontaines, pour arrofer la terre de mes larmes; que ces cheveux, fujet ordinaire de ma vanité, ne fervent plus qu'à mon humiliation ; que cette chair foit deformais une victime de mortification & d'aufterité. Bien loin de s'aimer foy-mefme, elle voudroit pouvoir fe détruire ; & parce que Dieu ne luy permet pas cette deftruction volontaire d'elle-mefme, elle s'offre du moins à luy comme une hoftie vivante, pour luy eftre & plus long-temps & plus fouvent immolée.

Elle aima, *Dilexit;* & parce qu'elle aima, elle voulut faire à Dieu une reparation folemnel-

le & comme une amande honorable de tous les
attentats de son orgueil. Prosternée aux pieds
de Jesus-Christ, elle se souvint combien elle a-
voit esté jalouse d'avoir dans le monde des adorateurs ; c'est à dire, des hommes nez, ce semble, pour elle; des hommes non seulement sots
& insensez, mais sacrileges & impies pour elle;
des hommes prests pour elle à renoncer au culte de leur Dieu, prests à luy sacrifier leur liberté, leur repos, leurs biens, c'est trop peu, leur
conscience & leur salut : car l'ambition d'une
femme mondaine va jusques-là. Les Israëlites
irritoient le Dieu de leurs Peres, en sacrifiant à

Psalm. 77.

des idoles de bois & de pierre : *Et in sculptilibus*
suis ad æmulationem eum provocaverunt : & cette femme pecheresse l'avoit outragé & comme
piqué de jalousie, en luy opposant dans sa personne une idole de chair. Elle se souvint des
piéges qu'elle avoit dressez à l'innocence des
ames , des ruses qu'elle avoit employées pour
les séduire, des charmes dont elle avoit usé pour
les corrompre , des passions qu'elle avoit fait
naistre dans les cœurs : elle s'en souvint; & Dieu
luy ouvrant les yeux, elle crut voir au milieu
des flammes de l'Enfer , disons mieux, elle y
vit en esprit, mais avec effroy, des pecheurs sans
nombre qu'elle avoit précipitez dans une éternelle damnation. Tant de commerces dont l'in-
discrette familiarité avoit esté entre-eux & elle
le lien des plus mortelles habitudes ; tant de

conversations, dont la licence leur avoit fait perdre toute pudeur; tant de libertez contre lesquelles sa conscience par mille remords, mais tous inutiles, avoit si souvent reclamé ; tant de cajolleries dans les discours, tant d'immodesties dans les actions; que diray-je ! tant d'autres choses qu'elle sçavoit avoir esté de sa part les dangereuses amorces des desordres d'autruy : tout cela luy revint à l'esprit; & ce seul desir de plaire, dont elle n'avoit jamais compris les pernicieuses consequences; ce desir de plaire qu'elle avoit jusques-là compté pour rien, luy parut comme un abysme, mais un profond & affreux abysme, qui selon l'expression du Saint Esprit, l'attirant dans d'autres abysmes l'avoit conduite aux dernieres extremitez. Voilà ce que son amour, je dis un amour tout sacré, luy fit connoistre; voilà sur quoy elle se confondit mille fois elle-mesme. Ah, dit elle à son Dieu dans la ferveur de la plus sainte contrition, n'ay-je donc esté, Seigneur, jusqu'à present dans le monde que pour vous y faire la guerre, que pour arrester les conquestes de vostre grace, que pour y estre l'ennemie declarée de vostre gloire ! N'ay-je donc vescu, que pour perdre ce que vous vouliez sauver, que pour détruire l'ouvrage de vostre redemption, que pour faire périr des ames que vous estes venu chercher & qui vous ont déja cousté si cher ! Mais que puis-je faire desormais autre chose, ô mon Dieu,

I iiij

que de vous aimer, autant que je me fuis aimée moy-mefme; que de m'étudier à vous plaire, autant que j'ay eu le malheur de plaire à
d'autres qu'à vous ! Par où puis-je mieux vous
dédommager de tant d'injuftices commifes
contre vous & de tant de crimes, que par cet
amour fincere & pur dont j'ay commencé à
connoiftre le prix ineftimable ?

Elle aima, *Dilexit*, & toutes ces injuftices
furent expiées; elle aima, & tous ces crimes luy
furent pardonnez. Ne concluez pas de là, pecheurs qui m'écoutez, que noftre Dieu eft donc
un Dieu bien facile & bien indulgent : cette
conclufion dans le fens que vous l'entendez, feroit une erreur; & cette erreur vous pourroit
eftre plus funefte, que voftre libertinage mefme.
Mais concluez de là, que l'amour de Dieu a
donc une vertu fuperieure à tout ce que nous
en concevons. Concluez de là, que l'amour de
Dieu eft donc auffi fort que la mort mefme, je
veux dire, auffi meritoire & auffi agréable à
Dieu que le Martyre. Concluez de là, que l'a-
mour de Dieu eft donc auffi faint & auffi fanctifiant que le baptefme. Concluez de là, qu'en
comparaifon de l'amour de Dieu, toute fatis-
faction de l'homme pecheur eft donc peu efficace; & que feparée de l'amour de Dieu, elle
n'eft mefmes de nulle valeur : c'eft de quoy je
conviendray avec vous. Mais auffi ferez-vous
obligez de convenir avec moy, que peu de pe-

cheurs aiment donc Dieu, comme l'a aimé Magdelaine, jufqu'à la haine d'eux - mefmes, jufqu'au renoncement à eux-mefmes ; & par confequent, que peu de pecheurs, en penfant mefmes fe convertir à Dieu, aiment fincerement
Dieu, puifqu'aimer Dieu fans fe haïr foy-mefme, fans fe renoncer foy-mefme, c'eft l'aimer &
ne l'aimer pas.

Non feulement l'amour de Dieu expia le peché de Magdelaine, mais il en purifia la fource.
Cette fource eftoit fon cœur, un cœur fenfible
& tendre. Or pour le purifier, elle aima, *Dilexit :* mais elle aima, dit faint Auguftin, celuy
qui ne peut eftre trop fenfiblement ni trop tendrement aimé ; & par là elle fe fit de fa fenfibilité mefme & de fa tendreffe un merite & une
vertu. Elle comprit que ce n'eftoit pas envain
que Dieu luy avoit donné un cœur tendre ; que
ce cœur eftoit fait pour luy, & que fi jufqu'a-
lors il avoit efté dans le trouble, ce n'eftoit point
parce qu'il eftoit tendre, mais parce qu'il eftoit
tendre pour qui il ne le devoit pas eftre. Elle ne
crut pas qu'un cœur converti duft eftre un
cœur fec, un cœur dur, un cœur froid & indifferent. Bien loin de le croire, elle fuppofa &
avec raifon, que pour eftre un cœur converti,
il falloit que ce fuft un cœur ardent, un cœur
zelé, un cœur affectueux, un cœur capable d'eftre émû & touché ; & trouvant dans fon propre
cœur toutes ces qualitez, elle jugea qu'elle ne

devoit plus les faire servir qu'à aimer avec plus
de tendresse le Dieu mesme de qui elle les avoit
receuës, & pour qui elle n'avoit eû jusques-là
que trop d'insensibilité. Comme cette tendresse ainsi rectifiée luy pouvoit estre d'un excellent usage pour sa penitence, au lieu de la combattre elle s'efforça de l'augmenter : & de mesmes que dans les premiers siecles de l'Eglise, à
mesure que la foy s'establissoit sur les ruines du
paganisme, on ne détruisoit pas les temples dé-
diez aux idoles, mais on les purifioit en les em-
ployant au culte du vray Dieu; aussi l'amour de
Dieu prenant possession du cœur de cette pecheresse, n'en détruisit pas le temperament, mais
le corrigea; ne luy osta pas le penchant qu'elle
avoit à aimer, mais la mit en estat d'aimer seûrement, en la faisant aimer saintement. Ce cœur
de Magdelaine avoit esté, selon la figure de l'A-
postre, l'olivier sauvage, qui n'avoit produit que
des fruicts de malediction ; mais par la divine
charité qui y fut entée, il devint l'olivier franc,
qui ne porta plus que des fruicts de grace & de
salut. Ah ! mon Dieu, que vostre providence est
aimable, de nous avoir ainsi facilité la plus aus-
tere de toutes les vertus, qui est la penitence!
Qu'il y a de douceur dans vostre sagesse, d'a-
voir tellement disposé les choses, que sans changer de naturel, & avec le mesme cœur que vous
nous avez donné en nous formant, de pecheurs
nous puissions devenir justes, & de charnels des

hommes parfaits & fpirituels! Si pour nous convertir à vous, il falloit nous anéantir & ceffer
d'eftre ce que nous fommes, cet anéantiffement
de nous-mefmes, quelque neceffaire qu'il fuft
d'ailleurs, nous effrayeroit : mais voftre grace
toute-puiffante s'accommodant à noftre foibleffe, fe fert pour noftre converfion de noftre propre fonds, & nous fait trouver jufques dans nos
paffions le remede à nos paffions mefmes; puifqu'il n'y en a aucune, qui purifiée par voftre
amour, ne puiffe contribuer à noftre fanctification.

Allons encore plus avant. L'amour de Dieu
aprés avoir expié le peché de Magdelaine, a-
prés en avoir purifié la fource, en confacra la
matiere. J'appelle la matiere de fon peché, tout
ce qui fervoit à fes plaifirs & à fon luxe. C'eftoit
une femme voluptueufe. Elle avoit aimé les
parfums, & tout ce qui flatte les fens. Les aima-t-elle toûjours aprés fa converfion ! Vous le
fçavez, puifque par un effet vifible de la prediction du Sauveur du monde, ce qu'elle fit chez
le Pharifien, & ce qui fembla n'eftre qu'un mouvement paffager de fa pieté, fe publie encore aujourd'huy à fa gloire, par tout où l'Evangile de
Jefus-Chrift eft annoncé. Non, non, dit-elle,
dans l'heureux moment qu'elle fentit l'impreffion de la grace & de l'amour de fon Dieu, il
ne m'appartient plus de chercher les delices de
la vie. Cela convient mal à une pecherefle, &

encore plus mal à une pecherelle penitente.
Faut-il donc des delices pour un corps, qui n'a
merité que des feux éternels! Faut-il des parfums pour une chair, qui jufques à prefent n'a
efté qu'une chair de peché, & qui dans le tombeau fera bientoft un fujet de pourriture! N'eft-
il pas plus jufte, Seigneur, que ce corps, que
cette chair, que tout ce qui les a revoltez contre
voftre loy, vous foit confacré, & que j'employe
maintenant pour vous ce que tant de fois j'ay
prodigué pour moy-mefme! En effet touchée
de ce fentiment, elle apporte avec elle un parfum pretieux & exquis, elle le repand fur les
pieds adorables de Jefus-Chrift, elle les effuye
de fes cheveux, elle les arrofe de fes larmes.
Ainfi, reprend faint Gregoire Pape, elle trouva
dans fon luxe mefme de quoy honorer le Fils
de Dieu, & dans fa vanité de quoy luy faire un
agreable facrifice : *Et quot in fe invenit oblecta-*
menta, tot de fe obtulit holocaufta. Voilà, Femmes du monde, une penitence folide : facrifier à
Dieu ce qui a efté la matiere du peché. Car eftre convertie, & cependant eftre auffi mondaine & auffi vaine que jamais; eftre dans la voye
de la penitence, & cependant eftre auffi efclave de fon corps, auffi addonnée à fes aifes, auffi
foigneufe de fe procurer les commoditez de la
vie; réduire tout à des paroles, à des maximes,
à de prétenduës refolutions, c'eft une chimere;
& compter alors fur fa penitence, c'eft s'aveu-

Gregor.

gler foy-mefme, & fe tromper.

A Dieu ne plaife, Mefdames, que je veuille examiner icy & vous marquer tout ce que la penitence doit reformer dans vos perfonnes: outre que ce détail iroit trop loin, peut-eftre en feriez-vous encore le fujet de voftre cenfure. Toutefois c'eft dans ce détail, que font entrez les Peres de l'Eglife & mefmes les Apoftres, quand ils fe font appliquez à regler les mœurs. Comme ils travailloient à former une religion pure, fainte, exempte de tache, ils n'ont point eftimé que cette morale fuft audeffous de la dignité de leur miniftere. Car c'eft pour cela que faint Paul, cet homme ravi jufques au troifiéme ciel, & qui avoit appris de Jefus-Chrift mefme ce qu'il enfeignoit aux fidelles, faifoit aux femmes chreftiennes des leçons touchant la modeftie & la fimplicité des habits : les obligeant fur ce poinct à une regularité, contre laquelle l'efprit du monde ne prefcrira, ni ne prévaudra jamais; leur fpecifiant les chofes en particulier à quoy il vouloit qu'elles renonçaffent, & ne croyant pas ce dénombrement indigne de fes foins apoftoliques. Mais je ne veux pas aujourd'-huy defcendre jufques-là. Je veux que vous en foyez vous-mefmes les juges. Je veux que vous confiderant vous-mefmes, vous reconnoiffiez fincerement & de bonne foy ce qu'il y a dans l'exterieur de vos perfonnes à corriger & à retrancher. Je veux que devant Dieu vous vous

demandiez à vous-mefmes, fi ce luxe qui croift
tous les jours, fi cette fuperfluité d'adjuftemens
& de parures toûjours nouvelles, s'accorde bien
avec l'humilité de la penitence. Et fi vous me
repondiez que ce ne font point là des crimes,
& qu'à la rigueur il n'y a rien en tout cela qu'on
puiffe traiter de peché; aprés vous avoir conju-
rées de vous défaire de cet efprit intereffé qui réduit tout à la rigueur du précepte & qui s'en
tient précifement à l'obligation de la loy, efprit peu chreftien, efprit mefme dangereux
pour le falut : qui doute, vous dirois-je, fans
héfiter, que Dieu ne condamne ce qui conftam-
ment & de voftre aveu fert au moins d'attrait
au peché, ce qui excite les paffions impures, ce
qui entretient la molleffe, ce qui infpire l'orgueil! De fi pernicieux effets peuvent-ils partir
d'une caufe innocente & indifferente! Qui doute par cette raifon, & mefmes indépendamment
de cette raifon, que tout cela ne doive eftre la
matiere du facrifice que vous devez à Dieu comme pechereffes! Car detrompez-vous aujourd'-
huy, adjoufterois-je, de l'erreur où vous pour-
riez eftre, que la penitence ne doive facrifier à
Dieu que ce qu'il y a d'effentiellement criminel. Non, il n'en eft pas ainfi. C'eft par le retranchement des chofes permifes, qu'on répare
les pechez commis dans les chofes défenduës.
C'eft par le renoncement à la vanité, qu'on ex-
pie l'iniquité. Sans cela, quelques mefures que

vous preniez en vous convertiſſant à Dieu,
Dieu n'eſt point ſatisfait de vous. Voilà comment je vous parlerois. Mais j'ay quelque choſe de plus fort encore & de plus touchant à
vous dire : & quoy ! aimez comme a aimé Magdelaine, & tous ces ſacrifices de voſtre amour
propre qui vous paroiſſent ſi difficiles, ne vous
couſteront plus rien. On vous en a parlé cent
fois; mais ç'a eſté inutilement & ſans fruict, ſi
l'on n'a pas eſté juſques à la ſource. On vous a
apporté des raiſons convaincantes & ſans repli-
que, pour vous obliger à quitter ce luxe prophane; mais envain, parce que l'eſprit corrompu
du monde, par d'autres raiſons apparentes, vous
obſtinoit à le défendre. On n'a pas beaucoup
gagné, quand on a oſté à une ame mondaine, ou pour mieux dire, quand on luy a ar-
raché certains dehors de vanité, à quoy elle eſtoit attachée. Car ſi ce ſacrifice n'eſt animé par le principe de l'amour de Dieu, elle re-
prendra bientoſt tous ces dehors de la vanité
humaine, & retombera dans ſon premier dégouſt de la pieté. Mais allumez, diſoit ſaint Philippe de Nery, allumez dans le cœur d'une pechereſſe ce feu divin que Jeſus-Chriſt eſt venu
répandre ſur la terre; & ce feu, ou meſmes une
étincelle de ce feu, aura dans peu tout conſu-
mé. Toute pechereſſe qu'eſt cette mondaine,
faites luy bien connoiſtre Dieu, donnez luy du
zéle pour Dieu, apprenez luy à aimer Dieu, &

elle ne tiendra plus à rien : bien loin de refuser
tout ce que vous exigerez d'elle pour une parfaite conversion, elle s'y portera d'elle-mesme,
elle vous previendra, elle en fera plus que vous
ne voudrez, elle ira audelà des bornes, & souvent il faudra de la prudence pour la moderer.
Agissant par ce grand motif de l'amour de Dieu,
elle ne comptera pas mesmes pour quelque chose tout ce que son cœur luy inspirera ; elle ne
s'en applaudira point comme d'un triomphe ;
& pour quelques pas qu'elle aura faits dans les
voyes de la perfection chrestienne, elle ne se
croira pas déja parfaite. Au contraire, elle se re-
prochera sans cesse de donner si peu à Dieu, elle se confondra d'avoir eû tant de peine à s'y
resoudre, elle s'étonnera qu'il veuille bien s'en
contenter. Ainsi par son amour elle expiera comme Magdelaine son peché, elle purifiera la source de son peché, elle consacrera la matiere de son
peché, enfin elle reparera le scandale de son peché.

Le scandale du peché, ce sont les pernicieux
exemples que donne le pecheur, & c'est ce que
Magdelaine eut à reparer. C'estoit une pecheresse connuë dans toute la ville par sa vie mondaine & dereglée : mais elle aima, *Dilexit*; &
desormais, autant qu'elle s'estoit declarée pour
le monde, autant voulut-elle se declarer pour
Jesus-Christ. Elle ne chercha point à luy parler en secret ; elle voulut que ce fust au milieu
d'une

d'une nombreuse assemblée. Elle ne craignit
point ce qu'on en diroit; au contraire elle voulut que le bruit s'en repandist de toutes parts.
Elle prévit tous les raisonnemens qu'on feroit,
toutes les railleries qu'elle s'attireroit, & c'est jus-
tement ce qui l'engagea à rendre son changement public : pourquoy ! afin de glorifier Dieu
par sa penitence, autant qu'elle l'avoit deshonoré par son desordre; afin de gagner à Dieu autant d'ames par sa conversion, qu'elle en avoit
perdu par son libertinage; afin de se mieux confondre & de se mieux punir elle-mesme par
cette confusion, de tous les faux éloges & de
tous les hommages qu'elle avoit reçeûs & goustez avec tant de complaisance. C'est pour cela
qu'elle entre dans la maison de Simon le Pharisien remplie d'une sainte audace. Elle n'avoit
rougi de rien lorsqu'il s'agissoit de satisfaire sa
passion; & maintenant elle ne rougit de rien
lorsqu'il s'agit de faire au Dieu qu'elle aime une
solemnelle reparation. On l'avoit veûë domi-
ner dans les compagnies, & maintenant elle
veut qu'on la voye prosternée en posture de sup-
pliante. On avoit esté témoin du soin qui l'avoit
si long-temps occupée, de se parer & de s'ajus-
ter, de se conformer aux modes & d'en imaginer de nouvelles; & maintenant elle veut qu'on
soit témoin du mepris qu'elle en fait. Elle le
veut, & ne le vouloir pas comme elle, c'est n'estre pas penitent comme elle; & ne l'estre pas

Tome III.   K

comme elle, c'est ne le point estre du tout. Car
je ne me persuaderay jamais qu'une ame vrayment penitente, c'est à dire, une ame vrayment
touchée d'avoir quitté Dieu, ait honte du service de Dieu, & qu'elle ne cherche pas au contraire à luy rendre dans son retour toute la gloire qu'elle luy a fait perdre dans son égarement.
Je ne me persuaderay jamais qu'une ame vrayment penitente, c'est à dire, vrayment sensible
à la ruine spirituelle de tant de pecheurs qu'elle a precipitez dans le crime, manque de zéle
pour les en retirer, aprés qu'elle n'a pas manqué
d'adresse pour les y engager; qu'elle ne tasche
pas à les ramener dans les voyes du salut, aprés
qu'elle les a conduits dans les voyes de l'iniquité. *Docebo iniquos vias tuas* : Ah Seigneur,
s'écrioit David, j'ay scandalisé vostre peuple;
mais ma consolation est que ce scandale n'est
pas sans remede : mon exemple le détruira; &
en reprenant vos voyes, je les enseigneray à
ceux que j'en ay éloignez : ma penitence sera
une leçon pour eux, & quand ils me verront
retourner à vous, ils apprendront eux-mesmes
à y revenir : *Docebo iniquos vias tuas, & impii
ad te convertentur.* Enfin, je ne me persuaderay jamais qu'une ame vrayment penitente,
c'est à dire, une ame bien detrompée des baga-
telles du monde, craigne encore les discours du
monde, & qu'elle ne se fasse pas plustost un devoir de venger Dieu de la vaine estime qu'elle

Psalm. 50.

à tant recherchée dans le monde, par les reproches qu'elle peut avoir à foutenir de la part du
monde mefme. Non pas que j'ignore qu'il faut
de la fermeté pour s'élever de la forte au deffus
du monde, & pour s'expofer à toute la malignité de fes jugemens : mais voilà le merite d'une
parfaite penitence, & c'eft en quoy je l'ay fait
confifter. Ainfi beaucoup de pechez furent remis à Magdelaine, parce qu'elle aima beaucoup
d'un amour penitent ; & elle aima beaucoup
d'un amour reconnoiffant, parce que beaucoup de pechez luy avoient efté remis : c'eft la
feconde partie.

DE tous les fentimens dont le cœur de
l'homme eft capable, il n'y a felon l'ingenieu-
fe & folide reflexion de faint Bernard, que l'a-
mour de Dieu, par où l'homme puiffe rendre
en quelque maniere, fi l'on ofe ainfi parler, la
pareille à Dieu ; & c'eft le feul acte de religion
en vertu du quel, tout foibles que nous fommes, nous puiffions fans préfomption prétendre quelque forte d'égalité dans le commerce
que nous entretenons avec Dieu. En tout autre fujet, ce reciproque de la créature à l'égard
de fon créateur ne nous peut convenir. Par
exemple, quand Dieu me juge, je ne puis pas
entreprendre pour cela de le juger ; quand il
me commande, je n'ay pas droit de luy commander : mais quand il m'aime, non feulement

II. PARTIE.

K ij

je puis, mais je dois l'aimer. A tous les autres
attributs qui font en Dieu & qui ont du rapport à moy, je réponds par quelque chofe de
different, ou pour mieux dire, par quelque chofe d'oppofé à fes attributs mefmes. Car j'honore la fouveraineté de Dieu par ma dependance, fa grandeur par l'aveu de mon néant, fa
puiffance par le fentiment de ma foibleffe, fa
juftice par ma crainte & par mon refpect; & fi
là-deffus j'avois la moindre penfée de m'égaler
à luy, ce feroit l'outrager & me rendre digne
de fes plus rigoureufes vengeances. Mais quand
j'aime Dieu parce qu'il m'aime, & que je veux
luy rendre amour pour amour, bien loin qu'il
s'en offenfe, il s'en fait honneur, & il trouve
bon que je m'en faffe un merite. Je puis donc
en cela feul fans temerité me mefurer, pour
ainfi dire, avec Dieu; & quelque difproportion
qu'il y ait entre Dieu & moy; j'ay par cet amour,
non pas de quoy ne devoir rien à Dieu, mais
de quoy luy payer exactement ce que je luy
dois. Car je ne puis rien luy devoir au delà de
cet amour; & en luy payant ce tribut, j'accomplis envers luy toute juftice : c'eft à dire, que
comme tout Dieu qu'il eft, il ne peut rien faire
de plus avantageux pour moy que de m'aimer, auffi de ma part ne peut-il rien exiger de
plus parfait, ni de plus digne de luy, que mon
amour.

Ainfi raifonnoit faint Bernard; & voilà,

Chreſtiens, par où Magdelaine trouva le ſecret de temoigner à Jeſus-Chriſt ſa reconnoiſſance aprés en avoir obtenu la remiſſion de tous ſes crimes. Elle aima, & elle aima beaucoup, *Dilexit multùm*. Dans les ames laſches, remarquez cecy, s'il vous plaiſt; c'eſt une verité qui ne vous eſt peut-eſtre que trop connuë par la malheureuſe experience que vous en avez faite & que vous en faites tous les jours : dans les ames laſches cette veûë des pechez remis ne produit, ou qu'une fauſſe ſecurité, ou qu'une oiſive tranquillité. Je m'explique. On s'applaudit interieurement, & Dieu veuille qu'on ne s'y trompe pas, on ſe felicite d'eſtre dechargé par le Sacrement de penitence, d'un fardeau dont la conſcience ſentoit tout le poids & ſous lequel elle gémiſſoit. Parce qu'on a entendu de la bouche du miniſtre ces paroles conſolantes, *Remittuntur tibi peccata*, vos pechez vous ſont pardonnez, on s'en croit abſolument quitte. Au lieu de ſuivre la regle du Saint Eſprit, & de craindre pour les pechez meſmes pardonnez, parce qu'en effet dans cette vie on ne peut jamais s'aſſeûrer qu'ils le ſoient, on eſt en paix ſur celuy qui peut-eſtre ne l'eſt pas : & ſuppoſé qu'il le fuſt, au lieu de faire les derniers efforts, pour reconnoiſtre la grace ineſtimable de ce pardon ; au lieu de dire comme David, *Quid retribuam Domino*, que rendray-je au *Pſalm. 115.* Seigneur; au lieu d'imiter ce Roy penitent, &

K iij

de chercher comme luy avec un faint empreſſement & un faint zéle à s'acquitter auprés de
Dieu d'une obligation auſſi eſſentielle que celle-la, on vit dans un repos ſouvent beaucoup
plus dangereux que tous les troubles dont peut
eſtre ſuivie la penitence d'une ame ſcrupuleuſe
& timorée. Il ſemble que cette grace de l'abſo-
lution dont on ſe flatte, n'ait point d'autre effet
que de mettre le pecheur en eſtat de vivre avec
plus de liberté ; & par une ingratitude qui n'a
point d'exemple, parce qu'on oſe compter ſur
la miſericorde de Dieu, & qu'on penſe l'avoir
éprouvée, on ſe croit en droit d'eſtre moins occupé du ſoin de luy plaire & du regret de luy
avoir deplû. Ainſi l'on regarde la remiſſion de
ſes pechez comme un ſoulagement, & non
comme un engagement. On la conſidere par
rapport à ſoy, & non par rapport à Dieu. On
veut joüir des fruicts qu'elle produit, ſans accomplir les devoirs qu'elle impoſe ; & en gouſter la douceur interieure, ſans ſe mettre en peine des œuvres de penitence qui en ſont les char-
ges. Conſultez - vous vous-meſmes, & vous
conviendrez que c'eſt là peut-eſtre l'abus le plus
commun, & un des relaſchemens les plus ordinaires qui ſe gliſſent dans la penitence.

Mais apprenez aujourd'huy, Chreſtiens, à
vous détromper de ces erreurs. Apprenez ce
que doit à Dieu un pecheur converti, & ce que
Dieu en attend. Magdelaine vous l'enſeignera,

& par les progrés qu'elle fit dans l'amour de son Dieu, elle sera pour vous le plus pàrfait modelle, non plus d'un amour penitent, mais d'un amour reconnoissant: *Dilexit multùm.* Il est vray, Chrestiens, le Sauveur du monde, dans la maison du Pharisien, avoit dit à Magdelaine : vostre foy vous a sauvée, vos pechez vous sont remis, allez en paix. Mais c'est pour cela mesme que son amour pour Jesus-Christ n'eut plus de paix, & qu'il luy causa ces ardens & saints transports de reconnoissance, dont elle fut si souvent & si vivement agitée. Parce que ses pechez luy avoient esté pardonnez, elle se devoüa par un attachement inviolable à cet homme-Dieu, pendant qu'il vescut sur la terre. Parce que ses pechez luy avoient esté pardonnez, elle luy marqua une fidelité héroïque dans le temps de sa passion & de sa mort. Parce que ses pechez luy avoient esté pardonnez, elle demeura avec une invincible perseverance auprés de son tombeau. Parce que ses pechez luy avoient esté pardonnez, elle le chercha avec toute la ferveur d'une épouse & d'une épouse saintement passionnée, quand elle le crut ressuscité. Quatre effets merveilleux de la reconnoissance de Magdelaine ; mais auxquels je ne m'arreste, qu'autant qu'ils peuvent se rapporter à vostre instruction , & qu'ils doivent vous servir d'exemple. Ecoutez-moy, pecheurs reconciliez & sanctifiez par la grace de vostre Dieu. Ecoutez-moy, pecheres-

K iiij

ses converties & revenües de vos égaremens.
Vous allez connoistre en quoy consiste la perfection de vostre estat.

Magdelaine convertie n'eut plus desormais
d'attachement que pour Jesus-Christ. Vous le
sçavez : tant que cet homme-Dieu demeura
sur la terre, elle luy parut tellement devoüée,
qu'elle sembla ne plus vivre que pour luy.
Quelle fut son occupation ? elle le suivoit, dit
saint Luc, dans la Judée & dans la Galilée,
compagne inseparable de ses voyages, lorsqu'il
parcouroit les bourgades preschant le Royaume de Dieu. Que fit-elle de ses biens ? elle les
employoit pour ce Dieu Sauveur, *Et ministrabat ei de facultatibus suis :* trop heureuse, dit
saint Chrysostome, de contribuer à l'entretien
d'une vie si importante & si necessaire ; trop
heureuse de nourrir celuy mesme à qui elle estoit redevable de son salut ; trop heureuse de le
recevoir dans sa maison & de luy rendre tous
les offices de la plus liberale & de la plus af-
fectueuse hospitalité. Où la trouva-t-on plus ordinairement ? aux pieds de cet adorable maistre,
écoutant sa parole, la meditant, la goustant :
*Sedens secus pedes Domini audiebat verbum
illius.* Envain luy en fait-on des reproches : elle s'en feroit elle mesme de bien plus forts, si
jamais elle pensoit à rien autre chose qu'à re-
nouveller sans cesse son amour pour ce Dieu
de patience & de misericorde. Envain Marthe

Luc. 8.

Luc. 7.

se plaint qu'elle la laisse chargée de tous les soins domestiques, pour vacquer uniquement à luy; tout le reste hors de luy n'est plus rien pour elle, & tout le reste ne luy paroist grand, qu'autant qu'elle peut l'abandonner pour luy. En-vain Marthe l'accuse de negliger le service de Jesus-Christ, sous pretexte de s'appliquer à Jesus-Christ mesme : elle sçait de quelle maniere Jesus-Christ veut estre servi; & mieux instruite que personne de ses inclinations, au lieu de s'empresser comme Marthe à luy preparer des viandes materielles, elle luy en presente une autre millefois plus delicieuse, mais que Marthe ne connoist pas, je veux dire, une protestation toûjours nouvelle de sa reconnoissance & de son amour. Or c'est ainsi, comme nous l'apprend saint Chrysostome, qu'en use une ame chrestienne, que Dieu a tirée de l'abysme du peché, quand elle est fidelle à la grace de sa conversion. Son premier soin est de se défaire de mille autres soins superflus, dont le monde l'embarrasse, & qui seroient autant d'obstacles à cette sainte liberté où elle doit estre, pour pouvoir dire à Dieu : *Dirupisti vincula mea; tibi sacrificabo* *Psalm. 115.* *hostiam laudis.* Vous avez rompu mes liens, Seigneur; je ne penseray plus qu'à vous offrir tous les jours de ma vie un sacrifice de loüanges. Car si j'entreprenois encore de satisfaire à toutes les vaines & pretenduës bienseances du monde; si je m'engageois à remplir cent de-

voirs imaginaires, qui paſſent pour devoirs dans
le monde, mais dont le monde meſme eſt le
premier à déplorer & à condamner l'excés; ſi
je voulois me livrer à tant de diſtractions qu'attire le commerce du monde, que me reſteroit-il
pour mon devoir eſſentiel & capital, qui eſt de
regler ma vie, en ſorte que toute ma vie ſoit un
temoignage perpetuel du ſouvenir que je conſerve des miſericordes infinies de mon Dieu &
des pechez ſans nombre qu'il m'a pardonnez!
Si les converſations, ſi les viſites, ſi les plaiſirs
meſmes honneſtes, ſi le jeu, ſi les promenades
partageoient encore mon temps, & que par complaiſance, par foibleſſe, peut-eſtre par une oiſi-
veté habituelle, je vouluſſe remplir mes jours
de ces amuſemens mondains ſans en rien retrancher, comment ma vie ſeroit-elle un ſacrifice de loüanges & d'action de graces, tel que
Dieu l'attend de moy, & tel que je le luy promis ſi ſolemnellement en me convertiſſant à luy!
Non, non, conclut cette ame dans le ſentiment
d'une vive reconnoiſſance, ce n'eſt plus là ce
qui me convient : mais me tenir en la preſence
de Jeſus-Chriſt comme Magdelaine; mais é-
couter comme elle la parole de Jeſus-Chriſt qui
m'eſt annoncée; mais nourrir comme elle Jeſus-Chriſt & le ſoulager dans la perſonne de ſes
pauvres; mais travailler comme elle à luy preparer une demeure dans mon cœur, & le recevoir ſouvent chez moy & dans moy, voilà à

quoy je dois me borner. Et pourquoy ce Dieu de bonté, malgré tant de maux que j'ay commis, m'a-t-il encore laiffé des biens, fi ce n'eſt afin que j'aye en main de quoy racheter mes pechez, & que je contribuë par mes aumoſnes à le faire ſubſiſter luy-meſme dans ſes membres vivants! Pourquoy ce Dieu-homme reſide-t-il perſonnellement dans nos temples & ſur nos autels, ſi ce n'eſt afin que chaque jour, degagée des penſées du ſiecle, je me faſſe auſſi bien que Magdelaine un exercice de me tenir à ſes pieds, de converſer avec luy, de luy ouvrir mon cœur, & de luy dire ſans ceſſe comme le Prophete : *O-* *Pſalm. 136.* *blivioni detur dextera mea: adhæreat lingua mea* *faucibus meis, ſi non meminero tui.* Que ma main droite, Seigneur, s'oublie elle-meſme, & que ma langue demeure attachée à mon palais, ſi j'oublie jamais les graces dont vous m'avez comblée & les benedictions de douceur dont vous m'avez prevenuë.

Magdelaine convertie fit plus encore : elle marqua au Sauveur du monde une fidelité héroïque dans le temps meſme de ſa paſſion & de ſa mort. Ah ! mes Freres, s'écrie ſaint Chryſoſtome, le grand exemple, ſi nous en ſçavons profiter, & ſi nous y faiſons toute l'attention qu'il merite ! Le troupeau de Jeſus-Chriſt s'eſtoit diſperſé, les Apoſtres avoient pris la fuite, ſaint Pierre aprés ſa chute n'oſoit plus paroiſtre, les colomnes de l'Egliſe eſtoient ébranlées, & Mag-

Joan. 19.

delaine avec la Mere de Jesus demeuroit ferme & intrepide auprés de la croix. *Stabant autem juxta crucem Jesu mater ejus & Maria
Magdalene.* Magdelaine avec la Mere de Jesus ! Magdelaine auparavant pecheresse, avec
Marie Mere de Jesus toûjours sainte ! comme
si la penitence avoit alors en quelque sorte égalé l'innocence & participé à ses droits ; comme
s'il y avoit eû entre la penitence & l'innocence une espece d'émulation ; comme si le Fils de
Dieu, aprés Marie pure & exempte de tout peché, n'avoit point trouvé d'ame plus inébranlable ni plus constante dans ses interests que Marie delivrée de la corruption & de la servitude
du peché. Mais ne vous étonnez pas, poursuit
saint Chrysostome, d'une telle constance. Magdelaine sçavoit trop ce qu'elle devoit à ce Dieu
crucifié ; pour s'éloigner de luy, lorsqu'il ac-
complissoit sur la croix l'ouvrage de son salut.
Elle sçavoit trop ce qu'elle devoit à la croix de
ce Dieu mourant ; que cette croix avoit esté par
avance la source de son bonheur ; qu'en vertu
des merites anticipez de cette croix, Jesus-
Christ luy avoit dit, femme vos pechez vous
sont remis ; & que c'estoit enfin sur cette croix
que cette parole si salutaire alloit estre authen-
tiquement confirmée. De là, bien loin de se
scandaliser comme les disciples, ni d'avoir comme eux horreur de la croix, elle la révere, elle
l'adore, elle s'en approche, elle l'embrasse, elle

la ferre étroitement. On diroit qu'elle y eft attachée par les liens invifibles de fon amour, & qu'elle ait droit de dire auffi bien que faint Paul, *Chrifto confixa fum cruci ;* mon partage & ma gloire eft d'eftre crucifiée avec Jefus-Chrift. Ainfi ce fut fur la croix que Magdelaine reconnut plus que jamais Jefus-Chrift pour fon Sauveur; & ce fut pareillement fur la croix que Jefus-Chrift reconnut Magdelaine, fi j'ofe ufer de ce terme, pour fon amante la plus zelée & la plus fidelle.

En effet, Chreftiens, eftre fidelle à Dieu dans l'affliction & dans la fouffrance; eftre conftant dans fon amour, tandis qu'il nous éprouve par la croix; luy demeurer toûjours uni, lorfqu'il femble nous delaiffer; perfeverer dans fes voyes, lorfque nous n'y trouvons que des épines & des difficultez, c'eft à quoy nous oblige le fouvenir d'une grace auffi pretieufe que celle de noftre converfion. Mais n'avoir pour Dieu de conftance & de fidelité, qu'autant qu'il nous fait trouver de gouft dans fon fervice; n'eftre à Jefus-Chrift & ne fe declarer pour luy, que lorfqu'il n'en coufte rien; ne le fuivre, comme dit faint Chryfoftome, que jufqu'à la céne, & l'abandonner lafchement au calvaire, c'eft oublier qu'on a efté pecheur, c'eft dementir les engagemens où l'on eft entré par la penitence, c'eft ne payer le plus grand de tous les bienfaits que d'une reconnoiffance apparente & fuperficielle. Ah! Seigneur, voſtre croix, voilà mon héritage, depuis que vous m'avez appellé à vous & reconcilié avec vous; *Chriſto confixus ſum cruci :* non pas cette croix exterieure ſur laquelle vous expiraſtes & dont j'honore l'image ſur vos autels; mais la croix interieure & perſonnelle que j'ay à porter, cette humiliation que vous m'envoyez, cette diſgrace que je n'attendois pas, cette perte de biens qui me déſole, cette maladie qui m'afflige, cette perſecution que l'on me ſuſcite. C'eſt en acceptant tout cela de voſtre main, que je dois vous répondre de moy-meſme, & vous monſtrer que je ſuis fidelle. Toutes les autres preuves de ma fidelité ſont'équivoques, ſuſpectes, douteuſes : il n'y a que la croix qui vous aſſeûre de moy, & que le bon uſage de la croix qui puiſſe vous faire connoiſtre que mon peché m'eſt toûjours preſent; *Et peccatum meum contra me eſt ſemper.* Oüy, il m'eſt toûjours preſent pour me retracer toûjours, & mon indignité, & voſtre bonté : mon indignité aprés l'ayoir commis, & voſtre bonté qui me l'a remis; *Et peccatum meum contra me eſt ſemper.* Il m'eſt toûjours preſent, pour m'inſpirer toûjours un zéle & un courage nouveau, ſoit dans les adverſitez de la vie, ſoit dans les pratiques de la penitence. Quoyqu'il m'arrive par voſtre ordre, ou quoyque je m'impoſe à moy-meſme, mon peché ou le pardon de mon peché ſera toûjours un motif preſſant qui me réveillera, qui m'ex-

Galat. 2.

Pſalm. 50.

citera, qui m'encouragera à tout entreprendre pour vous, à tout endurer pour vous, à me sacrifier, s'il le faut, & à m'immoler pour vous : *Et peccatum meum contra me est semper.*

Cependant Jesus-Christ mort sur la croix, où se retira Magdelaine ! autre effet de sa reconnoissance & de son amour. Elle demeura avec une invincible perseverance auprés du tombeau de son aimable maistre. Là, quelles pensées l'occuperent ! Quels sentimens toucherent son cœur ! Quelles resolutions forma-t-elle de mourir en esprit, comme il estoit mort en effet; de s'ensevelir elle-mesme dans une vie penitente & obscure, comme il estoit enseveli dans les tenebres & l'obscurité du sepulchre ! Combien de fois se fit-elle pour sa propre instruction, ces divines leçons que l'Apostre dans la suite devoit faire aux premiers fidelles pour la sanctification de toute l'Eglise : *Mortui estis & vita* Colos. 3. *vestra abscondita est cum Christo in Deo ;* vous estes morts, & vostre vie est cachée avec Jesus-Christ en Dieu : *Consepulti estis cum Christo ;* Rom. 6. vous estes ensevelis avec Jesus-Christ & en Jesus-Christ ! Contente de passer ses jours auprés de cet adorable Sauveur, elle y fust restée des siecles entiers sans ennuy; ou si quelquefois elle eust malgré elle ressenti les atteintes d'un ennuy secret, elle eust bien sçeû le soutenir & le surmonter. Car elle n'ignoroit pas combien de temps le Fils de Dieu l'avoit attenduë elle-mes-

me ; combien d'années elle l'avoit laiffé appeller fans luy répondre , & frapper à la porte de
fon cœur fans luy ouvrir ; combien de rebuts
elle luy avoit fait effuyer par de longues & de
continuelles refiftances. Elle ne l'ignoroit pas ;
& c'eftoit affez pour la fortifier contre tous les
dégoufts & toutes les horreurs que peut caufer
la veûë d'un tombeau & l'idée d'un mort qui y
vient d'eftre inhumé : ou pluftoft, c'eftoit affez
pour la fortifier contre tous les dégoufts & toutes les horreurs de cette mort fpirituelle à quoy
elle s'eftoit condamnée , & dont elle avoit un
modelle fenfible dans le tombeau & dans ce
corps fans fentiment & fans action qui y eftoit
enfermé. Affreufe mort pour tant de femmes
mondaines, qui voudroient vivre à Dieu, mais
fans mourir au monde & à elles-mefmes ! A-
voir un cœur, mais pour le tenir dans un de-
gagement parfait du monde ; avoir des yeux,
mais pour les fermer à toutes les pompes du
monde; avoir des fens, mais pour fe rendre infenfible à tout ce que le monde a de plus fla-
teur & de plus doux ; eftre dans le monde &
au milieu du monde, mais pour n'avoir plus
de part à fes affemblées, à fes entretiens, à fes
divertiffemens ; mais pour y mener une vie re-
tirée, une vie auftere & mortifiée, voilà ce qui
arrefte tant de converfions ; ou aprés de prétenduës converfions, voilà ce qui fait reculer tant
de faux penitens, & ce qui les replonge dans
leurs

leurs premieres habitudes, malgré les plus belles esperances qu'ils avoient données & qu'on
en avoit conçeûës. Il n'appartient qu'à l'amour
de Dieu, à un amour reconnoissant, d'affermir
une ame contre ces retours si ordinaires & si funestes. Mille reflexions la soutiennent, & luy
font prendre le sentiment de l'Apostre : *Mihi* Philipp. 1.
vivere Christus est, & mori lucrum. Il est vray,
je seray dans le monde comme n'y estant plus,
j'y vivray comme n'y vivant plus ; mais pour
qui dois-je vivre que pour Jesus-Christ mon
Sauveur ! N'est-ce pas un gain pour moy, que
de mourir à tout pour luy ; & en me rendant
la vie de la grace, n'a-t-il pas bien merité que
je luy fisse un sacrifice des vaines douceurs de
la vie du monde ! *Mihi vivere Christus est, &*
mori lucrum. Il est vray, je ne seray plus com-
ptée pour rien dans le monde, parce que je ne
seray plus de ses societez, de ses conversations,
de ses jeux ; mais ce que je dois compter par
dessus tout, & ce qui me doit tenir lieu de tout,
c'est que degagée des liens du monde, j'en seray plus étroitement unie à mon Dieu, à ce
Dieu qui m'a aimée lors mesmes que j'estois son
ennemie ; à ce Dieu qui m'a recherchée, lors
mesmes que je le fuyois ; à ce Dieu qui par choix
& par preference m'a tirée de cette voye de perdition, où le torrent du monde m'entraisnoit.
Si je l'aime ce Dieu de paix, il me suffira ; &
non seulement il me suffira, mais tout hors de luy

Tome III.   L

me deviendra infipide, & mon plus grand plaifir fera de me priver pour luy de tous les plaifirs. Or aprés l'infigne faveur dont je luy fuis
redevable, aprés qu'il a bien voulu fe convertir à moy pour me convertir à luy; aprés qu'il
m'a reçeuë entre fes bras, & recueillie dans fon
fein, pourrois-je luy refufer mon cœur & ne
luy pas rendre amour pour amour! *Mihi vive-*
re Chriftus eft, & mori lucrum.

 Enfin, Magdelaine chercha Jefus-Chrift reffufcité avec toute la ferveur de l'amour le plus
genereux & le plus ardent. Si pour quelques
heures elle avoit quitté le tombeau, c'eftoit
pour préparer des parfums, & pour venir bientoft enfuite embaumer le corps de fon maiftre.
Mais quelle furprife, lorfqu'elle ne le trouva
plus! quels torrens de larmes coulerent de fes
yeux! avec quel foin, quel empreffement, quelle inquietude, elle vifita de toutes parts pour
decouvrir le lieu où il pouvoit eftre! *Tulerunt*

Joan. 20.

Dominum meum, & nefcio ubi pofuerunt eum;
ah! s'écria-t-elle, on m'a enlevé mon Seigneur
& mon Dieu, & je fçais où on l'a mis. Avec
quelle generofité elle s'offrit à l'enlever elle-
mefme, fi elle eftoit affez heureufe pour le re-

Ibidem.

trouver! *Et ego eum tollam.* Mais y penfoit-el-
le! & comment euft-elle feule enlevé un corps
qu'à peine plufieurs hommes enfemble auroient
pû porter! Comment! Je n'en fçais rien, & peut-
eftre n'en fçavoit-elle rien elle-mefme: mais el-

Je ne confulta point fes forces; elle n'écouta que
fon amour, & l'amour fe croit tout poffible.
Cependant, dés que Jefus-Chrift qui luy parloit, fe fit connoiftre à elle, quel fut le ravif-
fement de fon ame ! avec quelle ardeur courut-
elle à luy, & fe jetta-t-elle à fes pieds pour les
embraffer ! avec quelle promptitude alla-t-elle
annoncer aux Apoftres fa refurrection, devenuë elle-mefme l'Apoftre des Apoftres, & ayant
merité par fa ferveur de voir avant eux le Fils
de Dieu dans l'eftat de fa gloire ! Sainte ferveur
que nous voyons encore dans les plus grands
pecheurs, lorfque de bonne foy revenus à Dieu,
ils confiderent dans quel abyfme ils s'eftoient
plongez, & par quelle mifericorde la grace les
a fauvez. Grace dont ils eftoient indignes en la
recevant, mais grace qu'ils voudroient payer par
mille vies aprés l'avoir reçeûë : pourquoy ! parce qu'ils en comprennent beaucoup mieux l'excellence & le prix. Jamais faint Pierre aima-
t-il plus tendrement Jefus-Chrift, qu'aprés qu'il
eut efté converti par ce regard favorable du Sauveur du monde, qui le toucha & qui luy fit pleurer fi amérement fon peché ! Jamais faint Auguftin fut-il tranfporté d'un amour de Dieu
plus vif & plus agiffant, qu'aprés qu'il eut entendu cette voix qui penetra jufqu'à fon cœur,
& qui le dégagea de fes habitudes criminelles ?
Non contents des pratiques ordinaires & des
œuvres indifpenfables de la penitence chreftien-

ne, ils y adjouſtent tout ce que la reconnoiſſance peut inſpirer ; & que ne peut point inſpirer
un amour reconnoiſſant ! Le temps ne me permet pas de vous l'expliquer ; car il faut finir :
& d'ailleurs de ceux qui m'écoutent, les uns
l'ont éprouvé, & ils le ſçavent aſſez ; les autres
n'en ont jamais fait l'épreuve, & peut-eſtre ne
m'entendroient-ils pas.

    Quoyqu'il en ſoit, voilà, pecheurs, l'avanta-
ge que vous pouvez tirer de vos pechez meſmes. Ils vous ont ſeparés de Dieu ; mais du moment qu'ils vous ſont pardonnez, ils peuvent
ſervir à vous attacher à Dieu, par un amour
plus ardent, par une fidelité plus héroïque, par
une pieté plus fervente. *Vides hanc mulierem!*
voyez-vous cette femme ! dit le Sauveur au
Phariſien. Quoyque pechereſſe publique, elle
a fait pour moy beaucoup plus que vous. Elle
a repandu ſur mes pieds les parfums les plus
exquis, elle les a arroſez de ſes larmes, elle les
les a eſſuyez de ſes cheveux. Tout juſte & tout
irreprehenſible que vous eſtes, ou que vous
vous flattez d'eſtre, vous n'avez rien fait de ſemblable. A voir le zéle de certains pecheurs convertis, les progrés qu'ils font auprés de Dieu,
les communications qu'ils ont avec Dieu, il y
auroit, ce ſemble, dit ſaint Auguſtin, de quoy
piquer de jalouſie les plus juſtes ; & ſans l'intereſt
de Dieu qui leur eſt plus cher que leur propre
intereſt, ils ſe plaindroient preſque à Dieu meſ-

Luc. 7.

me, comme le frere aîné de l'enfant prodigue
se plaignit à son pere. Admirable effet de la penitence, qui peut en quelque forte, non plus
seulement l'égaler à l'innocence, mais l'élever
encore audessus de l'innocence. C'est en ce sens
& à la lettre que souvent les Anges, selon l'expression de l'Evangile, se rejoüissent plus de la
conversion d'un pecheur, que de la perseverance de quatre-vingt-dix-neuf justes. C'est ainsi
que des femmes perduës, suivant la parole de
Jesus-Christ, mais par un retour parfait heureu-
sement rentrées dans la voye du salut, en pre-
cederont, au Royaume des Cieux, bien d'autres
dont la vie d'abord plus innocente aura esté dans
la suite beaucoup moins sainte. Comprenons
cette verité, mes chers Auditeurs. Justes, com-
prenez-la pour vous humilier, mais au mesme
temps pour vous animer. Pecheurs, comprenez-
la pour vous consoler & pour vous encourager.
Travaillons tous de concert, ou plustost, travaillons tous à l'envi : ce ne sera pas en vain, puisque nous pouvons tous emporter la couronne
de gloire que je vous souhaite &c.

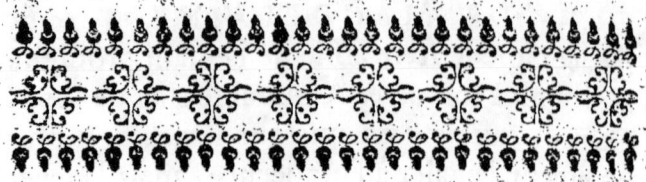

SERMON
POUR LE VENDREDY
de la cinquiéme Semaine.

Sur le Jugement temeraire.

Collegerunt Pontifices & Pharisæi concilium adversùs Jesum.

Les Princes des Prestres & les Pharisiens tinrent un conseil contre Jesus. En saint Jean, chap. 11.

SIRE,

CE sont les Princes des Prestres & les Pharisiens qui s'assemblent, c'est à dire, les sages du Judaïsme & les dévots de la Synagogue. Ce n'est point pour deliberer sur une affaire d'une legere consequence, puisqu'il ne s'agit pas moins que de porter un arrest de mort contre un homme accredité parmi le peuple & connu dans toute la Judée par ses miracles. Ce n'est

point en particulier ni chacun selon ses veûës,
qu'ils ont à juger ; mais dans un conseil & en
se communiquant leurs lumieres les uns aux
autres. Qui ne croiroit donc qu'ils vont former
un jugement équitable & conforme aux loix les
plus exactes de la justice & de la raison ! Cependant ces sages, tout sages qu'ils sont, se laissent a-
veugler ; ces dévots se laissent prévenir, & ce conseil assemblé prononce enfin la sentence la plus
injuste, & trahit la cause de l'innocent. Voilà ,
mes chers Auditeurs , où nous conduit la foiblesse humaine, & ce qui doit servir à nostre instruction. Nous avons dans nous-mesmes un
tribunal secret, & c'est à ce tribunal que nous
appellons comme d'un plein droit le prochain
pour le juger & le condamner. Jugemens aussi faux que celuy des Pontifes & des Pharisiens
de nostre Evangile. Jugemens temeraires, dont
on se fait si peu de scrupule dans le monde, &
dont je veux aujourd'huy vous representer le
crime & vous faire craindre les suites funestes,
aprés que nous aurons salué Marie en luy disant, *Ave Maria.*

T Rois choses, dit saint Thomas, sont absolument necessaires pour former un jugement é-
quitable ; l'authorité, la connoissance, & l'integrité : l'authorité, dans la personne du juge ; la
connoissance, dans son esprit ; & l'integrité, dans
son cœur : l'authorité, pour pouvoir juger ; la

connoiſſance, pour ſçavoir juger ; & l'integrité, pour vouloir bien juger. Si celuy qui juge n'a pas un pouvoir & une authorité legitime, ſon jugement eſt chimerique & nul. S'il
n'a pas une juſte connoiſſance de la cauſe, ſon
jugement eſt faux & aveugle ; & s'il manque
d'integrité, ſon jugement eſt vitieux & corrompu. De là concluons d'abord que les Preſtres & les Phariſiens, en voulant juger Jeſus-
Chriſt, pechoient contre toutes les regles & toutes les formes qui doivent eſtre obſervées dans
un jugement. Car ils jugeoient ſans authorité, puiſque ce Fils du Dieu vivant ne dependoit
point d'eux. Ils jugeoient ſans connoiſſance,
puiſqu'ils ne ſçavoient pas qu'il eſtoit Fils de
Dieu ; & ils jugeoient ſans integrité, puiſque la
paſſion les animoit contre luy & qu'ils agiſ-
ſoient par intereſt. Trois défauts qui ſe ren-
contrent dans les jugemens deſavantageux que
nous faiſons du prochain ; & d'où il s'enſuit que
ce ſont des jugemens injuſtes & temeraires : défaut d'authorité, défaut de connoiſſance, défaut d'integrité. Appliquez-vous ; voicy le partage de ce diſcours. Nous jugeons le prochain,
mais nous le jugeons temerairement ; pourquoy ? parce que Dieu ne nous a donné ſur luy
nulle juriſdiction ; ce ſera la premiere partie :
parce que nous ne pouvons penetrer ſon cœur,
ni le bien connoiſtre ; ce ſera la ſeconde : enfin, parce que ce ſont nos paſſions qui nous pré-

occupent, & que nostre interest propre est le plus ordinaire motif de nos jugemens : ce sera la troisiéme. Ne jugeons donc point : *Nolite* Luc. 6. *judicare :* c'est la consequence que nous tirerons aprés Jesus-Christ.

Il n'y a que Dieu qui essentiellement & par I. Partie. luy-mesme, ait une legitime authorité, pour juger les hommes, parce qu'il n'y a que Dieu qui soit le créateur, & par consequent le souverain & le maistre des hommes. Verité incontestable & si universelle, que Jesus-Christ mesme en qualité d'homme n'auroit pas le pouvoir de juger le monde, comme nous apprenons de l'Evangile qu'il le doit juger, si ce pouvoir ne luy avoit esté donné de son Pere. Seigneur, disoit David, par un esprit de prophetie, donnez au Roy vostre jugement : le texte Hébraïque porte, donnez au Roy vostre puissance pour juger le peuple que vous luy avez confié : *Deus, ju-* Psal. 71. *dicium tuum Regi da.* Comme s'il eust dit : ce jugement, mon Dieu, n'appartient qu'à vous ; mais faites-en part à celuy que vous avez choisi : & puisque vous l'avez establi Roy, commettez luy vostre justice, afin qu'il l'exerce en vostre nom ; *Et justitiam tuam filio Regis.* Je sçais, Chrestiens, que ces paroles du Pseaume peuvent estre entenduës de Salomon, en faveur duquel David faisoit à Dieu cette priére : mais je sçais aussi que tous les Peres de l'Eglise les

ont expliquées de Jesus-Christ, & que les juifs
mesmes suivant leur tradition, les rapportoient
à la personne du Messie, dont Salomon n'estoit que la figure. Quoyqu'il en soit, dit saint
Augustin, il est de la foy, que jamais le Sauveur
du monde ne jugera les vivants & les morts
qu'en vertu de la commission qu'il en a reçeüe,
Pater omne judicium dedit Filio ; que comme
il n'a point pris de luy-mesme la qualité glorieuse de Pontife, aussi ne s'est-il point attribué celle de juge ; qu'il a voulu, ou pour parler plus exactement, qu'il a dû estre speciale-
ment appellé à cet important ministere ; & que
sans la vocation divine, tout grand, tout sage,
tout saint qu'il est, il n'en feroit jamais nul exercice. Ainsi luy-mesme dans l'Ecriture s'en
declare-t-il. Or de là, mes chers Auditeurs, je
tire d'abord un argument invincible contre
l'abus des jugemens temeraires. Car que faisons-
nous, quand au mépris de cette regle, nous nous
donnons la liberté de juger le prochain ! Nous
attentons sur l'authorité de Dieu, nous entre-
prenons sur ses droits ; nous nous donnons, ou
nous pretendons nous donner un pouvoir qu'il
s'est reservé, & qui luy est propre : ce que Jesus-
Christ ne fera que comme délegué de son Pere celeste, nous le faisons de nostre chef ; ce que
Dieu par privilege luy a accordé comme à son
Fils, nous l'usurpons impunément & sans titre.
Et voilà dans la doctrine de saint Paul, le pre-

Jean. 5.

mier principe fur quoy eft fondée la temerité de
la plufpart des jugemens des hommes. Car qui eftes-vous, difoit ce grand Apoftre, pour juger &
pour condamner le ferviteur d'autruy! *Tu quis* Rom. 14.
es, qui judicas alienum fervum? S'il tombe ou
s'il demeure ferme, ce n'eft point à vous d'en
connoiftre. C'eft à celuy dont il dépend, & qui
comme maiftre eft fon juge : *Domino fuo ftat* Ibidem.
aut cadit. C'eft à dire, felon la paraphrafe de
faint Chryfoftome, pourquoy jugez vous de
ce qui ne vous regarde pas ; & pourquoy vos
vûës s'eftendent-elles hors des limites, où l'or-
ure de la providence & voftre condition vous
renferment ! Cet homme dont vous cenfurez
la conduite, & dont vous condamnez peut-eftre, non feulement les actions, mais les intentions, eft-il voftre fujet ! Avez-vous dans le
monde quelque fuperiorité fur luy ! Rendrez-
vous compte de fa vie ! En devez-vous répondre à Dieu ! Si cela eft, je confents que vous en jugiez ; & mon foin alors feroit de vous apprendre
la maniere dont il y faudroit proceder, l'efprit &
la charité qu'il y faudroit apporter, les mefures
de prudence qu'il y faudroit garder. Mais puifque vous reconnoiffez vous-mefme qu'il n'eft
rien de tout cela, & que la perfonne dont vous
formez ces jugemens defavantageux, n'eft point
foumife à voftre direction ; que vous n'en eftes point chargé, & que ni devant Dieu, ni devant les hommes, vous n'en devez point eftre

responsable , pourquoy de vous-mesme vous
ingerer dans sa cause ! Abandonnez-la à son
juge naturel , & respectez dans vostre frere le
droit qu'il a de n'estre jugé que de Dieu, ou du
moins de ceux que Dieu a commis pour veiller sur luy. S'il fait bien , vous pouvez par là
participer à son merite; & s'il fait mal, le blaf-
me n'en retombera pas sur vous. Mais si vous le
condamnez : quoyqu'il fasse, vous vous rendez
vous-mesme criminel. Car s'il fait bien, & que
vous en jugiez mal, vous commettez à son é-
gard une injustice ; & s'il fait le mal mesme
pour lequel vous le condamnez , vous commettez une autre injustice envers Dieu ; parce
qu'en le condamnant & en le jugeant, vous
vous attribuez le pouvoir de Dieu.

Voilà le grand principe que nous devons
suivre, & une des leçons les plus ordinaires que
faisoit saint Paul aux premiers chrestiens. Pourquoy ! reflexion importante de saint Chrysostome : c'est qu'un des premiers desordres, qui
s'éleva dans l'Eglise & qui divisa les chrestiens,
fut la liberté de juger. Les fidelles circoncis mé-
prisoient les Gentils qui ne l'estoient pas, & les
Gentils convertis tenoient pour suspects les fidelles qui vouloient encore se distinguer par la
circoncision. Ceux qui s'abstenoient des viandes, condamnoient ceux qui en usoient; & ceux
qui en usoient, censuroient ceux qui s'en abstenoient. De là les dissentions & les troubles;

& c'eſt pour cela meſme que l'Apoſtre animé d'un zéle ardent pour l'unité & pour la paix, leur diſoit ſans ceſſe : *Non ergò amplius invicem judi-* Rom. 14. *cemus,* mes Freres, ne nous jugeons donc plus les uns les autres; & par quelle raiſon! point d'au-tre que celle-cy: *Omnes enim ſtabimus ante tribu-* Ibidem. *nal Chriſti;* parce qu'il y a un tribunal où nous devons tous comparoiſtre, qui eſt le tribunal de Jeſus-Chriſt. Quelle conſequence! elle eſt juſte & ſolide. C'eſt à dire, que tous les tri-bunaux particuliers que les hommes s'érigent de leur authorité propre pour juger le prochain, ſont des tribunaux incompetens, des tribunaux ſans juriſdiction, & par conſequent des tribu-naux dont Dieu annulle & reprouve les arreſts. Ce pouvoir de juger les hommes, ſur tout de juger les cœurs & les conſciences des hommes, n'a eſté donné qu'à Jeſus-Chriſt ſeul; & tout autre que Jeſus-Chriſt qui ſe l'arroge, fuſt-il un Ange & le plus éclairé d'entre les eſprits bienheureux, doit eſtre cenſé uſurpateur. C'eſt donc une eſpece d'attentat contre le Fils de Dieu que de juger voſtre frere, parce que c'eſt, dit ſaint Jeroſme, oſter à Jeſus-Chriſt la préroga-tive, dont il eſt en poſſeſſion ; *Fratrem ergò* Hieron. *quiſquis judicat, Chriſti palmam aſſumit.* Et en effet, pourſuit le meſme Pere, que reſervons-nous au jugement de ce Dieu-homme, s'il nous eſt permis de juger indifferemment de tout! *Si* Idem. *unuſquiſque de proximo judicamus, ecquid Do-mino reſervamus ?*

Vous me direz, que le Sauveur du monde s'est engagé à nous solemnellement, de
nous faire asseoir avec luy sur le tribunal de
sa justice ; & qu'une des recompenses qu'il
nous propose, est d'avoir part un jour à ce
jugement universel où sa qualité de Redempteur luy donne droit de présider : *Sedebitis*
& vos judicantes. Or saint Paul expliquant cette promesse, en a étendu l'effet, non seulement
à tous les hommes apostoliques, mais generalement à tous les chrestiens, & en particulier à
ceux qui peuvent se rendre temoignage d'avoir
esté fidelles à Jesus-Christ : *An nescitis quo-*
niam sancti de hoc mundo judicabunt ! ne sçavez-vous pas, disoit-il aux Corinthiens, que les
Saints jugeront le monde : & parlant ensuite à
tous, *Nescitis quoniam Angelos judicabimus,*
quantò magis sæcularia ! ne sçavez-vous pas,
mes Freres, adjoustoit-il, que nous devons juger les Anges mesmes ! Or s'il est vray que nous
jugerons les Anges, combien plus est-il vray
que nous jugerons les hommes du siecle ! Il re-
connoissoit donc en nous un titre pour juger;
& la maniere dont il s'exprime, marque qu'il
le supposoit comme un titre évident & incontestable : *Nescitis quoniam judicabimus !* Voilà ce que saint Augustin s'est opposé à luy-mesme en traitant ce poinct de morale. Mais écoutez l'excellente conclusion qu'il en tiroit pour
confirmer la verité que je vous presche. Hé

Matth. 19.

1. Cor. 6.

Ibidem.

bien, mes Freres, diſoit ce ſaint Doċteur, tenons-nous en au principe de ſaint Paul. Il eſt
vray que nous ſerons un jour aſſis avec Jeſus-
Chriſt pour juger : mais cela eſtant, ne le preve-
nons donc pas ce ſouverain juge; ne ſoyons donc
pas plus promts que luy; puiſque c'eſt alors qu'il
nous communiquera ſon pouvoir , attendons
qu'il nous en ait fait part, & attendons-le avec
humilité & avec patience. En un mot, ſelon la
maxime de l'Apoſtre meſme, ne jugeons point
avant le temps, ni avant la venuë du Seigneur .
Nolite ergò ante tempus judicare , quoaduſque 1. Cor. 4.
veniat Dominus. Car il ſeroit bien étrange, que
nous qui ne ſommes que des juges ſubalternes,
nous vouluſſions juger avant Jeſus-Chriſt qui
eſt le juge ſuperieur.

Or prenez garde, reprend admirablement
ſaint Auguſtin, tant que Jeſus-Chriſt a demeuré ſur la terre, quelque ſouveraineté qu'il euſt,
il ne l'a jamais employée à juger les pecheurs.
Il les a excuſez, il les a ſupportez, il les a défendus, il leur a fait grace, il les a conſolez, il les a
aîmez, mais il ne les a point jugez. Que dis-je!
il a meſmes proteſté hautement qu'il n'eſtoit
point venu pour les juger; *Non venit Filius ho-* Joan. 3.
minis ut judicet mundum. De deux offices, celuy de Sauveur & celuy de juge, il a fait le premier, tandis qu'il eſtoit parmi nous, & il a remis le ſecond à la fin des ſiecles, quand il viendra dans l'éclat de ſa Majeſté. Sommes-nous

plus authorifez que luy ! Avons-nous une jurifdiction plus étenduë ! Contenons-nous donc
dans les bornes qu'il a voulu luy mefme fe prefcrire. Pendant cette vie aimons nos freres comme il les a aimez, fupportons-les comme il les a
fupportez, excufons-les comme il les a excufez,
défendons-les comme il les a défendus, com-
patiffons à leurs foibleffes comme il y a com-
pati, & puis nous les jugerons un jour avec luy.
Il me femble que cette condition nous doit fuf-
fire. Mais que nous anticipions le jugement de
noftre Dieu; que dans un temps où il n'a fait
que mifericorde, nous entreprenions indifcre-
tement de faire juftice : de quelque motif que
nous puiffions nous flatter, c'eft une préfomption & un orgueil. Dieu nous dit par la bouche de fon Prophete, *Cùm accepero tempus, ego
juftitias judicabo*, lorfque le temps que j'ay
marqué fera venu, alors je jugeray : pour nous
faire entendre, qu'à fon égard mefme il y a un
temps de juger, & un temps de pardonner;
Tempus judicandi, & tempus miferendi. Et
nous, dit faint Gregoire Pape, par une temerité infoutenable, nous voulons juger en tout
temps. Avant que Dieu ait pris le fien, nous
prenons le noftre ; & nous le prenons parce
qu'il nous plaift, & comme il nous plaift.

Defordre univerfellement condamné de Dieu,
mais fpecialement condamnable, lorfque nous
nous attaquons aux puiffances mefmes; que nous
osons

Pfalm. 74.

fons juger ceux-mefmes de qui nous dépen-
dons, ceux que Dieu a eftablis pour nous conduire, ceux qu'il nous a donnez pour maiftres
& pour pafteurs, les Prelats & les miniftres de
l'Eglife : pourquoy ! parce qu'il y a dans eux
un caractere que nous devons fingulierement
refpecter, & à quoy nous ne pouvons toucher,
fans bleffer Dieu jufques dans la prunelle de fon
œil; fuivant cette parole de Zacharie, *Qui teti-* *Zachar. 2.*
gerit vos, tanget pupillam oculi mei. C'eft pourquoy il nous en fait encore ailleurs une défen-
fe fi expreffe : *Nolite tangere Chriftos meos, &* *Pfalm. 104.*
in Prophetis meis nolite malignari. Ne touchez
point à ceux qui font les oingts du Seigneur,
& gardez-vous d'exercer fur eux la malignité
de vos jugemens. Defordre effentiellement oppofé à cette fubordination, dont Dieu eft l'autheur, & par confequent le confervateur & le
vengeur; puifque du moment que je cenfure la
vie & la conduite de quiconque eft audeffus de
moy, je m'éleve audeffus de luy, je me fais le
juge de mon juge, & par là je renverfe l'ordre
où Dieu m'avoit placé, & je m'expofe aux fuites malheureufes que l'Apoftre nous fait craindre d'un tel renverfement. Defordre qui affoi-
blit & qui énerve, difons mieux, qui ruine &
qui anéantit l'obéïffance des inferieurs : car il
eft impoffible que cette facilité à juger, & à juger mal, ne produife peu à peu un fecret mépris
de celuy-mefme dont on juge, & que ce mé-

Tome III. M

pris ne faſſe naiſtre les contradictions, les mur-
mures, les revoltes de l'eſprit & du cœur : d'où
il arrive qu'on n'a plus dans les ſocietez les plus
reglées, qu'une obéiſſance exterieure, qu'une
obéiſſance politique, qu'une obéiſſance ſans merite, parce que ce n'eſt point une obéiſſance
chreſtienne.

　　Je ſçais, mes chers Auditeurs, ce que vous
avez couſtume de répondre ; que ce qui vous
engage preſque malgré vous à juger de la ſorte, ce ſont les imperfections & les défauts, ou
ſi vous voulez, les dereglemens & les excés de
ceux que Dieu a conſtituez en dignité ; qu'en
condamnant leurs actions, vous ne laiſſez pas
d'honorer leur miniſtere, & que vous n'en penſez mal que parce qu'ils ſe comportent d'une
maniere à ne pouvoir en bien penſer. Tel eſt le
langage du monde: mais je ſçais auſſi que cela ne
vous juſtifie pas, & que quand Dieu dans l'Exo-
de a prononcé cet oracle en forme de loy, *Diis*
non detrahes, vous ne jugerez, ni ne medirez
point des Dieux de la terre, c'eſt à dire, des
puiſſances ou ſpirituelles ou temporelles, il n'a
point fait cette préciſion du miniſtere & de la
perſonne, parce qu'il prévoyoit que le mépris
de l'un ſeroit toûjours ſuivi du mépris de l'autre, & que les hommes n'auroient jamais un
diſcernement aſſez équitable pour reſpecter ſincerement le miniſtere & la dignité, tandis qu'ils
ſeroient prevenus contre le ſujet qui s'en trou-

Exod. 22.

ve revestu. En effet, de tout temps les personnes élevées aux premieres places, les Magistrats, les Princes, les Pasteurs des ames ont eû leurs vices & leurs passions : ce sont des hommes, qu'il n'a pas plû à Dieu de rendre impeccables, & dont les erreurs & les foiblesses dans le dessein de sa providence doivent mesmes servir à l'exercice de nostre foy & de nostre humilité. Mais pour cela il n'a jamais esté permis aux particuliers de s'ériger en censeurs de leur vie, beaucoup moins de leur gouvernement & de leurs ordres. Voilà néanmoins l'abus du monde. Constantin, quoyqu'Empereur, ne voulut point par maxime de religion, juger les Evesques sur les accusations & les plaintes qu'on formoit contre eux : mais aujourd'huy des hommes sans nom, par un zéle aussi faux qu'il est temeraire, jugent hardiment des Evesques & des Empereurs. Ce Prince se fit un poinct de conscience de couvrir, pour ainsi dire, de sa pourpre Royale la honte des ministres de Jesus-Christ : maintenant on se pique, je ne dis pas de la remarquer & de la réveler, mais de l'imaginer sur les plus foibles conjectures, de la supposer, de l'asseûrer comme un fait évident & incontestable. Qu'un homme soit le plus accompli & le plus irreprehensible, & qu'on le mette comme la lumiere sur le chandelier; tout accompli & tout irreprehensible qu'il peut estre, on en jugera; & à force de l'observer, on y

decouvrira, ou l'on croira y decouvrir des ta-
ches. Vous diriez que cette impunité avec laquelle on juge & l'on condamne, soit une espece de consolation dans la necessité où l'on se
trouve d'obéïr aux grands & d'en dépendre.
Mais malheur à nous, si nous raisonnons ainsi : malheur, si nous écoutons un chagrin bi-
zarre, qui nous porte toûjours à controller ceux
que Dieu a mis sur nos testes, au lieu de nous
en tenir à la grande regle d'une soumission respectueuse & humble. Car Dieu pour reprimer
cette licence, a des chastimens, qu'il sçait faire
éclater sur les coupables quand sa justice le demande. Marie sœur de Moyse, l'éprouva, & sen-
tit bien la grieveté du crime qu'elle avoit commis dans le jugement qu'elle fit de son frere.
La lepre dont elle fut couverte, l'excommunication dont elle fut frappée, & qui la separa sept
jours entiers du camp des Hebreux, furent les
marques authentiques de la colere divine ; &
plaise au ciel que nous en soyons quittes nous-
mesmes pour des peines temporelles ! Ne dites
point que tous les conducteurs du peuple de
Dieu ne sont pas des Moyses, que ce ne sont pas
des hommes parfaits dont Dieu prenne également les interests & la cause en main. Saint Pierre vous répond, que Dieu s'interesse pour tous,
& que les imparfaits & les vitieux sont aussi
bien sous sa protection contre les censeurs pré-
somptueux de leur conduite, que ceux dont

la vie exemplaire eſt à couvert de tout reproche : pourquoy ! parce qu'en qualité de ſuperieurs & de maiſtres, ce ſont les miniſtres & les
lieutenants de Dieu ; & que par une ſuite neceſſaire, il nous ordonne de l'honorer luy-meſme dans eux ; *Non tantum bonis & modeſtis ,* 1. Petr. 1.
ſed etiam dyſcolis. J'avoüe que pour les contenir dans leur devoir, Dieu permet cette injuſte
liberté qu'on ſe donne de les cenſurer ; c'eſt un
bien pour eux : mais malheur à celuy par qui
ce bien arrive, puiſque c'eſt un de ces biens que
Dieu par la diſpoſition de ſa ſageſſe, ne tire que
des plus grands maux, & qu'il ne peut contribuer à corriger l'un ſans pervertir & deregler
l'autre.

C'eſt donc icy, Chreſtiens, qu'il faut nous
appliquer cette concluſion du Fils de Dieu :
Nolite judicare , ut non judicemini ; ne jugez Matth. 7.
point, & vous ne ſerez point jugez. Eſt-il vray,
Seigneur, demande ſaint Bernard , que cela
ſeul puiſſe nous delivrer de voſtre redoutable
& inflexible jugement ! Ou pluſtoſt, eſt-il vray
que ce ſoit aſſez pour paroiſtre avec confiance
devant voſtre adorable tribunal ! Quoy ! ce jugement qui fait trembler les Saints, & dont l'i-
dée ſeule a cauſé les plus mortelles frayeurs
aux Hilarions & aux Jeroſmes ; ce jugement
où nous devons eſtre peſez dans la balance rigoureuſe du ſanctuaire, n'aura pour nous rien
de terrible, & il ne tiendra qu'à nous, en obſer-

vant cette loy, de ne plus craindre les arrefts de voftre juftice! Aprés cela plaignons-nous de la feverité de noftre Dieu ; & lorfque nous avons Jefus-Chrift mefme pour garant de la promeffe qu'il nous fait, ferons-nous affez ennemis de nous-mefmes, pour en perdre tout le fruict ! *Nolite judicare , ut non judicemini.* Pourfuivons : non feulement on juge fans authorité, mais encore fans connoiffance : autre défaut dont j'ay à parler dans la feconde partie.

II. PARTIE. COnnoiftre fans juger, c'eft fouvent modeftie & vertu : mais juger fans connoiftre, dit faint Chryfoftome, c'eft toûjours indifcretion & temerité. Or fi cela eft vray generalement, beaucoup plus l'eft-il en particulier, adjoufte ce Pere, quand il s'agit de méprifer & de condamner le prochain. D'où il s'enfuit que les jugemens mauvais & defavantageux que nous faifons du prochain, font prefque tous temeraires & criminels : pourquoy ? parce qu'ils n'ont prefque jamais ce degré d'évidence & de certitude, qui feroit neceffaire pour les juftifier. En effet, Chreftiens, le Prophete Royal a bien raifon de dire, que les enfants des hommes font vains, que leurs balances font trompeufes, & que par le feul défaut de connoiffance, il n'y a dans la plufpart de leurs jugemens qu'illufion & que menfonge : *Verumtamen vani filii ho-*

Pfalm. 61.

minum: mendaces filii hominum in flateris, ut decipiant ipsi de vanitate in idipsum. Car pour en venir à la preuve, qu'y a-t-il de plus commun dans le monde que de juger par les apparences, que de juger des intentions par les actions, que de juger sur le rapport d'autruy; ou fi l'on juge par foy-mefme, que de juger avec précipitation, que de juger avec une affeûrance pleine de préfomption, que de faire valoir de fimples foupçons comme des demonftrations & des convictions, que d'abufer de fes propres veûes en les fuivant trop, en les portant trop loin, en les étendant audelà mefmes de ce qu'elles nous decouvrent! Tout cela, autant de fources des faux jugemens que nous formons les uns contre les autres, & qui troublent parmi nous & détruifent abfolument la focieté. Ne perdez rien, je vous prie, de ce détail.

On juge des hommes par les apparences; & comme remarque faint Auguftin, il faudroit pluftoft juger des apparences par les hommes. Car fans infifter fur ce poinct de morale, qui eft infini, combien voyons-nous de gens dans la vie, qui par divers principes, ne font rien de ce qu'ils paroiffent, & ne paroiffent rien de ce qu'ils font! Combien qui par je ne fçais quelle negligence, produifent peu au dehors ce qu'ils ont de bon; & combien au contraire dont toute l'eftude va à déguifer le mal qu'il y a dans eux, & à fe parer du bien qui n'y eft pas! Combien

M iiij

dont certains défauts visibles & mesmes cho-
quants sont compensez par un fonds de merite
trés solide ; & qui sous un exterieur grossier &
méprisable, cachent les plus rares vertus! Jugez
de ces personnes selon l'apparence, autant d'i-
dées que vous vous en faites, ce sont autant d'injustices. Aussi Dieu par des veûës bien differentes
des nostres, reprouve-t-il tous les jours les sujets que nous estimons, & estime-t-il ceux que
nous reprouvons : pourquoy ! parce que nos jugemens n'ont pour objet que ce qui paroist, au
lieu que le jugement du Seigneur est fondé sur
ce qu'il y a de plus secret & de plus intime :
Homo enim videt ea quæ parent ; Dominus au-
tem intuetur cor. Dieu juge les hommes, belle
pensée de saint Augustin, Dieu juge les hommes ; & si les hommes sont pecheurs, il les juge pour les condamner : mais comment ! fai-
sons-nous une loy de son exemple, & ne craignons point que son exemple soit trop parfait
pour nous, puisque dans la matiere que je traite, la perfection mesme de Dieu doit servir à
nostre instruction ou à nostre confusion. Ce
Dieu qui selon le langage de l'Apostre, est la lumiere mesme, ce Dieu en qui il n'y a point de
tenebres, ce Dieu qui possede la plenitude de
la science, quand il veut juger & condamner,
se contente-t-il d'une veûë superficielle, qui ne
luy represente l'homme que par les dehors!
Ah, Chrestiens, vous le sçavez : il entre jusques

1. Reg. 16.

dans les replis les plus interieurs de l'ame, il penetre jusques dans les jointures & dans les moëlles, il fonde jusques aux plus profonds abysmes du cœur, il examine, il foüille, il recherche : *Scrutans corda & renes Deus*. Vous diriez *Psalm. 7.* que son œil ne soit pas de luy-mesme assez clair-voyant; & afin que Jerusalem, figure d'une ame pecheresse, ne se plaigne pas qu'il l'ait jugée sans connoissance de cause, il prend encore le flambeau : *Scrutabor Jerusalem in lucernis.* *Sophon. 1.* Ainsi en use ce Dieu juste & sage : mais nous, Chrestiens, aveugles & inconsiderez, nous jugeons nostre frere; nous attaquons la probité de celuy-cy, la reputation de celle-la, sans autre fondement que des apparences : au lieu de nous souvenir que tel sur qui tombe nostre censure & que nous croyons digne de blasme, est celuy peut-estre pour qui nous aurions plus d'estime, s'il estoit connu de nous; que sous ces apparences qui nous séduisent, il y a peut-estre des trésors de grace & d'innocence; que cet exterieur qui nous choque, est peut-estre un voile d'humilité, sous lequel il a plû à Dieu de tenir cachez les plus excellens dons. Combien de fois pour nous estre arrestez à la surface des choses, n'avons-nous pas confondu la vertu avec le vice; & quels reproches aurions-nous à nous faire devant Dieu, si nous voulions de bonne foy reconnoistre la legereté, je dis, legereté criminelle, qui dans nos jugemens nous a fait prendre de vains phantofmes pour des veritez!

On juge des intentions par les actions. Vous me direz qu'il eſt impoſſible d'en juger autrement ; & moy je vous réponds avec ſaint Jeroſme, que c'eſt pour cela qu'il n'en faut point juger du tout. Changeons la propoſition, & exprimons-la en d'autres termes. On juge des actions ſans en connoiſtre le principe, qui ſont les motifs & les intentions ; ou pluſtoſt, on devine les motifs & les intentions, pour avoir droit d'interpreter & de cenſurer les actions. Je vous demande, mes chers Auditeurs, s'il eſt rien de plus temeraire & de plus inique! Car de raiſonner comme l'homme mondain, à qui ſaint Auguſtin fait dire, *Attendo quid agat, & intelligo propter quid agat,* j'obſerve la maniere d'agir, & de la maniere d'agir je conclus pourquoy l'on agit : c'eſt un abus, reprend ce ſaint Docteur, puiſqu'il eſt évident que la meſme choſe peut eſtre faite par cent motifs tout differens les uns des autres, & que ces differens motifs en doivent fonder autant de jugemens tout oppoſez. En effet, quand Magdelaine repandit des parfums ſur les pieds du Sauveur du monde, ce fut par un mouvement de pieté, & les Apoſtres l'accuſerent de prodigalité. Le Sauveur du monde luy-meſme ſouffroit auprés de luy les pecheurs pour les attirer à Dieu, & les Phariſiens le ſoupçonnoient d'entretenir avec eux de mauvais commerces. Nous voyons, con-

Aug.

tinuë faint Auguftin, les mefmes actions en fubftance, louées & condamnées par le Saint Efprit, felon la diverfité des intentions. Pharaon
accable les Ifraëlites de travaux infupportables,
& Moyfe en fait périr une partie dans le defert
par des chaftimens encore plus terribles : mais
dans l'un, c'eftoit un efprit de domination qui
l'enfloit ; & dans l'autre, un zéle de religion qui
l'animoit : *Sed ille dominatione inflatus, ifte ze-* **Aug.**
lo inflammatus. Les impies commettoient des facrileges en maffacrant les Prophetes, & les Prophetes faifoient à Dieu des facrifices en exter-
minant les impies : *Occiderunt impii Prophe-* **Idem.**
tas, occiderunt impios & Prophetæ. Dieu mefme auffi bien que Judas, a livré Jefus-Chrift
aux juifs : mais Dieu en livrant fon Fils, a fait
éclater fa mifericorde ; & Judas en livrant fon
Maiftre, s'eft rendu coupable de la plus noire
perfidie : *Et tamen in hac traditione Deus pius.* **Idem.**
eft, & homo reus. Qu'apprenons-nous de là !
ah ! mes Freres, cela nous apprend que ce font
les intentions des hommes qui donnent la forme à leurs actions ; & que ces intentions d'ailleurs n'eftant connuës que de Dieu, *Difcretor* **Hebr. 4.**
cogitationum & intentionum cordis, c'eft une
extrefme temerité, quelque éclairez que nous
puiffions eftre, d'en vouloir faire le difcernement. Pourquoy vous, qui me jugez, de deux
intentions que je puis avoir, m'imputerez-vous
celle qu'il vous plaift ; fur tout fi celle que vous

m'imputez eſt celle que je deſavoüe! Pourquoy
de deux intentions, l'une bonne, l'autre mauvaiſe, prétendez-vous que c'eſt la mauvaiſe, à
l'excluſion de la bonne, que je me ſuis propoſée! Laiſſez-moy mon ſecret, diſoit Iſaïe, puiſqu'il eſt à moy, *Secretum meum mihi* : & ne
vous expoſez pas, en voulant y entrer, à tomber
dans des erreurs, dont il ſera difficile que voſtre conſcience ne ſoit pas bleſſée. En un mot,
ſouvenez-vous de la belle maxime de ſaint Bernard, que l'homme en mille rencontres eſt ſi
peu d'accord avec luy-meſme, & que ce qui ſe
paſſe dans luy eſt ſouvent ſi contraire à ce qui
part de luy, que jamais on ne peut bien juger,
ni de ſes actions par ſes intentions, ni de ſes intentions par ſes actions.

On juge ſur le rapport d'autruy ; & quoy
qu'en jugeant de la ſorte, on juge avec moins
d'aſſeûrance, on ſe croit en droit de juger avec
plus de liberté : comme ſi le jugement qu'on
forme, n'eſtoit un peché que pour celuy qui l'a
formé avant nous, & qui l'a enſuite communi-
qué aux autres. Nous avons ſur cela meſme encore dans l'exemple de Dieu de quoy nous confondre. Les abominations de Sodome & de Go-
morrhe eſtoient devenuës publiques; le bruit
s'en eſtoit repandu par toute la terre, & ſelon
le langage de l'Ecriture, il eſtoit monté juſques
au Throſne de Dieu : *Clamor Sodomorum mul-
tiplicatus eſt.* Que fait Dieu! condamne-t-il

Iſai. 24.

Geneſ. 18.

d’abord ces malheureux, & les juge-t-il! Ecou-
tez-le s’en expliquer luy-mefme, & voyez les mefures que fa fageffe luy fait prendre, non pas pour
donner plus de poids à fon jugement; mais, dit
faint Bernard, pour fervir de modelle aux noftres. *Clamor Sodomorum & Gomorrhæ multipli-*
catus eft, & peccatum eorum aggravatum eft ni-
mis. Defcendam, & videbo, utrùm clamorem qui
venit ad me, opere compleverint. Le peché de ce
peuple crie vengeance au ciel ; & j’apprends
qu’ils ont mis le comble à leur iniquité : mais ce
n’eft point encore affez pour moy ; je defcen-
dray, j’iray, je les vifiteray en perfonne, & avant
que de prononcer comme juge, je m’éclairciray
par moy-mefme comme témoin. Prenez garde, reprend faint Bernard : Dieu ne s’en fie pas
en quelque forte à fa providence ordinaire ; &
pour cela il veut en avoir une connoiffance plus
diftincte & plus immediate ; *Defcendam & vi-*
debo : pourquoy ! parce qu’il s’agit de juger &
de condamner. Ah, Chreftiens, où en fommes-nous, & font-ce là les fages mefures que
nous prenons ! Il fe repand dans une ville, dans
une cour, des bruits injurieux, qui flétriffent
telle perfonne & qui la perdent d’honneur : difons-nous alors comme Dieu, *Defcendam &*
videbo, je m’inftruiray, je verray, je demefleray
le vray d’avec le faux, j’iray à la fource des chofes, je les approfondiray, & jufques-là je me gar-
deray bien de decider. Eft-ce ainfi que nous

parlons! vous le fçavez : ces bruits, quelque frivoles qu'ils foient, font favorablement reçeûs.
Une maligne curiofité nous les fait recueillir,
& une pernicieufe credulité nous les fait trouver probables & vrayfemblables. Nous donnons
créance à des hommes, les uns médifants, les
autres legers, ceux-cy peu éclairez, ceux-là peu
finceres; & fur leur parole nous hafardons des
jugemens, dont nous devons nous-mefmes répondre. Ils nous donnent leurs reflexions pour
des faits, & nous les fuppofons comme tels. Ils
nous font une hiftoire de leurs foupçons, & ces
foupçons nous femblent des veritez. Tout convaincus que nous fommes qu'il n'eft point de ca-
nal plus infidelle, que les rapports qui fe répan-
dent en fecret, & qui bientoft deviennent publics, c'eft de cette fource que nous tirons mille fauffes idées qui nous empoifonnent le cœur,
& qui font les femences fatales des haines & des
divifions. Ne nous en tiendrons-nous jamais à
cette regle fouveraine, *Defcendam & videbo*,
& la précaution dont Dieu luy-mefme veut u-
fer, ne nous fervira-t-elle point de modelle!
Précaution fur tout neceffaire aux grands & aux
Princes de la terre. Ils veulent tout fçavoir, &
combien de fois arrive-t-il qu'on leur reprefente les chofes fous de noires images qui les defi-
gurent! Cependant un foupçon qu'ils ont conçeû, une mauvaife impreffion qu'ils ont prife,
eft fouvent felon le monde la reprobation d'un

homme, & quelquefois d'un homme innocent, d'un homme qui n'a rendu que des fervices & qui n'a merité que des recompenfes. Il faut donc que le Prince foit incredule : obfedé qu'il eft de gens qui ne cherchent qu'à le prevenir les uns au defavantage des autres, il faut qu'il foit difficile à croire le mal, & facile à en eftre detrompé. Autrement, pour peu qu'on s'apperçoive qu'il prefte aifément l'oreille à certains difcours qui vont à la ruine du prochain, il eft expofé à n'avoir au tour de luy que des impofteurs : *Princeps qui libenter audit verba men-* **Prov. 29.** *dacii, omnes miniftros habet impios.*

Mais, dit-on, je juge pour avoir veû, & il ne dépend pas de moy de voir ou de ne pas voir. Autre abus d'autant plus dangereux & plus deplorable, qu'il eft fouvent plus incorrigible, parce qu'il eft fuivi de l'obftination & de l'enteftement. Car qu'y a-t-il de plus ordinaire que de prendre fes conjectures pour des évidences ? & qu'y a-t-il au mefme temps de plus à craindre, qu'un efprit de ce caractere, qui fe fait des évidences de ce qu'il luy plaift, & qui croit avoir veû tout ce qu'il a jugé ! Vous n'avez pu ne pas voir ce qui eftoit vifible, & ce que vous avez condamné : non, Chreftiens ; mais il dépendoit de vous de ne vous pas appliquer à ces veûës fouvent imaginaires ; mais il dépendoit de vous d'en detourner voftre efprit ; mais il dépendoit de vous de vous en défier, & de les

tenir pour suspectes ; mais il dépendoit de vous
de leur opposer mille erreurs passées, où la présomption d'une évidence prétenduë vous a fait
tomber. Si vous en aviez usé de la sorte, ces
veûës qui vous ont donné du mépris pour vostre frere , en seroient tout au plus demeurées
aux termes d'un simple doute, sur lequel vous
auriez moins appuyé. Il vous est permis de voir
ce que vous voyez ; mais quand il s'agit de condamner , il ne vous est pas permis d'aimer à le
voir, de chercher à le voir, de vous attacher à
le voir : pourquoy ! parce qu'avec ces dispositions, il est infaillible que vous verrez souvent
ce qui n'est pas , & que vous ne verrez pas ce
qui est ; parce qu'avec ce desir malin, il est seûr
que vous étendrez vos veûës trop loin, que vous
grossirez les objets , que vous verrez comme
une poutre ce qui n'est qu'une paille & un ato-
me ; que vous regarderez comme un vice ha-
bituel, ce qui n'est qu'une faute passagere ; que
l'impetuosité de vostre esprit vous emportera,
que la vraysemblance vous éblouïra, que l'apparence vous trompera. Tant de fois peut-ê-
tre on a jugé de vous sur ce qu'on a cru voir, &
sur ce que vous prétendez qu'on n'a jamais veû ;
& tant de fois vous vous estes plaint de ces jugemens précipitez & mal fondez. Pourquoy ne
vous dites vous pas , ce que vous avez dit aux
autres ! La prudence, la retenuë que vous exigez
d'eux, pourquoy ne l'exigez vous pas de vous-
mesmes !
Con-

Concluons par la pensée, ou pluftoft par la priére de S. Auguftin: *Domine, noverim me, nove-* *Aug.* *rim te :* Seigneur, difoit ce Pere, que je me connoiffe, & que je vous connoiffe. Car fi je m'eftudie, comme je dois, à acquerir ces deux connoiffances, occupé que je feray de moy-mefme & de vous, je penferay peu au prochain, ou je n'y penferay que dans l'ordre d'une fainte & difcrette charité. Si je vous connois, ô mon Dieu, je fçauray qu'il n'y a que vous à qui le fonds des cœurs foit ouvert, & je n'auray garde ainfi d'y vouloir entrer. Et fi je me connois, je comprendray que mon propre cœur eft un abyfme où je trouve affez à creufer, fans entreprendre de penetrer dans les fentimens des autres. Si je vous connois, je refpecteray voftre loy, qui me défend de juger; & fi je me connois, j'auray honte de mon ignorance, qui fouvent m'a fait mal juger. Si je vous connois, j'adoreray voftre divine infaillibilité; & fi je me connois, je rougiray de mes erreurs paffées, & j'apprendray dans la fuite à m'en preferver. Achevons : on juge fans authorité, on juge fans connoiffance, & on juge enfin fans integrité. Dernier défaut dont il me refte à vous entretenir dans la troifiéme partie.

C'Eft une belle reflexion que fait faint Am- III. PARTIE· broife, lorfque dans l'explication du Pfeaume trente-deuxiéme il obferve que David n'a pref-

Tome III. . N

que jamais parlé des jugemens, soit de Dieu à
l'égard des hommes, soit des hommes mesmes
les uns à l'égard des autres, sans y adjouster la
justice, comme une condition essentielle & inseparable. Du reste, si vous voulez sçavoir quelle difference nous devons mettre entre la justice & le jugement; la voicy, répond saint Ambroise : c'est que le jugement, selon le langage
commun, est proprement l'acte de juger ; au
lieu que la justice est l'habitude mesme, ou in-
fuse, ou acquise, qui nous porte à bien juger;
c'est à dire, cette sainte disposition du cœur qui
nous fait rendre à chacun ce qui luy appartient,
& qui nous dégage dans nos jugemens de toute affection & de toute passion. Or David ne
vouloit pas que jamais ces deux choses fussent
separées; & voilà la regle de conduite qu'il se
proposoit. Seigneur, disoit-il, j'ay prononcé
des jugemens, mais ces jugemens ont esté ac-
compagnez d'une justice exacte : ne m'abandonnez donc pas, ô mon Dieu, à la malignité
Pfalm. 118. de mes calomniateurs : *Feci judicium & justitiam ; non tradas me calumniantibus me.* Cependant, Chrestiens, un des desordres où tombent encore ceux qui jugent du prochain, c'est
le défaut d'équité & d'integrité. Ils jugent selon les desirs de leur cœur, & non pas selon les
lumieres de leur esprit : ils jugent par prevention, ils jugent par aversion, ils jugent par chagrin, ils jugent par interest, ils jugent par mil-

le autres motifs qui corrompent la raison la plus
faine & la plus droite. Arreſtons-nous à l'intereſt qui les comprend tous. Les Phariſiens refu-
ſerent de reconnoiſtre Jeſus-Chriſt, pourquoy ?
parce que c'eſtoient des hommes intereſſez,
ambitieux, jaloux de la domination qu'ils s'eſtoient acquiſe, ou pluſtoſt qu'ils s'eſtoient uſur-
pée parmi le peuple. Dés que le Fils de Dieu
parut, ils le regarderent comme un obſtacle à
leurs deſſeins, comme l'ennemi de leur hypocriſie, comme le deſtructeur de leur ſecte ; &
pour cela ils ſe firent un intereſt de le décrier
& de le perdre. Tel fut le principe de tous les
jugemens qu'ils formerent contre ſa perſonne
& contre ſes miracles. Le credit de cet homme-Dieu leur eſtoit incommode ; il n'en fallut
pas davantage pour le ruiner dans leur eſtime,
& pour leur faire croire de luy tout ce que la
haine la plus envenimée eſt capable de ſugge-
rer.

En effet le Sauveur du monde paſſoit dans la
Judée pour un Prophete rempli de l'eſprit de
Dieu ; & les Phariſiens ſe perſuaderent que c'eſtoit un pecheur : *Nos ſcimus quia hic homo pec-* Joan. 9.
cator eſt ; nous le ſçavons, diſoient-ils, & nous
n'en pouvons douter. Mais cet homme, leur ré-
pondoit-on, eſt exaucé de Dieu, mais il fait des
miracles, mais il eſt irreprehenſible dans ſes
mœurs ; il n'importe, c'eſt un pecheur, & nous le
ſçavons : *Nos ſcimus quia hic homo peccator eſt.*

Pourquoy le ſçavoient-ils ? párce qu'ils vouloient & qu'il eſtoit de leur intereſt que cela
fuſt. Car leur intereſt ſur ce poinct eſtoit la regle de leur jugement. Si le Sauveur du monde
s'eſtoit declaré pour eux, ils ſe feroient declarez
pour luy; & ſans eſtre, ni plus juſte, ni plus
ſaint, il n'en auroit reçeû que des éloges : mais
parce qu'il condamnoit leurs erreurs & qu'il deſ-
abuſoit le peuple ſéduit par leur fauſſe pieté,
quoyqu'il fiſt, c'eſtoit un pecheur : *Nos ſcimus
quia hic homo peccator eſt.* Idée bien naturelle des
jugemens du monde. Nous jugeons des hom-
-mes non point par le merite qui les diſtingue,
mais par l'intereſt qui nous domine ; non point
par ce qu'ils ſont, mais par ce qu'ils nous ſont ;
non point par les qualitez bonnes ou mauvaiſes
qu'ils ont, mais par le bien ou le mal qui nous en
revient. Car de là naiſſent les injuſtices énormes
que nous commettons à leur égard. De là les
enteſtemens aveugles en faveur des uns, & les
déchaiſnemens bizarres contre les autres. De là
les cenſures malignes des plus dignes ſujets, &
les loüanges outrées des ſujets mediocres. De
là les preferences odieuſes de ceux-cy, & les
excluſions iniques de ceux-la.

Rien de plus ordinaire, mes chers Auditeurs,
& n'eſt-ce pas ce que vous avez peut-eſtre mille fois éprouvé vous-meſmes ! Qu'un homme
ſoit dans nos intereſts, ou que nous ayons intereſt à le faire valoir, dés-là nous nous perſua-

dons qu'il vaut beaucoup. Sans autre titre que celuy-la, il eſt dans noſtre eſtime, propre à tout & capable de tout. Au contraire que l'intereſt nous aliéne de luy, ſi nous nous en croyons, nous n'y voyons plus rien que de mépriſable. Cette paſſion d'intereſt nous le repreſente tel que nous le voulons, nous le contrefait, nous le déguiſe, nous cache les perfections qu'il a & nous fait voir des défauts qu'il n'a pas, nous le figure ſous autant de caracteres differens qu'il y a de faces differentes dans l'intereſt qui nous fait agir. Comment ſur tout jugeons-nous d'un ennemi! Il s'eſt attiré noſtre diſgrace; c'eſt aſſez: avec cela, envain il feroit des prodiges, ſes prodiges meſmes ne ſerviroient qu'à nous le rendre & à nous le faire paroiſtre plus odieux. Envain il poſſederoit toutes les vertus, ſes vertus les plus éclatantes prennent dans noſtre imagination la teinture & la couleur des vices. S'il eſt dévot, nous l'accuſons d'hypocriſie; s'il ne l'eſt pas, nous le ſoupçonnons d'impieté: s'il eſt humble, nous regardons ſon humilité comme une foibleſſe; s'il eſt genereux, nous appellons ſon courage orgueil & fierté: s'il eſt diſcret & reſervé, c'eſt dans noſtre opinion un homme artificieux & fourbe; s'il eſt ouvert & ſincere, nous le traitons d'imprudent & d'évaporé. Les autres ont beau le combler d'éloges, cet intereſt qui nous préoccupe, nous fait croire que ces éloges ſont autant de flatteries & de

menfonges. Au mefme temps qu'on luy applaudit comme les femmes d'Ifraël applaudiffoient à David, cet intereft nous empoifonne
contre luy, comme il empoifonnoit Saül. Et
voilà encore une fois le caractere de tous les efprits intereffez, & de ceux en particulier, qui
felon l'expreffion de faint Ambroife, fe fentent
piquez de l'aiguillon de l'envie. Comme l'envie a fouvent pour objet le plus delicat de tous
les interefts qui eft la gloire, auffi a-t-elle une
malignité plus fubtile pour nous aveugler. De
là vient que par une fatalité malheureufe, ou
pluftoft par une indignité qui devroit nous couvrir de confufion, il n'eft prefque pas en noftre
pouvoir de conferver des fentimens avantageux,
pour ceux qui pretendent aux mefmes rangs
que nous, pour ceux qui font en eftat de nous
les difputer, beaucoup moins pour ceux qui les
obtiennent & qu'on nous prefere. L'intereft eft
comme un nüage entre eux & nous, que noftre raifon n'a pas la force de diffiper. Nous jugeons équitablement de tout ce qui eft, ou au
deffus, ou audeffous de nous, c'eft à dire, de
ceux qui par leur élevation ou par leur baffeffe,
ne peuvent nuire à nos entreprifes : mais de
ceux que la concurrence nous fufcite pour adverfaires, nous en jugeons, fi je l'ofe dire, d'une
maniere à faire pitié.

Plus donc d'équité, Chreftiens, quand une
fois le reffort de l'intereft joüe ; & cela eft fi

vray, que les hommes qui font nez pour la focieté, & dont tout le commerce roule fur une
bonne foy reciproque, ne la reconnoiffent plus
cette bonne foy, dés qu'ils apperçoivent dans
les affaires qui fe traitent entre eux, le moindre meflange d'intereft. Quelque probité qu'ait
un juge, s'il eft intereffé dans une caufe, on fe
croit bien fondé à le récufer, & l'on ne penfe
point luy faire injure d'en appeller à un autre
jugement que le fien. Quelque irreprochable
d'ailleurs que foit un témoin, fi fon intereft fe
trouve joint à fon temoignage, fon temoignage paffe pour nul. Comme fi les hommes d'un
commun accord fe rendoient à eux-mefmes
cette juftice, de confeffer que quand leur intereft eft de la partie, ils ne font plus capables de
bien juger les uns des autres.

Ainfi ne nous étonnons point que les Pharifiens jugeaffent fi injuftement de Jefus-Chrift,
& qu'ils fuffent fi aveugles fur le fujet de ce
Dieu-homme. C'eftoit une confequence naturelle de leur animofité, & il y auroit eu une efpece de miracle que cet aveuglement n'euft pas
efté l'effet de leur intereft. Mais étonnons-nous
que Jefus-Chrift eftant le Saint des Saints, ils
fe fiffent un intereft de le butter en tout & de
le contredire. Car voilà, mes chers Auditeurs,
ce qui les perdit, & ce qui nous perd tous les
jours. Nous nous faifons des interefts qui vont
premiérement à nous aveugler, & de là par une

N iiij

suite infaillible à nous aigrir, à nous irriter, à
nous emporter souvent contre les sujets les plus
dignes de nostre estime, & toûjours contre ceux
avec qui la charité chrestienne nous doit unir.
O interest, combien de jugemens as-tu corrom-
pus au préjudice de cette divine vertu, & quelles playes ne luy fais-tu pas tous les jours par
les sinistres impressions que tu repands dans les
esprits ! Il faudroit donc, conclut admirablement saint Chrysostome, pour bien juger du
prochain, estre défait de toute préoccupation,
libre de toute affection, degagé de toute paf-
sion, exempt de toute aversion, de toute attache, de tout ressentiment, de tout desir, de toute crainte, en un mot de tout interest. Mais qui
peut se promettre d'estre disposé de la sorte !
qui peut sur cela s'asseûrer de soy-mesme ! qui
peut répondre de son cœur ! Ne vaut-il pas
mieux, puisqu'on arrive si peu à cette perfection,
s'en tenir à cette loy de l'Evangile : *Nolite judi-*
Matth. 7. *care ;* ne jugez point. Car que dirons-nous à
Dieu, quand il nous demandera compte de
tant de jugemens que nous aurons faits de nostre prochain ! Nos preventions nous serviront-
elles d'excuse, & Dieu n'aura-t-il pas droit de
nous dire : il est vray, vous estiez prévenu; mais
c'est pour cela mesme que vous deviez vous ab-
stenir de juger. Car vous n'avez jugé temerairement de vostre frere, que quand l'interest
vous a separé de luy. Or prétendez vous justi-

fier un peché par un autre peché ? Ah, mon
Dieu, j'auray bien pluftoft fait de me reduire à
me juger feverement moy-mefme fans juger
les autres. Par là, Seigneur, je meriteray que
vous ufiez envers moy de mifericorde; par là je
trouveray grace devant vous; par là je me pre-
ferveray non feulement du defordre attaché au
jugement temeraire, mais des fuites funeftes
qu'il traifne aprés luy. Car. c'eft bien icy que je
puis dire avec voftre Prophete, qu'un abyfme
attire un autre abyfme, puifque c'eft le jugement temeraire qui donne lieu à la medifance,
que la medifance entretient les rapports, que
les rapports fufcitent les querelles, que les querelles engendrent les inimitiez, & que les inimitiez produifent les vengeances. Il eft vray que
l'Apoftre parlant de l'homme fpirituel, femble
en avoir renfermé le caractere dans ces deux
qualités, l'une de juger de tout, & l'autre de n'eftre jugé de perfonne : *Spiritualis autem judicat*   1. Cor. 2.
omnia, & ipfe à nemine judicatur. Mais on a
abufé de ces paroles, & les fpirituels ou les dévots, je dis les dévots trompez & les prétendus
fpirituels du fiecle, féduits par leur propre fens,
ont interpreté faint Paul contre l'intention mefme de faint Paul. Car ils fe font attribué comme de plein droit une liberté préfomptueufe
de juger impunément tout le monde; & à cette liberté préfomptueufe ils ont joint une delicateffe infinie à ne pouvoir fouffrir qu'on les ju-

geaſt eux-meſmes. Or ce n'eſt point ainſi que
l'a entendu l'Apoſtre. Quoyqu'il en ſoit, voulons-nous eſtre ſolidement ſpirituels, oppoſons
à ces deux défauts les deux maximes de l'humilité chreſtienne : ſi l'on nous juge, laiſſons juger de nous ſans nous plaindre ; mais nous, ne
jugeons point, ou jugeons toûjours favorablement, afin qu'au dernier jour nous recevions un
jugement de faveur qui nous mette en poſſeſſion de la gloire , &c.

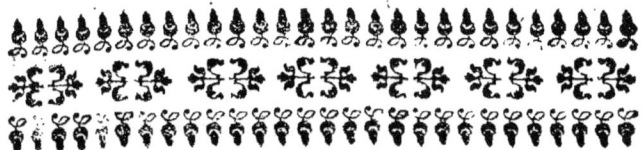

SERMON

POUR LE DIMANCHE

des Rameaux.

Sur la Communion Paschale.

Hoc autem totum factum eft, ut adimpleretur
quod dictum eft per Prophetam dicentem :
Dicite filiæ Sion, ecce Rex tuus venit tibi
manfuetus.

Or tout cecy fe fit, afin que cette parole du Pro-
phete fuft accomplie : Dites à la fille de Sion,
voicy voftre Roy qui vient à vous plein de
douceur. En faint Matth. chap. 21.

SIRE,

LE Prophete l'avoit prédit, que le Sauveur
du monde entreroit dans Jerufalem glorieux
& triomphant; & c'eft dans le myftere de ce
jour que cette parole du Prophete devoit s'accomplir, & qu'en effet elle s'accomplit. Mais
du refte pourquoy les juifs reçoivent-ils au-

jourd'huy le Fils de Dieu avec tant de pompe
& tant de folemnité, & d'où leur vient ce zéle qu'ils font paroiftre pour luy rendre des honneurs qu'il n'en avoit jamais reçeûs ! Cent fois
ils l'avoient veû parmi eux, fans qu'à peine on
penfaft à luy : mais par un changement bien
nouveau, l'Evangile nous le reprefente dans
une efpece de triomphe, entrant au milieu des
acclamations & des applaudiffemens publics,
efcorté d'une foule de peuple, reconnu folemnellement comme Fils de David & comme envoyé de Dieu : *Hofanna Filio David : benedi-*
Ctus qui venit in nomine Domini. N'en foyons
point furpris, Chreftiens, puifque les Evangeliftes nous en apprennent la raifon. Il venoit,
ce Sauveur adorable, de faire un miracle dont
le bruit s'eftoit repandu dans toute la Judée.
La refurrection de Lazare, de cet homme mort
depuis quatre jours & enfermé dans le tombeau (miracle que toutes fes circonftances rendoient inconteftable ; miracle fubfiftant encore, dit faint Auguftin, & que l'incredulité mefme la plus obftinée ne pouvoit defavoüer) voilà de quoy les habitants de Jerufalem avoient
efté témoins ; voilà ce qu'ils avoient admiré,
& ce qui leur donna une fi haute idée de Jefus-Chrift. C'eft donc en veûe de ce miracle &
pour en reconnoiftre publiquement l'autheur,
qu'ils courent au devant de luy, portant des palmes dans les mains, & voulant honorer par là,

Matth. 21.

remarque faint Chryfoftome, la victoire que
cet homme-Dieu avoit remportée fur la mort.
Tel eft, mes chers Auditeurs, le précis de noftre Evangile dans le fens hiftorique & litteral :
écoutez-en le myftere & l'application. Le temps
approche, Chreftiens, & nous le commençons,
où Jefus-Chrift par une action fpirituelle & interieure, mais encore plus puiffante & plus efficace, renouvelle ce grand miracle de la refurrection de Lazare, en faifant revivre par la grace de la penitence des ames mortes par le peché, & comme enfevelies dans leurs habitudes
criminelles. Aprés ce miracle, l'Eglife que tous
les prophetes nous ont marquée fous la figure de
Jerufalem, prepare à ce divin Sauveur une fainte & honorable entrée dans les cœurs des fidelles par la communion pafchale ; & pour me
conformer à fon deffein, c'eft de cette communion pafchale que je dois vous entretenir. Sa-
luons d'abord la vierge qui eut avant nous le
bonheur de recevoir ce verbe fait chair & de
le porter dans fon fein, *Ave Maria.*

Deux fortes de perfonnes reçoivent aujourd'huy le Fils de Diéu dans Jerufalem ;
d'une part fes difciples, qui faifoient profeffion
de le fuivre, & qui par un engagement particulier s'eftoient attachez à fon parti; d'autre part
les Pharifiens, les Preftres, les Docteurs de la
Sinagogue, qui par un aveuglement extrefme

rejettoient ſa doctrine & s'eſtoient ſecretement
liguez contre luy. Ses diſciples le reçoivent avec
reſpect, avec ferveur, avec joye ; & voilà pourquoy il vient à eux comme en triomphe, & meſmes ſelon la prophetie, en qualité de Roy : *Ecce*

Matth. 21.

Rex tuus venit tibi manſuetus. Au contraire les
Phariſiens le reçoivent avec des ſentimens d'aigreur & dans la reſolution de faire bientoſt éclater leurs pernicieux deſſeins, & de le perdre : c'eſt
pour cela qu'il vient à eux comme un ennemi,
& que le Sauveur verſe ſur ces aveugles des larmes de compaſſion : *Videns civitatem flevit ſu-*

Luc. 19.

per illam. Deux idées bien naturelles de ce qui ſe
paſſe encore chaque année dans la communion
paſchale, & dont je vais faire le partage de ce
diſcours. Car prenez garde, Chreſtiens, dans
le triomphe dont les diſciples de Jeſus-Chriſt
honorent ce divin maiſtre, je trouve l'idée
d'une ſainte & parfaite communion ; ce ſera la
premiere partie : mais dans la maniere dont ce
meſme Dieu fut reçeû des Phariſiens, je trouve
l'idée d'une communion indigne & ſacrilege ; ce
ſera la ſeconde partie. Pour les juſtes qui ſont les
vrays fidelles, le Sauveur vient comme un Roy
débonnaire & bienfaiſant : mais pour les impies
engagez & obſtinez dans le crime, il vient comme un ennemi terrible & redoutable. C'eſt tout
le ſujet de voſtre attention.

I. Partie.

Voulez-vous ſçavoir, Chreſtiens, ce que c'eſt

à proprement parler, qu'une communion faite en eſtat de grace! Ecoutez ſaint Chryſoſtome: il va vous l'apprendre. C'eſt, dit ce Pere, une reception ſolemnelle que nous faiſons à Jeſus-Chriſt dans nous-meſmes, & une entrée triomphante que Jeſus-Chriſt fait dans nous. Pouvoit-il s'en expliquer plus noblement, & n'ay-je pas eû raiſon de m'attacher d'abord à ſa penſée, pour vous dire que le triomphe & l'entrée du Sauveur du monde dans Jeruſalem, eſt la plus juſte idée d'une bonne communion!

Mais afin de mieux comprendre la choſe, examinons, Chreſtiens, toutes les circonſtances particulieres marquées dans l'Evangile, & voyez ſi le deſſein de Dieu n'a pas eſté viſiblement de nous propoſer le modelle le plus parfait de l'action la plus ſainte du chriſtianiſme, qui eſt la communion! Car premiérement cet homme-Dieu eſt reçeû avec honneur dans Jeruſalem; mais par qui! par ſes amis, par les ſectateurs de ſa doctrine, par ceux que l'on diſtinguoit dans la Judée pour eſtre du nombre des ſiens; en un mot par ſes diſciples, qui malgré l'envie ne laiſſoient pas de faire un parti conſiderable, puiſque ſaint Luc temoigne qu'ils accoururent en foule: *Et cœperunt omnes turbæ* **Luc. 19.** *diſcipulorum gaudentes laudare.* En ſecond lieu, ces fervents diſciples, tranſportez de zéle pour la perſonne de leur maiſtre, n'attendent pas qu'il ſoit aux portes de la ville pour ſe diſpoſer à le recevoir. Au premier bruit qu'ils entendent de sa venuë, ils sortent de leurs maisons, & par respect ils viennent au devant de luy: *Et cum audissent quia venit Jesus, processerunt obviam.* De plus, ils se presentent à luy, les uns portant des branches de palmiers, *Acceperunt ramos palmarum;* & les autres avec des branches d'oliviers, qu'ils coupoient sur la montage, selon la remarque expresse de l'Evangile. Or la palme est le symbole de la victoire, & l'olive le signe de la paix : ce qui ne fut pas sans mystere, comme je vais vous l'expliquer. Enfin ils se dépouillent de leurs vestemens, ils les mettent sous les pieds de Jesus Christ, en les étendant le long du chemin par où il devoit passer: *Plurima autem turba straverunt vestimenta sua in via.* Excellente idée de la communion des justes, & des saintes dispositions qu'une ame chrestienne doit apporter à la participation du corps de Jesus-Christ & de son adorable Sacrement. Mais ce n'est pas assez pour nous d'en avoir l'idée; Dieu veut que nous nous l'appliquions dans la pratique, & que d'une figure, nous en fassions une verité. Taschez donc, mes chers Auditeurs, à bien entrer dans les saintes leçons que j'ay à vous faire.

Il faut estre Disciple de Jesus-Christ pour meriter de le recevoir dans son Sacrement, & c'est la premiere disposition. Mais ne sommes-nous pas tous ses disciples en qualité de chrestiens!

Joan. 12.

Ibidem.

Matt. 21.

tiens! Il est vray, mes Freres, & je le sçais : mais je dis que pour participer au divin mystere, il ne suffit pas d'estre disciple du Sauveur par une profession exterieure qui souvent ne fait qu'augmenter nostre indignité, quand elle n'est pas soutenuë du reste; & j'adjouste qu'il le faut estre en esprit & par un sentiment de religion, puisque sans cela bien loin que Jesus-Christ nous avoüe pour ses disciples, il nous regarde comme ses ennemis. Or il s'est luy-mesme declaré qu'il ne vouloit faire la pasque qu'avec ses disciples. Mais il ne parloit alors que de la pasque judaïque, qu'il alloit celebrer selon la loy : ah, j'en conviens, répond saint Chrysostome; mais s'il parloit ainsi de l'ancienne pasque, que pensoit-il de la nouvelle qui devoit estre le don des dons, & la plus excellente de toutes les graces ! & s'il falloit estre son disciple pour manger avec luy une pasque qui n'estoit que la figure de son corps, que ne faut-il point estre pour manger celle qui n'est rien moins que la substance mesme de son corps ! Enfin n'est-il pas de la foy que tout ce qui s'observoit dans la pasque des juifs, estoit une leçon pour nous, mais une leçon exacte & précise, de ce qui devoit estre accompli dans celle des chrestiens !

Qu'il n'y ait donc personne assez temeraire, concluoit éloquemment saint Chrysostome, pour pretendre à cette pasque, en recevant l'agneau veritable qui y est immolé, sans

Tome III.   O

avoir ce caractere particulier de difciple de Jefus-Chrift. Qu'il ne s'y prefente point de Judas, point de Pharifiens; c'eft à dire, point de
traitre, point d'hypocrite, point de fimoniaque
ni de prophanateur des chofes faintes : ce font

Chryfoft. les paroles de ce Pere ; *Nemo accedat nifi ami-
cus : nullus avarus, nullus fœnerator, nullus im-
pudicus.* Car je vous avertis, adjouftoit ce faint
Docteur, que cette divine table n'eft point pour

Idem. eux ; *Nam & tales hæc menfa non fufcipit.* S'il
y a un difciple fidelle & fincere, qu'il vienne,
parce que c'eft luy qui par le choix de Jefus-
Chrift mefme y doit eftre admis ; *Si quis eft dif-*

Idem. *cipulus, adfit.* Pour les mondains, pour les fen-
fuels, pour les fcandaleux & les impies, ils en
font exclus; & s'ils ofoient y paroiftre, nous qui
fommes les Preftres du Seigneur & les difpen-
fateurs de fes myfteres , nous ne craindrions
point d'ufer du pouvoir que le Dieu vivant
nous a mis en main pour leur en interdire l'u-
fage. Fuft-ce le premier conquerant du monde

Idem. qui s'y prefentaft, *Sive Princeps militiæ ;* fuft-
ce le premier Monarque du monde, *Sive Im-
perator,* nous luy ferions entendre les défenfes &
les menaces du fouverain Maiftre dont il viendroit prophaner le celefte banquet. C'eft ainfi
que cet homme de Dieu s'acquittant du mefme
miniftere que moy, preparoit le peuple d'An-
tioche à la plus importante action du chriftianifme : & tel eft l'ordre que le grand Apoftre a-

voit intimé à toute l'Eglise, par ces courtes paroles, mais qui selon le Concile de Trente comprennent en abregé toutes les dispositions re-
quises pour avoir part au Sacrement du Fils de
Dieu; *Probet autem seipsum homo.* Que l'homme   1. *Cor.* 11.
donc s'éprouve luy-mesme, c'est à dire, qu'il se
consulte luy-mesme, qu'il interroge son cœur;
& que sans s'aveugler, sans se flatter, il examine devant Dieu, s'il est en effet de ceux qui ap-
partiennent à Jesus-Christ, & que Jesus-Christ
reconnoist pour ses vrays disciples. Car si nos
consciences ne nous rendent pas sur ce poinct
un temoignage favorable, & qu'avec humilité
nous ne puissions nous glorifier de ce beau
nom, il ne nous est point permis de faire la pasque, & nous n'y devons pas penser. Je me trompe, Chrestiens : parlons plus correctement, &
disons que nous y devons penser, & y penser
efficacement pour l'honneur de Jesus-Christ
mesme ; & si pour n'y avoir pas pensé, nous
manquons à le recevoir dans cette pasque solemnelle, nous commettons un nouveau crime, & nous desobéissons à ses ordres. Quoy
donc! l'ordre de Jesus-Christ est-il que nous le
recevions sans estre du nombre de ses disciples!
A Dieu ne plaise, Chrestiens, puisque c'est ce
qu'il a le plus en horreur : mais il nous ordonne
de nous declarer ses disciples; & si nous n'avons
pas esté jusqu'apresent de ce nombre, il veut
que nous commencions à en estre, pour satisfai-

re à l'obligation indifpenfable où nous fommes
de prendre place parmi les conviez qu'il fait appeller. Voilà le précepte non feulement Eccle-
fiaftique, mais divin, qui vous eft aujourd'huy
fignifié par les pafteurs de vos ames, où le Sauveur des hommes, de quelque condition que
vous foyez, veut célebrer la pafque avec vous.
Vous eftes indignes de cette grace, mais il veut
que vous vous en rendiez dignes ; vous eftes pé-
cheurs, mais il veut que vous deveniez juftes ;
vous eftes dans les engagemens criminels du
monde, mais il veut que vous en fortiez & que
vous vous mettiez en eftat d'approcher de luy.
Point d'excufe, ni de delay ; fon ordre preffé,
& il luy faut obéir. Dans les autres temps de
l'année, peut-eftre auriez-vous droit d'ufer de
remife, & de vous prefcrire un terme pour former cette refolution : mais aujourd'huy il n'eft
plus queftion de refoudre, il eft temps d'exécuter & d'accomplir. Le terme eft écheû, & le maiftre des maiftres vous envoye dire que c'eft chez
vous que cette pafque fe doit faire : *Magifter
dicit: apud te facio pafcha.* Pour cela il faut que
voftre cœur, qui eft comme le domicile & le
fanctuaire qu'il a choifi, foit purifié par la penitence ; & le mefme commandement qui vous
engage à l'un, vous oblige à l'autre. Par confequent, il faut rompre vos liens, & par de genereux efforts vous detacher une fois de la créature & de vous-mefmes. Et c'eft en quoy le

Matth. 26.

précepte du Fils de Dieu eſt admirable, je veux dire, en ce qu'il vous met dans une ſi heureuſe neceſſité. Car il ne s'agit pas moins pour vous que d'eſtre, ou des ſacrileges, ou des excommuniez; des ſacrileges, ſi vous recevez ce Dieu de ſainteté ſans vous y eſtre diſpoſez par une contrition ſincere; des excommuniez, ſi par voſtre impenitence vous vous trouvez hors d'eſtat de le recevoir.

Cependant il ne ſuffit pas d'eſtre diſciples du Sauveur, pour meriter qu'il vienne à nous; il faut encore aller au devant de luy & le prevenir. Vous ſçavez comment ces troupes ſorties de Jeruſalem, s'avancerent juſques vers la montagne des Olives, n'attendant pas que Jeſus-Chriſt fuſt arrivé pour commencer les honneurs de l'entrée qu'on devoit luy faire : *Cum audiſ-* Joan. 12. *ſent quia venit, proceſſerunt obviàm ei.* Ainſi par un mouvement de ferveur anticiper la venûë de ce Dieu-homme, c'eſt une ſeconde diſpoſition neceſſaire pour le recevoir ſelon les regles & l'eſprit de la vraye pieté. Je m'explique. Car faire ce qui ſe pratique aujourd'huy, & ce que la laſcheté du ſiecle n'a rendu que trop commun; ſe reſerver juſqu'au jour de la communion meſme pour y penſer; differer à la ſolemnité de paſque les preparatifs que la religion demande; croire s'eſtre acquitté de ſon devoir, parce qu'on a pris quelques momens pour ſe recueillir devant Dieu; venir à la haſte & dans la

foule s'accuſer de ſes deſordres, & immediatement aprés ſe preſenter à la ſainte table ; confondre les exercices de la penitence avec la communion, & ſouvent communier ſans avoir fait
aucun exercice de penitence : ah ! Chreſtiens,
c'eſt une indignité ; & quiconque agit de la ſorte, attire ſur ſoy l'anatheſme de ſaint Paul, qui
luy reproche de ne pas faire un juſte diſcernement du corps du Sauveur, & qui le menace
de manger avec cette viande celeſte ſa propre
condamnation. Je parle à vous, mes chers Auditeurs, qui dans la profeſſion que vous faites
d'une vie mondaine & diſſipée, approchez plus
rarement de ces ſacrez myſteres, & qui vous contentez peut-eſtre une fois dans le cours d'une
année de manger ce pain eſtabli par Jeſus-Chriſt
pour eſtre le pain de tous les jours : c'eſt vous
que cecy regarde. Car pour les ames innocentes qui en font leur nourriture ordinaire, quoyqu'elles ayent abſolument ſujet de craindre, elles ont encore plus droit d'eſperer. Une communion les diſpoſe à l'autre : la vie reguliere qu'elles menent, les bonnes œuvres qu'elles pratiquent, leur aſſiduité à frequenter les autels, tout
cela dans la doctrine des Peres, leur ſert de preparation & d'une preparation continuelle au divin Sacrement.

Mais pour vous qui tenez une conduite directement oppoſée ; pour vous qui vous faites
un devoir non ſeulement d'eſtre du monde,

mais de vivre felon les maximes du monde; pour
vous dont les liaifons, les habitudes, les divertiffemens, les emplois ne font qu'un enchaifne-
ment de pechez adjouftez fans ceffe les uns aux
autres; pour vous qui n'avez aucun ufage des
chofes de Dieu, & qui paffez les années entieres
fans faire peut-eftre une reflexion ferieufe fur
l'affaire de voftre falut; pour vous dont le dernier foin eft de veiller fur voftre cœur, & qui
vous eftant formé une confcience libre, difons
mieux, une confcience libertine, ne trouvez
rien de plus commode que de n'y rentrer jamais
& d'ignorer toûjours ce qui fe paffe; pous vous
enfin qui ne communiez que par je ne fçais
quelle bienféance, & quand le précepte vous y
oblige : attendre à vou & y difpofer, que vous
foyez au jour précis où vous devez fatisfaire à
cette obligation, c'eft méprifer voftre Dieu,
& faire outrage à fon Sacrement, c'eft anéantir l'effet de fa venuë, c'eft vous expofer vous-
mefmes à un fcandale prefque inévitable. Car
enfin, mon Frere, dirois-je à un de ces pecheurs, fi vous vous addreffez à moy dans ces
jours de folemnité, & que je ne vous trouve pas
en eftat de recevoir cette grace de reconcilia-
tion fans laquelle il ne vous eft pas permis de communier, (or qu'y a-t-il de plus ordinaire à des
hommes comme vous !) que feray-je alors !
Vous accorderay-je la grace de l'abfolution que
vous me demandez ! je trahiray donc mon mi-

niſtere. Ne vous l'accorderay-je pas ! il faudra
donc que vous ne mangiez point l'agneau avec
le reſte des fidelles, & que vous ſoyez abſent de
la table de Jeſus-Chriſt. Si je vous y admets, je
ſuis prevaricateur, & je me damne avec vous:
ſi je vous en exclus, vous ſcandaliſez l'Egliſe.
Voyez-vous l'extremité où vous vous jettez,
pour n'avoir pas pris les meſures que la loy de
Dieu & la prudence chreſtienne vous preſcri-
voient ! Que par conſideration pour voſtre perſonne, j'intereſſe l'honneur du Sacrement qui
m'a eſté confié, c'eſt à quoy il n'y a pas d'apparence que je me determine jamais. Je ſçais trop
quelles ſont les bornes de mon pouvoir; & l'é-
clat de voſtre fortune & de voſtre dignité ne
m'éblouïra pas. Qu'arrivera-t-il donc ! ce que
je dis : qu'il n'y aura, ni paſque, ni ſacrement,
ni culte de religion pour vous, & qu'en ſuite
on vous remarquera; que celuy qui ſe trouve
chargé, comme paſteur, du ſoin de voſtre ame,
en ſera dans l'inquiétude & dans le trouble;
que voſtre mauvais exemple ſe communiquera, que le libertinage prendra ſujet de s'en pre-
valoir, & que vous ſerez reſponſable de l'abus
qu'il en fera : pourquoy ! parce que vous n'a-
vez pas uſé de la diligence neceſſaire pour vous
preparer. Si dés l'entrée de ce ſaint temps, convaincu comme vous l'eſtiez du deſordre de voſtre conſcience, vous euſſiez eû recours au remede que l'Egliſe vous preſentoit, & que par

une prévoyance chreſtienne vous fuſſiez venu
deſſors vous ſoumettre à ſon tribunal, on auroit mis ordre à tout. Vous n'eſtiez pas encore
en eſtat de participer au corps de Jeſus-Chriſt,
mais on vous y auroit diſpoſé; vous eſtiez trop
foible pour manger ce pain de vie, mais on vous
auroit fortifié; on auroit guéri vos playes, on
vous auroit excité à ſortir de vos habitudes, on
vous auroit fait paſſer par les épreuves de la penitence; & aprés les épreuves de la penitence,
reveſtu de la robe de noces, on vous recevroit
enfin maintenant dans la ſale du feſtin. Auſſi
eſt-ce pour cela, Chreſtiens, que le Careſme eſt
inſtitué; & nous apprenons des anciens Conci-
les, que dés les premiers jours de ce jeuſne ſo-
lemnel on obligeoit les fidelles à ſe ſanctifier,
c'eſt à dire, dans le ſtyle de l'Ecriture, à ſe purifier par la confeſſion, & qu'on les preparoit
ainſi à celebrer dignement la paſque. S'il y a-
voit meſmes des pecheurs publics, on les faiſoit
paroiſtre dés le jour des Cendres couverts de ci-
lices, pour les initier, ſi j'oſe parler de la ſorte,
& les aggreger parmi les penitens. Voilà comment on en uſoit; & nous voyons encore dans
quelques Egliſes des veſtiges d'une diſcipline ſi
religieuſe & ſi loüable. Toutefois ces pecheurs,
remarque le Docteur Angelique ſaint Thomas,
n'eſtoient pas plus coupables que pluſieurs de
nous; & le corps de Jeſus-Chriſt qu'ils devoient
recevoir, n'eſtoit pas plus ſaint, ni plus venera-

ble pour eux que pour nous. Mais aujourd'-
huy l'on a trouvé moyen d'abreger les chofes,
& fi je puis me fervir de cette expreffion, d'en
eftre quitte à bien moins de frais.

Je ne dis point cecy pour favorifer aucun
fentiment particulier, & je n'ay pas mefmes befoin de juftification fur cela : mais en verité,
mes chers Auditeurs , avoüons-le à noftre
confufion , nous avons bien degeneré , &
nous degenerons bien encore tous les jours de
la fainteté de noftre foy. De tous ceux à qui
j'addreffe cette inftruction , & qui compofent
vrayfemblablement la plus nombreufe partie
de cet auditoire, c'eft à dire, de tant de perfonnes engagées dans le peché, à peine peut-
eftre y en a-t-il quelques-uns qui ayent fait le
moindre effort pour fe difpofer à la communion pafchale. En dis-je trop, & ferois-je affez
heureux pour me tromper ! Cependant à cette
fefte prochaine on verra des hommes tout cor-
rompus de vices , des lazares encore enfevelis
dans l'iniquité , des morts non pas de quatre
jours, mais de quatre mois, mais de quatre années, qui fe produiront à la face de l'Eglife, &
qui pleins d'une confiance préfomptueufe de-
manderont tout à la fois qu'on les délie, qu'on
les reffufcite, & qu'on les faffe affeoir à la table
du Seigneur. Ah, mes Freres, s'écrie faint Bernard, il n'appartient qu'au Seigneur luy-mefme d'opérer de femblables prodiges : noftre ju-

rifdiction & noftre puiffance ne s'étend point jufques-là ; ce miracle eft au deffus de nous. Que faut-il donc faire ! ce que font ces troupes zelées qui fortent de Jerufalem, & qui fe mettent en marche, du moment qu'elles apprennent que Jefus-Chrift approche : *Cum audiffent, procef-* ferunt. Vous l'apprenez vous-mefmes, Chref- tiens, & je vous l'annonce actuellement de fa part. *Ecce fponfus venit :* oüy, mes Freres, puis-je vous dire, voicy l'époux qui arrive : il eft prefque aux portes de voftre cœur, & dans fort peu de jours il y doit faire fon entrée. Ne vous laiffez pas furprendre : *Exite,* fortez, pour ainfi dire, hors de vous-mefmes, hors du tu-multe de vos paffions, hors de l'embarras de vos intrigues malheureufes, hors du trouble & de la diffipation où vous jettent vos affaires tem-porelles. Ne reffemblez pas à ces vierges folles qui s'endormirent; mais tenez-vous prefts, & allez au devant du maiftre qui vient vous vifi-ter : *Exite obviàm ei.* Si vous avez differé jufqu'à ce jour, après vous en eftre confondu devant Dieu, appliquez-vous à reparer ce que vous a-vez perdu de temps. Confiderez, & la fainteté de l'action que vous avez à faire, & la grandeur du Dieu que vous avez à recevoir. Pour luy faire un triomphe fortable & conforme à fes in-clinations, n'oubliez pas d'envoyer les pauvres devant vous chargez de vos liberalitez & de vos aumofnes. Il y en a d'abandonnez dans les pri-

Joan. 12.

Matth. 25.

fons, de languiſſants dans les hoſpitaux, de honteux dans les familles : cherchez-les pour les
ſoulager, & ils ſe joindront à vous pour vous
ſeconder. Mais ſur tout, ſouvenez-vous de la
grande leçon du Prophete contenuë dans ces paroles : *Præoccupemus faciem ejus in confeſſione.*
Avant que ce Dieu de gloire vienne à vous, prevenez-le & gagnez-le par une confeſſion exacte
& ſincere de tous les dereglemens de voſtre vie.
N'attendez pas juſqu'au moment qu'il faudra
luy donner le baiſer de paix ; voſtre bouche ſeroit encore infectée de l'impureté de vos crimes.
Dés aujourd'huy, s'il ſe peut, déchargez-vous
de ce fardeau peſant qui vous accable, afin que
voſtre ame libre & degagée, puiſſe avancer à
plus grands pas vers ce Seigneur qui daigne bien
deſcendre pour vous du throſne de ſa Majeſté.
Et quoy ! mon Frere, reprend ſaint Chryſoſtome, ſi preſentement & à l'heure que je vous parle, on vous annonçoit que le plus grand Roy
de la terre vient en perſonne loger chez vous ;
que c'eſt luy-meſme qui par un choix particulier a voulu vous gratifier de cet honneur, &
qu'il ne prétend rien moins par là que de vous
annoblir pour jamais, que d'eſtablir voſtre fortune & de vous combler de biens, que ne ſeriez-vous pas ! quel ſoins, quels empreſſemens,
quelle activité ! Que ne faites-vous pas meſmes
tous les jours pour un ami, & comment en u-
ſez-vous ! Ces comparaiſons ſont familieres &

Pſal. 94.

communes ; mais c'eſt pour cela meſme, dit
ſaint Chryſoſtome, que les predicareurs de l'E-
vangile doivent s'en ſervir, parce qu'elles rendent les choſes plus ſenſibles, & qu'elles font
toucher au doigt les plus eſſentielles obligations
du chriſtianiſme.

Je dis plus. Pour recevoir Jeſus-Chriſt dans
la communion, il faut aller au devant de luy,
mais comment ! comme les diſciples, avec des
branches de palmiers & d'oliviers : troiſiéme
circonſtance d'où je tire une troiſiéme inſtruction. Voicy ma penſée. *Acceperunt ramos pal-* Joan. 12.
marum ; ils prirent, dit ſaint Jean, des palmes
dans leurs mains : *Alii autem cædebant frondes* Marc. 11.
de arboribus ; les autres coupoient des branches
d'arbres : or ces arbres eſtoient des oliviers, puiſque ce fut ſur la montagne meſme qui en portoit le nom, que les diſciples allerent trouver le
Fils de Dieu : *Et cùm appropinquaret jam ad* Luc. 19.
deſcenſum montis Oliveti. Que ſignifie cela ! rien
de plus évident, dit ſaint Auguſtin, que ce qui
nous eſt enſeigné par le Saint Eſprit, & marqué
ſous ces deux ſymboles : c'eſt que, ni vous, ni
moy, ne devons point approcher de Jeſus-
Chriſt, ſi nous ne portons la palme en temoignage de la victoire que nous avons remportée ſur le peché, & l'olive pour ſigne de la paix
que nous avons concluë avec Dieu. Prenez garde, Chreſtiens : ſaint Auguſtin ne dit pas que
pour bien communier, il ſuffit d'avoir rempor-

té quelque avantage fur l'ennemi ; ni que nous
devions nous contenter d'avoir fait avec luy
une fimple tréue, & que ce foit affez de nous eftre fouftraits pour un temps de fa fervitude, &
d'avoir gagné fur luy, ou pluftoft fur nous-mefmes une reforme de quelques jours. Car cet efprit féducteur ne vous la difputera pas, puifqu'il l'accorde aux plus libertins, & que c'eft
un artifice dont il fe fert pour fe les attacher encore plus étroitement. Il y a peu de pecheurs fi
abandonnez, qui dans ces faints jours ne fe mo-
derent, ne fe contraignent, & n'affectent tout
l'exterieur d'un chreftien touché & converti.
Mais cela n'eft rien, mon cher Auditeur ; ce
n'eft point là ce que Jefus-Chrift attend de
vous, ni le poinct de pratique que l'on vous prefche. On vous dit que pour recevoir cet homme-Dieu, il faut que vous vous prefentiez à luy
avec la palme, c'eft à dire, aprés avoir vaincu
veritablement, efficacement, parfaitement le peché qui regne en vous. Or vous fçavez que dans
cette guerre fpirituelle les tréves & les fufpen-
fions d'hoftilité n'ont point communément
d'autre effet que de fortifier de plus en plus voftre ennemi, que d'allumer la paffion, que d'irriter la cupidité. Vous fuccomberez donc, par
des rechutes encore plus dangereufes, à de nouvelles attaques. Aprés un intervalle de liberté
& de fauffe paix, vous vous trouverez plus efclave & plus pecheur que vous ne l'aviez jamais

esté; & si cela est, vous n'estes point du nombre de ceux dont Jesus-Christ puisse estre reçeû en triomphe. Il faut avoir la palme, & estre
vainqueur : autrement vous n'avez point droit
de vous joindre aux troupes de ses disciples :
pourquoy ? parce que vous estes encore dans les
fers & dans la tyrannie du Prince du monde.
Il s'agit d'en sortir une bonne fois, & de faire
le mesme effort que l'Epouse des cantiques, lorsqu'elle disoit : *Ascendam in palmam, & appre-* Cant. 7.
hendam fructus ejus : oüy, la resolution en est
prise ; je monteray sur le palmier, & j'en cueil-
leray les fruicts. Quels sont ces fruicts ! les fruicts
d'une salutaire penitence. Jusqu'à present, direz-vous, je n'en ay pris que les feüilles ; je n'en
ay eû que les apparences, que les dehors, que
les belles paroles, que les idées, que les desirs
inutiles & inefficaces : mais aujourd'huy je suis
determiné à monter plus haut, & j'en veux
prendre les fruicts: *Ascendam in palmam, & ap-*
prehendam fructus ejus. Il y a trop long-temps
que Dieu me sollicite, & je ne puis plus luy resister. Ces fruicts ne feront pas au goust de la
nature ; mais la charité dont le goust est bien
plus exquis, m'y fera trouver des delices qui sur-
passent tous les plaisirs des sens. C'est ainsi, dis-
je, Chrestiens, que vous devez agir, & que vous
ferez triompher Jesus-Christ.

Enfin les disciples se depoüillerent de leurs
vestemens, & les étendirent dans le chemin par

où le Fils de Dieu devoit paſſer : *Plurima tur-*
ba ſtraverunt veſtimenta ſua. Ceremonie dont
je voudrois inutilement vous développer le
myſtere, puiſque vous le comprenez déja; ceremonie, qui par elle-meſme vous inſtruit bien
mieux que moy de cette grande verité, que
pour recevoir dignement le Sauveur des hommes dans le Sacrement de ſes Autels, vous devez quitter tout ce qui s'appelle ſuperfluité mondaine, ſur tout cette ſuperfluité d'habits, d'adjuſtemens, de parures, qui ſelon la penſée de
Tertullien eſt comme une idolaſtrie & une eſpece de culte que vous rendez à voſtre corps : que
vous devez, dis-je, la quitter, non par des con-
ſidérations humaines, mais par un reſpect religieux. On vous l'a dit tant de fois, Meſdames,
& perſonne ne le doit mieux ſçavoir que vous-
meſmes : vous le reconnoiſſez devant Dieu,
combien ce luxe prophane eſt oppoſé à l'humilité de voſtre religion, de combien de pechez
il eſt le principe, à combien de ſcandales il vous
expoſe. Mais ce que je ne puis comprendre,
c'eſt qu'eſtant auſſi portées que vous l'eſtes à
tout ce qui regarde la vraye pieté, on vous engage néanmoins avec tant de peine à la pratique
de ce détachement. Ce que je ne puis comprendre, c'eſt qu'aprés tant de remonſtrances que
l'on vous a faites; aprés les regles que vous a
données ſaint Paul, l'organe & l'interprete du
Saint Eſprit; aprés les exhortations preſſantes
des

des Peres de l'Eglise, qui ont traité ce poinct de morale, comme un des plus essentiels à vostre estat; aprés vostre propre experience, plus capable de vous convaincre que tous les discours, vous contestiez encore avec Dieu pour conserver ces restes du monde dont on ne peut vous déprendre. Ce qui m'étonne, c'est qu'aprés tant de communions, on en voye toûjours parmi vous d'aussi passionnées pour cette vanité, d'aussi affectées dans leurs personnes, d'aussi curieuses de plaire que les ames les plus libertines & les plus dereglées. Voilà ce qui me surprend. Mais ce scandale ne cessera-t-il point, & refuserez-vous à Jesus-Christ, je dis à Jesus-Christ entrant dans vostre cœur, un sacrifice aussi leger, & néanmoins aussi necessaire & aussi agréable à ses yeux que celuy-là! Ah! mes Freres, conclut S. Ambroise, quel avantage pour vous de pouvoir faire un triomphe à vostre Dieu des mesmes choses qui font le sujet de vos desordres! Quelle consolation de le pouvoir honorer non seulement de vos superfluitez, mais de vos vanitez mesmes! Il faut mettre sous les pieds de Jesus-Christ tout ce que l'orgueil du monde invente pour se donner un faux éclat & pour se distinguer. C'est ainsi que vous sanctifierez la communion, & que la communion vous sanctifiera. Car écoutez ce que Jesus-Christ fera de sa part. Il viendra dans vous comme un Roy, mais comme un Roy triomphant; & c'est ce qu'il m'ordonne luy-

Tome III. P

Matth. 21.

mefme de vous annoncer : *Dicite filiæ Sion, ecce Rex tuus venit* : Dites à la fille de Sion, voicy voftre Roy qui vient. Or quelle eft cette fille de Sion ? dans le fens mefme de la Prophetie, c'eft l'ame jufte, & c'eft proprement dans la communion que cette prophetie a fon effet. Oüy, Chreftiens, c'eft alors que le Fils de Dieu fera fon entrée dans vous en fouverain & en Roy. Car la foy nous apprend qu'il eft Roy, & felon les termes formels de faint Luc, fon Royaume eft au milieu de nous : *Regnum Dei in-*

Luc. 17.

trà vos eft. Le ciel & la terre luy font abfolument foumis ; mais c'eft dans le cœur de l'homme, dit faint Auguftin, qu'il fe plaift fur tout à regner : pourquoy ? parce qu'il le regarde, pourfuit ce faint Docteur, comme un Royaume de conquefte. Il veut y eftre reçeû, & y eftablir fa demeure. Or quand je communie en eftat de grace, il eft vray de dire, non feulement que Jefus-Chrift eft en moy, mais qu'il y eft en fouverain ; qu'il y regne, qu'il y commande, qu'il s'y fait obéir, qu'il y tient toutes mes paffions fujettes fous la loy de fon amour, qu'il y reprime ma colere, qu'il y étouffe mes vengeances, qu'il y domine ma cupidité ; en un mot, qu'il eft mon Roy : *Ecce Rex tuus.*

Si je m'arreftois à cette premiere veûe, que ma religion me donne, je demeurerois faifi de frayeur ; & furpris de la prefence d'une fi haute majefté, je m'écrierois avec faint Pierre : *Exi*

Luc. 5.

à me, quia homo peccator ſum ; retirez-vous de
moy, Seigneur, parce que je ſuis un homme
rempli de miſere & de foibleſſe. Mais ce Dieu
de gloire, par un artifice & un prodige de ſa charité, m'apprend bien à ne pas porter trop loin ce
pretexte, quoyque ſpecieux, d'une défiance reſ-
pectueuſe. Car s'il vient à moy, c'eſt en qualité de Roy débonnaire & plein de douceur :
Dicite filiæ Sion, ecce Rex tuus venit tibi man- Matth. 21.
ſuetus. Non, non, dit S. Chryſoſtome, ſa grandeur n'eſt point un obſtacle qui l'empeſche de
s'humaniſer avec nous, & de s'incarner en quelque ſorte dans nous ; & nous n'avons pas les
premieres idées du myſtere de ſon corps & de
ſon ſang, ſi nous ignorons qu'il ſe fait meſmes
une grandeur de cette condeſcendance infinie.
Sa divinité eſtoit un abyſme de lumieres, dont
nous aurions eſté éblouïs ; pour nous la rendre
ſupportable, il l'a couverte du voile de ſon humanité. Son humanité auroit eû trop d'éclat : il
la cache ſous les eſpeces d'un Sacrement qui n'a
rien à l'exterieur que de ſimple & de commun.
Ce Sacrement, par ce qu'il contient, auroit encore pû nous éloigner de luy : il nous le propoſe comme un pain & comme une viande qui
nous doit nourrir, & que nous devons manger.
Tout cela, pour nous faire entendre ce qu'il dit
dans l'Ecriture, que ſes delices ſont de demeurer, tout Dieu qu'il eſt, avec les enfants des
hommes, & qu'il ne veut eſtre noſtre Roy que

pour avoir droit de nous prevenir & de nous
combler des benedictions de sa douceur : *Ecce*
Rex tuus venit tibi manfuetus. Quand il entra
dans Jerusalem, il n'y avoit au tour de luy que
pompe & que magnificence, & cette magnificence estoit bien duë à un Dieu aussi grand
que luy : mais dans sa personne, ce n'estoit que
modestie, que pauvreté, qu'humilité. Ainsi
quand il descend sur l'autel, des millions d'Anges y descendent avec luy pour luy faire escor-
te & pour l'accompagner. Ce n'est point là une
de ces pensées pieuses qui ne sont fondées que
sur de legeres conjectures. Saint Jean Chrysostome n'estoit point un esprit foible, & il nous
temoigne luy-mesme qu'il a veû ces legions ce-
lestes, *Vidi ipse* : qu'il les a veûës, dis-je, s'assem-
bler au tour de Jesus-Christ & l'environner;
Vidi ipse turbas Angelorum è cælo descenden-
tium. Mais du reste c'est sur ce mesme autel que
ce Dieu d'amour obscurcit toute sa splendeur;
c'est là qu'il s'abbaisse, là qu'il se fait petit &
pauvre, afin que nous puissions avoir un plus facile accés auprés de luy. Car s'il ne s'estoit humilié, dit saint Augustin, nous n'aurions jamais
osé prendre cette divine nourriture & y toucher : *Nisi enim esset humilis, non manducare-*
tur. Ah ! Seigneur, je le reconnois, & dés à present je vous rends tous les hommages de respect, d'obéissance, de reconnoissance, que je
dois vous rendre dans ma communion. Il n'ap-

Chrysost.

Aug.

partient qu'à vous de joindre à une majefté incomprehenfible de fi profonds abbaiffemens. Si
les Roys de la terre ne paroiffoient que dans
l'humiliation & dans un denûëment entier de
toutes chofes, ils ne pourroient foutenir leur
Royauté. Mais la voftre fe foutient par elle-mefme, puifque vous eftes Roy par vous-mefme, &
que voftre fouveraine puiffance eft infeparable
de voftre eftre. *Dicite filiæ Sion, ecce Rex tuus* Matth. 21.
venit tibi manfuetus.

Cependant, Chreftiens, prenez-vous garde à
cette parole, *Venit tibi !* Peut-eftre n'y penfez-
vous pas ; mais que ne comprenez-vous le don
excellent qu'elle renferme ! Elle vous fait connoiftre que cet homme-Dieu dans la communion vient non feulement à nous & pour nous,
mais pour nous uniquement & fingulierement :
en forte que fi nous eftions feuls dans le monde
capables de participer à ce myftere, il fortiroit
encore du fanctuaire où il refide & des taberna-
cles où il repofe, pour venir avec toute la plenitude de fa divinité prendre place dans noftre
cœur. Et en effet, combien de fois vous a-t-il
honoré de cette grace, fans que nul autre que
vous fe prefentaft pour y avoir part ! & combien de fois a-t-on pû dire, que c'eftoit pour
vous feul qu'il quittoit l'autel, & qu'il eftoit
porté comme en triomphe par les mains des
preftres : *Ecce Rex tuus venit tibi !* De vous apprendre en détail les avantages que vous devez

tirer d'une union si intime avec luy, c'est ce qui
demanderoit un discours entier. Mais je man-
querois à mon sujet & à ce qu'il me fournit de
plus remarquable pour vostre instruction, si je
ne vous disois pas que le Sauveur vient à nous
pour opérer invisiblement dans nos ames les
mesmes miracles qu'il opéra visiblement sur les
corps aprés son entrée dans Jerusalem. Car l'E-
vangile adjouste que tout ce qu'il y avoit de
malades, d'aveugles, de paralitiques parut devant luy, & qu'il les guérit : *Tunc accesserunt
cœci & claudi, & sanavit eos.* Or ce n'est point
une conjecture, c'est un poinct de foy, que l'effet propre de la communion, ou plustost de la
presence de Jesus-Christ par la communion,
est de guérir nos infirmitez spirituelles, ces foiblesses, ces langueurs, ces dégousts pour le
bien, ces inclinations au mal à quoy une ame
juste & convertie peut encore estre sujette. Et
pourquoy ne le feroit-il pas ! il guérissoit bien les
maladies les plus desesperées par le seul attou-
chement de ses habits : auroit-il moins de vertu quand il nous est substantiellement & si é-
troitement uni ! Oüy, Chrestiens, il veut guérir ces restes de corruption que le peché, quoyqu'effacé par la penitence, auroit laissez dans vostre cœur ; & si vous ne l'empeschez point d'a-
gir, il fera dans vous des prodiges qui édifie-
ront toute l'Eglise & qui vous surprendront
vous-mesmes. De violents & de passionnez que

Matth. 21.

vous estiez, il vous rendra doux & moderez ; de senfuels & de voluptueux, patiens & mortifiez ; de vains & d'ambitieux, humbles & soumis ; enfin il vous transformera en d'autres hommes. Allons donc à luy, mes Freres ; allons luy decouvrir toutes les playes de nos ames, & luy dire comme le Prophete : *Sana me, Domine, &* *Jerem.* 17. *fanabor ;* Seigneur, vous voyez l'estat où je fuis : me voilà attaqué de bien des maux. Mais guériffez-moy, & je commenceray à joüir d'une fanté parfaite : *Sana me, Domine, & fanabor.* Je fuis aveugle, éclairez-moy ; je fuis inconftant, affermiffez-moy ; je fuis foible, fortifiez-moy. Il n'y a que vous, ô mon Dieu, qui puiffiez opérer ce miracle ; & toute autre guérifon qui ne viendroit pas de voftre main, ne feroit qu'une guérifon apparente : *Sana me, Domine, & fanabor.* Il faut donc que vous y travailliez vousmefme : mais pour y travailler efficacement, Seigneur, c'eft affez que vous difiez une parole. Prononcez-la cette parole de grace : *Tantùm* *Matth.* 8. *dic verbo.* Dites à mon ame que vous eftes fon falut, & elle fera fauvée : *Dic animæ meæ, Salus* *Pfalm.* 34. *tua ego fum.* Il le fera, Chreftiens, il vous fauvera : mais du refte aprés vous avoir donné l'idée d'une bonne communion dans la maniere dont les difciples reçeurent le Fils de Dieu, voicy l'idée d'une mauvaife communion dans la maniere dont il fut reçeû des Scribes & des Pharifiens. C'eft la feconde partie.

P iiij

II. PARTIE. SI jamais l'oracle de Simeon s'eſt accompli
dans la perſonne du Sauveur, en ſorte que cet
homme-Dieu, ſujet tout-enſemble de contradiction & de benediction pour les hommes, ait
eſté au meſme temps la reſurrection des uns &
la ruine des autres, on peut dire, Chreſtiens,
que c'eſt particulierement dans le myſtere de ce
jour, ou pluſtoſt dans ce qui nous eſt ſignifié
par le myſtere de ce jour; ſçavoir, dans l'oppo-
ſition extreſme qui ſe rencontre entre la communion des juſtes & la communion des pecheurs. En effet, que peut-on concevoir de plus
ſaint, que ce triomphe où je viens de vous repreſenter le Fils de Dieu, béni par tout un peuple & béniſſant tout un peuple, recevant des
honneurs & faiſant des graces, reconnu pour
l'envoyé du Seigneur & pour le Seigneur luy-
meſme, agiſſant en cette double qualité, faiſant
des miracles, convertiſſant les ames, gueriſſant
les malades, reſſuſcitant les morts? voilà la premiere partie de la prediction verifiée; & telle eſt
la figure de la communion des fidelles, qui dans
l'eſtat de la grace participent au corps de Jeſus-
Chriſt. Mais voyez au contraire la triſte image
d'une communion indigne & ſacrilege dans la
reception que les Phariſiens & leurs partiſans
font au meſme Sauveur, lorſqu'il entre dans Jeruſalem; & par toutes les circonſtances que j'y
vais remarquer, jugez ſi l'effet n'a pas pleine-

ment répondu à la prophetie: *Ecce positus est hic* Luc. 2.
in ruinam & in resurrectionem multorum, & in si-
gnum cui contradicetur. Car premiérement les
Pharisiens & ceux de leur faction, ne reçoivent
aujourd'huy le Sauveur du monde, que par une
espece d'hypocrisie, que par dissimulation, que
par je ne sçais quelle necessité qui les y engage, que par crainte & par respect humain. S'il
avoit esté en leur pouvoir de luy interdire pour
jamais l'entrée de leur ville, c'est ce qu'ils auroient souhaité; mais l'Evangeliste observe qu'ils
craignoient le peuple, *Timebant verò plebem :* Luc. 20.
& voilà pourquoy ils se joignent malgré eux-
mesmes aux troupes des disciples, & ils se con-
forment exterieurement à eux. Secondement,
dés que Jesus-Christ paroist dans Jerusalem,
ils commencent à former des desseins contre
luy; ils conspirent contre sa vie, ils prennent des
mesures pour le perdre : car ce fut ce jour là
qu'ils assemblerent ce conciliabule detestable,
où la mort de Jesus aprés bien des deliberations
fut enfin concluë : *Collegerunt Pontifices &* Joan. 12.
Pharisæi concilium adversùs Jesum. En troisiéme lieu, ils contredisent les miracles, quoyque
visibles, quoyqu'éclatants ; ils s'aveuglent pour
ne les pas reconnoistre; bien loin d'en estre touchez, ils en temoignent de l'indignation : *Vi-* Matth. 21.
dentes autem Scribæ mirabilia quæ fecit, indi-
gnati sunt. C'est ainsi qu'ils reçoivent le Fils de
Dieu, & comment est-ce que le Fils de Dieu

vient à eux ! Ah, Chrestiens, ne perdez pas cecy.
Dans la veûe de ces infidelles, Jesus-Christ entre penetré de douleur & versant des larmes :

Luc. 19. *Videns civitatem flevit super illam :* car tout cela
se trouve dans la suite de ce mystere. Il entre non
plus comme un Roy bien-faisant à leur égard,
mais parce qu'ils ont meprisé ses graces, comme
un ennemi redoutable, pour estre le sujet de leur
reprobation & mesmes de la destruction de leur

Ibidem. ville. *Non relinquent in te lapidem super lapidem :* il ne restera pas, leur dit-il, pierre sur pierre, pourquoy ! parce que vous n'avez pas con-

Ibidem. nu le temps où vostre Dieu vous a visitez : *Eò
quod non cognoveris tempus visitationis tuæ.* Enfin, il entre pour exercer déja sur les Pharisiens
la severité de sa justice en les condamnant par
avance, & prononçant contre eux ce terrible

Ibidem. arrest : *Dico vobis, quia lapides clamabunt ;* allez, je vous annonce que ces pierres, c'estoient
les pierres du temple, rendront un jour temoignage contre vous. Que de rapports avec la
communion des pecheurs ! Souffrez que j'en
fasse en peu de mots l'application.

Car ce que firent ces Pharisiens & ces ministres de la Synagogue qui ne reçoivent le Sauveur du monde que par politique, & parce qu'ils
craignent le peuple, c'est ce que font encore certains pecheurs du siecle, endurcis dans leur pé-
ché & nullement disposez à y renoncer, mais
qui néanmoins veulent garder les apparences &

sauver les dehors de la religion : hommes dans le fonds ennemis de Jesus-Christ, mais qui n'osent pas se declarer, & qui s'aveuglent quelquefois jusqu'à se le dissimuler à eux-mesmes. Ils voudroient bien ne communier jamais, mais ils y sont engagez par des bienséances de condition & d'estat dont ils ne peuvent pas se dispenser. C'est un magistrat, & le scandale qu'il causeroit, retomberoit sur sa personne ; c'est un pere de famille, qui seroit infailliblement remarqué ; c'est une femme de qualité, qui feroit tort à sa reputation; c'est un homme d'Eglise, qui se décrieroit & qui passeroit pour un libertin. Il faut donc prevenir ces consequences, & pour cela se presenter, au moins en ce saint temps, comme les autres, à la table des fidelles. Autrement, il se trouveroit un pasteur qui pour satisfaire à l'obligation de son ministere, s'éleveroit contre eux, qui parleroit, qui agiroit, qui les noteroit, & c'est encore une fois ce qu'ils ne veulent pas s'attirer. Assez hardis pour secoüer le joug de la crainte de Dieu, ils le sont trop peu pour s'affranchir de la crainte des hommes. Ainsi ils se determinent, à quoy ! à communier : mais comment ! par une espece de contrainte : *Timebant verò* Luc. 20. *plebem*.

De là vous jugez, Chrestiens, ce qui accompagne ordinairement de semblables communions : c'est qu'au moment mesme où ces hommes perdus & impies reçoivent le Sacrement

de Jesus-Chrift, ils conjurent contre luy dans
le cœur ; ils forment des projets pour fatisfaire
leurs paffions brutales, & le jour de la communion devient pour eux un jour d'excés & de
débauche. Voilà, mes chers Auditeurs, ce qui
arrive ; & il vaut mieux vous le dire pour vous
en donner de l'horreur, que de s'en taire, tandis
que vous eftes expofez à la contagion de cette
impieté. On declame tant tous les jours contre
d'autres defordres , & l'on ne parle point de
celuy-cy ; mais c'eft celuy-cy néanmoins qui attaque directement la religion. On infifte fur
de legeres imperfections qu'on remarque dans
quelques ames devotes qui frequentent les Sacremens, & l'on ne dit prefque rien des chreftiens facrileges qui prophanent le corps de Jefus-Chrift : mais c'eft contre eux qu'il faudroit
employer le zéle évangelique. Si de temps en
temps on leur reprefentoit le malheur de leur
eftat, peut-eftre enfin y feroient-ils fenfibles ; &
de vives, mais falutaires remonftrances les re-
veilleroient de leur profond affoupiffement.

Au refte, n'attendez pas que Dieu faffe des miracles en leur faveur, puifqu'ils y mettent un obftacle prefque invincible. Car à l'exemple des
Pharifiens & par un dernier trait de reffemblance, ils traitent tous ces miracles d'illufions, &
quand nous leur difons qu'une communion
bien faite eft capable de les guérir de toutes leurs
foibleffes, ils s'en moquent, & ne nous répon-

dent que par de piquantes & de scandaleuses railleries. Il n'y a qu'un seul miracle que la communion opére dans eux, & qu'ils ne peuvent empescher. Mais quel est-il ce miracle ! Ah, Chrestiens, c'est que ce sacrement qui devoit estre pour eux une source de lumieres, ne sert qu'à les aveugler ; c'est que ce sacrement qui devoit estre pour eux un moyen de conversion, ne sert qu'à les endurcir ; c'est que ce sacrement de vie devient pour eux un sacrement de mort, & d'une mort éternelle. Je n'ay donc point de peine à comprendre pourquoy le Fils de Dieu ne vient à eux qu'en pleurant : *Videns* *Luc. 19.* *civitatem flevit super illam.* Comment ne pleureroit-il pas ! Il voit que le mesme sacrement qu'il a institué pour la sanctification des ames, va faire leur reprobation. Il voit que ces pecheurs qu'il vouloit sauver, au lieu de profiter du don le plus excellent & de la visite de leur Dieu, vont attirer sur eux aussi bien que Jerusalem toute la colere du ciel & ses plus redoutables vengeances. Est-il un sujet plus digne de ses larmes ! *Videns civitatem flevit super illam.*

Mais si cela est, ne vaudroit-il pas mieux ne point communier du tout, que de communier indignement ! Autre desordre, & desordre d'autant plus dangereux, que le libertinage qui l'a introduit, s'en sert comme d'un pretexte pour s'authoriser & se maintenir. Il

vaut mieux, dites-vous, ne communier jamais,
que de communier indignement : comme s'il
pouvoit y avoir du mieux dans une chose qui
est un scandale, & un des scandales les plus évi-
dens. Non, mon cher Auditeur, l'un ne vaut
pas mieux que l'autre ; & cette comparaison faite par ceux dont je parle, je veux dire par les
libertins, marque un principe encore plus mauvais & plus corrompu que n'est la consequence
mesme d'une communion indigne. Car ils ne
raisonnent de la sorte, que parce qu'ils sont impies & déterminez à vivre dans leur impieté.Ce
n'est point par respect pour Jesus-Christ : ils
font bien paroistre dans tout le reste qu'ils sont
peu touchez de ce motif. Ce n'est point en
veûë de la sainteté du Sacrement : à peine en
croyent-ils la verité. Ce n'est point dans le dessein d'une prompte conversion : ils en sont bien
éloignez , & ils n'y pensent pas. Ce n'est donc
que par un esprit d'irreligion. Or, dire par un
esprit d'irreligion, il vaut mieux ne point communier du tout que de communier mal, je soutiens que c'est un raisonnement d'athée.

A quoy j'adjouste une proposition que je soumets à vostre censure, mais que je crois vraye, sçavoir, que de ne point communier du tout par ce
principe de libertinage & d'irreligion, est un dé-
sordre encore plus abominable devant Dieu que
de communier indignement par principe de negligence ou de fragilité. Et en effet, on a toû-

jours crû que de manquer au devoir de la communion paſchale, de la maniere que je viens de l'expliquer, c'eſtoit une eſpece d'apoſtaſie, parce qu'un des caracteres les plus marquez du chriſtianiſme, c'eſt la communion. On a toûjours crû que de manquer à ce devoir de paſque, c'eſtoit s'excommunier ſoy-meſme, mais d'une excommunication plus funeſte encore que celle que fulmine l'Egliſe par forme de cenſure. Car eſtre excommunié par l'Egliſe, c'eſt une peine que ſaint Paul meſme pretend eſtre utile : mais s'excommunier ſoy-meſme, c'eſt un crime qui va droit à la ruine du ſalut & à la damnation. On a toûjours crû qu'un chreſtien qui ne faiſoit pas la paſque, devoit eſtre conſideré comme un payen & comme un publicain, ſelon la parole du Sauveur meſme, parce qu'il n'écoute pas la voix de l'Egliſe & qu'il mépriſe ſes ordres. Et moy, non ſeulement je le regarde comme un publicain & comme un payen; mais il me paroſt pire qu'un payen, parce que je ſuis perſuadé qu'un bon payen, je dis bon autant qu'il le peut eſtre dans ſa religion, vaut mieux qu'un chreſtien de nom, mais au fonds ſans religion. Tel eſt le deſordre que je combats, & pluſt au ciel que ce fuſt un phantoſme; mais ce deſordre n'eſt point ſi rare que vous le pouvez penſer. On ne ſçait que trop combien il y a de ces libertins, & de ces libertins diſtinguez par leur qualité & par leurs emplois, qui

fe flattent d'une prétenduë bonne foy en ne
communiant jamais, parce qu'ils ne veulent pas,
difent-ils, fe rendre facrileges en communiant.
Ne les fcandalifons point icy, & gardons-nous
de les faire connoiftre. Mais auffi je les conjure de ne pas fcandalifer Jefus-Chrift leur Sauveur, par le mépris de fon Sacrement; de ne pas
fcandalifer l'Eglife leur mere, par une defobéif-
fance opiniaftre; de ne pas fcandalifer les fidelles leurs freres, par leur exemple pernicieux;
de ne pas fe fcandalifer eux-mefmes par le dereglement de leur conduite. Que feront-ils
donc! Communieront-ils indignement! à Dieu
ne plaife! mais entre ces deux extremitez, il y
a un milieu; c'eft de communier, & de bien
communier. Toute devotion qui porte à ne
point communier, eft une fauffe devotion; &
toute maxime qui porteroit à communier en eftat de peché, feroit une abomination. Mais le
poinct folide eft d'approcher de la table de Jefus-Chrift, & d'en approcher avec des fentimens de religion, de penitence, de pieté, de ferveur, qui fanctifient une ame, & qui la difpofent
à manger ce pain celefte qui doit eftre pour
nous le gage d'une éternité bienheureufe, que
je vous fouhaite, &c.

SERMON

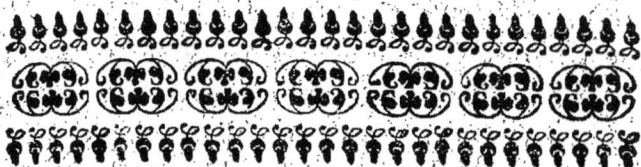

SERMON

POUR LE LUNDY
de la Semaine Sainte.

Sur le retardement de la Penitence.

Maria verò accepit libram unguenti pretiosi, &
unxit pedes Jesu, & extersit pedes ejus ca-
pillis suis.

Marie Magdelaine prit donc une livre d'huile
de parfum qui estoit d'un grand prix, la ré-
pandit sur les pieds de Jesus, & les essuya de
ses cheveux. En saint Jean, chap. 12.

C'Est pour la seconde fois que durant le
cours de ce caresme l'Evangile nous represente Marie Magdelaine prosternée en la
presence de Jesus-Christ, repandant un parfum
de trés grand prix sur les pieds de ce divin maistre, les essuyant elle-mesme de ses cheveux &
renouvellant dans son cœur tous les sentimens
de sa penitence & de son amour. Modelle que
je vous ay proposé, Chrestiens, selon les inten-

Tome III. Q

tions de l'Eglife, pour vous engager à rentrer comme cette fainte penitente dans le devoir, à fortir comme elle de voftre peché, & à vous reconcilier avec Dieu par une fincere & une prompte converfion. Mais peut-eftre n'y a-t-il eu que trop de pecheurs, que cet exemple a touchez & qu'il n'a pas néanmoins convertis; qui fe font contentez de l'admirer, fans le fuivre; & qui s'en tenant à de vains defirs, auroient fouhaité d'eftre ce qu'eftoit Magdelaine contrite & humiliée devant le Sauveur du monde; mais dans la pratique ont toûjours efté & font encore tout ce qu'ils eftoient. Mille obftacles les arreftent, mille engagemens les tiennent liez; ils gemiffent dans leurs fers, & fans avoir la force de les rompre, ils les traîfnent avec eux, & demeurent dans le plus dur & le plus honteux efclavage. Or il n'eft plus queftion de deliberer, mes Freres; il faut agir: il faut par une falutaire violence vous tirer, ou pluftoft vous arracher de cette trifte fervitude; & je viens aujourd'huy vous dire ce que l'Ange dît à faint Pierre dans la prifon: *Surge velociter,* levez-vous & ne tardez pas. Je fçais quelle illufion vous feduit, & par quels pretextes la paffion vous trompe & vous joüe. Pour calmer les remords interieurs de voftre ame, vous ne renoncez pas abfolument à la penitence, mais vous la differez: vous ne dites pas, je ne me convertiray jamais; ce defefpoir fait horreur: mais vous dites, je ne me

Aĉt. 12.

convertiray pas encore si tost ; & moy je veux
vous faire voir les suites malheureuses de ce retardement, & l'affreux danger où il vous expose. C'est icy, mon Dieu, que j'ay besoin de vostre grace toute-puissante, & que je la demande
par l'intercession de Marie, l'azile & l'esperance
des pecheurs. *Ave Maria.*

Trois choses, disent les Theologiens, sont
d'une necessité indispensable, ou selon le terme
de l'école, d'une necessité de moyen, pour se
convertir à Dieu : le temps, la grace & la volonté : le temps, comme une condition, sans
laquelle, hors de Dieu, rien n'est possible ; la
grace, comme le principe d'où dépend essentiellement la conversion du pecheur ; & la volonté du pecheur, comme le sujet mesme de
cette conversion. Or cela presupposé, voicy d'a-
bord en trois mots tout mon dessein, & ce que
j'entreprends d'establir. Je veux vous monstrer
combien la conduite d'un pecheur qui differe
sa conversion est temeraire : pourquoy ! parce
qu'en remettant il s'asseûre de trois choses sur
lesquelles il doit le moins compter, & dont il
a plus lieu de se défier ; sçavoir, du temps de la
penitence, de la grace de la penitence, & de la
volonté de faire penitence. Temerité lorsqu'il
se promet d'avoir un jour le temps de se convertir à Dieu, c'est la premiere partie. Temerité lorsqu'il présume que la grace ne luy man-

quera pas pour ſe convertir à Dieu, c'eſt la ſeconde. Temerité lorſqu'il ſe répond de luy-
meſme, en ſe flattant qu'il aura la volonté de
ſe convertir à Dieu, c'eſt la troiſiéme. Ces penſées ſont communes; mais pour eſtre communes, elles n'en ſont pas moins ſolides ni moins
propres à faire impreſſion ſur vos cœurs.

I. PARTIE.
JE parle donc icy d'un homme du monde
qui vit dans le deſordre du peché, mais qui n'a
pas néanmoins renoncé à l'eſperance de ſon ſalut; qui demeure habituellement dans la diſgrace & dans la haine de Dieu, mais qui toutefois eſt bien reſolu de n'y pas perſeverer juſqu'à
la mort; qui prétend enfin ſe convertir, mais
qui ne le veut pas encore ſi toſt. Cela ne ſe
peut, direz-vous, & à prendre les choſes mora-
lement, ces deux volontez paroiſſent incompatibles. Peut-eſtre, Chreſtiens, pourroit-on dire
qu'elles le ſont en effet : mais ſuppoſons qu'elles ne le ſoient pas; & pour la conviction entiere des pecheurs, donnons leur cet avantage,
que ces deux volontez puiſſent s'accorder. Que
fait un homme de ce caractere! voicy le premier fondement ſur lequel il baſtit. Il s'aſſeûre
du temps, & du temps de faire penitence : deux
choſes bien differentes, comme vous verrez. Je
dis qu'il s'aſſeûre de l'un & de l'autre : car s'il
avoit le moindre doute, ou qu'à l'inſtant que
je luy parle, il duſt mourir; ou que dans ce qui

luy refte de vie, il ne duft jamais trouver un moment favorable pour fa converfion, dés-là ou il tomberoit abfolument dans le defefpoir, ou il concluroit qu'il doit fans retardement quitter fon peché & fe remettre en grace avec Dieu. Il faut donc pour concilier enfemble & la volonté de fe convertir & le delay de la converfion, qu'il fe promette non feulement un temps à venir, mais un temps propre à la penitence. Or je vous demande s'il y eut jamais une temerité comparable à celle-la, & s'il en faudroit davantage pour comprendre d'abord la verité de cette parole de l'Ecriture; fçavoir, qu'il y a une efpece d'enchantement, difons mieux, d'enforcellement dans les efprits des hommes fur ce qui regarde les biens éternels. Ecoutez-moy, s'il vous plaift, ou pluftoft écoutez faint Auguftin raifonnant fur cette matiere.

De tout ce qui a rapport à l'homme, & de tout ce qui luy peut eftre neceffaire pour l'accompliffement des deffeins qu'il forme, il n'eft rien, dit faint Auguftin, qui dépende moins de luy, ni qui foit moins dans fa difpofition, que le temps futur. Principe évident & inconteftable : d'où il s'enfuit, que c'eft donc un aveuglement extrefme de fe le promettre, & une préfomption de s'en répondre. La confequence eft infaillible. Car enfin s'affeûrer de ce qui n'eft nullement en noftre pouvoir, & fur cet-

te affeûrance chimerique fonder fes préten-
tions, c'eft ce qu'on traite dans le monde &
ce qu'on doit traiter de folie. Il n'y a que l'affaire du falut où nous en voulons autrement
juger. Mais c'eft juftement dans l'affaire du falut, que cette maxime generale, qui ne fouffre nulle exception, doit eftre particulierement
receûë; puifqu'il eft vray que ce qui paffe dans
le monde pour folie, le falut s'y trouvant mef-
lé, n'eft plus une fimple folie, mais l'excés &
le comble de la folie. Or prenez garde, mes
Freres, adjoufte faint Auguftin, cecy merite
voftre attention; des trois differences qui partagent le temps, c'eft à dire, du paffé, du prefent, & de l'avenir, il n'y a proprement que le
prefent qui foit à nous, & fur quoy nous puiffions compter. Et quand je dis le prefent, je dis
la plus petite partie du temps, quoyqu'elle foit
la plus importante. Car le paffé a une vafte é-
tenduë, le futur eft infini; mais le prefent n'eft
qu'un inftant, qui ceffe d'eftre auffitoft que je
l'ay conçeû, & qui s'écoule plus vifte que je ne
puis mefmes l'exprimer. Et néanmoins c'eft cet
inftant feul que j'ay, pour ainfi dire, en mon
pouvoir, dont il m'eft libre de faire un bon ou
un mauvais ufage, & du quel par confequent
je puis eftre certain. Le paffé ne dépend pas de
moy; car il n'eft plus, & il eft impoffible qu'il
foit jamais. Le futur eft hors de mon reffort;
car il n'eft pas encore, & peut-eftre ne fera-t-il

jamais. Il n'y a que le prefent qui fubfifte dans
fa maniere de fubfifter, & que j'aye droit de
mettre au nombre des chofes qui m'appartien-
nent. Donc il n'y a que celuy-la, où je puiffe
me promettre, fi je fuis pecheur, de changer de
vie & de me convertir; & ce qui eft plus remarquable, c'eft qu'il n'y a que celuy-la où je
me convertiray, fi jamais je me convertis: pourquoy! parce qu'il eft conftant, pourfuit faint
Auguftin, que tout ce qui fe fait hors de Dieu,
fe fait dans le temps prefent. C'eft dans le prefent que je vous parle, & c'eft dans le prefent
que vous m'écoutez. Il y a pour chacune de nos
actions un certain moment prefent, auquel leur
eftre eft borné & fans lequel elles ne feroient
rien. Cette penfée de faint Auguftin eft fubtile, mais folide. Si donc je dois un jour me convertir, ma converfion toute furnaturelle qu'elle eft, eftant du nombre & de la nature des
actions humaines, il faut par neceffité qu'elle
s'accompliffe dans le temps prefent, & qu'il foit
vray de dire une fois, non plus je renonceray
à mon peché, mais j'y renonce; non plus je
penferay à mon falut, mais j'y penfe; non plus
j'obéiray à Dieu & je me foumettray à fa loy,
mais je m'y foumets & je luy obéis.

C'eft pour cela mefme que le grand Apoftre
aprés avoir reprefenté aux Hebreux la deplorable & aveugle conduite de ceux qui temporifent
avec Dieu; aprés leur avoir fait pefer cette divine

Q iiij

parole, *Hodiè ſi vocem ejus audieritis, nolite ob-*
dūrare corda veſtra; ſi vous entendez aujourd'-
huy la voix du Seigneur, n'endurciſſez pas vos
cœurs; aprés leur avoir mis devant les yeux l'e-
xemple de leurs peres, qui par leur obſtination
s'eſtoient rendus indignes d'entrer dans la terre que Dieu leur avoit promiſe; aprés, dis-je,
les avoir preſſez ſur ce poinct avec tout le zéle
que ſa charité luy inſpiroit, conclut par cet excellent avis, auquel je doute que vous ayez jamais fait reflexion: *Videte ergò, Fratres, ne fortè*

ſit in aliquo veſtrûm cor malum incredulitatis diſ-
cedendi à Deo vivo; ſed adhortamini voſmetip-
ſos per ſingulos dies, donec Hodiè cognomina-
tur: Craignez donc, mes Freres, qu'il n'y ait en
quelqu'un de vous un fonds, ou d'incredulité,
ou de malignité, qui l'éloigne du Dieu vivant;
mais exhortez-vous ſans ceſſe les uns les autres,
tandis que dure ce temps, que l'Ecriture appelle *aujourd'huy;* parce que vous devez eſtre
perſuadez que ce qui s'appelle *aujourd'huy,* eſt
pour vous le temps des miſericordes du Seigneur: *Donec Hodiè cognominatur.* Voyez, reprend ſaint Chryſoſtome, l'admirable Theologie de ſaint Paul. Il n'exhorte pas les Hébreux
à ſe convertir demain, ni à ſuivre les lumieres
de la grace quand ils ſeront libres de certains
embarras du ſiecle, ni à revenir de leurs erreurs
dans un certain terme qu'il auroit pû leur marquer: pourquoy! parce que ſon exhortation

euſt eſté vaine & meſmes trompeuſe. Car en leur diſant, convertiſſez-vous demain, il euſt ſuppoſé que ce lendemain eſtoit aſſeûré pour eux, & qu'ils en eſtoient maiſtres ; ſur tout, que ce lendemain eſtoit propre à l'exécution des ordres de Dieu qu'il leur ſignifioit. Or c'euſt eſté une ſuppoſition fauſſe dans toutes ſes parties ; & bien loin de les inſtruire utilement, il leur euſt dreſſé un piege. Mais que leur dit-il ! ah ! mes Freres, exhortez-vous les uns les autres, pendant que vous eſtes en poſſeſſion de ce jour preſent, parce que ce jour preſent vaut mieux pour vous que tous les ſiecles compris dans la durée infinie de Dieu ; parce que ce jour preſent eſt le ſeul poinct de l'éternité auquel vous ayiez droit ; en un mot, parce qu'il n'y a que ce jour preſent où vous puiſſiez ſeûrement & infailliblement opérer voſtre ſalut : *Sed adhortamini voſmetipſos, donec Hodiè cognominatur.* Que fait donc le pecheur qui differe & qui ne ſe determine jamais à prendre pour ſa converſion ce jour ſi important ; qui dans l'indiſpenſable neceſſité où il eſt de reformer ſa vie, ſe repoſe toûjours ſur le lendemain ; qui voulant en quelque ſorte compoſer avec Dieu, par le partage le plus injuſte, donne toûjours à Dieu le temps à venir, & uſe du preſent pour ſoy ; c'eſt à dire, donne toûjours à Dieu ce qu'il n'a pas & ce qu'il ne luy peut donner, & ne luy donne jamais ce qu'il a, & le temps dont il pourroit diſpoſer pour luy en faire

un facrifice agreable ; qui dans l'interieur de fon
ame, femble ainfi s'expliquer à luy : Seigneur,
ne me demandez pas encore cette année, dont
je veux joüir tranquillement ; & je vous en pro-
mets d'autres, aufquelles je ne fçais fi je par-
viendray jamais. Que fait-il encore une fois ce
pecheur ? Il raifonne, répond faint Gregoire de
Nazianze, & il parle en infenfé, puifqu'outre
l'injuftice qu'il commet envers Dieu, il trahit
fes propres interefts & fe contredit luy-mefme.
Comment cela ! parce qu'il ne veut jamais fe
convertir dans le temps où il le peut toûjours,
qui eft l'heure prefente ; & qu'il le veut toûjours
pour le temps, où il ne le peut jamais, qui eft le
lendemain. Car le lendemain, felon l'ingenieu-
fe remarque de faint Auguftin dont je vous ay
déja fait part, ne doit ni ne peut eftre le temps
de fa converfion.

Mais encore pourquoy n'y eft-il pas propre,
& quelle qualité a-t-il fi contraire à l'ouvrage
du falût ! il n'en faut point d'autre que l'affreufe incertitude de fon eftre & de toutes fes circonftances. Car c'eft une chofe que nous devons bien obferver, pourfuit excellemment S.
Auguftin, que quoyque toutes les parties du
temps foient de mefme efpece, le paffé & le futur ont néanmoins par rapport à nous une oppofition infinie ; & qu'autant qu'il eft vray, qu'à
noftre égard tout eft determiné dans le paffé,
autant fommes-nous convaincus, que tout eft

incertain dans le futur. Incertain s'il fera; qui
le peut garentir! incertain combien il durera; à
qui Dieu l'a-t-il revelé! incertain quelle iſſüe il
aura, funeſte ou heureuſe, ſubite ou préveüe;
c'eſt un abyſme d'obſcurité. Je vous demande
donc, Chreſtiens : un temps de cette nature eſt-
il propre à la deciſion de la plus eſſentielle de
toutes les affaires, qui eſt le retour à Dieu! Hé,
mon Frere, concluoit ſaint Jeroſme, que vous
prenez mal vos meſures, de vouloir dans un
temps incertain faire une penitence certaine!
Car il faut, adjouſtoit-il, que vous ſoyez également perſuadé de ces deux veritez; la premiere, qu'eſtant certainement pecheur, vous ne
pouvez eſtre ſauvé que par une penitence certaine; & la ſeconde, qu'une penitence certaine ne
ſe peut faire que dans un temps certain. N'eſt-
il donc pas bien étonnant que vous vous propo-
ſiez dans le futur, qui eſt l'incertitude meſme,
une converſion telle que doit eſtre abſolument
celle qui nous ſauve & dont dépend noſtre
bonheur! Vous me répondrez (cecy eſt encore
de ſaint Auguſtin,) que Dieu par le plus ſolem-
nel de tous les ſerments, a promis à la penitence, la remiſſion & le pardon du peché; & il eſt
vray : mais en promettant la remiſſion & le pardon à voſtre penitence, a-t-il promis à voſtre
negligence & à vos continuels retardemens le
lendemain que vous vous promettez à vous-
meſme! *Verùm dicis, quod Deus pœnitentiæ* Aug.

*tuæ indulgentiam promiſit ; ſed dilationi tuæ
numquid craſtinum promiſit ?* Car ce ſont deux
diverſes graces, & qui n'ont meſmes rien de
commun, de pardonner à l'homme qui deteſ-
te ſon peché, & de luy donner le temps de le
deteſter ; & quand Dieu s'eſt obligé à l'un, il
ne s'eſt point engagé à l'autre. Vous me citez
les Prophetes pour monſtrer que ce Dieu de miſericorde ne mépriſe jamais un cœur contrit &
humilié ; & ce n'eſt pas de quoy il s'agit, puiſqu'on en demeure d'accord. Mais dans quel Prophete trouvez-vous, que parce que c'eſt un Dieu
de miſericorde, il doive prolonger voſtre vie,
afin que vous ayiez le loiſir de prendre un jour
ces ſentimens de contrition : *Sed in quò Pro-
pheta legis, quia qui promiſit correcto gratiam,
promiſit & tibi longam vitam ?* Non non, ne
vous prevenez pas d'une ſi dangereuſe erreur :
car pour vous en détromper, voicy la conduite pleine de ſageſſe qu'il a plû à Dieu de tenir.
Il a conſideré dans le monde deux ſortes de pecheurs ; les uns foibles & puſillanimes, qui n'eſperoient pas aſſez ; & les autres, vains & temeraires, qui eſperoient trop : pour les puſillanimes & les foibles qu'il vouloit conſoler, il a eſtabli la penitence, comme un port ſalutaire qui
leur eſt ouvert ; & pour les temeraires & les pre-
ſomptueux, qu'il vouloit contenir dans le devoir, il a ordonné que le jour de la mort fuſt
incertain : *Propter eos qui deſperatione pericli-*

tantur, propofuit pœnitentiæ portum; & propter eos qui dilationibus illuduntur, fecit diem mortis incertum. Celuy-la troublé de la veûë de fes crimes, tomboit auffi bien que Caïn dans un fecret abbatement de cœur : Dieu luy a dit par Ezechiel, non, ne perds point la confiance que tu dois avoir en moy ; car quelques crimes que tu ayes commis, au moment que tu les pleureras, je les oublieray. Celuy-cy au contraire fortifié d'une promeffe fi authentique, ou pluftoft l'interpretant mal, pechoit avec fecurité & confervoit en pechant une fauffe paix : Dieu luy a dit au mefme endroit, crains, malheureux, & défie-toy de ton efperance mefme ; car quelque authentique que foit ma promeffe, elle ne s'étend point jufqu'à te répondre de l'avenir. Ainfi Dieu, reprend faint Auguftin, a mis les chofes dans un jufte temperament ; & par l'incertitude de l'avenir, il a tellement permis à l'homme d'efperer toûjours, qu'il le réduit à la neceffité de ne differer jamais.

Il n'y a donc rien de certain, mes Freres, dans le futur, que fon incertitude mefme. Il n'y a rien de certain, fi non que nous y ferons furpris. Car le Sauveur du monde nous l'a dit en termes formels : *Quâ horâ non putatis.* A- Luc. 12. prés une parole fi pofitive, mais fi terrible, adjoufteray je encore au defordre de mon peché le defordre de la plus criminelle & de la plus infenfée temerité : remettant toûjours ma conversion , demandant toûjours tréve jusqu'au jour suivant, *Inducias usque manè !* Et pourquoy cette tréve, qui ne peut estre, si je l'obtiens, qu'une continuation affectée de mon iniquité ; & si je l'obtiens pas, que la cause de mon impenitence finale ! Pourquoy cet appel opiniastre au lendemain , contre l'oracle de la sagesse qui me le défend , *Ne glorieris in crastinum !* Puis-je ignorer que ce lendemain a perdu des ames sans nombre , & que l'enfer est plein de reprouvez qu'il a engagez dans le dernier malheur ! Ils se flattoient d'un lendemain, & il n'y en avoit point pour eux ; ils avoient fait un pacte avec la mort selon l'expression du texte sacré, & la mort ne le gardoit pas. Est-il croyable qu'elle changera de nature pour moy, & qu'estant si infidelle pour le reste des hommes, j'auray seul droit de pouvoir m'y fier ! Quand mesmes je l'aurois ce lendemain, sera-ce un temps de penitence & de conversion ! Toute sorte de temps n'est point le temps de la penitence ; & c'est un abus insupportable dans l'homme, de croire que parce qu'il aura le temps peut-estre d'exécuter les frivoles desseins que luy suggere son avarice ou son ambition, il aura celuy de travailler efficacement à son salut. Si cela estoit, envain, selon le raisonnement de saint Augustin, les Prophetes nous auroient recommandé de chercher Dieu tandis qu'on le peut trouver, & de l'invoquer pendant qu'il est

Prov. 27.

proche de nous : *Quærite Dominum dum in-* ~~Ifai. 55.~~
veniri potest, & invocate eum dum propè est.
Envain Dieu luy-mefme nous auroit-il dit,
c'est au temps favorable que je vous ay exaucé, & c'est au jour du falut que je vous ay ai-
dé ; *In tempore accepto exaudivi te, & in die* 2. Cor. 6.
falutis adjuvi te. Envain Jefus-Chrift auroit-il
menacé les juifs des dernieres calamitez qu'il
leur annonçoit, s'ils n'ufoient bien du temps
qu'il leur donnoit. Car fi tous les temps font é-
galement des temps de converfion, ces propofitions & ces menaces eftoient mal fondées. Mais
fi elles eftoient juftes & vrayes, comme nous
n'en doutons pas, il eft donc vray qu'il y a un
temps de penitence, choifi fpecialement de la
part de Dieu, & qui doit eftre menagé avec vigilance de la part de l'homme : & c'est celuy
qu'a voulu definir faint Paul, quand il difoit :
Ecce nunc tempus acceptabile. Il eft donc vray ~~Ibidem.~~
qu'il y a des jours de falut plus heureux que les
autres jours, & comme tels, marquez dans l'or-
dre de la predeftination divine : *Ecce nunc dies* ~~Ibidem.~~
falutis. Il eft donc vray qu'il y a un temps particulier pour trouver Dieu, hors duquel on le
cherche inutilement : *Quæretis me, & non inve-* ~~Joan. 34.~~
nietis. Nous difons bien dans le langage mef-
me du monde, que toute forte de temps ne convient pas à toutes fortes d'affaires ; & comme
parle Salomon, que toute affaire veut eftre traitée & negotiée dans fon temps : n'y auroit-il que

l'affaire du falut, qui fuft exceptée de cette regle !

Ah , mes chers Auditeurs, voilà le grand fcandale du chriftianifme. Si nous fommes attaquez d'une maladie , nous étudions tous les temps, nous les obfervons avec exactitude, nous ne remettons point à demain ce qui fe peut faire aujourd'huy, & tout noftre foin eft de bien profiter dans le cours du mal de certains momens critiques & decififs : ainfi en ufons-nous pour le falut du corps. Mais s'agit-il de noftre ame frappée de la maladie la plus mortelle, qui eft le peché, & infectée de la contagion d'une habitude vitieufe dont il la faut guérir! nous vivons tranquilles & fans inquiétude : j'y mettray ordre, difons-nous, mais rien ne me preffe; je ne fuis pas encore en eftat, & je trouveray toûjours le temps d'y penfer. Vous le trouverez, Chreftiens ! mais qui vous l'a dit ! je veux qu'il vous refte encore des années, & mefmes plufieurs années de vie : qui fçait fi dans ces années qui vous reftent, il y aura pour vous un jour de falut ! Souvenons-nous, mes Freres, conclut faint Bernard, ramaffant en deux mots tout le fonds de cette premiere partie, fouvenons-nous qu'il y a des temps & des momens que le Pere celefte s'eft refervez, & qu'il ne nous appartient pas mefmes de connoiftre, bien loin que nous en puiffions difpofer : *Tempora & momenta quæ Pater pofuit in fua poteftate.* Or ces momens, dans

Act. 1.

dans la doctrine de tous les Peres, font ceux de
la converfion & du falut. Souvenons-nous, que
comme il n'a pas plû à Dieu d'envoyer en toute forte de temps un Redempteur & un Meffie
pour le falut general du monde ; que comme il
ne luy a pas plû de répandre fur les Royaumes
& fur les nations la lumiere de l'Evangile dans
tous les temps, auffi ne luy plaift-il pas de convertir en particulier chaque pecheur dans tous
les momens. Souvenons-nous & comprenons
bien qu'il veut nous fauver plus fpecialement
dans un temps que dans un autre ; & qu'ayant
pour cela des momens de choix, le plus grand
de tous les malheurs eft que ces momens nous
échappent, & que nous les negligions. N'ou-
blions jamais les étonnantes paroles du Sauveur, lorfqu'il pleure fur Jerufalem, ou pluftoft
comme je vous le difois hier, fur les pecheurs
dont cette ville infortunée eftoit la figure. Il la
regarda avec compaffion, non point parce qu'elle devoit eftre détruite par les Romains, non
point parce qu'elle eftoit à la veille de la ruine
la plus entiere, non point parce que fes enfants
alloient eftre, comme Caïn, exterminez de la terre ; le diray-je ! non point mefmes parce que le
Saint des faints devoit bientoft y eftre condamné à la mort & à la mort la plus honteufe & la
plus cruelle : mais parce qu'elle n'avoit pas connu le jour de falut qui luy eftoit donné, & où
le Seigneur luy apportoit la paix ; *Quia fi co-*

Tome III.   R

Luc. 19.

gnoviſſes & tu, & quidem in hac die tuâ, quæ
ad pacem tibi. Voilà ce qui fit verſer des larmes au Fils de Dieu. Il n'imputa point la reprobation des juifs au déicide abominable qu'ils
alloient commettre dans ſa perſonne, mais à
l'aveuglement volontaire qui les empeſchoit de
connoiſtre le temps de la viſite du Seigneur:

Ibidem.

Eò quod non cognoveris tempus viſitationis tuæ.
Or nous le connoiſſons, Chreſtiens, ce temps
de la viſite de noſtre Dieu, ce jour qui nous eſt
accordé, *In hac die tuâ.* Nous le connoiſſons;
& peut-eſtre à l'inſtant que je vous parle, Dieu
vous dit-il ſecretement : voicy, pecheur, voſtre
jour, voicy le temps que j'ay deſtiné pour vous,
c'eſt aujourd'huy qu'il faut quitter cette vie libertine; car je ne veux plus de retardement:

2. Cor. 6.

Ecce nunc tempus acceptabile. Mais que vous
arrivera-t-il, mon cher Auditeur, ſi vous conſultez l'eſprit du monde, au lieu de vous rendre attentif & docile à la voix de Dieu ! vous
ſortirez de cette predication avec quelques bons
deſirs, mais deſirs vagues & ſans conſequence. Vous ſentirez bien que Dieu vous aura viſi-
té; mais ſa viſite par l'endurciſſement de voſtre
cœur, n'aura pas l'effet qu'il pretendoit. On ne
dira pas de vous que vous ne l'aviez pas connuë; mais on pourra dire que la connoiſſant,
vous en aurez abuſé. Enfin ſi voſtre conſcience
vous preſſe, après avoir cherché de vaines raiſons, pour colorer voſtre laſcheté; après avoir

allegué tout ce que peut inventer la prudence
charnelle ; aprés vous estre défendu par mille
pretextes d'affaires qui vous occupent, & d'engagemens que vous ne croyez pas encore pouvoir surmonter, vous renvoyerez à un autre
temps, ce qui doit avoir la preference dans tous
les temps, sçavoir vostre conversion. Et parce
que pour l'accomplir il faut un jour de salut,
& que dans les principes de la Theologie, il n'y
a qu'une grace, je dis une grace privilegiée, qui
puisse faire ce jour de salut, en vous asseûrant
de ce jour, vous vous asseûrerez de cette grace, & c'est ce que j'ay à combattre dans la seconde partie.

Dieu est fidelle, dit le grand Apostre, *Fide-* **II. PARTIE.**
lis Deus ; & parce qu'il est fidelle pour nous, *2. Thess. 3.*
nous pouvons porter nostre confiance jusqu'à
nous asseûrer de luy. Mais il ne s'ensuit pas de
là, que nous ayons droit de compter sur luy à
son préjudice mesme, ni que sa fidelité puisse
jamais servir de fondement à nostre temerité.
Or c'est néanmoins le faux principe sur lequel
agit un pecheur du siecle, quand il differe sa
conversion, parce qu'il se flatte d'avoir un jour
la grace de la penitence. Car se promettre cette grace pour se maintenir dans l'habitude de
son peché, prenez garde, s'il vous plaist, c'est
vouloir que Dieu soit fidelle à celuy qui le méprise ; c'est vouloir qu'il soit fidelle aux dépends

de tous ses interests, & tournant contre luy ses
propres armes, c'est l'attaquer & le combattre
par le plus aimable de tous ses attributs, qui est sa
misericorde : enfin c'est vouloir que sa fidelité le
rende, tout Dieu qu'il est, prévaricateur & sau-
teur de nostre iniquité. Est-il une esperance plus
vaine & une présomption plus criminelle !

C'est vouloir que Dieu soit fidelle à celuy
qui le méprise ; & Dieu s'est declaré au contraire, que quiconque le méprise, sera meprisé :

Isa. 33. *Væ qui spernis ; nonne & ipse sperneris !* malheur à vous qui méprisez la grace de vostre
Dieu, parce que vostre Dieu vous méprisera à
son tour. Or vous la méprisez, pecheur, cette
grace, lorsque resistant à ses inspirations secre-
tes, & ne voulant pas encore vous soumettre à
elle, vous ne laissez pas de compter sur son secours comme si elle vous estoit duë. Mais Dieu
vous méprisera à son tour, lorsqu'aprés avoir
long-temps frappé à la porte de vostre cœur,
lassé de vos refus, il vous abandonnera enfin à
vous-mesme & il se retirera. Car c'est à vous que
s'addressent ces admirables paroles de S. Paul :

Rom. 2. *An divitias bonitatis ejus & patientiæ & lon-*
ganimitatis contemnis ! est-ce ainsi, mon Frere,
que rebelle à vostre Dieu, vous méprisez les richesses de sa bonté & de son infinie patience !

Ibidem. *Ignoras quoniam benignitas Dei ad pœnitentiam*
te adducit ! ignorez-vous que c'est cette charité
de Dieu qui vous sollicite, qui vous invite, mais

inutilement & fans effet, à une prompte converfion ? voilà le mépris que le pecheur fait de
la grace. Mais doutez-vous auffi, adjoufte l'A-
poftre, que par voftre dureté & voftre impenitence, vous n'amaffiez contre vous un tréfor de
colere, pour le jour des vengeances & de la ma-
nifeftation du jugement de Dieu! *Secundùm au-* Rom. 2.
tem duritiam tuam & impœnitens cor, thefauri-
zas tibi iram in die iræ & revelationis jufti judi-
ci Dei: voilà le mépris que Dieu fait du pecheur.
Appliquons-nous cecy, mes chers Auditeurs :
l'un & l'autre ne nous convient que trop. Car
nous voulons nous convertir dans un temps ou
imaginaire ou réel, que chacun de nous fe propofe; réel, fi nous y parvenons; imaginaire, fi nous
n'y parvenons pas : mais quoyqu'il en foit, rien
de plus injurieux ni de plus outrageant pour
Dieu, que ce deffein prétendu de converfion.

En effet, nous voulons nous convertir,
quand nous ferons rebuttez du monde, ou
pluftoft quand le monde fera rebutté de nous;
quand nous ne ferons plus en eftat de goufter fes plaifirs, ni d'afpirer à fes honneurs.
Nous voulons nous convertir, quand les revers
de la fortune & les difgraces de la vie nous y
forceront, quand l'hypocrifie mefme du fiecle
nous y portera, quand elle nous en fera un intereft, quand il n'y aura plus rien de meilleur
pour nous, je dis de meilleur dans les veûës
mefmes de l'amour propre. Vous en particulier,

R iij

Femmes mondaines, vous voulez vous convertir, quand vous aurez cessé de plaire à ces sacrileges adorateurs qui vous idolastrent, quand l'âge aura effacé ce qui vous les attachoit, quand le dégoust de vos personnes vengera Dieu, pour ainsi dire, du sacrilege encens qu'on vous aura prodigué & que vous aurez reçeû avec tant de complaisance. Enfin, mes Freres, nous voulons nous convertir, quand nous ne pourrons plus nous en défendre, quand le glaive de Dieu nous poursuivra, quand une violente maladie nous aura conduits aux portes de la mort, quand par le nombre des années nous ne serons plus maistres de reparer le passé & de travailler au present, quand la foiblesse de la nature servira de pretexte à nos laschetez & de voile à nostre impenitence, quand nous n'aurons plus rien à offrir à Dieu & que nous serons presque dans une impuissance absolue de faire quelque chose pour luy : car ne sont-ce pas là les projets de la prudence humaine ! Et sans rien dire icy des risques terribles que nous courons par là, n'ayons égard qu'au seul interest de Dieu & au mépris que nous faisons de sa grace : en verité, mes chers Auditeurs, ces projets de conversion conviennent-ils à une créature qui n'a pas tout à fait perdu l'idée de Dieu ! est-ce traiter Dieu en Dieu ! se contentera-t-il que nous luy donnions les restes du monde, qu'aprés nous estre lassez dans la voye d'un libertinage opiniaftré, nous venions à luy prefenter un cœur infecté de vices & de paffions, un corps ufé de debauches, un efprit corrompu de fauffes maximes! Non fans doute, & pour l'honneur de fa grace dont il eft jaloux, il fçaura punir ce mépris; & comment! apprenez-le. Car fi nous l'en croyons luy-mefme, aprés que nous l'aurons ainfi outragé il nous rejettera; nous le chercherons, & nous ne le trouverons plus; nous voudrons eftre à luy, & il ne voudra plus eftre à nous; ou pluftoft, nous ne pourrons plus mefmes le vouloir, parce que nous ne l'aurons pas voulu, quand il nous eftoit facile de le pouvoir. Nous ne laifferons pas d'eftre perfuadez plus que jamais, qu'il faut enfin nous determiner, qu'il n'eft plus temps de remettre cette converfion, dont nous verrons malgré nous que le terme expire : mais qui fçait fi Dieu fe tournant contre nous, ne nous dira point alors comme à ces juifs dont il eft parlé au premier chapitre d'Ifaïe : retirez-vous, & ne paroiffez point devant mes autels pour me faire une offrande indigne de moy; je ne vous connois plus, & vos facrifices me font à charge. Comme Roy des fiecles, & Monarque éternel, je voulois les prémices de vos années; je voulois ces années de profperité, qui furent pour vous des années de diffolution; je voulois ces années de fanté, que vous avez confumées dans le repos oifif d'une vie molle & pareffeufe; je voulois cette jeuneffe,

R iiij

dont vous avez fait le fcandale de tant d'ames;
je voulois cet âge meûr, qui s'eft paffé dans les
intrigues de voftre ambition demefurée : vous
avez facrifié tout cela au monde, & vous l'avez
fait dans l'affeûrance que ce feroit affez de m'en
offrir quelques débris ; & moy je vous dis que
ces oblations me font odieufes, & qu'il eft de
ma gloire de les reprouver : *Solemnitates veftras*
odivit anima mea : facta funt mihi molefta, labo-
ravi fuftinens. Ainfi parloit le Seigneur, & ainfi fe comporte-t-il tous les jours à l'égard de certains pecheurs après les délais criminels qu'ils
ont apporté à leur converfion.

J'ay dit de plus, que s'affeûrer de la grace en
differant fa converfion, c'eftoit combattre Dieu
par fes propres armes, & fe fervir de fa fidelité &
de fa mifericorde contre luy-mefme. Pourquoy
cela ! ne le voyez-vous pas chreftiens ? pecher
contre Dieu, parce que Dieu eft bon ; ne ceffer
point de l'outrager, parce qu'il ne fe laffe point
de nous fupporter ; dire, je ne veux pas encore changer de vie, parce que la mifericorde de
Dieu n'eft pas encore épuifée, & je veux con-
tinuer dans mon defordre, parce qu'il eft toûjours dans la volonté de me fauver, n'eft-ce pas
employer contre luy fes attributs, & abufer,
pour l'offenfer, de fa grace mefme ! Car enfin,
dit faint Chryfoftome, fi Dieu ufoit de fes droits,
& s'il eftoit à noftre égard, ce qu'il pourroit eftre avec juftice, un Dieu fevere, un Dieu inflexi-

Ifa. 1.

ble, qui fiſt immediatement ſucceder la peine
au peché : s'il nous traitoit comme ce créancier
impitoyable de l'Evangile traita ſon debiteur,
& que ſans nous accorder aucun délay, il nous
preſſaſt de luy rendre ce que nous luy devons;
Redde quod debes : que ferions-nous ! nous Matth. 26.
obéirions ſur l'heure meſme à un commandement ſi rigoureux. Il n'y auroit point parmi
nous de pecheur, qui ne pliaſt d'abord ſous le
joug de la loy de Dieu. On verroit ces prétendus eſprits forts recourir les premiers au tribunal de la penitence ; non plus par ceremonie,
mais en effet ; non plus aprés des années entieres de deliberation, mais dés que leur conſcience par un remords ſalutaire les avertiroit du
danger de leur eſtat : tous les hommes ſeroient
dans le devoir ; pourquoy ! parce qu'ils auroient
affaire à un Dieu également prompt & terrible
dans ſes vengeances. D'où vient donc qu'on remet, & qu'on ne veut ſe convertir qu'à l'extremité ! c'eſt qu'on ſe repoſe ſur l'idée qu'on a
d'un Dieu patient & toûjours preſt à donner
ſa grace. Mais, Seigneur, s'écrioit ſaint Ambroiſe, permettez-moy de m'en plaindre à vous
pour vous meſme. C'eſt cette patience qui ſemble authoriſer contre vous les pecheurs de la
terre. Sans elle vous ſeriez mieux ſervi ; ſans elle on vous reconnoiſtroit tel que vous eſtes.
Que ne vous declarez-vous ! que ne prenez-
vous voſtre cauſe en main ! que ne vous éle-

vez-vous dans l'ardeur de voftre colere, pour
dompter ces ames fiéres & indociles , en les ré-
duifant au choix, ou d'une prochaine converfi-
fion, ou d'une inévitable damnation! Mais, que
dis-je, ô mon Dieu, pourfuivoit ce faint Docteur! Pardonnez-moy, fi je m'ingere à examiner voftre conduite, & fi je parois vouloir prefcrire des bornes à voftre mifericorde, moy qui
dois tout à cette mifericorde fans bornes, puifqu'il y a long-temps que je ferois la victime des
flammes éternelles, fi elle ne m'avoit pas attendu. Je parle en homme, Seigneur, & vous a-
giffez en Dieu. Selon mes penfées, il vous feroit
plus avantageux de perdre des rebelles; mais felon les voftres, il vous eft plus glorieux de fuf-
pendre vos coups & d'arrefter voftre juftice.
Ainfi ce Pere expliquoit-il à Dieu fes fentimens.
Mais d'ailleurs s'addreffant au pecheur : vous,
mon Frere, luy difoit-il, n'eftes-vous pas bien
coupable de vouloir moins faire pour un Dieu
bon, que pour un Dieu inflexible! Car tel eft voftre procédé. Pour un Dieu inflexible vous re-
nonceriez dés maintenant à voftre peché; & pour
un Dieu bon vous vous contentez de former de
vains projets, & d'y vouloir un jour renoncer.
Pour un Dieu fans remiffion, vous produiriez
des fruicts de penitence, & pour un Dieu patient
vous ne donnez que des paroles. Or je prétends,
Chreftiens, que dans cette difpofition fe répondre de Dieu & de fa grace, c'eft le dernier excés
de l'aveuglement.

Enfin j'ay dit que de compter ainſi ſur la grace, c'eſt vouloir que Dieu ſe rende fauteur &
complice de nos deſordres. Car il le ſeroit évidemment, s'il ſupportoit les pecheurs avec cette patience qui tient de l'inſenſibilité, & ſi malgré leur rebellion ſa grace leur eſtoit toûjours
promiſe. Et voilà ſur quoy Tertullien ſe fondoit
pour appuyer ſes ſentimens erronées touchant
la penitence. J'avoüe, Chreſtiens, & je vous l'ay
déja fait remarquer dans un autre diſcours, que
Tertullien ſur cette matiere porta trop loin ſon
zéle: mais ne craignons-nous point de tomber
dans une autre erreur par les fauſſes & préſom-
ptueuſes idées que nous nous formons de la
bonté de Dieu, & par l'abus que nous en faiſons
pour nous entretenir dans le crime & pour fomenter noſtre iniquité! Bien loin que nous puiſſions alors faire fonds ſur la grace, je prétends
avec ſaint Ambroiſe que noſtre préſomption ſeroit pour Dieu une eſpece d'engagement à nous
abandonner; pourquoy! afin de juſtifier ſa providence & de mettre ſa ſainteté à couvert de
tout reproche. Affreux engagement, qui inte-
reſſeroit Dieu à noſtre éternelle reprobation!
Sur quoy donc enfin comptera le pecheur! ſur
ſa volonté! Faiſons-luy voir que cette eſperance n'eſt pas moins trompeuſe que les autres, &
concluons par cette troiſiéme partie.

C'Eſt un effet du peché, Chreſtiens, & Dieu III. PARTIE.

l'a ainfi permis que l'homme en foit réduit à cet
eftat de mifere, de ne pouvoir pas mefmes s'affeûrer de fa volonté propre. De toutes les chofes du
monde, c'eft celle qui naturellement devroit plus
eftre en fon pouvoir; & néanmoins de toutes les
chofes du monde, c'eft celle dont il a plus lieu
de fe défier. S'il falloit rifquer le falut, difoit
S. Bernard, je croirois bien moins hazarder du
cofté de la grace de Dieu, qui ne dépend pas
de moy, que du cofté de ma volonté qui en dépend. Et voicy la raifon qu'il en apportoit : parce que le fecours de Dieu, difoit-il, vient d'un
principe, qui de foy eft éternel & immuable; au
lieu que ma volonté eft l'inconftance & la fragilité mefme. Dieu veut parfaitement ce qu'il
veut; & moy fouvent à peine fçais-je bien ce
que je veux & ce que je ne veux pas. Mais ne
puis-je pas difpofer de ma volonté ? il eft vray,
reprend faint Bernard, & c'eft juftement pour
cela mefme que je dois craindre. Si Dieu m'a-
voit ofté ce pouvoir, & qu'il fe fuft rendu abfolument & uniquement maiftre de ma volonté,
je ferois en affeûrance : mais il a voulu que cette volonté dépendift encore de moy, & qu'elle
fuft fujette à mes legeretez, à mes irrefolutions,
à mes caprices, & voilà ce qui me fait trembler.
Or fi faint Bernard parloit de la forte, que doit
penfer un homme du monde, qui ne veut pas
actuellement fe convertir, dans la veûë qu'il fe
convertira un jour, & dans l'efperance de chan-

ger quand il voudra de fentimens & de conduite ! Voyez comment il raifonne , & comment il fe contredit luy-mefme. Il fe promet
qu'il fera dans quelque temps un effort pour
fortir de fon peché, & il avoüe que dés maintenant il fe fent trop foible pour y reuffir. Il fe
flatte qu'aprés quelques années il aura affez
d'empire fur fon cœur pour le dégager de cette paffion, & il reconnoift que cette paffion le
domine déja tellement qu'il luy eft prefque impoffible de la vaincre. Contradiction évidente. Quoy, mon Frere, luy répond faint Auguftin, vous eftes dés à prefent trop foible pour
vous foutenir, & vous vous réléverez aprés que
vous vous ferez toûjours affoibli davantage ! A
mefure que vous avancez dans le chemin du ví-
ce, les forces de voftre ame, je dis les forces
mefmes naturelles, diminuent, & l'experience
ne vous l'apprend que trop. Autrefois vous re-
fiftiez, & cet heureux tempérament que Dieu
vous avoit donné, foutenu de la grace, fur-
montoit fans peine la violence du mal : mais le
mal, j'entends l'habitude du peché, a tellement prévalu, qu'elle ne trouve prefque plus
de refiftance ; vous fuccombez aifément, fre-
quemment, & pour excufer vos chutes continuelles vous les attribuez à voftre foibleffe. Que
fera-ce donc quand vous aurez encore langui
plus long-temps dans l'eftat de voftre infirmi-
té ! Dire que vous ferez capable alors de vous re-

lever, n'est-ce pas vous méconnoistre & prendre plaisir à vous tromper vous-mesme!

D'autant plus, adjouste saint Gregoire Pape, que ces pecheurs qui different leur conversion, la remettent enfin jusques à un temps où
il leur est en quelque maniere impossible de
changer sincerement de volonté. Quel est-il ce
temps! la fin de la vie, & souvent le jour mesme de la mort. Car dites-moy, mes chers Auditeurs, si nous pouvons prétendre avec raison
qu'à ces derniers momens nous agirons par les
veûës de Dieu! Toutefois ostez ces veûës de
Dieu, toutes les volontez & tous les desirs ima-
ginables ne suffisent pas pour vous sauver. Or
je vous demande : est-il aisé d'agir par de semblables motifs, quand on est réduit à la plus
extresme & à la plus pressante necessité, qui est
celle de la mort! Quitter le peché, quand on ne
le peut plus commettre; renoncer aux occasions,
quand on n'est plus maistre de les rechercher;
mourir au monde, quand le monde est déja
mort pour nous, est-ce là cette penitence surnaturelle, si puissante sur le cœur de Dieu, &
qui le fléchit immanquablement! Je ne dis
point les obstacles infinis dont la volonté du
pecheur est combattuë : ses forces épuisées, ses
sens assoupis, son esprit égaré, sa memoire troublée, la douleur qui le saisit; en sorte que l'ame
occupée toute entiere du mal present, est incapable de refléchir sur le passé & de deliberer sur

l'avenir. Mais je veux qu'elle ait toute l'attention & tout le difcernement neceffaire ; encore une fois eft-il facile à un homme de devenir à la mort, ce qu'il n'a jamais efté pendant la vie ; de prendre des inclinations toutes nouvelles, de commencer à hair ce qu'il a toûjours aimé, de commencer à aimer ce qu'il a toûjours haï ! ne feroit-ce pas un prodige ! Voilà néanmoins furquoy l'efperance de tous les pecheurs eft fondée. Ils font convaincus que ce miracle fe fera en eux : ils fe connoiffent bien, difent-ils, & dés qu'ils le voudront ou qu'ils penferont à le vouloir, rien ne leur refiftera : quelque mondaine, quelque dereglée qu'ait efté leur vie, ils fe transformeront tout à coup en d'autres hommes. Jugez fi vous devez les en croire, & s'il y a pour vous de la feûreté dans une pareille conduite.

Ah, Chreftiens, attachons-nous pluftoft au confeil que nous donne le grand Apoftre, & au commandement qu'il nous fait de ne pas recevoir envain le don de Dieu qui nous eft aujourd'huy prefenté. Le temps eft favorable, la grace abondante, la difpofition mefme de nos efprits & de nos cœurs avantageufe. Qu'attendons-nous, & que nous refte-t-il, finon de profiter de ces heureufes conjonctures ! Le temps favorable : car c'eft un temps de renouvellement pour tous les chreftiens ; un temps qui reveille les plus affoupis, qui ranime les plus lan-

guissants & les plus froids ; un temps où les plus
endurcis auroient honte de ne pas donner des
marques de leur religion , où la pieté publique
triomphe du respect humain , & où le libertinage confondu devient scandaleux & odieux ;
un temps où les ames timides peuvent avec honneur se declarer, & où le monde mesme ne s'é-
tonne point des conversions qui paroissent dans
le christianisme. Pour combien de pecheurs ce
saint temps n'a-t-il pas esté l'occasion d'une penitence parfaite ! Pour combien d'ames qui sem-
bloient desesperées, n'a-t-il pas esté, si je puis
parler de la sorte, un temps de crise ! Temps de
crise, où la foy presque éteinte & à demi morte
ressuscite, revit, & opére les plus grandes merveilles. Mais, ô profondeur & abysme des conseils de Dieu, temps de crise qui decide souvent
ou de la vie ou de la mort, ou du salut ou de la
damnation. Qui sçait si cette pasque ne sera pas
la derniere pour vous ; ou qui sçait si Dieu voudra faire en vostre faveur à une autre pasque
les mesmes avances ! La grace abondante : car
l'Eglise nous ouvre tous ses trésors ; elle veut
nous appliquer tous les merites de Jesus-Christ;
elle nous appelle à son tribunal pour délier nos
consciences, elle inspire à ses ministres un zéle
tout nouveau , elle s'interesse pour nous auprés
de Dieu, & Dieu écoutant encore sa misericorde & ne dédaignant pas de nous prevenir, nous
offre ses secours les plus puissants. La disposition

tion de nos efprits & de nos cœurs plus avantageufe. J'ofe dire qu'il n'y a point de pecheur
fi obftiné, qui dans ces jours de benediction
& fpecialement fanctifiez par la pieté des fidelles, ne faffe malgré luy certaines reflexions, &
ne fente renaiftre au fond de fon ame certains
remords, certains defirs qui le rameneroient à
Dieu, s'il vouloit faire quelque effort pour les
fuivre.

Allons donc, mes chers Auditeurs, & mena-
geons de momens fi precieux. Difons à Dieu
comme David: *Dixi, nunc cœpi;* c'eft, Seigneur, *Pfal. 76.*
un deffein formé, & dés aujourd'huy je me mettray en devoir de l'exécuter. Difons-luy comme
faint Auguftin : *Serò te amavi;* ah! Seigneur, *Aug.*
je commence bien tard à vous aimer, & que feroit-ce fi je differois encore! eft-ce trop que de
vous donner au moins quelques années qui me
reftent peut-eftre à vivre fur la terre, pour meriter de vivre éternellement avec vous dans la
gloire, où nous conduife, &c.

Tome III. S

SERMON

POUR LE VENDREDY SAINT.

Sur la Paſſion de Jeſus-Chriſt.

Judæi ſigna petunt, & Græci ſapientiam quærunt:
Nos autem prædicamus Chriſtum crucifixum,
Judæis quidem ſcandalum, Gentibus autem ſtul-
titiam ; ipſis autem vocatis Judæis atque Græcis,
Chriſtum Dei virtutem, & Dei ſapientiam.

Les Juifs demandent des miracles, & les Grecs cher-
chent la ſageſſe. Pour nous, nous preſchons Jeſus-
Chriſt crucifié, qui eſt un ſujet de ſcandale aux
Juifs, & qui paroiſt une folie aux Gentils; mais
qui eſt la force de Dieu, & la ſageſſe de Dieu à
ceux qui ſont appellez, ſoit d'entre les Gentils, ſoit
d'entre les Juifs. Dans la premiere Epiſtre aux
Corinth. chap. 1.

SIRE,

SI jamais les Predicateurs pouvoient avec
quelque ſujet apparent rougir de leur miniſtere, ne ſeroit-ce pas en ce jour, où ils ſe voyent

obligez de publier les humiliations étonnantes
du Dieu qu'ils annoncent, les outrages qu'il a
reçeûs, les foiblesses qu'il a ressenties, ses langueurs, ses souffrances, sa passion, sa mort! Cependant, disoit le grand Apôtre, malgré les
ignominies de la croix, je ne rougiray jamais
de l'Evangile de mon Sauveur; & la raison qu'il
en apporte, est aussi surprenante, & mesmes encore plus surprenante que le sentiment qu'il en
avoit : c'est que je sçais, adjoustoit-il, que l'E-
vangile de la croix est la vertu de Dieu, pour
tous ceux qui sont éclairez des lumieres de la
foy : *Non erubesco Evangelium ; virtus enim* **Rom. 1.**
Dei est omni credenti. Non seulement saint Paul
n'en rougissoit point, mais il s'en glorifioit. Car
à Dieu ne plaise, mes Freres, écrivoit-il aux Galates, que je fasse jamais consister ma gloire
dans aucune autre chose, que dans la croix de
Jesus-Christ : *Mihi autem absit gloriari nisi in* **Galat. 6.**
cruce Domini nostri Jesu Christi. Bien loin que
la croix luy donnast de la confusion dans l'exercice de son ministere, il pretendoit que pour
soutenir son ministere avec honneur, le plus infaillible moyen estoit de prescher la croix de
l'homme-Dieu ; & qu'en effet il n'y avoit rien
dans tout l'Evangile de plus grand, de plus
merveilleux, de plus propre mesmes à satisfaire des esprits raisonnables & sensez, que ce profond & adorable mystere. Car voilà le sens litteral de ce passage tout divin que j'ay choisi

S ij

pour mon texte : *Judæi signa petunt, & Græci sapientiam quærunt.* Les Juifs incredules demandent qu'on leur fasse voir des miracles. Les Grecs vains & superbes se piquent de chercher la sagesse. Les uns & les autres s'obstinent à ne vouloir croire en Jesus-Christ, qu'à ces deux conditions. Et moy, dit l'Apostre, pour confondre également l'incredulité des uns, & la vanité des autres, je me contente de leur prescher Jesus-Christ mesme crucifié; pourquoy! parce que c'est par excellence le miracle de la force de Dieu, & tout-ensemble le chef d'œuvre de la sagesse de Dieu. Miracle de la force de Dieu, qui seul doit tenir lieu aux juifs de tout autre miracle : *Christum crucifixum Dei virtutem.* Chef d'œuvre de la sagesse de Dieu, qui seul est plus que suffisant pour soumettre les gentils au joug de la foy, & pour les faire renoncer à toute la sagesse mondaine : *Christum crucifixum Dei sapientiam.*

Admirable idée que concevoit le Docteur des nations, se representant toûjours la passion du Sauveur des hommes, comme un mystere de puissance & de sagesse. Or c'est à cette idée, Chrestiens, que je m'attache, parce qu'elle m'a paru d'une part plus propre à vous edifier, & de l'autre plus digne de Jesus-Christ, dont j'ay à vous faire aujourd'huy l'éloge funebre. Car il ne s'agit pas icy de pleurer la mort de cet homme-Dieu. Nos larmes, si nous a-

vons à répandre, doivent estre reservées pour
un autre usage : & nous ne pouvons ignorer quel est cet usage que nous en devons faire, aprés que Jesus-Christ luy-mesme nous l'a
si positivement & si distinctement marqué, lorsqu'allant au Calvaire il dit aux filles de Jerusalem : ne pleurez point sur moy, mais sur vous.
Il ne s'agit pas, dis-je, de pleurer sa mort, mais
il s'agit de la mediter, il s'agit d'en approfondir
le mystere, il s'agit d'y reconnoistre le dessein
de Dieu, ou plustost l'ouvrage de Dieu ; il s'a-
git d'y trouver l'establissement & l'affermisse-
ment de nostre foy : & c'est avec la grace de
mon Dieu ce que j'entreprends. On vous a cent
fois touchez & attendris par le recit douloureux
de la passion de Jesus-Christ, & je veux moy
vous instruire. Les discours pathetiques & affectueux que l'on vous a faits, ont souvent émû
vos entrailles, mais peut-estre d'une compassion
sterile, ou tout au plus d'une componction passagere, qui n'a pas esté jusqu'au changement
de vos mœurs. Mon dessein est de convaincre
vostre raison, & de vous dire quelque chose encore de plus solide, qui desormais serve de fonds
à tous les sentimens de pieté que ce mystere peut
inspirer. En deux mots, mes chers Auditeurs,
qui vont partager cet entretien : vous n'avez
peut-estre jusqu'à present consideré la mort du
Sauveur, que comme le mystere de son humilité
& de sa foiblesse ; & moy je vais vous monstrer,

que c'est dans ce mystere qu'il a fait paroistre
toute l'étenduë de sa puissance : ce sera la premiere partie. Le monde jusques à present n'a
regardé ce mystere que comme une folie ; &
moy je vais vous faire voir, que c'est dans ce
mystere, que Dieu a fait éclater plus hautement
sa sagesse : ce sera la seconde partie.

Donnez-moy, Seigneur, pour traiter dignement un si grand sujet, ce zéle dont fut rempli
vostre Apostre, quand vous le choisistes pour
porter vostre nom aux Roys, & pour leur faire réverer dans l'humiliation mesme de vostre
mort, la divinité de vostre personne. Je ne parle pas icy, comme saint Paul, à des juifs ni à des
gentils. Je parle à des chrestiens de profession ;
mais parmi lesquels on voit tous les jours des
foibles dans la foy, qui pleins des maximes du
siecle, & consultant trop la prudence humaine,
ne laissent pas, quoyque chrestiens, d'estre quelquefois troublez & mesmes tentez sur l'incontestable verité de leur religion, quand on leur
represente le Dieu qu'ils adorent comblé d'op-
probres & expirant sur une croix. Or c'est pour
cela que je dois les fortifier, en leur faisant connoistre le don de Dieu caché dans le mystere
de vostre mort, & en relevant dans leur idée
vos foiblesses apparentes. Soutenez-moy donc,
ô mon Dieu ; mais au mesme temps donnez à
mes Auditeurs cette docilité avec laquelle ils
doivent entendre vostre parole, pour estre non

feulement perfuadez, mais convertis & fanctifiez. Je vous la demande, Seigneur, cette grace, & je l'obtiendray par les merites de voftre croix mefme. Car oubliant aujourd'huy Marie, je n'envifage que voftre croix, noftre unique efperance; & je vais luy rendre d'abord l'hommage & le culte, que luy rend folemnellement toute l'Eglife. *O crux ave.*

QU'un Dieu, comme Dieu, agiffe en maiftre & en fouverain; qu'il ait crée d'une parole le ciel & la terre, qu'il faffe des prodiges dans l'univers, & que rien ne refifte à fa puiffance, c'eft une chofe, Chreftiens, fi naturelle pour luy, que ce n'eft prefque pas un fujet d'admiration pour nous. Mais qu'un Dieu fouffre, qu'un Dieu expire dans les tourmens, qu'un Dieu, comme parle l'Ecriture, goufte la mort, luy qui poffede feul l'immortalité; c'eft ce que ni les Anges ni les hommes ne comprendront jamais. Je puis donc bien m'écrier avec le Prophete: *Obftupefcite cœli:* ô cieux, foyez-en faifis d'étonnement! car voicy ce qui paffe toutes nos veües, & ce qui demande toute la foumiffion & toute l'obéiffance de noftre foy; mais auffi eft-ce dans ce grand myftere que noftre foy a triomphé du monde: *Et hæc eft victoria quæ vincit mundum, fides noftra.* Il eft vray, Chreftiens; Jefus-Chrift a fouffert, & il eft mort. Mais en vous parlant de fa mort & de fes fouffrances,

I. PARTIE.

Jerem. 2.

1. Joan. 5.

S iiij

je ne crains pas d'avancer une propofition, que
vous traiteriez de paradoxe, fi les paroles de
mon texte ne vous avoient difpofez à l'écouter
avec refpect; & je pretends que Jefus-Chrift a
fouffert, & qu'il eft mort en Dieu; c'eft à dire,
d'une maniere qui ne pouvoit convenir qu'à un
Dieu; d'une maniere tellement propre de Dieu,
que faint Paul fans autre raifon a crû pouvoir
dire aux juifs & aux gentils : oüy, mes Freres, ce crucifié que nous vous prefchons, cet
homme dont la mort vous fcandalife, ce Chrift
qui vous a paru au calvaire frappé de la main
de Dieu & réduit dans la derniere foibleffe,
eft la vertu de Dieu mefme. Ce que vous mé-
prifez en luy, c'eft ce qui nous donne de la veneration pour luy. Il eft noftre Dieu, & nous
n'en voulons point d'autre marque, ni d'autre
preuve, que fa croix. Voilà le précis de la Theologie de faint Paul, que vous n'avez peut-eftre jamais bien comprife, & que j'entreprends
de vous developper. Entrons, Chreftiens, dans
le fens de ces divines paroles, *Chriftum crucifixum Dei virtutem*, & tirons-en tout le fruict
qu'elle doivent produire dans nos ames pour
noftre édification.

　　Je dis que Jefus-Chrift eft mort d'une maniere qui ne pouvoit convenir qu'à un homme-
Dieu. La feule expofition des chofes va vous
en convaincre. En effet, un homme qui meurt
aprés avoir prédit luy-mefme clairement & ex-

preſſément toutes les circonſtances de ſa mort.
Un homme qui meurt en faiſant actuellement
des miracles, & les plus grands miracles, pour
monſtrer qu'il n'y a rien que de ſurhumain &
de divin dans ſa mort. Un homme dont la
mort bien conſiderée, eſt elle meſme le plus
grand de tous les miracles, puiſque bien loin de
mourir par défaillance comme le reſte des hommes, il meurt au contraire par un effort de ſa
toute-puiſſance. Mais ce qui ſurpaſſe tout le
reſte, un homme qui par l'infamie de ſa mort
parvient à la plus haute gloire, & qui expirant
ſur la croix triomphe par ſa croix meſme du
Prince du monde, dompte par ſa croix l'orgueil
du monde, érige ſa croix ſur les ruines de l'ido-
lâſtrie & de l'infidelité du monde : n'eſt-ce pas
un homme qui meurt en Dieu, ou ſi vous voulez, en homme-Dieu ! Et voilà ſurquoy s'eſt
fondé l'Apoſtre en diſant, que cet homme mort
ſur la croix, eſtoit non pas le miniſtre de la vertu de Dieu, mais la vertu meſme de Dieu in-
carnée : *Chriſtum crucifixum Dei virtutem.* Ne
ſéparons point ces quatre preuves ; & vous a-
voüerez, qu'il n'y a point d'eſprit raiſonnable,
ni meſmes d'eſprit opiniaſtre, qui n'en doive eſtre touché. Venons au détail.

Non, Chreſtiens, il n'appartient qu'à un
Dieu de penetrer dans l'avenir juſques à l'avoir
abſolument en ſa puiſſance, & juſques à pouvoir dire infailliblement & en maiſtre, cela ſe-

ra, quoyque la chose dépende d'une infinité de
causes libres, qui y doivent concourir. Il n'appartient qu'à un Dieu de connoistre distinctement & par soy-mesme le fonds des cœurs, &
d'en réveler les plus intimes secrets, les intentions les plus cachées, jusqu'à sçavoir mieux ce
qui est, ou ce qui sera dans la pensée & dans la
volonté de l'homme, que l'homme mesme. Or
c'est ce qu'a fait Jesus-Christ à l'égard de sa passion & de sa mort. Je m'explique. A l'entendre parler de sa passion, long-temps avant sa
passion mesme, & sans que les juifs eussent encore formé nul dessem contre luy, on diroit
qu'il en parle comme d'un évenement déja arrivé & dont il racconte l'histoire; tant il est exact
à en marquer jusques aux moindres circonstances : & à le voir le jour de sa mort subir les differens supplices qu'il endure, on croiroit que
les bourreaux qui le tourmentent, sont moins
les exécuteurs des jugemens rendus contre sa
personne, que de ses prédictions. Enfin, disoit-
il, à ses Apostres, pour les preparer à ce douloureux mystere, nous allons à Jerusalem, &
tout ce qui a esté dit du Fils de l'homme va
s'accomplir. Car ce Fils de l'homme (c'estoit la
qualité qu'il se donnoit) ce Fils de l'homme que
vous voyez, & qui vous parle, sera livré aux
gentils; il sera outragé, insulté, soüeté, crucifié; on luy crachera au visage, il mourra dans
l'opprobre, & il ressuscitera le troisiéme jour.

Prenez garde, Chrestiens, à la reflexion que fait icy saint Chrysostome. Il y avoit déja des siecles entiers que les Prophetes qui furent dans l'ancienne loy les précurseurs du Messie, avoient publié toutes ces particularitez. Comme l'obstacle principal qui devoit un jour détourner les esprits mondains de croire en Jesus-Christ, estoit le prétendu scandale que leur causeroit l'ignominie de sa mort, Dieu par une singuliere providence avoit revelé aux Prophetes, que la mort, quoyqu'ignominieuse, de ce Messie seroit dans la plenitude des temps le souverain remede du peché, la reparation solemnelle du peché, l'excellent moyen du salut & de la Redemption du monde; afin que la prophetie, temoignage invincible de la divinité, rendist les ignominies mesmes de cette mort, non seulement venerables, mais adorables; & que les hommes dans cette veûë, bien loin de s'en scandaliser, fussent persuadez, qu'il n'y avoit rien dans la passion du Sauveur qui ne fust au dessus de l'homme. Car voilà, dit saint Chrysostome, quel estoit le dessein de Dieu, lorsque dans l'ancien Testament il faisoit parler Isaïe des souffrances de Jesus-Christ avec autant de certitude, & dans des termes aussi précis, que les evangelistes en ont ensuite parlé dans le nouveau. Mais ce dessein de Dieu estoit encore bien plus sensible, & la preuve beaucoup plus convaincante & plus tou-

chante, dans la prediction immediate qu'en faisoit Jesus-Chrilt luy-mesme. Car, c'est moy,
disoit-il à ses disciples en les entretenant de sa
mort prochaine, c'est moy qui suis cet homme de douleurs annoncé par Isaïe. C'est moy
qui vais remplir jusques à un poinct tout ce qui
en est écrit. Nous voicy arrivez au terme de la
consommation des choses, & vous en allez estre
les spectateurs & les témoins. Mais il m'importe
que dés maintenant vous en soyez avertis, afin
que dans la suite vous n'en soyez pas troublez.

Aussi tout ce que cet adorable Sauveur leur
avoit marqué des livres de Moyse & des Prophetes, comme se rapportant à luy, s'exécuta-t-il bientost aprés & à la lettre, dans la sanglante catastrophe de sa passion & de sa mort.
Ce fut en consequence & en vertu de ces divines Propheties, dont il estoit personnelle-
ment le sujet, que les juifs au lieu de le juger
selon leur loy, puisqu'il estoit juif, le livrerent
à Pilate qui estoit gentil ; que les soldats contre toutes les formes de la justice, adjoustant
à ce que portoit l'arrest de sa condamnation,
l'insulte & l'inhumanité, luy cracherent au visage & le meurtrirent de soufflets ; que jusques
aux moindres circonstances du prix auquel il
devoit estre vendu, de l'employ qu'on devoit
faire de cet argent, du partage de ses habits & de
sa robbe jettée au sort, du fiel qu'on luy presen-
ta, les Ecritures qu'il s'estoit luy-mesme appli-

quées, furent, à ce qu'il semble, la regle de
tout ce que ses ennemis attenterent contre luy ;
comme s'il n'eust souffert que pour justifier ces
oracles prononcez tant de siecles avant qu'il eust
paru au monde : *Ut adimplerentur Scripturæ ;* Matt. 26.
ut impleretur sermo quem dixerat. Argument si Joan. 13.
solide & si fort, qu'il n'en fallut pas davantage pour la conversion de ce fameux Eunuque,
thresorier de la Reyne d'Ethiopie, dont il est
parlé au livre des Actes, & à qui saint Philippe
Diacre expliqua la merveille que je vous presche. Toutes ces propheties, & bien d'autres,
litteralement & ponctuellement verifiées dans
la passion de Jesus-Christ, l'obligerent à reconnoistre ce Messie promis de Dieu, & envoyé
dans la plenitude des temps. Nous, mes chers
Auditeurs, nous revestus du caractere de chrestiens, en serions-nous moins touchez ; & ce qui
a suffi pour convaincre un homme que la lumiere de l'Evangile n'avoit point encore éclairé, seroit-il trop foible pour nous confirmer
dans la foy que nous professons ! Je dis le mesme du secret des cœurs, dont Jesus-Christ dans
sa passion fit bien voir qu'il estoit le maistre. Il
prédit à ses Apostres qu'un d'entre eux le trahi-
roit, & Judas y pensoit actuellement & le trahit. Il prédit à saint Pierre qu'il le renonceroit,
& saint Pierre le renonça en effet. Il luy prédit
que malgré sa chute, sa foy ne manqueroit
point, & la foy de saint Pierre n'a point man-

qué. Il luy prédit qu'aprés fa converſion il affer-
miroit ſes freres, & ſa converſion dans la ſuite
les affermit tous. Il prédit à Magdelaine que
l'action qu'elle venoit de faire, en répandant
ſur ſa teſte un parfum pretieux, ſeroit louée &
preſchée dans tout le monde; & dans tout le
monde on en parle encore aujourd'huy. Il prédit à Jeruſalem, en pleurant ſur elle, qu'elle ſeroit détruite & ruinée de fond en comble; &
Jeruſalem fut aſſiegée, pillée, renverſée par les
Romains ſans qu'il en reſtaſt pierre ſur pierre.
Cette ſcience des choſes futures & des ſecrets
les plus impenetrables n'eſtoit-elle pas évidemment la ſcience d'un Dieu; *Scrutans corda &*
renes Deus ? & un homme qui mouroit de la
ſorte, révelant & manifeſtant ce qui n'eſtoit ni
ne pouvoit eſtre connu que de Dieu, n'avoit-il
pas toute la puiſſance & toute la vertu de Dieu
meſme ! *Chriſtum crucifixum Dei virtutem.*

Matth. 7.

Mais ce que j'adjouſte doit faire encore plus
d'impreſſion ſur vous. Il meurt, cet homme-
Dieu, faiſant des miracles; & quels miracles! Ah!
Chreſtiens, y en eût-il jamais & jamais y en aura-t-il de plus éclatants! Tout mourant qu'il eſt,
il fait trembler la terre, il ouvre les ſepulchres, il
reſſuſcite les morts, il déchire le voile du temple, il obſcurcit le ſoleil : prodiges auſſi ſurpre-
nants qu'inoüis : prodiges dont les ſoldats furent tellement émûs, qu'ils s'en retournerent
convertis; mais du reſte, remarque ſaint Au-

guſtin, convertis par l'efficace du meſme ſang qu'ils avoient repandu : *Ipſo redempti ſangui-* Aug. *ne quem fuderunt.* Que dis-je, que S. Matthieu n'ait pas rapporté en termes exprés! *Viſo terræ* Matth. 27: *motu, & his quæ fiebant, timuerunt valdè, di-centes : Verè filius Dei erat iſte.* Je ſçais qu'il s'eſt trouvé juſques dans le chriſtianiſme, des impies plus ennemis de Jeſus-Chriſt que les juifs & les payens meſmes, qui n'ont point eû honte de conteſter la verité de ces miracles, pré-tendant qu'ils pouvoient eſtre ſuppoſez; que par un deſſein formé, les Evangeliſtes avoient pû s'accorder entre eux, pour les publier à la gloi-re de leur maiſtre. Mais c'eſt icy que l'impieté, pour me ſervir du terme de l'Ecriture, ſe con-fond elle-meſme ; & qu'en s'élevant contre Dieu, elle fait paroiſtre autant d'ignorance que de malignité. Car ſans examiner combien ce doute eſt temeraire, puiſqu'il n'a point d'autre fondement que la prevention & l'eſprit de li-bertinage; il faudroit monſtrer, dit ſaint Au-guſtin, quel intereſt auroient eû les Evangeliſ-tes à publier ces miracles de Jeſus-Chriſt, s'ils euſſent eſté perſuadez que c'eſtoient de faux mi-racles. N'eſt-il pas évident que tout le fruict qu'ils en devoient attendre & qui leur en re-vint, fut la haine publique, les perſecutions, les fers, les tourmens les plus cruels! Bien loin donc de croire qu'ils euſſent pris plaiſir à inventer & à debiter ces miracles, dont ils auroient connu

la fauffeté, il faudroit pluftoft s'étonner, que les
ayant mefmes connus pour vrais, ils euffent eû
affez de force pour en rendre, aux dépends de
leur propre vie, le temoignage qu'ils en ont rendu. De plus, pourfuit faint Auguftin, le ftyle
feul dont les Evangeliftes ont écrit l'hiftoire
de Jefus-Chrift & de fa paffion, leur fimplicité,
leur naïveté ; ne marquant, ni indignation contre les juifs, ni compaffion pour leur maiftre ;
parlant de luy, comme en auroient parlé les
hommes du monde les plus indifferens & les
moins intereffez dans fa caufe ; raccontant fes
foibleffes dans le jardin, fes dégoufts, fes en-
nuis, fes frayeurs, le fanglant affront qu'il eût
à effuyer dans le Palais d'Hérodes, & le mépris
que ce Prince luy temoigna, les traitemens indignes qu'on luy fit chez Anne, chez Caïphe,
chez Pilate, & les raccontant avec plus d'exactitude & plus au long, que fes miracles mefmes :
cette fincerité, dis-je, fait bien voir, qu'ils n'é-
crivoient pas en hommes paffionnez & prevenus, mais en témoins fidelles & irreprochables
de la verité, dont ils furent les martyrs jufques
à l'effufion de leur fang. Ce n'eft pas tout : car
fi ces miracles eftoient fuppofez, les juifs à qui
il importoit tant de découvrir l'impofture, &
qui ne manquoient pas alors d'Ecrivains celebres, n'euffent-ils pas pris foin d'en détromper
le monde ! ne fe fuffent-ils pas infcrits contre ?
& c'eft néanmoins ce qu'ils n'ont jamais fait, &
ce

ce qu'ils ne font pas mefmes encore, puifque leurs propres autheurs, & Jofephe entre les autres, les dementiroient. Cette éclipfe univerfelle arrivée contre le cours de la nature, eut quelque chofe de fi prodigieux & de fi remarquable, que Tertullien deux fiecles aprés en parloit encore aux payens, Magiftrats de Rome, comme d'un fait dont ils confervoient la tradition dans leurs archives : *Cum mundi cafum relatum habetis in archivis veftris.* Ce fait mefme qu'on regardoit comme un fait conftant & averé, furprit tellement Denys l'Areopagite, ce fage de la gentilité, mais devenu un des plus fermes appuis & des plus grands ornemens de noftre religion, que tout éloigné qu'il eftoit de la Judée & plus encore de la connoiffance de nos myfteres, il en fut frappé jufqu'à reconnoiftre luy-mefme que ces tenebres avoient efté pour luy comme une fource de lumiere, ou l'avoient au moins difpofé à recevoir avec foumiffion les veritez de la foy & les divines inftructions de faint Paul. Que diray-je de ce fameux criminel crucifié avec Jefus-Chrift, & tout à coup converti par ce mefme Sauveur ? ce changement fi fubit, qui d'un fcelerat fit un vaiffeau d'élection & de mifericorde, pouvoit-il eftre l'effet d'une perfuafion humaine, & ne partoit-il pas vifiblement d'un principe furnaturel & divin ! Si Jefus-Chrift n'euft agi en Dieu, euft-il pû mourant fur la croix, faire connoiftre à ce malheureux

Tertull.

Tome III. T

& confesser sa divinité! Et ce miracle de la grace ne sert-il pas encore à confirmer tous les prodiges de la nature, dont le ciel & la terre, comme de concert, honorerent ce Dieu agonisant
& expirant!

Mais, me direz-vous, les Pharisiens malgré
ces miracles ne laisserent pas de persister dans
leur incredulité. J'en conviens, mes chers Auditeurs : mais sans entrer sur ce poinct dans la
profondeur & dans l'abysme des jugemens de
Dieu, toûjours justes & saints, quoyque terribles & redoutables, vous sçavez quelle fut l'envie des Pharisiens contre Jesus-Christ, & vous
n'ignorez pas ce que peut une telle passion pour
aveugler les esprits & pour endurcir les cœurs.
Quelque inconcevable qu'ait esté l'obstination
des Pharisiens, peut-estre encore aujourd'huy
trouveroit-on dans le monde, & dans le monde chrestien, des hommes aussi incredules, s'ils
voyoient leurs ennemis faire des miracles; &
qui plustost attribüeroient ces miracles à l'enfer,
comme les Pharisiens attribüoient ceux du Sauveur du monde au Prince des tenebres, que de
renoncer à leurs prejugez & à leur haine. Quoyqu'il en soit, reprend S. Chrysostome, c'est par là
mesme que commença la reprobation des Pharisiens; & ce mystere de la predestination & de
la reprobation divine parut en ce que les mesmes miracles qui convertirent les soldats & une
grande foule de peuple, ne servirent qu'à ren-

dre les Pharisiens plus indociles & plus opiniaf-
tres. Mais c'est encore à cette difference que
nous devons reconnoistre dans Jesus-Christ
mourant la toute-puissante vertu dont nous
parlons. Car, comme raisonne saint Chrysostome, mourir en sauvant les uns, & en reprouvant les autres; en éclairant les aveugles qui vivoient dans les tenebres de l'infidelité, & en aveu-
glant les plus éclairez qui abusoient de leurs lumieres; convertissant ceux-la par misericorde,
& laissant perir ceux-cy par justice : n'estoit-ce
pas faire éclater jusques dans sa mort, les plus
glorieux & mesmes les plus essentiels attributs
de Dieu!

Il n'y eut qu'un miracle que Jesus-Christ
ne voulut pas faire dans sa passion : c'estoit de se
sauver luy-mesme, comme luy proposoient ses
ennemis, l'asseûrant qu'ils croiroient en luy, s'il
descendoit de la croix: *Si Rex Israël est, descen-* Matth. 27.
dat nunc de cruce, & credimus ei. Mais pourquoy
ne le fit-il pas ce miracle! On en voit aisément
la raison, dit saint Augustin; & c'est que ce seul
miracle eust détruit tous les autres, & arresté
le grand ouvrage qu'il avoit entrepris & à quoy
tous les autres miracles se rapportoient comme
à leur fin, sçavoir, l'ouvrage de la Redemption
des hommes qui devoit estre consommé sur la
croix. D'ailleurs ses ennemis préoccupez de leur
passion, auroient aussi peu deferé à ce miracle,
qu'à celuy de la resurrection de Lazare. Car si l'é-

vidence du fait qui les obligea de convenir, que
Lazare mort & enseveli depuis quatre jours,
estoit incontestablement ressuscité, au lieu de
les déterminer à croire en Jesus-Christ, leur fit
prendre la resolution de le perdre, parce que
ce n'estoit plus la raison, mais la passion qui pré-
sidoit à leurs conseils ; peut-on juger que le
voyant descendre de la croix ils eussent esté de
meilleure foy, & plus disposez à luy rendre la
gloire qui luy estoit duë ! Mais sans m'arrester
aux Pharisiens, répondez moy, mes chers Auditeurs, & dites-moy : Jesus-Christ dans la
conjoncture où je le considere, pouvant, comme il est indubitable, se sauver luy-mesme, &
ne le voulant pas, n'a-t-il pas fait quelque chose de plus grand & plus au dessus de l'homme,
que s'il l'eust en effet voulu ! Miracle pour miracle (appliquez-vous à cecy que vous n'avez
peut-estre jamais bien penetré, & qui me paroist
plus édifiant) miracle pour miracle, la douceur
avec laquelle il permet aux soldats de se saisir
de sa personne, après les avoir renversez par terre en se presentant seulement à eux, & leur disant cette parole, c'est moy, *Ego sum* : la repri-
mande qu'il fait à saint Pierre sur l'indiscretion
de son zéle, le blasmant d'avoir tiré l'épée contre un domestique du grand prestre, luy faisant
entendre qu'il n'avoit qu'à prier son pere & que
son pere luy enverroit des legions d'Anges qui
combattroient pour sa défense ; & afin de le

convaincre qu'il ne parloit pas envain, guérissant actuellement par un miracle le serviteur que Pierre avoit blessé : ce silence si admirable, & si constamment soutenu devant ses juges, sur tout devant Pilate, qui convaincu de son innocence ne l'interrogeoit, que pour avoir lieu de l'absoudre ; ce refus de contenter la curiosité d'Hérodes, dont il luy estoit si facile de s'attirer la protection ; cet abandonnement de sa propre cause, & par consequent de sa vie ; cette tranquillité & cette paix au milieu des insultes les plus outrageantes ; cette determination à supporter tout sans en demander justice, sans prendre personne à partie, sans former la moindre plainte ; cette charité héroïque qui luy fait excuser en mourant ses persecuteurs : tout cela, je dis tous ces miracles de patience dans un homme d'ailleurs d'une conduite irreprochable & pleine de sagesse, n'estoient-ils pas plus miraculeux, que s'il eust pensé à se tirer des mains de ses bourreaux, & qu'il se fust detaché de la croix ! *Christum crucifixum Dei virtutem.*   *1. Cor. 1.*

Il n'est donc mort que parce qu'il l'a voulu, & mesmes encore de la maniere qu'il l'a voulu : ce qui n'appartient, dit saint Augustin, qu'à un homme-Dieu, & ce qui marque dans la mort mesme la souveraineté & l'indépendance de Dieu. Or voilà, Chrestiens, sur quoy j'ay fondé cette autre proposition, que la mort de Jesus-Christ bien considerée en elle-mesme, avoit

T iij

esté non seulement un miracle, mais le plus singulier de tous les miracles. Pourquoy ? parce
qu'au lieu que les autres hommes meurent par
foiblesse, meurent par violence, meurent par
necessité ; il est mort, je ne dis pas précisément
par choix & par une disposition libre de sa volonté, mais par un effet de son absoluë puissance. En sorte que jamais il n'a fait, comme Fils
de Dieu & comme Dieu, un plus grand effort
de cette puissance absoluë, que dans le moment
où il consentit que son ame bienheureuse fust
separée de son corps ; & les Theologiens en ap-
portent deux raisons. Comprenez-les. Premie-
rement, disent-ils, parce que Jesus-Christ ayant
esté exempt de tout peché, & absolument impeccable, il devoit estre & il estoit naturellement immortel. D'où il s'ensuit que son corps
& son ame unis hypostatiquement à la divinité, ne pouvoient estre separez sans un miracle.
Il fallut donc que Jesus-Christ pour faire cette
separation, forçast, pour ainsi dire, toutes les
loix de la providence ordinaire ; & qu'il usast
de tout le pouvoir que Dieu luy avoit donné,
pour détruire cette belle vie, qui, quoyqu'humaine, estoit toutefois la vie d'un Dieu. Secondement, parce que Jesus-Christ en vertu de
son sacerdoce estant par excellence le souverain
Pontife de la loy nouvelle, il n'y avoit que luy
qui pust, ni qui dust offrir à Dieu le sacrifice de
la Redemption du monde, & immoler la vic-

time qui y estoit destinée. Or cette victime, c'estoit son corps. Nul autre que luy ne devoit donc l'immoler ce corps, nul autre que luy n'avoit le pouvoir pour cela necessaire. Les bourreaux qui le crucifioient, estoient bien les ministres de la justice de Dieu, mais ils n'estoient pas les prestres qui devoient sacrifier cette hostie à Dieu. Il falloit un Pontife qui fust saint, qui fust innocent, qui fust sans tache, qui fust separé des pecheurs & revestu d'un caractere particulier. Or ce caractere ne pouvoit convenir qu'à Jesus-Christ: d'où saint Augustin concluoit, que Jesus-Christ par l'effet le plus merveilleux avoit esté tout-ensemble & le prestre & l'hostie de son sacrifice: *Idem sacerdos & hostia.* Aug.

Ce fut donc luy-mesme qui se sacrifia, luy-mesme qui exerça sur sa propre personne cette fonction de Prestre & de Pontife, luy-mesme qui détruisit, au moins pour quelques jours, cet adorable composé d'un corps souffrant & d'une ame glorieuse; en un mot, luy-mesme qui se fit mourir. Car ce ne furent point les bourreaux qui luy osterent la vie; mais il la quitta de luy-mesme: *Nemo tollit animam meam* Joan. 10. *à me, sed ego pono eam à me ipso.* Il est mort sur la croix, dit saint Augustin; mais à parler proprement & dans la rigueur, il n'est pas mort par le supplice de la croix. Et pour vous le faire comprendre, il est certain par le temoignage mesme des juifs, que le supplice de la croix, ou

pluſtoſt, que ce qui faiſoit mourir les criminels
condamnez à la croix, n'eſtoit pas ſimplement
d'y eſtre attachez, mais d'y eſtre rompus vifs.
Or ſelon la prophetie, Jeſus-Chriſt, avoit déja
rendu le dernier ſoupir lorſqu'on voulut luy
briſer les os : d'où vient que Pilate s'étonna qu'il
fuſt ſitoſt mort : *Pilatus autem mirabatur, ſi jam
obiiſſet.* Et ce qui monſtre qu'il n'eſtoit point
mort par défaillance de la nature, c'eſt qu'en
expirant il pouſſa un grand cri vers le ciel : *Jeſus autem emiſſâ voce magnâ, expiravit.* Choſe ſi extraordinaire, qu'au rapport de l'Evangeliſte, le Centenier qui l'obſervoit de prés, & qui
le vit expirer de la ſorte, proteſta hautement
qu'il eſtoit Dieu & vray Fils de Dieu : *Videns
autem Centurio, qui ex adverſo ſtabat, quia ſic
clamans expiraſſet, ait : Verè Filius Dei erat
iſte.* Si ce Centenier euſt eſté un diſciple du Sauveur & qu'il euſt ainſi raiſonné, peut-eſtre ſon
raiſonnement & ſon temoignage pourroient-ils
eſtre ſuſpects : mais c'eſt un infidelle, c'eſt un
payen, qui de la maniere dont il voit mourir
Jeſus-Chriſt, conclut, ſans héſiter, qu'il meurt
par miracle ; & qui de ce miracle tire immediatement la conſequence, qu'il eſt donc vrayement Fils de Dieu : *Videns quia ſic expiraſſet,
ait : Verè Filius Dei erat iſte.* En faut-il davantage pour juſtifier la parole de l'Apoſtre :
Chriſtum crucifixum Dei virtutem !

Il eſt vray que ce Sauveur mourant a eû ſes

Marc. 15.

Ibidem.

Ibidem.

langueurs & ſes foibleſſes ; & je pourrois répondre d'abord avec Iſaïe, que les langueurs & les
foibleſſes qu'il fit paroiſtre dans ſa mort n'eſtoient
pas les ſiennes, mais les noſtres ; & que le prodige eſt, qu'il ait porté ſeul les foibleſſes & les langueurs de tous les hommes : *Verè languores noſ-* Iſai. 53.
tros ipſe tulit, & dolores noſtros ipſe portavit.
Mais parce que cette penſée, quoy que ſolide, ſeroit peut-eſtre encore trop ſpirituelle pour des eſprits mondains & incredules ; je réponds autrement avec ſaint Chryſoſtome, & je dis : oüy,
ce Sauveur mourant a eû ſes foibleſſes ; mais le
prodige eſt, que ſes foibleſſes meſmes, que ſes
langueurs meſmes, que ſes défaillances meſmes, ayent eſté dans le cours de ſa paſſion comme autant de miracles. Car s'il ſüe en priant dans
le jardin, c'eſt d'une ſüeur de ſang, & ſi abondante que la terre en eſt baignée. Si quelques
momens aprés ſa mort on luy perce le coſté,
par un autre effet également miraculeux, il en
ſort du ſang & de l'eau ; & celuy qui le rapporte, aſſeûre qu'il l'a veû, & qu'il en doit eſtre cru : *Et qui vidit, teſtimonium perhibuit.* On Joan. 19.
diroit qu'il ne ſouffre & qu'il ne meurt que pour
faire éclater dans ſa perſonne la vertu de Dieu :
Chriſtum crucifixum Dei virtutem.

Concluons par une derniere preuve, mais
eſſentielle ; c'eſt de voir un homme que l'ignominie de ſa mort, que la confuſion, l'opprobre,
l'humiliation infinie de ſa mort, éleve à toute

la gloire que peut prétendre un Dieu : tellement qu'à son seul nom & en veuë de sa croix, les plus hautes puissances du monde fléchissent les genoux, & se prosternent pour luy faire hommage de leur grandeur : *Humiliavit semetipsum factus obediens usque ad mortem, mortem autem crucis. Propter quod & Deus exaltavit illum : ut in nomine Jesu omne genu flectatur, cælestium, terrestrium, & infernorum.* Voilà ce que Dieu révéloit à saint Paul dans un temps, remarque bien importante, dans un temps où tout sembloit s'opposer à l'accomplissement de cette prédiction ; dans un temps où selon toutes les veuës de la prudence humaine, cette prédiction devoit passer pour chimerique ; dans un temps où le nom de Jesus-Christ estoit en horreur. Toutefois, ce qu'avoit dit l'Apostre est arrivé ; ce qui fut pour les chrestiens de ce temps-là un poinct de foy, a cessé en quelque façon de l'estre pour nous, puisque nous sommes témoins de la chose & qu'il ne faut plus captiver nos esprits pour la croire. Les puissances de la terre fléchissent maintenant les genoux devant ce crucifié. Les Princes, & les plus grands de nos Princes, sont les premiers à nous en donner l'exemple ; & il n'a tenu qu'à nous, les voyant en ce saint jour au pied de l'autel adorer Jesus-Christ sur la croix, de nous consoler & de nous dire à nous-mesmes : voilà ce que m'avoit prédit saint Paul ; & ce que du

Philipp. 2.

temps de saint Paul, j'aurois rejetté comme un songe, c'est ce que je vois & de quoy je ne puis douter. Or un homme, mes chers Auditeurs, dont la croix, selon la belle expression de saint Augustin, a passé du lieu infame des supplices, sur le front des Monarques & des Empereurs : *A locis suppliciorum ad frontes Impe-* Aug. *ratorum.* Un homme qui sans autre secours, sans autres armes, par la vertu seule de la croix a vaincu l'idolastrie, a triomphé de la superstition, a détruit le culte des faux Dieux, a conquis tout l'univers, au lieu que les plus grands Roys de l'univers ont besoin pour les moindres conquestes de tant de secours. Un homme qui comme le chante l'Eglise, a trouvé le moyen de regner par où les autres cessent de vivre, c'est à dire, par le bois qui fut l'instrument de sa mort : *Quia Dominus regnavit à ligno.* Et ce qui est encore plus merveilleux, un homme qui pendant sa vie avoit expressément marqué que tout cela s'accompliroit, & que du moment qu'il seroit élevé de la terre, il attireroit tout à luy ; voulant comme l'observe l'Evangeliste, signifier par là de quel genre de mort il devoit mourir : *Et ego si exaltatus fue-* Joan. 12. *ro à terra, omnia traham ad meipsum ; hoc autem dicebat, significans quâ morte esset moriturus.* Un tel homme n'est-il pas plus qu'homme ! n'est-il pas homme & Dieu tout-ensemble ! Quelle vertu la croix où nous le contem-

plons, n'a-t-elle pas eûë pour le faire adorer
des peuples! Combien d'Apoſtres de ſon Evangile, combien d'imitateurs de ſes vertus, combien de confeſſeurs, combien de martyrs, combien d'ames ſaintes devoüées à ſon culte, combien de diſciples zélez pour ſa gloire; diſons
mieux, combien de nations, combien de royaumes, combien d'empires n'a-t-il pas attirez à
luy par le charme ſecret, mais tout-puiſſant de
cette croix! *Chriſtum crucifixum Dei virtutem.*

Ah, mes Freres, les Phariſiens voyoient les
miracles de ce Dieu crucifié, & ils ne ſe conver-
tiſſoient pas. C'eſt ce que nous avons peine à
comprendre. Mais ce qui ſe paſſe dans nous,
eſt-il moins incomprehenſible! Car nous voyons
actuellement un miracle de la mort de Jeſus-
Chriſt encore plus grand, un miracle ſubſiſtant,
un miracle averé & inconteſtable, je veux dire
le triomphe de ſa croix; le monde converti, le
monde devenu chreſtien, le monde ſanctifié
par ſa croix: *Et ego ſi exaltatus fuero à terra,
omnia traham ad me ipſum.* Nous le voyons,
& noſtre foy malgré ce miracle eſt toûjours languiſſante & chancellante: voilà ce que nous devons pleurer, & ce qui nous doit faire trembler.
Mais pour profiter de ce myſtere, au lieu de
trembler & de pleurer par le ſentiment d'une
devotion paſſagere & ſuperficielle; tremblons
& pleurons dans l'eſprit d'une ſalutaire componction. Jeſus-Chriſt mourant a fait des mi-

racles : il faut qu'il en fasse encore un qui doit
estre le couronnement de tous les autres, &
c'est le miracle de nostre conversion. Il a fait
fendre les pierres, il a ouvert les tombeaux, il
a dechiré le voile du temple. Il faut que la veüë
de sa croix fasse fendre nos cœurs, peut-estre
plus durs que les pierres. Il faut qu'elle ouvre
nos consciences, peut-estre jusques à present fer-
mées comme des tombeaux. Il faut qu'elle dechire nostre chair, cette chair de peché, par les
saintes rigueurs de la penitence. Car pourquoy
ce Dieu mourant ne nous convertira-t-il pas,
puisqu'il a bien converti les autheurs de sa mort!
& quand nous convertira-t-il, si ce n'est en
ce grand jour, où son sang coule avec abondance pour nostre salut & nostre sanctification!

Pecheurs, qui m'écoutez, voilà ce qui doit
vous remplir de confiance. Tandis que vous estes
pecheurs, vous estes en qualité de pecheurs les
ennemis de Jesus-Christ; vous estes ses persecuteurs : le diray-je! mais puisque c'est aprés saint
Paul, pourquoy ne le dirois-je pas! vous estes
mesmes ses bourreaux. Car autant de fois qu'il
vous arrive de succomber à la tentation & de
commettre le peché, vous crucifiez tout de nouveau ce Sauveur dans vous-mesmes. Mais souvenez-vous que le sang de cet homme-Dieu a
eû le pouvoir d'effacer le peché mesme des juifs
qui l'ont répandu : *Christi sanguis sic fusus est,* *August.*
ut ipsum peccatum potuerit delere quo fusus est.

C'est en cela, dit saint Augustin, qu'a paru la
vertu toute divine de la Redemption de Jésus-
Christ. C'est en cela qu'il a paru Sauveur. De
ses ennemis il a fait des predestinez, de ses persecuteurs il a fait des saints : tout pecheurs que
vous estes, quel droit n'avez vous donc pas de
prétendre à ses misericordes ! Approchez du
Throsne de sa grace, qui est sa croix ; mais ap-
prochez-en avec des cœurs contrits & humiliez, avec des cœurs soumis & purifiez de la
corruption du monde, avec des cœurs dociles
& susceptibles de toutes les impressions de l'esprit celeste. Car tel est le miracle que ce Dieu
Sauveur veut par la vertu de sa croix opérer aujourd'huy dans vous. Vostre retour à Dieu &
un retour parfait aprés de si longs égaremens,
vostre penitence & une penitence exemplaire
aprés tant de desordres & de scandales, la profession que vous ferez & une profession haute
& publique de vivre en chrestiens aprés avoir
vescu en libertins, voilà le miracle qui prouve-
ra que Jésus-Christ crucifié est luy-mesme per-
sonnellement la force & la vertu de Dieu. Ah !
Seigneur, serois-je assez heureux, pour obtenir
que ce miracle s'accomplist visiblement dans
mes Auditeurs, comme il s'accomplit en effet
dans les soldats qui furent presents à vostre
mort, & dont plusieurs s'attacherent à vous
comme à l'autheur de leur salut ! Donnerez vous
pour cela, Seigneur, à ma parole assez de be-

nediction; & puis-je esperer qu'entre ceux qui
m'écoutent, il y en aura d'auffi touchez que le
Centenier, c'eft à dire, qui fortiront de cette
predication non feulement attendris, mais convertis ; non feulement baignez de larmes, mais
commençant à glorifier Dieu par leurs œuvres;
non feulement perfuadez, mais fanctifiez & penetrez des fentimens chreftiens que cette premiere verité a dû leur imprimer. Que le juif infidelle fe fcandalife de la croix; Jefus-Chrift
mourant eft la puiffance & la force de Dieu in-
carné; *Chriftum crucifixum Dei virtutem* : vous
l'avez veû. Que le gentil s'en mocque, & qu'il
traite la croix de folie; Jefus-Chrift mourant
eft la fageffe de Dieu mefme : *Chriftum cru-*
cifixum Dei fapientiam. Vous l'allez voir dans
la feconde partie.

Quelque jufte, quelque faint, quelque irre- II. PARTIE.
prehenfible que foit Dieu dans toutes fes veûës
& dans toute fa conduite, il ne faut pas s'étonner que l'homme, par un effet de fon ignorance & de fon orgueil, ait fouvent entrepris de
cenfurer les œuvres du Seigneur, & qu'il foit
affez temeraire pour s'en fcandalifer. Les penfées de l'homme & celles de Dieu eftant, comme dit l'Ecriture, auffi oppofées qu'elles le font
depuis le peché, ce fcandale eftoit d'une fuite
en quelque forte neceffaire. Ce qui doit plus
nous furprendre, c'eft que par un aveuglement

extrefme, l'homme fe foit fcandalifé contre Dieu
des bontez mefmes de Dieu, des prodiges mefmes de l'amour de Dieu, de l'abondance mefme & de l'excés des mifericordes de Dieu. Car
voilà, Chreftiens, l'affreux defordre que deploroit faint Gregoire Papé dans ces excellentes
paroles de l'homelie fixiéme fur les Evangiles:
Inde homo adverfus Salvatorem fcandalum fum-
pfit, unde ei magis debitor effe debuit. Voilà le
defordre où tomba l'herefiarque Marcion, lorfque fous pretexte d'un faux zéle pour le Fils de
Dieu, il ne voulut pas croire, ni que ce Fils de
Dieu euft vrayment fouffert fur la croix, ni qu'il
y fuft vrayment mort; comme fi la croix & la
mort euffent efté abfolument indignes de la
majefté & de la fainteté d'un Dieu. Erreur contre laquelle Dieu fufcita Tertullien, qui la com-
battit hautement & qui devint par là le défen-
feur des fouffrances & de la paffion de Jefus-
Chrift. Erreur qui malgré l'eftabliffement du
chriftianifme n'eft peut-eftre encore aujourd'-
huy que trop commune, & contre laquelle il
eft de mon devoir d'employer icy toute la force de la parole de Dieu. Renouvellez, s'il vous
plaift, toute voftre attention. Le myftere d'un
Dieu crucifié paroift aux mondains auffi bien
qu'aux gentils une folie, *Gentibus ftultitiam*:
& faint Paul pretend au contraire, qu'à l'égard
des predeftinez & des effûs, c'eft par excellence le myftere de la fageffe de Dieu: *Ipfis autem*
vocatis.

Gregor.

vocatis Chriſtum crucifixum, Dei ſapientiam.
Or voyons qui des deux en a mieux jugé ; ou
l'Apoſtre, ou le mondain : l'Apoſtre, aprés en
avoir eſté inſtruit d'une maniere toute miracu-
leuſe par le Sauveur meſme ; le mondain, qui
n'en ſçait & qui n'en connoiſt que ce que la chair
& le ſang luy en ont revelé. Voyons ſi dans
ce myſtere de la croix ſi élevé, à ce qu'il ſemble, au deſſus de noſtre raiſon, il y a quelque
choſe en effet qui bleſſe noſtre raiſon. Car aujourd'huy Dieu veut bien meſmes ne pas rejetter le jugement de noſtre raiſon, & pourveû
que noſtre raiſon ne ſoit, ni prevenuë, ni opiniaſtre, il ne refuſe pas de l'admettre dans le
conſeil de ſa ſageſſe, & de luy répondre ſur les
difficultez qu'elle peut former.

De quoy s'agiſſoit-il, Chreſtiens, dans le
grand myſtere que nous celebrons ! De deux
choſes, dit ſaint Leon Pape, également difficiles & neceſſaires : de ſatisfaire Dieu offenſé &
deshonoré par le peché de l'homme, & de reformer l'homme perverti & corrompu. Voilà
pourquoy Jeſus-Chriſt eſtoit envoyé, & à quoy
ſe terminoit la miſſion qu'il avoit reçeûë. Or je
vous demande : pour parvenir à ces deux fins,
pouvoit-il, tout Dieu qu'il eſt, prendre un moyen plus puiſſant, plus efficace, plus infaillible
que la croix ; & nous-meſmes avec toute noſtre
prétenduë raiſon, en pouvons-nous imaginer un

Tome III. .V

autre, où les proportions fuffent, je ne dis pas
plus exactement, mais auffi exactement gardées!
Allons au Calvaire, & témoins de ce qui s'y
paffe, étudions noftre religion, dont voicy tout-
enfemble la hauteur & la profondeur, que faint
Paul fouhaitoit tant de pouvoir comprendre:
Ephef. 3.   *Sublimitas & profundum.* Il falloit fatisfaire
Dieu, & nul autre ne le pouvoit qu'un homme-
-Dieu; c'eft de quoy la raifon mefme eft obligée
de convenir. Qu'a fait cet homme-Dieu! Ah!
Chreftiens, que n'a-t-il pas fait! dans la veûë
d'acquitter nos dettes, quel foin n'a-t-il pas eu
de choifir ce qui pouvoit uniquement & fouverainement remplir la mefure des fatisfactions
que Dieu attendoit & qu'il avoit droit d'attendre! En quoy confiftoit l'offenfe de Dieu! en ce
que l'homme s'oubliant luy-mefme, avoit affecté d'eftre femblable à Dieu : *Eritis ficut dii.*
Et moy, dit l'homme-Dieu, moy non feulement femblable à Dieu, mais égal & confub-
ftantiel à Dieu, par un oubli de moy-mefme
bien different, je m'abbaifferay au deffous de
tous les hommes, je deviendray l'opprobre des
hommes, je feray un ver de terre & non pas un
homme : car c'eft en propres termes ce que le
Pfalm. 21.   Prophete luy fait dire fur la croix; *Ego autem*
fum vermis & non homo. Concevons-nous &
pouvons-nous concevoir une reparation plus
authentique! L'homme en fe revoltant contre

Dieu, avoit fecoüe le joug de l'obéiffance, &
violé le commandement de fon fouverain : &
moy, dit l'homme-Dieu, tout indépendant
que je fuis par moy-mefme, je me réduiray
dans la plus penible & la plus humiliante fujet-
tion. Je me feray obéiffant, *Factus obediens,* Philip. 2.
& obéiffant jufques à mourir, *Ufque ad mor-
tem,* & jufques à mourir fur la croix, *Mortem
autem crucis.* Non feulement j'obéiray à Dieu,
mais aux hommes; mais aux plus criminels,
mais aux plus vitieux, mais aux plus facrileges
de tous les hommes, qui font mes perfecuteurs
& mes bourreaux. Non feulement j'obéiray
aux arrefts du ciel, toûjours équitables & fages, mais à ceux de la terre pleins d'injuftice &
de cruauté. Non feulement j'obéiray à des puiffances qui n'ont nulle authorité legitime fur
moy; mais à des puiffances liguées contre moy,
à des puiffances qui m'oppriment; & par cet affujettiffement volontaire, j'aboliray le crime de
l'homme rebelle à la loy de fon createur. C'eft
pour cela mefme, dit faint Bernard, qu'il ne
voulut point defcendre de la croix; ayant mieux
aimé, remarque ce Pere, laiffer les juifs dans
leur incredulité, que de les convaincre par un
miracle de fa propre volonté, & preferant d'accomplir l'ordre de fon pere & d'obéir, pluftoft
que de les convertir & de les fauver en n'obéiffant pas. L'homme par une intemperance cri-

V ij

minelle, en gouſtant du fruict de l'arbre, avoit accordé à ſes ſens un plaiſir défendu : & moy, dit l'homme-Dieu, qui pourrois ne me rien re-fuſer des delices de la vie, je me preſenteray à mon pere comme un homme de douleurs, comme une victime de penitence, comme un agneau deſtiné au ſacrifice le plus ſanglant. Car ce fut dans ſa ſainte paſſion, qu'animé d'un zé-le ardent pour la gloire & les intereſts de Dieu, il conçeût ce deſſein, & qu'il l'exécuta : *Hoſtiam & oblationem noluiſti, corpus autem aptaſti mi-hi; holocautomata pro peccato non tibi placuê-runt; tunc dixi : ecce venio.* Vous n'avez plus voulu, ô mon Dieu, dit-il dans le ſecret de ſon cœur, au moment qu'il fut crucifié, comme il l'avoit dit, ſelon le temoignage de ſaint Paul, en entrant dans le monde (remarquez ces paroles, Chreſtiens, qui expriment ſi bien le fonds & l'interieur de ce myſtere) vous n'avez plus vou-lu d'oblation ni d'hoſtie; mais vous m'avez for-mé un corps. Les ſacrifices des animaux ont ceſ-ſé de vous agréer : c'eſt pourquoy j'ay dit, me voicy; je viens, je m'immole. Paroles venera-bles, qui ſelon la lettre meſme, doivent eſtre entenduës de ce qui ſe fit au Calvaire, puiſque c'eſt là que Jeſus-Chriſt, en qualité de grand Preſtre, termina les ſacrifices de l'ancienne loy par la conſommation du ſacrifice de la loy de grace; là que la croix luy ſervant d'autel, il

Hebr. 10.

préfenta folemnellement fa perfonne divine; là qu'il offrit, non plus le fang des boucs & des taureaux, mais fon propre fang ; & pour parler en des termes plus fimples & plus précis, là qu'il fe mit en eftat de fatisfaire à Dieu , non plus par des fujets étrangers, mais par luy-mef-me & 'aux dépends de luy-mefme. Or c'eft ce que j'appelle l'ouvrage de la fageffe d'un Dieu.

Ce n'eft pas encore affez. Car j'adjoufte que ce Sauveur des hommes nous a fait parfaite-ment comprendre, ce qui de foy-mefme eftoit incomprehenfible, & ce que nous aurions fans luy éternellement ignoré. Et quoy ! ce que c'eft que Dieu, ce que c'eft que le peché, ce que c'eft que le falut. Trois chofes aufquelles fe doit rap-porter toute la fageffe de l'homme, & dont la connoiffance, & pour vous & pour moy, eftoit effentiellement attachée au myftere de Jefus-Chrift mourant fur la croix. Qu'eft-ce que Dieu ! un eftre pour la gloire duquel il a fallu qu'il y euft un homme-Dieu humilié & anéan-ti jufques à la croix. Voilà l'idée que je m'en forme aujourd'huy. Tout le refte ne me fait point fuffifamment connoiftre Dieu : tout ce que j'en découvre dans la nature, tout ce que m'en dit la Theologie, tout ce que les Ecritu-res m'en apprennent, tout ce que la lumiere de gloire m'en révelera , ce ne font proprement

V iij

que des ombres. C'eſt au Calvaire où la foy
comme dans un plein jour, me fait paroiſtre ce
Dieu auſſi grand qu'il eſt, parce que j'y vois un
homme-Dieu immolé pour reconnoiſtre ce
qu'il eſt : & Dieu luy-meſme, l'oſeray-je dire,
n'a point d'idée plus ſublime de la divinité de
ſon eſtre, que de meriter d'eſtre glorifié par la
croix d'un homme-Dieu; je dis plus, que de ne
pouvoir eſtre autrement ſatisfait que par la croix
d'un homme-Dieu. Qu'eſt-ce que le peché!
un mal pour l'expiation duquel il a fallu qu'un
Dieu-homme ſe fiſt anatheſme, & devinſt un
ſujet de malediction : *Factus pro nobis male-*
dictum. Voilà ce que le myſtere de la croix me
preſche. Je ne concevois pas comment le peché pouvoit attirer ſur nous des chaſtimens ſi
terribles ; & m'érigeant en cenſeur des arreſts
de Dieu, je luy demandois raiſon de cette af-
freuſe éternité de peines que ſa juſtice prepare
aux ames reprouvées dans l'enfer. Mais mon
ignorance venoit de n'avoir pas bien conſideré
le myſtere de Jeſus-Chriſt mourant. Car la
mort d'un Dieu, ordonnée comme un moyen
neceſſaire pour l'abolition du peché, me fait
comprendre plus que je ne veux, quelle proportion il y a entre le peché, qui eſt l'offenſe
de Dieu, & l'éternité malheureuſe qui eſt la peine de la créature. Suppoſé l'un, je ne trouve
plus de difficulté dans l'autre; & convaincu par

Galat. 3.

le raisonnement de Jesus-Christ mesme, *Si in* Luc. 23.
viridi ligno hæc faciunt, in arido quid fiet ! si le
Fils & l'innocent est ainsi traité, que sera-ce
de l'esclave & du coupable ! je ne m'étonne
plus de la rigueur des jugemens de Dieu, ni de
l'excés de ses vengeances ; mais je m'étonne de
mon propre étonnement. Qu'est-ce que le salut de l'homme ! un bien qui seul a cousté la vie
à un Dieu, & pour lequel un homme-Dieu n'a
point crû trop donner ni estre prodigue, que de
se sacrifier soy-mesme. Voilà la grande leçon
que me fait ce divin maistre expirant sur la
croix. Je comptois ce salut pour rien, je le ne-
gligeois, je l'exposois, je le risquois ; un vain
interest, un faux honneur, un moment de plaisir & du plus infame plaisir, me le faisoit abandonner. Mais approche, me dit par la voix de
son sang ce Dieu crucifié, approche ; & aux dépens de ce que je souffre, instruits-toy du merite de ton ame. Tu t'estimes toy-mesme, mais
tu ne t'estimes pas encore assez. Contemple-toy
bien dans moy ; tu verras ce que tu es, & ce
tu vaux. C'est par moy que tu dois te mesurer :
car je suis ton prix ; & ce salut à quoy tu renon-
ces en tant de rencontres, n'est rien moins que
ce que je suis moy-mesme, puisque je me livre
moy-mesme pour te l'asseûrer. C'est ainsi, dis-
je, qu'il me parle. Or cela seul me suffiroit pour
conclure avec saint Paul, que le mystere de la

V iiij

croix eſt donc le myſtere de la ſageſſe diviné.
Car comme raiſonne S. Chryſoſtome, un myſtere qui me donne de ſi hautes idées de Dieu,
un myſtere qui m'inſpire une horreur infinie
pour le peché, un myſtere qui me fait priſer
mon ſalut preferablement à tous les autres biens
paſſez, preſens, futurs, & meſmes poſſibles ; de
quelque coſté que je le regarde, doit eſtre pour
moy un myſtere de ſageſſe. Des ſentimens ſi
raiſonnables, ſi élevez, ſi ſublimes, ne peuvent
partir d'un principe trompeur & faux. Il n'y a
que la ſageſſe & que la ſageſſe d'un Dieu, qui
puiſſe me les donner. Et voilà pourquoy l'A-
poſtre des Gentils penetré de la foy de ce myſtere, faiſoit profeſſion, mais une profeſſion ouverte, de vouloir ignorer tout le reſte, hors Jeſus, & Jeſus crucifié : *Non enim judicavi, me ſci-*
re aliquid inter vos, niſi Jeſum Chriſtum, & hunc
crucifixum. Car dans ce Jeſus crucifié, il trouvoit excellemment & en abregé tout ce qu'il
devoit ſçavoir, & tout ce qu'il avoit intereſt de
ſçavoir, c'eſt à dire, la ſcience éminente de Dieu,
& la ſcience ſalutaire de ſoy-meſmé. Or avec
ces deux ſciences, il croyoit & avec raiſon,
pouvoir ſe paſſer de toute autre ſcience : *Non*
enim judicavi, me ſcire aliquid inter vos, niſi Je-
ſum Chriſtum, & hunc crucifixum.

　　Mais approfondiſſons une verité ſi édifiante,
& developpons le ſecond motif de la miſſion

2. Cor. 2.

de Jesus-Chrift & de fa fonction de Sauveur.
Aprés avoir fatisfait à Dieu, il eftoit queftion de
reformer l'homme, qui non feulement eftoit
tombé dans le defordre, mais dans l'extremité
& dans l'abyfme de tous les defordres. Ce defordre de l'homme, dit le bien-aimé difciple
faint Jean, venoit de trois fources; de la concupifcence des yeux, de la concupifcence de la
chair, & de l'orgueil de la vie : c'eft à dire, d'u-
ne infatiable avidité des biens temporels, d'une
recherche paffionnée des honneurs du fiecle, &
d'un attachement exceffif aux plaifirs des fens. Il
s'agiffoit de nous guérir de ces trois grandes maladies; & en voicy les remedes, que le Fils de
Dieu nous a apportez du ciel, & qu'il nous prefente aujourd'huy dans fa paffion : le dépoüillement de toutes chofes & la nudité où il meurt,
contre l'amour des richeffes & la cupidité qui
nous brûle : les abbaiffemens prodigieux où il
fe réduit, contre les projets de l'ambition qui
nous dévore : les aufteritez d'une chair virgi-
nale, enfanglantée & dechirée de coups, contre la molleffe & la fenfualité qui nous corrompt. Remedes infaillibles & feûrs; remedes
qu'il ne tient qu'à nous de nous appliquer, dont
il ne tient qu'à nous de profiter, & où paroift
toute la providence & toute la fageffe du Medecin qui nous les a preparez. Ne nous préoc-
cupons point, & faifons-nous une fois juftice

pour la faire éternellement à noftre Dieu. N'eft-
il pas évident, mes chers Anditeurs, que le myftere de la croix a une oppofition effentielle à ces
trois principes qui caufent tous les déreglemens
de voftre vie! N'eft-il pas évident que ce feul myf-
ftere condamne toutes vos injuftices, toutes vos
violences, toutes vos haines, tous vos commerces fcandaleux, toutes vos diffolutions, toutes
vos débauches; & de là ne s'enfuit-il pas que
c'eft un myftere où la fageffe de Dieu a prefidé!
Ce qui modere nos defirs, ce qui regle nos paffions, ce qui confond noftre orgueil, ce qui
arrache de noftre cœur l'amour de nous - mefmes, en un mot ce qui corrige tous nos vices & ce qui nous tient dans l'ordre, peut-il
n'eftre pas un effet de l'ordre, & par confequent
de cette fuprefme fageffe qui eft en Dieu! Que
feroit-ce, difoit le fçavant Pic de la Mirande,
fi les hommes d'un confentement unanime s'ac-
cordoient entre eux à vivre felon les exemples
que Jefus-Chrift leur a donnés & les leçons
qu'il leur a faites dans fa paffion; en forte que
ce Dieu crucifié, fuft dans la pratique, la regle
univerfelle par où le monde fe gouvernaft! A
quel degré de perfection le monde aujourd'-
huy fi corrompu, ne fe trouveroit-il pas tout à
coup élevé! Cette veûë que l'on auroit toûjours
prefente & à laquelle on fe fixeroit, cette veûë
de la croix, dans quelle modeftie ne contien-

droit-elle pas les grands, & quelle soumission n'inspireroit-elle pas aux petits ! les riches abuseroient-ils de leurs richesses, & les pauvres se plaindroient-ils de leur pauvreté ! ceux qui souffrent se tourneroient-ils contre Dieu dans leurs souffrances ; & les prétendus heureux du siecle oubliroient-ils Dieu, en s'oubliant eux-mesmes dans leur prosperité ! verroit-on dans la societé humaine des vengeances & des trahisons ! l'esprit d'interest y regneroit-il ! la jalousie & l'ambition y causeroient-elles des divisions & des troubles ! la bonne foy & la probité en seroient-elles bannies ! Autant que les hommes sont maintenant déreglez, autant leur conduite seroit-elle sage & droite, & leur vie innocente & pure.

Mais pourquoy falloit-il que Jesus-Christ, sans estre sujet à nos maux, en éprouvast les remedes dans sa personne ! Ah, mes Freres, repond saint Augustin, ces remedes estant aussi amers qu'ils le sont, pouvoit-il rien faire de mieux, que de les éprouver dans sa personne, pour nous les adoucir & pour nous en persuader l'usage ! Sans cela les aurions-nous jamais pû gouster ; & pour nous engager à les prendre, ne falloit-il pas l'exemple d'un Dieu ! Supposons que cet homme-Dieu, au lieu de la croix eust choisi, pour nous sauver, les douceurs de la vie ; quel avantage nostre amour pro-

pre, fource de toute corruption, n'auroit-il pas
tiré de là, & jufques à quel poinct ne s'en feroit-il pas prévalu ! Aurois-je eû bonne grace
alors de vous demander, comme je fais aujourd'huy, la mortification des fens, le cruci-
fiement de la chair, le renoncement à vous-
mefmes, l'humilité de la penitence ! M'écoute-
riez-vous ; & cette feule idée de voftre Dieu
dans l'éclat des honneurs & dans le plaifir, ne
feroit-elle pas un prejugé infurmontable contre toutes mes raifons ! Mais quelle force auffi
cet exemple d'un Dieu mourant fur la croix
ne donne-t-il pas à mon miniftere & à ma parole ! & avec quelle authorité ne vous dis-je
pas qu'il faut que vous foyez humbles, mortifiez, detachez du monde ; ce que je n'aurois dit
qu'en tremblant & defefperant d'en eftre crû !
Or n'eftoit-ce pas une fageffe à Dieu, de fournir aux miniftres de Jefus-Chrift & aux predicateurs de fon Evangile, de quoy vous fermer la
bouche, quand ils vous prefchent les devoirs
les plus difficiles de voftre religion, & de vous
mettre dans l'impuiffance de leur répondre,
quand ils vous reprochent l'oppofition extrefme
que vous marquez à les pratiquer ! Mais pourquoy corriger des excés par d'autres excés ! les
excés de l'homme par les excés d'un Dieu ! Et
moy je dis : quelle fageffe d'avoir corrigé des
excés de malice par des excés de perfection,

des excés d'iniquité par des excés de sainteté,
des excés d'ingratitude par des excés d'amour!
Pour retirer l'homme de l'extremité des vices
où il s'estoit porté, ne falloit-il pas le faire pan-
cher vers l'extremité des vertus contraires! Auroit-il pû dans la violence de sa passion, tenir
toûjours le milieu; & n'estoit-il pas necessaire
pour éteindre en luy le feu de l'avarice, de l'ambition, de l'impureté, de luy faire aimer la pauvreté, l'humiliation, l'austerité! Car encore une
fois, pour nous sauver d'une maniere parfaite,
il ne suffisoit pas à Jesus-Christ de nous venir
dire, que ces trois concupiscences nous perdoient. Il falloit qu'il vinst dans un estat qui
nous engageast à les combattre, à les contredire, à les arracher de nos cœurs. Elles ne nous
perdoient qu'autant qu'elles séduisoient nostre
raison, & qu'elles infectoient nostre cœur; & si
nous en eussions conservé toûjours l'amour &
l'estime, nous n'estions sauvez qu'à demi. Il falloit donc que les vertus opposées à ces concupiscences malheureuses, nous devinssent non
seulement supportables, mais aimables, mais
precieuses & venerables. Or pour cela que pouvoit trouver de plus merveilleux le verbe de
Dieu, que de les consacrer dans sa personne,
afin, comme dit excellemment saint Augustin,
que l'humilité de l'homme eust dans l'humilité d'un Dieu surquoy s'appuyer & de quoy se

foutenir contre les atteintes & les infultes de

Aug.

l'orgueil : *Ut humilitas humana contra infultantem fibi superbiam divinæ humilitatis patrocinio fulciretur.*

En voilà trop, Chreſtiens, je ne dis pas pour convaincre, mais pour confondre un jour noſtre raiſon dans le jugement de Dieu ; & plaiſe au ciel que ce jugement de Dieu où noſtre raiſon doit eſtre convaincuë de ſes erreurs & confonduë, ne ſoit pas déja commencé pour nous. Car dés aujourd'huy ce Sauveur mourant s'eſt mis en poſſeſſion de juger le monde ; & la croix a eſté le premier tribunal, ſur lequel il a paru, prononçant contre les hommes, ou en faveur des hommes, des arreſts de vie ou de mort. Ce n'eſt point un ſentiment particulier que la pieté m'inſpire, mais une verité que la foy m'enſeigne, quand je vous dis que le jugement du monde commença au moment meſme que commença la paſſion de Jeſus-Chriſt, puiſque c'eſt ainſi que luy-meſme il s'en expliqua à ſes Apoſ-

Joan. 12.

tres : *Nunc judicium eſt mundi.* Ce ne ſont point de vaines terreurs qu'on veut nous donner, quand on nous dit que la croix où cet homme-Dieu fut attaché, ſera produite à la fin des ſiecles, pour eſtre la regle du jugement que Dieu

Matth. 24.

fera de nous & de tous les hommes : *Tunc parebit ſignum Filii hominis.* Penſée terrible pour un mondain ! c'eſt la croix de Jeſus-Chriſt qui me

jugera, cette croix fi ennemie de mes paffions ;
cette croix que je n'ay honorée qu'en fpeculation, & que j'ay toûjours eû en horreur dans
la pratique ; cette croix dont je n'ay jamais fait
aucun ufage, & dont à mon égard j'ay anéanti tous les merites. C'eft cette croix qui me fera confrontée : *Tunc parebit fignum Filii hominis.* Tout ce qui ne s'y trouvera pas conforme,
portera le caractere & le fçeau de la reprobation. Or quels traits de reffemblance puis-je decouvrir entre cette croix & mon libertinage,
entre cette croix & mes folles vanitez, entre
cette croix & ma vie fenfuelle ! Ah ! Seigneur,
feray-je donc condamné par le plus grand de vos
bienfaits & par le gage mefme de mon falut !
& ce qui devoit me reconcilier avec vous, ne
fervira-t-il qu'à me rendre devant vous plus
criminel & plus odieux ! Mais au contraire,
penfée confolante pour une ame fidelle &
jufte : c'eft la croix de Jefus-Chrift qui decidera de mon fort, cette croix en qui j'ay mis
toute ma confiance, cette croix qui m'a fortifié & qui me fortifie encore tous les jours dans
mes peines, cette croix dont je vais adorer l'i-
mage devant cet Autel, mais dont je veux eftre moy-mefme une image vivante. Dieu crucifié, recevez mes hommages, agréez les fentimens de mon cœur, & faites que voftre
croix après avoir efté le fujet de ma venera-

tion & plus encore l'objet de mon imitation, soit éternellement pour moy un signe de benediction.

SERMON

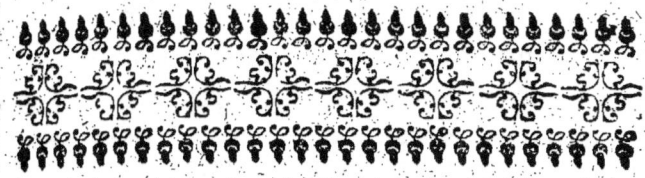

SERMON
POUR LA FESTE
DE
PASQUES.

Sur la Resurrection de Jesus-Christ.

Traditus est propter delicta nostra, & resur-
rexit propter justificationem nostram.

*Il a esté livré pour nos pechez, & il est ressusci-
té pour nostre justification.* Aux Romains
chap. 4.

SIRE,

C'Est sur ce temoignage de saint Paul, que
s'est fondé saint Bernard, quand il a dit que la
resurrection du Fils de Dieu, qui est proprement le mystere de sa gloire, avoit esté au mesme temps la consommation de sa charité envers
les hommes. Il n'en faut point d'autre preuve
que les paroles de mon texte, puisqu'elles nous

Tome III.　　　　　　　X

font connoiſtre que c'eſt pour noſtre intereſt,
pour noſtre ſalut, pour noſtre juſtification, que
ce Sauveur adorable eſt entré en poſſeſſion de
ſa vie glorieuſe, & qu'il eſt reſſuſcité : *Et reſur-*
rexit propter juſtificationem noſtram. A en juger ſelon nos veües, on croiroit d'abord que
les choſes devoient eſtre au moins partagées,
& que Jeſus-Chriſt ayant achevé ſur la croix
l'ouvrage de noſtre Redemption, il ne devoit
plus penſer qu'à ſa propre grandeur, c'eſt à dire, qu'eſtant mort pour nous, il devoit ne reſſuſciter que pour luy-meſme. Mais non, Chreſtiens, ſon amour pour nous n'a pû conſentir
à ce partage. C'eſt un Dieu, dit ſaint Bernard,
mais un Dieu Sauveur, qui veut nous appartenir entierement; & dont la gloire & la béatitude ont dû par conſequent ſe rapporter à nous,
auſſi bien que ſes humiliations & ſes ſouffrances : *Totus in uſus noſtros expenſus.* Tandis que
ſes humiliations nous ont eſté utiles & neceſſaires, il s'eſt humilié & anéanti. Tandis que
pour nous racheter, il a fallu qu'il ſouffriſt, il
s'eſt livré aux tourmens & à la mort. Du moment que l'ordre de Dieu exige que ſon humanité ſoit glorifiée, il veut que nous profitions
de ſa gloire meſme : car s'il reſſuſcite, pourſuit
le meſme ſaint Bernard, c'eſt pour eſtablir noſtre foy, pour affermir noſtre eſperance, pour ranimer noſtre charité; c'eſt pour reſſuſciter luy-
meſme en nous, & pour nous rendre capables

Bern.

de reſſuſciter ſpirituellement avec luy : en un mot, comme il eſt mort pour nos pechez, il reſſuſcite pour noſtre ſanctification : *Et reſur-rexit propter juſtificationem noſtram.* Voilà le myſtere que nous celebrons, & dont l'Egliſe univerſelle fait aujourd'huy le ſujet de ſa joye. Myſtere auguſte & venerable, ſur lequel roule non ſeulement toute la religion chreſtienne, parcequ'il eſt le fondement de noſtre foy ; mais toute la pieté chreſtienne, parce qu'il doit eſtre la regle de nos mœurs. C'eſt ce que j'entre-prends de vous monſtrer, aprés que nous au-rons imploré le ſecours de la Mere de Dieu, & que nous l'aurons felicitée de la reſurrection de ſon Fils. *Regina cœli.*

Pour entrer d'abord dans mon ſujet, je pré-ſuppoſe icy, Chreſtiens, ce que la foy nous en-ſeigne, & ce que nous devons regarder com-me un poinct eſſentiel de noſtre religion ; ſça-voir, que Jeſus-Chriſt en mourant nous a par-faitement juſtifiez, & que pour nous remettre en grace avec Dieu rien n'a manqué au merite de ſa mort. Mais outre ce merite, il nous fal-loit, dit ſaint Chryſoſtome, un exemplaire & un modelle ſur qui nous puſſions nous for-mer & que nous euſſions ſans ceſſe devant les yeux, pour travailler nous-meſmes à l'accom-pliſſement de ce grand ouvrage de noſtre juſti-fication, ou ſi vous voulez, de noſtre converfion, à laquelle felon l'ordre de Dieu nous devions cooperer; & c'eft à quoy le Sauveur du monde a divinement pourveû par fa refurrection glorieufe.

Vous le fçavez, Chreftiens, & vous ne pouvez l'ignorer, puifque c'eft un article de la foy mefme que vous profeffez: le peché du premier homme fut une préfomption temeraire, qui le porta jufqu'à s'élever au deffus de luy-mefme, jufqu'à vouloir fe mefurer avec Dieu, eftre éclairé comme Dieu, reffembler à Dieu: *Eritis ficut dii.* Mais vous fçavez auffi la fage conduite que Dieu a tenuë à l'égard de l'homme, lorfque par un fecret bien furprenant de fa providence, il luy a ordonné pour remede ce qui fembloit avoir efté la caufe de fon mal, & qu'il l'a obligé à fe fanctifier, par ce qui l'avoit rendu criminel: je veux dire, lorfque ce Dieu de gloire s'incarnant & s'humanifant, s'eft mis luy-mefme dans des eftats, où non feulement il eft permis à l'homme de vouloir reffembler à fon Dieu, mais où fon plus grand defordre eft de ne le vouloir pas, & en effet de ne luy reffembler pas. Or quel eftat fur tout l'Ecriture nous marque-t-elle, où le Fils de Dieu ait prétendu que nous duffions luy eftre femblables, & où ce ne fuft plus un crime, mais un merite & un devoir de nous conformer à luy! l'eftat de fa refurrection.

Car c'eft pour cela, dit expreffément le grand

Genef. 3.

Apoſtre, qu'il eſt reſſuſcité d'entre les morts, afin que ſanctifiez par ſon exemple nous prenions une nouvelle vie : *Ut quomodo Chri-* Rom. 6. *ſtus ſurrexit à mortuis, ita & nos in novitate vitæ ambulemus.* Au reſte, mes Freres, adjouſte ſaint Chryſoſtome, ces paroles ne ſont pas une ſimple inſtruction de l'Apoſtre, mais un oracle du Saint Eſprit, qui nous revéle, & qui nous fait comprendre le deſſein de Dieu : d'où il s'enſuit, que non ſeulement la reſurrection du Sauveur a eû d'elle-meſme toutes les qualitez requiſes pour nous ſervir de modelle dans noſtre converſion ; mais que Dieu a prétendu nous la propoſer comme un modelle, & que c'eſt particulierement dans cette veûë qu'il a voulu que Jeſus-Chriſt reſſuſcitaſt : *Ut quomodo Chriſtus ſurrexit, ita & nos ambulemus.* Ce qui faiſoit dire à Tertullien que les pecheurs convertis & reconciliez par la grace, ſont des abregez & comme des copies de la reſurrection de Jeſus-Chriſt : *Appendices reſurrectionis.* Car Tertull. c'eſt ainſi qu'il les appelloit : pourquoy ! parce que tout pecheur qui ſe convertit & qui change de vie, doit exprimer en ſoy-meſme par une parfaite imitation les caracteres & les traits qui conviennent à l'humilité de Jeſus-Chriſt dans l'eſtat de ſa reſurrection. Voicy donc quels ont eſté ces caracteres ; & par la comparaiſon que nous en allons faire, reconnoiſſons aujourd'huy ce que nous devons eſtre devant Dieu. Sur-

rexit Dominus verè, & apparuit Simoni : le Seigneur est vrayement ressuscité, disoient deux disciples du Sauveur parlant de leur maistre, & il s'est fait voir à Pierre. Voilà les deux regles que nous devons suivre, & en quoy consiste cette conformité qu'il doit y avoir entre Jesus-Christ & nous. Il est vrayement ressuscité, pour nous donner l'idée d'une conversion veritable; & il a paru ressuscité, pour nous donner l'idée d'une conversion exemplaire. Il est vrayement ressuscité, afin que nous nous convertissions veritablement & solidement, c'est la premiere partie : & il a paru ressuscité, afin que si nous sommes convertis, nous le paroissions pour la gloire de nostre Dieu, librement & genereusement, c'est la seconde partie. L'un sans l'autre, dit saint Augustin, est défectueux : car paroistre converti & ne l'estre pas, c'est imposture & hypocrisie ; & ne le paroistre pas, ou plustost craindre de le paroistre, c'est foiblesse & respect humain. Il faut donc l'estre, & le paroistre : *Surrexit & apparuit.* L'estre en esprit & en verité, par une conversion de mœurs qui se soutienne devant Dieu, *Surrexit verè.* Le paroistre avec une sainte liberté, en sorte que cette conversion soit encore selon l'Evangile, comme une lumiere qui luise devant les hommes, *Et apparuit Simoni.* Seray-je assez heureux, Chrestiens, pour vous bien persuader ces deux importantes obligations ! elles feront tout le partage de ce difcours : commençons.

C'Eſt ſaint Paul qui l'a dit, & je n'ay rien I. PARTIE.
moins prétendu dans la premiere propoſi-
tion que j'ay avancée, que d'eſtablir un principe de religion, dont il ne nous eſt pas permis de
douter : Jeſus-Chriſt eſt vrayement reſſuſcité,
& ſur ce modelle Dieu veut que nous ſoyons
vrayement convertis. Mais j'adjouſte, comme
la ſuite naturelle de ce principe, que Jeſus-
Chriſt aprés eſtre ſorti du tombeau, n'a plus
veſcu en homme mortel, mais en homme celeſte & reſſuſcité ; & que c'eſt une loy pour nous,
qu'aprés noſtre converſion, nous ne vivions plus
en hommes charnels & mondains, mais d'une
vie toute ſpirituelle, & conforme au bienheureux eſtat, où ſe trouvent élevez par la grace
des hommes ſincerement & ſolidement convertis. Deux penſées auſquelles je réduits ces
admirables paroles de l'Epiſtre aux Romains,
dont je fais toute la preuve des veritez que je
vous preſche : *Conſepulti ſumus cum Chriſto per* Rom. 6.
baptiſmum in mortem ; ut quomodo ſurrexit à
mortuis, ita & nos in novitate vitæ ambule-
mus : nous ſommes, mes Freres, enſevelis avec
Jeſus-Chriſt par le bapteſme, pour mourir au
peché ; afin que comme ce Dieu Sauveur eſt
reſſuſcité par ſa vertu toute-puiſſante, nous
ſoyons animez du meſme eſprit, & interieure-

rement reſſuſcitez, pour mener cette vie nouvelle qui eſt l'effet d'une veritable converſion.
Appliquez-vous, Chreſtiens, & ne perdez rien
d'une inſtruction ſi neceſſaire. *Surrexit Domi-*
nus verè : le Seigneur eſt vrayement reſſuſcité.
Principe encore une fois auquel vous & moy
nous devons nous attacher d'abord, pour nous
former une juſte idée de la converſion du pecheur. Ne vous étonnez pas, mes chers Auditeurs, que Jeſus-Chriſt, ſelon le rapport des E-
vangeliſtes, s'intereſſaſt tant à prouver & à prouver par luy-meſme ſa reſurrection. Les Apoſtres
eſtoient ſaiſis de frayeur en le voyant, parce qu'ils
croyoient voir un eſprit; *Conturbati & conterri-*
ti exiſtimabant ſe ſpiritum videre : & il ne pouvoit ſouffrir qu'ils demeuraſſent dans cette incertitude & dans ce trouble. Non, leur diſoit-
il pour les raſſeûrer, ce n'eſt point un eſprit:
c'eſt moy-meſme. Regardez mes pieds & mes
mains, touchez mes playes, & vous apprendrez
que je ne ſuis point un phantoſme, mais un corps
ſolide & réel. Pourquoy, demande ſaint Chryſoſtome, ce ſoin ſi exact de leur faire connoiſtre la verité de ſa reſurrection ! Ah, mes Freres,
répond ce ſaint Docteur, c'eſt qu'outre les autres raiſons qu'il avoit d'en uſer ainſi, il ſçavoit
bien la loy qui nous eſtoit deſlors impoſée, &
l'engagement où nous devions eſtre en qualité
de pecheurs, de reſſuſciter à la vie de la grace,
comme il eſtoit luy-meſme reſſuſcité à la vie

Luc. 24.

Ibidem.

de la gloire ; *Ut quomodo surrexit, ita &*
nos in novitate vitæ ambulemus. Or il estoit à
craindre que cette resurrection spirituelle de
nos ames, au lieu d'estre une verité, ne fust une
pure fiction ; & que passant pour des hommes
convertis, nous ne fussions rien moins au de-
dans, que ce que nous paroissions au dehors.
De là vient qu'il n'obmettoit rien pour convaincre ses disciples, qu'il n'estoit pas seulement
ressuscité en apparence, mais en effet : voulant
que cette resurrection veritable nous servist de
modelle & d'exemple.

L'entendez-vous, Chrestiens, & aviez-vous
jamais penetré la consequence de cette parole :
Surrexit verè ! Voilà néanmoins à quoy elle se
rapporte : à condamner tant de conversions imaginaires, qui n'ont d'une vraye conversion que
l'exterieur & le masque, sans en avoir le fonds &
le merite. Car permettez-moy de faire icy une
reflexion toute semblable à celle que faisoit saint
Paul, instruisant les Corinthiens sur la resurrection des corps : *Ecce mysterium vobis dico ; om-*   1. Cor. 13.
nes quidem resurgemus, sed non omnes immuta-
bimur. Voicy, mes Freres, leur disoit-il, un important secret que je vous declare: nous ressusciterons tous à la fin des siecles ; mais nous ne serons pas tous changez. Il vouloit par là leur faire
entendre, que quoyque les reprouvez dussent
avoir part à la resurrection future aussi bien que
les esleûs, leurs corps n'y seroient pas transfor-

mez comme les corps des eslûs, ni rendus semblables au corps glorieux de Jesus-Christ. Difference terrible sur laquelle insistoit l'Apostre,
pour donner aux fidelles une crainte salutaire
du jugement de Dieu. Mais quelque terrible
que doive estre cette difference des reprouvez
& des eslûs dans le jugement de Dieu, en voicy une autre, qui pour estre plus interieure, n'en
est pas moins fatale au pecheur; & qui sans attendre la fin des siecles, se trouve aujourd'huy
dans le christianisme selon les differentes dispositions des chrestiens à cette feste. Nous a-
vons tous celebré la resurrection de Jesus-
Christ; mais je ne sçais si nous avons tous é-
prouvé ce bienheureux changement que cette
sainte solemnité, par une grace qui luy est propre, devoit opérer dans nos ames. En recevant
l'adorable Sacrement du Sauveur, nous avons
tous paru spirituellement ressuscitez; mais peut-
estre s'en faut-il bien que nous ayons tous esté
renouvellez, & que dans ce grand jour nous
puissions tous également nous rendre ce temoignage devant Dieu, que nous ne sommes
plus les mesmes hommes. Voilà le mystere,
mais le redoutable mystere que je vous annonce, & sur lequel chacun de nous doit s'examiner : *Omnes quidem resurgemus, sed non omnes*
immutabimur.

1. Cor. 15.

Car avoüons-le de bonne foy; & puisqu'une
experience malheureuse nous force à le recon-

noiftre, ne nous en épargnons pas la confufion. Le defordre capital qu'on ne peut affez déplorer, ni trop vous reprocher, eft que dans cette folemnité de pafques, abufant de la penitence, qui felon les Peres, eft le Sacrement de la refurrection des pecheurs, nous mentions fouvent au Saint Efprit, nous impofons au monde, & nous nous trompions nous-mefmes. Oüy, mes Freres, jufques dans le tribunal de la penitence nous mentons au Saint Efprit, en deteftant de bouche ce que nous aimons de cœur; en difant que nous renonçons au monde, & ne renonçant jamais à ce qui entretient dans nous l'amour du monde; en donnant à Dieu des paroles que nous ne comptons pas de garder, & que nous ne fommes pas en effet bien determinez à tenir, ayant avec Dieu moins de bonne foy que nous n'en avons avec un homme, & mefmes avec le dernier des hommes. Nous impofons au monde par je ne fçais quelle fidelité à nous acquitter dans ce faint temps du devoir public de la religion, par l'éclat de quelques bonnes œuvres paffageres; par une oftentation de zéle fur des poincts, où fans eftre meilleur, on en peut avoir; par quelques reformes dont nous nous parons & à quoy nous nous bornons, tandis que nous ne travaillons pas à vaincre nos habitudes criminelles & à mortifier les paffions qui nous dominent. Nous nous trompons nous-mefmes, en confondant

les inspirations & les graces de conversion avec
la conversion mesme ; en nous figurant que
nous sommes changez, parce que nous sommes
touchez du desir de l'estre ; & sans qu'il nous
en ait cousté le moindre combat, en nous flattant d'avoir remporté de grandes victoires. Et
parce qu'en fait de penitence, tout cela n'est
qu'illusion & que mensonge, à tout cela l'E-
vangile oppose aujourd'huy cette seule regle,
Surrexit verè, il est vrayement ressuscité ; &
par cette regle nous donne à juger, combien
nous sommes éloignez des voyes de Dieu, puisqu'entre nostre vie nouvelle & la vie glorieuse
de Jesus-Christ, il y a une opposition aussi mon-
strueuse, que celle qui se trouve entre l'apparent & le réel, entre le vuide & le solide, entre le faux & le vray. Ah ! mes chers Auditeurs, combien de phantosmes de conversion,
ou pour user du terme de saint Bernard, combien de chimeres de conversion ne pourrois-je
pas vous produire icy, s'il m'estoit permis d'entrer dans le secret des cœurs & de vous en découvrir le fonds ! Combien de conversions purement humaines, combien de politiques, combien d'interessées, combien de forcées, combien d'inspirées par un autre esprit que celuy
qui nous doit conduire quand il s'agit de retourner à Dieu ! Conversions, si vous voulez,
fecondes en beaux sentimens, mais steriles en
effets ; magnifiques en paroles, mais pitoyables

dans la pratique ; capables d'éblouïr, mais incapables de sanctifier. Combien de consciences se sont presentées devant les autels comme des sepulchres blanchis, & sous cette surface trompeuse cachent encore la pourriture & la corruption ! Sont-ce là les copies vivantes de cet homme-Dieu, qui renaist du sein de la mort, pour estre, comme dit saint Paul, l'aisné d'entre plusieurs freres : *Ut sit ipse primogenitus in mul-* **Rom. 8.** *tis fratribus* ! Non non, Chrestiens, ce n'est point par là qu'on a le bonheur & la gloire de luy ressembler ; il faut quelque chose de plus, & sans une conversion veritable on n'y peut prétendre. Or qu'est-ce qu'une veritable conversion ! Comprenez cecy, s'il vous plaist ; c'est à dire, une conversion de cœur & sans déguisement, une conversion surnaturelle dont Dieu soit le principe, l'objet, & la fin. Que ne m'est-il permis de développer ces deux articles importants dans toute leur étenduë !

Conversion sincere & sans déguisement : car dit S. Bernard, pourquoy nous contrefaire devant Dieu, qui nous ayant faits ce que nous sommes, voit mieux que nous-mesmes ce qui est en nous & ce qui n'y est pas ! & pourquoy feindre devant les hommes, dont l'estime ne nous justifiera jamais, & dont l'erreur sur ce poinct sera mesmes un jour nostre confusion ! N'est-ce pas pour cela que S. Paul representant aux chrestiens, comme autant d'obligations, les consequences qu'ils devoient tirer de ce myſtere, en revenoit toûjours à cette loy : que Jeſus-Chriſt noſtre Agneau paſchal avoit eſté immolé pour nous, & que nous devions celebrer cette feſte, non avec le vieux levain, avec ce levain de diſſimulation & de malice, dont peut-eſtre nos cœurs juſques à preſent avoient eſté infectez. *Non in fermento veteri, neque in fermento malitiæ & nequitiæ ;* mais dans un eſprit de ſincerité & de verité ; *Sed in azymis ſinceritatis & veritatis :* pourquoy ! parce que le Seigneur meſme avoit dit que cette ſincerité de converſion eſtoit la condition eſſentielle qui dévoit nous donner avec Jeſus-Chriſt reſſuſcité une ſainte reſſemblance !

1. Cor. 5.

En effet, ce qui nous perd devant Dieu, & ce qui nous empeſche de reſſuſciter en eſprit, comme Jeſus-Chriſt reſſuſcita ſelon la chair, c'eſt communément un levain de peché, que nous fomentons dans nous, & dont nous ne travaillons pas à nous défaire. Je m'explique. On ſe reconcilie avec ſon frere & l'on pardonne à ſon ennemi ; mais il reſte néanmoins toûjours un levain d'aigreur & de chagrin qui differe peu de l'animoſité & de la haine. On rompt une attache criminelle ; mais on ne la rompt pas tellement, qu'on ne s'en reſerve, pour ainſi dire, certains droits, à quoy l'on prétend que la loy de Dieu n'oblige pas en rigueur de renoncer ; certains commerces, que l'honneſteté &

la bienséance semblent authoriser; certaines libertez que l'on s'accorde, en se flattant qu'on
n'ira pas plus loin. Voilà ce que saint Paul appelle le levain du peché : *Neque in fermento
malitiæ & nequitiæ.* Or il faut, mes Freres,
adjoustoit l'Apostre, vous purifier de ce levain,
si vous voulez celebrer la nouvelle pasques. Il
faut vous souvenir que comme un peu de levain, quand il est corrompu, suffit pour gaster
toute la masse; aussi ce qui reste d'une passion
mal éteinte, quoyqu'amortie en apparence, peut
destruire & anéantir tout le merite de nostre
conversion : *Expurgate vetus fermentum, ut* 1. Cor. 5.
sitis nova conspersio.

Conversion surnaturelle & dans la veuë de
Dieu; car que peuvent tous les respects humains & toutes les considerations du monde,
quand il s'agit de nous faire revivre à Dieu, &
de reproduire en nous tout de nouveau l'esprit de la grace, aprés que nous l'avons perdu!
On nous dit que le desordre où nous vivons
peut estre un obstacle à nostre fortune, que cette attache nous rend méprisables, que ce scandale nous rend odieux, & sur cela précisément
nous nous corrigeons. On nous fait entendre
que la pieté pourroit servir à nostre establissement, & pour cela nous nous reformons. Qu'est-
ce qu'une telle conversion, eust-elle d'ailleurs
tout l'éclat de la plus exacte & de la plus sincere regularité! On s'éloigne du monde par un

dépit secret, par impuissance d'y réüssir, par desespoir de parvenir à certains rangs que l'ambition y cherche. On se détache de cette personne, parce qu'on en est degousté, parce qu'on en a découvert la perfidie & l'infidelité. On cesse de pecher, parce que l'occasion du peché nous quitte, & non pas parce que nous quittons l'occasion du peché. Tout cela, ombres de conversion. Il faut qu'un principe surnaturel nous anime, comme Jesus-Christ ressuscita par une vertu divine. Il faut que sur le modelle de Jesus-Christ, qui dans sa resurrection, selon le beau mot de S. Augustin, parut entierement Dieu, *In resurrectione totus Deus*, parce qu'en vertu de ce mystere, l'humanité fut toute absorbée dans la divinité; aussi dans nostre conversion il n'y ait rien qui ressente l'homme, rien qui tienne de l'imperfection de l'homme, rien qui participe à la corruption de l'homme : que l'interest n'y entre point, que la prudence de la chair ne s'en mesle point, & que si la créature en est l'occasion, le créateur en soit le motif. Ainsi le pratiquoit l'Apostre, quand il disoit : loin de moy cette fausse justice que je pourrois trouver dans moy, & qui seroit de moy, parce que Dieu dés-lors n'en seroit pas l'objet, ni le principe. Il ne me suffit pas mesmes d'avoir cette justice imparfaite qui vient de la loy; mais il me faut celle qui vient de Dieu par la foy, celle qui me fait connoistre Jesus-Christ & la vertu de sa resurrection,

August.

rection, afin que je parvienne, s'il eſt poſſible, à cette reſurrection bienheureuſe, qui diſtingue les vivants d'avec les morts, c'eſt à dire, les pecheurs juſtifiez d'avec ceux qui ne le ſont pas. *Ut inveniar in illo non habens meam juſtitiam quæ ex lege eſt, ſed illam quæ ex fide eſt Chriſti Jeſu : ad cognoſcendum illum, & virtutem reſurrectionis ejus : ſi quomodo occurram ad reſurrectionem quæ eſt ex mortuis.* Ainſi aprés l'Apoſtre en ont uſé tous les vrays penitens en ſe convertiſſant à Dieu. Ils ont fermé les yeux à tout le reſte, ils n'ont conſulté ni la chair ni le ſang, ils ont foulé le monde aux pieds, ils ſe ſont élevez au deſſus d'eux-meſmes : & pourquoy ! parce qu'ils cherchoient, dit ſaint Paul, une reſurrection plus ſolide & plus avantageuſe que celle qui nous eſt figurée dans la converſion prétenduë des mondains ; *Ut meliorem invenirent reſurrectionem.* Car encore une fois, il y a maintenant une diverſité de converſions, comme à la fin des ſiecles il y aura une diverſité de reſurrections ; & comme, ſelon l'Evangile, les uns ſortiront de leurs tombeaux pour reſſuſciter à la vie, les autres pour reſſuſciter à leur condamnation & à la mort, *Et procedent qui bona fecerunt, in reſurrectionem vitæ : qui verò mala egerunt, in reſurrectionem judicii :* de meſmes voit-on des pecheurs ſortir du tribunal de la penitence, les uns vivifiez par la grace & reconci-

Hebr. 11.

Joan. 5.

Tome III. Y

liez avec Dieu, les autres par l'abus du Sacrement encore plus endurcis dans le peché & plus
ennemis de Dieu. Heureux, conclut le Saint
Esprit dans l'Apocalypse, heureux & saint quiconque aura part à la premiere resurrection! il
parle de la resurrection des justes : *Beatus &*
sanctus qui habet partem in resurrectione pri-
mâ. Je dis par la mesme regle, heureux & saint
quiconque a eû part à la première conversion!
heureux & saint celuy qui ressuscitant avec Jesus-Christ, selon la maxime de l'Apostre, n'en-
visage dans sa conversion que les choses du ciel,
detourne sa veüë de tous les objets de la terre,
ne cherche point les prosperitez, s'éleve au dessus des adversitez, est content de posseder Dieu,
& s'attache à Dieu pour Dieu mesme! Or c'est
cette conversion, Chrestiens, que Dieu vous demande aujourd'huy, & dont il vous propose le
modelle dans la personne de son Fils.

Cependant n'en demeurons pas là : j'ay dit
que le Sauveur du monde aprés estre sorti du
tombeau, n'avoit plus vescu en homme mortel, mais en homme celeste & ressuscité; & que
c'est une loy pour nous, de mener aprés nostre
conversion une vie nouvelle, & conforme à
l'heureux estat où sont élevez par la grace des
hommes vrayement convertis : *Ut quomodo sur-*
rexit à mortuis, ita & nos in novitate vitæ am-
bulemus. Mais en quoy consiste cette nouvelle
vie! Retournons à nostre modelle. Le voicy.

Apoc. 20.

Rom. 6.

Jesus-Christ en qualité d'homme estoit composé d'un corps & d'une ame : mais son corps
au moment qu'il ressuscita, par un merveilleux
changement, de materiel & de terrestre qu'il
estoit dans sa substance, devint un corps tout
spirituel dans ses qualitez; & son ame en vertu
de la mesme resurrection, se trouva par un autre prodige parfaitement separée du monde,
quoyqu'elle fust encore au milieu du monde.
Deux traits de ressemblance, que Jesus-Christ
ressuscité doit nous imprimer, pour faire en nous
ce renouvellement, qui est la preuve necessaire,
mais infaillible, de nostre conversion. Il avoit un
corps, & ce corps revestu de gloire sembloit estre de la nature & de la condition des esprits.
Verité si constante, que saint Paul, envisageant
le mystere que nous celebrons, ne craignoit
point de dire aux Corinthiens : *Itaque, etsi co-* **2. Cor. 5.**
gnovimus secundùm carnem Christum, sed nunc
jam non novimus. C'est pourquoy, mes Freres, quoyqu'autrefois nous ayons connu Jesus-
Christ selon la chair, maintenant qu'il est ressuscité d'entre les morts, nous ne le connoissons plus de la mesme sorte, ni selon cette mesme chair. Que dites-vous, grand Apostre, reprend là-dessus saint Chrysostome! quoy, vous
ne connoissez plus vostre Dieu, selon cette chair
adorable, dans laquelle il a operé vostre salut!
cette chair formée par le Saint Esprit, conceûë
par une vierge, unie & associée au verbe divin;

cette chair qu'il a immolée pour vous au calvaire, qu'il vous a laissée pour nourriture dans
son Sacrement, & qui doit estre un des objets
de vostre béatitude dans le ciel, vous ne la connoissez plus ! Non, répond l'Apostre sans hési-
ter, depuis que cet homme-Dieu degagé des
liens de la mort a pris possession de sa vie glorieuse, je ne le connois plus selon la chair: *Et-*
si cognovimus secundùm carnem Christum, sed
nunc jam non novimus. Ainsi le disoit le maî-
tre des gentils, & n'en faites-vous pas d'abord
l'application? C'est à dire, que si vous estes vrayement convertis, il faut que l'on ne vous con-
noisse plus, ou plustost que vous ne vous connoissiez plus vous-mesmes selon la chair; que
vous ne cherchiez plus à satisfaire les desirs de-
reglez de la chair; que vous ne soyez plus es-
claves de cette chair, qui vous a jusques à present dominez; que cette chair purifiée par la penitence, ne soit plus desormais sujette à la corruption du peché; & que nous, les ministres du
Seigneur, qui gemissions autrefois de ne pouvoir vous regarder que comme des hommes
sensuels & charnels, maintenant nous ayons la
consolation, non seulement de ne vous plus
connoistre tels que vous estiez, mais de vous
connoistre là-dessus divinement changez &
transformez : en sorte que nous puissions dire
de vous par proportion; *Etsi cognovimus vos se-*
cundùm carnem; sed nunc jam non novimus.

2. Cor. 5.

Car c'est par là, mes chers Auditeurs, que nos corps, selon la doctrine de saint Paul, participent dés cette vie à la gloire de Jesus-Christ ressuscité. C'est par là qu'ils deviennent spirituels, incorruptibles, pleins de vertu, de force, d'honneur : mais souvenons-nous qu'ils ne sont rien de tout cela, qu'autant que nous y coopererons, & que par une pleine correspondance nous travaillons, selon la regle du Saint Esprit, à en faire des hosties pures & agréables aux yeux de Dieu. Les corps glorieux possedent toutes ces qualitez par une espece de necessité ; mais ces qualitez ne conviennent aux nostres que dépendamment de nostre liberté. C'est ce qui fait sur la terre nostre merite ; mais c'est aussi ce qui doit redoubler nostre crainte, & ce qui demande toute nostre vigilance. Car quelque affermis que nous puissions estre dans le bien, nous ne sommes pas inébranlables : les graces qui nous ont fortifiez dans nostre conversion, ne sont point des graces à fomenter nostre paresse, beaucoup moins à authoriser nostre présomption. Quelque confiance que nous devions avoir dans la misericorde & dans le secours de Dieu, il est toûjours vray que nous pouvons nous démentir de nos plus fermes resolutions, & que nos infidelitez peuvent nous faire déchoir de cet estat de pureté où la penitence nous a restablis. Que faut-il donc faire, & comment devons-nous vivre desormais dans le monde !

comme Jesus-Christ aprés sa resurrection. Il
estoit dans le monde, mais sans y estre; c'est à
dire, sans prendre part aux affaires du monde,
aux interests du monde, aux assemblées & aux
conversations du monde; ne s'entretenant qu'a-
vec ses disciples, & ne leur parlant que du Royaume de Dieu. Vous donc, mes Freres, concluoit saint Paul, & je le conclus aprés luy, si
Coloss. 3. vous estes ressuscitez avec Jesus-Christ, *Si con-
surrexistis cum Christo*; n'ayez plus desormais
de goust que pour les choses du ciel, *Quæ sursum sunt sapite*; ne cherchez plus desormais
que les choses du ciel, *Quæ sursum sunt quærite*. Separez-vous du monde, vivez hors du
monde, non pas toûjours en sortant du monde, puisque vostre condition vous y retient;
mais n'y soyez, ni d'esprit, ni de cœur. Sur-tout
si vous vous monstrez dans le monde, que ce
soit pour l'édifier par vostre changement. Estre
converti, c'est le premier devoir, & ç'a esté le sujet de la premiere partie. Paroistre converti, c'est
l'autre devoir, dont j'ay à vous parler dans la
seconde partie.

II. PARTIE. C'Est un mystere, Chrestiens, mais ce n'est
point un mystere obscur, ni difficile à penetrer,
sçavoir, pourquoy Jesus-Christ aprés sa resurrection voulut encore demeurer parmi les hommes durant l'espace de quarante jours. Dans
l'ordre naturel des choses, du moment qu'il es-

toit reſſuſcité, le ciel devoit eſtre ſon ſejour, &
la terre n'eſtoit plus pour luy qu'une demeure
étrangere. Pourquoy donc differe-t-il cette Aſ-
cenſion triomphante, qui le devoit mettre en
poſſeſſion d'un Royaume dû à ſes merites; &
pourquoy ſuſpend-il en quelque ſorte cette felicité conſommée, qui luy eſtoit ſi legitimement
acquiſe & par tant de titres! Pourquoy! une raiſon ſuperieure le fait conſentir à ce retardement : la voicy, mes chers Auditeurs, priſe de
l'Evangile meſme. C'eſt qu'il veut ſoutenir toûjours ſon caractere de Sauveur, & rapporter à
noſtre juſtification auſſi bien les myſteres de ſa
gloire, que ceux de ſes humiliations & de ſes
ſouffrances, afin qu'il ſoit vray de dire en toute maniere : *Traditus eſt propter delicta noſtra,* Rom. 4.
& reſurrexit propter juſtificationem noſtram.
Or pour cela, dit ſaint Chryſoſtome, il ne ſe
contente pas d'eſtre reſſuſcité, mais il veut paroiſtre reſſuſcité. Il veut ſe faire voir au monde, dans l'eſtat de cette nouvelle vie où il eſt entré. Il veut par ſes apparitions repandre au dehors les rayons de cette divine lumiere dont il
vient d'eſtre reveſtu. Voilà, dis-je, pourquoy il
employe quarante jours à ſe monſtrer, tantoſt à
tous ſes diſciples aſſemblez, tantoſt à quelques-
uns en particulier, tantoſt dans une peſche mi-
raculeuſe, tantoſt dans un repas myſterieux,
tantoſt ſous la forme d'un jardinier, tantoſt
ſous celle d'un voyageur, agiſſant, parlant, ſe

communiquant, & donnant par tout des preuves sensibles du miracle operé dans sa personne, & de son retour d'entre les morts. Excellente leçon pour nous, Chrestiens, si nous en sçavons profiter. Tout cecy nous regarde, & nous apprend, que comme ce n'est point assez de paroistre convertis si nous ne le sommes en effet, aussi ne suffit-il point de l'estre & de ne le pas paroistre.

Car pour développer cette importante morale, ce sont, mes chers Auditeus, deux obligations differentes que d'estre converti, & de paroistre converti ; & nostre erreur est de ne les pas assez distinguer. Comme ce sont deux especes de desordres, que d'estre impie & de paroistre impie (car estre impie, disoit Tertullien, c'est un crime ; & le paroistre, c'est un scandale :) aussi devons nous estre bien persuadez, qu'il y a deux préceptes dans la loy divine, dont l'un nous oblige à nous convertir, & l'autre à donner des marques exterieures de nostre conversion. En sorte que d'obéir à l'un de ces deux préceptes, sans se mettre en devoir d'accomplir l'autre, ce n'est qu'une justice imparfaite. En effet, si Jesus-Christ aprés estre sorti du tombeau, s'estoit tenu caché dans le monde, & qu'il n'eust point paru ressuscité, il n'auroit, si je l'ose dire, executé qu'à-demi le dessein de son adorable mission ; il auroit laissé nostre foy dans le trouble, & par rapport à nous, la religion qu'il vouloit establir, n'auroit point eû de solide fondement.

De mefmes, fi nous negligeons après noftre converfion, ou fi nous craignons de paroiftre convertis, nous ne faifons qu'imparfaitement l'œuvre de Dieu ; & bien loin de luy plaire, nous encourons la malediction prononcée par l'Apoftre faint Jacques, quand il dit que quiconque viole un commandement, quoyqu'il en obferve un autre, eft cenfé coupable comme s'il avoit tranfgreffé toute la loy : *Qui peccat in uno* Jac. 2. *factus eft omnium reus.* Je dis plus, eftre & paroiftre converti, font tellement deux obligations differentes, qu'elles font néanmoins infeparables ; & qu'à prendre la chofe dans la rigueur, il eft impoffible de s'acquitter de la premiere fans fatisfaire à la feconde, parce qu'il eft conftant, comme l'Ange de l'Ecole faint Thomas l'a judicieufement remarqué, que paroiftre converti, eft une partie de la converfion mefme. Je m'explique. Vous avez pris enfin, dites-vous, la refolution de changer de vie & de renoncer à voftre peché ; mais vous avez du refte, adjouftez-vous, des mefures à garder, & vous ne voulez pas qu'on s'apperçoive de voftre changement. Mais moy je foutiens qu'il y a de la contradiction dans ce que vous vous propofez, parce qu'une des circonftances les plus effentielles de ce changement de vie, qui doit faire voftre converfion, eft qu'on s'en apperçoive & qu'il paroiffe. Je dis que tandis qu'il ne paroiftra pas, & qu'on ne s'en appercevra pas,

quelque idée que vous en ayez, c'eſt un changement équivoque & ſuſpect, ou meſmes chimerique & imaginaire : pourquoy! parce qu'u-
ne converſion, pour eſtre complette, doit embraſſer ſans exception tous les devoirs de l'homme chreſtien. Or un des devoirs de l'homme
chreſtien eſt de paroiſtre ce qu'il eſt ; & s'il a
eſté pecheur & rebelle à Dieu, un de ſes devoirs les plus indiſpenſables eſt de paroiſtre o-
béiſſant & ſoumis à Dieu. Je dis que ce devoir
eſt fondé ſur l'intereſt de Dieu que vous avez
offenſé, ſur l'intereſt du prochain que vous a-
vez ſcandaliſé, ſur voſtre intereſt propre, j'entends l'intereſt de voſtre ame & de voſtre ſalut
que vous avez ouvertement abandonné. Trois
preuves invincibles de la verité que je vous preſche, & dont je puis me promettre que vous ſerez touchez.

Obligation de paroiſtre converti, priſe de
l'intereſt de Dieu qu'on a offenſé. Autrement,
Chreſtiens, quelle reparation ferez-vous à Dieu
de tant de crimes, & comment luy rendrez-
vous la gloire que vous luy avez ravie en les
commettant ! Quoy, pecheur qui m'écoutez,
vous avez outragé mille fois ce Dieu de majeſté, & vous rougirez maintenant de paroiſtre
humilié devant luy ! Vous avez mepriſé hautement ſa loy, & vous croirez en eſtre quitte
pour un ſecret repentir ! Voſtre libertinage qui
l'irritoit, a eſté public ; & voſtre penitence qui

doit l'appaiser, fera obfcure & cachée! eft-ce
traiter Dieu en Dieu! Non non, mes Freres,
dit faint Chryfoftome, en ufer ainfi, ce n'eft
point proprement fe convertir. Quand nous
n'aurions jamais peché, & que nous aurions toûjours confervé l'innocence de noftre baptefme,
Dieu veut que nous nous declarions; & envain
luy proteftons-nous dans le cœur qu'il eft noftre Dieu, fi nous ne fommes prefts à nous en
expliquer devant les hommes, & mefmes devant
les tyrans, par une confeffion libre & genereu-
fe: *Quicumque confeffus fuerit me coram homini-* Luc. 12.
bus. Telle eft la condition qu'il nous propofe,
& fans laquelle il nous reprouve comme indignes de luy. Or fi le jufte mefme, quoyque jufte, reprend faint Chryfoftome, eft fujet à cette
condition, combien plus le pecheur qui fe convertit, puifqu'il s'agit pour luy non feulement
de confeffer le Dieu qu'il fert & qu'il adore,
mais de faire juftice au Dieu qu'il a deshonoré! Et comment la luy fera-t-il cette juftice, fi
ce n'eft par une converfion qui édifie, par une
converfion dont on voye les fruicts, par une
converfion auffi exemplaire qu'elle doit eftre
de bonne foy & fincere! Il faut donc, conclut
faint Chryfoftome, que la vie de ce pecheur
dans l'eftat de fa penitence, foit deformais comme une amande honorable qu'il fait à fon
Dieu. Il faut que fon refpect dans le lieu faint,
que fon attention à l'adorable facrifice, que fon

affiduité aux autels, que fa fidelité aux obfervances de l'Eglife, que fes difcours modeftes &
religieux, que fa conduite reguliere, que tout
parle pour luy & réponde à Dieu de la contrition de fon ame : pourquoy! afin que Dieu foit
ainfi dedommagé ; & que ceux qui voyant autrefois cet homme dans les defordres d'une vie
impure & libertine, demandoient où eftoit fon
Dieu, & doutoient prefque qu'il y en euft un,
non feulement n'en doutent plus, mais le glo-
rifient d'une converfion fi vifible & fi éclatante : *Nequando dicant gentes, ubi eft Deus*
eorum ! Car voilà ce que j'appelle l'intereft de
Dieu.

En effet, quand S. Pierre aprés la refurrection
du Sauveur paroiffoit dans les Synagogues &
dans les places publiques, prefchant le nom de
Jefus-Chrift avec une fainte liberté, d'où luy
venoit fur-tout ce zéle! de la penfée & du fouvenir de fon peché. J'ay trahi mon maiftre, difoit-il dans l'amertume de fon cœur, & mon
infidelité luy a efté plus fenfible, que la cruauté des bourreaux qui l'ont crucifié : il faut donc
qu'aux dépends de tout, je faffe voir maintenant ce que je luy fuis, & que je me facrifie
moy-mefme pour effacer de mon fang une tache fi honteufe. Voilà ce qui l'excitoit, ce qui
le determinoit à tout entreprendre & à tout
fouffrir pour cet homme-Dieu qu'il avoit renoncé. Or c'eft dans ce fentiment, mon cher

Pfalm. 113.

Auditeur, que vous devez entrer aujourd'huy.
Comme le Prince des Apoſtres, vous reconnoiſſez, & vous eſtes obligé de reconnoiſtre,
qu'en mille occaſions où le torrent du monde
vous entraiſnoit, vous avez renoncé voſtre
Dieu; vous confeſſez que voſtre vie, ſi je puis
parler de la ſorte, a eſté un ſujet perpetuel de
confuſion pour Jeſus-Chriſt : n'eſt-il donc pas
juſte que vous vous mettiez en eſtat de luy faire honneur, & que par une vie chreſtienne vous
effaciez au moins les impreſſions que voſtre impieté a pû donner contre ſa loy ? N'eſt-il pas
juſte, autre penſée bien touchante, n'eſt-il pas
juſte que vous honoriez la grace meſme de voſtre converſion ! Car ſçavez-vous, Chreſtiens,
quel ſentiment la grace de la penitence vous
doit inſpirer ! Sçavez-vous ce que vous devez eſtre dans le monde en conſequence de cette grace, ſi vous y avez répondu ! Je dis que vous devez eſtre dans le monde, ce que furent les Apoſtres & les premiers diſciples aprés la reſurrection du Fils de Dieu. L'Ecriture nous apprend
que leur principal, ou pluſtoſt leur unique employ, fut de luy ſervir de témoins dans la Judée,
dans la Samarie & juſques aux extremitez de la
terre: *Eritis mihi teſtes in Jeruſalem & in omni Ju-* Act. 1.
dœa & Samaria. Ainſi, mes Freres, devez-vous
eſtre perſuadez, qu'en qualité de pecheurs convertis & reconciliez avec Dieu par la grace de
ſon Sacrement, Dieu attend de vous un te-

moignage particulier, un temoignage que vous
luy pouvez rendre, un temoignage qui luy doit
eftre glorieux. Comme s'il vous difoit aujourd'-
huy : oüy, c'eft vous que je choifis pour eftre
mes témoins irreprochables, non plus dans la
Samarie ni dans la Judée, mais dans un lieu où
il m'eft encore plus important d'avoir des difciples qui foutiennent ma gloire ; mais à la Cour
où ce temoignage que je vous demande, m'eft
beaucoup plus avantageux : *Eritis mihi teftes.*
Vous, hommes du monde, qui vous eftes livrez
aux paffions charnelles, mais en qui j'ay créé un
cœur nouveau , vous à qui j'ay fait fentir les
impreffions de ma grace, vous que j'ay tirez de
l'abyfme du peché , c'eft vous qui me fervirez
de témoins ; & où ! au milieu du monde & du
plus grand monde : car c'eft là fur-tout qu'il me
faut des témoins fidelles : *Eritis mihi teftes.* Il
eft vray, vous avez jufques à prefent vefcu dans
le defordre ; mais bien loin que les defordres de
voftre vie affoibliffent voftre temoignage, c'eft
ce qui le fortifiera & ce qui le rendra plus con-
vainquant. Car en vous comparant avec vous-
mefmes, & voyant des defordres fi publics fui-
vis d'une converfion fi édifiante , le monde ,
tout impie qu'il eft , n'en pourra conclure autre chofe , finon que ce changement eft l'ouvrage de la grace , & un miracle de la main
toute-puiffante du trés-haut : *Eritis mihi teftes.*
Et en effet, Chreftiens, fi vous aviez toûjours

vescu dans l'ordre, quelque gloire que Dieu en tiraſt d'ailleurs, il n'en tireroit pas le temoignage dont je parle. Vous ſeriez moins coupables devant luy; mais auſſi ſeriez-vous moins propres à faire connoiſtre l'efficace de ſa grace. Pour luy ſervir à la Cour de témoins, il falloit des pecheurs comme vous; & c'eſt ainſi qu'il vous fait trouver dans voſtre peché meſme de quoy l'honorer.

Obligation de paroiſtre converti, fondée ſur l'intereſt du prochain que vous avez ſcandaliſé. Car, comme diſoit ſaint Jeroſme, je me dois à moy-meſme la pureté de mes mœurs, mais je dois aux autres la pureté de ma reputation: *Mihi debeo meam vitam, aliis debeo meam fa-* *mam.* Or ce ſentiment convient encore plus à un pecheur qui ſe convertit : Je me dois à moy-meſme ma converſion, mais je dois aux autres les apparences & les marques de ma converſion : & pourquoy les apparences ! pour reparer par un remede proportionné les ſcandales de ma vie. Car ce qui a ſcandaliſé mon frere, peut-il adjouſter, ce n'eſt point préciſement mon peché, mais ce qui a paru de mon peché. Je ne fais donc rien, ſi je n'oppoſe à ces apparences criminélles de ſaintes apparences ; & je me flatte, ſi je me contente de déteſter interieurement le peché, & que je n'en retranche pas les dehors. Il faut, mon cher Auditeur, que ce prochain pour qui vous avez eſté un ſujet de chûte, profite de voſtre retour, & qu'il ſoit abſolument

Hieron.

detrompé des idées qu'il avoit de vous. Il faut qu'il s'apperçoive que vous n'estes plus cet homme dont les exemples luy estoient si pernicieux; que vous n'entretenez plus ce commerce, que vous ne frequentez plus cette maison, que vous ne voyez plus cette personne, que vous n'assistez plus à ces spectacles prophanes, que vous ne tenez plus ces discours lascifs, en un mot que ce n'est plus vous. Car d'esperer, tandis qu'il vous verra dans les mesmes societez, dans les mesmes engagemens, dans les mesmes habitudes, qu'il vous croye, sur vostre parole, un homme changé & converti, ce seroit à luy simplicité de le penser, & c'est à vous une présomption de le pretendre. Ne sortons point de nostre mystere : la resurrection du Fils de Dieu, que nous avons devant les yeux, sera pour vous & pour moy une preuve sensible de ce que je dis.

Pourquoy Jesus-Christ a-t-il paru ressuscité; ou plustost, à qui a-t-il paru ressuscité? cecy merite vostre attention. Il a paru ressuscité, dit saint Augustin, aux uns pour les consoler dans leur tristesse, aux autres pour les ramener de leurs égaremens, à ceux-la pour vaincre leur incredulité, à ceux-cy pour leur reprocher l'endurcissement de leur cœur. Magdelaine & les autres femmes qui l'avoient suivi, pleurent auprés du sepulchre, penetrées de la vive douleur que leur cause le souvenir & l'image encore toute recente de sa mort : il leur appa-

apparoiſt, dit l'Evangeliſte, pour les remplir d'une ſainte joye, & pour faire ceſſer leurs larmes. Les diſciples foibles & laſches l'ont abandonné, & ont pris la fuite, le voyant entre les mains de ſes ennemis : il leur apparoiſt pour les raſſembler comme des brebis diſperſées , & pour les faire rentrer dans le troupeau. Saint Thomas perſiſte à eſtre incredule, & à ne vouloir pas ſe rendre au temoignage de ceux qui l'ont veû : il luy apparoiſt pour le convaincre, & pour ranimer ſa foy preſque éteinte. Les autres, quoyque perſuadez de la verité, ſont encore froids & indifferens : il leur apparoiſt pour leur reprocher leur indifference, & pour reveiller leur zéle. Encore une fois, modelle divin, ſur quoy nous devons nous former. Car c'eſt ainſi que nous devons paroiſtre convertis pour la conſolation des juſtes, pour la converſion des pecheurs, pour la conviction des libertins. Reprenons.

Pour la conſolation des juſtes. Car dans l'eſtat de voſtre peché, mon cher Auditeur, vous eſtiez mort, & combien d'ames ſaintes pleuroient ſur vous ! quelle douleur la charité qui les preſſoit , ne leur faiſoit-elle pas ſentir à la veûë de vos deſordres ! avec quel ſerrement, ou ſi vous voulez, avec quel épanchement de cœur n'en ont-elles pas gémi devant Dieu ! par combien de penitences ſecrettes n'ont-elles pas taſché de les expier ! Et depuis combien de temps ne peut-on pas dire qu'elles eſtoient dans la pei-

Tome III. .Z

ne, demandant grace à Dieu pour vous & fou-
pirant aprés voſtre converſion ! Dieu enfin les
a exaucées, & ſelon leurs vœux vous voilà ſpirituellement reſſuſcité : mais on vous dit que
l'eſtant, elles ont droit d'exiger que vous leur
paroiſſiez tel, afin qu'elles s'en rejoüiſſent ſur la
terre, comme les Anges bienheureux en triom-
phent dans le ciel ; que c'eſt une juſtice que
vous leur devez ; que comme voſtre peché les
a deſolées, il faut que voſtre retour à Dieu les
conſole. Cela ſeul ne doit-il pas vous engager
à leur en donner des preuves, mais des preuves aſſeûrées, qui d'une part les comblent de
joye, & qui de l'autre mettent comme le ſçeau
à l'œuvre de voſtre ſalut ! Pour la converſion
des pecheurs. Il y a de vos freres dans le monde qui ſe perdent, & qui ſortis des voyes de
Dieu, vivent au gré de leurs paſſions & ne ſuivent plus d'autre voye que celle de l'iniquité.
Il eſt queſtion de les ſauver, en les ramenant
d'une maniere douce, mais efficace, au vray paſteur de leurs ames, qui eſt Jeſus-Chriſt ; & c'eſt
vous, vous dis-je, pecheur converti, qui devez ſervir à ce deſſein. Pourquoy vous ! je le re-
pete, parce qu'aprés vos égaremens, vous avez
pour y reüſſir, un don particulier que n'ont pas
les juſtes qui ſe ſont toûjours maintenus juſtes. Auſſi, remarque Origene, ſaint Pierre fut-
il ſinguliérement choiſi pour ramener au Fils de
Dieu les diſciples que la tentation avoit diſſi-

pez: *Et tu aliquando conversus, confirma fratres* Luc. 22.
tuos. Et vous Pierre, luy dit le Sauveur du monde, ayez soin d'affermir vos freres, quand vous
serez une fois converti vous-mesme. Il ne donna pas cette commission à saint Jean, qui s'estoit tenu inseparablement attaché à sa personne, ni à Marie qui l'avoit accompagné jusqu'à
la croix, mais à saint Pierre qui l'avoit renoncé. Pourquoy cela! adorable conduite de la providence! parce qu'il falloit, dit Origene, un
disciple pecheur, pour attirer d'autres pecheurs,
& parce que le plus grand pecheur de tous,
estoit le plus propre à les attirer tous. Ah! Chrestiens, combien de conversions vostre exemple
seul ne produiroit-il pas, si vous vous regardiez
comme saint Pierre, chargez de l'honorable
employ de gagner vos freres à Dieu! *Et tu aliquando conversus, confirma fratres tuos.* Cet
exemple épuré de toute ostentation & soutenu
d'un zéle également humble & prudent, quel
succés merveilleux n'auroit-il pas, & que pourroient faire en comparaison tous les predicateurs
de l'Evangile! Quel attrait sur-tout ne seroit-
ce pas pour certains pecheurs, decouragez &
tentez de desespoir, lorsqu'ils se diroient à eux-
mesmes : voilà cet homme que nous avons veû
dans les mesmes débauches que nous; le voilà
converti & soumis à Dieu. Y auroit-il un charme plus puissant pour les convertir eux-mesmes; & quand il ne s'agit pour cela, que de pa-

roiſtre ce que vous eſtes, ne craignez-vous point en y manquant, d'encourir la malediction dont Dieu par ſon Prophete vous a menacez ! *San-guinem autem éjus de manu tua requiram.*

Pour la conviction des libertins & des eſprits incredules. L'Apoſtre S. Thomas devenu fidelle, eut une grace ſpeciale pour repandre le don de la foy ; & s'il n'euſt jamais eſté incredule, c'eſt la reflexion de ſaint Gregoire Pape, ſa predica-tion en euſt eſté moins touchante. Mais la mer-veille eſtoit de voir un homme, non ſeulement croire ce qu'il avoit opiniaſtrément combattu, mais l'aller publier juſques devant les tribu-naux, & ne pas craindre de mourir pour en confirmer la verité. Voilà ce qui perſuadoit le monde. Son incredulité toute ſeule, dit ſaint Chryſoſtome, nous auroit perdus, ſa foy toute ſeule ne nous auroit pas ſuffi; mais ſon infideli-té ſuivie de ſa foy, ou pluſtoſt ſa foy precedée de ſon infidelité, c'eſt ce qui nous a faits ce que nous ſommes. J'en dis de meſmes, Chreſtiens, en vous appliquant cette penſée : ſi vous à qui je parle, ne vous eſtiez jamais égaré, peut-eſtre le monde auroit-il du reſpect pour vous : mais à peine le monde dans le libertinage de créan-ce où il eſt aujourd'huy plongé, tireroit-il de vous une certaine conviction dont il a particu-lierement beſoin. Ce qui touche les impies, c'eſt d'entendre un impie comme eux, ſur-tout un impie ſage d'ailleurs ſelon le monde, ſans au-

Ezech. 3.

tre intereſt que celuy de la verité qu'il a connuë, dire, je ſuis perſuadé, je ne puis plus reſiſter à la grace qui me preſſe, je veux vivre en
chreſtien & je m'y engage. Car cette declara-
tion eſt un argument ſenſible qui ferme la bouche à l'impieté, & dont les ames les plus libertines ne peuvent ſe défendre.

Enfin obligation de paroiſtre converti, fondée ſur noſtre intereſt propre. Car cette prudence charnelle qui nous fait trouver tant de
pretextes, pour ne nous pas declarer, n'eſt qu'un
artifice groſſier dont ſe ſert l'ennemi de noſtre
ſalut pour nous tenir toûjours dans ſes liens, au
moment meſme que nous nous flattons d'eſtre
rentrez dans la liberté des enfants de Dieu. En
effet, on ne veut pas qu'il paroiſſe à l'exterieur
qu'on ait changé de conduite, pourquoy! parce qu'on ſent bien que ſi ce changement venoit
une fois à éclater, on ſeroit obligé de le ſoutenir; qu'on ne pourroit plus s'en dédire, & que
l'honneur meſme venant au ſecours du devoir
& de la religion, on ſe feroit de la plus difficile vertu, qui eſt la perſeverance, non pas un
ſimple engagement, mais comme une abſoluë
neceſſité. Or en quelque bonne diſpoſition que
l'on ſe trouve, on veut néanmoins ſe reſerver
le pouvoir de faire dans la ſuite ce que l'on voudra. Quoyqu'on renonce actuellement à ſon
peché, on ne veut pas ſe lier, ni s'interdire pour
jamais l'eſperance du retour. Cette neceſſité de

perseverer paroist affreufe, & l'on en craint les
confequences. C'eft à dire, on ne veut pas eftre inconftant, mais on veut, s'il eftoit befoin,
le pouvoir eftre : & parce qu'en donnant des
marques de converfion, on ne le pourroit plus,
ou qu'on ne le pourroit qu'aux dépends d'une
certaine reputation dont on eft jaloux, on aime
mieux diffimuler & courir ainfi les rifques de
fon inconftance, que de s'affeûrer de foy-mefme en s'oftant une pernicieufe liberté. Car voilà, mes chers Auditeurs, les illufions du cœur
de l'homme. Mais je raifonne tout autrement,
& je dis que nous devons regarder comme un
avantage de paroiftre convertis, puifque de noftre propre aveu, le paroiftre & l'avoir parû eft
une raifon qui nous engage indifpenfablement
à l'eftre & à l'eftre toûjours. Je dis que nous devons compter pour une grace d'avoir trouvé par
là le moyen de fixer nos legeretez, en faifant mefmes fervir les loix du monde à l'eftabliffement
folide & invariable de noftre converfion. Mais
fi je retombe par une malheureufe fragilité dans
mes premiers defordres, ma converfion au lieu
d'édifier, deviendra la matiere d'un nouveau
fcandale. Abus, Chreftiens : c'eft à quoy la grace de Jefus-Chrift nous défend de penfer, finon autant que cette penfée nous peut eftre falutaire, pour nous donner des forces & pour
nous animer. Je dois craindre mes foibleffes,
& prévoir le danger ; mais je ne dois pas por-

ter trop loin cette prevoyance & cette crainte : elle me doit rendre vigilant ; mais elle ne me doit pas rendre pufillanime : elle doit m'effoi- gner des occafions par une fainte défiance de moy-mefme ; mais elle ne doit pas m'ofter la confiance en Dieu, jufqu'à m'empefcher de fai- re des demarches pour mon falut, fans lefquelles la refolution que j'ay prife d'y travailler, fera toû- jours chancelante. Si je me declare, on jugera de moy, on en parlera : hé bien, ce fera un fecours contre la pente naturelle que j'aurois à me dé- mentir, de confiderer que j'auray à foutenir les jugemens & la cenfure du monde. On m'accu- fera de fimplicité, de vanité, d'hypocrifie, d'inte- reft : je tafcheray de détruire tous ces foupçons ; celuy de la fimplicité, par ma prudence ; celuy de l'orgueil, par mon humilité ; celuy de l'hy- pocrifie, par la fincerité de ma penitence ; ce- luy de l'intereft, par un détachement parfait de toutes chofes. Du refte, difoit faint Auguftin, le monde parlera felon fes maximes, & moy je vivray felon les miennes : fi le monde eft juf- te, s'il eft chreftien, il approuvera mon chan- gement, & il en profitera ; s'il ne l'eft pas, je dois le méprifer luy-mefme, & l'avoir en hor- reur.

Quoyqu'il en foit, eftre & paroiftre con- verti, eftre & paroiftre fidelle, eftre & paroif- tre ce qu'on doit eftre, voilà, mes chers Audi- teurs, la grande morale que nous prefche Je-

sus-Christ ressuscité. Heureux , si je vous laisse en finissant ce discours , non seulement in-
struits , mais persuadez & touchez de ces deux
importantes obligations. Aprés cela , quelque
indigne que je sois de mon ministere, peut-estre pourray-je dire aussi bien que saint Paul,
quand il quitta les chrestiens d'Ephése, & qu'il
se separa d'eux , que je suis pur devant Dieu
& innocent de la perte des ames, si parmi ceux
qui m'ont écouté, il y en avoit encore qui dus-

Act. 20.   sent périr : *Quapropter contestor vos, quia mun-
dus sum à sanguine omnium.* Et pourquoy !
parce que vous sçavez, ô mon Dieu, que je ne
leur ay point caché vos veritez ; mais que j'ay
pris soin de les leur representer avec toute la liberté, quoyque respectueuse, dont doit user
un ministre de vostre parole. Quand vous en-
voyiez autrefois vos Prophetes, pour prescher
dans les Cours des Roys, vous vouliez qu'ils y
parussent comme des colomnes de fer & comme des murs d'airain, c'est à dire , comme des
ministres desinteressez, genereux, intrepides:

Ierem. 1.   *Ego quippe dedi te hodie in columnam ferream,
& in murum æneum , regibus juda.* Mais j'ose
dire, Seigneur, que je n'ay pas mesmes eû besoin de ce caractere d'intrepidité pour annoncer icy vostre Evangile , parce que j'ay eû l'a-
vantage de l'annoncer à un Roy chrestien ; à
un Roy qui honore sa religion , qui l'honore
dans le cœur & qui fait au dehors une profes-

fion ouverte de l'honorer ; en un mot, à un
Roy qui aime la verité. Vous défendiez à Jeremie de trembler en presence des Roys de Ju-
da ; *Ne formides à facie eorum.* & moy, j'aurois   Ibidem.
pluftoft à me confoler, de ce que la presence
du plus grand des Roys, bien loin de m'infpirer de la crainte, a augmenté ma confiance ;
bien loin d'affoiblir mon miniftere, l'a fortifié
& authorifé. Car la verité que j'ay prefchée à
la Cour, n'a jamais trouvé dans le cœur de ce
Monarque, qu'une foumiffion édifiante & qu'u-
ne puiffante protection.

Voilà, Sire, ce qui m'a foutenu ; mais voilà
ce qui éleve Voftre Majefté, & ce qui doit eftre pour elle un fonds de merite que rien ne
détruira jamais : l'amour & le zéle qu'elle a
pour la verité. L'Ecriture nous apprend que ce
qui fauve les Roys, ce n'eft ni la force, ni la
puiffance, ni le nombre des conqueftes, ni la
conduite des affaires, ni l'art de commander &
de regner, ni tant d'autres vertus royales qui
font les heros & que les hommes canonifent :
Non falvatur Rex per multam virtutem. Il a   Pfalm. 31.
donc efté de la fageffe de Voftre Majefté & de
la grandeur de fon ame, de n'en pas demeurer
là, mais de fe propofer quelque chofe encore
de plus folide. Ce qui fauve les Roys, c'eft la
verité ; & Voftre Majefté la cherche, & elle fe
plaift à l'écouter, & elle aime ceux qui la luy font
connoiftre, & elle n'auroit que du mépris pour

quiconque la luy déguiferoit; & bien loin de
luy refifter, elle fe fait une gloire d'en eftre vain-
cuë : car rien, dit faint Auguftin, n'eft plus glorieux que de fe laiffer vaincre par la verité.
C'eft, Sire, ce que j'appelle la grandeur de voftre ame, & tout-enfemble voftre falut. Nous ef-
timons nos Princes heureux, adjouftoit le mefme faint Auguftin, fi pouvant tout, ils ne veulent que ce qu'ils doivent; fi élevez par leur
dignité au deffus de tous, ils fe tiennent par
leur bonté redevables à tous; s'ils ne fe confiderent fur la terre que comme les Miniftres du
Seigneur; fi dans les honneurs qu'on leur rend,
ils n'oublient point qu'ils font hommes ; s'ils
mettent leur grandeur à faire du bien, s'ils font
confifter leur pouvoir à corriger le vice; s'ils
font maiftres de leurs paffions, auffi bien que de
leurs actions; fi lorfqu'il leur eft aifé de fe venger,
ils font toûjours portez à pardonner; s'ils efta-
bliffent leur religion pour regle de leur politique; fi fe depoüillant de la Majefté, ils offrent
tous les jours à Dieu dans la priére, le facrifice
de leur humilité. Portrait admirable d'un Roy
vrayement chreftien , & que je ne craints pas
d'expofer aux yeux de Voftre Majefté, puifqu'il ne luy reprefente que fes propres fentimens & que ce qui doit eftre le fujet de fa confolation. C'eft vous, ô mon Dieu, qui donnez à
voftre peuple des hommes de ce caractere pour
le gouverner, vous qui tenez dans vos mains

les cœurs des Rois, vous qui préfidez à leur falut, & qui vous glorifiez dans l'Ecriture d'en eftre fpecialement l'autheur : *Qui das falutem re-* Pfalm. 143. *gibus*. Monftrez, Seigneur, monftrez que vous eftes en effet le Dieu du falut des Rois, en repandant fur noftre invincible Monarque l'abondance de vos benedictions & de vos graces, mais particulierement la grace des graces, qui eft celle du falut éternel. Quand nous vous prions pour la confervation de fa perfonne facrée, pour la profperité de fes armes, pour le fuccés & la gloire de fes entreprifes, quoyque ces priéres foient juftes & d'un devoir indifpenfable, elles ne laiffent pas d'eftre en quelque forte intereffées. Car nos fortunes, nos vies eftant attachées à la perfonne de ce grand Roy, noftre gloire eftant la fienne, & fes profperitez les noftres, nous ne pouvons fur cela nous intereffer pour luy fans faire autant de retours vers nous. Mais quand nous vous conjurons de verfer fur luy ces graces particulieres qui font le falut des Rois, c'eft pour luy que nous vous prions, puifqu'il n'y a rien pour luy ni pour tous les Roys du monde, de perfonnel & d'effentiel que le falut. Tel eft, Sire, le fentiment que Dieu infpire au dernier de vos fujets pour voftre augufte perfonne. Tel eft le fouhait que je forme tous les jours, & le fouhait le plus fincere & le plus ardent. Dieu l'écoutera, & aprés vous avoir fait regner avec tant d'éclat fur la terre, il

vous fera regner encore avec plus de bonheur
& plus de gloire dans le ciel, où nous conduise, &c.

SERMON
POUR LE LUNDY
DE
PASQUES.

Sur la Perseverance Chrestienne.

Et appropinquaverunt Castello quò ibant : &
ipse se finxit longiùs ire. Et coëgerunt illum, dicentes : Mane nobiscum.

Lorsqu'ils furent proche du Bourg où ils al-
loient, il feignit de vouloir aller plus loin. Et
ils le presserent de demeurer avec eux, en luy
disant : Demeurez avec nous. En S. Luc, c. 24.

VOicy, Chrestiens, un grand mystere que
l'Evangile nous propose, & qui renferme
pour nous une importante verité. Deux disciples marchent avec le Fils de Dieu deguisé sous
la forme d'un voyageur ; & lorsqu'il semble
vouloir se separer d'eux, ils l'invitent à demeurer & luy font mesmes une espece de violence
pour le retenir : *Et coëgerunt illum, dicentes :*
mane nobiscum. Figure bien naturelle d'une

ame chreſtienne, qui l'a reçeû ce Sauveur des
hommes dans la communion paſchale. Elle ne
ſe contente pas qu'il ſoit venu chez elle, ou pluſtoſt dans elle, caché ſous le voile & ſous les eſpeces de ſon Sacrement : elle l'engage encore à
demeurer avec elle ; & par mille vœux redou-
blez, par de ferventes & d'inſtantes priéres, par
une ſainte importunité, mais qu'elle ſçait luy
devoir eſtre agréable, elle le preſſe, elle le conjure, & luy dit interieurement : ah ! Seigneur,
ne vous retirez pas de moy : car ſi je viens à
vous perdre, je perds tout, puiſqu'en vous per-
dant je perds mon unique & mon ſouverain
bien : *Mane nobiſcum.* Cependant, mes Freres, s'il nous eſt ſi important que Jeſus-Chriſt
demeure dans nous & avec nous, il ne nous eſt
ni moins important, ni moins neceſſaire de demeurer en luy & avec luy ; & voilà ce qui s'accomplit, ſelon ſa parole meſme, dans ce Sacrement adorable où il s'eſt donné à nous & où
nous avons dû nous donner à luy : *Qui man-*
Joan. 6. *ducat meam carnem, & bibit meum ſanguinem,*
in me manet, & ego in eo. Il faut qu'il demeure en nous par la grace, & il faut que nous demeurions en luy par noſtre perſeverance dans
la grace. Il faut qu'il demeure en nous pour
nous aider de ſon ſecours, & il faut que nous
demeurions en luy pour luy marquer noſtre fidelité. Il le faut, mes chers Auditeurs ; & de ſa
part il n'y a rien à craindre, parce qu'il ne nous

abandonne jamais le premier : au lieu que tout
est à craindre de la nostre, parce que nous sommes l'inconstance mesme. Heureux, si je pouvois aujourd'huy vous fortifier, vous affermir,
& par là vous préserver de ces rechutes si ordinaires dans le christianisme & si funestes. C'est
ce que j'entreprends dans ce discours, où je
vais vous parler de la perseverance chrestïenne,
après que nous aurons salué Marie. *Ave Maria.*

C'Est par sa passion & par sa mort que Jesus-Christ a vaincu le peché : mais j'ose dire que
cette victoire seroit imparfaite , s'il ne triom-
phoit encore de nostre inconstance. Or c'est ce
qu'il fait par sa resurrection glorieuse, & c'est
une des graces particulieres qui y sont attachées.
Jesus-Christ est ressuscité comme il l'avoit dit,
Surrexit sicut dixit : mais la question est de sça-   *Matth. 28.*
voir, s'il est ressuscité dans nous. Car comme
saint Paul nous apprend que Jesus-Christ doit
estre formé dans nous par la prédication de l'E-
vangile, *Donec formetur Christus in vobis :*   *Galat. 4.*
comme il nous enseigne que Jesus-Christ est
tout de nouveau crucifié dans nous par le pe-
ché, *Rursùm crucifigentes sibimetipsis Filium*   *Hebr. 6.*
Dei : aussi est-ce une suite necessaire de la doctrine de ce grand Apostre, que Jesus-Christ
doit ressusciter en nous par la grace de la penitence. Or de toutes les marques à quoy nous

devons reconnoiſtre, s'il eſt ainſi reſſuſcité, la
plus évidente & la moins ſujette aux illuſions,
eſt la diſpoſition où nous ſommes de perſeverer & d'accomplir fidellement ce que nous a-
vons promis à Dieu en nous convertiſſant à luy.
Pour vous porter, mes chers Auditeurs, à cette
ſainte perſeverance, je fais deux propoſitions
qui vont partager ce diſcours. Je dis que le myſtere de Jeſus-Chriſt reſſuſcité nous engage fortement à la perſeverance chreſtienne : ce ſera
la premiere partie. J'adjouſte que la perſeverance chreſtienne eſt le titre le plus legitime & le
plus certain pour participer un jour à la gloire
de Jeſus-Chriſt reſſuſcité : ce ſera la ſeconde.
Reſurrection du Sauveur, principe de la perſeverance chreſtienne. Perſeverance chreſtienne
gage aſſeûré de noſtre reſurrection bienheureuſe. Voilà ce qui demande toute voſtre attention.

I. PARTIE. Eſtre incapable de pecher, c'eſt le propre de
la nature de Dieu ; n'eſtre plus en pouvoir de
pecher, c'eſt le privilege de la gloire ; n'avoir jamais peché, c'eſt l'avantage de l'eſtat d'innocence, ſe convertir aprés le peché, c'eſt l'effet ordinaire de la penitence : mais eſtre converti
pour ne plus pecher, c'eſt ce qui s'appelle la grace & le don de la perſeverance. Or de ces eſtats ainſi diſtinguez, le premier qui conſiſte à
eſtre incapable de pecher, eſt le plus excellent,

lent; mais il ne convient pas à la créature. Le
second, de n'eftre plus fujet à la corruption
du peché, eft le plus fouhaitable; mais il eft re-
fervé pour l'autre vie. Le troifiéme, de n'avoir
jamais peché, eftoit un des plus heureux; mais
par le malheur de noftre origine nous en fommes décheûs. Le quatriéme, d'avoir pleuré & re-
paré fon peché, eft abfolument neceffaire; mais
quelque reffource que nous y trouvions, il ne
fuffit pas pour noftre feûreté. Le dernier, j'entends celuy de la perfeverance dans la grace,
eft par rapport à nous un bonheur parfait, puifqu'il nous fait participer, quoy qu'en differentes manieres, & à l'impeccabilité de Dieu, & à
l'innocence du premier homme, & à la fainteté
confommée des bienheureux dans le ciel, & à
la béatitude commencée de ces pecheurs, dont
Dieu fe plaift, felon l'Ecriture, à faire fur la terre des vafes de mifericorde. Auffi eft-ce cet eftat où Jefus-Chrift a prétendu nous élever, &
dont il nous propofe dans fa refurrection la regle la plus infaillible que nous puiffions avoir
devant les yeux. Car je confidere quatre chofes
dans la refurrection du Sauveur du monde, qui
toutes nous engagent à la perfeverance : fçavoir,
l'exemple de cette refurrection, la foy de cette
refurrection, la gloire de cette refurrection, &
le Sacrement de cette refurrection. L'exemple
de la refurrection du Sauveur eft le vray modelle de noftre perfeverance dans la grace. La

Tome III. . A a

foy de la refurrection du Sauveur eft le folide
fondement de noftre perfeverance dans la grace. La gloire de la refurrection du Sauveur eft
un des plus touchants motifs de noftre perfeverance dans la grace ; & le Sacrement de la refurrection du Sauveur , de la maniere que je
l'expliqueray , eft comme le fçeau de noftre
perfeverance dans la grace. Quatre confidera-
tions trés efficaces pour nous affermir dans la
fainte refolution que nous avons formée, de renoncer au peché & de vivre deformais à Dieu.
Ecoutez-moy, Chreftiens, & pour bien comprendre ces importantes veritez , attachons-
nous à la doctrine de faint Paul, dont voicy le
grand myftere que je vais vous développer.

    Le Sauveur eft reffufcité, dit ce grand Apof-
tre ; mais ce qu'il y a de remarquable dans le
triomphe de fa refurrection, c'eft que ce Dieu-
homme eft reffufcité pour ne plus mourir, & que
deformais la mort n'aura plus fur luy d'empire. Il eft mort, mais une fois feulement, pour
l'expiation du peché ; & maintenant il poffede
une vie incorruptible, une vie qu'il ne perdra
jamais : *Chriftus refurgens ex mortuis, jam non
moritur ; mors illi ultrà non dominabitur.* Or
qu'eft-ce que S. Paul inféroit de là ! Ah ! Chreftiens, ce que nous n'aurions jamais attendu ;
mais ce que l'efprit de Dieu luy faifoit conclure pour nous : *Ita & vos exiftimate, mortuos
quidem effe peccato, viventes autem Deo.* Ain-

Rom. 6.

fi vous, mes Freres, adjouſtoit-il, fi vous eſtes reſſuſcitez par la grace de la penitence, faites eſtat que vous eſtes morts pour jamais au
peché, & que vous devez vivre conſtamment &
pour toûjours à Dieu. Comme s'il nous euſt
dit : prenez bien la choſe, & ne vous faites pas
une idée abſtraite ni une foy ſpeculative de cet
eſtat d'immortalité que Jeſus-Chriſt a acquis
en reſſuſcitant. Car ce ſeroit l'entendre mal.
Quand on vous dit que ce Dieu-homme de-
puis qu'il eſt reſſuſcité, n'eſt plus ſujet à la mort,
ce n'eſt point un ſimple dogme de religion que
l'on vous explique ; c'eſt un fonds d'obligation
que l'on vous découvre, & un devoir que l'on
vous enſeigne. Devoir qui ſe réduit à conſerver
inviolablement cette vie de la grace que vous a-
vez recouvrée par la penitence : car il eſt certain
& de la foy meſme, que voſtre converſion,
quelque fervente qu'elle ait eſté d'ailleurs, n'aura de vertu qu'autant qu'elle portera le divin caractere de la ſainte immortalité du Sauveur.

En effet, Chreſtiens, cette vie de la grace que
nous rend la penitence, eſt de ſa nature auſſi
immortelle & auſſi incorruptible que noſtre a-
me qui en eſt le ſujet. Si contre le deſſein de
Dieu nous perdons cette grace, c'eſt à nous &
non point à elle que nous devons l'imputer ; &
en cela, dit l'Ange de l'école ſaint Thomas,
conſiſte noſtre deſordre, c'eſt à dire, en ce que
par le peché nous nous oſtons volontairement

à nous-mefmes une vie auffi noble & auffi excellente que celle-la, une vie qui felon la proprie-
té de fon eftre ne devroit jamais finir. Et pourquoy penfez-vous, mes chers Auditeurs, que la
refurrection de Jefus-Chrift foit la feule que
Dieu a choifie, pour nous fervir de modelle
dans noftre converfion ! Car cecy n'a pas efté
fans deffein. Lazare & plufieurs autres dont parle l'Ecriture, eftoient reffufcitez. Ces refurrec-
tions eftoient veritables, furnaturelles, miracu-
leufes ; & cependant l'Ecriture ne nous les propofe point comme des exemples à quoy nous
devions nous conformer, ni comme des regles
pour reconnoiftre devant Dieu fi nous fommes
convertis. En voicy la raifon que donne faint
Auguftin : parce que la refurrection de Lazare,
quoyque miraculeufe, n'eftoit qu'une refurrection paffagere, qui ne l'affranchiffoit pas abfolument des loix de la mort, & qui ne l'avoit
fait fortir du tombeau que pour y rentrer à
quelque temps de là. Or Dieu ne vouloit pas
que noftre converfion fuft fi peu durable : mais
il vouloit qu'elle fuft fans retour ; & parce qu'il
n'y avoit que la refurrection de Jefus-Chrift
qui euft cette prérogative, c'eft uniquement fur
l'idée de celle-cy qu'il prétend que nous nous
formions : *Refurgens jam non moritur ; ita &*
vos. Reffufcité qu'il eft, il ne meurt plus ; ainfi
ne mourez plus vous-mefmes. C'eftoit le raifonnement de faint Paul ; & c'eft ce qui con-

damne ces legeretez criminelles, qui détruisent
en nous & qui anéantissent l'effet de tous les
dons de Dieu; ces inégalitez & ces inconstances, qui rendent suspectes nos ferveurs & nos
vertus mesmes; ces découragemens, qui nous
font desesperer de soutenir le bien que nous a-
vons commencé; cette facilité malheureuse à
reprendre le cours du mal que nous avions in-
terrompu; ces dégousts de la pieté, ces retours
scandaleux au monde & à toutes les vanitez
du monde; ces apostasies de la devotion, souvent aussi funestes pour le salut, que celles de
la religion; ces deplorables vicissitudes de relaschement & de zéle, de penitence & de rechûte, de vie & de mort. Car qu'y a-t-il de plus
opposé à tout cela, que ce bienheureux estat où
est entré le Fils de Dieu par sa resurrection glorieuse! *Mors illi ultrà non dominabitur :* la
mort n'aura plus de pouvoir sur luy; & telle est
la regle que je me dois appliquer & par où je dois
juger de ma conversion : *Ita & vos existimate,*
mortuos quidem esse peccato, viventes autem Deo.

Si donc vous qui m'écoutez, & qui dans
cette solemnité avez reçeû la grace de vostre
Dieu, vous n'estes pas dans la disposition de la
conserver; si vous n'estes pas determinez à sacrifier toutes choses, pour faire toûjours vivre
cette grace dans vos ames; si par la connoissance que vous avez de vous-mesmes, vous pré-
voyez que cette grace s'affoiblira bientost, &

fuccombera mefmes aux attaques qu'elle va
recevoir dans les occafions dangereufes où
vous l'expoferez; fi cette paffion qui luy eft
contraire, mais à laquelle vous avez renoncé,
aprés une tréve de quelques jours, reprend encore l'afcendant fur vous, & qu'aulieu de vous
confirmer dans une vie chreftienne par la folidité de la grace, vous donniez, pour ainfi dire, à la grace mefme & à la vie chreftienne que
vous avez embraffée, le caractere de voftre in-
ftabilité; enfin fi le divorce que vous avez fait
avec la chair & avec le monde, eft femblable
aux ruptures de ces ames paffionnées, qu'on
voit aprés bien des éclats, bien des dépits, bien
des reproches, revenir à de nouveaux engagemens & s'attacher l'un à l'autre plus étroitement & plus fortement que jamais : fi cela eft,
Chreftiens, defabufez-vous, & n'adjouftez pas
au malheur de voftre eftat le defordre d'un a-
veuglement volontaire. Voftre penitence n'eft
point ce qu'elle doit eftre, parce que vous n'eftes pas reffufcitez comme Jefus-Chrift. Ah!
Seigneur, s'écrioit le Prophete Royal, & devons nous nous écrier avec luy, puifque dans
la ferveur de fa penitence il parloit au nom de
tous les pecheurs, c'eft fur ce modelle de la refurrection de voftre Fils, que vous m'avez jugé, que vous m'avez éprouvé, que vous avez
examiné fi ma converfion avoit toutes les qualitez d'une refurrection parfaite: *Probafti me,*

& cognovisti me ; tu cognovisti sessionem meam **Psalm. 138.**
& resurrectionem meam. Et par où, Seigneur,
avez vous connu qu'elle seroit telle que vous
la demandiez, ou qu'elle ne le seroit pas ! Le
Prophete l'exprime dans la suite du Pseaume: *In-*
tellexisti cogitationes meas de longè. Vous avez **ibidem.**
decouvert de loin toutes mes pensées; vous avez
suivi toutes les traces de ma vie, vous avez preveû toutes mes voyes; & penetrant dans l'a-
venir par une lumiere anticipée, vous avez ob-
servé si ma conduite répondroit à mes résolu-
tions, si je tiendrois ferme dans le parti de vostre loy, si je resisterois aux attraits du vice & de
la passion, si le torrent du monde ne m'empor-
teroit point, si le respect humain ne m'ébran-
leroit point, si la contagion du mauvais exemple ne me corromproit point, si je ne me laisse-
rois point tourner, comme un roseau, de tous
costez; si lassé de quelques demarches que j'aurois faites dans le chemin du salut, je ne retour-
nerois point en arriere : *Et omnes vias meas* **Ibidem.**
prævidisti. C'est sur cela, mon Dieu, qu'est establi le jugement que vous avez porté de moy;
& au moment mesme que je me suis relevé de
mon peché en le detestant, c'est par là que vous
avez reconnu si ma resurrection auroit du rapport avec celle de mon Sauveur : *Tu cognovisti*
sessionem meam, & resurrectionem meam. Comme si le Prophete eust dit : supposé que vous
n'ayiez préveu, Seigneur, aprés ma conversion,

que de honteuses & de lasches rechûtes, vous
l'avez connuë, mais vous l'avez connuë pour
la reprouver. Au contraire, si vostre prescience
adorable vous y a fait voir de la fermeté & de
la constance, vous l'avez connuë, mais pour
l'approuver, mais pour la recompenser, mais
pour la couronner : *Tu cognovisti sessionem
meam, & resurrectionem meam.* Voilà le modelle de la perseverance d'un pecheur converti : en voulez vous le fondement solide ! c'est
icy que vostre attention m'est necessaire.

J'ay dit que le Sauveur du monde en ressus-
scitant selon la chair pour ne plus mourir,
nous engageoit indispensablement à ressusciter
en esprit pour ne plus pecher. Comment cela !
le voicy : c'est qu'à prendre la chose dans sa
source, Jesus-Christ ayant toûjours donné aux
juifs sa resurrection comme le gage authentique de ses promesses & comme la preuve incontestable de sa doctrine, il s'ensuit & c'est le
sentiment de tous les Peres, que toute la foy
chrestienne est essentiellement fondée sur la resurrection de cet homme-Dieu. S'il n'est pas
ressuscité, disoit saint Paul, nous avoüons que
nostre foy est vaine; mais s'il est ressuscité, nous
prétendons & avec justice, qu'il n'est rien de
plus solide, ni rien, pour ainsi parler, de plus
subsistant que nostre foy. Or prenez garde,
Chrestiens, ce qui fait subsister nostre foy, c'est
ce qui fait subsister nostre conversion, parce

que noftre converfion, felon le Concile de Trente, n'a point d'autre fondement que noftre foy.
En effet, ce qui m'affermit dans la fainte difpofition où je puis eftre, de fuir deformais le peché, c'eft la folidité de ma créance ; & ce qui
foutient ma créance, c'eft la refurrection de Jefus-Chrift : par confequent, la refurrection de
Jefus-Chrift eft comme le premier principe de
ma perfeverance dans le bien. Tandis que je me
fonde fur cette refurrection, ma foy ne peut
chanceler ; & tandis que ma foy ne peut chanceler, je ne puis chanceler moy-mefme dans
l'obéïffance que je dois à Dieu. Or le Fils de
Dieu reffufcité opére dans moy, l'un & l'autre :
car en reffufcitant il appuye ma foy, & en ap-
puyant ma foy il anime & il fortifie ma volonté.

C'eft de quoy nous avons un bel exemple
dans la perfonne des Apoftres. Avant la refurrection du Sauveur, rien de plus fragile & de
plus foible que les Apoftres. Ils protefterent à
Jefus-Chrift qu'ils le fuivroient jufqu'à la
mort ; & dans un moment ils l'abandonnerent.
Saint Pierre parut hardi & intrepide dans le
jardin ; mais dans la maifon du Pontife une
fimple femme l'intimida. C'eftoient, dit faint
Auguftin, les colomnes de l'Eglife, mais des
colomnes fans appuy, & qui n'avoient rien de
ftable. Ils vouloient & ils ne vouloient pas, ils
avoient du zéle & ils n'en avoient pas, ils eftoient à Jefus-Chrift & ils n'y eftoient pas. Mais

dés que Jesus-Christ par sa resurrection eût
dissipé tous les nuages de leur incredulité, ce
furent des hommes plus fermes que des ro-
chers, ce furent des colomnes de bronze & d'airain; ils ne cederent ni à la violence des persecutions, ni à la rigueur des tourmens, ni à la
mort mesme; ils s'exposerent à tout, ils endu-
rerent tout pour la cause de leur maistre. Qui
fit ce miracle ? la foy de Jesus-Christ ressuscité. *Ego confirmavi columnas ejus.* Oüy, dit cet
homme-Dieu par son Prophete, selon la para-
phrase de saint Augustin ; c'est moy qui les ay
affermis, & qui voulant poser sur eux l'édifice
de mon Eglise, dont ils devoient estre la base,
leur ay donné une vertu à l'épreuve de toutes
les tentations. Ils ont cru ma resurrection, &
déslors ils ont eû comme un esprit nouveau,
comme un cœur nouveau ; ils se sont sentis
confirmez dans la grace : *Ego confirmavi columnas ejus.* Or je vous demande, Chrestiens,
pourquoy la resurrection du Sauveur ne fait-
elle pas la mesme impression sur nous ? Avons
nous une autre foy que les Apostres ? Est-ce
pour les Apostres plustost que pour nous, que
Jesus-Christ est ressuscité glorieux & immortel ? Ce mystere est-il moins efficace pour fixer
nostre inconstance ; & si nous en sommes aussi
persuadez qu'eux, pourquoy ne serons-nous
pas aussi fidelles qu'eux ? Disons quelque chose encore de plus particulier ; & faisons ensemble une reflexion bien touchante.

Psal. 74.

Quand saint Paul exhortoit les Hébreux à
la perseverance chrestienne, voicy une des grandes raisons dont il se servoit : *Christus heri, &* Hebr. 13.
hodiè, ipse & in sæcula : Jesus-Christ, leur disoit l'Apostre, n'est plus sujet à aucun changement ; il estoit hier, il est encore aujourd'huy,
& il sera le mesme dans tous les siecles. Pourquoy donc, concluoit-il, changeriez vous à son
égard de sentimens & de conduite ! *Doctrinis* Ibidem.
variis & peregrinis nolite ergò abduci. Ah !
Chrestiens, appliquons-nous à nous-mesmes
ce raisonnement. Il est difficile que nous n'ayons
esté quelquefois touchez de Dieu, & que dans
le cours de nostre vie il n'y ait eû d'heureux
momens, où detrompez de la vanité du monde, & confus de nos égaremens passez, nous
n'ayons dit à Dieu de bonne foy : oüy, Seigneur, je veux estre à vous, & je ne me dé-
partiray jamais de la resolution sincere que je
fais aujourd'huy de vivre dans vostre loy & en
chrestien. Rappellons un de ces momens, ou
plustost rappellons les sentimens de ferveur &
de pieté que le Saint Esprit excitoit alors dans
nos cœurs ; car nous sçavons ce qui nous touchoit, & nous n'en avons pas encore perdu le
souvenir. Remettons-nous donc au moins en
esprit dans l'estat où nous nous trouvions, &
sur cela raisonnons ainsi avec nous-mesmes : Hé
bien, la resolution que je fis en tel temps de
renoncer à mon peché & de m'attacher à Dieu,

n'eſt-elle pas encore maintenant auſſi bien fondée, & d'une neceſſité auſſi abſoluë pour moy,
que je la conçeûs alors! Les principes de ſoy ſur
leſquels je l'eſtabliſſois, ont ils changé! m'eſt-
il ſurvenu quelque nouvelle lumiere pour en
douter! les choſes conſiderées de prés & en elles-meſmes, ſont elles differentes de ce qu'elles
eſtoient! Quand je comparus devant Dieu dans
le tribunal de la penitence, & que je confeſſay
à Dieu mon iniquité, je me condamnois moy-
meſme; je fus moy-meſme mon accuſateur &
mon juge; & par conſequent je fus convaincu moy-meſme, que ce que j'appellois iniquité, l'eſtoit en effet: & quand je promis à Dieu
d'avoir pour jamais en horreur cette iniquité,
qui faiſoit le deſordre de ma vie; quand je m'en-
gageay à en fuir l'occaſion, je crus fortement
que ma conſcience, que ma religion me l'ordonnoit. Me trompois-je! eſtoit-ce prevention,
eſtoit- ce erreur! non ſans doute: car je ſuis
obligé de reconnoiſtre, que c'eſtoit l'eſprit de
Dieu qui m'éclairoit, & que je ne penſay jamais mieux, ni plus ſainement. Tout cela eſtoit donc vray; & s'il l'eſtoit alors, il le doit
eſtre encore aujourd'huy, & il le ſera encore
demain & juſqu'à la fin des ſiecles, puiſque la
verité de Dieu, auſſi bien que ſon eſtre, eſt im-
müable: *Chriſtus heri, & hodiè, ipſe & in ſæ-
cula.*

Excellente pratique, mes chers Auditeurs;

pour se maintenir dans une sainte perseverance :
se dire à soy-mesme, je fus persuadé un tel jour,
& un tel jour mon esprit fut penetré de cette verité ; j'en eûs une veuë si parfaite que j'en fus saisi,
que j'en fus attendri jusqu'aux larmes. Je ne
la gouste plus cette verité comme je la goustois, mais c'est toûjours néanmoins la mesme
verité ; & tout ce que j'y goustois, s'y trouve
encore. Elle ne me paroist plus dans ce beau
jour, où elle se monstroit, quand j'en estois sen-
siblement émeû ; mais dans le fond elle n'a rien
perdu de tout ce que j'y découvrois. Malheur
à moy de ce qu'elle n'a plus pour moy le mesme goust ; mais graces à mon Dieu de ce que
j'en ay conservé la foy. Parler ainsi, & agir ensuite, non plus en vertu du sentiment present,
mais des resolutions passées : les faire revivre
en nous, & quand la tentation nous attaque,
nous sollicite, quand l'occasion se presente,
nous munir de cette pensée : j'avois preveû tout
cela, & j'y estois disposé lorsque je formay le
dessein d'estre à Dieu : puisque j'ay encore ce qui
opéroit en moy cette disposition, pourquoy ne
ferois-je pas aujourd'huy ce que j'aurois fait
alors, & pourquoy voudrois-je abandonner
Dieu, & me contredire moy-mesme ! non
non, Seigneur, il n'en ira pas de la sorte ; il ne
faut pas que le caprice de ma volonté l'emporte sur la regle de ma foy & de ma raison : vous
estes, ô mon Dieu, un trop grand maistre, pour

eſtre ſervi par humeur ; & je tiens à vous par
des liens trop forts, pour prétendre jamais m'en
détacher : j'ay crû, Seigneur, *Credidi*, & c'eſt
pour cela que je vous ay donné une parole,
dont j'ay pris le ciel à témoin, ſçavoir, de garder inviolablement le traité & le pacte ſolem-
nel que j'ay fait avec vous dans ma penitence :

Pſalm. 115. *Credidi propter quod locutus ſum.* Voilà, mes
chers Auditeurs, ce que j'appelle agir par la foy,
& vivre de l'eſprit de la foy, en quoy conſiſte

Hebr. 10 proprement le caractere de l'homme juſte : *Juſ-
tus autem meus ex fide vivit.* Reſurrection de
Jeſus-Chriſt modelle de noſtre perſeverance,
fondement de noſtre perſeverance, & motif encore de noſtre perſeverance : comment cela !
apprenez-le.

C'eſt que la reſurrection du Sauveur nous
met devant les yeux la gloire & l'immortalité
bienheureuſe où nous aſpirons, & qui doit eſtre noſtre récompenſe éternelle. Auſſi prenez
garde que ce fut la veûë de cette reſurrection
qui inſpira au Patriarche Job tant de conſtance dans les plus rigoureuſes épreuves. Toutes
choſes le portoient, ce ſemble, à quitter Dieu :
il ſe trouvoit accablé de miſeres & de calamitez qui l'aſſiégeoient de toutes parts ; ſes amis
meſmes s'eſtoient tournez contre luy ; ſa femme
inſultoit à ſa pieté, en la traitant de ſimplicité :

Job. 2. *Adhuc tu permanes in ſimplicitate tuâ ?* mais
que luy répondoit ce ſaint homme ! Allez, luy

difoit-il, vous parlez en infenfée : *Quaſi una de* Job. 2.
ſtultis mulieribus locuta es. Vous me reprochez
mon attachement au Dieu que j'adore ; & moy
je vous dis que je l'auray jufqu'au dernier fou-
pir de ma vie, & que toutes les calamitez du
monde ne m'obligeront jamais à m'en départir.
Et quel motif en apportoit-il ! ah ! Chreſtiens,
admirable leçon pour nous ! *Scio enim quod Re-* Job. 19.
demptor meus vivit, & in noviſſimo die de terrâ
ſurrecturus ſum : oüy, je feray conſtant & fidelle,
adjouſtoit-il, parce que je ſçais que je dois avoir
un Sauveur qui reſſuſcitera plein de gloire, &
que je reſſuſciteray moy-meſme un jour comme luy. Or cette gloire dont je le vois déja tout
éclatant, cette gloire qui par communication
doit ſe repandre ſur moy, c'eſt ce qui m'engage à ſouffrir ſans murmurer, c'eſt ce qui reprime mes plaintes, c'eſt ce qui adoucit mes maux,
c'eſt ce qui me ſoutient dans l'accablement extreſme où me réduiſent l'humiliation & la douleur : cette eſperance que je nourris dans mon
ſein, eſt le grand motif de ma perſeverance :
Repoſita eſt hæc ſpes in ſinu meo. Ainſi parloit *Ibidem.*
cet homme de Dieu. Or, mes Freres, reprend
faint Auguſtin, ſi la veüë d'une reſurrection ſi
éloignée inſpiroit à Job ces ſentimens au milieu de la gentilité, nous élevez au milieu du
chriſtianifme, nous qui la voyons de ſi prés
cette meſme reſurrection, nous qui dans cette
folemnité en celebrons la memoire, en ſerons-

nous moins touchez & le devons-nous moins
eſtre!

Enfin Jeſus-Chriſt reſſuſcité devient par un
excés de ſon amour, & par un effet merveilleux du Sacrement de ſon corps, le ſceau de
noſtre perſeverance dans la grace, puiſque tout
reſſuſcité & tout immortel qu'il eſt, il veut bien
eſtre noſtre Agneau paſchal, ſelon l'expreſſion
de l'Apoſtre, & s'immoler tout de nouveau ſur
nos autels, pour s'unir intimement à nous, &
pour nous faire vivre en luy & par luy : *Paſcha*
noſtrum immolatus eſt Chriſtus. Ce Dieu de
gloire, le jour meſme de ſa reſurrection, ſe fait
noſtre nourriture ; & aprés eſtre ſorti triomphant
du tombeau, il vient obſcur & inviſible, s'en-
ſevelir dans nous par la communion. Que pre-
tend-il ! on vous en a inſtruits, Chreſtiens, &
vous ne le pouvez ignorer : il prétend ſervir à
voſtre ame d'aliment, mais d'un aliment celeſte & ſpirituel ; & comme le propre de l'aliment eſt d'entretenir la vie, il ſe donne à vous
pour conſerver cette vie divine, cette vie de la
grace que la penitence vous a renduë. Avez-
vous fait, mon cher Auditeur, quelque reflexion aux ſaintes & venerables paroles que le
preſtre, comme miniſtre de l'Egliſe, a pronon-
cées en vous admettant à la participation du
corps de Jeſus-Chriſt ! Peut-eſtre n'y avez vous
pas penſé, & néanmoins c'eſt à quoy vous deviez eſtre attentif. Car voicy comment il vous
a par-

1. Cor. 5.

a parlé ! Recevez, mon Frere, le corps de voſtre Seigneur & de voſtre Dieu, afin qu'il garde voſtre ame, & qu'il la preſerve de la mort
du peché ; non pas pour quelques jours ni pour
quelques mois, mais pour la vie éternelle : *Cuſtodiat animam tuam in vitam æternam.* Et en
effet, s'il n'avoit eſté queſtion que de vous faire vivre pour quelque temps, envain Jeſus-
Chriſt auroit-il daigné nourrir voſtre ame de ſa
propre chair. Il ne falloit pas pour cela un pain
ſi exquis : mais ce pain dont vous avez fait voſtre paſques, eſt un pain, dit Jeſus-Chriſt meſme,
qui ſe mange pour ne mourir jamais : *Hic eſt* **Joan. 6.**
panis de cælo deſcendens, ut ſi quis ex ipſo man-
ducet, non moriatur. Et voilà ce que je vous
ay propoſé d'abord comme le Sacrement de
voſtre perſeverance dans la grace. Verité re-
connuë de tous les Peres, puiſque c'eſt ainſi
qu'ils expliquent cette grande promeſſe du Sauveur : *Qui manducat hunc panem, vivet in æter-* **Ibidem.**
num : celuy qui mangera ce pain, vivra éternellement ; non pas, dit ſaint Jeroſme, d'une
vie corporelle & materielle, mais d'une vie ſpirituelle & ſurnaturelle, qui doit eſtre le fruict
de l'adorable Euchariſtie. Si donc engagez comme vous l'eſtes à la perſeverance chreſtienne,
& par l'idée de la reſurrection de Jeſus-Chriſt,
& par la foy de la reſurrection de Jeſus-Chriſt,
& par la gloire de la reſurrection de Jeſus-Chriſt,

Tome III. .B b

enfin par le Sacrement de la resurrection de Jesus-Christ; si, dis-je, comme tant de lasches
chrestiens, vous retourniez à vos premieres habitudes; si vous vous laissiez encore surprendre aux illusions du monde; & au lieu de donner à la grace le temps de s'enraciner dans vos
cœurs, si vous étouffiez ce bon grain, selon la
parabole, & qu'au bout de quelques semaines
on vous revist dans les mesmes engagemens &
les mesmes desordres, n'aurois-je pas droit de
vous faire le reproche, que faisoit saint Paul
aux Galates ! Il leur avoit annoncé le Royaume de Dieu, il les avoit tous engendrez en Jesus-Christ par l'Evangile; & tandis qu'il avoit
esté parmi eux, ils estoient demeurez fermes dans
la foy. Mais à peine les eut-il quittez, qu'ils
oublierent ce qu'ils estoient, & qu'ils reprirent
les observances du Judaïsme. Saint Paul le sçût,
& voicy en quels termes il leur temoigna là-
dessus son ressentiment : plaise au ciel que je
n'aye jamais sujet de vous les appliquer. *Miror,*

Galat. 1.

*quod tam citò transferimini ab eo qui vos voca-
vit in gratiam Christi.* En verité, mes Freres, il
est bien étrange que vous ayez sitost changé de
sentimens, & qu'en si peu de jours vous ayez
renoncé à celuy qui vous avoit appellez & conduits par sa grace à la connoissance de Jesus-

Galat. 3.

Christ. *O insentati Galatæ, quis vos fascinavit
non obedire veritati !* ô insensez que vous es-

res, qui vous a enforcellez pour vous faire a-
bandonner laschement & honteusement le par-
ti de la verité! *Sic stulti estis, ut cum spiritu* ibidem.
cœperitis, nunc carne consummemini! Quelle
folie d'avoir commencé par la pureté de l'efprit, & de finir maintenant par la corruption de
la chair! Ainsi leur parloit l'Apostre, & vous
parlerois-je, Chrestiens. Car j'aurois bien de
quoy m'étonner, que des resolutions prises à la
face des Autels & en la presence du Seigneur, se
fussent tout à coup évanoüies. Hé quoy, mes
Freres, vous dirois-je aussi bien que saint Paul,
vous faisiez à Dieu de si saintes protestations;
vous nous donniez dans le sacré tribunal des
paroles si expresses; vous vous obligiez de si
bonne foy, ce semble, à tout ce que nous vous
prescrivions; vous deviez estre si reguliers à le
pratiquer: mais l'avez-vous fait! *Sic stulti estis,*
ut cum spiritu cœperitis, nunc carne consummemi-
ni! En estes-vous moins coleres & moins em-
portez! en estes-vous moins ambitieux & moins
entestez de vostre fortune! en estes-vous moins
sensuels & moins addonnez à vostre plaisir! n'a-
vez-vous plus reveû cette personne, écueil funeste de vostre fermeté & de vostre constance!
n'avez-vous plus recherché ces occasions si dangereuses pour vous! n'avez-vous plus tenu ces
discours ou médisans ou impies! Vous aviez jetté les fondemens d'un vie chrestienne & spiri-

tuelle : qui vous a empefché d'élever ce faint é-
difice ! On efperoit tout de vous ; & dans un
moment toutes les efperances qu'on en avoit
conçeûës, font renverfées. Falloit-il pour cela
faire tant d'avances ! falloit-il puifer dans les
fources falutaires de la grace ! falloit-il fe laver
dans les eaux de la penitence ! falloit-il manger la chair de l'Agneau : *Sic ftulti eftis !* Pourfuivons, mes chers Auditeurs : je vous ay fait
voir que la refurrection du Fils de Dieu eftoit
pour nous un engagement à la perfeverance
dans la grace ; & j'adjoufte que la perfeverance dans la grace eft le gage le plus certain que
nous puiffions avoir, d'une refurrection glorieufe à la fin des fiecles & femblable à celle du Fils de Dieu. C'eft le fujet de la feconde
partie.

II. Partie. Dieu l'a ainfi ordonné, Chreftiens, & une
des loix de fa providence eft que le falut dans
cette vie nous foit incertain, & que nous n'ayons
jamais fur la terre nulle affeûrance de noftre pré-
deftination éternelle. Providence, dit faint Auguftin, que nous devons adorer, puifqu'elle
nous entretient dans l'humilité & qu'elle excite en nous la ferveur & la vigilance. Il eft néanmoins vray, fans déroger en rien à cette regle,
que la perfeverance dans le bien & l'accompliffement des faintes refolutions qu'on a for-

mées, eſt la marque la plus infaillible à quoy nous puiſſions reconnoiſtre ſi nous ſerons un jour ſemblables à Jeſus-Chriſt reſſuſcité, & ſi nous aurons le bonheur de participer à ſa gloire. Je m'explique. Tous les Theologiens conviennent, qu'il y a certains ſignes par où nous pouvons diſtinguer ceux d'entre les fidelles qui doivent un jour reſſuſciter à la vie, & ceux qui reſſuſciteront, comme parle le Fils de Dieu, pour leur damnation. Mais ſelon les meſmes Theologiens, ces ſignes après tout ſont équivoques & douteux, & rien n'eſt plus ordinaire ni plus à craindre que de s'y tromper. S'il y en a un, diſent-ils, ſur lequel nous ſoyons en droit de faire fonds, & qui ſoit capable d'eſtablir ſolidement noſtre eſperance pour la reſurrection bienheureuſe, c'eſt cette perſeverance dans l'eſtat où nous ſommes entrez en nous convertiſſant à Dieu. Pourquoy ! par trois raiſons importantes que je vous prie de bien mediter : parce qu'il eſt certain que la perſeverance repreſente déja dans nous l'eſtat de cette bienheureuſe reſurrection ; parce qu'elle nous diſpoſe, & qu'elle nous conduit à cette bienheureuſe reſurrection ; enfin parce qu'elle nous fait meriter, autant qu'il eſt poſſible, la grace ſpeciale de cette bienheureuſe reſurrection. Developpons ces trois penſées.

Je dis que la perſeverance chreſtienne repre-

fente déja dans nous l'eftat de cette bienheureufe refurrection dont nous voyons les prémices dans la perfonne du Sauveur. Car en
quoy confifte cet eftat des corps glorifiez! Le
voicy : en ce qu'ils ne font plus fujets à aucune
viciffitude ; en ce que la gloire dont ils font re-
veftus, n'eft point une gloire paffagere, mais per-
manente, & qui durera autant que Dieu mefme ; en ce qu'ils font aujourd'huy ce qu'ils feront éternellement, & ce qu'ils ne peuvent jamais ceffer d'eftre. Tel eft l'avantage d'un corps
reffufcité, & reformé, comme dit l'Apoftre, fur
le modelle du corps glorieux de Jefus-Chrift.
Or rien n'approche plus de cet eftat que la perfeverance du jufte, ou d'un pecheur converti
& inébranlable dans le plan de converfion qu'il
s'eft tracé. Car au lieu que les mondains, femblables aux flots de la mer, font dans un changement perpetuel ; & que toûjours agitez par
leurs paffions, ils fuccombent à la crainte, ils
cedent au refpect humain, ils plient fous l'ad-
verfité, ils s'enflent dans la profperité, ils fui-
vent l'attrait du plaifir, ils fe laiffent vaincre par
l'intereft, abbattre par la trifteffe, corrompre
par la joye, entraifner par l'occafion ; qu'ils tournent non feulement leur raifon, mais leur religion au gré de l'humeur qui les domine, & que
bien loin de s'affermir par la grace dans la pieté, ils anéantiffent dans eux la pieté & la grace

mefme par leurs variations continuelles : eftat
deplorable, où felon faint Paul la créature doit
gemir de fe voir reduite, *Vanitati enim crea-* Rom. 8.
tura fubjecta eft : le jufte au contraire fortifié de la bonne habitude qu'il s'eft faite, élevé au deffus de tout ce qui pourroit le retirer
des voyes de Dieu, vainqueur du monde & de
foy-mefme, marche toûjours d'un mefme pas,
fuit toûjours la mefme route, ne vit plus dans
une pitoyable alternative de converfion & de
rechute, de ferveur & de relafchement, de regularité & de libertinage; mais determiné à la
pratique de fes devoirs, eft inviolablement ce
qu'il doit eftre, & par là anticipe l'heureux eftat de la refurrection future.

C'eft furquoy S. Cyprien félicitoit avec tant d'é-
loquence des vierges chreftiennes, qui s'eftoient
confacrées à Jefus-Chrift, & qui trouvoient dans
leur retraite ce precieux tréfor d'une éternelle
ftabilité. *Vos refurrectionis gloriam in hoc fæculo* Cyprian.
jam tenetis. Vous poffedez, leur difoit-il, dés
maintenant la gloire de la refurrection que nous
attendons. La chafteté que vous avez voüée folemnellement à Dieu, fait dés aprefent dans vos
ames quelque chofe de femblable à ce que la
refurrection doit faire dans les corps des Saints;
& voftre conftance à fuivre le divin époux que
vous avez choifi, commence déja vifiblement
dans vos perfonnes, ce que la béatitude celef-

te achevera & confommera. Or ce que faint
Cyprien difoit à ces époufes de Jefus-Chrift, je
vous le dis, mes chers Auditeurs. Oüy, de quelque condition que vous foyez, fi vous eftes reffufcitez avec Jefus-Chrift de cette refurrection
veritable & durable, dont je vous ay fait connoiftre l'importance & la neceffité, *Si confur-*
rexiftis cum Chrifto ; fi vous eftes difpofez, mais
efficacement, mais fincerement, à perfeverer
dans la voye où la grace de la penitence vous a
rappellez, je dis que vous avez déja part à ce
qu'il y a de plus avantageux dans cet eftat d'immortalité où nous efperons un jour de parvenir. Je dis qu'eftre conftants comme vous l'eftes, ou comme vous paroiffez le vouloir eftre
dans le fervice de voftre Dieu, c'eft eftre déja
marquez de ce fceau du Dieu vivant, que l'Ange de l'Apocalipfe doit imprimer fur le front
de tous les effûs : *Vos refurrectionis gloriam in*
hoc fæculo jam tenetis. Et il n'y a perfonne de
ceux qui m'écoutent, qui n'ait droit de prétendre à ce bonheur. Car les libertins mefmes
& les plus impies font capables d'une parfaite converfion comme les autres pecheurs ; &
nous avons quelquefois la confolation de voir
les plus endurcis & les plus obftinez dans le
peché, quand ils fe font reconnus & remis
dans l'ordre, s'y tenir plus étroitement & plus
infeparablement attachez : comme fi Dieu pre-

Coloff. 3.

noit plaisir à faire éclater en eux toutes les richesses de sa misericorde. Puissant motif pour
exciter dans tous les cœurs un saint zéle & une
sainte confiance ! Mais si par vostre infidelité la
grace n'agit en vous que foiblement, que super-
ficiellement ; si dans la pratique vous n'exécu-
tez rien de ce que vous avez conclu & arresté
avec Dieu ; si dés les premiers jours, desespe-
rant de pouvoir aller jusques au bout & déja
lassez du peu de chemin que vous avez fait, vous
regardez derriere vous & vous commencez à
reculer : j'ose, Chrestiens, vous le dire, quoyqu'avec douleur, il est bien à craindre que vous
ne soyez pas du nombre de ceux qui selon la
parole du Prophete Royal doivent un jour ressusciter dans l'assemblée des justes ; & par une
triste consequence, que vous ne soyez jamais reçeûs dans le Royaume de Dieu. Si je faisois de
moy-mesme cette triste prédiction, peut-estre
pourriez-vous ne m'en pas croire & en appeller à un autre temoignage que le mien. Mais
Jesus-Christ mesme nous l'a ainsi declaré dans
son Evangile, & c'est de sa bouche qu'est sorti
ce terrible arrest : *Nemo mittens manum suam* Luc. 9.
ad aratrum, & respiciens retrò, aptus est regno
Dei. Comment, mes Freres, reprend S. Chrysostome, expliquant ce passage de saint Luc,
comment un homme inconstant & leger seroit-
il propre pour le Royaume de Dieu, puisqu'il

ne l'eſt pas meſmes pour le monde, ni pour les affaires & le commerce du monde! Que penſe-t-on dans le monde d'un eſprit volage & changeant! qui ſe confie en luy! qui fait fonds ſur luy, & de quoy le croit-on capable! Or ſi le monde meſme, adjouſte ſaint Chryſoſtome, malgré ſon inconſtance naturelle, eſt néanmoins le premier à condamner l'inconſtance de ceux qui ſuivent ſes loix, comment Dieu s'accommodera-t-il de la noſtre! & d'ailleurs, conclut le meſme Pere, ſi nous ne ſommes pas propres au Royaume de Dieu, que ſert-il de l'eſtre pour toute autre choſe! Euſſions-nous les plus rares talents, & les plus ſublimes, les plus éminentes qualitez, avec toutes les qualitez & tous les talents que ſommes-nous devant Dieu, ſi nous ne ſommes pas en eſtat d'entrer dans ſa gloire & de le poſſeder luy-meſme! Ce n'eſt qu'en perſeverant qu'on s'attache à luy; & ce n'eſt qu'en s'attachant à luy, qu'on ſe rend digne de luy, & digne de la couronne qu'il nous promet. Voilà le titre le plus legitime pour y prétendre & pour l'obtenir, & c'eſt ma ſeconde propoſition.

Car prenez garde à cecy, mes chers Auditeurs: que fait la perſeverance chreſtienne dans un pecheur converti, & fidelle à la grace de ſa converſion! elle le conduit à la perſeverance finale. Et qu'eſt-ce que la perſeverance finale!

c'est la derniere difpofition à l'immortalité bienheureufe. Je m'explique. Quand les Theologiens parlent de la predeftination des Saints,
ils nous la font concevoir comme une chaifne
myfterieufe, compofée de plufieurs anneaux en-
trelaffez les uns dans les autres & qui fe tiennent fans interruption. Du cofté de Dieu, difent-ils, cette chaifne n'eft autre chofe qu'une
fuite de moyens, de fecours, de graces que
Dieu a preparez pour foutenir fes eflûs & pour
les faire arriver à la couronne de juftice qui
leur eft refervée. Ainfi l'enfeigne faint Auguftin.
Mais de noftre part cette chaifne eft une fuite
d'actes, qui fe fuccedent les uns aux autres, & par
où nous meritons cette couronne, en rendant
chaque jour à Dieu l'obéiffance qui luy eft duë.
Tous ces actes, adjouftent les Docteurs, font
comme autant de parties de cette perfeverance totale qui nous fauve, & en cela ils font tous
de mefme nature; mais il y en a un néanmoins,
& c'eft le dernier, au quel tous les autres fe ter-
minent, & qui fait la perfeverance finale. Quoyque ce dernier acte confideré en luy-mefme,
n'ait ni plus de perfection, ni plus de merite que
les autres, cependant parce qu'il eft le dernier,
c'eft luy qui couronne tous les autres & qui
confomme noftre bonheur. Car, comme dit
faint Jerofme, dans les predeftinez on ne cherche pas le commencement, mais la fin. Paul a

mal commencé, & bien fini; Judas a mal fini,
& bien commencé; Judas est reprouvé, & Paul
glorifié. C'est donc de la fin que dépend le sort
& le discernement des hommes dans l'autre vie.
Envain aurions-nous passé des siecles entiers
dans la pratique de toutes les vertus; il ne faut
qu'une pensée pour nous rendre criminels, & si
Dieu nous prend au moment que nous formons cette pensée & que nous y consentons,
il n'y a point de salut pour nous. Par consequent, c'est la perseverance qui met le comble à
la predestination des esûs : sans elle tout le reste est inutile, & c'est elle qui nous met en main
la palme, & qui nous introduit dans la gloire:
Bonum certamen certavi, cursum consummavi,
de reliquo reposita est mihi corona justitiæ.

2. Tim. 4.

Cela s'entend, me direz-vous, de la perseverance finale. Je le veux, mon cher Auditeur.
Mais par où arrive-t on à la perseverance finale, sinon par la perseverance commencée qui est celle
de la vie! Car sans commencement il n'y a point
de fin, & toute fin a un rapport essentiel à son
commencement. D'où il s'ensuit, que pour perseverer à la mort, c'est à dire, que pour avoir la
perseverance finale, nous devons commencer à
perseverer dans la vie, puisque la perseverance
de la mort est le terme & la consommation de
la perseverance de la vie. Et voilà pourquoy j'ay
dit que la perseverance dans les exercices d'une

vie chrestienne, est la voye qui nous mene au
Royaume éternel. Et en effet tandis que nous suivons cette voye, tous les pas que nous faisons
nous sont comptez. Mais du moment que nous
la quittons, nous nous éloignons de ce bienheureux héritage, que Dieu nous propose comme l'objet de nostre esperance : & ce qu'il y a de
plus deplorable, c'est que tout ce que nous a-
vons fait jusques-là, n'est plus pour nous de
nulle valeur ; parce que nostre rechûte dans le
peché, & nostre retour au monde en suspen-
dent tout le merite. Il faut recommencer tout
de nouveau, reprendre la route que nous a-
vions perduë, rentrer dans la carriere & la fournir par une perseverance infatigable. Ainsi nous
ne nous disposons actuellement à regner un
jour comme les Saints dans le ciel, qu'autant
que nous nous accoutumons à perseverer comme eux sur la terre. Voilà tout le secret de ce
grand mystere que nous appellons predestination. En parler de la sorte, ce n'est ni philoso-
pher, ni user de conjectures, puisque tout ce
que j'en ay dit est fondé sur l'oracle de Jesus-
Christ mesme : *Qui autem perseveraverit usque* Matth. 10.
in finem, hic salvus erit ; celuy qui perseverera jusqu'à la fin, sera sauvé. Or ces paroles, remarque saint Chrysostome, ne doivent pas estre entenduës de la grace de la perseverance, mais de
la vertu de perseverance, puisqu'il est constant

que le Fils de Dieu a prétendu par là nous exhorter à une chose, qui fust en nostre pouvoir, & qu'il dust recompenser comme un effet de nostre fidelité; ce qui convient à la perseverance prise comme vertu, & non point comme don & comme grace. D'où vient que le Saint Esprit nous fait ailleurs de cette perseverance un commandement : *Esto fidelis usque ad mortem;* tenez ferme & combattez jusqu'à la mort. Vous me répondrez peut-estre qu'il est toûjours vray que cette vertu de perseverance dépend essentiellement de la grace de la perseverance ; & que d'ailleurs cette grace de la perseverance est tellement donnée de Dieu, que nous ne la pouvons meriter. Ah ! Chrestiens, retenez bien ce qui me reste à vous dire, c'est par où je finis, & ce sera l'éclaircissement de ma troisiéme proposition.

Je le sçais, mes chers Auditeurs, quelques justes que nous soyons, quelques bonnes œuvres que nous ayions pratiquées & que nous pratiquions encore tous les jours, nous ne pouvons meriter ce don souverain de la perseverance finale : le meriter, dis-je, d'un merite parfait, d'un merite de justice, d'un merite qui nous donne droit de l'exiger, ou si vous voulez que je m'exprime avec l'école, d'un merite de condignité. C'est ainsi que tous les Peres de l'Eglise l'ont reconnu. Mais outre ce merite, il y

Apoc. 2.

en a un autre : un merite de convenance, un merite, disent les Theologiens, de congruité, un
merite fondé sur la misericorde & sur la pure liberalité de Dieu : c'est à dire, que Dieu voyant
l'homme appliqué de sa part à se maintenir
dans la grace, & pour cela se faire violence à luy
mesme, mortifier ses passions, resister & combattre, il se sent reciproquement émeû en veûë
d'une telle constance, à le gratifier de ses plus
singulieres faveurs, & en particulier du don de
la perseverance finale, parce que c'est la marque
de la plus grande distinction & du choix le plus
special que Dieu puisse faire d'une ame dans
l'ordre du salut. Or je prétends qu'à l'entendre ainsi, nous pouvons meriter cet excellent
don. De là, mes Freres, quand nous voyons un
juste, aprés avoir long-temps perseveré dans
l'observation de la loy de Dieu, mourir saintement, nous ne nous en étonnons point. Nous
disons : cela est conforme aux idées que l'Ecriture nous donne des jugemens de Dieu ; cet
homme a trop bien vescu, pour finir autrement
sa course ; selon les loix communes de la providence, une vie si innocente & si fervente ne
pouvoit estre terminée que par une pareille
mort ; Dieu luy a fait grace, mais en luy faisant
grace il a eû égard à ses bonnes œuvres. Nous
reconnoissons donc dans cette conduite de Dieu
une espece de convenance, qui sans blesser en

rien fa juſtice, l'engage à déployer toute ſa miſericorde & à l'exercer. Au contraire quand on nous parle de certains juſtes, qui par un triſte naufrage, aprés une longue perſeverance, ont péri juſques dans le port & ſe ſont malheureuſement perdus; quand on nous rapporte ces exemples, nous en ſommes effrayez, nous les regardons comme des prodiges, nous nous écrions avec ſaint Paul, *O altitudo!* nous jugeons qu'il y a eû dans cette diſpoſition de Dieu quelque choſe que nous ne comprenons pas; que cet homme qui vivoit regulierement en apparence, avoit peut-eſtre un orgueil caché que Dieu a voulu punir; que l'effet d'une juſtice ſi rigoureuſe ſuppoſe un fonds d'iniquité, qui ne paroiſſoit pas au dehors, & que Dieu voyoit. Quoyqu'il en puiſſe eſtre, ces chûtes inopinées & ces coups de reprobation nous font trembler: mais la ſurpriſe meſme où ils nous jettent, eſt une preuve évidente que ce n'eſt donc point ainſi que Dieu en uſe ſelon les regles ordinaires, & que nous ſommes perſuadez nous meſmes que la perſeverance finale eſt communément & preſque immanquablement le fruict d'une perſeverance chreſtienne pendant la vie.

C'eſt à cette perſeverance de la vie, que je ne puis, mes chers Auditeurs, aſſez vous porter; & ſouffrez qu'empruntant icy les paroles de ſaint Jeroſme, je vous diſe pour concluſion de ce diſcours,

Rom. 11.

discours, ce que disoit ce saint Docteur à un homme du monde, qui commençoit à chanceller dans le dessein qu'il avoit pris de chercher dans la retraite de Bethlehem un azile contre les périls du siecle. Car voicy comment il luy parloit, & comment Dieu m'inspire de vous parler à vous-mesmes. *Obsecro te, frater, & moneo* Hieron. *parentis affectu, ut qui Sodomam reliquisti, ad montana festinans, post tergum ne respicias.* Pecheur qui m'écoutez, puisqu'en vertu de la grace que vous avez reçeüe, vous venez d'abandonner Sodome; c'est à dire, puisque vous avez renoncé à vos engagemens criminels, je vous conjure par la charité que vous vous devez à vous-mesme, de ne tourner plus les yeux vers le monde; ce monde prophane, ce monde corrupteur que vous avez quitté, & dont vous avez si long-temps éprouvé la tyrannie. *Ne aratri stivam, ne fimbriam Salvatoris quam* Idem. *semel tenere cœpisti, aliquando dimittas.* Non, mon cher Frere, ne pensez plus à secoüer le joug du Seigneur que vous vous estes imposé, & tenez toûjours la robbe de vostre Sauveur, pour le suivre. Vous ne pouvez avoir un meilleur guide, & il ne vous appelle aprés luy que pour vous conduire à sa gloire. *Ne de tecto vir-* Idem. *tutum, pristina quæsiturus vestimenta, descendas.* Prenez garde à ne pas décheoir des hautes vertus où vous avez voulu par vostre conversion vous élever; & n'allez pas reprendre les

Tome III. Cc

dépoüilles de la vanité & du luxe, aprés vous
estes revestû des livrées de Jesus-Christ. *Ne de*
agro revertaris domum. Du champ de l'Eglise
où vous estes rentré, & où vous commencez à
receüillir les fruicts de la grace, ne retournez
point à ces maisons où vostre innocence a tant
de fois échoüé, ni à ces lieux de scandale & de
débauche. *Ne campestria cum Loth, ne amœ-*
na hortorum diligas, quæ non irrigantur de cœ-
lo, ut terra sancta, sed de turbido flumine Jor-
danis. Ne vous arrestez pas comme Loth à tout
ce qui pourroit vous rapprocher de l'embrase-
ment dont vous vous estes sauvé : fuyez ces de-
meures agréables, mais dont l'air est si conta-
gieux pour vous ; ces rendez-vous si propres à
rallumer vostre passion, ces jardins si commo-
des pour l'entretenir, où la pluye du ciel ne
tombe jamais, & qui ne sont arrosez que des
eaux troubles du Jourdain. Voilà, dit saint Jerosme, à quoy il ne faut plus retourner. *Cœ-*
pisse multorum est, ad culmen pervenisse pauco-
rum. Plusieurs, adjoustoit-il, ont l'avantage de
commencer, mais bien peu ont le bonheur de
perseverer. Or il faut que vous soyez de ce nombre. Ma douleur est de penser, Chrestiens, que
la pluspart de ceux à qui je parle, en doivent estre exclus, ou plustost, sont dans la disposition
de s'en exclure eux-mesmes. Ce qui m'afflige
jusqu'à dire comme David, *Tabescere me fe-*
cit zelus meus, mon zéle m'a fait sécher de re-

(marginalia)
Idem.

Idem.

Idem.

Psalm. 118.

gret, c'eſt de faire aujourd'huy cette triſte reflexion, que d'une ſi nombreuſe aſſemblée à
peine y en aura-t-il quelques-uns que le monde bientoſt ne rengage pas dans ſes fers, & ſur
qui le peché ne reprenne pas tout ſon empire.
Mon Dieu, que vos jugemens ſont profonds, &
que noſtre inconſtance eſt deplorable ! Le comble de l'affliction pour moy, eſt de voir, comme ſaint Bernard, que la reſurrection du Fils de
Dieu ſoit devenuë le terme fatal, ou pour mieux
dire, le commencement de nos rechûtes. *Proh* **Bern.**
dolor ! terminus recidendi facta eſt reſurrectio
Salvatoris. Car n'eſt-ce pas là que vont recommencer les parties de plaiſir, les jeux, les ſpecta-
cles; & par une conſequence infaillible, les im-
pudicitez, les diſſolutions, les excés : en ſorte
qu'il ſemble que Jeſus-Chriſt ne ſoit reſſuſcité,
que pour nous faire laſcher plus impunément
la bride à nos paſſions & à nos ſens : *Ex hoc* **Idem.**
nempe redeunt comeſſationes, ex hoc laxantur
concupiſcentiis fræna : quaſi ad hoc ſurrexit
Chriſtus, & non propter juſtificationem noſtram.
Mais non, Seigneur; vous acheverez voſtre ouvrage : car c'a eſté voſtre ouvrage que ma converſion. Vous le ſoutiendrez, comme vous l'a-
vez commencé; & moy-meſme je le ſoutien-
dray avec vous & par vous. Voſtre grace m'a
prevenu, & je l'ay ſuivie. Elle me monſtrera
toûjours le chemin, elle me ſervira toûjours de

guide, & je la suivray toûjours, jusqu'à ce que je puisse arriver à la gloire, où nous conduise, &c.

SERMON
POUR LE DIMANCHE
DE
QUASIMODO.

Sur la Paix Chrestienne.

Dixit ergo eis iterum, Pax vobis.

Il leur dit une seconde fois, la Paix soit avec vous, En saint Jean, chap. 20.

VOilà, Chrestiens, le pretieux trésor que Jesus-Christ laisse à ses Apostres. Il leur donne la paix, & je trouve que cette paix est encore un des fruicts que le mystere de sa resurrection produit dans nos ames, lorsque nous nous reconcilions avec Dieu par la penitence, & que nous approchons dignement des sacrez mysteres par la communion paschale. Ce divin Sauveur vient à nous dans le Sacrement de son corps : il nous honore tous en particulier, non seulement d'une apparition, mais d'une visite qu'il nous fait en personne ; & à ce moment-là mesme il nous dit interieurement, *Pax vobis* : vous voilà reconciliez avec mon Pere, vous voilà unis à moy ; joüissez du bonheur que vous possedez, & goustez la douceur de la paix. Car c'est ainsi, mes chers Auditeurs, que S. Jacques nous fait concevoir la paix d'une ame chrestienne, en nous disant qu'elle est le fruict de la justice & de la sainteté : *Fructus autem justitiæ in pace seminatur.* Et en effet, toute autre paix que celle-la n'est qu'une paix fausse & imaginaire. Pour estre solide & veritable, il faut qu'elle vienne du principe de la sainteté & de la grace. Or telle est celle que Jesus-Christ nous communique, quand il se communique luy-mesme à nous. Parlons donc aujourd'huy de cette paix spirituelle ; de cette paix de Dieu, qui surpasse tout sentiment ; de cette paix que saint Paul souhaitoit tant aux Philippiens : *Et pax Dei, quæ exuperat omnem sensum, custodiat corda vestra & intelligentias vestras, in Christo Jesu.* Mes Freres, leur disoit-il, le plus grand desir que Dieu m'inspire de former en vostre faveur, est que la paix qu'il vous a donnée, garde vos esprits & vos cœurs. Je fais aujourd'huy, Chrestiens, pour vous le mesme souhait & la mesme priere. Puisque vous avez reçû cette paix, prenez soin de la conserver, & qu'elle vous conserve vous-mesmes dans les saintes dispositions où vous estes devant Dieu : *Pax Dei custodiat corda vestra & intelligentias vestras in Christo Je-*

Jac. 3.

Philip. 3.

su.Mais d'où vient que le Fils de Dieu ne se
contenta pas de donner une fois la paix à ses
Apoſtres, & que dans une meſme apparition,
il leur dit deux fois & dans les meſmes termes,
Pax vobis ! C'eſt une circonſtance que S. Chryſoſtome a remarquée dans l'Evangile, & cette
circonſtance n'eſt pas ſans myſtere : or c'eſt ce
myſtere que je vais vous développer, après que
nous aurons rendu à Marie, comme à la Reine de la paix, l'hommage ordinaire. *Ave Maria.*

JE ne ſçais, Chreſtiens, ſi vous avez pris garde à ces deux paroles de ſaint Paul, *Pax Dei
cuſtodiat corda veſtra & intelligentias veſtras :*
que la paix de Dieu conſerve vos cœurs, *corda veſtra ;* & qu'elle poſſede vos eſprits, *intelligentias veſtras !* Pourquoy l'Apoſtre ſouhai-
toit-il aux Philippiens ce double avantage ;
l'un par rapport à l'eſprit, l'autre par rapport au
cœur! C'eſt répond ſaint Chryſoſtome, que pour
eſtablir dans l'homme une paix parfaite, il faut
la mettre également dans les deux puiſſances de
ſon ame; c'eſt à dire, dans ſon eſprit & dans
ſon cœur. La paix du cœur doit neceſſairement
eſtre precedée de la paix de l'eſprit, & la paix
de l'eſprit ne peut eſtre conſtante ſans la paix du
cœur. Il faut donc pacifier l'eſprit de l'homme,
en luy oſtant toutes les inquiétudes qu'il peut
avoir dans la recherche de la verité ; & il faut

pacifier fon cœur, en le dégageant de tous les
defirs qui le tourmentent dans la recherche de
fon repos. Voilà, mes chers Auditeurs, tout le
myftere de noftre Evangile. Le Sauveur du
monde ne fe contente pas de dire une fois à fes
difciples, *Pax vobis*, la paix foit avec vous : il le
leur redit une feconde fois dans la mefme apparition, parce qu'il veut leur donner cette double paix qui fait toute la perfection de l'homme, la paix de l'efprit & la paix du cœur. Mais
par quelle voye l'homme peut-il efperer d'avoir
l'une & l'autre ! ah, Chreftiens, c'eft encore le
fecret, & le fecret admirable que noftre Evangile
nous découvre. Car j'y trouve la paix de l'efprit folidement eftablie dans la foumiffion à la
foy, *Beati qui non viderunt, & crediderunt ;* &
j'y trouve la paix du cœur parfaitement confer-
vée dans l'affujettiffement à la loy de Dieu,
Dominus meus, & Deus meus. Comprenez,
s'il vous plaift, les deux propofitions que j'avance. Le Sauveur du monde dit à faint Thomas,
que bienheureux font ceux qui croyent fans a-
voir veû ; & faint Thomas répond au Sauveur
du monde, qu'il eft fon Seigneur & fon Dieu.
Croire ce que l'on ne voit pas, c'eft foumettre
la raifon à la foy ; & reconnoiftre l'empire & le
domaine du Fils de Dieu, c'eft vouloir obéïr à
fa loy. Or dans ces deux devoirs font contenus
les deux grands principes de la paix. Car en fou-
mettant ma raifon à la foy, je me procure la

Joan. 20.

Ibidem.

paix de l'esprit ; & en m'assujettissant à la loy de
Dieu, je me mets en possession de la paix du
cœur. En deux mots, n'esperons pas que nostre esprit soit jamais tranquille, tandis que nous
l'abandonnerons à la conduite de nostre raison ; & n'esperons pas plus que nostre cœur soit
jamais content, tandis qu'il s'abandonnera luy-
mesme à ses passions. Il faut que la foy gouverne nostre esprit, si nous voulons qu'il soit dans
le calme : c'est la premiere partie. Il faut que la
loy de Dieu regne dans nostre cœur, si nous
voulons qu'il jouïsse d'un bonheur solide : c'est
la seconde. Deux veritez importantes qui feront le partage de ce dernier discours.

C'Est une question que les Peres de l'Eglise **I. Partie.**
ont traitée avec autant de force que de subtilité,
sçavoir, pourquoy Dieu ayant créé l'homme
raisonnable, il n'a pas voulu, dans la chose la
plus essentielle, qui est la religion, le conduire
par la raison, mais par la foy. Saint Augustin
dit, que Dieu en a usé de la sorte, pour l'interest de sa propre gloire. Car de mesmes qu'un
maistre ne veut pas que ses serviteurs entrepren-
nent d'examiner sa conduite, particulierement
sur les affaires les plus secrettes & les plus importantes de sa maison ; aussi estoit-il de la grandeur de Dieu, que l'homme qui n'est qu'un
néant, ne présumast pas d'entrer en raisonnement avec luy, sur ce qu'il y a de plus caché &

de plus impénetrable dans les deſſeins de ſa providence & dans l'ordre de ſes jugemens. C'eſt
ainſi que parle ſaint Auguſtin. Et en effet, il faut
convenir que cette obéiſſance que nous rendons à Dieu par la foy, eſt un hommage dû à
la ſouveraineté infinie de ſon eſtre. Mais s'il eſt
honorable & glorieux à Dieu de gouverner
l'homme par la foy, je ſoutiens avec le Docteur
Angelique ſaint Thomas, qu'il n'eſt pas moins
avantageux à l'homme d'eſtre conduit par cette voye : pourquoy ! non ſeulement parce que
la conduite de la foy eſt plus meritoire pour
l'homme, que celle de la raiſon ; non ſeulement parce que ſans la foy nous ignorerions bien
des myſteres & bien des veritez qui ſurpaſſent
noſtre raiſon ; non ſeulement parce qu'il y a
peu d'eſprits capables d'acquérir par la ſeule raiſon une connoiſſance de Dieu telle que nous la
devons avoir ; d'où il s'enſuit que Dieu n'auroit
pas pourveû la pluſpart des hommes d'un moy-
en ſuffiſant pour le bien connoiſtre, & que la
pluſpart des hommes demeureroient ſans religion, ſi Dieu au défaut de la raiſon, ou pluſtoſt
pour fortifier & pour éclairer ſa raiſon, n'avoit
eſtabli la foy : mais ſur-tout parce qu'en matiere de religion, il eſt impoſſible, quelque intel-
ligens que nous puiſſions eſtre, que nous trouvions jamais le repos de noſtre eſprit hors d'une
humble ſoumiſſion à la foy.

Principe qui me paroiſt inconteſtable. Car

donnez-moy un homme determiné à ne croire que ce qu'il luy plaift, & à ne déferer jamais
à la foy, fur quoy s'appuyera-t-il, pour fe mettre dans cette fituation qui rend un efprit calme & tranquille! Ou il vivra dans l'indifference
par rapport à la religion, comme les libertins &
les impies; ou il fe fera une religion particuliere felon fes veûës, comme les fages mondains
& les philofophes. S'il vit dans une indifference entiere touchant la religion, c'eft à dire, fans
fe mettre en peine, ni s'il y a un Dieu, ni comment il faut l'honorer, ni ce qui fuit aprés cette vie, ni s'il y en a une autre que celle-cy; vous
fçavez quel eft le malheur de cet eftat, & il ne
faut qu'un rayon de lumiere pour le comprendre. Car quelle horreur! & qu'eft-ce qu'un
homme infenfible aux chofes mefmes qui font
les plus infeparables de fon eftre & de fa condition: qu'un homme qui ne fçait ce qu'il eft,
ni pourquoy il eft; qui ne penfe pas à ce qu'il
fera, ni à ce qu'il deviendra: qui ne croyant
rien, eft incapable de rien efperer; & qui n'eftant affeûré de rien, doit neceffairement craindre tout: qui abandonne au hazard fon bonheur & fon malheur éternel; en forte que s'il
y a un bonheur éternel, il fait eftat d'y renoncer, & que s'il y a un malheur éternel, il s'y expofe évidemment; qui court tout le rifque de
l'un, & qui fe prive de toute la confolation de
l'autre; qui ne connoift pas Dieu, & qui ne veut

pas s'appliquer à le chercher; ou pluftoft, qui veut ignorer Dieu, lorfque toutes chofes le forcent à le connoiftre ! Car voilà les caracteres d'un libertin fans religion. Or je vous demande s'il eft poffible que l'homme trouve là un repos folide; & fi du moment qu'il eft raifonnable, tout cela ne doit pas le troubler, l'agiter, l'effrayer ! Mais confiderons-le dans l'autre eftat, où il fe fait une religion de fa raifon; c'eft à dire, une religion fondée fur les feules connoiffances qu'il a reçeûës de la nature, telle qu'a efté & qu'eft encore la religion des philofophes & des fages du monde. Je ne dis point icy quel defordre ce feroit, que chacun euft droit de fe faire une religion particuliere, & qu'il y euft autant de religions que de fentimens : cela n'eft pas de mon fujet. J'examine feulement fi dans cet eftat l'efprit de l'homme pourroit trouver une vraye tranquillité, & je prétends que non : pourquoy ! parce qu'un homme fage, pour peu qu'il fe connoiffe luy-mefme, eft convaincu de trois chofes touchant fa raifon : premiérement, qu'elle eft fujette à l'erreur; en fecond lieu, qu'elle eft naturellement curieufe; enfin, que la plufpart de fes connoiffances ne font tout au plus que de fimples opinions, qui la laiffent toûjours dans l'incertitude en luy propofant mefmes la verité. Or ces trois chofes font abfolument incompatibles avec le repos de l'efprit, & vous l'allez voir.

Si je suis sage, je ne puis establir ma religion sur ma raison : pourquoy ? parce que je sçais que ma raison est sujette à mille erreurs, sur-tout en ce qui concerne la religion. Je sçais ce que l'histoire de tous les siecles m'apprend, qu'il n'y a rien sur quoy les hommes soient tombez dans des égaremens d'esprit si prodigieux, que sur ce qui regarde le culte de la divinité. Je sçais ce que saint Chrysostome remarque, qu'au mesme temps que le démon arrachoit du cœur des hommes la religion du vray Dieu, il les engageoit dans des superstitions honteuses, jusqu'à leur faire adorer les plus vils animaux : ce qu'ils auroient dû, ce semble, avoir en horreur, & ce qu'ils se laissoient néanmoins persuader. Je sçais ce qui causoit l'étonnement de saint Augustin, lorsqu'il consideroit que les Egyptiens, aprés avoir esté les peuples de la terre les plus polis, en estoient toutefois venus à la plus basse de toutes les idolastries, ayant reconnu pour leur Déesse ce qu'on n'oseroit presque nommer, & que les Romains qui furent depuis les maistres du monde, dans l'estat le plus florissant de leur Empire, avoient presenté de l'encens à des Dieux sujets aux vices les plus infames & les plus abominables. Je sçais qu'il est aisé de justifier par la tradition de l'Eglise, qu'aprés la venuë mesme de Jesus-Christ, il n'y a point eû d'heresie si extravagante, qui n'ait trouvé des sectateurs qui l'ont reçeuë & qui

l'ont gouſtée. Et ce qui eſt encore plus ſurprenant, je ſçais que les plus extravagantes de ces
héreſies ont eſté ſouvent approuvées par les gé-
nies les plus ſublimes. Enfin, je ſçais ce que ſaint
Jeroſme a judicieuſement obſervé, qu'autant
de fois que l'eſprit de l'homme a franchi les bornes de la foy, & voulu faire par ſa ſeule raiſon
de nouvelles découvertes dans le champ de la
religion, toutes ſes recherches n'ont abouti qu'à
l'embarraſſer, & qu'à l'envelopper dans les plus
groſſieres erreurs.

Si je ſuis bien inſtruit, je ſçais tout cela. Or
quelle apparence que ſachant tout cela, je puiſſe me fier à ma raiſon, & m'en rapporter à elle ſur les poincts de ma religion : à moins que
je ne me flatte d'avoir une raiſon plus épurée,
plus droite & plus infaillible que tout le reſte
des hommes ; ce qui ſeroit un excés de préſomption & un orgueil inſoutenable. Il faut donc
pour peu que j'aye meſmes de raiſon, que là où
il s'agira de la religion, je tienne ma raiſon pour
ſuſpecte, ou pluſtoſt, que je la renonce. Or dés-
là elle n'eſt plus capable de pacifier mon eſprit,
& de le tenir dans une ſainte aſſeûrance. C'eſt
la concluſion que tire Guillaume de Paris, &
cette concluſion eſt évidente par elle-meſme.
Adjouſtez à cela, que le caractere de noſtre eſprit dans la pluſpart des jugemens qu'il fornie,
eſt un caractere d'incertitude, d'inconſtance,
d'irreſolution : autre qualité directement con-

traire au repos qu'il cherche. C'est à dire, que
pour une connoissance certaine que nous a-
vons, & que nostre raison nous garentit, il y en
a cent qu'elle ne nous garentit pas. Bien plus:
celle que nous supposons aujourd'huy certaine, demain ne nous paroist plus que douteuse;
& aprés y avoir encore pensé, nous la rejettons
mesmes absolument comme fausse. Or si cela est
vray à l'égard des choses du monde, qui sont,
pour ainsi dire, de nostre ressort; beaucoup plus
l'est-il à l'égard des choses de Dieu, qui nous
sont d'autant moins connuës qu'elles sont plus
relevées au dessus de nous, & qui par là doivent jetter un esprit dans de plus grandes inquiétudes, quand il n'est pas reglé par la foy.
Voilà, Chrestiens, l'estat déplorable où estoit
saint Augustin avant sa conversion, lorsque par
un vain orgueil il vouloit décider & juger en
maistre, au lieu de s'instruire avec la docilité &
l'humilité d'un disciple. Car c'est luy-mesme
qui le confesse, dans le livre qu'il nous a laissé
touchant l'utilité de la foy. Je passois, dit-il, de
secte en secte & d'opinion en opinion, selon
les divers mouvemens de mon esprit: tantost
je me declarois pour l'une, & tantost pour l'autre: il n'y en avoit pas une que je ne voulusse
embrasser, & pas une que je ne voulusse abandonner. Aujourd'huy j'estois Manichéen, &
demain je ne l'estois plus: je desesperois mesmes souvent de parvenir jamais à la verité:

& aprés un long combat, fatigué de mes propres penfées, je me laiffois emporter au fentiment des Academiciens, qui ne tenoient rien
de certain dans le monde : aimant mieux avec
eux douter de tout, que de prononcer avec les
autres fur des probabilitez : *Sæpè mihi videba-*
tur non poffe omnino inveniri quod quærebam,
magnique fluctus cogitationum mearum in Aca-
demicorum fententiam ferebantur. Sur quoy en
paffant vous remarquerez, qu'au moins faint Auguftin n'eftoit pas fujet à ce vice fi commun
dans noftre fiecle, de fe préoccuper d'un fentiment fans en vouloir écouter d'autre ; de croire
toûjours une chofe, parce qu'on l'a crue d'a-
bord, ou de n'y acquiefcer jamais, parce qu'on
l'a une fois combattuë ; de s'entefter qu'elle eft,
parce qu'on veut qu'elle foit ; de la contredire
avec obftination, parce qu'on a intereft qu'elle
ne foit pas ; & quelque parti qu'on prenne, de
fe faire un faux honneur d'y demeurer, fans a-
voir d'autre regle de fa conduite, qu'un attachement opiniaftre à fon fens. Car voilà, mes chers
Auditeurs, ce qui produit tous les jours parmi
nous tant de defordres. Saint Auguftin, dis-je,
n'eût pas au moins cette foibleffe dans le temps
mefme qu'il n'avoit pas encore foumis fon efprit à l'empire de la foy : car il examinoit tout,
& n'eftoit prevenu de rien. Mais par un défaut
tout oppofé à celuy-la, à force d'examiner, &
de donner dans l'examen qu'il faifoit, trop de
                                              liber-

Aug.

liberté à fa raifon, il ne trouvoit plus rien à quoy fe fixer, & c'eft ce qui l'embarraffoit & ce qui le troubloit. Voyez ces prétendus efprits forts du monde, qui pour avoir peu de religion, raifonnent éternellement fur la religion. Quoyque ce ne foit pas comme faint Auguftin, par une abondance de lumieres, & qu'il y ait communément dans leur libertinage plus d'ignorance que de doute, c'eft là qu'ils en viennent. Ils raifonnent, mais fans fçavoir eux-mefmes ce qu'ils croyent & ce qu'ils ne croyent pas, incertains de tout & ne convenant jamais du principe auquel ils veulent s'arrefter; détruifant aujourd'huy ce qu'ils avoient hier avancé; parlant tantoft d'une façon & tantoft de l'autre, felon qu'ils fe fentent pouffez & que le caprice les emporte. D'où eft venu cette confufion, qui a paru de tout temps dans le progrés des herefies, & qui fit en particulier du lutheranifme un monftre à cent teftes, par la diverfité des factions qui le partagerent! de l'orgueil de la raifon humaine. Chacun s'érigeoit en maiftre, & dogmatifoit à fa mode; & chacun vouloit eftre écouté. L'un prenoit la reformation dans toute fa rigueur, l'autre l'adouciffoit & la moderoit: celuy-cy à quelque prix que ce fuft, vouloit fauver la réalité dans le Sacrement de Jefus-Chrift; celuy-là ne la pouvoit fouffrir. De là naiffoit la divifion des efprits, de là les fchifmes des Eglifes, de là les guerres dans les Eftats. Or ce qui eft

Tome III. D d

arrivé dans une mesme secte, c'est ce qui arrive à toute heure dans un mesme esprit ; & l'experience nous fait voir qu'il se divise luy-mesme & qu'il se confond, dés qu'il est assez malheureux pour ne s'attacher pas à la simplicité
de la foy.

Quand il n'y auroit que la curiosité de sçavoir, qui toute défectueuse qu'elle est, passe pour un droit & pour une prérogative dont
la raison de l'homme se prévaut, avec cette insatiable avidité d'acquérir sans cesse de nouvelles connoissances, pourrions-nous esperer de
procurer la paix à nostre esprit ! Car, comme
dit saint Thomas, raisonner c'est chercher ; &
chercher toûjours, c'est n'estre jamais content.
Il faut donc pour mettre nostre esprit en possession de cette bienheureuse paix à laquelle il as-
pire, quelque chose de stable qui arreste & qui
borne sa curiosité, quelque chose de certain qui
remedie à ses inconstances, quelque chose d'infaillible qui corrige ses erreurs. Or ce sont les
trois caracteres de la foy. Car la foy borne nostre raison, en réduisant tous ses discours à ce seul
principe, c'est Dieu qui l'a dit ; c'est Jesus-Christ,
la sagesse de Dieu mesme, qui a parlé : & ne
luy permettant jamais de passer outre. D'où
vient que Tertullien disoit qu'aprés Jesus-Christ
la curiosité ne nous estoit plus d'aucun usage,
& que l'exercice nous en estoit interdit depuis
que l'Evangile nous avoit esté annoncé : *No-*

bis curiosìtate opus non est post Christum, nec Tertul.
inquisitione post Evangelium. Or si en cela nostre raison paroist céder ses droits, parce qu'elle se retranche dans des limites que la nature ne luy prescrit point; du moins est-il vray que dans ce retranchement qui luy est volontaire, toutes ses inquiétudes cessent, & qu'elle y trouve un parfait répos.

De plus, la foy remedie à ses inconstances, & cela n'est pas moins évident; parce qu'il est de la substance mesme de la foy divine, de nous mettre dans cette sainte disposition d'esprit, où nous renoncerions plustost à toutes les lumieres de la nature & à toutes les connoissances des sens, que de ne pas croire ce que nous croyons. Car qu'est-ce que d'estre fidelle, sinon d'estre disposé de la sorte ! Or ce qui détermine ainsi nostre esprit, est ce qui fait sa paix. Enfin, la foy par un don de grace qui luy convient uniquement, asseûre la raison de l'homme contre le mensonge & l'erreur, parce qu'elle est aussi infaillible que Dieu mesme. Non seulement infaillible en foy, puisqu'elle est immediatement fondée sur l'authorité & sur la revelation de Dieu; mais infaillible mesme par rapport à nous, puisqu'elle nous applique cette revelation par des regles si saintes, que si par impossible nous estions trompez, Dieu seroit responsable de nos erreurs, suivant cette consolante parole de Richard de S. Victor : *Domine, si error est quem* Richardus à S. Vict.

credimus, à te decepti sumus. Oüy, Seigneur, s'il y avoit de l'illusion dans nostre foy, ce seroit à vous que nous aurions droit de nous en prendre. Or ce droit qu'a nostre raison d'en appeller à Dieu comme à son garent, & de faire fond sur son infaillibilité, c'est ce qui l'asseûre dans cette paix dont dépend son bonheur & sa perfection.

Et voilà ce que j'appelle le don de Dieu, & la béatitude de la foy dans un esprit soumis à Dieu. Car c'est un abus, Chrestiens, dont il est important que nous nous détrompions, de se figurer que nostre foy soit une foy ignorante, qu'elle soit une foy imprudente, qu'elle soit mesmes une foy aveugle en toutes manieres; comme les Manichéens vouloient le persuader à saint Augustin, pour le detourner du parti Catholique. Non, cette foy surnaturelle dans son objet, dans son motif, & dans son principe, n'est point une foy ignorante, puisqu'avant que de croire, il nous est permis de nous éclaircir, si la chose est revelée de Dieu, ou si elle ne l'est pas. Et en cela je puis dire sans parler temerairement, que la foy qui me fait chrestien, toute obéissante qu'elle est, ne laisse pas d'estre raisonnable, & qu'en sacrifiant mesmes ma raison, elle se reserve toûjours le pouvoir de raisonner. J'avoüe qu'elle ne peut plus raisonner, quand elle connoist une fois que c'est Dieu qui parle; parce que Dieu ne prétend pas nous ren-

dre compte de ce qu'il a fait, ni de ce qu'il a
dit : mais il ne veut pas auſſi que nous luy donnions créance ſans raiſon & ſans diſcernement;
puiſqu'il nous défend au contraire de croire à
tout eſprit, & qu'un des écüeils qu'il veut que
nous évitions le plus, eſt de nous expoſer in-
diſcretement à prendre la parole d'un homme
pour la ſienne. Voilà pourquoy il nous permet,
ou pour mieux dire, il nous commande de raiſonner : n'eſtimant pas, dit ſaint Jeroſme, qu'il
ſoit indigne de ſa grandeur d'en paſſer par une
telle épreuve, *Probate ſpiritus, ſi ex Deo ſint;* 1. Joan. 4.
& de ſe ſoumettre en un ſens à noſtre raiſon,
avant que d'obliger noſtre raiſon à ſe ſoumettre à luy. Et c'eſt ce que le Prince des Apoſtres
a ſi bien exprimé dans ces deux myſterieuſes
paroles, lorſqu'il nous exhorte à devenir par la
foy comme des enfants, mais comme des enfants
raiſonnables. Il ſemble, dit ſaint Auguſtin, qu'il
y ait en cela de la contradiction : car ſi nous ſommes des enfants, comment pouvons-nous eſtre raiſonnables ! & ſi nous ſommes raiſonnables, comment pouvons-nous eſtre des enfants!
Mais ce qui eſt impoſſible dans l'ordre de la nature, eſt le devoir le plus naturel & le plus in-
telligible dans l'ordre de la grace. Car c'eſt à dire, que par la foy nous devons eſtre comme des
enfants, pour ne plus raiſonner avec Dieu quand
il luy a plû de s'expliquer & de ſe declarer à
nous : mais que nous devons eſtre raiſonnables

pour difcerner fi ce que l'on nous propofe eſt
de Dieu, ou de quelqu'un authorifé de Dieu.
En un mot, que nous devons eſtre raiſonnables
avant la foy, & non pas dans l'exercice actuel
de la foy; raiſonnables pour les préliminaires
de la religion; & non pas pour l'acte effentiel
de la religion, raiſonnables pour apprendre à
croire & pour nous difpofer à croire, & non pas
pour croire en effet. Or ce tempérament & ce
meflange de raiſon & de foy, de raiſon & de religion, de raiſon & d'obéiffance, c'eſt en quoy
confiſte le repos d'un eſprit judicieux & bien
fenfé.

Ce n'eſt pas affez : noſtre foy n'eſt pas imprudente, puifqu'elle eſt fondée fur des motifs
qui ont convaincu les premiers hommes du
monde, qui ont perfuadé les eſprits les plus delicats, qui ont converti les plus libertins & les
plus impies, & qui ont fait dire à faint Auguſtin, qu'il n'y avoit qu'une folie extrefme qui
puſt refiſter à l'Evangile. Ne feroit-il pas bien
étonnant, que ce qui a paru folie à ce Docteur
de l'Eglife nous paruſt fageffe, & qu'on appel-
laſt imprudence ce qu'il a regardé comme la
fouveraine raifon! Enfin, noſtre foy n'eſt point
une foy aveugle en toute maniere, puifqu'à l'obfcurité des myſteres qu'elle nous révéle, elle
joint une eſpece d'évidence, & c'eſt l'évidence
de la revelation de Dieu : concevez s'il vous
plaiſt ma penfée. Je dis une eſpece d'évidence,

parce qu'aprés les motifs qui m'engagent à croire par exemple l'incarnation ou la resurrection
de Jesus-Christ, quoyque le mystere d'un Dieu
fait homme, le mystere d'un homme-Dieu ressuscité, me soit obscur en luy-mesme, la revelation de ce mystere ne me l'est pas. Et en effet, si pour confirmer la verité de ce mystere,
Dieu au moment que je parle, faisoit un miracle à mes yeux, il me seroit évident que ce mystere m'est revelé de Dieu, & cette évidence ne
répugneroit ni à la qualité ni au merite de ma
foy. Or j'ay des motifs plus forts & plus pres-
sants pour m'en convaincre, que si j'avois veû
ce miracle; & je puis dire aussi bien que le plus
saint de nos Roys, qu'il ne me faut point de
miracle, parce que la voix de l'Eglise, celle des
Prophetes, & tant d'autres temoignages ont
quelque chose de plus authentique pour moy.
Pourquoy donc ne concluërois-je pas que j'ay
comme une évidence de la revelation divine
au milieu des tenebres de la foy? Or cela joint
à tout le reste, acheve de calmer mon esprit.

Au contraire si je sorts des voyes de la foy,
de ces voyes simples & droites, je tombe dans
un labyrinthe, où je ne fais que tourner, que
me fatiguer, sans trouver jamais d'issüe. Il faut
pour y renoncer à cette foy, que je me porte
aux plus grandes extremitez : à ne plus reconnoistre de Dieu, à ne plus reconnoistre de Sauveur homme-Dieu, à démentir tous les Pro-

phetes qui l'ont promis , à m'inscrire en faux
contre toutes les Ecritures, à traiter tous les E-
vangelistes d'imposteurs, à combattre tous les
miracles de Jesus-Christ, à contredire tous les
historiens sacrez & prophanes. Or pour en venir là & pour y demeurer, quels combats n'y
a-t-il pas à soutenir & de quels flots de pensées
un esprit ne doit-il pas estre agité!

Et certes, dirois-je à un libertin, dans cette
contrarieté de sentimens qui est entre vous &
moy, qui de nous deux expose davantage, &
qui de nous deux doit plus craindre ! Est-ce
moy qui crois ce que la religion m'enseigne,
ou n'est-ce pas vous qui n'en croyez rien ! Est-
ce moy qui me soumets à croire pour conformer ma vie à ma créance, ou n'est-ce pas vous
qui ne voulez rien croire pour vivre dans le libertinage ! En croyant ce que je crois, tout ce
qui peut m'arriver de plus fascheux, c'est de me
priver inutilement & sans fruict, pendant la vie,
de certains plaisirs défendus par la Joy que je
professe & défendus mesmes par la raison. Voilà
le risque seul que je cours, supposé que ma créance ne fust pas bien establie. Mais vous, si ce
que vous ne croyez pas ne laisse pas d'estre vray,
vous vous mettez dans le danger d'une damnation éternelle. Telle est la difference de nos
conditions : moy qui hazarde peu (si toutefois
je hazarde en effet quelque chose) je vis sans
inquiétude ; mais vous qui hazardez tout, puis-

que vous hazardez une éternité, vous devez eſtre en de perpetuelles allarmes.

Concluons donc avec le Sauveur du mon-
de : *Beati qui non viderunt, & crediderunt.* Ioan. 20.
Heureux ceux qui croyent, & qui croyent ſans
avoir veû ! Heureux ceux qui croyent, je ne dis
pas ſeulement, parce qu'en ſoumettant leur raiſon à la foy, ils en corrigent toutes les imperfections ; je ne dis pas, parce qu'au lieu d'une
raiſon foible & aveugle à laquelle ils renoncent,
ils entrent par la foy en communication des
plus pures lumieres de l'eſprit de Dieu ; mais
parce qu'en captivant leur eſprit ſous le joug
de la foy, ils l'eſtabliſſent dans une paix inalte-
rable. Et heureux ceux qui croyent ſans avoir
veû, parce que moins ils ont beſoin de voir
pour croire, plus la paix de leur eſprit eſt ſolide & conſtante. Non non, Chreſtiens, ne pen-
ſons pas que les Apoſtres ayent eſté plus privi-
legiez que nous, parce qu'ils ont veû le Fils de
Dieu ſur la terre, & qu'ils ont eſté témoins de
ſes miracles. Le Fils de Dieu luy-meſme nous
dit aujourd'huy tout le contraire, & il nous aſſeûre que ſi nous ſçavons profiter de noſtre condition, elle peut eſtre en cela plus heureuſe :
Beati qui non viderunt, & crediderunt. Ce n'eſt
point proprement la veûe des miracles, qui
donne à un eſprit cette paix & cette tranquillité dont nous parlons. C'eſt la ſimple ſoumiſſion à la foy. Les Apoſtres avoient veû tous les

miracles que Jesus-Christ avoit operez pendant
sa vie ; & cependant ils n'en furent pas moins
troublez au temps de sa passion. Aprés sa resurrection mesme, quoyqu'il leur eust tant de fois
apparu, leurs esprits n'estoïent pas encore bien
rasseûrez ; & le Sauveur en montant au ciel, fut
obligé de leur reprocher leur incredulité. Ce
qui les confirma, ce fut ce don de foy & de
soumission que le Saint Esprit leur apporta du
ciel, lorsqu'il descendit visiblement sur eux. Or
sans avoir veû, je puis avoir cet esprit de soumission aussi bien que les Apostres, & mesmes
encore plus que les Apostres, parce qu'il y a
bien plus de soumission à croire sans avoir veû,
qu'à croire quand on a veû. Ainsi je puis estre dans l'exercice de ma foy, encore plus heureux que les Apostres. Ah ! mes chers Auditeurs,
quel repos pour nous si nous estions bien persuadez de ce principe ! Quelle paix, si nous a-
vions sacrifié à Dieu toutes ces vaines curiositez
dont nous nous occupons ; cette demangeaison
de sçavoir & d'approfondir certains poincts que
Dieu a voulu nous tenir cachez, & où nous n'entrons jamais que pour nous rendre malheureux ;
cette force d'esprit prétenduë dont nous nous
flattons, & dont nous voulons acquérir l'estime
aux dépends de nostre foy, parce que nous ne
pouvons peut-estre pas l'acquérir par une autre
voye ; cette liberté présomptueuse de parler de
tout, de disputer sur tout, qui va peu à peu à

éteindre la religion dans nos cœurs ! Car voilà ce qui nous perd. C'est ce qui a perdu tous ces esprits superbes, qui ont voulu se donner l'effort & s'élever trop haut. Ils se sont épuisez à raisonner, mais envain. Aprés s'estre bien tourmentez, ils ont esté contraints d'avoüer que la religion n'estoit point l'ouvrage de l'homme, & ils se sont repentis cent fois d'avoir commencé à y toucher. Luther le disoit luy-mesme, & quand on luy demandoit son avis sur quelque article de la religion, il estoit le premier, comme son histoire nous l'apprend, à conseiller de ne pas suivre son exemple & de se tenir à la grande regle de la soumission. Soumission à la foy, necessaire pour avoir la paix de l'esprit ; & soumission à la loy, necessaire pour avoir la paix du cœur : c'est la seconde Partie.

IL est impossibile de resister à Dieu & d'avoir **II. Partie.** la paix ; mais il est aussi comme impossible de n'avoir pas la paix, quand on est parfaitement soumis à Dieu. Deux veritez de la foy, & dont la premiere est conçeuë dans les propres termes de l'Ecriture : *Quis restitit ei, & pacem ha-* Job. 9. *buit ?* où est l'homme qui ait eû la temerité de se soulever contre Dieu, & au mesme temps l'avantage de trouver la paix ! C'est le défi que Job faisoit aux pecheurs, pretendant qu'il n'y en avoit point d'exemple. Quand le Saint Esprit ne nous l'auroit pas dit, la raison seule jointe à

l'experience, fuffiroit pour nous en convaincre.
Car comme dit faint Auguftin, Dieu eftant le
fouverain bien de l'homme, la béatitude de
l'homme, la fin derniere de l'homme & par confequent le centre du cœur de l'homme, il eft
impoffible que le cœur de l'homme ait jamais
du repos qu'autant qu'il eft uni à Dieu. Or cette union du cœur de l'homme avec Dieu, ne fe
peut faire dans cette vie, que par un affujettiffement volontaire à la loy de Dieu. Quand un
élement eft hors de fon centre, fuft-il d'ailleurs
dans le lieu le plus agréable, il n'y demeure
qu'avec des violences extrefmes ; & quand une
partie du corps humain eft hors de fa place,
quoyque vous faffiez pour la foulager, elle y
reffent des douleurs éternelles. Or telle eft,
Chreftiens, la fituation du cœur de l'homme,
quand il eft feparé de Dieu par le peché. Dieu
eftoit fon centre, & il l'a quitté. Sa place, difons mieux, fon devoir eftoit d'eftre foumis à
Dieu, & il a voulu s'élever contre Dieu. Avec
cela, quoyqu'il ait tous les plaifirs du monde, il
n'y aura jamais de tranquillité ni de paix pour
luy. Et c'eft ce que faint Auguftin concluoit fi
bien, par ces admirables paroles, que vous avez
cent fois entenduës, quand il difoit à Dieu :
Fecifti nos, Domine, ad te : & irrequietum eft
cor noftrum, donec requiefcat in te. C'eft pour
vous-mefme, Seigneur, que vous nous avez
faits ce que nous fommes : car nous ne fommes

Aug.

que pour vous comme vous n'estes que pour vous-mesme; & en cela nous pouvons dire que nous avons une fin aussi noble que vous-mesme. Or cette fin est quelque chose de si essentiel & pour vous & pour nous, que tout Dieu que vous estes, vous n'avez pû nous faire pour un autre que pour vous, puisque vous cesseriez d'estre Dieu, si nous pouvions estre pour un autre que pour vous, qui estes nostre Dieu: *Fecisti nos, Domine, ad te.* Voilà un grand principe, Chrestiens, & que s'ensuit-il de là ! ce que saint Augustin adjouste : *Et irrequietum* Aug. *est cor nostrum, donec requiescat in te.* Nous sommes faits pour vous : nostre cœur est donc necessairement dans l'inquiétude & dans le trouble dés qu'il ne se repose pas en vous. Et comment se repose-t-il en Dieu ! par une obéissance fidelle à la loy de Dieu. Le pecheur veut vivre dans l'indépendance, & dés-là il se précipite dans un abysme de malheurs; dés-là toutes les créatures s'arment, pour ainsi dire, contre luy; dés-là les prosperitez mesmes qui sont pour les autres des dons de Dieu, se tournent pour luy en chastimens; dés-là l'affliction de l'esprit & l'amertume du cœur le vont chercher, & le trouvent, fust-il au comble du bonheur humain; en sorte qu'il peut bien dire comme David, *Tribulatio & angustia invenerunt me :* dés-là sa Psalm. 118. raison devient son ennemie, sa foy le condamne, sa religion l'effraye, sa conscience le déchi-

re, son peché luy est un supplice inévitable qui
le suit par tout. Quand il n'y auroit point d'autre misere que de n'estre plus dans l'ordre establi de Dieu, que de n'avoir plus de part à la
protection de Dieu ; que d'estre exclus du nombre des serviteurs de Dieu , des amis de Dieu,
des enfants de Dieu ; que de pouvoir faire cette
triste reflexion & de la faire souvent malgré soy,
je suis l'objet de la haine de Dieu, je suis actuellement exposé aux coups de Dieu : cela seul vivement conçeû, n'est-il pas capable de faire
dans l'ame du pecheur une espece d'enfer !

Or cela, mes Freres, reprend S. Augustin, est
de la justice & de la loy éternelle de la providence. Car vous l'avez ainsi ordonné, Seigneur, &
l'arrest s'exécute tous les jours, que tout esprit
qui se revolte contre vous , sans sortir hors de
luy-mesme, soit déja luy-mesme son tourment:
Aug.   *Jussisti, Domine, & sic est, ut omnis animus in-
ordinatus pœna sit ipse sibi.* Verité que le Saint
Esprit a voulu nous faire comprendre, mais par
un trait de la plus sublime & de la plus divine éloquence : c'est au livre de la Sagesse, où Salomon
Sap. II.   parlant des pecheurs, disoit à Dieu : *Non enim
impossibilis erat omnipotens manus tua immitte-
re illis multitudinem ursorum aut novi generis
irâ plenas ignotas bestias.* Car il vous estoit aisé,
Seigneur, de leur envoyer des monstres pour
les dévorer, & vostre main toute-puissante pouvoit former des créatures d'une nouvelle espe-

ce, pour les exterminer & pour eſtre les inſtru-
mens & comme les miniſtres de voſtre colere.
Mais parce qu'en chaſtiant les hommes vous ne
cherchez point préciſement à faire éclater voſtre grandeur toute-puiſſante, & qu'il vous ſuffit de leur faire ſentir les effets de voſtre juſtice
ſouveraine ; vous vous contentez de les punir
par cela meſme qui fait leur crime, & vous n'a-
vez qu'à les abandonner à eux-meſmes, pour
en tirer une pleine vengeance : *Sed & ſine his ibidem.*
uno ſpiritu poterant occidi, perſecutionem paſ-
ſi ab ipſis factis ſuis. Voilà, Chreſtiens, l'idée
que le Saint Eſprit nous donne de l'eſtat des
pecheurs ; voilà comment il nous les repreſente : comme des hommes livrez à eux-meſmes,
comme des hommes perſecutez par eux-meſmes, comme des hommes revoltez contre eux-
meſmes aprés qu'ils ſe ſont revoltez contre
Dieu : *Perſecutionem paſſi ab ipſis factis ſuis.*
En effet le remords du peché a toûjours eſté la
plus immédiate & la plus infaillible peine du
peché : *Prima illa & maxima peccati pæna, eſt*
peccaſſe. C'eſt ainſi qu'en parloit un payen, &
la raiſon meſme luy inſpiroit ce ſentiment.

Mais il n'y a qu'à conſulter l'experience pour
en eſtre encore plus ſenſiblement convaincus.
Car voyons-nous que les pecheurs du ſiecle
joüiſſent d'une veritable paix ! Peut-eſtre en
ont-ils les apparences : mais en ont-ils le fonds !
Qu'eſt-ce que leur vie ! concevez-le bien : un

efclavage où ils gemiffent fous la tyrannie de
leurs paffions & des vices qui les dominent;
une dépendance perpetuelle du monde & de
fes loix; un affujettiffement fervil à la créature,
c'eft à dire, au caprice, à la vanité, à la legereté, à l'infidelité mefme; un engagement à fouffrir beaucoup, pour fe damner & pour fe perdre. Car ne croyez pas qu'en fecoüant le joug
de Dieu, ils en foient plus libres. Pour une fervitude honorable à laquelle ils renoncent, ils fe
réduifent dans la fervitude la plus honteufe; &
pour les croix falutaires dont ils ne veulent
point, ils en ont d'inutiles à porter, mais bien
plus dures & plus pefantes, qui les accablent.
Qu'eft-ce que leur vie! une fuite de defordres,
qui les rendent également criminels & malheureux; parce que c'eft, par exemple, une ambition qu'ils ne peuvent fatisfaire, une avarice
qui ne dit jamais, c'eft affez; une delicateffe &
un amour propre, qui leur fait fentir jufqu'aux
plus legeres atteintes du mal; une jaloufie qui
les devore, une haine qui les envenime, une colere qui les tranfporte : parce qu'ils defirent toûjours ce qu'ils n'ont pas, & qu'ils ne fe contentent jamais de ce qu'ils ont; qu'ils prennent
ombrage de l'un, qu'ils forment des intrigues
contre l'autre, qu'ils rompent avec celuy-cy,
qu'ils font pleins d'animofité contre celuy-là,
qu'à peine eux-mefmes ils peuvent fe fupper-
ter : tant le peché leur attire de chagrins, de dégoufts,

goufts, de mortifications, de traverfes. *Contri-* Pfalm. 13. *tio & infelicitas in viis eorum, & viam pacis non cognoverunt.* Il n'y a, dit le Prophete Royal, que malheur & qu'affliction dans leurs voyes. Et comment auroient-ils la paix, puifque bien loin d'y parvenir, ils ne fçavent pas mefmes par quel chemin on y arrive, & qu'ils ne la connoiffent pas ?

Mais enfin, direz-vous, ces pecheurs du fiecle ont fouvent tout ce qui fait les hommes heureux dans cette vie : on les voit riches, puiffans, élevez ; le monde les honore, & il femble que le monde n'eft fait que pour eux. Hé bien, mon cher Auditeur, je veux qu'ils foient tels que vous vous les figurez. Peut-eftre en faudroit-il beaucoup rabbattre : mais qu'ils foient ce que vous penfez, & encore plus, s'il eft poffible ; j'y confens. Vous dites que c'eft là ce qui fait les hommes heureux dans cette vie ; & moy je prétends que ce qui fait le bonheur des hommes dans cette vie, n'eft rien précifement de tout cela. Vous dites qu'avec la moindre partie de ce qu'ils ont, vous feriez content ; & moy je foutiens que quand vous en auriez cent fois davantage, vous ne le feriez pas, fi vous n'y adjouftiez quelque chofe de plus ; & ce furplus que vous y adjoufteriez, pourroit fans tout cela vous rendre heureux. Voilà des principes bien oppofez. Mais pour vous convaincre de ce que j'avance, & pour vous faire au mefme temps re-

connoiftre l'errreur où vous eftes, je m'en tiens
encore à l'experience. Car l'experience nous fait
voir tous les jours des hommes contents fans
tout cela, & des hommes malheureux avec tout
cela; ou pluftoft, un nombre infini de malheureux avec tout cela, & beaucoup de contents
fans tout cela. Experience dont les payens eux-
mefmes font convenus, & fur laquelle leur philofophie a triomphé; mais dont je tire, moy
qui n'ay point d'autre philofophie que celle de
l'Evangile, des conclufions chreftiennes qui
m'édifient & qui me confolent. Car il m'eft é-
vident par là qu'il n'y a donc rien fur la terre
qui puiffe remplir mon cœur; qu'il y a quelque
chofe de plus grand que tout ce que je vois,
qui doit faire mon fouverain bien; & que c'eft
uniquement, ou dans la poffeffion, ou dans la
pourfuite de ce fouverain bien que je dois chercher la paix. Or ces maximes éternelles dont
j'eftois déja perfuadé dans la fpeculation, me
deviennent fenfibles dans l'ufage du monde &
dans la connoiffance que j'en ay. Combien de
riches, par exemple, qui malgré leur bonne fortune s'eftiment malheureux, & qui le
font en effet! Mais ils paffent pour heureux
dans l'opinion du monde. Ah, mes Freres, reprend faint Chryfoftome, c'eft encore là le fur-
croift de leur mifere, de ce qu'eftant malheureux dans leur idée, ils paffent pour heureux
dans celle d'autruy; c'eft à dire, de ce qu'eftant

malheureux veritablement, ils ne laiſſent pas
d'eſtre heureux en apparence. Car ce qui fait
leur bonheur ou leur malheur, n'eſt pas l'opinion & l'idée d'autruy, mais leur propre opinion & leur propre idée : & quand tous les
hommes du monde conſpireroient à les béati-
fier, cela n'empeſche pas qu'ils ne ſe conſument
de chagrins, & qu'aſſujettis, comme ils ſont, à
la loy du peché, ils ne ſe crucifient eux-meſmes. Or voyant cela, dit ſaint Ambroiſe, que
puis-je juger, ſinon qu'il y a une providence,
mais une providence de miſericorde auſſi bien
que de juſtice, qui ne permet pas que les pecheurs gouſtent le repos qu'ils s'eſtoient fauſſement promis. Car enfin cet avare & ce voluptueux en ſont des preuves invincibles : j'eſtime l'un content, & il ne l'eſt pas; je crois l'autre à ſon aiſe, & il ſouffre plus que moy. Ainſi ils détruiſent le jugement que j'en fais par
leur propre jugement ; ou ſi vous voulez, ils
réfutent mon erreur par leur experience veritable : ce ſont les paroles de ſaint Ambroiſe. *Hæc* *Ambroſ.*
videns nega, ſi potes, divini judicii remunera-
tionem; nam ille tuo affectu beatus eſt, & ſi
miſer; tibi dives videtur, ſibi pauper eſt, & ſic
tuum judicium ſuo refellit. Il n'y a qu'une choſe qui ſemble contraire à ce que je dis, & c'eſt
que les pecheurs eux-meſmes prétendent qu'ils
ont la paix : car ils le prétendent quelquefois.
Mais prenez garde, s'il vous plaiſt : outre qu'ils

le prétendent rarement, outre qu'ils ne le prétendent pas constamment; outre que quand ils
le prétendent, c'est lorsqu'ils sont moins en estat d'en bien juger, parce que c'est communément dans l'ardeur du crime & dans l'aveuglement actuel du peché; outre cela, j'ose dire
qu'ils ne le prétendent jamais, que leur cœur
par un temoignage secret ne leur fasse sentir la
fausseté de leur prétention. C'est de quoy le
Saint Esprit m'asseûre par le Prophete Jeremie:
Dicentes, pax, pax, & non erat pax. Ils se van-
tent d'avoir la paix, & ils se répondent interieurement à eux-mesmes qu'ils ne l'ont pas. Ils voudroient bien se persuader que c'est une vraye
paix; mais ils sont forcez de reconnoistre que ce
n'est qu'une paix chimerique: *Pax, pax, & non
erat pax.* Du reste, quand ils auroient la paix de
la maniere qu'ils l'entendent, ne seroit-ce pas
une paix plus funeste pour eux que tous les
troubles, puisque ce seroit la paix dans le peché! Car la paix dans le peché, si dans le peché toutefois il y en a, c'est ce qui met le comble à l'endurcissement, & ce qui rend, sans un
miracle de la grace, la penitence comme impossible.

    Où trouver donc la paix du cœur! je vous
l'ay dit, mes chers Auditeurs: dans l'assujettis-
sement à la loy de Dieu. Hors de là ne l'esperons pas. *Pax multa diligentibus legem tuam.*
Oüy, mon Dieu, disoit David, c'est pour ceux

Jerem. 6.

Psalm. 118.

qui aiment voſtre loy, qu'il y a une paix interieure; & il n'eſt pas juſte, ni meſmes poſſible,
qu'il y en ait pour d'autres que pour eux, parce que voſtre loy eſtant, comme elle l'eſt, le
principe de l'ordre, elle eſt eſſentiellement le
principe de la paix. Paix inébranlable du coſté de Dieu, inébranlable du coſté du prochain,
& inébranlable de noſtre part meſme.

Paix inébranlable du coſté de Dieu. Car que
peut-il m'arriver qui puiſſe troubler ma paix
avec Dieu, quand je me ſoumets à ſa loy ! S'il
m'envoye des afflictions, je les reçois comme
des epreuves qu'il veut faire de ma fidelité : s'il
me ſuſcite des perſecutions, je le bénis; & au
lieu de me plaindre, je m'en fais, comme chreſtien, des ſujets de joye : s'il m'oſte les forces &
la ſanté, ne pouvant plus agir pour luy, je me
conſole d'eſtre au moins en eſtat de ſouffrir
pour luy : s'il me ſurvient des pertes, je le re-
mercie de ce que ne pouvant plus l'honorer de
mes biens, je puis encore le glorifier par ma
pauvreté : ſi ma reputation eſt attaquée, je me
rejoüis d'avoir de quoy luy faire un ſacrifice
de charité & de patience : ſi rien de ce que j'entreprends ne me réüſſit, je l'adore, ſeûr que ce
qu'il en ordonne, eſt meilleur pour moy que
le ſuccés le plus favorable. En un mot, je ne
veux plus que ce qu'il veut, & de la maniere
qu'il le veut, & dans les circonſtances qu'il le
veut : ce qu'il ne veut pas, je me fais un plai-

sir & un merite de ne le pas vouloir; ce qu'il me défend, je me le défends à moy-mesme; en toutes choses sa volonté devient la mienne: & comme sa volonté est dans une éternelle paix; en y conformant la mienne, je joüis de la paix de Dieu, ou plustost, Dieu luy-mesme selon la parole de saint Paul est ma paix: *Ipse enim est pax nostra.*

Ephes. 2.

　Paix inébranlable du costé du prochain. Car soumis que je suis & obéïssant à la loy de mon Dieu, il n'y a plus rien en moy de tout ce qui altére la paix parmi les hommes; c'est à dire, il n'y a plus en moy de ces ressentimens, plus de ces envies, plus de ces soupçons, plus de ces haines, plus de ces enflures de cœur, plus de ces fiertez, plus de ces aigreurs qui sont comme des semences de division & de discorde: je conserve la paix avec tout le monde, mesmes avec ceux qui ne veulent pas la conserver, *Cum his qui oderunt pacem, eram pacificus;* je ne blesse personne, je ne juge de personne, je ne veux me venger de personne, parce que la loy de Dieu à laquelle je me suis inviolablement attaché, m'interdit toute vengeance, tout jugement, toute injure que je pourrois faire aux autres & qui les pourroit soulever contre moy.

Psalm. 119.

　Paix inébranlable de ma part mesme: comment! parce que cette soumission à la loy de Dieu, tient toutes mes passions dans le calme, ou du moins toutes mes passions sujettes à ma rai-

fon; & dés qu'elles font une fois fujettes à ma raifon, elles ne troublent plus mon cœur : la colere
ne m'emporte plus, la triftefse ne m'accable plus :
j'obéis à Dieu, & quand j'obéis à Dieu, toutes
mes paffions m'obéifsent; Dieu regne en moy, &
par une fuite naturelle, il me fait regner moy-
mefme fur moy-mefme. Voilà, Chreftiens, le
bienheureux eftat des juftes ou des pecheurs mefmes quand ils ont trouvé la paix de Dieu, en fe
reconciliant avec Dieu. Je ne parle pas feulement
d'un S. Paul, qui défioit toutes les créatures de
le troubler dans la poffeffion de cette paix. Je ne
parle pas des Martyrs, qui par un miracle de la
grace, au milieu des fupplices, gouftoient fenfiblement cette paix. Je parle de tous les chreftiens,
qui dans la pratique des vertus, font fidelles à
Dieu & perfeverent dans fon amour. Oüy, mes
chers Auditeurs, voilà voftre eftat, quand vous
marchez dans la voye de l'innocence & de la
penitence ; voilà l'avantage qui vous revient,
quand vous tenez ferme dans l'obfervance de
cette divine loy, dont je puis bien dire ce que
Salomon difoit autrefois de la fagefse : *Vene-* Sap. 7.
runt mihi omnia bona pariter cum illa. S'il vous
refte encore dans la vie des difficultez & des peines, ce n'eft point parce que vous eftes foumis
à cette loy, mais au contraire parce que vous ne
l'eftes pas. Ces chagrins & ces peines ne viennent pas de voftre foumiffion, mais du défaut
de foumiffion. Car fi voftre foumiffion eftoit

parfaite, dés-là ces peines & ces chagrins cesse-
roient. Voilà l'estat, ô mon Dieu, le diray-je!
où quoy qu'indigne de vos misericordes, il me
semble que je me suis quelquefois trouvé moy-
mesme, & où je me trouve encore quand je me
tourne vers vous. Quoyque je ne puisse sçavoir avec asseûrance si je suis en grace & digne d'amour, permettez-moy néanmoins, Seigneur, de faire icy cette confession publique.
Je ne sçais si vous estes content de moy, & je
reconnois mesmes que vous avez bien des sujets
de ne l'estre pas : mais pour moy, mon Dieu,
je dois confesser à vostre gloire que je suis content de vous, & que je le suis parfaitement. Il
vous importe peu que je le sois, ou non : mais
aprés tout c'est le temoignage le plus glorieux
que je puisse vous rendre. Car dire que je suis
content de vous, c'est dire que vous estes mon
Dieu, puisqu'il n'y a qu'un Dieu qui me puisse
contenter. Or si tout imparfait que je suis, je ne
laisse pas de me trouver dans cette disposition,
que sera-ce de ces ames saintes & ferventes qui
vous servent avec une entiere fidelité! Et si dans
cette vie on peut gouster une telle paix, qu'est-
ce que la paix qu'on gouste dans le ciel en vous
possedant! Ah! Chrestiens, animons aujourd'-
huy nostre langueur, excitons-la par ce motif.
Il est interessé : mais Dieu veut bien que nous
nous en servions, & que nous agissions par interest, quand nostre interest est joint avec le sien.

Attachons-nous donc à Dieu ; cherchons nostre paix en Dieu, puisqu'elle n'est nulle part ailleurs. Nous ne l'éprouvons que trop ; & ce qui est à craindre pour nous, c'est que nostre experience ne fasse nostre condamnation. Puisque le monde ne peut nous donner la paix, & que cette paix n'est point dans le monde, ne nous obstinons pas à l'y vouloir trouver. Cherchons la où elle est, & où Dieu l'a mise. Or il ne l'a mise que dans luy-mesme, & il n'a pû la mettre ailleurs. Cherchons-la dans une parfaite soumission à la foy & à la loy. Si nous suivons cette double regle, nous aurons tout à la fois la paix de l'esprit & la paix du cœur : *Quicumque hanc* Galat. 6. *regulam secuti fuerint, pax super illos.* Et non seulement nous aurons la paix, mais l'abondance de la paix en cette vie, & la felicité éternelle dans l'autre, où nous conduise, &c.

TABLE
DES SERMONS,
AVEC
l'Abregé de chaque Sermon.

Sermon pour le Dimanche de la cinquiéme Semaine, sur la Parole de Dieu. *page 1.*

SUJET. *Celuy qui est de Dieu, entend la parole de Dieu.* Il n'est rien de plus efficace &
de plus fort que la parole de Dieu. Mais puisque
c'est par elle que Dieu a operé tant de miracles dans
l'ordre de la nature & dans celuy de la grace, d'où
vient qu'elle est aujourd'huy si sterile dans le christianisme ? d'où vient mesmes qu'au lieu de nous estre salutaire, elle a tous les jours un effet tout opposé & que souvent elle est le sujet de nostre condamnation ? Voilà ce que nous avons à examiner dans
ce discours. p. 1. 2. 3. 4.

DIVISION. Si la parole de Dieu ne produit
plus presentement les mesmes fruicts qu'elle pro-
duisoit autrefois, ce n'est ni à cette sainte parole

qu'il faut s'en prendre, ni aux predicateurs qui la debitent, mais aux chrestiens qui l'écoutent. Ce n'est point à la parole de Dieu, puisqu'elle est toûjours la mesme. Ce n'est point aux predicateurs qui la debitent, puisque son efficace n'est attachée ni à leurs talens, ni à leur sainteté. Par consequent, c'est aux chrestiens qui l'écoutent, & qui luy opposent trois obstacles bien ordinaires, sçavoir, le dégoust de la parole de Dieu, l'abus de la parole de Dieu, & une résistance volontaire à la parole de Dieu. Sur quoy je fais trois propositions: & je dis, que le dégoust de la parole de Dieu est un des plus terribles chastimens que doive craindre un chrestien, 1. Partie. Que l'abus de la parole de Dieu est un des desordres les plus essentiels que puisse commettre un chrestien, 2. Partie. Enfin que la resistance à la parole de Dieu est une des plus prochaines dispositions à l'endurcissement & à la reprobation d'un chrestien, 3. Partie. p. 4. 5. 6. 7. 8.

I. PARTIE. Le dégoust de la parole de Dieu est un des plus terribles chastimens que doive craindre un chrestien. C'est par sa parole que Dieu a sanctifié le monde, & c'est par sa parole encore qu'il le veut sanctifier. Ce que saint Paul a dit de la foy, *qu'elle n'est venuë que de ce qu'on a entendu, & qu'on n'a entendu que parce que la parole de Jesus-Christ a esté preschée;* nous pouvons le dire de la penitence à l'égard des pecheurs, & de la perseverance à l'égard des justes. On ne se convertit, ou l'on ne persevere dans une vie chrestienne, que parce qu'on se sent touché des veritez éternelles, & ces veritez sont la parole de Dieu que l'on entend. D'où il s'ensuit qu'un des plus grands malheurs pour nous est de tomber dans le dégoust de cette divine parole. p. 8. 9. 10.

Cecy suffiroit pour establir ma premiere proposition : mais je vais plus loin. Si je voulois examiner les principes de ce dégoust, je vous ferois aisément reconnoistre qu'il vient dans les uns d'un orgueil secret, dans les autres d'un fonds de libertinage, dans ceux-cy d'un attachement honteux aux plaisirs des sens, dans ceux-la d'une insatiable cupidité des biens temporels. Mais contentons - nous d'en voir les malheureuses consequences. Car que fait ce dégoust de la sainte parole ? 1. il nous en éloigne. 2. il nous rend incapables d'en profiter. Double chastiment de Dieu. p. 10. 11.

1. Ce dégoust nous éloigne de la parole de Dieu, premier chastiment. Figure des juifs qui se dégousterent de la manne, & qui ne la receüilloient plus qu'avec dédain : effet de la vengeance du Seigneur, selon la remarque d'Origene & de saint Jerosme. Ainsi la parole de Dieu est la vraye manne; & quand autrefois nous estions dans l'ordre, nous la goustions, nous la cherchions. Mais maintenant que nous avons engagé Dieu à se tourner contre nous, nous la negligeons & nous refusons de l'entendre. p. 11. 12. 13. 14.

2. Ce dégoust nous rend incapables de profiter de la parole de Dieu, autre chastiment. Car pour bien profiter d'une viande, il faut l'aimer & la gouster. Sur-tout, pour profiter de la parole de Dieu, il faut que Dieu y adjouste l'onction de sa grace : & quand Dieu voit le mépris que nous faisons de sa parole, il nous laisse dans nostre indifference, sans se faire sentir interieurement à nous. p. 14. 15.

Vous me direz que ce dégouſt n'eſt point préciſement un dégouſt de la parole de Dieu, mais de
la parole de Dieu mal annoncée. Et moy je reponds:
s'il eſtoit vray, comme vous le prétendez, qu'il n'y
euſt plus de predicateurs capables de vous bien annoncer la parole de Dieu, cela meſme ne ſeroit-il
pas une punition viſible du ciel ? Cependant nous
n'en ſommes pas là : & j'adjouſte que le chaſtiment
ne conſiſte pas en ce qu'il n'y ait point de predicateurs, mais en ce qu'il n'y en ait point ſelon voſtre
gouſt depravé ; car c'eſt à voſtre égard comme s'il
n'y en avoit point du tout. Le comble du malheur
eſt que vous ne comprenez pas là-deſſus voſtre malheur. Vous regardez ce défaut de predicateurs, tels
que vous les demandez, comme une preuve de la
fineſſe & de la juſteſſe de voſtre eſprit : mais Dieu
ſçait bien confondre cette prétenduë fineſſe & cette
fauſſe juſteſſe par elle-meſme, en permettant qu'elle ſerve d'obſtacle à un nombre infini de graces dont
voſtre ſalut dépend. Heureux, mon Dieu, ces cœurs
dociles qui gouſtent voſtre parole ; & qui l'écoutent
& ſe mettent en eſtat d'en profiter, parce qu'ils la
gouſtent. p. 15. 16. 17. 18. 19. 20.

II. PARTIE. L'abus de la parole de Dieu eſt
un des deſordres les plus eſſentiels que puiſſe commettre un chreſtien. A quoy l'Apoſtre ſaint Paul
réduiſoit-il l'abus de la communion ? à ne pas faire
un juſte diſcernement du corps de Jeſus-Chriſt , &
à manger cette viande celeſte comme une viande
commune : *Non dijudicans corpus Domini.* J'applique cecy à mon ſujet. Nous commettons mille
abus dans l'uſage de la parole de Dieu ; mais l'abus
capital eſt que nous ne faiſons pas le diſcernement

neceſſaire de cette adorable parole : c'eſt à dire, que
nous ne l'écoutons pas comme parole de Dieu, mais
comme parole des hommes ; & voilà ce que j'appelle un deſordre. 1. deſordre par rapport à Dieu.
2. deſordre par rapport à nous-meſmes. p. 21. 22.
23.

1. Deſordre par rapport à Dieu. Quand vous ne
faites pas un juſte diſcernement du corps de Jeſus-
Chriſt, vous le prophanez ; & par la meſme regle
je dis que vous prophanez la parole de Dieu, quand
vous ne ſçavez pas la diſcerner de la parole de l'homme. Ecoutez ſur cela ſaint Auguſtin. La parole de
Dieu, dit ce Pere, n'eſt rien à noſtre égard de moins
pretieux que le corps de Jeſus-Chriſt. D'où il tire
cette concluſion, que celuy-la donc n'eſt pas dans
un ſens moins criminel envers Dieu, qui abuſe de
cette parole & qui la prophane, que s'il prophanoit
le corps du Sauveur. C'eſt néanmoins ce qui arrive
tous les jours. Si l'on entendoit la parole de Dieu
comme parole de Dieu, on l'entendroit avec receüil-
ment, avec reſpect, avec humilité, avec attention,
avec un eſprit & un cœur docile : au lieu qu'on l'entend avec des diſpoſitions toutes contraires. p. 23.
24. 25. 26. 27.

2. Deſordre par rapport à nous-meſmes. Comment ? c'eſt qu'en abuſant de la parole de Dieu &
en la prophanant, nous nous la rendons inutile.
Car la parole de Dieu reçeüë comme parole de
l'homme, ne peut produire que des effets proportionnez à la vertu de la parole de l'homme. Or
la parole de l'homme n'eſt d'elle - meſme pour
le ſalut qu'un vain inſtrument. C'eſt pourquoy
ſaint Paul félicitoit les Theſſaloniciens de ce qu'ils

avoient reçeû la parole de Dieu, non comme parole d'un homme, mais comme parole de Dieu. Voilà, leur difoit-il, la fource des benedictions que
Dieu a repanduës fur voftre Eglife. Au contraire
dans cette ville de Lycaonie où S. Barnabé & faint
Paul furent écoutez avec tant d'applaudiffement,
qu'on vouloit leur offrir de l'encens, leurs predica-
cations ne firent aucun fruict : pourquoy ? parce
qu'on écoutoit ces deux Apoftres & qu'on les ad-
miroit comme hommes. Ainfi tant de mondains ad-
mirent quelquefois le predicateur, mais ne fe convertiffent pas. C'eft ce que faifoient les juifs lorfque le Prophete Ezechiel leur annoncoit les calamitez dont Dieu devoit bientoft les affliger. Ils cou-
roient en foule l'entendre, ils luy applaudiffoient,
mais ils ne pratiquoient rien de ce qu'il leur enfeignoit. *Audiunt verba tua, & non faciunt ea.* p. 27.
28. 29. 30.

Auffi eft-il de l'honneur de Dieu, que la converfion des ames, qui eft le grand ouvrage de fa grace,
ne foit pas attribuée à la parole des hommes, ni
mefmes à la fienne confonduë avec celle des hommes. Pour vous punir, il ne vous laiffera de fa parole que ce qu'elle a de fpecieux & d'agreable : mais
ce qu'elle a de folide & d'avantageux, il le donnera à ces ames choifies qui ne cherchent dans fa parole que fa parole mefme. Et qui fommes-nous,
mes Freres, pour meriter que vous vous occupiez
de nous ? Ce n'eft pas que vous ne puiffiez choifir
tel predicateur preferablement à l'autre. Mais fur
cela voicy deux avis importants que vous devez fuivre. 1. Entre les miniftres de Jefus-Chrift ne preferez pas tellement l'un, que vous méprifiez les au-

tres : car ils font tous envoyez de Dieu. 2. n'ayez égard dans le choix que vous faites, qu'à voftre avancement fpirituel & à voftre perfection. p. 31. 32. 33. 34. 35.

III. PARTIE. La refiftance à la parole de Dieu eft une des plus prochaines difpofitions à l'endurciffement & à la reprobation d'un chreftien. Il y a des chofes qui ne peuvent eftre inutiles, fans devenir préjudiciables, & telle eft la parole de Dieu. Le Saint Efprit l'appelle tout à la fois une viande & une épée : une viande, felon la remarque de faint Bernard, pour ceux qui en profitent ; & une épée dont les coups font mortels, pour ceux qui n'en profitent pas. C'eft ainfi que cette parole a toûjours fon effet : ou effet de mifericorde, ou effet de juftice : *non revertetur ad me vacuum*. Or quels font ces effets de juftice attachez pour nous à la parole de Dieu, quand nous luy refiftons ? 1. Endurciffement du pecheur. 2. condamnation du pecheur. p. 35. 36. 37.

1. Endurciffement du pecheur. Exemple de Pharaon : il refifta à la parole de Dieu en refiftant à la parole de Moyfe ; & Dieu luy endurcit le cœur, ou pluftoft il s'endurcit luy-mefme le cœur par fon opiniaftre refiftance. p. 38. 39. 40.

2. Condamnation du pecheur. Car plus le talent qu'on luy avoit mis dans les mains eftoit pretieux, plus eft-il criminel de n'en avoir fait nul ufage. Dieu luy en demandera compte dans fon jugement dernier, & deux fortes de perfonnes s'éleveront contre luy : auditeurs qui auront honoré la divine parole, & predicateurs qui la luy auront annoncée. Ah ! Seigneur, feray-je donc employé à ce trifte miniftere ?

niftere ? Aprés avoir eſté le predicateur de cet auditoire chreſtien, en feray-je l'accuſateur ? non,
mon Dieu ; mais dés maintenant j'auray recours,
& pour eux & pour moy, au tribunal de voſtre miſ-
fericorde. Je vous fupplieray de répandre fur nous
l'abondance de vos graces, afin que par la vertu de
voſtre grace, voſtre parole nous foit une parole de
fanctification. p. 40. 41. 42. 43.

Sermon pour le Lundy de la cinquiéme Se-
maine, fur l'Amour de Dieu. *page 44.*

SUJET. *Or il dit cela de l'efprit qu'ils devoient
recevoir par la foy.* Nous devons tous eſtre a-
nimez du meſme eſprit que les Apoſtres, & cet eſprit que leur promettoit le Fils de Dieu, eſtoit un
eſprit de verité, mais fur tout un eſprit d'amour.
Or n'eſt-il pas étrange qu'uniquement créez pour
aimer Dieu, nous ayons peut-eſtre juſques à prefent ignoré en quoy confiſte l'amour de Dieu ? Il
eſt donc important de vous en donner une connoiffance exacte, & c'eſt ce que je vais faire dans ce difcours. p. 44. 45.

DIVISION. Adoucir les préceptes de la loy de
Dieu & les outrer, ce font deux extremitez entre
leſquelles nous devons prendre un juſte milieu.
Sans donc exaggerer vos obligations touchant l'a-
mour de Dieu, ni les diminuer, je vous diray précifement ce que l'Evangile nous enfeigne. Cela fuppofé j'entre dans mon deſſein, & je prétends que
l'amour de Dieu qui nous eſt commandé doit avoir
trois caracteres : l'un par rapport à Dieu, l'autre

Tome III. .Ff

par rapport à la loy de Dieu, le troisiéme par rapport au christianisme où nous sommes engagez par la vocation de Dieu. Par rapport à Dieu, amour de preference, 1. Partie. Par rapport à la loy de Dieu, amour de plenitude, 2. Partie. Par rapport au christianisme, amour de perfection, 3. Partie. p. 46. 47. 48.

I. PARTIE. Amour de preference, c'est à dire, amour en vertu du quel je prefere Dieu à toute créature. Dieu ne me commande pas de l'aimer d'un amour tendre & sensible ; cette sensibilité n'est pas toûjours en mon pouvoir : ni d'un amour contraint & forcé ; il ne seroit pas honorable à Dieu d'estre aimé de la sorte : ni mesmes d'un amour fervent jusques à certain degré ; ce degré de ferveur ne m'est pas connu, & Dieu n'a pas voulu me le prescrire : mais il exige de moy que je l'aime par preference à tout ce qui n'est pas Dieu, ensorte que je sois prest à tout quitter & à tout sacrifier pour luy. p. 48. 49. 50.

Cet amour n'est-il pas bien raisonnable ? un Roy veut estre servi en Roy ; pourquoy Dieu ne sera-t-il pas aimé en Dieu ? Or il ne peut estre aimé en Dieu, s'il n'est aimé preferablement à toutes les créatures, puisqu'il n'est Dieu que parce qu'il est audessus de toutes les créatures. p. 50. 51.

Ainsi l'aimoit saint Paul, quand il s'écrioit : *Qui me separera de la charité de Jesus-Christ ?* l'Apostre en faisant ce défi à toutes les créatures, ne parloit point par un excés de zéle ; mais il exprimoit seulement l'obligation commune de l'amour de Dieu. Application de ces paroles aux differentes occasions où nous pouvons nous trouver, & où

nous devons dire comme faint Paul & dans le mefme fens : *je fuis certain que ni la mort, ni la vie, ni
la grandeur, ni l'abaiffement, ni les principautez, ni
les puiffances, ni toute autre créature ne pourra jamais me detacher de mon Dieu.* p. 51. 52. 53.
54.

Tel eftoit auffi le fentiment de faint Auguftin. Si
Dieu, difoit ce Pere, vous offroit les biens du monde, & qu'il vous en affeûraft la poffeffion pour toute l'eternité ; mais à une condition, qui feroit de ne
le voir jamais, voudriez-vous les avoir à ce prix ?
Si cela eft, vous n'aimez pas Dieu, parce que vous
ne l'aimez pas au deffus de tous les biens temporels.
p. 54. 55.

Faifons une fuppofition plus naturelle encore &
plus prefente. Imaginez-vous la chofe du monde
pour laquelle vous avez plus de paffion ; c'eft voftre honneur. Suppofons qu'on vous l'ait ofté. Sur
cela je vous demande fi vous aimez affez Dieu, pour
croire que vous vouluffiez alors luy faire un facrifice de voftre reffentiment. Il eft difficile, j'en conviens, d'eftre difpofé de la forte : mais difficile tant
qu'il vous plaira, c'eft une difpofition neceffaire &
fans laquelle il n'y a point de vray amour de Dieu.
Amour de preference, c'eft ce qui condamnera au jugement de Dieu tant d'ames mondaines, qui pour
s'eftre attachées à de fragiles créatures, les ont aimées jufqu'à oublier l'effentielle obligation que
leur impofoit la charité duë au créateur. C'eft ce
qui condamnera en particulier tant de peres & de
meres, tant de femmes chreftiennes, tant d'amis
trop affectionnez à ceux qu'ils ne devoient aimer
qu'après Dieu & que pour Dieu. p. 55. 56. 57. 58.

II. PARTIE. Amour de plenitude par rapport à la loy de Dieu, c'eſt à dire, amour qui nous doit faire obſerver toute la loy de Dieu : & voilà le myſtere de cette grande parole de l'Apoſtre : *Plenitudo legis eſt dilectio.* Il n'en eſt pas de la charité comme des vertus morales & naturelles ; en ſorte que nous puiſſions dire quand nous accompliſſons un précepte, j'ay une charité commencée ; ſi j'en accomplis pluſieurs, cette charité croiſt en moy, & elle ſera parfaite lorſque je les accompliray tous. Non, il n'en va pas ainſi. L'eſſence de la charité ne ſouffre point de partage, non plus que la ſubſtance de la foy. Doutez d'un ſeul article, plus de foy ; & violez un ſeul précepte, plus d'amour de Dieu. p. 58. 59. 60.

C'eſt donc dans l'amour de Dieu que ſont réünis comme dans leur centre tous les commandemens de la loy, parce que cet amour en vertu de ce qu'il contient & de ce que nous appellons ſa plenitude, eſt une défence generale de tout ce qui repugne à l'ordre & un commandement univerſel de tout ce qui eſt conforme à la raiſon. En ſorte que dire interieurement à Dieu qu'on l'aime, c'eſt luy promettre d'obéir à toutes ſes volontez. p. 60. 61.

Sur quoy ſaint Auguſtin fait une reflexion bien judicieuſe, en comparant deux paſſages de l'Evangile ; l'un où Jeſus-Chriſt dit, *ſi vous gardez mes commandemens, vous ſerez dans l'exercice actuel de mon amour ;* & l'autre où il dit, *ſi vous m'aimez, gardez mes commandemens.* Eſt-ce donc par la charité que la loy s'accomplit, demande ſaint Auguſtin ? ou bien eſt-ce par l'accompliſſement de la loy que la charité ſe pratique ? L'un & l'autre, répond

ce Pere, se verifie parfaitement. Car quiconque aime Dieu de bonne foy, a déja rempli tous les préceptes dans la disposition de son cœur ; & quand il
vient à les accomplir dans l'exécution, il ratifie seulement & il confirme par ses œuvres ce qu'il a déja fait par ses sentimens. D'où il s'ensuit qu'un
homme qui manque à un poinct de la loy, quoyqu'il observe tous les autres, n'a pas plus de charité, j'entends de cette charité divine & surnaturelle qui nous sauve, que s'il manquoit à toute la loy.
Comment cela? parce qu'en obmettant un poinct de
la loy, il n'a plus ce qui est essentiel à la charité,
sçavoir une volonté efficace de remplir toute l'é-
tenduë de la loy. p. 61. 62. 63.

Voilà le sens de cette parole de saint Jacques,
Quiconque peche contre un seul précepte est aussi
coupable, c'est à dire, perd aussi immanquablement
la grace & la charité, *que s'il pechoit contre tous.*
Et cette loy, mon Dieu, reprend saint Bernard, cette loy de vostre amour n'est-elle pas bien juste ?
Qu'un ami m'ait manqué à moy-mesme dans une
affaire importante, quoyqu'en toute autre chose il
soit sans reproche à mon égard, je ne le regarde
plus alors comme ami. p. 63. 64. 65.

Faut-il conclure de là, que quand on a une fois
violé un précepte & perdu la charité, on peut donc
impunément les violer tous ? ce seroit raisonner en
impie & en mercenaire. Quelque indivisible que
soit la charité, il est toûjours vray, reprend saint Augustin, que plus vous violez de commandemens
plus vous vous rendez Dieu ennemi, plus le retour
à sa grace vous devient difficile, plus vous grossis-
sez ce trésor de colere qu'il produira contre vous au

jour de ſes vengeances. Mais du reſte convenons
auſſi, qu'il y a bien de l'illuſion dans la conduite
des hommes à l'égard de ce grand précepte, *vous
aimerez le Seigneur voſtre Dieu.* Rien de plus aiſé que d'aimer Dieu en paroles ; mais rien de plus
rare que de l'aimer en pratique. p. 65. 66. 67.

III. PARTIE. Amour de perfection par rapport au chriſtianiſme. Cecy ſe réduit à deux poincts.
1. Dans le chriſtianiſme le précepte de l'amour de
Dieu impoſe à l'homme des obligations beaucoup
plus grandes que dans l'ancienne loy. 2. Par conſequent l'acte d'amour de Dieu doit eſtre dans nous
beaucoup plus héroïque, qu'il ne devoit l'eſtre dans
un juif ou dans un gentil, avant que la loy de grace euſt eſté publié. p. 67. 68.

1. Dans le chriſtianiſme le précepte de l'amour
de Dieu impoſe à l'homme des obligations beaucoup plus grandes, que dans l'ancienne loy : pourquoy cela ? parce que la loy nouvelle à quoy il nous
oblige, eſt beaucoup plus ſainte que la loy de Moyſe. Il eſt vray que c'eſt une loy douce, ſelon la parole de Jeſus - Chriſt : mais non point en ce ſens
qu'elle nous preſcrive des devoirs moins rigoureux.
Ce n'eſt point en cela, dit Tertullien, que conſiſte
ſa liberté. Au contraire, combien de fois le Sauveur du monde nous a - t - il déclaré, que pour eſtre ſon diſciple, il falloit renoncer au monde &
ſe renoncer ſoy-meſme beaucoup plus parfaitement
que Moyſe ne le demandoit ? on a dit à vos Peres
que telle & telle choſe leur eſtoient permiſes, ainſi parloit-il aux juifs ; & moy je vous dis que ces
choſes alors prétenduës permiſes ne le ſeront plus
pour vous. Cela nous fait entendre, quoyqu'en

ayent pensé quelques Interpretes, que Jesus-Christ a enchéri sur la loy de Moyse, & qu'il nous a imposé dans sa loy de nouveaux préceptes. p. 69. 70. 71. 72.

Voilà ce que Tertullien appelloit le poids du baptesme, & voilà pourquoy il s'étonnoit que les cathecumenes eussent tant d'empressement pour estre incorporez dans l'Eglise de Jesus-Christ. Il raisonnoit mal dans la consequence qu'il tiroit : mais son principe estoit toûjours vray, que le baptesme est pour nous un engagement pénible & onéreux. Mais il y en a, dites-vous, qui ne sentent pas ce joug. A cela je réponds qu'ils ne le sentent pas, ou parce que Dieu leur donne des forces pour le porter, ou parce qu'il s'en déchargent par une lasche infidelité. Or l'un & l'autre n'empeschent pas que ce ne soit un joug. *Tollite jugum meum super vos.* p. 72. 73. 74.

2. Concluons donc que l'amour de Dieu doit estre beaucoup plus genereux & plus fort dans un chrestien, puisqu'il doit avoir une vertu proportionnée à ces saintes & rigoureuses obligations que le baptesme nous impose. Disons obligations du baptesme, & non pas vœux, parce que le vœu dans sa propre signification est un engagement libre, c'est à dire, un engagement que Dieu ne nous commande pas, mais que nous contractons de nousmesmes & par nostre choix. p. 74. 75.

Je vais plus avant, & je dis mesmes avec Guillaume de Paris, que l'acte d'amour de Dieu doit embrasser tous les conseils sous condition : en sorte que s'il estoit necessaire pour marquer à Dieu mon amour, de pratiquer ce qu'il y a dans les conseils de

F f iiij

plus mortifiant & de plus humiliant, je fuſſe diſpoſé à tout entreprendre & à tout ſouffrir. D'où
vient que Tertullien appelle la foy, *Fidem martyrii debitricem :* expreſſion qui convient également à
la charité. Ainſi quand les martyrs verſoient leur
ſang, ils eſtoient loüiez ſimplement dans l'Egliſe
pour avoir fait leur devoir, & non pas plus que
leur devoir. Et ceux qui cedoient à la rigueur des
tourmens, eſtoient excommuniez comme des Apoſ-
tats. Il ſeroit bien étrange qu'on n'euſt pas dans le
chriſtianiſme à l'égard de Dieu, la meſme fidelité
dont on ſe pique à l'égard de ſon Prince & de ſa patrie. p. 76. 77. 78. 79.

Or dites-moy, Chreſtiens : s'il s'agiſſoit maintenant ou de renoncer noſtre Dieu ou de mourir
pour luy, trouveroit-il encore dans nous des martyrs ? Si nous ne ſommes diſpoſez de cœur à mourir pour ſa cauſe, nous ne l'aimons pas. Quelques-
uns prétendent qu'il eſt dangereux de faire ces ſuppoſitions ; & moy je ſoutiens que ces ſuppoſitions
ainſi faites ſont d'une utilité infinie. 1. pour nous
donner une haute idée de Dieu. 2. pour nous inſpirer, quand il eſt queſtion de luy obéir, des ſentimens
nobles & genereux. 3. pour nous humilier quand
nous manquons à certains devoirs aiſez & communs. Mais ces ſuppoſitions peuvent porter au deſeſpoir. Oüy, elles peuvent porter au deſeſpoir,
mais qui ? ceux qui comptent ſur leurs forces, &
non point ceux qui s'appuyent ſur les forces de la
grace. p. 79. 80.

Je conçois maintenant quel eſt le merite de la
charité divine. Mais ſi tout ce que j'ay dit eſt neceſſaire pour aimer Dieu, quel eſt celuy qui aime

Dieu ? Demandons comme l'Apoftre ce faint a-
mour. Difons comme faint Auguftin : Ah ! Seigneur, je vous ay aimé trop tard ; mais au moins
veux-je commencer prefentement à vous aimer. p.
80. 81. 82.

Sermon pour le Mécredy de la cinquiéme Semaine, fur l'eftat du Peché & l'eftat de la Grace. *page 83.*

SUJET. *Si vous ne voulez pas me croire, croyez
à mes œuvres, afin que vous connoiffiez & que
vous croyiez que mon Pere eft en moy, & que je
fuis dans mon Pere.* Il falloit que Jefus-Chrift, pour
eftre faint, fuft dans Dieu & que Dieu fuft en luy.
Sans cela il n'euft pû dire, comme il le dit aujourd'-
huy, que toutes fes œuvres rendoient temoignage
en fa faveur, & qu'elles eftoient devant Dieu d'un
prix infini. Ainfi voulons-nous connoiftre la valeur
de nos actions & le fruict que nous en pouvons efperer ? jugeons-en par le principe d'où elles partent, & voyons fi elles font faites dans l'eftat du peché ou dans l'eftat de la grace. Deux eftats dont
j'ay à vous entretenir dans ce difcours par rapport
au merite de nos œuvres. p. 83. 84. 85.

DIVISION. Rien n'eft plus important pour
nous, que de nous enrichir pour le ciel. D'où je
forme ces deux propofitions. Eftat du peché eftat
fouverainement malheureux, parce qu'alors, quoyque faffe le pecheur, fon peché en détruit devant
Dieu tout le merite, 1. Partie. Eftat de la grace
eftat fouverainement heureux, parce qu'alors pour

peu que fasse le juste, la grace qui le sanctifie, en releve devant Dieu le merite, 2. Partie. p. 85. 86. 87.

I. PARTIE. Estat du peché estat souverainement malheureux, parce qu'alors, quoyque fasse le pecheur, son peché en détruit devant Dieu tout le merite. Je ne dis pas que nos actions bonnes d'elles-mesmes, en consequence du peché, où dans l'estat du peché, deviennent mauvaises & criminelles. Erreur condamnée dans le Concile de Constance. Je ne dis pas non plus que l'estat du peché les rende absolument inutiles pour le salut, puisqu'alors elles disposent le pecheur à sa conversion & qu'elles luy servent de moyens pour retourner à Dieu. Mais je dis que nos actions mesmes vertueuse & surnaturelles faites dans l'estat du peché, ne meritent rien pour le ciel ; & ce qu'il y a de plus déplorable, qu'elles ne recouvrent jamais ce merite qu'elles ont une fois perdu. Sur quoy j'avoüe d'abord que je ne puis assez admirer la profondeur & la severité des jugemens de Dieu. Car enfin, je ne suis pas surpris que les actions les plus éclatantes selon le monde, soient souvent les plus indignes des récompenses de Dieu, parce qu'elles sont souvent les plus vitieuses dans leur fonds. Je ne suis pas surpris que certaines vertus morales ne soient comptées pour rien devant Dieu, parce que ce sont des vertus purement humaines. Je conçois mesmes comment des actions chrestiennes, au moins en apparence, sont cependant rejettées de Dieu, parce qu'elles se trouvent corrompuës dans l'intention & dans le motif. Mais que des actions vrayement religieuses & saintes dans toutes leurs circonstances, hors qu'elles n'ont pas esté faites dans l'estat de la grace, soient éternellement & absolument per-duës, c'est ce qui me fait trembler & ce qui m'ap-prend combien le peché est un mal à craindre. p. 87. 88. 89. 90. 91. 92.

Or l'arrest néanmoins en est porté dans l'Ecri-ture, & l'Apostre luy-mesme l'a prononcé, en di-sant aux Corinthiens : quoyque je fasse, & quoyque mon zéle m'inspire, si je ne suis pas en grace avec Dieu & si je n'ay pas la charité, c'est envain que je travaille. D'où saint Chrysostome conclut, que Dieu donc a bien en horreur le peché, puisque tout bon qu'il est, il n'a, pour un seul peché, nul égard à ce qu'il y a d'ailleurs de plus héroïque & de plus grand. Voyons-en les raisons. J'en trouve sur tout deux. p. 92. 93.

Premiere raison, tirée de l'estat ou de la dispo-sition habituelle du pecheur. Car l'estat du peché est un estat de mort. Or dans un estat de mort com-ment faire des actions de vie ? & si ce ne sont pas des actions de vie, comment meriteroient-elles la plus excellente de toutes les vies qui est la vie de la gloire ? C'est donc dans cet estat qu'on peut dire au pecheur ce que l'Ange de l'Apocalypse disoit à un des premiers Evesques de l'Eglise : *Scio opera tua, quia nomen habes quod vivas, & mortuus es.* p. 93. 94. 95. 96.

Approfondissons encore cette pensée. Selon tous les Peres & les Theologiens le peché anéantit l'hom-me en quelque maniere, & le réduit, par une espece de destruction, à n'estre plus rien dans l'ordre de la grace. Or d'un rien on ne doit rien attendre. Les pecheurs se sont endormis, disoit David, & dans cet eftat il leur eft arrivé ce qui arrive quelquefois à un homme qui dort. Il fe croit riche ; mais à fon réveil il n'apperçoit rien dans fes mains. p. 96. 97. 98.

Seconde raifon, fondée fur la nature du merite. Nos actions ne font meritoires pour l'éternité, qu'autant qu'elles font confacrées & comme divinifées par Jefus-Chrift. Or pour cela il faut que nous foyons unis à Jefus-Chrift par la charité. Tandis que cette union fubfifte, nos actions tirent de luy une vertu particuliere : mais oftez cette communication, nous devenons, felon la figure de l'Evangile, comme des farments inutiles. Prophete, difoit Dieu, parlant à Ezechiel, que veux-tu que je faffe du farment ? On met en œuvre tout autre bois ; mais le bois de la vigne fans force, fans folidité, à quoy eft-il propre qu'à jetter au feu ? Tel eft l'eftat d'un homme feparé de Jefus - Chrift par le peché. p. 99. 100. 101.

Mais fi cela eft, que pouvons-nous dire de la plufpart des hommes ? *Omnes declinaverunt ; fimul inutiles facti funt.* Combien peu de chreftiens engagez dans le commerce du monde, font en eftat d'agir utilement pour Dieu & pour eux-mefmes ? p. 101. 102. 103.

Cependant devez-vous conclure de là, que dans l'eftat du peché, il ne faut donc plus fe mettre en peine de bien faire, ni de bien vivre, puifque les œuvres les plus faintes ne font de nulle valeur ? Raifonnement impie. Au contraire, 1. il y a des œuvres d'obligation que vous ne pouvez obmettre dans l'eftat mefme du peché, fans vous rendre coupables d'un nouveau peché. 2. vous devez tafcher, non feulement par ces œuvres d'obligation, mais par des œuvres de furérogation, à toucher la mifericorde de Dieu & à fléchir fa juſtice. En uſe-t-on autrement dans le monde, ſur tout à la Cour : & que ne fait-on point pour rentrer dans la grace du Prince, quand on s'eſt attiré ſon indignation ? p. 103. 104. 105. 106.

II. PARTIE. Eſtat de la grace eſtat ſouverainement heureux, parce qu'alors pour peu que faſſe le juſte, la grace qui le ſanctifie, en releve devant Dieu le merite. Il y a une eſpece d'émulation entre la miſericorde de Dieu & ſa juſtice : en ſorte qu'autant qu'il eſt ſevere à l'egard du pecheur, autant eſt-il miſericordieux à l'egard du juſte. Pour dédommager les hommes des pertes qu'ils devoient faire dans l'eſtat du peché, il a voulu, dit le Chancellier Gerſon, qu'ils puſſent acquérir dans l'eſtat de la grace, par les moyens les plus faciles, des richeſſes infinies. Faites-vous un tréſor pour le ciel, & de quoy ? des moindres actions, des moindres ſouffrances. Ramaſſez tout juſques aux fragments. Quels ſont ces fragments, demande ſaint Grégoire Pape ? ce ſont mille petits merites que nous negligeons, & que nous pouvons receuillir. Avec peu, reprend ſaint Bernard, on gagne beaucoup auprés de Dieu. Ce que nous faiſons n'eſt rien, & ce qu'il nous promet comprend tout. Cent pour un, voilà le traité qu'il fait avec nous. p. 106. 107. 108. 109.

Auſſi le Fils de Dieu dans l'Evangile s'engage à nous donner ſon Royaume : pourquoy ? pour un verre d'eau. Où donc eſt noſtre prudence, ſi nous ne profitons pas d'une telle liberalité ? Le laboureur ne neglige pas son grain sous pretexte que c'est peu de chose : mais il le cultive, parce qu'il sçait que ce grain, tout petit qu'il est, contient toute l'esperance de l'avenir. Ainsi devons-nous ménager tant d'occasions qui se presentent tous les jours de meriter devant Dieu, & c'est néanmoins de quoy nous ne tirons nul avantage. p. 109. 110. 111.

Cependant ne cessons point d'admirer le pouvoir de la grace sanctifiante. Car dans cet estat, il n'est pas mesmes necessaire que nos œuvres soient saintes par elles-mesmes : c'est assez, quoyqu'elles soient indifferentes de leur nature, que la charité les dirige & que la grace les anime. Vous me demandez sur quoy tout cecy est fondé ? sur trois belles qualitez qui conviennent au juste, & qui le distinguent devant Dieu. 1. qualité d'ami de Dieu. 2. qualité de ministre de Dieu. 3. qualité de membre incorporé à Jesus-Christ qui est l'homme-Dieu. p. 111. 112.

1. Qualité d'ami de Dieu. D'un ami tout est bien reçeû, & les moindres services de sa part ont un agréement particulier. *Vous avez blessé mon cœur*, dit l'Epoux à l'ame fidelle ; & par où l'avez-vous blessé ? *par l'éclat d'un de vos yeux, & par un cheveu de vostre teste.* Que signifie cela ? sinon que le cœur de Dieu est aussi bien touché de la fidelité du juste dans les petites choses, que dans les grandes. p. 113 .114.

2. Qualité de ministre de Dieu, parce que le juste agissant comme juste, agit pour Dieu & au nom de Dieu. Or quand les Saints agissoient au nom de Dieu, que n'ont-ils pas fait avec les plus foibles instrumens. Moyse avec une baguette remplit l'E-

gypte de prodiges. p. 114.

3. Qualité de membre incorporé à Jesus-Christ qui est l'homme-Dieu. Car du moment que nous sommes en grace avec Dieu, nous ne faisons plus qu'un corps avec Jesus-Christ. Par consequent c'est Jesus-Christ qui agit en nous. Or si c'est Jesus-Christ qui agit en nous, de quel prix doivent estre toutes nos actions ? Du reste, que ne fait-on pas pour s'enrichir & pour s'aggrandir dans le monde ? Si je vous disois que dans l'estat de la grace, tout réüssit & tout prospere selon le monde, quelle ardeur allumerois-je tout à coup dans vos cœurs ? Et si j'adjoustois que cette prosperité temporelle est attachée aux moindres exercices du christianisme, avec quel zéle vous les verroit-on pratiquer ? Or ce que je ne puis vous dire à l'égard du monde & de ses faux biens, je vous le dis par rapport à Dieu & au bonheur que vous en devez attendre. Jusques à quand, ô mon Dieu, les enfants des hommes aimeront-ils la bagatelle ? Dissipez le charme qui les aveugle. Penetrez-les d'une crainte salutaire du peché, & inspirez-leur une haute estime de vostre grace. p. 114. 115. 116. 117. 118. 119.

Sermon pour le Jeudy de la cinquiéme Semaine, sur la Conversion de Magdelaine. *page 120.*

S U J E T. *C'est pourquoy je vous declare, que beaucoup de pechez luy sont remis, parce qu'elle a beaucoup aimé.* Le desordre de Magdelaine fut d'avoir beaucoup aimé, & la sainteté de Magdelaine consista à aimer beaucoup. Dans un moment l'amour chaste du créateur la sanctifia en la guérissant de l'amour impur des créatures. Miracle de l'amour de Dieu, dont je prétends faire le sujet de ce discours. Miracle que Dieu par une providence singuliere a rendu public, afin que les pecheurs eussent dans cet exemple un puissant motif de confiance & un parfait modelle de penitence. Magdelaine est la seule qui paroisse dans l'Evangile s'estre addressée à Jesus-Christ pour luy demander la guérison de son ame & sa conversion. Voyons par où elle y parvint. Ce sera pour nous une leçon sensible & touchante. p. 120. 121. 222.

DIVISION. Les pechez de Magdelaine luy furent-ils remis, parce qu'elle aima beaucoup ; ou aima-t-elle beaucoup, parce que ses pechez luy avoient esté remis? L'un & l'autre est vray, & exprimé dans l'Evangile de ce jour. En deux mots : ses pechez luy furent remis, parce qu'elle aima beaucoup d'un amour penitent, 1. Partie. Elle aima beaucoup d'un amour reconnoissant, parce que ses pechez luy avoient esté remis, 2. Partie. p. 122. 123. 124.

I. PARTIE. Les pechez de Magdelaine luy furent remis, parce qu'elle aima beaucoup d'un amour penitent. Il ne s'ensuit pas de là que Jesus-Christ ait esté prodigue de sa grace : car je prétends que ce seul amour de Magdelaine fut la plus parfaite satisfaction que Jesus-Christ pust attendre de cette illustre penitente. Je distingue dans Magdelaine quatre choses que l'Evangeliste nous fait remarquer : son peché, la source de son peché, la matiere de son peché, & le scandale de son peché. Or l'a-

l'amour qu'elle conçeût pour Jefus-Chrift, cet a-
mour penitent, 1. expia fon peché. 2. purifia la fource de fon peché. 3. confacra à Dieu la matiere de
fon peché. 4. repara le fcandale de fon peché. p. 125.
126. 127.

1. Son amour expia fon peché. Le peché de
Magdelaine fut le libertinage de fes mœurs. Ne difons rien de plus, puifque l'Evangile nous marque
feulement en general, que c'eftoit *une femme peche-*
reffe : ou pour nous fervir de termes moins odieux,
difons que fon peché fut fon amour propre & fon
orgueil. Car, dit Zénon de Vérone, elle ne fut libertine, que parce qu'elle s'aima avec excés, & qu'elle fut vaine. Or l'amour penitent de Magdelaine
fubftitua à cet amour propre une fainte haine d'elle-mefme, & à cet orgueil une profonde humilité.
p. 127. 128. 129. 130. 131.

Elle aima, *Dilexit* ; & par une confequence neceffaire, elle commença à fe haïr. Car aimant fon
Dieu, ce Dieu de pureté & de fainteté, & ne voyant
dans elle que corruption & que defordre, comment
auroit-elle pû ne fe pas haïr elle-mefme, & ne pratiquer pas deflors ce qui fembloit ne convenir
qu'aux ames parfaites, fçavoir, le renoncement à
foy-mefme, le detachement de foy-mefme, la mort
à foy-mefme ? p. 131. 132.

Elle aima, *Dilexit* ; & du moment qu'elle aima,
elle ceffa d'avoir ces foins exceffifs d'une fragile
beauté dont elle s'eftoit toûjours occupée. Voyez-la
aux pieds de Jefus-Chrift, les cheveux épars, le vifage abbatu, les yeux baignez de larmes. Que ce
vifage dont j'ay efté idolaftre, & que je me fuis
tant efforcée d'embellir par de damnables artifices,

Tome III. . G g

foit couvert d'un éternel opprobre. Ainſi parloit la bienheureuſe Paule, & tel fut le ſentiment de Magdelaine. p. 132. 133.

Elle aima, *Dilexit* ; & parce qu'elle aima, elle voulut faire à Dieu une reparation ſolemnelle des attentats de ſon orgueil. Proſternée aux pieds du Sauveur, elle ſe ſouvint combien elle avoit eſté jalouſe d'avoir elle-meſme des adorateurs dans le monde ; combien elle avoit par là outragé Dieu, & combien d'ames elle avoit perduës. Voilà ſur quoy elle ſe confondit mille fois. p. 133. 134. 135. 136.

Elle aima, *Dilexit* ; & toutes ces injuſtices furent expiées, tous ces crimes luy furent pardonnez. D'où nous devons conclure quelle eſt l'efficace & le merite de l'amour de Dieu. p. 136. 137.

2. Son amour purifia la ſource de ſon peché. Cette ſource eſtoit ſon cœur, un cœur ſenſible & tendre. Or elle tourna toute cette ſenſibilité & cette tendreſſe vers Dieu. Mais, mon Dieu, qu'il y a de douceur dans voſtre providence & dans voſtre ſageſſe, d'avoir tellement diſpoſé les choſes, que ſans changer de naturel, & avec le meſme cœur que vous nous avez donné en nous formant, de pecheurs nous puiſſions devenir juſtes, & de charnels des hommes parfaits & ſpirituels ! p. 137. 138. 139.

3. Son amour conſacra la matiere de ſon peché. J'appelle la matiere de ſon peché, tout ce qui ſervoit à ſes plaiſirs & à ſon luxe. Elle avoit aimé les parfums, & tout ce qui flatte les ſens : mais il ne m'appartient plus, dit-elle, de chercher les delices de la vie. Cela convient mal à une pechereſſe, & encore plus mal à une pechereſſe penitente. Tou-

chée de ce sentiment, elle apporte avec elle un parfum pretieux, elle le repand sur les pieds de Jesus-Christ, elle les essuye avec ses cheveux. Je ne m'arresteray point icy, Femmes mondaines, à vous marquer tout ce qu'il y a à retrancher dans l'exterieur de vos personnes, & tout ce qu'il faudroit sacrifier à Dieu. Cette morale ne seroit pas indigne de la Chaire, puisque les Peres de l'Eglise & mesmes les Apostres sont entrez en de semblables détails. Je laisse tout cela néanmoins, & je vous renvoye à vous-mesmes pour en juger. Et si vous me répondiez que telle & telle chose ne sont point des crimes, je vous demanderois si ce qui excite tant de passions, ce qui enttetient la mollesse, ce qui nourrit l'orgueil, peut estre indifferent. J'irois plus loin, & je vous monstrerois que c'est par le retranchement des choses permises, qu'on doit reparer les pechez commis dans les choses défenduës. Mais ce que j'ay à vous dire est encore plus important, & dans un mot comprend tout : aimez comme a aimé Magdelaine ; & quand le feu de l'amour de Dieu sera bien allumé dans vos cœurs, vous verrez alors tous les sacrifices que vous avez à faire, & tous ces sacrifices ne vous cousteront plus rien. p. 139. 140. 141. 142. 143. 144.

4. Son amour repara le scandale de son peché. Elle aima, *Dilexit*; & autant qu'elle s'estoit declarée pour le monde, autant voulut-elle se declarer pour Jesus-Christ. C'est pour cela qu'elle le vint trouver dans la maison de Simon le Pharisien, & au milieu d'une nombreuse assemblée. Quoyqu'on en puisse dire, je ne me persuaderay jamais qu'une ame soit bien convertie & bien penitente, tandis qu'elle

aura honte du service de Dieu, tandis qu'elle ne tâchera pas à ramener par son exemple dans les voyes de Dieu tant de pecheurs qu'elle a égarez, tandis qu'elle craindra les discours du monde & qu'elle en sera toûjours esclave. p. 144. 145. 146. 147.

II. PARTIE. Magdelaine aima beaucoup d'un amour reconnoissant, parce que ses pechez luy a-voient esté remis. Il n'y a que l'amour, dit saint Bernard, par où nous puissions rendre en quelque sorte la pareille à Dieu. Ainsi par exemple quand Dieu me juge, je ne puis entreprendre de le juger : mais quand il m'aime, je puis l'aimer, & il veut mesmes que je l'aime. Voilà par où Magdelaine te-moigna à Jesus-Christ sa reconnoissance. Dans les ames lasches la veûë des pechez remis ne produit, ou qu'une fausse securité, ou qu'une oisive tran-quillité. Mais que fit Magdelaine ? Parce que ses pechez luy avoient esté pardonnez, 1. elle se dé-voüa, par un attachement inviolable, au Fils de Dieu, tandis qu'il vescut sur la terre. 2. elle luy marqua une fidelité héroïque dans le temps de sa passion & de sa mort. 3. elle demeura avec une in-vincible perseverance auprés de son tombeau. 4. elle le chercha avec toute la ferveur d'une épouse, & d'une épouse passionnée quand elle le crut res-suscité. Quatre effets de sa reconnoissance. p. 147. 148. 149. 150. 151. 152.

1. Magdelaine convertie n'eut plus desormais d'attachement que pour Jesus-Christ. Elle le sui-voit, dit saint Luc, dans ses voyages ; elle em-ployoit ses biens pour luy : *Et ministrabat ei de facultatibus suis.* Elle se tenoit à ses pieds, écou-

tant sa parole & la meditant : *Sedens secus pedes Domini, audiebat verbum illius.* Elle laissoit à Marthe les soins domestiques, & ne s'occupoit que de son adorable maistre. Ainsi en use une ame vrayement penitente. Plus tant de soins qui regardent le monde, les bienséances du monde, les prétendus devoirs du monde. Se tenir auprés de son Sauveur, converser avec luy, le nourrir dans la personne des pauvres, le recevoir souvent chez elle & dans elle par la communion, voilà desormais sa vie & à quoy elle se borne. p. 152. 153. 154. 155.

2. Magdelaine convertie marqua à Jesus-Christ une fidelité héroïque dans le temps de sa passion & de sa mort. Ses disciples l'abandonnerent : mais Magdelaine sans rien craindre demeura au pied de la croix, & avec qui ? avec Marie Mere de Jesus ; comme si la penitence avoit alors en quelque sorte égalé l'innocence. Magdelaine sçavoit trop ce qu'elle devoit à ce Dieu crucifié, pour s'éloigner de luy lorsqu'il consommoit sur la croix l'ouvrage de son salut. C'est dans cette constance que paroist la vraye fidelité. Car n'estre fidelle à Dieu qu'autant qu'il nous fait trouver de goust dans son service, c'est ne payer le plus grand de tous les bienfaits qui est la grace de la conversion, que d'une reconnoissance apparente. Ah ! Seigneur, doit dire comme David ou comme Magdelaine un pecheur reconcilié avec Dieu, mon peché m'est toûjours present pour me retracer toute mon indignité & toute vostre bonté, & pour m'inspirer par cette double veûë un zéle & un courage toûjours nouveau. p. 155. 156. 157. 158. 159.

3. Magdelaine convertie demeura avec une in-

vincible perfeverance auprés du tombeau de Jefus-Chrift. Là, combien de fois fe fit-elle pour fa
propre inftruction, ces divines leçons que l'Apoftre dans la fuite devoit faire aux fidelles pour leur
fanctification : *Vous eftes morts, & voftre vie eft*
eft cachée avec Jefus-Chrift en Dieu. Vous eftes en-
fevelis avec Jefus-Chrift. Mort fpirituelle à quoy
elle fe condamna : mais affreufe mort pour tant de
femmes qui voudroient vivre à Dieu, fans mourir
au monde & à elles-mefmes. Il n'appartient qu'à
l'amour de Dieu, à un amour reconnoiffant, d'affermir une ame contre l'amour du monde & l'a-
mour de foy-mefme, & de nous faire prendre le
fentiment de faint Paul : *Mihi vivere Chriftus eft*
& mori lucrum. p. 159. 160. 161. 162.

4. Magdelaine chercha Jefus-Chrift reffufcité
avec toute la ferveur de l'amour le plus genereux &
le plus ardent. Avec quelle generofité s'offrit-elle à
l'enlever elle-mefme, fi elle eftoit affez heureufe
pour le retrouver ? *Et ego eum tollam.* Dés que Jefus-Chrift fe fit connoiftre à elle, quel fut le raviffe-
ment de fon ame ? Sainte ferveur que nous voyons
encore dans les plus grands pecheurs, lorfque de
bonne foy revenus à Dieu, ils confiderent dans quel
abyfme ils s'eftoient plongez & par quelle mifericor-
corde la grace les a fauvez. p. 162. 163. 164.

Quoyqu'il en foit, voilà, Pecheurs, l'avantage
que vous pouvez tirer de vos pechez mefmes. Ils
vous ont feparez de Dieu ; mais du moment qu'ils
vous font pardonnez, ils peuvent fervir à vous attacher plus étroitement à Dieu, & à vous élever mefmes au deffus de bien des juftes. p. 164. 165.

Sermon pour le Vendredy de la cinquiéme Semaine, fur le Jugement temeraire.
page 166.

S UJET. *Les Princes des Preſtres & les Pha-*
riſiens tinrent un conſeil contre Jeſus. Qui ne
croiroit que ces devots de la Synagogue & ces ſages
du Judaïſme aſſemblez, vont former un jugement
équitable ? Mais tout ſages qu'ils ſont, ils ſe laiſſent
aveugler ; & ces devots prévenus contre le Fils de
Dieu, prononcent la ſentence la plus injuſte & tra-
hiſſent la cauſe de l'innocent. C'eſt ainſi que nous
nous laiſſons tous les jours ſurprendre, & que nous
jugeons fauſſement & temerairement du prochain.
Jugemens temeraires, dont je veux vous repreſenter
le crime & vous faire craindre les funeſtes conſequences. p. 166. 167.

DIVISION. Trois choſes, dit ſaint Thomas,
ſont neceſſaires pour bien juger ; l'authorité, la connoiſſance, & l'integrité. De là je conclus, que nos
jugemens au déſavantage du prochain ſont commu-
nement temeraires , & par défaut d'authorité, &
par défaut de connoiſſance, & par défaut d'integrité. Défaut d'authorité, parce que Dieu ne nous a
donné ſur le prochain nulle juriſdiction : 1. Partie.
Défaut de connoiſſance, parce que nous ne pouvons
penetrer dans le cœur du prochain, ni le bien connoiſtre : 2. Partie. Défaut d'integrité, parce que ce
ſont nos paſſions qui nous préoccupent, & que noſtre intereſt propre eſt le plus ordinaire motif de nos
jugemens : 3. Partie. p. 167. 168. 169.

G g iiij

I. PARTIE. Jugemens temeraires par défaut d'authorité, parce que nous n'avons fur le prochain nulle jurifdiction. Il n'y a que Dieu, qui effentiellement & par luy-mefme, ait une legitime authorité pour juger les hommes. Jefus-Chrift mefme, en qualité d'homme, n'auroit pas le pouvoir de juger le monde, comme il le jugera, fi ce pouvoir ne luy avoit efté donné de fon Pere. Et c'eft en ce fens, & par rapport à cet homme-Dieu, qu'il faut entendre ces paroles du Prophete Royal : *Deus judicium tuum Regi da, & juftitiam tuam filio Regis.* Juger donc le prochain, c'eft attenter fur les droits de Dieu, & faire de noftre chef ce que Jefus-Chrift ne fera que comme delegué de fon Pere celefte. p. 169. 170.

Qui eftes-vous, difoit le grand Apoftre, pour juger & pour condamner le ferviteur d'autruy ? S'il tombe ou s'il demeure ferme, ce n'eft point à vous d'en connoiftre, mais à celuy dont il dépend & qui comme maiftre eft fon juge : *Domino fuo ftat aut cadit.* Explication de ce paffage felon faint Chryfoftome. p. 171. 172.

C'eft pour cela mefme que dans les divifions qui naiffoient entre les chreftiens, l'Apoftre en leur défendant de juger, leur en apportoit cette raifon : *Omnes enim ftabimus ante tribunal Chrifti :* c'eft qu'il y a un tribunal où nous devons tous comparoiftre, qui eft le tribunal de Jefus-Chrift. p. 172. 173.

Vous me direz, que le Sauveur du monde nous a promis dans la perfonne de fes Apoftres de nous faire affeoir avec luy fur le tribunal de fa juftice, pour juger non feulement les hommes, mais felon le temoignage de faint Paul, les Anges mefmes. Il eft vray, répond faint Auguftin, nous ferons affis avec Jefus-Chrift pour juger ; mais ne prévenons donc pas ce fouverain juge, & attendons le temps où il nous communiquera fon pouvoir pour l'exercer. Or prenez garde, reprend le mefme Pere ; tant que Jefus-Chrift a demeuré fur la terre, quelque fouveraineté qu'il euft, il ne l'a point employée à juger les pecheurs : mais il les a excufez, il les a fupportez, il les a défendus. Sommes-nous maintenant plus authorifez que luy, & avons nous une jurifdiction plus étenduë que la fienne ? Contenons-nous donc dans les bornes qu'il a voulu luy-mefme fe prefcrire. Quand le temps fera venu, dit Dieu, alors je jugeray; *Cum accepero tempus, ego juftitias judicabo* : pour nous faire entendre qu'à fon égard mefme, il y a un temps de juger & un temps de pardonner ; mais nous voulons juger en tout temps. p. 174. 175. 176.

Defordre fpecialement condamnable, lorfque nous nous attaquons aux Puiffances mefmes : *Nolite tangere Chriftos meos, & in Prophetis meis nolite malignari.* Defordre effentiellement oppofé à cette fubordination, dont Dieu eft l'autheur, & par confequent le confervateur & le vengeur. Defordre qui ruine & qui anéantit l'obéiffance des inferieurs. p. 176. 177. 178.

Et ne me dites point, qu'en condamnant les actions de ceux que Dieu a conftituez en dignité, vous ne laiffez pas d'honorer leur miniftere. Car Dieu en nous défendant de les juger, *Diis non detrahes,* n'a point fait cette précifion, parce qu'il prévoyoit que le mépris de la perfonne feroit toûjours fuivi du mépris de la dignité. Conftantin, quoyqu'Empereur, ne voulut point par maxime de religion juger les Evefques : mais aujourd'huy des hommes fans nom, jugent hardiment les Evefques & les Empereurs. Licence que Dieu fçaura bien réprimer par de juftes chaftimens, comme il punit celle de Marie fœur de Moyfe. Les fuperieurs & les maiftres ont leurs défauts ; il eft vray : mais malgré leurs défauts, faint Pierre nous ordonne de les refpecter ; *Non tantum bonis & modeftis, fed etiam dyfcolis.* J'avoüe que Dieu, pour les contenir dans le devoir, permet cette injufte liberté qu'on fe donne de les cenfurer : c'eft un bien pour eux ; mais malheur à celuy par qui ce bien arrive. Concluons donc avec le Fils de Dieu : *Ne jugez point, & vous ne ferez point jugez.* p. 178. 179. 180. 181. 182.

II. Partie. Jugemens temeraires par défaut de connoiffance. Car 1. on juge fur de fimples apparences. 2. on juge des intentions par les actions. 3. on juge fur le rapport d'autruy. 4. on prend de vains foupçons pour des demonftrations & des convictions. Tout cela autant de fources des faux jugemens que nous formons les uns contre les autres. p. 182. 183.

1. On juge fur de fimples apparences, & rien de plus trompeur que les apparences. Combien voyonsnous de gens dans la vie, qui par divers principes ne font rien de ce qu'ils paroiffent, & ne paroiffent rien de ce qu'ils font ? Jugez de ces perfonnes felon l'apparence, autant d'idées que vous vous en faites, ce font autant d'injuftices. Dieu juge les hommes, dit faint Auguftin ; mais pour les juger, que fait-

il ? il penetre jufques dans le fonds de leurs cœurs. Jugeons comme luy ; où pluftoft, puifque nous ne pouvons avoir dans cette vie les mefmes connoif-fances que luy , ne jugeons point. p. 183. 184. 185.

2. On juge des intentions par les actions. Mais la mefme action ne peut-elle pas eftre faite par cent motifs differens , & ces differens motifs n'en doi-vent-ils pas fonder autant de jugemens tout op-pofez ? Quand Magdelaine répandit des parfums fur les pieds du Sauveur du monde, ce fut par un mouvement de pieté, & les Apoftres l'accuferent de prodigalité. Nous voyons les mefmes actions en fubftance, loüées & condamnées par le Saint Efprit, felon la diverfité des intentions. Pourquoy vous qui me jugez, de deux intentions que je puis avoir, l'une bonne, l'autre mauvaife, m'imputerez vous la mauvaife à l'exclufion de la bonne ? p. 186. 187. 188.

3. On juge fur le rapport d'autruy : mais inftrui-fons-nous encore là-deffus par l'exemple de Dieu mefme. Comment jugea-t-il Sodome & Gomor-rhe ? Leur peché, dit-il, crio vengeance au ciel, & j'apprends qu'ils ont mis le comble à leur iniquité. Mais je ne m'en tiendray pas là : j'iray moy-mef-me, & je verray comme témoin fi tout ce qu'on en rapporte, eft vray : *Defcendam, & videbo.* Eft-ce ainfi que nous en ufons ? Précaution fur tout ne-ceffaire aux Grands & aux Princes. Ils veulent tout fçavoir, & combien de fois arrive-t-il qu'on leur reprefente les chofes fous de noires images qui les défigurent ? p. 188. 189. 190. 191.

4. On prend de vains foupçons & des conjectu-

res pour des évidences & des demonftrations. Vous n'avez pû , dites-vous, ne pas voir ce qui eftoit vifible ; non : mais fi vous n'aviez pas tant aimé à le voir, vous auriez découvert l'illufion, & ce que vous croyiez avoir veû, vous l'auriez veû tout autrement. Tant de fois peut-eftre on a jugé de vous fur ce qu'on a crû voir, & fur ce que vous prétendez qu'on n'a jamais veû. Difons donc avec faint Auguftin : *Domine, noverim me, noverim te*. Que je vous connoiffe, ô mon Dieu, & que je me connoiffe. Si je vous connois, je fçauray qu'il n'y a que vous à qui le fonds des cœurs foit ouvert, & je n'auray garde d'y vouloir entrer : & fi je me connois, je comprendray que mon propre cœur eft un abyfme où je trouve affez à creufer, fans entreprendre de penetrer dans les fentimens des autres. p. 191. 192. 193.

III. Partie. Jugemens temeraires par défaut d'integrité. David, felon la remarque de faint Ambroife, n'a prefque jamais parlé des jugemens, foit de Dieu à l'égard des hommes, foit des hommes mefmes les uns à l'égard des autres, fans y adjoufter la juftice, comme une condition effentielle & inféparable. *Fecit judicium & juftitiam*. Mais cette condition ne fe trouve gueres dans les jugemens que nous formons contre le prochain, parce que nous jugeons par prévention, par averfion, par chagrin, par intereft, & par mille autres motifs qui corrompent la raifon la plus faine & la plus droite. p. 193. 194. 195.

Arreftons-nous à l'intereft qui les comprend tous. Tel fut le principe de tous les faux jugemens des Pharifiens contre le Fils de Dieu. Son credit

leur donnoit de l'ombrage : ce fut affez pour le ruiner dans leur eftime. Il faifoit des miracles : mais
malgré fes miracles, ils le traittoient de pecheur.
Nous le fçavons, difoient-ils, & nous n'en pouvons douter : *Nos fcimus quia hic homo peccator*
eft. Pourquoy le fçavoient-ils ? parce qu'ils vouloient, & qu'il eftoit de leur intereft que cela fuft.
Idée bien naturelle des jugemens du monde. p. 195.
196.

Qu'un homme foit dans nos interefts, dés-là
nous nous perfuadons qu'il vaut beaucoup. Mais
qu'il foit noftre ennemi, fes vertus mefmes les plus
éclatantes prendront dans noftre imagination la teinture & la couleur des vices. Sur tout, fi c'eft l'envie qui nous empoifonne le cœur. Nous jugeons
équitablement de tout ce qui eft au deffus, ou au
deffous de nous : mais de ceux que la concurrence
nous fufcite pour adverfaires, nous en jugeons, fi
je l'ofe dire, d'une maniere à faire pitié. p. 196. 197.
198.

Auffi quelque probité qu'ait un juge, quelque
irreprochable que paroiffe un témoin, on n'a nul
égard ni au jugement de l'un, ni au temoignage de
l'autre, dés qu'on y découvre quelque intereft. Il
faudroit donc pour bien juger du prochain, eftre
défait de toute préoccupation. Mais qui peut communément fe promettre d'eftre difpofé de la forte ;
& n'eft-il pas plus feûr de s'en tenir à cette loy de
l'Evangile : *Nolite judicare,* ne jugez point? Par là,
mon Dieu, je meriteray que vous ufiez de mifericorde envers moy. Par là je me préferveray non
feulement du defordre attaché au jugement temeraire, mais des fuites funeftes qu'il traifne aprés

luy. Il eft vray que l'Apoftre parlant de l'homme
fpirituel, femble en avoir renfermé le caractere
dans ces deux qualitez, l'une de juger de tout &
l'autre de n'eftre jugé de perfonne. Mais on a abufé de fes paroles, & on les a mal entenduës. Voulons-nous eftre folidement fpirituels ? laiffons juger
de nous fans nous plaindre ; mais nous, ne jugeons
point, ou jugeons toûjours favorablement. p. 199.
200. 201. 202.

Sermon pour le Dimanche des Rameaux, fur la Communion Pafchale. *page 203.*

SUJET. *Or tout cecy fe fit, afin que cette parole du Prophete fuft accompli : Dites à la fille de Sion : Voicy voftre Roy qui vient à vous plein
de douceur.* Pourquoy les juifs font-ils au Fils de
Dieu une entrée fi folemnelle & fi glorieufe ? c'eft
en veuë du miracle qu'il venoit d'opérer dans la refurrection de Lazare. Or ce miracle, Jefus-Chrift
le renouvelle en ce faint temps par la refurrection
fpirituelle & la converfion de tant de pecheurs : &
l'Eglife veut que reffufcitez & convertis, ils reçoivent ce divin Sauveur dans eux-mefmes par la communion pafchale. Pour me conformer au deffein
de l'Eglife, c'eft de cette communion pafchale que
je dois vous entretenir. 203. 204. 205.

DIVISION. Deux fortes de perfonnes reçoivent le Fils de Dieu dans Jerufalem, fes difciples
& les Pharifiens. Ses difciples le reçoivent avec
honneur, & les Pharifiens dans la refolution de
le perdre. Dans le triomphe dont les difciples ho-

norent ce divin maiſtre, je trouve l'idée d'une ſainte
& parfaite communion : 1. Partie. Mais dans la
maniere dont ce meſme Dieu eſt reçeû des Phariſiens, je trouve l'idée d'une communion indigne &
ſacrilege : 2. Partie. Pour les juſtes, il vient comme
un Roy débonnaire & bienfaiſant. Pour les impies engagez & obſtinez dans le crime, il vient
comme un ennemi terrible & redoutable. p. 205.
206.

I. PARTIE. Idée d'une bonne communion
dans le triomphe dont les diſciples honorent le
Fils de Dieu. Il y a dans ce triomphe quatre circonſtances à remarquer. 1. ce ſont les diſciples qui
reçoivent ainſi Jeſus-Chriſt. 2. ils vont au devant
de luy. 3. ils portent dans leurs mains des branches
de palmiers & d'oliviers. 4. ils ſe depoüillent de
leurs veſtemens, & les mettent ſous les pieds de leur
maiſtre. Belle figure de la communion des juſtes.
p. 206. 207. 208.

1. Ce ſont les diſciples de Jeſus-Chriſt qui le reçoivent en triomphe; & pour le bien recevoir dans
la communion, il faut eſtre ſon diſciple, & l'eſtre
en effet & dans la pratique. Il s'eſt luy-meſme
declaré qu'il ne vouloit faire la paſque qu'avec ſes
diſciples. Vous me direz qu'il ne parloit alors que
de la paſque judaïque; j'en conviens : mais s'il
parloit ainſi de l'ancienne paſque, que penſoit-il
de la nouvelle ? Et d'ailleurs ce qui ſe paſſoit dans
la paſque des juifs, n'eſtoit-il pas une leçon pour
nous, mais une leçon exacte & préciſe, de ce qui devoit eſtre accompli dans celle des chreſtiens ? Qu'il
n'y ait donc perſonne aſſez temeraire, concluoit S.
Chryſoſtome, pour prétendre avoir part à cette paſ

que fans eftre en grace avec Dieu, & fans avoir ce caractere particulier de difciple de Jefus-Chrift. Tel eft l'ordre que le grand Apoftre avoit luy-mefme intimé à toute l'Eglife par ces courtes paroles : *Probet autem feipfum homo :* que l'homme s'éprouve. Sans cela il ne nous eft pas permis de faire la pafque, & nous n'y devons pas penfer. Je me trompe, nous y devons penfer ; & fi pour n'y avoir pas penfé, nous manquons à recevoir Jefus-Chrift dans cette fefte folemnelle , nous commettons un nouveau crime & nous defobéiffons à fes ordres. Mais l'ordre de Jefus-Chrift eft-il que nous le recevions fans eftre du nombre de fes difciples ? A Dieu ne plaife : mais fon ordre eft que vous vous declariez fes difciples , & que vous retourniez à luy par une fincere penitence, afin d'eftre en eftat de prendre place parmi les conviez qu'il fait appeller. p. 208. 209. 210. 211. 212. 213.

2. Les difciples vont au devant de Jefus-Chrift , & c'eft ainfi que nous devons anticiper fa venuë par une fainte préparation. Je m'explique. Car attendre, comme tant de mondains, le jour mefme de la communion pour s'y difpofer , n'eft-ce pas fe mettre dans un danger évident de prophaner cet adorable myftere ? Ce poinct ne regarde pas ces ames innocentes, qui font du Sacrement de Jefus-Chrift leur plus commune nourriture. Quoyqu'elles ayent toûjours fujet de craindre, elles ont encore plus droit d'efperer. Une communion les difpofe à l'autre. Mais pour vous, mondains, qui paffez les années entieres fans confeffion & fans communion, attendre à vous y préparer que vous foyez au jour précis où vous devez garder le précepte &
y fa-

y satisfaire, n'est-ce pas mépriser vostre Dieu, & vous exposer vous-mesmes à un scandale presque inévitable? Car si moy, par exemple, qui vous écoute au sacré tribunal, je ne vous trouve pas prest, que feray-je alors? Vous accorderay-je la grace de l'absolution? ce seroit trahir mon ministere. Vous la refuseray-je? il n'y aura donc point de pasque pour vous. Si dés le commencement du caresme vous aviez eû recours à un confesseur, & que vous luy eussiez decouvert vostre estat, on auroit mis ordre à tout : & n'est-ce pas pour cela que le caresme est institué? Si donc vous avez differé jusques à present, au moins ne differez pas davantage. *Ecce sponsus venit, exite obviam ei*: voilà l'Epoux qui approche; allez vous presenter à luy. *Praoccupemus faciem ejus in confessione*: prevenez-le & gagnez-le par une bonne confession. Que feriez-vous, si l'on vous annonçoit que le plus grand des Roys vient en personne loger chez vous? Que ne faites vous pas mesmes tous les jours pour un particulier, pour un ami? p. 213. 214. 215. 216. 217. 218. 219. 220.

3. Les disciples vont au devant de Jesus-Christ avec des branches de palmiers & d'oliviers. La palme est le symbole des victoires que nous devons remporter sur le peché, sur le monde, sur nous-mesmes : & l'olive le signe de la paix que nous devons faire avec Dieu. p. 221. 222. 223.

4. Les disciples se dépoüillent de leurs habits, & les étendent dans le chemin, par où Jesus-Christ devoit passer. Céremonie qui vous apprend, Mesdames, à vous défaire de tout ce qui s'appelle superfluité mondaine; sur tout de cette superfluité

d'adjuſtemens & de parures. p. 223. 224. 225.

Que fera Jeſus-Chriſt de ſa part? Il viendra dans nous comme un Roy triomphant : *Ecce Rex tuus.* Quand je communie en eſtat de grace, non ſeulement Jeſus-Chriſt eſt en moy ; mais il y regne, il y commande, il s'y fait obéir. p. 225. 226.

Il y viendra, non ſeulement en Roy triomphant, mais en Roy debonnaire & bienfaiſant. A ne conſiderer que ſa grandeur, je m'écrierois comme ſaint Pierre : *Exi à me, quia peccator ſum :* éloignez-vous de moy, mon Dieu ; car je ſuis un pecheur. Mais il ſçait bien me raſſeûrer par la maniere dont il ſe donne à moy dans ce ſacrement. C'eſt là qu'il obſcurcit toute ſa ſplendeur, là qu'il s'abbaiſſe, là qu'il ſe fait petit & pauvre, afin que nous puiſſions avoir un accés facile auprés de luy. p. 227. 228. 229.

C'eſt donc pour nous qu'il viendra, c'eſt pour nous combler de ſes graces : *Venit tibi.* Quand il fut entré dans Jeruſalem, tout ce qu'il y avoit de malades, d'aveugles, de paralytiques, parut devant luy, & il les guérit. Ainſi guérira-t-il toutes nos infirmitez ſpirituelles. Diſons-luy comme David : *Sana me, Domine, & ſanabor :* guériſez-moy, & je ſeray guéri : ou comme le Centenier, *tantùm dic verbo :* prononcez ſeulement une parole, & vous rendrez une ſanté parfaite à mon ame. p. 229. 230. 231.

II. PARTIE. Idée d'une communion ſacrilege dans la maniere dont Jeſus-Chriſt fut reçeû des Phariſiens & de leurs partiſans. 1. ils ne le reçoivent que par reſpect humain : *Timebant verò plebem.* 2. Dés que le Fils de Dieu paroiſt dans Jeruſalem, ils conſpirent & forment des deſſeins con-

tre luy : *Collegerunt concilium adversus Jesum.* 3.
Ils contredisent ses miracles, & ils s'aveuglent pour
ne les pas reconnoistre : *Videntes autem mirabilia*
quæ fecit, indignati sunt. Mais comment est-ce
aussi que Jesus-Christ vient à eux ? Comme un ennemi redoutable. Que de rapports avec la communion des pecheurs ! p. 232. 233. 234.

1. Les Pharisiens ne reçoivent le Fils de Dieu
que par respect humain & par politique ; & c'est
ce que font encore certains pecheurs endurcis, qui
veulent seulement garder les apparences & sauver
les dehors de la religion. C'est un Magistrat, c'est
un pere de famille, c'est une femme de qualité,
c'est un homme de l'Eglise, qui se décrieroient,
s'ils ne se présentoient pas comme les autres à la
sainte table. Ils communient donc, mais comment ?
par une espece de contrainte. *Timebant verò ple-*
bem. p. 234. 235.

2. De là ces hommes perdus de conscience &
impies conjurent contre Jesus-Christ dans le cœur,
au mesme temps qu'ils reçoivent son sacrement :
de mesmes que les Pharisiens conspirerent contre luy
en le recevant dans Jerusalem. On forme des projets pour satisfaire ses passions brutales, & le jour
mesme de la communion devient un jour d'excés
& de débauche. On declame tant contre de legeres imperfections qu'on remarque dans quelques
ames devotes qui frequentent le sacremens, & l'on
ne dit presque rien de ces chrestiens sacrileges qui
prophanent le corps de Jesus-Christ ? mais c'est
contre eux qu'il faudroit employer le zéle évangelique. p. 235. 236.

3. Par un dernier trait de ressemblance avec les

Pharisiens, ils traittent d'illusions tous les miracles de Jesus-Christ, je veux dire, tous les effets de grace qu'opere la communion quand elle est bien faite. Je n'ay donc point de peine à comprendre pourquoy Jesus-Christ pleure sur eux comme il pleura sur Jerusalem. Il voit que le mesme sacrement qu'il a institué pour la sanctification des ames, va faire leur reprobation. p. 236. 237.

Mais si cela est, ne vaudroit-il pas mieux ne point communier du tout, que de communier indignement ? Autre desordre. L'un ne vaut pas mieux que l'autre; car l'un & l'autre est un mal: mais entre l'un & l'autre, il y a un milieu, qui est de communier & de bien communier. p. 237. 338. 239. 240.

Sermon pour le Lundy de la Semaine Sainte, sur le retardement de la Penitence.
page 241.

SUJET. *Marie Magdelaine prit donc une li-vre d'huile de parfum qui estoit d'un grand prix, la répandit sur les pieds de Jesus, & les essuya de ses cheveux.* Je vous ay déja proposé Magdelaine comme un modelle de penitence ; mais peut-estre n'y a-t-il eû que trop de pecheurs que cet exemple n'a pas convertis. Mille obstacles les arrestent. Non pas qu'ils renoncent absolument à la penitence, mais ils la different. Or je veux vous faire voir les suites malheureuses de ce retardement, & l'affreux danger où il vous expose. p. 241. 242. 243.

DIVISION. Trois choses sont d'une necessité

abſoluë pour ſe convertir à Dieu : le temps, la grace & la volonté. Or le pecheur qui differe ſa converſion, ne peut ſe répondre dans l'avenir, ni du
temps de la penitence, 1. Partie : ni de la grace de
la penitence, 2. Partie : ni de la volonté de faire penitence, 3. Partie. p. 243. 244.

I. Partie. Temerité du pecheur qui differe
ſa converſion, & qui s'aſſeûre pour cela du temps,
& du temps de la penitence. Rien n'eſt moins dans
la diſpoſition de l'homme, que le temps futur. S'aſſeûrer donc de ce qui n'eſt nullement en noſtre pouvoir, n'eſt-ce pas une folie ? Des trois differences
qui partagent le temps, c'eſt à dire, du paſſé, du
préſent & de l'avenir, il n'y a proprement que le
preſent qui ſoit à nous, & ſur quoy nous puiſſions
compter. Il n'y a donc auſſi que le preſent, où nous
puiſſions nous promettre de nous convertir. C'eſtoit la belle & importante leçon que faiſoit l'Apoſtre aux Hébreux, en leur diſant : mes Freres, exhortez-vous les uns les autres, tandis que dure ce temps
que l'Ecriture appelle *aujourd'huy* ; parce que vous
devez eſtre perſuadez que ce qui s'appelle *aujourd'-
huy*, eſt pour vous le temps des miſericordes du
Seigneur. *Donec hodiè cognominatur*, p. 244. 245.
246. 247. 248. 249.

Ainſi le pecheur qui remet ſa converſion, outre
l'injure qu'il fait à Dieu, trahit ſes propres intereſts,
& ſe contredit luy-meſme, puiſqu'il ne veut pas ſe
convertir dans le temps où il le peut, qui eſt l'heure
préſente, & qu'il le veut pour un temps où il ne ſçait
s'il le pourra. Car tout eſt incertain dans le futur. Incertain s'il ſera ; incertain combien il durera ; incertain quelle iſſuë il aura, funeſte ou heureuſe, ſubite

ou preveüe. Hé, mon Frere, conclut S. Jerosme, que
vous prenez mal vos mesures, de vouloir faire dans
un temps incertain une penitence certaine! Vous
me répondrez, dit saint Augustin, que Dieu a promis au pecheur penitent la remission de son peché :
j'en conviens. Mais a-t-il promis au pecheur qui
differe, le lendemain pour faire penitence? Dans
quel Prophete trouvez-vous, que parce que c'est un
Dieu de misericorde, il doive prolonger vostre vie?
Il a consideré dans le monde deux sortes de pecheurs : les uns, foibles & pusillanimes; & les autres, vains & temeraires. Il a dit aux premiers : ne
craignez point ; car quelques crimes que vous ayiez
commis, au moment que vous les pleurerez, je les
oublieray. Mais il a dit aux seconds : tremblez; car
quelque authentique que soit ma promesse, elle ne
s'étend point jusqu'à vous répondre de l'avenir. p.
249. 250. 251. 252. 253.

Il n'y a donc rien de certain dans le futur, que
son incertitude mesme. Il n'y a rien de certain, sinon que nous y serons surpris. Le Sauveur du monde nous l'a dit en termes formels : *Quâ horâ non*
putatis. Aprés une parole si positive, adjousteray-
je au desordre de mon peché, le desordre de la plus
criminelle & de la plus insensée temerité? Combien l'esperance de ce lendemain que j'attends, a-t-
elle perdu d'ames? Et quand je l'aurois, sera-ce un
temps de penitence & de conversion? Car tout
temps n'est pas un temps de penitence. Autrement
le Prophete, & Dieu luy-mesme ne nous diroit pas:
cherchez le Seigneur pendant que vous le pouvez
trouver ; voicy le temps favorable, voicy le jour
de salut. p. 253. 254. 255. 256.

Si nous sommes attaquez d'une maladie, nous ne remettons pas à faire demain pour noſtre guériſon, ce que nous pouvons faire aujourd'huy. Mais s'agit-il de noſtre ame ? j'y mettray ordre, diſons-nous, & j'auray du temps. Souvenons-nous qu'il y a des temps & des momens que le Pere celeſte s'eſt reſervez, & dont il ne nous appartient pas de diſpoſer. Souvenons-nous que comme il ne luy a pas plû d'envoyer en tout temps un Redempteur & un Meſſie pour le ſalut du monde, il ne luy plaiſt pas de convertir en particulier chaque pecheur dans tous les temps. Souvenons-nous de ce que dit le Sauveur des hommes en pleurant ſur Jeruſalem : parce que tu n'a pas connu la viſite du Seigneur, parce que tu n'a pas profité de ce jour marqué pour toy, *in hac die tuâ*, tu ſeras abandonnée. Or nous le connoiſſons, chreſtiens, ce temps de la viſite de noſtre Dieu, & c'eſt celuy-cy. Mais qu'arrivera-t-il, ſi vous écoutez l'eſprit du monde ? Vous ſortirez de cette predication avec quelques bons deſirs, mais deſirs vagues & ſans conſequence : & ſi voſtre conſcience vous preſſe, aprés vous eſtre défendus par mille pretextes, vous renverrez à un autre temps ce qui doit avoir la preference dans tous les temps, je veux dire voſtre converſion. p. 256. 257. 258. 259.

II. PARTIE. Temerité du pecheur qui differe ſa converſion, parce qu'il ſe répond de la grace. Dieu eſt fidelle ; & parce qu'il eſt fidelle, nous pouvons compter ſur luy & ſur ſa grace. Mais il ne s'enſuit pas que nous puiſſions compter ſur luy & nous aſſeûrer de ſa grace à ſon préjudice meſme. Or ſe promettre cette grace pour ſe maintenir dans

l'habitude du peché, 1. c'est vouloir que Dieu soit
fidelle à celuy qu'il le méprise. 2. c'est vouloir qu'il
soit fidelle aux dépends de tous ses interests, & le
combattre par le plus aimable de ses attributs qui
est sa misericorde. 3. c'est vouloir que sa fidelité le
rende, tout Dieu qu'il est, prévaricateur & fauteur
de nostre iniquité. p. 259. 260.

1. C'est vouloir que Dieu soit fidelle à celuy qui
le méprise. Car n'est-ce pas le mépriser que de resister actuellement à sa grace ? mais malheur à vous
qui méprisez, dit le Seigneur, parce que vous serez
méprisé. Nous voulons nous convertir quand nous
serons rebuttez du monde, ou que le monde sera rebutté de nous. Nous voulons nous convertir quand
la necessité & une crainte servile nous y forcera.
Est-ce traiter Dieu en Dieu, & se contentera-t-il
que nous luy donnions les restes du monde & un
cœur infecté de vices & de passions ? Non sans doute, & pour l'honneur de sa grace dont il est jaloux,
il sçaura bien punir nos mépris. Il nous rejettera,
il nous dira comme à ces juifs dont il est parlé au
premier chapitre d'Isaïe : retirez-vous ; je ne vous
connois plus, & vos sacrifices me sont à charge.
p. 260. 261. 262. 263. 264.

2. C'est combattre Dieu par ses propres armes,
& se servir du plus aimable de ses attributs, qui
est sa misericorde, contre luy-mesme. Car si le pecheur ne comptoit pas sur la misericorde de Dieu,
s'il sçavoit que Dieu fust un maistre aussi prompt
que terrible dans ses vengeances, il ne tarderoit pas
à se convertir. D'où vient donc qu'il remet ? c'est
qu'il se repose sur l'idée d'un Dieu patient & toûjours prest à donner sa grace. Ah ! Seigneur, s'écrie

la-deſſus ſaint Ambroiſe, que n'éclatez-vous, & que ne prenez-vous voſtre cauſe en main ? Vous ſeriez alors ſervi comme vous devez l'eſtre. Mais que dis-je, adjouſté le meſme Pere ? je parle en homme, Seigneur, & vous agiſſez en Dieu. Selon mes penſées, il vous ſeroit plus avantageux de perdre des rebelles ; mais ſelon les voſtres, il vous eſt plus glorieux de ſuſpendre vos coups, & d'arreſter voſtre juſtice. Vous cependant, pecheur, concluoit ce ſaint Eveſque, n'eſtes-vous pas bien coupable, de vouloir moins faire pour un Dieu bon, que pour un Dieu inflexible ? p. 264. 265. 266.

3. C'eſt vouloir rendre Dieu prévaricateur & fauteur de noſtre iniquité. Car il le ſeroit évidemment s'il ſupportoit les pecheurs avec cette patience qui tient de l'inſenſibilité, & ſi malgré leur rebellion ſa grace leur eſtoit toûjours promiſe. Et voilà ſur quoy Tertullien ſe fondoit pour appuyer ſes ſentimens, quoyqu'erronées, touchant la penitence. Or tout cela ne doit-il pas engager Dieu à refuſer ſa grace au pecheur, qui d'une année à l'autre uſe toûjours de nouveaux délais pour retarder ſa converſion ? p. 267.

III. PARTIE. Temerité du pecheur qui diffère ſa converſion, parce qu'il ſe répond de ſa volonté. De toutes les choſes du monde, celle dont nous pouvons le moins nous répondre, c'eſt noſtre volonté propre. S'il falloit riſquer le ſalut, diſoit S. Bernard, je croirois bien moins hazarder du coſté de la grace de Dieu, qui ne dépend pas de moy, que du coſté de ma volonté qui en dépend. Mais ſi ma volonté dépend de moy, n'en puis-je pas diſpoſer ? Oüy, reprend ſaint Bernard, & c'eſt juſtement pour cela mesme que je dois craindre. Car si Dieu m'avoit osté ce pouvoir & qu'il se fust absolument rendu maistre de ma volonté, je serois en asseûrance. Mais comme il a voulu que cette volonté dépendist de moy qui suis la fragilité & l'inconstance mesme, voilà ce qui me fait trembler. p. 267. 268.

Le pecheur se flatte qu'aprés quelques années il aura assez d'empire sur son cœur pour le dégager de l'esclavage du peché, & il reconnoist que dés maintenant il luy est presque impossible d'en sortir : contradiction évidente. Si vous estes trop foible maintenant pour rompre vos engagemens criminels, comment les romprez - vous quand vous vous serez toûjours affoibli davantage ? p. 268. 269.

Ce qui nous donne encore plus lieu de nous défier de cette penitence de l'avenir, c'est que ces pecheurs qui different, remettent communément leur conversion jusques à la fin de la vie, & souvent jusques au jour mesme de la mort. Or est-on en estat alors de faire une bonne penitence ? A-t-on assez de presence d'esprit pour y bien penser ? Est-on assez maistre de soy-mesme pour changer tout à coup de sentimens, & pour devenir ce qu'on n'a jamais esté. p. 270. 271.

Attachons-nous plustost au salutaire conseil de l'Apostre, & au commandement qu'il nous fait de ne pas recevoir envain le don de Dieu, qui nous est aujourd'huy presenté. Le temps est favorable, la grace abondante, la disposition mesme de nos esprits & de nos cœurs avantageuse. Allons donc, & ménageons des moments si prétieux. Disons à Dieu

comme David : *Dixi , nunc cœpi.* C'eſt, Seigneur,
un deſſein formé ; je veux eſtre à vous, & ſans retardement je vais me mettre en devoir d'exécuter
la ſainte reſolution que vous m'inſpirez. p. 271.
272. 273.

Sermon pour le Vendredy Saint, ſur la Paſ-
ſion de Jeſus-Chriſt. *page 274.*

SUJET. *Les Juifs demandent des miracles, &*
les Grecs cherchent la ſageſſe. Pour nous , nous
preſchons Jeſus-Chriſt crucifié , qui eſt un ſujet de
ſcandale aux Juifs, & qui paroiſt une folie aux
Gentils ; mais qui eſt la force de Dieu & la ſa-
geſſe de Dieu à ceux qui ſont appellez , ſoit d'entre
les Gentils, ſoit d'entre les Juifs. Si jamais les pré-
dicateurs pouvoient avec quelque ſujet apparent
rougir de leur miniſtere, ne ſeroit-ce pas en ce jour
où ils preſchent la paſſion & la mort du Dieu qu'ils
annoncent ? Cependant l'Apoſtre mettoit toute ſa
gloire dans la croix de Jeſus-Chriſt, parce qu'il regardoit le myſtere d'un Dieu crucifié comme le miracle tout-enſemble, & de là force de Dieu, & de la
ſageſſe de Dieu. C'eſt auſſi ſous cette idée que je
veux vous le repreſenter. p. 274. 275. 276.

DIVISION. Il ne s'agit point icy de pleurer la
mort de Jeſus-Chriſt : mais il s'agit d'y reconnoiſtre le deſſein de Dieu, ou pluſtoſt l'ouvrage de
Dieu. En deux mots, vous n'avez peut-eſtre juſques à preſent conſideré la mort du Sauveur, que comme le myſtere de ſon humilité & de ſa foibleſſe,
& moy je vais vous monſtrer que c'eſt dans ce myſ-

tere qu'il a fait paroiſtre toute l'étenduë de ſa puiſſance : 1. Partie. Le monde juſques à préſent n'a
regardé ce myſtere que comme une folie ; & moy
je vais vous faire voir que c'eſt dans ce myſtere
que Dieu a fait éclater plus hautement ſa ſageſſe :
2. Partie. 276. 277. 278.

I. PARTIE. C'eſt dans le myſtere de ſa croix
que Jeſus-Chriſt a fait paroiſtre toute la puiſſance
d'un Dieu. Qu'un Dieu faſſe des prodiges dans
l'univers, il n'y a rien en cela de ſurprenant : mais
qu'un Dieu ſouffre & qu'il meure, voilà ce qui
nous doit ſaiſir d'étonnement. Cette mort néanmoins bien loin d'ébranler noſtre foy, la doit confirmer. Car ſi Jeſus-Chriſt eſt mort, il eſt mort en
Dieu. 1. un homme qui meurt après avoir prédit
luy-meſme clairement & expreſſément toutes les
circonſtances de ſa mort. 2. un homme qui meurt
en faiſant actuellement des miracles, pour monſtrer qu'il n'y a rien que de ſurhumain & de divin dans ſa mort. 3. un homme dont la mort bien
conſiderée eſt elle-meſme le plus grand de tous les
miracles. 4. un homme qui par l'infamie de ſa mort
parvient à la plus haute gloire, & qui expirant ſur
la croix triomphe par ſa croix meſme de l'infidelité du monde : n'eſt-ce pas un homme qui meurt
en Dieu, ou ſi vous voulez, en homme-Dieu ? Or
c'eſt ainſi que Jeſus-Chriſt eſt mort. p. 279. 280.
281.

1. Jeſus-Chriſt eſt mort après avoir prédit toutes les circonſtances de ſa mort. A l'entendre parler de ſa paſſion long-temps avant ſa paſſion meſme, on diroit qu'il en parle comme d'un évenement déja arrivé : tant il eſt exact à en marquer

jusques aux moindres particularitez. Nous allons à Jerusalem, disoit-il à ses Apostres ; & c'est là que le Fils de l'homme sera livré aux gentils ; qu'il sera outragé, insulté, foüeté, crucifié ; qu'on luy crachera au visage, & qu'il mourra dans l'opprobre. Il y avoit déja des siecles entiers que les Prophetes avoient prédit cette mort & toutes ses circonstances, afin, dit saint Chrysostome, que la prophetie, témoignage invincible de la divinité, rendist toutes les ignominies de la croix non seulement venerables, mais adorables. Cependant la preuve estoit encore bien plus sensible & plus convainquante dans la prediction immediate qu'en faisoit Jesus-Christ luy-mesme. Aussi tout ce qu'il avoit marqué des livres de Moyse & des Prophetes, comme se rapportant à luy, s'exécuta-t-il bientost aprés & à la lettre dans la sanglante catastrophe de sa passion & de sa mort. Argument si solide & si fort qu'il n'en fallut pas davantage pour la conversion de ce fameux Eunuque, trésorier de la Reine d'Ethiopie. En serions-nous moins touchez ? p. 281. 282. 283. 284. 285. 286.

2. Jesus-Christ est mort en faisant des miracles. Il fait trembler la terre, il ouvre les sepulchres, il ressuscite les morts, il déchire le voile du temple, il obscurcit le soleil. Miracles confirmez par le témoignage des Apostres. Quel interest auroient-ils eû à rapporter de faux miracles, puisqu'il ne leur en revenoit point d'autre fruict que les plus cruelles persecutions ? De plus, le stile seul dont les Evangelistes ont écrit l'histoire de Jesus-Christ, fait bien voir qu'ils ne parloient pas en hommes passionnez. D'ailleurs, si ces miracles eussent esté sup-

poſez, les juifs ne ſe ſeroient-ils pas inſcrits contre ? Je conviens que les Phariſiens malgré ces miracles ne laiſſerent pas de perſiſter dans leur incredulité : mais les ſoldats ſe convertirent, & c'eſt en
cela meſme, reprend ſaint Chryſoſtome, que paroiſt la toute-puiſſante vertu de ce Dieu mourant.
Car mourir en ſauvant les uns & en reprouvant
les autres, en convertiſſant ceux-là par miſericorde & laiſſant périr ceux-cy par juſtice, n'eſt-ce pas
faire éclater juſques dans ſa mort les plus eſſentiels
attributs de Dieu ? Il n'y eut qu'un ſeul miracle
que Jeſus-Chriſt ne voulut pas faire dans ſa paſſion : c'eſtoit de ſe ſauver luy-meſme. Mais pourquoy ne le fit-il pas ? Parce que ce ſeul miracle euſt
détruit tous les autres, & arreſté le grand ouvrage
qu'il avoit entrepris. Quand meſmes il l'auroit fait
ce miracle, ſes ennemis n'y auroient pas plus deferé qu'à celuy de la reſurrection de Lazare. Je dis
plus ; & Jeſus-Chriſt dans la conjoncture où je le
conſidere, pouvant, comme il eſt indubitable, ſe
ſauver luy-meſme & ne le voulant pas, n'a-t-il
pas fait quelque choſe de plus grand & plus au
deſſus de l'homme, que s'il l'euſt en effet voulu ?
Enfin, cette douceur envers ſes ennemis, cette charité héroïque, cette paix & cette tranquillité qu'il
fit paroiſtre dans ſa paſſion ; tous ces miracles de
patience, dans un homme d'ailleurs d'une conduite irreprochable & pleine de ſageſſe, n'eſtoient-ils
pas plus miraculeux, que s'il euſt penſé à ſe tirer
des mains de ſes bourreaux & qu'il ſe fuſt detaché de la croix ? p. 286. 287. 288. 289. 290. 291.
292. 293.

3. La mort de Jeſus-Chriſt a eſté elle-meſme le

plus grand de tous les miracles ; parce qu'aulieu que les autres hommes meurent par foiblesse, il est mort par un effet de son absoluë puissance. Comment cela ? 1. C'est qu'estant exempt de tout peché & mesmes absolument impeccable, il estoit naturellement immortel. 2. C'est qu'en vertu de son sacerdoce estant par excellence le souverain Pontife de la loy nouvelle, il n'y avoit que luy qui pust ni qui dust offrir à Dieu le sacrifice de la Redemption du monde & immoler la victime qui y estoit destinée. Ce fut donc luy-mesme qui se sacrifia ; & c'est en ce sens qu'il disoit : *Nemo tollit animam meam à me, sed ego pono eam à me ipso.* Aussi mourut-il en poussant un grand cri vers le ciel : ce qui monstre qu'il ne mouroit pas par défaillance de nature, & ce qui fit conclure au Centenier qu'il estoit Dieu. Il est vray que ce Dieu mourant a eû ses langueurs & ses foiblesses ; mais ses foiblesses mesmes & ses langueurs estoient autant de miracles. S'il suë dans le jardin, c'est d'une suëur de sang ; si quelques momens après sa mort on luy perce le costé, il en sort du sang & de l'eau. p. 293. 294. 295. 296. 297.

4. Jesus-Christ par l'infamie de sa mort, est parvenu à la plus haute gloire ; & expirant sur la croix, il a triomphé par sa croix mesme de l'infidelité du monde. Au seul nom de Jesus crucifié, tout fléchit le genou, comme Dieu l'avoit revelé à saint Paul dans un temps où tout sembloit s'opposer à un effet si merveilleux. Nous avons veû nos Princo & les premiers de nos Princes, s'humilier devant sa croix. Elle a passé du lieu infame des supplices, sur le front des Monarques & des Empereurs : el-

le a vaincu l'idolastrie & détruit le culte des faux
Dieux. Tout cela selon la prédiction qu'en avoit
fait le Sauveur luy-mesme ; & ne sont-ce pas là les
plus sensibles marques de la divinité ? Nous a-
vons peine à comprendre l'obstination & l'aveuglement des Pharisiens aprés tant de miracles qu'ils
avoient veûs ; nous en voyons actuellement un encore plus grand, je veux dire le triomphe de la
croix ; & nostre foy malgré ce miracle est toûjours
languissante & chancellante. Pour bien profiter de
ce mystere, tremblons & pleurons dans l'esprit
d'une salutaire componction, au lieu de trembler &
de pleurer par le sentiment d'une dévotion passagere & superficielle. Il faut que Jesus-Christ mourant fasse un miracle en nous, & c'est le miracle de
nostre conversion. Pecheurs, c'est pour vous que
son sang coule, & voilà ce qui vous doit remplir
de confiance. Il a converti ses bourreaux ; pourquoy ne vous convertira-t-il pas ? Approchez du
throsne de sa grace, qui est sa croix ; mais appro-
chez-en avec des cœurs contrits & humiliez. Don-
nerez-vous pour cela, Seigneur, à ma parole assez
de benediction ; & puis-je esperer qu'entre ceux qui
m'écoutent, il y en aura d'aussi touchez que le Centenier ? p. 297. 298. 299. 300. 301. 302. 303.

II. Partie. C'est dans le mystere de la croix
que Dieu a fait éclater plus hautement sa sagesse.
Les pensées de l'homme & celles de Dieu estant aussi opposées qu'elles le sont depuis le peché, il ne
faut pas s'étonner que l'homme ait souvent entrepris de censurer les œuvres du Seigneur. Ce qui doit
plus nous surprendre, c'est que l'homme se soit
scandalisé contre Dieu des bienfaits mesmes de
Dieu ;

Dieu. Le myſtere d'un Dieu crucifié paroiſt au mondain une folie ; & moy je dis avec l'Apoſtre, que c'eſt par excellence le myſtere de la ſageſſe de Dieu. Il falloit deux choſes : 1. ſatisfaire Dieu offenſé. 2. reformer l'homme perverti & corrompu. Or pour parvenir à ces deux fins, point de moyen plus efficace & plus infaillible que la croix du Sauveur. p. 303. 304. 305.

1. Point de moyen plus efficace & plus infaillible que la croix de Jeſus-Chriſt pour ſatisfaire Dieu offenſé. Dieu ne pouvoit eſtre ſatisfait que par un homme-Dieu ; & qu'a-t-il fait cet homme-Dieu, ou pluſtoſt, que n'a-t-il point fait ? En quoy conſiſtoit l'offence de Dieu ? en ce que l'homme avoit affecté d'eſtre ſemblable à Dieu, *Eritis ſicut dii :* & moy, dit l'homme-Dieu, pour ſatisfaire mon Pere, je m'abbaiſſeray au deſſous de tous les hommes, *Ego autem ſum vermis & non homo.* L'homme s'eſtoit revolté contre Dieu : & moy, dit l'homme-Dieu, je me feray obéiſſant juſques à la mort & juſques à la mort de la croix : *Factus obediens uſque ad mortem, mortem autem crucis.* L'homme par une intemperance criminelle avoit mangé du fruict défendu : & moy, dit l'homme-Dieu, je me feray un homme de douleurs : *Virum dolorum.* Pouvons-nous concevoir une reparation plus authentique ? p. 305. 306. 307. 308. 309.

Ce n'eſt pas aſſez. Car j'adjouſte que ce Sauveur des hommes nous a fait parfaitement comprendre trois choſes aux quelles ſe doit rapporter toute la ſageſſe de l'homme, & dont la connoiſſance eſtoit pour vous & pour moy eſſentiellement attachée au myſtere de Jeſus-Chriſt mourant ſur la croix ; ſça-

voir, ce que c'est que Dieu, ce que c'est que le peché, ce que c'est que le salut. Qu'est-ce que Dieu? Un
estre pour la gloire du quel il a fallu qu'il y eust un
homme-Dieu humilié & anéanti jusqu'à la croix.
Voilà l'idée que je m'en forme, & qui passe tout
ce que j'en pourrois d'ailleurs imaginer. Qu'est-
ce que le peché ? Un mal pour l'expiation du quel
il a fallu qu'un homme - Dieu se fist anathesme,
& devinst un sujet de malediction. Voilà ce que
le mystere de la croix me presche. Qu'est-ce que
le salut de l'homme ? Un bien qui seul a cousté la
vie d'un Dieu. Voilà la grande leçon que me fait
ce divin maistre expirant sur la croix. Or un mystere qui me donne de si hautes idées de Dieu, qui
m'inspire une horreur infinie pour le peché, & qui
me fait priser mon salut préferablement à tous les
autres biens, ne doit-il pas estre un mystere de sagesse ? p. 309. 310. 311. 312.

2. Point de moyen plus efficace & plus infaillible que la croix de Jesus - Christ pour reformer
l'homme perverti & corrompu par le peché. Il y
a trois sources du peché, selon saint Jean : la concupiscence des yeux, la concupiscence de la chair,
& l'orgueil de la vie. Trois concupiscences dont
voicy les remedes, que le Fils de Dieu nous a apportez du ciel, & qu'il nous presente dans sa passion : le dépoüillement de toutes choses & la nudité où il meurt, contre l'amour des richesses qui
est la concupiscence des yeux : ses humiliations contre l'ambition, qui est l'orgueil de la vie : ses souffrances contre la sensualité, qui est la concupiscence de la chair. Que seroit-ce que le monde & quel
ordre y verroit-on, reprend le sçavant Pic de la

Mirande, si les hommes vivoient selon les exemples que Jesus-Christ leur a donnez & les leçons qu'il leur a faites dans sa passion ? p. 312. 313. 314. 315.

Mais pourquoy falloit-il que Jesus-Christ sans estre sujet à nos maux, en éprouvast les remedes dans sa personne ? Il le falloit pour nous les adoucir & pour nous en persuader l'usage. S'il eust choisi pour nous sauver les douceurs de la vie, quel avantage nostre amour propre, source de toute corruption, n'auroit-il pas tiré de là, & jusques à quel poinct ne s'en seroit-il pas prévalu ? p. 315. 316.

Mais pourquoy corriger des excés par d'autres excés ? les excés de l'homme par les excés d'un Dieu ? Et moy je dis : quelle sagesse d'avoir corrigé des excés de malice par des excés de perfection, des excés d'iniquité par des excés de sainteté, des excés d'ingratitude par des excés d'amour ? p. 316. 317.

En voilà trop pour confondre un jour nostre raison dans le jugement de Dieu ; & n'est-il point déja commencé pour nous ce jugement ? Car dés aujourd'huy ce Sauveur mourant s'est mis en possession de juger le monde : *Nunc judicium est mundi.* Sa croix sera produite contre nous à la fin des siecles : *Tunc parebit signum Filii hominis.* Pensée terrible pour un mondain : c'est la croix de Jesus-Christ qui me jugera. Tout ce qui ne s'y trouvera pas conforme, portera le caractere & le sceau de la reprobation. Au contraire, pensée consolante pour une ame fidelle & juste : c'est la croix de Jesus-Christ qui decidera de mon sort ; cette croix en qui j'ay mis ma confiance, cette croix dont je vais adorer l'image devant cet autel, & dont je veux estre moy-mesme une image vivante. p. 318. 319. 320.

Sermon pour la Feste de Pasques, sur la Resurrection de Jesus-Christ. *page 321.*

SUJET. *Il a esté livré pour nos pechez, & il est ressuscité pour nostre justification.* Il semble que Jesus-Christ ayant achevé sur la croix l'ouvrage de nostre Redemption, ne devoit plus penser qu'à sa propre grandeur, & qu'estant mort pour nous, il ne devoit ressusciter que pour luy-mesme. Mais c'est un Dieu, dit saint Bernard, qui veut nous appartenir entierement, & dont la gloire & la béatitude se rapportent à nous aussi bien que ses humiliations & ses souffrances. Si donc il ressuscite, c'est pour nostre sanctification, & pour nous apprendre à ressusciter spirituellement avec luy. p.321. 322. 323.

DIVISION. Jesus-Christ par le merite de sa mort nous a justifiez. Mais outre ce merite, il nous falloit un modelle sur qui nous pussions nous former, & que nous eussions sans cesse devant les yeux, pour travailler nous-mesmes à l'accomplissement de ce grand ouvrage de nostre justification, ou si vous voulez, de nostre conversion, à laquelle selon l'ordre de Dieu nous devions coopérer. Or ce modelle, c'est la resurrection du Sauveur. Car comme Jesus-Christ est ressuscité, disoit l'Apostre, nous devons entrer nous-mesmes dans une vie nouvelle. Cette vie nouvelle doit donc avoir les deux caracteres de la refurrection du Fils de Dieu, que l'Evangile nous a marquez. Le Seigneur est vrayement ressuscité , *Surrexit Dominus verè* ; & il s'est fait voir à Pierre, *& apparuit Simoni.* Ainsi, estre converti, premier caractere de nostre resurrection spirituelle : 1. Partie. Paroistre converti, second caractere de nostre resurrection spirituelle : 2. Partie. p. 323. 324. 325. 326.

I. Partie. Estre converti comme Jesus-Christ est ressuscité. Jesus-Christ est vrayement ressuscité, & aprés sa resurrection il n'a plus vescu en homme mortel, mais en homme tout celeste. De mesmes il faut, 1. que nous soyions vrayement convertis : 2. qu'aprés nostre conversion nous ne vivions plus en hommes charnels & mondains, mais d'une vie toute spirituelle & toute sainte : p. 327.

1. Jesus-Christ est vrayement ressuscité : principe incontestable, & dont le Sauveur du monde avant toutes choses prit soin de bien convaincre ses Apostres, voulant que cette resurrection veritable nous servist d'exemple. Car c'est ainsi que nous devons estre vrayement convertis. Or ne pourrois-je pas bien dire de nostre resurrection spirituelle & de nostre conversion, ce que saint Paul disoit de la resurrection future de nos corps : *Mes Freres, voicy un important secret que je vous declare : nous ressusciterons tous, mais nous ne serons pas tous changez.* En effet, dans cette solemnité de pasques & jusques dans le tribunal de la penitence, nous mentons souvent au Saint Esprit, nous imposons au monde, & nous nous trompons nous-mesmes par une fausse conversion. Ce n'est point par là qu'on ressemble à Jesus-Christ ressuscité : mais par une vraye

conversion, c'est à dire, par une conversion sincere & sans déguisement ; par une conversion surnaturelle, & dont Dieu soit le principe, l'objet & la fin. p. 328. 329. 330. 331. 332. 333.

Conversion sincere & sans déguisement. Ce qui nous perd devant Dieu, & ce qui nous empesche de ressusciter en esprit, comme Jesus-Christ est ressuscité selon la chair, c'est communément un levain de peché que nous fomentons dans nous, & dont nous ne travaillons pas à nous défaire. C'est pourquoy saint Paul nous avertit que nous devons célébrer cette feste, non avec le vieux levain, avec un levain de dissimulation & de malice ; *Non in fermento veteri, neque in fermento malitia & nequitia :* mais dans un esprit de sincerité & de verité ; *Sed in azymis sinceritatis & veritatis.* p. 333. 334. 335.

Conversion surnaturelle & dans la veüe de Dieu. Autrement qu'est-ce devant Dieu que nostre conversion, si ce sont des motifs humains, la prudence de la chair, la crainte du monde, l'interest qui l'animent. Jesus-Christ ressuscita par une vertu toute divine, & c'est par un principe tout divin que nous devons ressusciter. Loin de moy, disoit l'Apostre, cette fausse justice, que je pourrois trouver dans moy, & qui seroit de moy & non de Dieu. Ainsi tous les vrais penitents se font-ils élevez au dessus d'eux-mesmes & de la chair, & ont-ils envisagé Dieu dans leur penitence. p. 335. 336. 337. 338.

2. Jesus-Christ aprés sa resurrection n'a plus vescu en homme mortel, mais en homme tout celeste. Il avoit un corps, & ce corps revestu de gloire sembloit estre de la nature & de la condition des es-

prits. Ce qui faisoit dire à l'Apostre: *Quoyqu'aupa-*
ravant nous ayions connu Jesus-Christ selon la
chair, maintenant nous ne le connoissons plus de la
mesme sorte, ni selon cette mesme chair. Appliquons-
nous ces paroles, & concluons que si nous sommes
vrayement convertis, il faut qu'on ne nous connois-
se plus selon la chair, ni selon les desirs de la chair,
mais comme des hommes tout spirituels. C'est par
là que nos corps participent dés cette vie à la gloire
de Jesus-Christ ressuscité. C'est par là qu'ils deviennent incorruptibles, pleins de vertu, de force,
d'honneur. Mais souvenons-nous qu'ils ne sont
rien de tout cela, qu'autant que nous y coopérons
par nostre vigilance & par nos soins. Quelque affermis que nous soyions dans le bien, nous ne sommes pas inébranlables. Que faut-il donc faire, &
comment devons-nous vivre dans le monde ? Saint
Paul nous l'apprend : *Quæ sursùm sunt, sapite ;*
n'ayez plus de goust que pour les choses du ciel :
Quæ sursùm sunt, quærite ; ne cherchez plus que
les choses du ciel. p. 338. 339. 340. 341. 342.

II. PARTIE. Paroistre converti comme Jesus-
Christ paroist ressuscité. Pourquoy Jesus-Christ
demeure-t-il encore quarante jours sur la terre a-
prés sa resurrection ? pour la faire connoistre à ses
disciples & pour les en convaincre. C'est pour cela
qu'il se fait voir à eux sous tant de figures differentes. Belle leçon pour nous. Car comme ce n'est
point assez de paroistre convertis, si nous ne le sommes en effet ; aussi ne suffit-il point de l'estre & de
ne le pas paroistre. Estre & paroistre, ce sont deux
obligations ; & accomplir l'une sans se mettre en
devoir de satisfaire à l'autre, ce n'est qu'une justice

imparfaite. Si Jesus Christ n'eust pas paru ressuscité, il eust laissé nostre foy dans le trouble ; & si nous ne paroissons pas convertis, nous ne faisons qu'à demi nostre devoir & l'œuvre de Dieu. Je dis plus : estre & paroistre converti, ce sont tellement deux obligations differentes, qu'elles sont néanmoins inséparables. Car paroistre converti, remarque saint Thomas, est une partie de la conversion mesme. Comment cela ? parce qu'estre converti, c'est embrasser tous les devoirs de l'homme chrestien. Or un devoir de l'homme chrestien est de paroistre ce qu'il est ; & s'il a esté pecheur & rebelle à Dieu, un de ses devoirs est de paroistre obéissant & soumis à Dieu. Ce devoir est fondé, 1. sur l'interest de Dieu. 2. sur l'interest du prochain. 3. sur nostre propre interest. p. 342. 343. 344. 345. 346.

1. Obligation de paroistre converti fondée sur l'interest de Dieu qu'on a offensé. Sans cela quelle reparation luy ferez-vous de tant de crimes, & comment luy rendrez-vous la gloire que vous luy avez ravie en les commettant ? Le juste mesme, quoyque juste, dit saint Chrysostome, est obligé de se declarer pour Dieu : combien plus le pecheur qui se convertit, doit-il non seulement confesser le Dieu qu'il sert, mais faire justice au Dieu qu'il a deshonoré ? Il faut donc, conclut le mesme Pere, que la vie de ce pecheur dans l'estat de sa penitence, soit comme une amande honorable qu'il fait à son Dieu. Aussi quand saint Pierre, après la resurrection du Sauveur, paroissoit dans les Synagogues & dans les places publiques, preschant le nom de Jesus-Christ, d'où luy venoit sur tout ce zéle ? du souvenir de son peché. Vous reconnoissez comme

luy que vous avez outragé voftre Dieu : n'eft-il pas
jufte que par une vie exemplaire vous effaciez les
impreffions que voftre impieté a pû donner contre
fa loy ? Le Fils de Dieu voulut que fes Apoftres qui
l'avoient abandonné dans fa paffion, luy ferviffent
enfuite de témoins : *Eritis mihi teftes.* Voilà ce
que vous devez eftre au milieu du monde, fur tout
à la Cour. Bien loin que vos defordres paffez affoibliffent voftre temoignage, c'eft au contraire ce qui
le fortifiera & le rendra plus convaincant. p. 346.
347. 348. 349. 350. 351.

2. Obligation de paroiftre converti fondée fur
l'intereft du prochain que vous avez fcandalifé.
Car, devez vous dire, il faut que je repare, par un
remede proportionné, les fcandales de ma vie : or
ce qui a fcandalifé mon frere, ce n'eft point précifement mon peché, mais ce qui a paru de mon peché. Pourquoy Jefus Chrift a-t-il paru reffufcité ;
ou pluftoft, à qui a-t-il paru reffufcité ? aux uns
pour les confoler, aux autres pour les ramener de
leur égarement, à ceux-là pour vaincre leur incredulité, à ceux-cy pour leur reprocher l'endurciffement de leur cœur. C'eft ainfi que nous devons paroiftre convertis ; pour la confolation des juftes,
pour la converfion des pecheurs, pour la conviction des libertins. Pour la confolation des juftes :
combien d'ames faintes pleuroient fur vous & eftoient fenfiblement touchées de voftre eftat ? Comme voftre peché les a affligées, il faut que voftre
penitence les rejoüiffe fur la terre, auffi bien que
les Anges dans le ciel. Pour la converfion des pecheurs : l'exemple de voftre converfion fera un attrait mille fois plus puiffant pour eux, que celuy

des juftes qui fe font toûjours maintenus juftes.
Auffi Jefus-Chrift choifit-il faint Pierre penitent
& converti, pour ramener fes freres & pour les confirmer : *Et tu aliquando converfus, confirma fratres tuos.* Pour la conviction des liberrins & des
incredules : faint Thomas eut une grace d'autant
plus fpeciale pour prefcher la foy, qu'il avoit efté
plus infidelle. Ce qui touche les impies, c'eft d'entendre un impie comme eux, dire, je fuis perfuadé. p. 351. 352. 353. 354. 355. 356. 357.

3. Obligation de paroiftre converti fondée fur
noftre intereft propre. On ne veut pas qu'il paroiffe qu'on ait changé de conduite, pourquoy ? parce
qu'on fent bien que fi ce changement venoit une
fois à éclater, on feroit obligé de le foutenir, &
que l'honneur mefme venant au fecours du devoir,
on ne pourroit plus dans la fuite s'en dédire. D'où
je conclus que nous devons regarder comme un a-
vantage de paroiftre convertis, puifque de noftre
propre aveû le paroiftre & l'avoir paru eft une raifon qui nous engage à l'eftre toûjours & à perfeverer. Mais fi je retombe en effet, que dira-t-on ?
Ne penfons point à cela, finon autant que cette penfée nous peut eftre falutaire, pour nous animer ; &
du refte prenons confiance, & agiffons. p. 357. 358.
359.

COMPLIMENT AU ROY. p. 360. 361. 362.
363. 364.

Sermon pour le Lundy de Pasques, sur la Perseverance Chrestienne. *page 365.*

SUJET. *Lorsqu'ils furent proche du Bourg où ils alloient, il feignit de vouloir aller plus loin. Et ils le presserent de demeurer avec eux, en luy disant : Demeurez avec nous.* C'est ainsi qu'une ame chrestienne ne se contente pas que Jesus-Christ soit venu chez elle, ou plustost dans elle, par la communion paschale, mais qu'elle l'engage encore à demeurer avec elle. Il faut que ce Sauveur demeure en nous par sa grace ; & il faut aussi que nous demeurions en luy par nostre perseverance dans la grace. Sainte perseverance dont je veux vous entretenir dans ce discours. p. 365. 366. 367.

DIVISION. C'est par sa passion & par sa mort que Jesus-Christ a vaincu le peché ; & c'est par la resurrection qu'il triomphe encore de nostre inconstance. Le mystere de Jesus-Christ ressuscité nous engage fortement à la perseverance chrestienne : 1. Partie. La perseverance chrestienne est le titre le plus legitime, & le gage le plus certain, pour participer un jour à la gloire de Jesus Christ ressuscité : 2. Partie. p. 367. 368.

I. PARTIE. Le mystere de Jesus-Christ ressuscité nous engage fortement à la perseverance chrestienne. Je considere quatre choses dans la resurrection du Sauveur ; sçavoir, l'exemple de cette resurrection, la foy de cette resurrection, la gloire de cette resurrection, & le sacrement de cette resurrection. Or 1. l'exemple de la resurrection de

Jesus-Christ est le vray modelle de nostre perseverance dans la grace. 2. La foy de la resurrection de
Jesus-Christ est le solide fondement de nostre perseverance dans la grace. 3. La gloire de la resurrection de Jesus-Christ est un des plus touchants motifs de nostre perseverance dans la grace. 4. Le sacrement de la resurrection de Jesus-Christ, de la
maniere que je l'expliqueray, est comme le sceau
de nostre perseverance dans la grace. p. 368. 369.
370.

1. L'exemple de la resurrection de Jesus-Christ
est le vray modelle de nostre perseverance dans la
grace. Car Jesus-Christ ressuscité ne meurt plus,
dit l'Apostre, & nous-mesmes nous ne devons plus
mourir. Pourquoy la resurrection du Sauveur est-
elle la seule que Dieu ait choisie pour nous servir
de modelle dans nostre conversion ? Pourquoy ne
nous a-t-il pas proposé la resurrection de tant d'autres ; par exemple, de Lazare ? C'est que la resurrection de Lazare n'estoit qu'une resurrection passagere, & que nostre conversion doit estre durable.
Si donc vous retombez dans cet estat de mort où le
peché vous avoit réduit, vostre penitence n'est point
ce qu'elle doit estre, parce que vous n'estes pas ressuscité comme Jesus-Christ. Ah ! Seigneur, s'é-
crioit le Prophete Royal, c'est sur le modelle de la
resurrection de vostre Fils que vous m'avez jugé,
& que vous avez examiné si ma conversion avoit
toutes les qualitez d'une resurrection parfaite. *Pro-*
basti me, & cognovisti me : tu cognovisti sessionem
meam, & resurrectionem meam. Et par où avez
vous connu qu'elle seroit telle que vous la demandiez, ou qu'elle ne le seroit pas ? par l'avenir, & par

ma perseverance. *Intellexisti cogitationes meas de longe, & omnes vias meas prævidisti.* p. 370. 371. 372. 373. 374. 375. 376.

2. La foy de la resurrection de Jesus-Christ est le solide fondement de nostre perseverance dans la grace. Comment cela ? C'est que la resurrection de Jesus-Christ est un des principaux fondemens de la foy chrestienne. Or ce qui fait subsister nostre foy, fait subsister nostre conversion, parce que nostre conversion, selon le Concile de Trente, n'a point d'autre fondement que nostre foy. Avant la resurrection du Sauveur, rien de plus foible que les Apostres: mais depuis cette resurrection, ce furent des hommes intrepides & inébranlables. Quand S. Paul exhortoit les Hébreux à la perseverance, voicy une des grandes raisons dont il se servoit : *Christus heri & hodiè, ipse & in secula.* Jesus-Christ n'est plus sujet à aucun changement : il estoit hier, il est encore aujourd'huy, & il sera le mesme dans tous les siecles. Rappellons un de ces momens où touchez de Dieu nous avons formé de si saintes resolutions, & demandons nous à nous-mesmes : les principes de foy & les veritez sur quoy j'establissois ma conversion, ont-ils changé ? Ce qui estoit vray alors, l'est encore maintenant & le sera toûjours. Pourquoy donc changerois-je moy de conduite, & démentirois-je les promesses que j'ay fait à Dieu ? Excellente pratique pour apprendre à perseverer. *Credidi, propter quod locutus sum :* J'ay crû, Seigneur, & c'est pour cela que je vous ay donné une parole que je ne retracteray jamais. p. 376. 377. 378. 379. 380. 381. 382.

3. La gloire de la resurrection de Jesus-Christ est

un des plus touchants motifs de noftre perfeverance dans la grace. La raifon eft que cette refurrection du Sauveur nous met devant les yeux la gloire & l'immortalité bienheureufe où nous afpirons, & qui doit eftre noftre recompenfe éternelle. Auffi prenez garde, que ce fut cette veûë qui infpira au faint homme Job, tant de conftance dans les plus rigoureufes épreuves. *Scio quod Redemptor meus vivit, & in noviffimo die de terra furrecturus fum.... Repofita eft hæc fpes in finu meo.* p. 382. 383. 384.

4. Le facrement de la refurrection de Jefus-Chrift eft comme le fçeau de noftre perfeverance dans la grace. J'appelle le facrement de fa refurrection le facrement de fon corps, que nous avons reçeû en celebrant fa refurrection glorieufe. Il prétend par là fervir d'aliment à noftre ame ; & c'eft pour cela que le Preftre en nous faifant part de cette divine nourriture, nous a dit : *Que le corps de noftre Seigneur Jefus-Chrift conferve voftre ame pour la vie éternelle.* Ne pourrois-je donc pas bien, fi vous retourniez à vos premieres habitudes, vous faire le mefme reproche que faint Paul faifoit aux Galates : *O infenfati Galatæ, quis vos fafcinavit non obedire veritati ?* ô infenfez que vous eftes, qui vous a enforcellez pour vous faire abandonner lafchement & honteufement le parti de la verité ? Quelle folie d'avoir commencé par la pureté de l'efprit, & de finir par la corruption de la chair ! p. 384. 385. 386. 387. 388.

II. PARTIE. La perfeverance chreftienne eft le titre le plus legitime, & le gage le plus certain, pour participer un jour à la gloire de Jefus-Chrift reffufcité. 1. La perfeverance reprefente déja dans

nous l'eſtat de cette bienheureuſe reſurrection. 2.
Elle nous diſpoſe, & nous conduit à cette bienheureuſe reſurrection. 3. Elle nous fait meriter, autant
qu'il eſt poſſible, la grace ſpeciale de cette bienheureuſe reſurrection. p. 388. 389.

.. 1. La perſeverance chreſtienne repreſente déja
dans nous l'eſtat de cette reſurrection glorieuſe,
dont nous voyons les prémices dans la perſonne
du Sauveur. En quoy conſiſte cet eſtat des corps
glorifiez : en ce qu'ils ne ſont plus ſujets à aucune
viciſſitude ; en ce que leur gloire eſt immortelle. Or
rien n'approche plus de cet eſtat que la perſeverance du juſte, ou d'un pecheur converti. Car au lieu
que les mondains ſont dans un changement perpetuel ; le juſte fortifié par la bonne habitude, eſt
inviolablement ce qu'il doit eſtre, & par là anticipe l'heureux eſtat de la reſurrection future. C'eſt
ce que diſoit ſaint Cyprien à des vierges chreſtien-
nes : *Vos reſurrectionis gloriam in hoc ſaculo jam*
tenetis : Vous poſſedez par avance dans cette vie, la
gloire que nous attendons dans l'autre. Or ce que
ſaint Cyprien leur diſoit, je puis bien vous l'appliquer ; & les plus libertins meſmes ne ſont pas exclus de ce bonheur, puiſque les plus libertins ſont
capables d'une parfaite converſion comme les autres pecheurs. Mais ſi vous ne ſoutenez pas ce que
vous avez entrepris, il eſt bien à craindre que vous
ne ſoyiez pas du nombre de ceux, qui ſelon la parole du Prophete Royal, doivent un jour reſſuſciter
dans l'aſſemblée des juſtes. Celuy, dit le Sauveur
du monde, qui regarde derriere luy aprés avoir mis
la main à la charüe, n'eſt pas propre au Royaume
de Dieu. Et comment un homme inconſtant & le-

ger, reprend saint Chryfoftome, feroit-il propre au
Royaume de Dieu, puifqu'il ne l'eft pas mefmes
pour le monde & pour les affaires du monde ? Et
d'ailleurs, conclut le mefme Pere, fi nous ne fommes pas propres au Royaume de Dieu, que fert-il
de l'eftre pour toute autre chofe ? p. 389. 390. 391.
392. 393. 394.

2. La perfeverance chreftienne nous difpofe, &
nous conduit à la refurrection bienheureufe. Car
elle nous conduit à la perfeverance finale, qui eft
la derniere difpofition à la bienheureufe immortalité. Dans les predeftinez, dit faint Jerofme, on ne
cherche pas le commencement, mais la fin. Par
confequent, c'eft la perfeverance qui met le comble
à la predeftination des eflûs. Cela s'entend, me direz-vous, de la perfeverance finale ; il eft vray :
mais par où arrive-t-on à la perfeverance finale,
finon par la perfeverance commencée qui eft celle de
la vie ? Ainfi nous ne nous difpofons à regner un
jour comme les Saints dans le ciel, qu'autant que
nous nous accouftumons à perfeverer comme eux
fur la terre. p. 394. 395. 396. 397. 398.

3. La perfeverance chreftienne nous fait meriter, autant qu'il eft poffible, la grace fpeciale de la
refurrection bienheureufe, pourquoy ? parce qu'elle nous fait meriter, autant qu'il eft poffible, la grace de la perfeverance finale. Quand je dis meriter,
je n'entends pas d'un merite de juftice, mais d'un
merite de convenance & fondé fur la mifericorde
& la liberalité de Dieu. C'eft à dire, que Dieu
voyant l'homme appliqué de fa part à fe maintenir
dans la grace, il fe fent reciproquement émeû en
veûë d'une telle conftance, à le gratifier de fes plus
fin-

singulieres faveurs, & en particulier du don de la perseverance finale. De là, quand nous voyons un juste mourir saintement, nous ne nous en étonnons point ; mais nous reconnoiſſons en cela une eſpece de convenance, qui ſans bleſſer en rien la juſtice de Dieu, l'a engagé à déployer toute ſa miſericorde & à l'exercer. Au contraire, quand on nous parle de certains juſtes, qui ſe ſont démentis à la mort, & ſe ſont malheureuſement perdus, nous en ſommes effrayez, & nous jugeons qu'il y a eû dans cette diſpoſition de Dieu, quelque choſe que nous ne comprenons pas. Quoyqu'il en puiſſe eſtre, la ſurpriſe où nous jettent ces chûtes inopinées & ces coups de reprobation, eſt une preuve que ce n'eſt donc point ainſi que Dieu en uſe ſelon les regles ordinaires. p. 398. 399. 400.

Je finis par la touchante exhortation de ſaint Jeroſme à un homme du monde, qui commençoit à chanceler dans le deſſein qu'il avoit pris de chercher à Bethléem un azile contre les perils du ſiecle. *Obſecro te, Frater, & moneo parentis affectu, &c.*.... Application des paroles de ce Pere à un pecheur converti. p. 400. 401. 402. 403. 404.

Sermon pour le Dimanche de Quaſimodo, ſur la Paix Chreſtienne. *page 405.*

SUJET. *Il leur dit une ſeconde fois : La Paix ſoit avec vous.* Voilà le pretieux tréſor que Jeſus-Chriſt laiſſe à ſes Apoſtres. Mais d'où vient qu'il ne ſe contente pas de leur donner une fois la paix, & qu'il leur dit deux fois, que la paix ſoit

avec vous ? C'eſt ce que je vais vous apprendre, &
d'où je tire le ſujet de ce diſcours. p. 405. 406. 407.

DIVISION. Paix de l'eſprit & paix du cœur,
double paix que le Sauveur donne à ſes Apoſtres ;
& voilà pourquoy il leur dit deux fois dans la meſme apparition, que la paix ſoit avec vous. Mais
par où arrive-t-on à l'une & à l'autre ? par la ſoumiſſion à la foy, & par l'obéiſſance à la loy. En
deux mots, il faut que la foy gouverne noſtre eſprit, ſi nous voulons qu'il ſoit dans le calme : 1.
Partie. Il faut que la loy de Dieu regne dans noſtre cœur, ſi nous voulons qu'il joüiſſe d'un bonheur ſolide : 2. Partie. p. 407. 408. 409.

I. PARTIE. Paix de l'eſprit dans la ſoumiſſion à
la foy. Hors de cette ſoumiſſion à la foy, il eſt impoſſible que noſtre eſprit trouve jamais le repos. Car
donnez-moy un homme determiné à ne croire que
ce qu'il luy plaiſt, ſans déferer à la foy, ſur quoy
s'appuyera-t-il ? Ou il vivra dans l'indifference
touchant la religion, ou il ſe fera une religion
particuliere, ſelon ſes veûës. S'il vit dans une indifference entiere touchant la religion, c'eſt à dire,
ſans ſe mettre en peine s'il y a un Dieu & une
autre vie, vous voyez aſſez le malheur de cet eſtat.
Quelle paix peut-il gouſter, ne ſçachant ni ce qu'il
eſt, ni ce qu'il deviendra, & abandonnant au hazard ſon bonheur & ſon malheur éternel ? Sil ſe
fait une religion de ſa raiſon, je veux dire ſelon ſes
veûës naturelles, il n'y trouvera pas plus de tranquillité ; pourquoy ? parce qu'un homme ſage
pour peu qu'il ſe connoiſſe luy-meſme, doit eſtre
convaincu de trois choſes touchant ſa raiſon : ſçavoir, qu'elle eſt ſujette à l'erreur, qu'elle eſt natu-

rellement curieufe, & que la plufpart de fes connoiffances ne font tout au plus que des opinions,
qui la laiffent toûjours dans l'incertitude, en luy
propofant mefmes la verité. Or ces trois chofes font
abfolument incompatibles avec le repos de l'efprit.
p. 409. 410. 411. 412.

Si je fuis fage, je ne puis eftablir ma religion
fur ma raifon, pourquoy ? parce que je fçais que
ma raifon eft fujette à mille erreurs, fur tout en
ce qui concerne la religion. Exemple des Payens,
des Egyptiens, des Romains, peuples d'ailleurs fi
polis, qui font tombez dans les plus prodigieux
égaremens fur ce qui regarde le culte de la divinité. Exemple de tant d'héretiques : point d'hé-
refie fi extravagante, qui n'ait trouvé des fecta-
teurs. De plus, qui ne fçait pas que le caractere
de noftre efprit, dans la plufpart des jugemens qu'il
forme, eft un caractere d'incertitude, d'inconftance, d'irrefolution ? Autre qualité directement contraire au repos qu'il cherche. Voyez ces prétendus
efprits forts du monde, qui pour avoir peu de religion raifonnent éternellement fur la religion. Ils
raifonnent, mais fans fçavoir ce qu'ils croyent &
ce qu'ils ne croyent pas ; incertains de tout, & détruifant aujourd'huy ce qu'ils avoient hier avancé. D'où eft venu cette confufion qui a paru de
tout temps dans le progrés des héréfies, de l'orgueil de la raifon humaine. Chacun s'érigeoit en
maiftre & dogmatifoit à fa mode. Quand il n'y
auroit que la curiofité de fçavoir, avec cette infatiable avidité d'acquérir fans ceffe de nouvelles connoiffances, pourrions-nous efperer de procurer la
paix à noftre efprit ? 413. 414. 415. 416. 417. 418.

Il faut donc pour mettre noftre efprit en poffeffion de cette bienheureufe paix où il afpire, quelque chofe de ftable, qui arrefte & qui borne fa curiofité ; quelque chofe de certain, qui remedie à fes
inconftances ; quelque chofe d'infaillible, qui corrige fes erreurs. Or ce font les trois caracteres de
la foy. Car la foy borne noftre raifon, en rédui-
fant tous fes difcours à ce feul principe, c'eft Dieu
qui l'a dit. La foy remedie à fes inconftances, en
nous mettant dans cette fainte difpofition d'efprit,
où nous renoncerions pluftoft à toutes les lumieres de la nature & à toutes les connoiffances des
fens, que de ne pas croire ce que nous croyons. Enfin, la foy affeûre la raifon de l'homme contre le
menfonge & l'erreur, parce qu'eftant fondée fur
la revelation divine, elle eft auffi infaillible que
Dieu mefme. p. 418. 419. 420.

Du refte, noftre foy n'eft ni une foy ignorante,
ni une foy imprudente, ni une foy aveugle en
toutes manieres. Ce n'eft point une foy ignorante,
puifqu'avant que de croire, il nous eft permis de
nous éclaircir, fi la chofe eft revelée de Dieu, ou
fi elle ne l'eft pas. Ce n'eft point une foy imprudente, puifqu'elle eft fondée fur des motifs qui
ont convaincu les premiers hommes du monde. Ce
n'eft point une foy aveugle en toutes manieres,
puifqu'à l'obfcurité des myfteres qu'elle nous réve-
le, elle joint une efpece d'évidence, & c'eft l'évidence de la revelation de Dieu. Voilà ce qui acheve de calmer mon efprit. p. 420. 421. 422. 423.

Au contraire, fi je fors des voyes de la foy, je
tombe dans un labyrinthe, où je ne fais que tourner, fans trouver jamais d'iffüe. Il faut pour y re-

noncer à cette foy, que je me porte aux plus grandes extremitez : à ne plus reconnoiſtre de Dieu, à
ne plus reconnoiſtre de Sauveur homme-Dieu. &c.
Or pour en venir là & pour y demeurer, quels
combats n'y a-t-il pas à ſoutenir & de quels flots
de penſées un eſprit ne doit-il pas eſtre agité ? p.
423. 424.

Dans cette contrarieté de ſentimens qui eſt entre vous & moy, dirois-je encore à un libertin, qui
de nous deux expoſe davantage, & qui de nous
deux doit plus craindre ? En croyant ce que je crois,
tout ce qui peut m'arriver de plus faſcheux, c'eſt
de me priver inutilement & ſans fruict, pendant
la vie, de certains plaiſirs défendus par la loy que
je profeſſe, & défendus meſmes par la raiſon. Mais
vous, ſi ce que vous ne croyez pas ne laiſſe pas d'eſtre vray, vous vous mettez dans le danger d'une
damnation éternelle. p. 424. 425.

Concluons. Heureux ceux qui croyent, & qui
n'ont point veû. Noſtre condition en cela peut
eſtre meſmes plus heureuſe que celle des Apoſtres.
Car ils avoient veû les miracles de Jeſus-Chriſt, &
nous croyons ſans les avoir veûs. p. 425. 426.

II. PARTIE. Paix du cœur dans l'obéiſſance à
la loy. 1. on ne peut reſiſter à Dieu, & avoir la paix.
2. Il eſt auſſi comme impoſſible de n'avoir pas la
paix, quand on eſt ſoumis à Dieu. p. 427.

1. On ne peut reſiſter à Dieu, & avoir la paix.
Quis reſtitit ei, & pacem habuit ? Dieu, dit ſaint
Auguſtin, eſtant le ſouverain bien de l'homme &
ſa fin derriere, le cœur de l'homme ne peut eſtre
en paix, qu'autant qu'il eſt uni à Dieu. Or il n'eſt
uni à Dieu dans cette vie, que par un aſſujettiſſo-

ment volontaire à la loy de Dieu. Le pecheur veut vivre dans l'indépendance, & dés-là il se précipite dans un abyſme de malheurs. Dés-là ſa raiſon devient ſon ennemie, ſa foy le condamne, ſa religion l'effraye, ſa conſcience le déchire. Cette ſeule penſée, je ſuis l'objet de la haine de Dieu, je ſuis actuellement expoſé aux coups de Dieu, n'eſt-elle pas capable de faire dans l'ame du pecheur une eſpece d'enfer ? Auſſi, diſoit le ſage en parlant à Dieu, vous n'avez, Seigneur, pour punir les pecheurs, qu'à les abandonner à eux-meſmes, ſans armer contre eux les créatures. p. 429. 430. 431.

Conſultons l'experience. Voyons-nous que les pecheurs du ſiecle joüiſſent d'une veritable paix ? Qu'eſt-ce que leur vie ? un eſclavage, où leurs paſſions & leurs vices les dominent ; une dépendance perpetuelle du monde & de ſes loix, un aſſujettiſſement ſervil à la créature. Qu'eſt-ce que leur vie ? une ſuite de deſordres qui les rendent également criminels & malheureux, parce que c'eſt par exemple une ambition qu'ils ne peuvent ſatisfaire, une avarice qui ne dit jamais, c'eſt aſſez &c. p. 431. 432. 433.

Mais ces pecheurs ont ſouvent tout ce qui fait les hommes heureux dans cette vie ; ils ſont riches, puiſſants, élevez. Je prétends moy que ce n'eſt point tout cela qui fait le bonheur de l'homme : car ne voyons-nous pas tous les jours des hommes contents ſans tout cela, & des hommes malheureux avec tout cela ? Mais ils paſſent pour heureux dans l'opinion du monde. Ce qui fait le malheur ou le bonheur, ce n'eſt pas l'opinion & l'idée d'autruy ; mais noſtre propre idée, noſtre propre opinion, noſtre propre fentiment. Mais ils difent qu'ils ont la paix. Ils le difent, j'en conviens ; mais tandis qu'ils le difent de bouche, leur cœur les dément : p. 433. 434. 435. 436.

2. Il eft comme impoffible de n'avoir pas la paix, quand on eft foumis à Dieu. Paix inébranlable du cofté de Dieu, paix inébranlable du cofté du prochain, paix inébranlable de noftre part mefme. p. 436. 437. 438. 439.

Voilà le bienheureux eftat des juftes. Tel fut l'eftat d'un faint Paul, & de tant de martyrs. Tel eft celuy de tant de chreftiens fidelles à la loy. Le diray-je, mon Dieu ? tel eft l'eftat où je me fuis quelquefois trouvé moy-mefme, & où je me trouve encore quand je me tourne vers vous. p. 439. 440. 441.

K k iiij

V Oicy les deux Lettres dont on a parlé dans la Préface: ce font deux témoignages d'un trop grand poids , & trop avantageux au Pere Bourdaloüe , pour ne les pas conferver. On avoit eû d'abord deffein de les mettre à la tefte du premier volume, & c'eftoit, ce femble, leur place : mais comme il y avoit déja plus de matiere dans ce volume que dans les autres, on n'a pas crû qu'il fuft à propos de le groffir davantage.

LA perte que nous avons faite d'un ami qui nous aimoit, & que nous aimions tendrement, est si grande pour nous, qu'il n'y a qu'une entiere soumission aux ordres de la providence qui nous en puisse consoler.

Une longue habitude avoit formé entre nous une parfaite union ; la connoissance & l'usage de son merite l'avoit augmentée ; l'utilité de ses conseils, sa prudence, l'étenduë de ses lumieres, son desintéressement, son attention & sa fidelité pour ses amis, m'avoient engagé à n'avoir rien de caché pour luy. Il se trouvera peu d'exemples d'un ami, dont on puisse dire ce que je dis de celuy-cy. Pendant quarante-cinq années que j'ay esté en commerce avec luy, mon cœur ni mon esprit n'ont rien eû pour luy de secret. Il a connu toutes mes foiblesses & mes vertus : il n'a rien ignoré des affaires les plus importantes qui sont venuës jusqu'à moy : nous nous sommes souvent délassez de nos travaux par les mesmes amusemens ; & jamais je ne me suis repenti de la confiance que j'avois en luy.

A peine estois-je en âge de connoistre les hommes, que je connus le Pere Bourdaloüe. J'y remarquay d'abord un génie supérieur aux autres. Dés qu'il s'appliquoit à quelque chofe, il laiſſoit ceux qui avoient le meſme objet, bien loin derriere luy. L'eſtime que j'avois conçeûë pour ſa perſonne, augmenta par le commerce que j'avois avec le monde ; parce que je ne trouvois point dans la pluſpart de ceux que je fréquentois, la meſme élevation d'eſprit, la meſme égalité de ſentimens, la meſme grandeur d'ame, ſoutenuë d'un naturel bon, facile, ſans art & ſans affectation.

Dés qu'il revint à Paris, il eut d'abord toute la réputation qu'il a euë juſqu'à ſa mort. Les applaudiſſemens qu'eûrent ſes Sermons, le concours infini des Auditeurs, l'empreſſement des Grands à partager ſon amitié, tout ce qui eſt capable de gaſter & de corrompre le cœur, fit en luy un effet tout contraire. Il connut le monde, & c'eſt le ſeul fruict qu'il voulut retirer du commerce des hommes. Il ſe ſervit de cette connoiſſance pour exciter les hommes à la vertu. Il crut profiter aſſez de la conſideration qu'on avoit pour luy, s'il faiſoit connoiſtre par ſes diſcours à ceux qui venoient l'entendre, ce que c'eſtoit que le monde ; & s'il leur apprenoit, que ce qu'ils deſirent avec plus d'ardeur, eſt peu de choſe, & qu'ils s'écartent preſque toûjours du veritable bien, pour chercher & pour ſuivre ce qui n'eſt qu'une ſimple idée & ce qui n'a qu'une apparence ſans fonds.

Sa sublime éloquence venoit sur tout de la connoissance parfaite qu'il avoit du monde. Il bannit de la Chaire ces pensées frivoles, plus propres pour des discours Académiques, que pour instruire les peuples. Il en retrancha aussi ces longues dissertations de Théologie, qui ennuyent les auditeurs, & qui ne servent qu'à remplir le vuide des sermons. Il establit les veritez de la religion solidement, & jamais personne n'a sceû comme luy, tirer de ces veritez des conséquences utiles aux auditeurs, & si naturelles, que chacun de ceux qui l'entendoient pouvoit s'appliquer ce qu'il disoit.

Quoyqu'il ne recherchast pas toûjours dans ses discours l'exactitude des expressions, il ne luy en échappoit aucune qu'on pust trouver basse, & peu digne du sujet qu'il traitoit. S'il s'engageoit dans quelque description, ou qu'il descendist dans quelque détail, il ne tomboit point dans ces sortes de discours, qui ne conviennent ni aux predicateurs, ni aux auditeurs : qualité rare dans ceux qui parlent en public, & qui vient d'une profonde meditation & d'une juste connoissance des matieres qu'on traite.

Mais pourquoy vous parler de la grande reputation que le Pere Bourdaloüe s'est acquise dans la predication ! c'est un talent que tous ceux qui l'ont le moins connu, n'ignorent pas. Parlons plustost de ses vertus, que nous nous flattons d'avoir plus senti que ceux qui ne l'ont pas pratiqué auffi fouvent que nous.

Il eft plus rare de trouver des hommes grands dans le commerce intime & particulier, que d'en trouver de grands, lorfqu'ils réprefen-tent, ou qu'ils font, pour ainfi dire, montez fur le théatre. Car lorfque les hommes font en quelque fonction publique, tout ce qui s'offre à leurs yeux les excite, & les inftruit de ce qu'ils doivent eftre : mais lorfqu'ils font rendus à eux-mefmes ; lorfque tous les objets qui les tenoient attentifs, font écartez, qu'il eft rare de les trou-ver auffi grands dans le repos, qu'ils nous ont paru grands dans l'action ! C'eft cependant en cela que confifte la veritable grandeur : car je n'appelle grand que ce qui fe foutient par luy-mefme, & qui n'a pas befoin d'ornemens em-pruntez. J'ay bien veû des hommes grands dans l'opinion commune : mais je n'en ay point connu d'auffi grands dans le particulier, que dans le public ; ou pluftoft, je n'en ay guéres connu, qui ne perdiffent dans un commerce long & familier, beaucoup de l'eftime qu'on avoit pour eux.

Le Pere Bourdaloüe n'eftoit pas de ce nom-bre. Jamais perfonne n'a plus gagné que luy, à eftre veû tel qu'il eftoit. Ses moindres quali-tez ont efté celles qui l'ont fait honorer & ref-pecter du public.

Il eftoit naturellement vif & vray ; il ne pou-voit fouffrir le déguifement & l'artifice : il ai-

moit le commerce de ſes amis, mais un commerce aiſé, ſans eſtude & ſans contrainte. Néanmoins combien de fois l'avons-nous veû forcer
ſon naturel, & vivre familiérement avec des
gens d'un caractere fort oppoſé au ſien !

Toute ſa vivacité ne luy laiſſoit jamais é-
chapper la moindre impatience, quand il s'a-
giſſoit d'une affaire importante. Souvent meſmes il perdoit un temps auſſi cher que le ſien,
pour remplir des devoirs d'une pure amitié, &
d'une reconnoiſſance fondée uniquement ſur
les ſentimens d'eſtime qu'on avoit pour luy.

Quoyqu'il ait eû la confiance de tout ce qu'il
y a de plus élevé dans la France, on ne peut
pas dire qu'il l'ait jamais deſiré. Il ſe devoüoit
de la meſme maniere à tous ceux que la providence luy envoyoit, ſans rechercher les Grands,
& ſans mépriſer les petits; parlant à chacun ſelon ſon caractere, & ne s'appliquant qu'à perfe-
ctionner l'ouvrage qu'il avoit en ſes mains.

Il avoit eû l'eſtime d'un grand Miniſtre dés
ſes premieres années; il l'a conſervée tant que
ce miniſtre a veſcu. En a-t-il retiré quelque utilité pour luy ! S'eſt-il ſervi de ſon crédit pour
ſe meſler dans les intrigues de la Cour, ou pour
élever ſes parens, qui par leur naiſſance & par
leur merite eſtoient en eſtat de recevoir les graces qu'il pouvoit faire tomber ſur eux !

Un autre Miniſtre voulut attirer auprés de
luy le Pere Bourdaloüe : il le connut, il l'aima,

il luy confia ses prosperitez & ses chagrins. Ce commerce ne diminua rien de l'estime & de la confiance du premier. Quoyqu'ils eussent l'un & l'autre des interests differens, tous deux le regardoient également comme un ami fidelle. Il répondoit à leur amitié par un sincere attachement, sans se mesler d'aucune affaire, sans mesmes vouloir négotier entre eux, parce qu'il ne croyoit pas que le temps en fust encore venu. Content de leur dire à chacun ses sentimens sur ce qu'ils luy proposoient, il faisoit des vœux au ciel pour ces deux grands hommes, dont l'union estoit si necessaire à la France.

Il a gardé la mesme conduite à l'égard de tous ceux qu'il a frequentez : & des familles qu'il voyoit ordinairement, & qui quelquefois estoient divisées entre elles, nous n'en avons connu aucunes, où malgré leur division il n'ait esté également honoré & aimé de ceux qui les composoient.

Ce n'estoit point par orgueil, ni par gloire, qu'il vouloit qu'on le desirast, & qu'il n'alloit jamais au devant des nouvelles habitudes : c'estoit par la crainte d'entrer dans d'autres affaires que celles de sa profession. Il donnoit ses conseils à ceux qui les luy demandoient : il n'estoit pas jaloux qu'on les suivist, excepté sur ce qui regardoit la conscience : c'estoit uniquement sur ce poinct qu'il se rendoit inflexible : il falloit luy obéir, ou le quitter. En toute autre matiere, il se contentoit de dire son sentiment, de l'appuyer de raisons solides; mais il ne vouloit point par prudence se charger d'aucune négociation.

Avec quelle sagesse sçavoit-il distinguer les conseils qui pouvoient regarder la conscience, de ceux qui n'estoient que pour les affaires du monde! L'avez-vous jamais veû, comme d'autres Directeurs, faire de toutes les actions, des poincts de conscience; vouloir gouverner par tout, sous pretexte de conduire les ames à la perfection; se rendre necessaire entre le mari & la femme, entre le pere & les enfants, entre le maistre & les domestiques, & s'ériger un tribunal souverain, pour sçavoir & pour ordonner jusqu'aux moindres choses qui se font dans une maison!

Le Pere Bourdaloüe estoit aussi très éloigné de ceux qui condamnent tout sans rien examiner. Il vouloit réflechir long-temps, avant que de donner ses decisions. Il présumoit toûjours le bien, & ne croyoit le mal, que lorsqu'il en estoit pleinement convaincu. Il n'effrayoit point les hommes par sa presence ni par ses discours: il les ramenoit au contraire par sa prudence, & par une certaine insinuation à laquelle il estoit difficile de resister.

Severe & implacable contre le peché, il estoit doux & compatissant pour le pecheur. Loin d'affecter une austerité rebutante, & dont bien des gens de sa profession se font un merite, il prevenoit par un air honneste & affable. Auste-re pour luy-mesme, exact à observer ses de-voirs, il estoit indulgent pour les autres, sans rien perdre de la severité évangelique & sans donner dans aucun relaschement. Ses manieres ont plus attiré d'ames dans la voye du Seigneur, que celles de bien d'autres, qui s'imaginent que la vraye devotion consiste autant dans l'exte-rieur que dans l'interieur.

Instruisoit-il à contre temps ceux qui con-versoient avec luy ! les reprenoit-il à tout pro-pos ! en un mot, estoit-il predicateur à toute heure & en tous lieux ! Il prenoit les temps propres pour dire à chacun ce qui luy conve-noit. Il ne laissoit jamais échapper ces momens heureux que luy donnoit la providence ; & il avoit un talent admirable, pour ne rien souffrir dans une conversation qui sust contre les bon-nes mœurs, sans offenser néanmoins les person-nes avec qui il se trouvoit. Il sçavoit se confor-mer à toutes les compagnies, sans rien perdre de son caractere, & sans que ce caractere éloi-gnast de luy ceux qui par leur conduite y pa-roissoient les plus opposez.

Sa principale application dans les conseils qu'il donnoit, estoit à prendre garde si ce qu'il conseilloit pour un bien à celuy qui le consul-toit, n'estoit point nuisible à d'autres ; si sous ombre de faire une bonne œuvre, on ne cher-choit

choit point à contenter une secrette passion de haine ou de vengeance. Il consideroit comme un trés grand mal, tout ce qui troubloit le repos des familles ; parce qu'outre le mal que fait la premiere action qui le trouble, elle est la source d'une infinité de mauvaises actions.

Il vouloit que chacun vescust & se sanctifiast dans sa profession, persuadé que Dieu nous donne des graces proportionnées à nostre estat, & que c'est nostre faute si nous n'en faisons pas un bon usage. Il regardoit la charité comme le fondement de la morale chrestienne : tout ce qui la blessoit, ou qui la pouvoit altérer le moins du monde, luy paroissoit un crime.

Je ne finirois point, si je voulois vous marquer en détail toutes les actions de ce grand homme : son amour pour son estat, son zéle pour le salut des ames, tout ce qu'il a fait dans la seule veüë de faire du bien. Il estoit aussi appliqué auprés d'un homme de la lie du peuple, qu'auprés des Testes couronnées.

Souvenez-vous combien de fois nous l'avons veû donner tous ses soins à un domestique, à un homme de la campagne, & quitter pour cela une bonne & agréable compagnie. Et comment la quittoit-il ! Estoit-ce en annonçant ce qu'il alloit faire ! luy seul sçavoit le bien qu'il faisoit : jamais personne ne s'est fait moins que luy, un merite de sa vertu.

N'esperons pas retrouver jamais tout ce que

nous avons perdu dans noſtre illuſtre ami : mais aprés avoir donné quelque temps pour pleurer ſa perte, diſons-nous ce qu'il nous diroit luy-meſme ſi nous pouvions l'entendre. Ce n'eſt point par des larmes que nous devons honorer ſa memoire : imitons ſes vertus, ſi nous voulons marquer le reſpect & la veneration que nous avons pour luy. Rempliſſons nos devoirs, comme nous luy avons veû remplir les ſiens : jugeons favorablement de noſtre prochain : édifions-le par nos exemples : tenons-nous dans l'eſtat où Dieu nous a mis : conſervons la paix & l'union entre nos proches, meſmes entre nos domeſtiques : rendons-nous aimables à ceux qui nous approchent : taſchons à gagner leur confiance par une conduite deſintereſſée : ne nous laiſſons point entraiſner à noſtre pente naturelle : réflechiſſons beaucoup avant que d'agir : recherchons avec plus d'empreſſement ce qui convient aux perſonnes avec qui nous avons à vivre, que ce que nous pouvons deſirer pour nous : préferons noſtre prochain à ce qui nous peut plaire : mais faiſons tout cela ſans aucun faſte, ſans aucun deſir de nous ſingulariſer; nous ſuivrons ainſi les inſtructions de noſtre illuſtre ami ; nous le ferons revivre en nous, & profitant des exemples qu'il nous a donnez, nous eſpererons le rejoindre un jour dans le Ciel.

LETTRE DU P. MARTINEAU, de la Compagnie de JESUS, Confesseur de Monseigneur le Duc de Bourgogne.

MON REVEREND PERE. Cette Lettre apprendra à Vostre Reverence la perte que la Maison Professe fit hier à cinq heures du matin dans la personne du Pere Loüis Bourdalouë, qu'une fiévre accompagnée d'une violente inflammation de poitrine, nous a enlevé en moins de deux jours. Car il eut encore Dimanche dernier, feste de la Pentecoste, le bonheur de dire la Messe à son ordinaire.

Nous pouvons dire que cette courte & fascheuse maladie a esté l'effet de son zéle. Il avoit depuis quelque temps un assez gros rhume ; & cependant il prescha il n'y a pas plus de dix jours ; & il s'est si peu menagé dans la suite, qu'il semble mesmes avoir redoublé son assiduité auprés des malades & au confessionnal. Ainsi il a eû la consolation de mourir, comme il souhaitoit, les armes à la main, & avant que les années d'un âge plus avancé le missent hors de combat.

Vous pouvez juger, mon Reverend Pere, de la grandeur de nostre affliction par l'avantage que cette Maison avoit de posseder un homme en qui se trouvoient dans un éminent degré toutes les qualitez qui peuvent rendre utiles à l'Eglise les personnes de sa profession : un génie facile & élevé, un esprit vif & penetrant, une exacte connoissance de tout ce qu'il devoit sçavoir, une droiture de raison qui le faisoit toûjours tendre au vray, une application constante à remplir ses devoirs, une pieté qui n'avoit rien que de solide.

Ces qualitez avoient paru en luy dés ses premieres années, dans les classes, où selon nos usages il a esté, soit en qualité d'écolier de Théologie, soit en qualité de Professeur de Grammaire, de Rhétorique, de Philosophie, & de Théologie morale. Mais le temps marqué par la providence pour le mettre sur le Chandelier par les deux plus importantes fonctions du ministere évangelique, estant venu, elles parurent avec un éclat que rien n'a pû effacer, & dont on conservera long-temps le souvenir.

Nul n'ignore jusqu'où il a porté l'éloquence de la Chaire. S'il avoit reçeû tous les talens propres pour y réüssir, il les a cultivez par un travail si constant, il les a employez avec un si grand succés pendant l'espace de quarante ans, que la France le regarde comme le premier Predicateur de son siecle. Ce qu'on peut dire de luy sur ce poinct de plus singulier, c'est que comme il parloit toûjours avec beaucoup de justes-

fe & de folidité, il fçavoit rendre la Religion ref-
pectable aux libertins mefmes, les veritez chreftiennes confervant dans fa bouche toute leur
dignité & toute leur force.

En effet, fans faire fon capital de la politeffe qui ne luy manquoit affeûrément pas, il donnoit à fes difcours une beauté majeftueufe, une
douceur forte & pénetrante, un tour noble &
infinuant, une grandeur naturelle & à la portée de tout le monde. Ainfi également goufté
des grands & du peuple, des fçavants & des
fimples, ils fe rendoit maiftre du cœur & de
l'efprit de fes auditeurs, pour les foumettre à
la verité qu'il leur annonçoit. Auffi avoit-il
fouvent la confolation de cueillir luy-mefme
la moiffon qu'il avoit preparée, en jettant le
bon grain de la parole de Dieu dans le champ
du Pere de famille. Car combien a-t-on veû de
perfonnes du grand monde mefme, aveuglez
par l'enchantement du fiecle, & endurcis par
une longue fuite de crimes, venir mettre entre fes mains leurs cœurs ébranlez par la crainte, & brifez par la componction qu'il leur avoit
infpirée!

Il n'a pas moins réüffi dans la conduite des
ames. Evitant toute affectation & toute fingu-
larité, il les menoit par les routes les plus feû-
res à la perfection propre de leur eftat; & appliqué à connoiftre la difpofition particuliere
que la grace produifoit en elles, il fçavoit par-

faitement s'en fervir pour avancer l'ouvrage de leur fanctification. La folide pieté de tant de perfonnes de toutes fortes de conditions qui l'ont eû pour Directeur, foit dans le fiecle, foit dans les maifons Religieufes, en eft une preuve bien fenfible.

Mais ce don fi excellent de conduire les ames par les voyes de la juftice, éclatoit particulierement quand il affiftoit les malades. Rien de plus capable de les inftruire & de les foûtenir, que ce qu'il leur difoit dans ces triftes momens, où l'homme livré à la douleur & enveloppé des ombres de la mort, ne trouve que de foibles fecours dans fa propre raifon. On eftoit fi convaincu que le Pere Bourdaloüe avoit grace pour cela, que depuis plufieurs années il eftoit trés fouvent appellé auprés des mourants : à quoy il répondoit de fon cofté avec tous les empreffemens de la charité chreftienne, paffant quelquefois de la Chaire au lit des malades, fans fe donner un moment de repos.

De fi importantes fonctions exercées avec tant de diftinction, luy avoient attiré une confideration fi univerfelle, que ce qu'il y a de plus élevé dans le Royaume, l'honoroit de fon eftime, & fe faifoit mefmes honneur, fi je l'ofe dire, d'avoir quelque liaifon avec luy. A peine a-t-on fçeû fa maladie, que les perfonnes du premier rang, foit de la Cour, ou de la Ville,

ont envoyé avec des marques d'une inquiétude veritable sçavoir de ses nouvelles ; & dés
qu'on a esté informé de sa mort, tout le monde a pris part à nostre affliction, & s'en est fait
comme un devoir de reconnoissance, pour tout
le bien qu'il a plû à Dieu d'opérer par luy, à
l'avantage du public, durant le cours de tant
d'années. Pour ceux qui luy avoient donné
leur confiance, je ne sçais si rien sera capable
de les consoler. Comme ils le connoissoient
encore mieux que les autres, l'entretenant plus
souvent, recevant de luy des conseils trés sa-
lutaires, le trouvant toûjours prest à les secou-
rir dans le besoin, & ne le quittant jamais sans
une nouvelle conviction de son merite, ils ont
dû aussi ressentir plus vivement la grandeur de
cette perte.

Mais ce qui doit , mon Reverend Pere,
nous rendre plus precieuse la memoire du Pere
Bourdaloue, ce sont les vertus solides qu'il a
sçeû joindre selon l'esprit de nos regles , aux
grands talens dont Dieu l'avoit pourveû. Le
zéle de la gloire de Dieu estoit l'ame de tout
ce qu'il faisoit dans l'étenduë de ses emplois ;
la sienne ne le touchoit point. Loin de s'ap-
plaudir luy-mesme par une vanité dont il est
si difficile de se défendre dans les grands succés, les applaudissemens qu'on luy donnoit le
faisoient souffrir ; & toûjours renfermé dans la
plus exacte modestie sur ce qui le regardoit ,

il eftoit prodigue de loüanges à l'égard de ceux en qui l'on voyoit quelque merite. Je fçais d'une perfonne pour qui il avoit beaucoup de confideration, que luy ayant un jour demandé s'il n'avoit point de complaifance parmi tant de chofes capables d'en infpirer, il luy répondit que depuis long-temps Dieu luy avoit fait la grace de connoiftre le néant de tout ce qui brille le plus aux yeux des hommes, & qu'il luy faifoit encore celle de n'en eftre point touché. Il a dit à une autre, qu'il eftoit fi parfaitement convaincu de fon incapacité pour tout bien, que malgré tous fes fuccés, il avoit beaucoup plus à fe défendre du découragement que de la préfomption.

Il n'eftoit pas plus fenfible à tous les agrémens qu'il pouvoit trouver dans le commerce que fon miniftere l'obligeoit d'avoir avec le monde. Comme il fervoit le prochain fans interest, c'eftoit auffi fans attachement : en voicy une preuve qui ne peut manquer de vous édifier.

Il y a plufieurs années qu'il preffa les Superieurs de luy permettre de paffer le refte de fes jours à travailler loin de Paris dans une de nos maifons de Retraite ; & cette tentative n'ayant pas réüffi, il en fit une il y a trois ans auprés de noftre trés Reverend Pere General, pour obtenir la permiffion de fe retirer au College de la Fléche, afin de s'occuper uniquement de fa propre fanctification. Mais Dieu qui vouloit fe fervir de luy pour en fanctifier bien d'autres, ne permit pas qu'il réüffift mieux cette feconde fois que la premiere. On peut dire néanmoins que le Pere Bourdaloüe a eû ce qu'il fouhaitoit le plus en cela. Car redoublant fon attention fur luy-mefme, il a fçeû fe procurer dans l'embarras où il eftoit retenu par la providence, les mefmes accroiffemens de vertu qu'il fe propofoit dans le faint repos aprés lequel il foupiroit.

Au refte cette attention fur foy-mefme l'a accompagné pendant toute fa vie ; & c'eft par ce moyen qu'il a accompli fi parfaitement l'avis de l'Apoftre à Tite fon difciple : *Soyez en toutes chofes un exemple de bonnes œuvres dans ce qui regarde la doctrine, l'integrité, la fageffe. Que ce que vous dites foit faint & irreprehenfible, afin que quiconque eft declaré contre nous, demeure confus, n'ayant rien à nous reprocher.* Vous le reconnoiffez affeûrément dans ces paroles, mon Reverend Pere, pour peu que vous rappelliez dans voftre efprit ce que vous avez veû vous-mefme fi fouvent. Je ne parle pas icy de fes difcours publics, où de l'aveu de tout le monde il ne luy eft rien échappé que la critique la plus exacte puft juftement cenfurer. Je parle de fa conduite ordinaire, que la médifance s'eft veûë contrainte de refpecter fous un habit qu'elle a couftume d'épargner fi peu.

Au milieu des affaires dont la diſſipation paroiſt le plus inſéparable, il ne perdoit point la poſſeſſion de ſon ame, ſelon l'expreſſion de l'Ecriture. Tellement qu'obligé de ſe communiquer au dehors pour répondre à la confiance qu'on avoit en luy, il ne s'éloignoit jamais des bienſéances de ſon eſtat; & que recherché de toutes ſortes de perſonnes, il traitoit avec chacun d'eux d'une maniere proportionnée au rang où la providence les avoit mis. Ainſi il eſtoit reſpectueux envers les Grands, ſans perdre la liberté de ſon miniſtere; & ſans en avilir la dignité, il eſtoit facile & affable aux petits. Le fonds de cette prudence n'eſtoit point un raffinement de politique: car il eſtoit l'homme du monde le plus ſolide & le plus vray; il n'y avoit rien de frivole en tout ce qu'il faiſoit, rien de contraire à ſon caractere, & nulle conſideration n'altéroit ſa franchiſe & ſa ſincerité. C'eſtoit la droiture, le bon ſens, & la foy, qui luy faiſoient decouvrir dans chaque choſe ce que Dieu y a mis pour ſervir de regle à noſtre conduite.

C'eſt par de ſemblables principes que tous luy eſtoient égaux à l'égard du ſalut des ames: les gens de la plus baſſe condition trouvant en luy les meſmes ſecours pour leur ſanctification, que les perſonnes de la premiere qualité. Il y en a qui luy ayant marqué que ſa haute reputation les empeſchoit de s'addresser à luy au tribunal de la Penitence, ont esté convaincus par ses manieres simples & prévenantes, qu'il ne bornoit pas son ministere aux gens distinguez par leur naissance & par leurs emplois. Il se comportoit de mesmes quand il s'agissoit de prescher : car il le faisoit aussi volontiers dans les hospitaux, dans les prisons, dans les villages, qu'à la Cour ou dans les plus grandes villes du Royaume. Le desir de rendre service au prochain, luy fit toûjours negliger ces menagemens de vogue & de santé, qu'on craint ordinairement d'user en se prodiguant au public : ce que Dieu a tellement béni, que par un rare exemple on l'a veû prescher dans un âge avancé avec la mesme vigueur & le mesme succés, que dans ses plus belles années.

Comme c'est la pieté envers Dieu qui donne le prix à toutes les vertus, je dois aprés ce que je viens de dire, vous faire voir jusqu'où elle a esté dans le Pere Bourdalouë. Il estoit trés religieux observateur des saintes pratiques que la regle nous prescrit, pour entretenir en nous l'esprit d'une veritable devotion. Les premiers jours de chaque année, il les consacroit à la retraite; & afin de conserver la ferveur qu'il y avoit pris, il donnoit chaque jour un temps considerable à la priére. L'office divin avoit pour luy un attrait particulier. Il avoit commencé à le reciter regulierement, long-temps

avant que d'y estre obligé par les ordres sacrez ; & l'obligation qu'il en eut dans la suite, ne servit qu'à luy faire remplir ce devoir
avec un sensible redoublement de ferveur.
Pour ce qui est du sacrifice de nos Autels, penetré de la grandeur d'une fonction si sublime, il s'estoit fait une regle de le celebrer tous
les jours, comme si chacun eust esté le dernier de sa vie. Ainsi, ni l'accoustumance qui at-
tiédit ordinairement le cœur , ni la multitu-
de des affaires qui le dissipe, ne l'empeschoient
point de puiser avec abondance dans cette
source de graces. D'où il arrivoit, que plein des
sentimens que produit dans une ame bien dis-
posée la participation des divins mysteres , il
parloit dans l'occasion des choses de Dieu d'une
maniere également vive & touchante.

Enfin tout ce qui concerne le culte divin,
luy estoit precieux. Les moindres ceremonies
de l'Eglise n'avoient rien que de grand pour
luy. A l'exemple du Prophete, il aimoit la beauté de la maison du Seigneur ; & le zéle qu'il
avoit pour elle, luy faisoit prendre un soin particulier de la décoration des Autels. Sur combien d'autres choses la modestie du Pere Bourdaloüe a-t-elle jetté un voile qu'il n'est pas
possible de lever ! Car content de plaire aux
yeux de Dieu scrutateur des cœurs, il cachoit
à ceux des hommes tout ce que la loy de l'é-
dification ne l'obligeoit pas de faire paroistre.

Une devotion d'appareil n'eſtoit point de ſon gouſt, & l'on ne pouvoit eſtre plus ennemi de l'oſtentation.

Je m'apperçois, mon Reverend Pere, que cette Lettre paſſe de beaucoup les bornes or-dinaires. Il faut donc la finir, pour vous ap-prendre en peu de mots quelle a eſté la fin d'une ſi belle vie. Le Pere Bourdalouë a veû les approches de la mort avec une tranquilli-té qui eſtoit beaucoup moins l'effet de la for-ce naturelle de ſon eſprit, que de celle de ſa foy & de l'eſperance chreſtienne qui le ſouſ-tenoit. Il l'a acceptée comme l'exécution de la ſentence portée par la juſtice divine contre l'homme pecheur; & il l'a regardée en meſme temps comme le commencement des miſeri-cordes éternelles ſur luy : ſentimens qu'il a ex-primez en des termes ſi énergiques, que l'im-preſſion en demeurera long-temps gravée dans le cœur de ceux qui les ont entendus. Je vois " bien (ce ſont à peu prés ſes propres paroles) " je vois bien que je ne puis guérir ſans miracle; " mais qui ſuis-je, pour que Dieu daigne faire un " miracle en ma faveur!.... L'unique choſe que " je demande, c'eſt que ſa ſainte volonté s'ac- " compliſſe aux dépens de ma vie, s'il l'ordonne " ainſi.... Qu'il détruiſe ce corps de peché, j'y " conſens de grand cœur; qu'il me ſepare de ce " monde, où je n'ay eſté que trop long-temps, " & qu'il m'uniſſe pour jamais à luy. "

Il demanda Lundy matin les derniers Sacremens de l'Eglise, beaucoup moins par une necessité pressante, autant qu'on en pouvoit juger alors, que par le desir de les recevoir avec plus d'attention & de presence d'esprit. Aussi les reçeut-il d'une maniere si édifiante, que tous en furent infiniment touchez.

Tant d'illustres amis, que son merite luy avoit faits, seront peut-estre bien aises de sçavoir qu'il ne les a pas oubliez dans ces derniers momens. Il pria de les asseûrer que si Dieu luy faisoit misericorde, ainsi qu'il esperoit, il se souviendroit d'eux devant luy, & qu'il regardoit leur séparation comme une partie du sacrifice qu'il faisoit de sa vie au souverain domaine de Dieu.

J'adjousteray, mon Reverend Pere, qu'aprés m'avoir entretenu en particulier sur quelques affaires avec tout le bon esprit que vous luy avez connu, il me demanda ma benediction d'une maniere qui me fit comprendre que le veritable merite n'est pas incompatible avec la simplicité qu'inspire l'Evangile; ni avec cette foy, qui découvre à l'humble Religieux la personne de Jesus-Christ, dans celle du Superieur, quelque méprisable qu'il puisse estre. Au reste ce n'est pas la premiere preuve qu'il m'en a donnée; car je ne dois pas obmettre icy, que pendant toute sa vie il a aimé la dépendance; qu'il l'a pratiquée avec exactitude, & qu'il l'a

preferée à des emplois, qui devoient l'en tirer, & qu'on l'a preffé plufieurs fois d'accep-
ter.

Bien des raifons doivent le faire regretter
dans la Compagnie. Mais la plus touchante de toutes, eft le tendre & fincere attachement qu'il avoit pour elle. On ne peut dire
combien il l'eftimoit, & jufqu'à quel poinct
cette eftime le rendoit fenfible à fes avantages
& à fes difgraces. Envain s'eft-il trouvé des
gens qui pour diminuer l'honneur qu'il luy
faifoit, ont voulu plus d'une fois perfuader
le contraire au monde. C'eft dans ces occafions qu'on voyoit fon zéle pour elle prendre
une nouvelle vivacité. Avec quelle force d'expreffion ne proteftoit-il pas alors, qu'il luy
devoit tout, & que l'une des plus grandes
graces que Dieu luy euft faite, eftant de l'y
avoir appellé, il euft efté le plus injufte de tous
les hommes, s'il euft eû la moindre indifference pour elle !

Le Pere Bourdalouë eftoit né à Bourges
le 20. d'Aouft de l'année 1632. & l'an 1648.
il entra dans la Compagnie le 10. de Novem-
bre. Ainfi il a vefcu 72. ans, dont il a paffé 56.
ans dans la Compagnie. Béniffons Dieu de la
fidelité qu'il luy a donnée pour fournir avec
tant de diftinction une fi longue carriere, &
prions-le en mefme temps de luy avancer la

possession du bonheur éternel, s'il n'en joüit pas encore. J'ay l'honneur d'estre avec beaucoup de respect, &c.....

A Paris ce 14. de May 1704.

F I N.

Privilege du Roy.

LOUIS par la grace de Dieu Roy de France & de Navarre, A nos amez & feaux Conseillers les gens tenant nos Cours de Parlement, Maistres des Requestes ordinaires de nostre Hostél, grand Conseil, Prevost de Paris, Baillifs, Seneschaux, leurs Lieutenants civils, & autres nos Justiciers qu'il appartiendra, Salut. Le Pere ***** de la Compagnie de Jesus nous ayant fait exposer qu'il desiroit donner au public l'*Avent & le Caresme du P. Bourdaloüe* de la mesme Compagnie, s'il nous plaisoit luy accorder nos Lettres de Privilege sur ce necessaires : Nous avons permis & permettons par ces presentes audit Pere ***** de faire imprimer ledit Livre, en telle forme, marge, caractere, & autant de fois que bon luy semblera, & de le faire vendre & debiter par tout nostre Royaume pendant le temps de quinze années consecutives, à compter du jour de la date des Presentes. Faisons deffen-
ses

ſes à toutes ſortes de perſonnes de quelque qualité
& condition qu'elles puiſſent eſtre, d'en introduire
d'impreſſion étrangere dans aucun lieu de noſtre
obeïſſance : & à tous Imprimeurs, Libraires, & autres, d'imprimer, faire imprimer, & contrefaire ledit Livre, ſans la permiſſion expreſſe & par écrit
dudit Expoſant, ou de ceux qui auront droit de
luy : à peine de confiſcation des exemplaires con-
trefaits, de quinze cents livres d'amende contre chacun des contrevenants, dont un tiers à Nous, un
tiers à l'Hoſtel - Dieu de Paris, l'autre tiers audit
Expoſant, & de tous dépens, dommages & intereſts. A la charge que ces Preſentes ſeront enregi-
ſtrées au long ſur le regiſtre de la communauté des
Imprimeurs & Libraires de Paris, & ce dans trois
mois de la date d'icelles ; que l'impreſſion du Livre ſera faite dans noſtre royaume, & non ailleurs,
& ce en bon papier & en beaux caracteres, conformément aux reglements de la Librairie ; & qu'a-
vant que de l'expoſer en vente, il en ſera mis deux
exemplaires dans noſtre Bibliotheque publique, un
dans celle de noſtre Chaſteau du Louvre, & un
dans celle de noſtre très cher & feal Chevalier
Chancelier de France le Sieur Phelypeaux Comte
de Pontchartrain, Commandeur de nos Ordres ;
le tout à peine de nullité des Preſentes ; du contenu
deſquelles vous mandons & enjoignons de faire
jouïr l'Expoſant ou ſes ayant cauſé pleinement &
paiſiblement, ſans ſouffrir qu'il leur ſoit fait aucun
trouble ou empeſchement. Voulons que la copie
deſdites preſentes, qui ſera imprimée au commencement ou à la fin dudit Livre, ſoit tenüe pour
deuëment ſignifiée, & qu'aux copies collationnées

Tome III.   M m

par l'un de nos amez & féaux Conseillers & Secré-
taires foy soit ajoustée comme à l'original. Com-
mandons au premier nostre Huissier ou Sergent de
faire pour l'execution d'icelles tous actes requis &
necessaires, sans demander autre permission, & non-
obstant clameur de Haro, Charte Normande, &
Lettres à ce contraires : Car tel est nostre plaisir.
Donné à Versailles le vingt-huitiéme jour de Mars,
l'an de Grace mil sept cents cinq, & de nostre Regne le soixante-deuxiéme. *Signé*, Par le Roy en
son Conseil, LE COMTE. *& scellé du grand
Sceau de cire jaune.*

Et à costé est écrit : Registré sur le Livre de la Communauté des Libraires & Imprimeurs de Paris n. 379. p. 540.
conformément aux Reglemens, & notamment à l'Arrest du
Conseil du 13. Aoust 1703. A Paris ce 5. May 1705. *Signé*,
P. A. LE MERCIER, Adjoint.

Et au dos : Je soussigné, declare, que jay cedé à M. Rigaud le privilege du Roy, que j'ay obtenu de Monseigneur
le Chancelier, pour l'ouvrage intitulé, l'*Avent & le Caresme du P. Bourdalouë* de la Compagnie de Jesus, en date du
28. Mars 1705. suivant les conventions faites entre nous. A
Paris ce 20. Janvier 1707. *Signé*, ***** de la Comp.
de Jesus.

Registré sur le Registre numero 2. de la Communauté
des Libraires & Imprimeurs de Paris, page 177. numero
378. conformément aux Reglements, & notamment à l'Arrest du Conseil du 13. Aoust 1703. A Paris ce 6. Mars 1707.
Signé, GUERIN, Syndic.

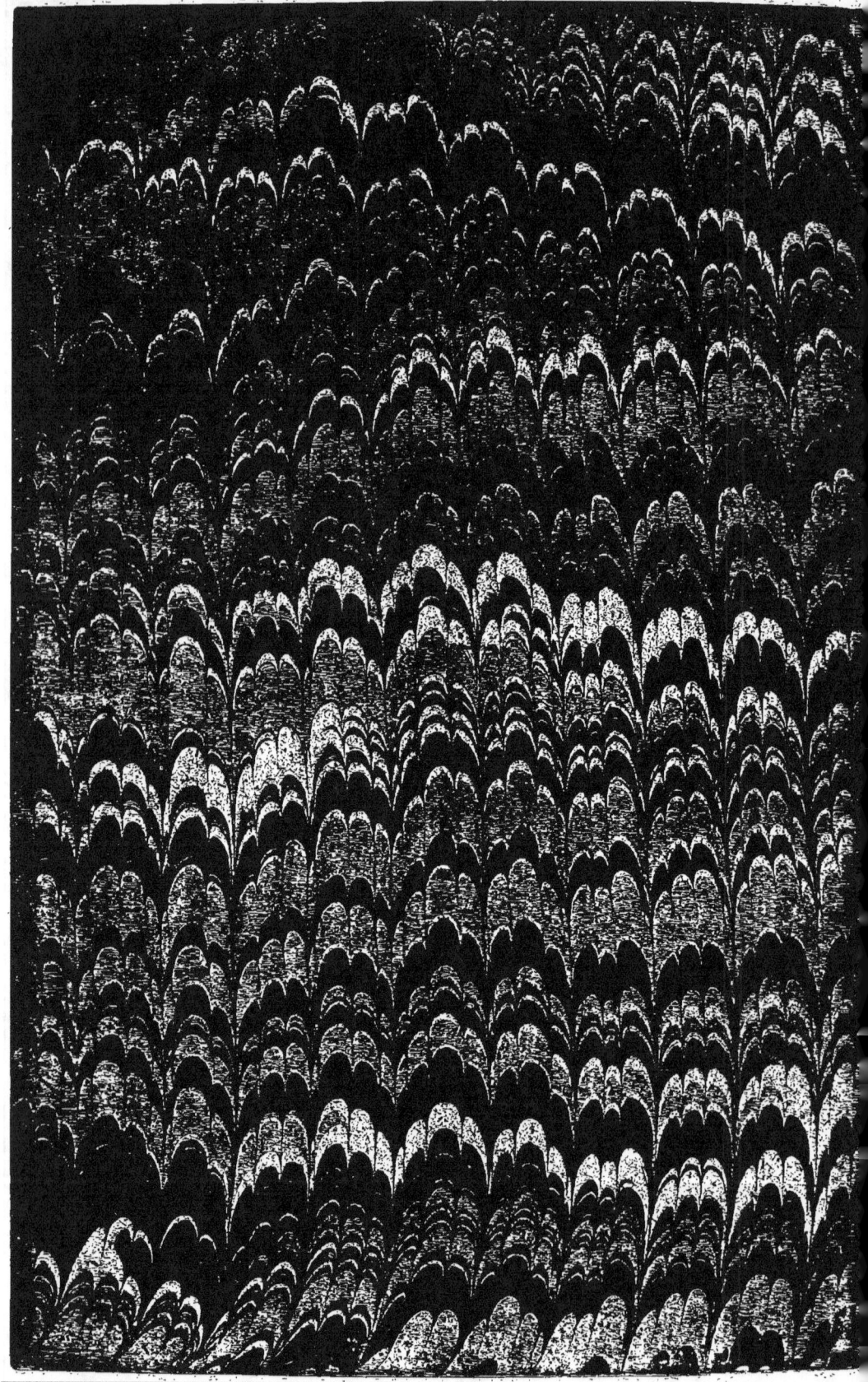

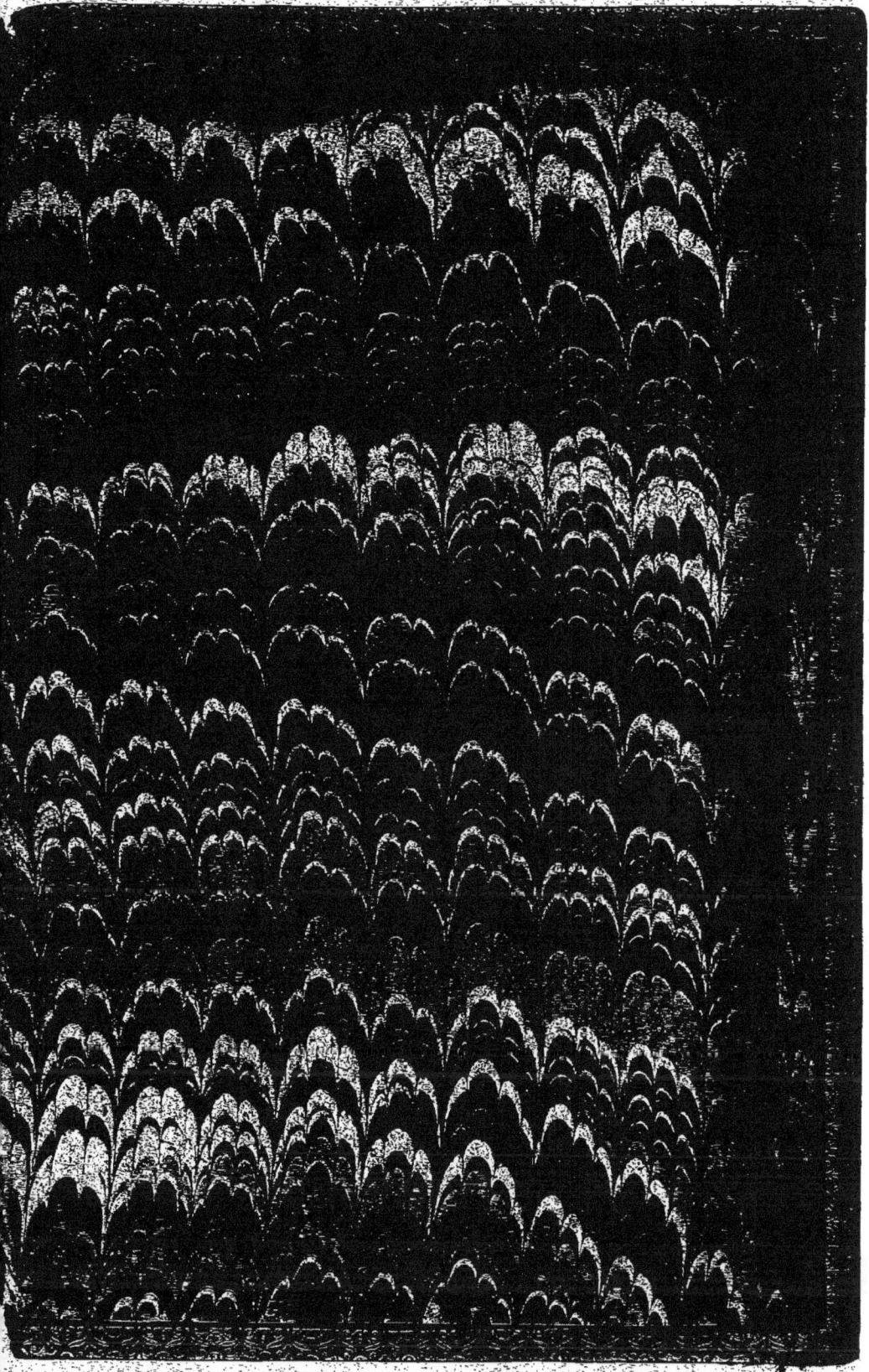

www.ingramcontent.com/pod-product-compliance
Lightning Source LLC
Chambersburg PA
CBHW070350030726
47504CB00001B/135